KRUCZE PIERŚCIENIE

# DZIECKO ODYNA

Przełożyli z norweskiego
Anna Krochmal i Robert Kędzierski

REBIS

Dom Wydawniczy REBIS

Tytuł oryginału
*Ravneringene. Odinsbarn*



Redaktor
Katarzyna Raźniewska

Projekt serii i okładki oraz mapki
Siri Pettersen

Łamanie i opracowanie graficzne polskiej wersji okładki
Sławomir Folkman / www.kaladan.pl

This translation has been published
with the financial support of NORLA



Wydanie I (dodruk)
Poznań 2016

ISBN 978-83-7818-874-2

Dom Wydawniczy REBIS Sp. z o.o.
ul. Żmigrodzka 41/49, 60-171 Poznań
tel. 61-867-47-08, 61-867-81-40, fax 61-867-37-74
e-mail: rebis@rebis.com.pl, www.rebis.com.pl

*Mamie za życie.*
*Tacie za śmierć.*
*Kimowi za wszystko, co pomiędzy.*

*I tobie. Tobie, który zawsze czytałeś książki nieznane wszystkim innym. Dziwakowi, który siedział w ostatniej ławce w klasie. Tobie, który dorastałeś w ciemnej piwnicy, gdzie o twoim losie decydował rzut kośćmi. Tobie, który wciąż przebierasz się za kogoś innego. Tobie, który nigdy nie potrafisz się do końca dopasować i któremu często się wydaje, że jesteś w niewłaściwym miejscu i niewłaściwym czasie. To jest książka dla ciebie.*

# PROLOG

Thorrald wszedł do środka, ale drzwi nie chciały się za nim zamknąć. Śnieg wpychał się za próg szybciej, niż nadążał odsuwać go nogą. Ścisnął zawiniątko w ramionach i natarł na drzwi jak byk. Zatrzasnęły się. Zasunął rygiel. Był w domu. Bezpieczny.

Podszedł do małego okna i wyjrzał przez nie. Nikt z zewnątrz nie byłby w stanie zobaczyć, co robi. Zwłaszcza przy takiej pogodzie. Niemniej... Odłożył tobołek na stół i zamknął okiennice.

*Ciemne Cienie. Nic nie powstrzyma Ciemnych Cieni.*

Babskie gadanie! Co by mogły do niego mieć? Nic takiego nie zrobił! Gdy tylko to pomyślał, całe życie przewinęło mu się przed oczami. Narkotyki, które sprzedawał pod siedzibą Rady. Opa dla tych, którzy upalali się na śmierć.

Brednie! Jeśli przyjdą czarne cienie, to nie dlatego, że sprzedawał nieszkodliwe zioła w jakiejś chacie na końcu świata. Jeśli przyjdą, to ze względu *na nią*.

Thorrald wpatrywał się w zawiniątko leżące na stole. Odmieniec. Nie krzyczała. Może już był martwa. Tak by było najprościej. Wzdrygnął się. Niedźwiedzie futro było tak grube, że gdy stał, wypełniał sobą prawie całe pomieszczenie, ale nic nie pomagało na zimno, które go przeniknęło. Zaczął szarpać wiązania futra. Jego palce były zmarznięte na kość. Odmawiały posłuszeństwa. Podmuchał na żar w palenisku. Wyciągnął ręce do ciepła. Szron na futrze zaczął się topić, syczał, kapiąc w płomienie.

Przeklęty Olve, zamroczony piwem, wymachiwał mieczem. Czego szukał? Odmieńca? Bo czegóż by innego? W każdym razie to nie miało znaczenia. Olve nie widział małej. Była bezpieczna.

*Bezpieczna?! Postradałeś rozum? Masz własne życie!*

Nie było to co prawda życie warte tego, by śpiewać o nim pieśni, ale nie mógł przecież ciągnąć za sobą dzieciaka! W każdym razie nie takiego jak ona. Wiedział, że musi działać.

Thorrald wyjął nóż i spojrzał na odmieńca. Spała. Jego pięść była większa niż jej twarz. Uniósł ostrze. Mała otworzyła oczy. Były zielone. Bez strachu. Thorrald ryknął i wbił nóż w stół obok niej.

– Pomiot ślepych! Tym właśnie jesteś! Ty trupi bachorze!

Chwycił kufel i dopił resztkę letniego piwa. Potem rozpakował dzieciaka z tobołka, tak jak rozpakowuje się prezent. Leżała i wymachiwała piąstkami.

Przypomniał sobie stare babskie gadanie, opowieści, których nie powinien był słuchać. Niemniej… Przycisnął kciuk do ostrza noża; pojawiła się kropla krwi. Przytrzymał palec nad ustami dziecka tak, by do nich skapnęła. Nic się nie stało. Przeklął własną głupotę. Czego się spodziewał? Kłów?

*Ślepi nie istnieją!*

Thorrald oparł się rękoma o stół i warknął:

– No to czym, u Slokny, jesteś?! Nie upiorem. I nie ślepą. Jesteś tylko zdeformowana? – Położył dziecko na brzuchu i przesunął palcami po kręgosłupie. W miejscu, gdzie powinien być ogon. Widzący świadkiem, że nie słuchał babskiego gadania, ale ten dzieciak mówił sam za siebie. Ta mała nie była z Ym.

*Jesteś zgnilizną.*

Wpatrywał się w swoje ręce, jakby już miały zacząć gnić.

– Nie mogę cię tutaj trzymać. Nikt by cię nie chciał! – Podniósł ją i przytrzymał przed twarzą. Mogła mieć co najwyżej kilka dni. Jej głowę pokrywał miękki puszek, który w świetle bijącym od paleniska zabarwił się na miedziany kolor. – Mogę cię zabić. Powinienem. By ratować własną skórę. – Wiedział, że nie potrafiłby tego zrobić. Wiedział to już wtedy, gdy wydobył ją ze śniegu przy kamiennym kręgu. – Nigdy mi za to nie podziękujesz, dziewczyno. To będzie niewesołe życie, ciągle w drodze. A pod stołami w karczmach znajdziesz lepsze towarzystwo niż moje.

Dziewczynka uśmiechnęła się. Bezzębny uśmiech. Odłożył ją. Wiedział, co musi zrobić. Wydawało mu się to trudniejsze, niż ją zabić, ale nie miał wyboru. Nie mógł ciągać ze sobą dziewczyny bez ogona. Spojrzał na resztkę piwa na dnie kufla. Potem ściągnął z półki pudełeczko z płaszczem snów. Był na tyle mocny, by zabić taki mały tobołek jak ona. Musiał być ostrożny. Thorrald wsypał szczyptę proszku do kufla i potrząsał nim, póki piwo nie przestało się pienić.

– Masz pojęcie, ile to kosztuje, dziewczyno? – Zamoczył szmatkę w piwie i wsunął do jej ust. Zaczęła ssać, jakby to była kobieca pierś. Odczekał, aż powieki znów zaczną jej opadać. Wyciągnął nóż ze stołu. Ostrze pozostawiło w drewnie lekką rysę.

Thorrald wbił nóż w plecy dziecka. Dziewczynka krzyknęła. Zasłonił jej usta ręką. Ten szloch ranił go równie mocno, jak nóż musiał ranić ją. Krew spłynęła na podłogę; ulżyło mu, że dziecko normalnie krwawi. Ale czego się spodziewał? Czy zaczynał panikować?

Thorrald nie przestawał, póki dzieciak nie miał zagłębienia u dołu kręgosłupa, ze śladami jak po pazurach. Dziewczynka przestała płakać szybciej, niż się spodziewał.

– Jeśli ktoś będzie pytał, to wilk zabrał ci ogon. Słyszysz, co mówię? Wilk!

Zamknęła oczy. Nagle zaczął się bać, że podał jej za dużo płaszcza snów. Przyłożył ucho do jej piersi. Sprawdził, czy mała normalnie oddycha. Nie żeby wiedział, co jest normalne u odmieńca.

*Przeklęty dzieciak. Przyniesiesz mi śmierć.*

Thorrald zostawił ją leżącą na stole. Owinął się szczelniej futrem i wyszedł na zamieć. Jak przerażona starucha wyczuwał cienie między zmarzniętymi świerkami. Ale nikogo tu nie było. Żadnego Ciemnego Cienia. Żadnej gwałtownej śmierci czającej się za rogiem. Jeszcze nie.

Widział tylko Ulvheim. Po raz ostatni. Wyciągnął ze śniegu łopatę i zaczął torować sobie drogę do wozu.

## POWRÓT RIMEGO

Powalony świerk rozciągał się nad Otchłanią jak na wpół spróchniały most. Kora łuszczyła się wielkimi płatami, a pień z każdym rokiem był coraz bardziej obnażony. Na drugą stronę prowadziło ledwie dwadzieścia kroków. Droga na skróty dla odważnych wiewiórek. Ale nie dla ætlingów.

Hirka stłumiła instynktowną reakcję i zrobiła kolejny krok. Pień pod nią jęknął. Nie zaznał dotąd ciężaru ætlinga i podejrzanie trącił zgnilizną. Próbowała myśleć o nim miło, jakby dzięki temu miał jej nie zrzucić z siebie. Roztrzaskałaby się o kamienie w Wartkim Potoku, który płynął obojętnie daleko w dole.

*Nie boję się.*

Podniosła wzrok. Przed nią, w połowie pnia, siedział Vetle i skomlał jak pies. Miał piętnaście zim i był rówieśnikiem Hirki, ale w głowie pozostał dzieckiem. Naiwnym chłopcem, który nigdy nie dorośnie, choć dorasta jego ciało. Vetle za bardzo ufał ætlingom. Wszystkiego innego się bał. A więc jak – do Slokny! – go tutaj wyciągnęli?

*Wężowe pomioty! Ażeby ich ślepi zjedli!*

Grupka, która za to odpowiadała, siedziała sobie bezpiecznie na skraju lasu. Hirka czuła ich palące spojrzenia na plecach. Chcieli zobaczyć, jak spadnie. Nie zamierzała dać im tej satysfakcji. Planowała jednak odcisnąć sobie na pięściach ślady ich zębów, kiedy już będzie po wszystkim. Kolgrim do jesieni nie zje nic prócz zupy, nie da rady. Zacisnęła spocone dłonie w pięści.

Vetle zaczął się kiwać niebezpiecznie pomiędzy kolejnymi spazmami płaczu. Hirka zrobiła kilka stanowczych kroków, pod jej stopą pękł kikut odłamanej gałęzi. Wzdrygnęła się przestraszona, ręce uniosły się same, jakby miały własną wolę i wcześniej niż ona pojęły, że potrzebuje pomocy. Odzyskała równowagę. Serce waliło jak młotem. Kolana drżały.

– Strach cię obleciał, bezogoniasta?!

Okrzyk Kolgrima wywołał przewidywalny chór rżących śmiechów. Odbijały się echem od kamiennych ścian Otchłani. *Bezogoniasta! Bezogoniasta! Bezogoniasta!*

Hirka wyprostowała plecy. Nie mogła pozwolić, by ją rozdrażnili. Jeszcze nie.

Vetle był przerażony. Siedział w przypominającej szkielet plątaninie gałęzi, z których igliwie opadło już dawno temu, i wył. Ukrył twarz w zgięciu łokcia, jakby to, że nic nie widzi, miało coś pomóc. W dłoni ściskał drewnianego konika.

– Vetle, to ja, Hirka. Możesz na mnie spojrzeć?

Płacz ucichł. Vetle zerknął znad łokcia. Jego zaczerwieniona twarz rozpromieniła się w uśmiechu. Hirka natychmiast pojęła swój błąd.

Vetle zerwał się na nogi i rzucił w jej stronę z otwartymi ramionami.

– Vetle! Czekaj!

Było już za późno. Straciła oparcie. Upadając, obróciła się i uczepiła pnia. Vetle wylądował ciężko na jej plecach, wyciskając powietrze z płuc. Drewniany konik wbijał jej się w policzek. Pień zaskrzypiał paskudnie. Kilka razy.

Wrony zerwały się z wierzchołków drzew i z krzykiem zniknęły w lesie. Dobiegające z różnych stron nawoływania zdradzały, że Kolgrimowi i jego kolegom nagle zaczęło się bardzo śpieszyć. Wynosili się stąd, jakby zdali sobie sprawę, że wszystko idzie do Slokny. Hirka wrzasnęła z wściekłości:

– Tchórz z ciebie, Kolgrim! Słyszysz?! – Teraz pojęła z całą mocą, że nikt się nie dowie, co się stało. Ona i Vetle po prostu znikną z wioski bez śladu. – Martwy tchórz! – dodała z nadzieją, że będzie miała okazję zrealizować groźbę.

Poczuła zimny ucisk w żołądku. Pień zaczął się osuwać. Wierzchołek się złamał i świerk szurał teraz po skalistej ścianie po drugiej stronie. Przechylał się coraz bardziej.

*No, chcesz żyć czy umrzeć?*

– Biegnij, Vetle! Teraz!

Jakimś cudem Vetle pojął powagę sytuacji i szarpnął się do przodu. Jego kolano wbiło się bezlitośnie między jej łopatki, ale znalazł się przed nią i pomknął po pniu. Hirka wczepiła się kurczowo w powalone drzewo. Zacisnęła oczy i czekała na uderzenie. Korzenie rwały się i pękały jak cięciwy. Posypało się na nią próchno i drobne kamyki. A potem wszystko znieruchomiało, równie raptownie, jak się zaczęło.

Otworzyła oczy. Najpierw jedno, żeby sprawdzić, czy jest sens otwierać drugie. Korzenie wytrzymały. Zwisała ze skalnego urwiska. Vetle krzyknął nad jej głową:

– Jomar!

Drewniany konik przeleciał obok niej i runął w przepaść. Zakończył swoje dni samotnym pluskiem w Wartkim Potoku. Ale Vetle był bezpieczny. Wdrapał się za krawędź urwiska. Cud Widzącego, pomyślała Hirka w nieczęstym przypływie wiary.

Ostrożnie spojrzała w górę. Korzenie wisiały tuż nad nią jak ziejąca paszcza trolla. Nie dało się ich obejść. Krew z pokaleczonej dłoni spływała jej po przedramieniu. Musiała działać szybko, zanim zacznie odczuwać ból.

Wyciągnęła mały nóż, wbiła go w drzewo i podciągnęła się, żeby dosięgnąć korzenia. Na jej twarz posypała się sucha ziemia. Potrząsnęła głową i zamrugała. Usłyszała własny śmiech.

*Przynajmniej gorzej już być nie może.*

Objęła pień udami i wsunęła nóż do pochwy. Wyciągnęła rękę, by wymacać korzeń od góry. Musiała znaleźć oparcie. Cokolwiek, czego mogłaby się chwycić.

Silna dłoń ujęła jej rękę.

– Punkt dla mnie, jeśli cię wyciągnę?

Prawie spadła z wrażenia. Przyśniło jej się? Ten głos? Zna ten głos! A może uderzyła się w głowę?

*Punkt dla mnie?* To nie mógł być nikt inny.

*Rime wrócił!*

Nie słyszała jego głosu od trzech lat i był niższy, niż zapamiętała. Ale to był on. Nie miała żadnych wątpliwości. Hirka zwlekała z odpowiedzią. Może sobie to tylko wyobraziła? To jej się często zdarzało, wszyscy o tym mówili. W ogóle dużo o niej mówili.

Co, u Slokny, on tutaj robi?

Czuła mocny chwyt Rimego, jego ręka była ciepła. Z niechęcią stwierdziła, że już przerzuciła na niego większość swojego ciężaru.

– Zdecydowałaś się wreszcie? – dobiegł spokojny głos znad krawędzi.

– Nie potrzebuję pomocy! – odparła.

– Dalej ci się wydaje, że umiesz latać? A może masz jakiś inny pomysł, jak się stąd wydostać?

Usłyszała, jak Rime nadepnął korzeń, i znów na jej twarz posypała się ziemia. Odwróciła głowę i wypluła czarne grudki. Myśli, że wygrał. Jaki cwany drań! Ona tu ryzykuje życie, żeby ratować Vetlego, a on się zjawia i zbiera sobie punkty, gdy ona jest w potrzebie. To tak dziecinne, że aż niepojęte. Obrzydliwe! Ale pamiętał…

Hirka zagryzła wargę, żeby ukryć uśmiech, choć nikt jej tutaj nie widział. Ramiona paliły. Nie zamierzała tego przyznawać, lecz nie miała szans wydostać się stąd bez pomocy.

– Świetnie bym sobie poradziła, gdybyś nie zmarnował mojego czasu. Możesz dostać pół.

Roześmiał się. Głęboki, ochrypły śmiech, który wyzwolił całą lawinę wspomnień z czasów, gdy wszystko było prostsze. Ścisnęło jej się gardło.

– Zawsze próbujesz zmieniać zasady w trakcie gry. Punkt albo nic.

– Dobra… – wydusiła z siebie. – Punkt dla ciebie, jeśli mnie wyciągniesz.

Ledwie zdążyła dokończyć to zdanie, gdy jej ciało odsunęło się od pnia. Na chwilę zawisła bezradnie nad skrajem przepaści, a potem stanęła na bezpiecznym gruncie. Rime ją puścił. Zrobiła nieśmiało krok, by się upewnić, czy będzie w stanie ustać. Poszło lepiej, niż się spodziewała.

Vetle siedział na ziemi i wyglądał jak porzucony worek. Z roztargnieniem szarpał podarty rękaw. A Rime stał przed nią, jakby nigdy stąd nie wyjeżdżał.

– Gdzie się zraniłaś? – spytał.

Był taki sam jak kiedyś. Zawsze od razu trafiał w najsłabszy punkt. Jak drapieżnik, który musi zaznaczyć, że to on jest najsilniejszy. Że to on najwięcej zniesie.

– Nie zraniłam się – odparła, chowając rękę za plecami. Dłoń wyglądała pewnie jak padlina.

Rime postawił Vetlego na nogi. Chłopak pociągnął nosem.

Jego ogon zwisał smutno. Hirka zerkała ukradkiem na Rimego, gdy jego palce wędrowały po szyi i stawach Vetlego w poszukiwaniu obrażeń.

Jego włosy były dłuższe, niż pamiętała, ale tak samo białe jak śnieg. Zwisały mu między łopatkami i związane były skórzanymi paskami. Krótsze kosmyki się wysunęły i opadały po obu stronach twarzy, która teraz była szczuplejsza niż dawniej. Wyrazista. I było coś jeszcze... Nie potrafiła tego dokładnie określić. Poruszał się inaczej.

I nosił broń.

Jej spojrzenie powędrowało do dwóch mieczy w czarnych pochwach, wąskich, przypiętych do szerokiego pasa. Ubrany był jak wojownik. Lekka koszula z wysokim kołnierzem, rozcięta z obu boków. Na piersi skrzyżowane szerokie skórzane pasy. Na tle lasu świecił jak śnieżny kot.

Hirka spuściła wzrok. Jest głupcem. Po co przychodzi tu tak ubrany? Jego strój z pewnością wystarczyłby, żeby wyżywić przez zimę połowę Elveroi.

Rime odwrócił się w jej stronę i zobaczyła haft po lewej stronie jego piersi. Kruk. Znajome rozpostarte skrzydła. Znak Rady. Znak Widzącego.

Panika ścisnęła jej serce, wbiła się w nie gwałtownie i głęboko jak szpony.

*Widzący... Rytuał!*

Zrobiło jej się zimno, gdy zrozumiała, dlaczego Rime tu jest.

*Nie! To za wcześnie! Jeszcze trwa lato!*

Spojrzał na nią jasnoszarymi oczyma. Uniosła podbródek i nie odwróciła wzroku. Nawet o cal. Przekrzywił głowę i przyglądał jej się z lekkim rozbawieniem, jakby była jakimś zwierzęciem, którego nigdy dotąd nie widział.

– Nie miałaś przypadkiem kiedyś rudych włosów? – spytał.

Hirka dotknęła głowy i posypał się piasek. Spróbowała go strzepnąć, ale palce utkwiły w czuprynie gęstych rudych włosów. Jego oczy lśniły jak lód. Wyraz twarzy, który znała tak dobrze, że to aż bolało. Dziecinne wyzwanie. Wydawało się nie na miejscu przy tym stroju, który nosił, ale już po chwili jego twarz stężała. Odwrócił wzrok. Przypomniał sobie, kim jest.

Przybycie Rimego zapowiadało niebezpieczeństwo, czuła to każdym nerwem. Wydawało jej się, że go poznała, ale to, co widziała, było tylko wspomnieniem. Stojący przed nią mężczyzna nie był rywalem z dzieciństwa. Nie był przyjacielem. Był synem potężnej rodziny. Rime An-Elderin. Z rodu należącego do Rady.

Tyle że to nigdy dotąd nie było ważne.

– Nie wróciłem, żeby zostać. Udam się z Ilume do Mannfalli – powiedział. Potwierdzenie dzielącej ich przepaści.

Hirka założyła ręce na piersi.

– Normalni nazywają babcię babcią. Ja bym tak robiła, gdybym miała babcię. – To był marny przytyk, ale lepszy nie przychodził jej do głowy. Nie mogła skupić myśli.

– Nie, jeśli jest nią Ilume – odparł.

Hirka spuściła wzrok.

Rime zbliżył się o dwa kroki. Jego strój pachniał czystością i szałwią. Za jego plecami zobaczyła Vetlego, który wyciągał szyję, wpatrzony w przepaść, która pochłonęła drewnianego konika.

– Mają dużo do zrobienia przed Rytuałem. To również twój rok, prawda? – spytał Rime.

Hirka niepewnie pokiwała głową. Czas ją dogonił. Poczuła, że robi jej się niedobrze. W Elveroi było więcej takich, którzy kończyli w tym roku piętnaście lat. Inni od roku liczyli dni. Szyli stroje. Dostawali pierścienie na ogon, kute ze złota i srebra. Planowali podróż, którą każdy raz w życiu musiał odbyć. Również

Hirka. Różnica polegała na tym, że oddałaby wszystko, co posiada, żeby tylko tego uniknąć.

Rime sięgnął do jej biodra. Odskoczyła do tyłu, jej ręka powędrowała do noża, ale już go tam nie było. Lśnił w dłoni Rimego. Hirka przełknęła ślinę i cofnęła się przed stalą. Przez krótką chwilę wydawało jej się, że przejrzał ją na wylot i chciał ją zabić, by zaoszczędzić kłopotu Radzie. Podszedł jednak do korzeni.

– Zabieram Vetlego do domu – powiedział i przeciął te nieliczne korzenie, które jeszcze trzymały drzewo.

Świerk runął w Otchłań. Została tylko blizna w ziemi i chmura kurzu, który lśnił w mgiełce nad Wartkim Potokiem. Otchłań zdawała się o wiele szersza niż wcześniej. Skalne ściany po obu stronach zostały obnażone.

– Niech twój ojciec obejrzy tę rękę.

Parsknęła.

– Zszywam dorosłych chłopów, odkąd skończyłam siedem lat!

Podszedł jeszcze bliżej i Hirka stłumiła chęć, by się cofnąć. Był od niej wyższy prawie o głowę. Jego skórzany napierśnik zaskrzypiał, gdy pochylił się i wsunął nóż z powrotem do pochwy przy jej pasie.

– Jomar… – usłyszała niepocieszony głos Vetlego i dobrze go rozumiała. Może dostanie nową zabawkę? Ale nawet gdyby była ze szczerego złota, to nie będzie miało żadnego znaczenia. Stracił Jomara.

Hirka odwróciła się i odeszła. Miała przeczucie, że zostawia za sobą coś ważnego, ale nie obejrzała się.

# CZERWONY WÓZ

Gdy tylko upewniła się, że Rime już jej nie widzi, puściła się biegiem. Zostawiła las za sobą i ruszyła grzbietem góry w stronę morza. Tam było najmniejsze ryzyko, że kogoś spotka. Wiatr zaczął pachnieć wodorostami, kiedy zobaczyła chatę. Stała wysoko na górze, wciśnięta w skalną ścianę, jakby wygnano ją ze wsi i przypełzła tu, na górę, by wylizać rany.

Nazywano ją Złą Chatą. Dawno temu strażnicy Rady przyprowadzili tu banitę i ją podpalili. Ale chata nie chciała się palić. Wciąż uparcie stała przy morzu, poczerniała od wschodniej strony. Jeden z chłopów pańszczyźnianych z Błyszczącej Góry odważył się tutaj zapuścić, by zabrać okiennice, ale przerażony upuścił je sobie na stopę i złamał dwa palce. To przesądziło sprawę. Potem już nikt tutaj nie przychodził. Wtedy ona i ojciec tu zamieszkali. Ojciec nie słuchał babskiego gadania. Mimo to Hirka czuła się nieswojo, gdy patrzyła na chatę. Wcale się nie bała i dobrze się tu czuła, zawsze jednak miała wrażenie, że gdy zobaczy chatę, wydarzy się coś złego. Jakby musiała się śpieszyć, by temu zapobiec.

Pod butami zgrzytało. Ścieżka pokryta była kamykami, które przy każdym sztormie odkruszały się od skał.

Rime wrócił. *Rime An-Elderin.*

To imię powinno być łatwe, ale odczuwała je jak kamień w ustach. To było tak jak z odważnikami Seika – wszyscy wiedzieli, że są za ciężkie, ale nigdy się takie nie okazywały, gdy strażnik przychodził je sprawdzić. Mówiło się, że kupiec ma dwa zestawy.

Tak samo było z Rimem. Miał dwa imiona. Wyjechał z Elveroi z tym krótkim i łatwym, którego używała, odkąd miała dziewięć lat, a powrócił z imieniem długim i trudnym. Imieniem, które kazało mu stąd wyjechać do rodzinnych włości za białymi murami Widzącego w Mannfalli. Hen, hen, daleko stąd.

Sylja z Błyszczącej Góry potrafiła do zachodu słońca pleść o ociekającej złotem Mannfalli, ale Hirka, spędziwszy większą część życia na drogach w pomalowanym na czerwono wozie, była zadowolona, że ma chatę, którą może nazywać domem. Swoje miejsce, o którym może powiedzieć, że stąd pochodzi. Czego więcej trzeba?

Przystanęła przy drzwiach. Koszyk! Zapomniała koszyka. Wszystkich tych roślin, które zbierała przez cały dzień. Zostały przy Otchłani. Nie mogła ich tak zostawić, jutro będzie letnie przesilenie. Przesądne wieśniaczki zadepczą las, zbierając zioła, by śnić o zalotnikach. Zioła, które mogła sprzedać na rynku.

Hirka już chciała zawrócić, ale wtedy jej uwagę przykuł jakiś dźwięk. Coś drapało ściany od środka. Drapanie, a potem cisza. Zamarła na ganku. Byli tu! Rada przyszła, by ją zabrać.

*Weź się w garść! Nic nie znaczysz dla Rady.*

Otworzyła drzwi. Spodziewała się, że zobaczy ojca, ale izba była pusta. Bardziej pusta niż powinna. Z sufitu zwisały mścikolec i łzy słońca, ale wszystkie ususzone zioła zniknęły. Pod dwiema ścianami stały pudła i garnki najróżniejszych kształtów i rozmiarów, ale na dolnych pułkach było pusto. Pozostały tylko słabe zarysy pudeł w cienkiej warstewce sadzy z paleniska. Jedna ze skrzyń, która służyła też jako ława, stała otwarta. Nawrzucano do niej mnóstwo rzeczy, jakby ojciec zbierał wszystko z półek i chował do skrzyni. Herbata, dziki bez, szkarłatny korzeń, maści i mikstury. Amulety i ozdoby Widzącego.

Hirka wyjęła dobrze jej znane, porysowane pudełko i obróciła je w dłoni. To była jaruna. Ich zapas herbaty z Himlifall. Było w niej dużo Evny, i niech Slokna porwie każdego, kto nie poczuje się lepiej po kubku tego naparu. To były rzeczy, które sprzedawali na co dzień... Nagle jej serce ścisnął niepokój.

Znów usłyszała drapanie. Odstawiła drewniane pudełko na miejsce i wyszła z chaty. Ruszyła w kierunku źródła dźwięku, przeszła za róg od strony morza. Uważała, żeby stawiać stopy w miejscach porośniętych trawą. Poruszała się cicho, choć nie rozumiała po co. Wyjrzała zza rogu. Niepokój zmienił się w pewność tak ciężką, że trudno było jej się ruszyć z miejsca.

Ojciec siedział na wózku i zardzewiałą łopatą, której nigdy dotąd nie widziała, zdrapywał czerwoną farbę ze starego wozu. Musiał ją gdzieś pożyczyć. Jedyną lśniącą jej częścią była świeżo naostrzona krawędź. Szurała przenikliwie o drewno, gdy ojciec ją przesuwał. Wóz zrzucał z siebie płaty spłowiałej farby, które opadały jak jesienne liście pod nogi ojca.

Na plecach jego koszuli widać było ciemną plamę potu. Żyły na rękach nabrzmiały, próbując objąć mięśnie, ale to było beznadziejne zadanie. Ojciec był silny, wszyscy to wiedzieli, bo odcinał rękawy przy swoich koszulach. Hirka pamiętała czasy, gdy nosił je tak jak inni, ale to było wiele lat wcześniej.

– Wybierasz się dokądś? – spytała. Zdała sobie sprawę, że skrzyżowała ręce na piersi. Miała nadzieję, że dzięki temu wydaje się silniejsza.

Ojciec przestał skrobać wóz i posłał jej spojrzenie, w którym widać było poczucie winy. Ale jego oczy zaraz znów stały się surowe. Był mężczyzną z Ulvheim. Wbił łopatę w ziemię. Przewróciła się w niskiej trawie. Nawet on nie umiał wbić łopaty w skałę. Potarł ręką krótko ostrzyżoną głowę, aż coś zachrzęściło.

– Przybył kruk – powiedział.

Hirka wiedziała o tym. Domyśliła się w chwili, gdy zobaczyła Rimego. Przybył kruk, Eisvaldr wyznaczył dzień Rytuału.

*Ile mam czasu?*

Ojciec pochylił się i znów sięgnął po łopatę. Dalej zeskrobywał farbę.

– No i jak, doszłaś do czegoś? – spytał.

Hirka zacisnęła szczęki. Dlaczego nie mógł tego powiedzieć wprost? To jej wina, że muszą wyjechać.

– Wybierasz się dokądś? – powtórzyła.

Ojciec chwycił koła i obrócił wózek, by móc na nią spojrzeć. Uniósł się tak, że niemal zawisł nad wózkiem, opierając cały ciężar ciała na rękach.

Hirka cofnęła się o krok. To było niesprawiedliwe. Wiedziała, czego od niej chce, ale po prostu nie potrafiła mu tego dać. I dlaczego miałaby to zrobić? Potrafi wiele innych rzeczy! Czy będzie osądzana na podstawie tej jednej, której nie potrafi?

– Nie potrafię czerpać. I co z tego? Na pewno już wcześniej byli tacy jak ja. Chyba nie jestem jedyna?

Jej pytanie zawisło w powietrzu, bez odpowiedzi. Wiedział, że nie umie czerpać. Wiedział to od zawsze. Dlaczego dziś miałoby to mieć jakiekolwiek znaczenie?

*Rytuał.* W tym wszystkim chodziło o ten przeklęty Rytuał.

Zimny paraliż powrócił. Serce zabiło szybciej.

– Na pewno już wcześniej byli tacy jak ja?! Chyba niemożliwe, żebym była jedyna na całym świecie? We wszystkich jedenastu krainach?

Ojciec spojrzał na nią. Głęboko osadzone oczy wyglądały

smutno, tak jak jego nogi. A więc tak było. Upośledzona, która nie potrafi czerpać. Ślepa na Evnę. Pozbawiona tego, co mają wszyscy inni. Bez Evny. I bez ogona. Przez głowę przemknęło jej niczym echo wołanie Kolgrima.

*Bezogoniasta…*

Hirka odwróciła się ostentacyjnie i oddaliła się od chaty. Usłyszała wołanie ojca, ale się nie zatrzymała. W miejscu, gdzie kończyła się skalna półka, wdrapała się na najwyższą z trzech brzóz. Tak wysoko, jak tylko mogła, do miejsca, gdzie gałęzie były już zbyt cienkie, by wspinać się wyżej. Usiadła przy samym pniu i objęła go, żeby nie spaść. Piekła ją dłoń. Rana znów zaczęła krwawić. Zapomniała o niej.

*Rime wrócił.*

Nagle poczuła się zakłopotana. Zachowywała się jak beznadziejny dzieciak. To, że wdrapała się na drzewo, nic nie rozwiąże. Dorośli tak nie robią. Ani normalni. Czy to dziwne, że musieli żyć w drodze? Czy to dziwne, że nigdy nie spotykali się z innymi, chyba że wtedy, kiedy pomagali jakiemuś choremu? Nie było w tym nic dziwnego. To ona zawiniła. Nie jest taka, jak powinna.

Hirka wczepiła się mocniej w pień drzewa.

Uratowała Vetlego. To się chyba trochę liczy?

Nie, Vetle sam by sobie poradził. Nie ona go uratowała. To Rime uratował ją. Ale przynajmniej miała odwagę spróbować! Na wiele rzeczy miała odwagę. Kąpała się w Wartkim Potoku na początku Małego Księżyca, zanim jeszcze stopniały lody. Skoczyła w Czarną Przepaść, kiedy stali i się na nią gapili. Hirka niczego się nie bała. Dlaczego więc boi się Rytuału?

*Bo ojciec się boi.*

Bał się. Do tego stopnia, że chciał opuścić Elveroę. Znów wsiąść do starego wozu i żyć na drogach. Sprzedawać cudowne lekarstwa przypadkowo spotkanym. Dzień po dniu gotować zupę na tych samych kościach. Teraz, gdy nie mógł już chodzić, takie życie było niemożliwe. A jednak chciał to zrobić. Uciec. Dlaczego?

Co najgorszego mogła zrobić Rada z dziewczyną, która nie potrafi czerpać?

Nie chciała o tym myśleć. Zaczęła liczyć liście brzozy. Po sześćset pięćdziesiątym drugim wydawało jej się, że znów słyszy wołanie ojca. Nie odpowiedziała. Potem już jej nie zawołał.

## NAUCZYCIELKA KRUKÓW

Rime obserwował Vetlego, który szedł przed nim ścieżką w stronę domu kruków. Chłopak opowiadał mu urywkami, co się wydarzyło nad Otchłanią, mówił bez przerwy i strasznie dramatyzował. Chwilami wpadał w takie podniecenie, że słowa więzły mu w gardle i musiał zaczynać od nowa. Kilka razy potykał się o korzenie, ale za każdym razem Rimemu udawało się go złapać i z powrotem postawić na ścieżce.

Wrzosy były soczyście zielone, skąpane w słońcu. Ptaki milczały, uśpione bogactwem lata. To nie był dzień na trudne rozmowy. Ale właśnie to go czekało. Rime zdał sobie sprawę, że zwolnił.

To było wyzwalające uczucie, iść tak z kimś, kto nigdy nie udaje. Vetle był tym, kim był, bez względu na to, z kim rozmawiał. Nie miał żadnych ukrytych zamiarów. W jego oczach nigdy nie pojawiała się zachłanność. Sprawił, że Rime zapomniał, kim sam jest, a rzadko mógł sobie pozwolić na taką przyjemność.

W Elveroi traktowano Vetlego prawie jak domowego kota. Mógł przychodzić i odchodzić, kiedy chciał. Miłe gospodynie dawały mu chleb na miodzie i głaskały go po jasnych włosach. Nikt od niego nie oczekiwał, że będzie spokojnie siedział tak jak inni, kiedy augur śpiewał pieśni w sali Widzącego. Chłopak był ładny – to błogosławieństwo Widzącego często ratowało go przed zwykłym strachem, przed wątpliwościami wobec wszystkiego, co odmienne. W świecie Vetlego czas płynął inaczej. Zawsze najważniejsze było to, co będzie zaraz. To, co jest najbliżej. Dziś, co zrozumiałe, ciągle mówił o Hirce.

Dziewczyna nie stała się mniej harda przez ostatnie trzy lata, trzeba to jej przyznać. Dalej robiła to, co chciała, nawet jeśli to było nierozsądne. Vetle odmalował ją, jakby była jakąś boginią z Brinnlandy. Rime instynktownie ułożył dłonie w znak Widzącego. W Mannfalli starzy bogowie i boginie od dawna nie żyli.

Szli po porośniętej mchem łące, w cieniu koron potężnych dębów. Vetle rzucił się biegiem w stronę domu, który stapiał się z lasem po drugiej stronie łąki. Przypominał małą wieżę z pionowo ustawionych bali, opartą o potężne pnie. Ale te drzewa miały też inne zadania. Były filarami dla siatki z gałęzi, rozciągającej się wokół znacznej części łąki. Na pierwszy rzut oka nie było w nich nic niezwykłego, zwłaszcza teraz, późnym latem, gdy liście były zielone i gęste. Potem jednak rozlegało się krakanie kruków i nagle stawało się jasne, że to wielka zagroda w kształcie pierścienia. Dom kruków.

W domu w Eisvaldrze było ich więcej i Rada nigdy nie wysyłała listów w inny sposób. Za najważniejszą korespondencję przysyłaną do Elveroi i wysyłaną stąd odpowiadała Ramoja. Zwyczajne listy przewożono wozami, podobnie jak w Mannfalli, lecz jeśli list miał dotrzeć z dnia na dzień, niewidziany, nic nie mogło się równać z krukami. Były czarnymi posłańcami. Skrzydłami Rady. Świętymi posłańcami tego, co nowe, i rozkazów decydujących o życiu lub śmierci. Znaczną część swej wielkiej władzy Mannfalla zawdzięczała krukom, które nigdy nie odpoczywały.

Rime usłyszał je, jak szeptały o zbliżającym się obcym. Był obserwowany. Oceniany. Rozpoznano go jako syna Widzącego i kruki się uspokoiły. Rime przystanął. Ta cisza była jak wyczekiwanie. Było w niej coś z głodu. Jak zachłanność żebraka. Niewinna. Konieczna. Ale intensywna i nieprzewidywalna. Czarne cienie poruszyły się niecierpliwie w gałęziach. Rime ruszył dalej i znów rozległo się krakanie. Narastający chór żądań, które wołają o zaspokojenie. Oszukane i odtrącone.

W tym gwarze rozległ się głęboki kobiecy głos:

– Mówią, że to ktoś znany, ale nie wiem, czy wierzyć w to, co widzę.

Ramoja wyszła z zagrody. Jej biodra kołysały się tak, jak potrafią tylko biodra kobiet z Bokesj. Czarne jak węgiel gęste włosy były mocno splecione w warkoczyki, które sterczały z tyłu głowy jak wroni ogon. Schudła, widział to po tym, jak wisiały na niej spodnie. Były spięte w kostkach sznurami złotych paciorków, które szeleściły, gdy się poruszała. Takie same nosiły tancerki w Mannfalli. Mimo wielu lat w Elveroi Ramoja wciąż miała status cudzoziemki.

Vetle podbiegł do niej.

– Mamo! Wpadliśmy do Otchłani! – oznajmił z dumą.

Ramoja spokojnie odstawiła na mech zakrwawione, żelazne wiadro i położyła dłoń na ramieniu chłopca. Odsunęła go od siebie na odległość ramienia i szybko omiotła go spojrzeniem, by się upewnić, czy nic mu nie jest. A potem spojrzała na Rimego. Szukał w jej oczach śladów strachu, ale nic nie znalazł.

To był dziwny widok, nauczycielka kruków i jej syn – niemal dorosły mężczyzna, który myślał i zachowywał się jak dziecko. On jasnowłosy, ona o ciemnych włosach i karnacji. Chłopak zaczął wyjaśniać i Rime musiał się wtrącić, by nie naopowiadał jej jakichś strasznych historii. Po drodze zdążył je usłyszeć kilka razy. Wyjaśnił Ramoi, co się stało. Przyjęła to naturalnie. Nie złajała chłopca. Vetle zawsze mógł chodzić, gdzie chciał, mimo oczywistego niebezpieczeństwa.

– Nikt nie spadł. To jest najważniejsze – powiedział Rime, choć Ramoja nie wyglądała jak ktoś, kogo trzeba uspokajać.

– Prędzej czy później wszyscy spadniemy. Nie mamy dziedzictwa ani majątku – odparła.

Znów sięgnęła po wiadro i podeszła do Rimego z uniesioną ręką, jakby chciała pogłaskać go po policzku. Ale nie zrobiła tego. Jej dłoń opadła. Odkąd sięgał pamięcią, była dla niego jak matka. Teraz jednak dostrzegła w nim coś, czego nie chciała dotknąć. To samo, co sprawiło, że Hirka odwróciła się do niego plecami i odeszła. Zupełnie jakby wiedziały. Jakby wszystko to, co widział i robił przez ostatnie trzy lata, wpełzło mu pod skórę. Jakby było widoczne w jego oczach. Rime poczuł ukłucie smutku, ale natychmiast je stłumił. Ramoja przesunęła w ręce wiadro i rączka zaskrzypiała. Pachniało surową dziczyzną.

– Nie widziałam cię od czasu…

– Rytuału – dokończył Rime.

Spojrzała na niego. Jej oczy były jak brązowe migdały w oliwkowej twarzy. Kryło się w nich i zimno, i ciepło. Przepełniało je to, co pragnęła powiedzieć, ale z jej ust padło tylko ciche potwierdzenie:

– Rytuału…

Ramoja otrząsnęła się ze wspomnień i wpuściła Rimego i Vetlego do domu. Odstawiła żelazne wiadro na podłogę i zaczęła przygotowywać herbatę. Rime się rozejrzał. Pomieszczenie było równie ciasne, jak je pamiętał, w głębi znajdowała się część oddzielona nieużywaną siecią rybacką. Przez otwór, którym mogły wlatywać kruki, wpadało słońce. Drabina prowadziła na piętro. Rime wiedział, że jest tam dużo papieru przechowywanego w małych przegródkach i posortowanego według ciężaru. Tu, na dole, w najbliższym kącie stał regał, a na nim mnóstwo niewielkich pojemniczków z różnych materiałów: ze skóry, drewna i kości. Niektóre z nich leżały też na wąskim stole z zielonego szkła. Kruk właśnie przesuwał je dziobem, jeden po drugim, na właściwą półkę. Pazury skrobały o szkło, gdy powoli chodził tam i z powrotem.

Ptak odwrócił się w stronę Rimego, gdy ten usiadł do stołu przy oknie. Wyczuł go, jeszcze zanim go zobaczył. Przeskoczył na stół przy Rimem i podszedł do niego. Zatrzymał się przy jego ręce spoczywającej na blacie i przekrzywił głowę. To był duży kruk, z wąską głową. Światło lśniło w jego piórach liliowo i niebiesko. Podstawę dzioba otaczał czarny, drobny puch. Rime widział na nim drobne zadrapania, kruk nie był już młody. Zamrugał.

Rime chętnie dałby mu to, po co przyszedł, ale tutaj nie mógł czerpać. Zupełnie jakby zrozumiał, że przegrał, ptak zaczął dziobem ciągnąć Rimego za rękaw.

– Arnaka!

Ramoja chwyciła dumne stworzenie w obie dłonie, jakby było zwyczajną kurą, i podrzuciła je w stronę otworu w dachu. Kruk podfrunął posłusznie, zakrakał tylko z oburzeniem.

– Zwykle nie jest niemiła.

Ramoja podała Rimemu chropowatą, kamienną czarkę z herbatą i usiadła naprzeciw niego.

– No cóż, nie jestem zaskoczona.

Upłynęła chwila, nim się zorientował, że wciąż mówi o Rytuale. O potwierdzeniu, jakie uzyskał. Że Evna jest w nim silna. Tak jak niegdyś w jego matce. Tak jak wciąż jest silna w Ilume. Tak jak we wszystkich dwunastu rodzinach Rady, które od pokoleń interpretują słowa Widzącego.

Nie odrywała od niego wzroku. Pod tym względem bardzo przypominała jego babkę. Te oczy były jednak zaprzeczeniem oczu Ilume. Słuchały. To były oczy matki. Ramoja porzuciła prestiżowe zajęcie nauczycielki kruków w Mannfalli, by w służbie Rady udać się z babką Rimego do Elveroi. Rime wiedział dlaczego. Trudno było patrzeć na Ramoję i o tym nie myśleć, choć nie powinien nawet wiedzieć. Ale jeszcze zanim skończył dziesięć zim, sterta spraw, o których nie powinien był wiedzieć, urosła wyżej niż dzwonnica Mannfalli.

Rime pił. Ciepło rozlewało się w ustach.

– Za każdym razem, gdy cię widzę, jest w tobie więcej z jej rysów – powiedziała.

– Starzeję się – odparł, bo nic innego nie przychodziło mu do głowy. Nie pamiętał dokładnie, jak wyglądała jego matka; najlepiej znał ją z tkanego wizerunku, który wisiał w ogrodzie zimowym w domu w Eisvaldrze. Kobieta o drobnych dłoniach uniesionych ku szyszkom sękatej sosny, która wciąż rosła w ogrodzie noszącym jej imię. Rime miał sześć lat, kiedy jego rodzice zginęli w śniegu.

– Starzejesz? Masz osiemnaście lat – roześmiała się Ramoja, zakładając nogę na nogę. Zaszeleściły złote paciorki zdobiące rąbek spodni. Nagle jej twarz znów spoważniała.

Rime przygotował się na to, co musiało teraz nadejść.

– Co ty wyprawiasz, Rime?

– Co masz na myśli? – spróbował zyskać na czasie. Doskonale wiedział, o co jej chodzi.

– Mówią, że zostaniesz gwardzistą. Gwardzistą?

Rime kiwnął głową. Szukał czegoś, na czym mógłby zatrzymać wzrok. Na ławie przy palenisku leżały dwa martwe króliki. Pewnie dla kruków, one często jadały lepiej niż ætlingowie. W pomieszczeniu za zasłoną z sieci rybackiej Vetle kręcił się niespokojnie, jakby czegoś szukał, ale nie wiedział czego. Ramoja znów podchwyciła spojrzenie Rimego.

– Rozmawiałeś z nią po powrocie?

– Do dzisiejszego wieczoru jest w Kruczym Dworze. – Ramoja milczała, więc ciągnął dalej: – Porozmawiam z nią.

Potrząsnęła głową.

– Jesteś Rimem An-Elderinem, jedynym wnukiem Ilume, urodzonym i wychowanym w Eisvaldrze, i odrzucasz swoje miejsce w Radzie?

– Niczego nie odrzucam. – Słyszał, że zabrzmiało to nieprzekonująco. Nie dało się w inny sposób wyjaśnić takiej decyzji. Ale prawda była jeszcze gorsza.

– Tego właśnie pragniesz? – W głosie Ramoi pobrzmiewały uzasadnione wątpliwości. Pochyliła się do przodu i oparła ręce na stole. Zabrzęczały bransolety.

– Chcę służyć tym, którzy służą – usłyszał własną odpowiedź.

Ramoja odchyliła się na krześle.

– Tak, bez wątpienia. Gwardziści też mają wiele ważnych zadań.

To była prawda, ale Rime słyszał w jej głosie zakłopotanie i coś jakby ton pocieszenia. Poczuł smak własnego kłamstwa. To było coś nowego. Nowa maska, którą musiał nosić. Dla Ramoi był słabym synem silnego rodu. Dla babki – zdrajcą. Prawdziwą drogę, jaką wybrał, znała tylko Rada i nikomu nie mógł o tym powiedzieć.

– Augurzy z Mannfalli już protestują, wiesz o tym? – spytała.

– Oczy Widzącego zawsze protestują. To minie. Za miesiąc już nie będą o tym pamiętać.

– Nie będą pamiętać? Jedyny wyłom w linii An-Elderinów od pierwszego posiedzenia. Tak ma żyć Rime An-Elderin, dziecko

Widzącego? Chłopak, który miał swoje sale Widzącego, jeszcze zanim się urodził?

Na te słowa kąciki jego ust drgnęły. Chciał obnażyć zęby, ale stłumił ten impuls. Przychodziło mu to trudniej niż kiedyś. Może dlatego, że niedługo to się skończy. Już nigdy więcej nie będzie musiał żyć własnym mitem. Pozostawała tylko ugoda z Ilume.

Ramoja wciąż szukała odpowiedzi w jego oczach. Pozwolił jej na to. Nigdy jej tam nie znajdzie.

– Złożyłeś Przysięgę, Rime?

Skinął głową. Po jej twarzy przemknął cień bólu. A więc sądziła, że być może zmieni zdanie. Ona też.

– Uważasz, że zdradzam pamięć matki – powiedział.

– Nie, nie!

Oczy Ramoi się rozszerzyły, na chwilę znikła zasłona powściągliwości. To był znak, który niewielu prócz niego potrafiłoby odczytać. Wyrastał w miejscu, gdzie mnóstwo rzeczy ukrywano, i nauczył się dostrzegać różnicę. Mówiła prawdę.

– Idziesz za głosem serca, Rime. Nie kierujesz się tym, czego chcieliby zmarli. Nikt nie może ci tego odebrać, nawet…

– Tak. Nawet ona.

Uśmiechnął się. To była pierwsza myśl u wszystkich. Co powie Ilume? Jak matriarchini rodu An-Elderin przyjmie wiadomość, że wnuk wybrał drogę wojownika, nie zaś oczywistą drogę do jednego z dwunastu tronów, z których od zawsze rządzono światem.

Ramoja potrząsnęła głową. Nawet ona nie potrafiła sobie wyobrazić, co czeka Rimego.

– Zawsze miałam nadzieję… wierzyłam…

To ostatnie słowo padło szybko, by ukryć wyznanie, ale było już za późno. A więc Ramoja miała nadzieję, że Rime pójdzie w ślady Ilume. Zaskoczyło go to. Nigdy by nie pomyślał, że akurat ona będzie się kurczowo trzymać tradycji. Miała wiele powodów, by tego nie robić. I dlatego lojalność Ramoi wobec Ilume oraz Rady była bardzo wzruszająca.

Ramoja wstała. Po chwili Rime usłyszał, że jeden z kruków przechodzi przez otwór za zasłoną. Ramoja odsunęła rybacką sieć i przegoniła Vetlego. Kruk usiadł na jej dłoni, choć nie wydała polecenia. Znał zasady. Odczepiła pojemniczek przymocowany między jego łapkami.

Rime zobaczył, że na pojemniczku z kości jest wypalony znak Rady. Dorastał pod tym znakiem. Znakiem Widzącego. Czarny kruk. Wszyscy wierzyli, że on również będzie nosił ten znak na czole. Wysunęła z pojemniczka zwitek papieru i sprawdziła pieczęć. List był przeznaczony wyłącznie dla oczu Ilume. Wsunęła go z powrotem i schowała pojemniczek do kieszeni.

– Wczoraj również przybył kruk. W związku z Rytuałem. W tym roku ma się odbyć wcześniej? – Spojrzała na niego, jakby był w stanie jej to wyjaśnić.

– Tak – odparł po prostu. To było dziwne uczucie, mówić o poczynaniach Rady, jakby jego to nie dotyczyło. Nie będzie już jednym z nich.

– Wszyscy chcieliby wierzyć, że pogłoski są prawdziwe – powiedziała Ramoja. Rime milczał. – Ale Rytuał zawsze sprawia, że zaczynają krążyć plotki – ciągnęła. – Każdego roku przed Rytuałem pojawia się ktoś, kto znów ich widział. – Roześmiała się, ale zaraz ponownie spojrzała smutno na Rimego, jakby szukała w jego twarzy reakcji na swoje słowa. Podobnie jak wszyscy zakładała, że wie więcej o działaniach Rady. Z reguły mieli rację.

– Rada ma szczęście, że motłoch fantazjuje – odparł. – Jaki byłby sens Rytuału, gdyby nie ślepi?

Ramoja uśmiechnęła się krzywo.

– To również rok Vetlego, prawda?

Rime spojrzał na chłopaka, który siedział spokojnie na ławie z głową opartą o ścianę. Otworzył oczy, kiedy usłyszał swoje imię, ale zaraz znów je zamknął.

Ramoja wstała, wzięła puste czarki po herbacie i się odwróciła.

– Tak – potwierdziła.

Rime również wstał. Wiedział, że rzadko i niechętnie wybierała się do Mannfalli. Tak niechętnie, że wolałaby zostać w Elveroi nawet teraz, gdy Ilume miała powrócić do stolicy. Wszystko wskazywało na to, że wizyta dobiegła końca, mimo to położył rękę na jej ramieniu. Było mało prawdopodobne, że jeszcze kiedyś ją zobaczy. Może mignie mu w tłumie podczas Rytuału, jeśli będzie miał powody, by tam być. Ale przyszedł tu, żeby się pożegnać. Tyle że nie mogła się o tym dowiedzieć.

Ramoja odwróciła się w jego stronę z przepraszającym uśmiechem na twarzy.

– Nie przyzwyczaiłam się do tego, że jestem tu bez ciebie.

Rime uśmiechnął się.

– Nie było mnie przez trzy lata.

Wiedział, co miała na myśli. Ramoja służyła rodowi An-Elderinów. Kiedy zginęła jego matka, straciła najlepszą przyjaciółkę. Rime wiedział, że nigdy do końca się z tym nie pogodziła. Nie potrafił znaleźć żadnych słów pocieszenia.

– I tak nigdy nie powinno nas tu być – powiedział. – To był poroniony pomysł. – Zaskoczyła go własna szczerość. Może to dlatego, że ich drogi miały się rozejść. Może wynikało to ze świadomości, że jest wolny i nigdy nie pójdzie w ślady babki. Nie wiedział. Mówił jednak dalej: – Rada trzymała tu Ilume przez wiele lat, bo tylko na tyle mogą się zbliżyć do Kruczego Dworu. To nie żadna tajemnica. Ale ile sal Widzącego udało im się otworzyć w Kruczym Dworze?

Ramoja uśmiechnęła się ostrożnie. Oboje znali odpowiedź. Żadnego. Kruczy Dwór był silny. Dawne ziemie wodzów i cierń w oku Rady. Kruczy Dwór był jedynym miejscem na świecie, którego Mannfalla nigdy nie nawróci, choć oba te miasta dzieliła odległość tylko kilku dni podróży. Pomiędzy nimi znajdowało się jednak Gniazdo Ślepych. Mroczne serce Ym. Niedostępne góry, których wszyscy się bali i które omijali szerokim łukiem. A więc gdy inne regiony jeden po drugim uznawały Radę, Kruczy Dwór utrzymał niezależność. Teraz nie mieli już długów i z każdym dniem stawali się coraz silniejsi.

– Wyruszamy kilka dni przed innymi – powiedziała Ramoja. – Pod moją nieobecność krukami zajmie się Nora. Jest na to gotowa.

Rime skinął głową. Pomyśleć tylko, że córka kowala była już na tyle dorosła, by zostać czeladniczką w domu kruków. Pamiętał ją jako przerażone dziecko, które nie chciało brać udziału w żadnych psotach. Takich jak wdrapywanie się na Wilczą Skałę od zachodniej strony…

Rime pamiętał, jak rozsiadł się na szczycie niczym na tronie, przekonany, że jest jedynym, któremu udało się wspiąć na stromą skałę. Dopóki Hirka, dysząc i z odrapanymi kolanami, nie wyłoniła się nad krawędzią. Usiadła kawałek dalej, jak gdyby nigdy nic. Próbowała się nie uśmiechać, ale widział, że miała na to ochotę. Ta dziewczyna była jak nektar. Jedyne dziecko w Elveroi, które nigdy się przed nim nie kłaniało ani nie używało jego tytułu. Była taka jak Vetle. Nie miało dla niej znaczenia, kim jest Rime. Potrafiła rzucać mu wyzwania albo powiedzieć, żeby zmiatał do Slokny – a to mogło ją kosztować życie, gdyby ktoś ich podsłuchał. Rimego przeszył dreszcz. Widział takich, którzy umierali za o wiele mniejsze wykroczenia.

Teraz żadna z tych rzeczy nie miała znaczenia. Nie był już pionkiem w grze Rady. Odnalazł swoje miejsce. Był już martwy.

## DZIECKO ODYNA

Hirka siedziała na brzozie z policzkiem przytkniętym do kory. Ciało wydawało się ciężkie jak wór drewna. Słońce zachodziło. Kolory blakły. Kryte darnią dachy w Elveroi stapiały się z otaczającym je krajobrazem. Hirka mieszkała w wielu miejscach, ale tutaj żyła najdłużej.

Wioska była położona w dolinie, otwartej od strony morza. Starzy bogowie wbili w ziemię kciuk, by zmiażdżyć pierwszych przybyszów, ale to byli mieszkańcy Północy i nie pozwolili się złamać. Osiedlili się w odcisku kciuka. Odsłonięci od strony morza, ale chronieni przez niebieskie skały i bujne lasy, które ciągnęły się tak daleko na wschód, w stronę Gór Strażniczych, jak tylko Hirka mogła sięgnąć okiem. Niedaleko stąd była Otchłań, jak pęknięcie w skalnej ścianie. Wartki Potok huczał w szczelinach, spływał w dół do doliny i wił się w stronę morza. Po stoku pięły się gospodarstwa otoczone uprawnymi poletkami. Po drugiej stronie doliny było ich więcej; tam przez cały dzień świeciło słońce.

Na zboczu, w pięknym miejscu, stała Błyszcząca Góra, gospodarstwo Sylji, z mnóstwem budynków. Gospodarstwo było największe w tej okolicy. Rodzina z Błyszczącej Góry wydała niepojętą ilość monet, żeby przygotować Sylję do Rytuału. Dziewczyna o niczym innym nie mówiła. Sukienki, biżuteria, złote ozdoby na ogon i perfumy. Nowy powóz, lśniący niebieską farbą, z drzwiami z boku. Niczego nie zamierzano pozostawić przypadkowi, kiedy jedyna córka z Błyszczącej Góry miała stać się dorosła i otrzymać ochronę Widzącego przed ślepymi.

Hirka poczuła, że ściska jej się serce. Jak wspaniale byłoby móc się tak samo cieszyć. A gdyby to była ona? Gdyby była taka jak Sylja, taka jak wszyscy, i mogła czuć motyle w brzuchu? Marzyć o tym, że pojedzie do Mannfalli, że zobaczy Eisvaldr – dom Widzącego – który był ponoć miastem w mieście, albo legendarną Salę Rytuału, że usłyszy muzykę, zobaczy tancerzy i Radę, i…

*Rimego.*

Po co w ogóle tutaj wracał? Ilume An-Elderin była madrą, matką z Rady, jedną z dwunastu. Mogła podróżować i ciągle to robiła! Otoczona ze wszystkich stron gwardią przyboczną, zupełnie jakby ktoś mógł się odważyć ją zaatakować. I nawet gdyby cała banda zabójców popełniła ten błąd, Hirka i tak stawiałaby na Ilume.

Rime nie musiał tu przyjeżdżać. Nie musiał się tu kręcić ze znakiem Rady na piersi, zupełnie jakby nie wiedziała, że należy do innego świata niż ona. Jakby nie wiedziała, jak się nazywa.

Rime wynurzył się ze wspomnień. W stroju wojownika. To pewnie jego ostatni wybryk, zanim na zawsze będzie musiał przywdziać szatę. Wszyscy wybierani podczas Rytuału i szkoleni w Eisvaldrze nosili szaty mędrców, dopóki nie wybrali swojego miejsca albo – jak mawiano – dopóki miejsce nie wybrało ich. Złożyli Przysięgę. Ze szkół Rady wywodzili się najlepsi uczeni wszelkich sztuk, od wojowników aż po historyków. Większość wszakże marzyła o tym, by zostać augurem. Oczami Widzącego. Znawcami Jego słów. Wszyscy, którzy zasiadali w Radzie, byli augurami, Rime był zaś jedynym wnukiem Ilume An-Elderin.

Było mu pisane miejsce w Radzie. Miejsce, za które wielu byłoby gotowych zabić.

Hirka nie rozumiała dlaczego i wiedziała, że nigdy tego nie zrozumie. Żadna pieśń o Mannfalli i Eisvaldrze nie mogła sprawić, by chciała się tam wybrać. Niech Sylja sobie marzy, że zostanie wybrana do jednej ze szkół. Zadawać się z Radą? Pić wino z kryształu? Hirka parsknęła. Chętnie oddałaby wszystko, żeby tylko uniknąć tego nędznego Rytuału.

*Nie boję się!*

Co najgorszego mogło się stać? Może nic. Może nawet nigdy nie dotrze na Rytuał. Ani nawet do Mannfalli. Może zatrzymają ją przy bramie i wystawią na pośmiewisko jak chorą na zarazę. Albo całe miasto zobaczy, że nie umie czerpać, i wtedy ją ukamienują. Tam, gdzie są ætlingowie, tam jest też zagrożenie, zwykł mówić ojciec. Może będą ciągnąć ją końmi przez miasto tak długo, że nie będzie można jej poznać. Może wsadzą do więzienia. Będą torturować albo badać jako odmieńca. Albo ją spalą!

Usłyszała, jak coś zaskrzypiało pod nią, i aż podskoczyła. Przez liście zobaczyła w dole ojca. Tak bardzo pochłonął ją ten koszmar, że nie usłyszała, jak się zbliżał. Skrzypienie kół wózka mieszało się z dźwiękami z wyobraźni, szczękiem mieczy w morzu wrzeszczących. Udała, że go nie widzi. Gdyby spojrzała mu w oczy, on by wygrał i znów by wyjechali. Cała sztuka polegała na tym, żeby nie widzieć. Mogła poczekać. Tu, na górze, była tylko jednym z liści na wietrze.

Ciszę przerwało potężne uderzenie siekiery.

Pień drzewa zadrżał i prawie spadła. Wczepiła się mocno i z niedowierzaniem spojrzała w dół. Ojciec uniósł siekierę w nowym zamachu. Stracił rozum?

Uderzył po raz kolejny i drzewo znów się zatrzęsło. Miał niesamowitą siłę w rękach. Mógł równocześnie podnieść Hirkę i Sylję, jakby były patykami. Nie mogłoby się z nim mierzyć nawet trzech sprawnych mężczyzn. Po zaledwie czterech uderzeniach usłyszała, że pień ustępuje. Tak samo jak nad Otchłanią. To nie był dobry dzień dla drzew.

Hirka zerwała się na nogi i przymierzyła do skoku. Przez chwilę kołysała się razem z drzewem, a ono runęło. Z całych sił rzuciła się w bok i przetoczyła po trawie. Drzewo, które miało ponad dziesięć tysięcy liści, uderzyło o ziemię za jej plecami. Hirka szybko wstała i wypluła źdźbło trawy. Ojciec patrzył na nią. Nie wyglądał na szczęśliwego. Ale nie był też wściekły. Wyglądał raczej, jakby się zastanawiał, czy kiedykolwiek ją zrozumie. Hirka skrzyżowała ręce na piersi i odwróciła wzrok.

– I tak miałam już wracać.

– Chodź – powiedział ojciec. Odłożył siekierę na kolana i zaczął toczyć się na wózku w stronę chaty. – Jest coś, o czym muszę ci powiedzieć.

Męczył się, żeby wjechać wózkiem do środka. Hirka mu nie pomogła. Nauczyła się tego nie robić. Koła zahaczyły o wystającą deskę w drzwiach, która zwykle nie nastręczała mu żadnych problemów, ale tym razem jego ruchy były zbyt gwałtowne. Za bardzo szarpał. Był zbyt spięty. W końcu udało mu się wjechać do środka. Hirka weszła za nim. Chata wydawała jej się mniejsza niż zwykle. Bardziej obca. Powietrze było gęste i ciężkie od dymu z tlącego się paleniska. Potrzebowała trochę czasu, by się przyzwyczaić po całym dniu spędzonym na dworze.

Hirka usiadła i odruchowo zaczęła zgarniać ususzone liście i resztki utartych ziół ze stołu. Miały słodkawy zapach opy, ale nic nie powiedziała. Przynajmniej zatarł widoczne ślady. Roślina była zakazana dla wszystkich prócz członków gildii uzdrowicieli Rady. Ojciec zawsze sprzedawał ją potajemnie, a Hirka dawała mu do zrozumienia, że jest temu przeciwna. Ale opa bynajmniej nie była jedynym ryzykownym ziołem, którym handlowali. To również był jeden z powodów, dla których tyle czasu spędzali w drodze. Wędrowny handlarz i jego córka.

*A teraz on znów chce ruszyć w drogę.*

Może zmienił zdanie? Ściął przecież brzozę! Kiedy zetnie się drzewo, coś wszak musi się zmienić.

Ojciec podjechał wózkiem do stołu i podsunął Hirce miskę z zupą rybną. Była letnia, ale wydawała się darem od Widzącego. Jadła łapczywie jedną ręką, podczas gdy ojciec wycierał ściereczką drugą, którą wcześniej zraniła. Nie zamierzała mu powiedzieć, że spotkała Rimego. Ojciec bardzo jasno dał jej do zrozumienia, że nie powinna ufać mężczyznom, i nauczyła się trzymać język za zębami. Z Vetlem jednak nie miał żadnych problemów. Mogła mu powiedzieć o Vetlem, gdyby spytał, co jej się stało. Ale nie zrobił tego.

– Znalazłem cię – warknął, nie patrząc na nią.

– Nie próbowałam się przed tobą schować, jeśli o to ci chodzi – odparła.

– Nie o tym mówię.

Ojciec wtarł maść w jej dłoń. Zapiekło. Odwrócił się do niej plecami i odtoczył w stronę paleniska. Zasłonił je niczym tarczę słońca.

– Nie urodziłaś mi się, znalazłem cię. Nietrudno to pojąć, dziewczyno.

Te słowa łaskotały Hirkę, jakby oblazły ją mrówki. Ostrzegały o niebezpieczeństwie, chociaż ich nie rozumiała. Ani nie chciała zrozumieć. Głos ojca brzmiał jak daleki pomruk grzmotu. Słowa, które były burzą, a ona nie miała się gdzie schronić.

– Do tamtego czasu nie wyjeżdżałem z Ulvheim. Dobrze mi się tam żyło. Kupowałem i sprzedawałem, z niewielkim ryzykiem. Dalej, na Północy, władza Rady zawsze była słabsza. Nie mieli tam nawet gildii uzdrowicieli. Mądre baby wyciągały z ciał chorobę, wyrywały zęby i odbierały porody, nie poświęcając Radzie nawet jednej myśli.

Hirka usłyszała tęsknotę w jego głosie. Jakby mówił o jakimś wymarzonym świecie.

– W Ulvheim mieli takiego jednego. Mówiło się, że był czerpiącym, ale Olve nie potrafiłby sprawić, żeby choć mucha spadła na ziemię. Może i kiedyś miał zdolności, gdy go jednak spotkałem, już dawno zdążył je przepić. Używał opy. Wiedziałem, że był przygłuchym uchem Rady w Ulvheim, a on wiedział, czym ja się zajmuję. Nie było problemów. To się stało na początku Wyjącego Księżyca, dopiero co nadeszły zimowe ciemności. Dni były krótkie, panowało przenikliwe zimno. Takie zimno, jakie potrafi być tylko w Ulvheim. – Ojciec pochylił się trochę bardziej nad paleniskiem. – Zjawił się u mnie bardzo pijany. Było późno i poprosiłem go, żeby sobie poszedł. Skłamałem, powiedziałem, że nic dla niego nie mam. I tak używał za dużo opy. Chciał tylko, żebym go podwiózł. Ledwie był w stanie chodzić i wymachiwał butelką, ale mówił poważnie. Musiał się dostać do kamiennego kręgu w Sierpowym Lesie. Rozkazy Rady. Przez całą drogę strasznie sypał śnieg, a on bez przerwy ględził, jakie to bezsensowne zadania Rada mu przydziela. – Ojciec naśladował bełkotliwy, ochrypły głos Olvego: – I żebym sobie nie myślał, nie chodzi tylko o niego. Tej nocy miał zostać sprawdzony każdy kamienny krąg w każdej krainie w Ym. To było taką prawdą, jakby powiedzieć, że wszystkie kruki zatrzymała zamieć. A dlaczego?

Hirka nie była pewna, czy chce to wiedzieć, więc dalej grzebała w zupie rybnej i milczała.

– Ano dlatego, że jakiś zaklinacz kamieni poczuł, że Evna wezbrała. Wymyślił sobie, że stare kamienne wrota znów się otworzyły. Że coś przez nie przeszło.

Hirka poczuła, jak unoszą się drobne włoski na jej ramionach. Mówiło się, że ślepi przechodzą przez skały. Że mogą znów się zjawić. To dlatego odprawiano Rytuał. Żeby wszystkich chronić. Ale to tylko takie gadanie. Nikt nigdy nie widział ślepych. Od setek lat. Już nie istnieją. Jeśli w ogóle kiedyś istnieli.

– Olve oświadczył, że nie jest przesądną babą. Że nie boi się ciemności. Zapytałem, dlaczego w takim razie nie może sobie wziąć wozu i pojechać sam, ale na to ten tchórz już nie miał odpowiedzi. Gdy dotarliśmy do kamiennego kręgu, chwiejnym krokiem łaził w ciemności między głazami, pijany w sztok, wlokąc ze sobą miecz. Duch mężczyzny polujący na jakieś potwory, które miał rozkaz zabić. Dzielnie walczył z cieniami, a potem osunął się na głaz i zaczął chrapać.

Teraz to powie, pomyślała Hirka. Czuła woń tego, czego nie chciała usłyszeć. Jak zwierzę. Powietrze w chacie zgęstniało, świat stał się nieznośnie ciasny. Ojciec mówił teraz wolniej, jakby on również się wahał.

– Nie wiem, co mnie napadło, że też zrobiłem obchód. Przeczucie, co? Nikt nie wysyła kogoś w taką paskudną pogodę, żeby sprawdzać Widzący raczy wiedzieć co, a Olve nie był w stanie wykonać swojej roboty. A więc brnąłem przez śnieg, obszedłem kamienie dookoła. Po prostu, żeby sprawdzić. Żeby się upewnić. I wtedy znalazłem ciebie. Miałaś najwyżej kilka dni. Ktoś owinął cię w derkę, która stapiała się ze śniegiem. Byłaś prawie niewidoczna. Blada twarzyczka wielkości mojej pięści w oceanie mrozu. Śnieg padał na ciebie, ale nie płakałaś. Patrzyłaś tylko na mnie ze zdziwieniem w tych twoich wielkich zielonych oczach.

Hirka przełknęła kawałek ryby i poczuła, że zaraz ją zwróci. Chciała wstać, ale nogi odmawiały jej posłuszeństwa. Nie była pewna, co właściwie usłyszała. Ojciec nie jest… ojcem. Ale on mówił dalej. Może zapomniał, że tutaj jest.

– Nie ma na świecie nikogo, kto zostawiłby niemowlę takiemu zapijaczonemu głupcowi jak Olve. A więc zataszczyłem go do wozu i wziąłem cię na kolana. Przez całą drogę powrotną oboje spaliście. Odwiozłem Olvego do domu, zajęła się nim jego kochanka. Ty zostałaś ze mną. Przez całą noc leżałem bezsennie, z tobą w jednej ręce, a mieczem w drugiej. W każdym kącie widziałem Ciemne Cienie. Słyszałem je, kiedy na zewnątrz wył wilk. I kiedy gałęzie ocierały się o ścianę. W Ulvheim jest tak mroźno, że nawet Ciemne Cienie zawracają w połowie drogi, tak mawiał Jon w karczmie. No nie wiem. Z cieniami Widzącego nigdy nie wiadomo. – Nagle ojciec odwrócił się gwałtownie w jej stronę. – Wiesz, że nie bardzo się przejmuję takim gadaniem, dziewczyno. Ale co to może pomóc w świecie takim jak ten? Nie miałem wyboru. Jeśli Rada opłacała więcej pijaków, historia o kamiennych kręgach i potworach mogła się rozejść. Wszyscy mieliby się na baczności. Nie mogłem wychowywać bezogoniastej dziewczyny!

Hirka instynktownie sięgnęła do blizny u dołu pleców, jakby się oparzyła. Teraz się mylił. Miała *kiedyś* ogon! Nie była bezogoniasta jako niemowlę.

– Wilki… – Przełknęła ślinę. Nie mogła wydobyć z siebie słów. – Wilki odgryzły mój ogon. Mówiłeś…

– A co, u Slokny, miałem zrobić?

– Ale blizna… – Czuła rosnącą grudę w gardle.

– Zrobiłem ci tę bliznę, dziewczyno! – krzyknął ojciec, jakby to była jej wina. – Wyciąłem ci na plecach ślady wilczych zębów. To nie była łatwa robota. Musiały wyglądać jak prawdziwe. A ty krzyknęłaś. Musiałem jedną ręką zasłonić ci usta. Obudziłabyś pół osady! – Twarz ojca w blasku paleniska wydawała się ciemnoczerwona.

– Przepraszam… – Tylko tyle zdołała powiedzieć.

Zrobił taką minę, jakby go uderzyła.

– Teraz rozumiesz, dziewczyno? Rozumiesz, dlaczego musimy wyjechać?

Hirka nie chciała rozumieć. Spuściła wzrok i spojrzała na pożółkły wilczy kieł, który spoczywał na jej piersi. Przez całe życie nosiła go na szyi. To była pamiątka. Pamiątka czegoś, co nigdy się nie wydarzyło. Fałszywy symbol myśliwskiej odwagi, kupiony na straganie za miedziaka? Ojciec chyba wyczuł, o co chciała spytać, bo grzmiącym głosem mówił dalej:

– Przyszłaś na świat bezogoniasta, w kamiennym kręgu przy Ulvheim i nie potrafisz czerpać. Nie wiem, skąd przybyłaś ani kim jesteś, ale musimy stąd wyjechać. Jeśli jesteś jedną z bezogoniastych… Dzieckiem Odyna…

To słowo trafiło serce Hirki jak smagnięcie biczem.

– Jeśli jesteś człekiem, Rada dowie się o tym podczas Rytuału. Jesteś moją córką. Nikomu nie pozwolę dokończyć roboty Olvego. Nie zamierzam ryzykować twojego życia.

Chociaż teraz jego głos brzmiał łagodniej, wyczuła, że nawet nie ma mowy o dyskusji. Cała ta sytuacja była nierzeczywista. Hirka zaśmiała się, ale nie zabrzmiało to przekonująco.

– Widziałeś jakieś dziecko Odyna, ojcze? Słyszałeś o kimś, kto by widział choć jedno? Zjeździliśmy cały Foggard wzdłuż i wszerz i nigdy…

– Nie spotkaliśmy bezogoniastego, który nie umiałby czerpać? Który byłby ślepy na ziemię?

Hirka spojrzała na niego. Teraz był jej wrogiem? Dlaczego chciał ją ranić? Odwróciła wzrok i próbowała sobie przypomnieć.

– Ten dryblas z Frossabu miał tylko kikut ogona!

– Baba mu go obcięła. Miał jakąś dziewuchę.

– Te trzy dziewczyny na rynku w Arfabu, które…

– To były sile z Urmunai. Nie biorą sobie mężów i poświęcają życie tańcowi. Zwyczajowo podwiązują sobie ogon wzdłuż pleców.

– Olve! Mówiłeś, że Olve nie potrafił czerpać. – Hirka czuła narastającą desperację.

– Oczywiście, że potrafił. Po prostu nie był już w stanie tego robić. Chociaż jako młodzieniec został wybrany podczas Rytuału i przez wiele lat uczył się w Eisvaldrze. Hirko…

– Nie jestem dzieckiem Odyna! Miałam matkę!

Ojciec zmrużył oczy. Hirka czuła już, jak to się skończy, ale nie chciała przestać.

– Miałam matkę. Maiande.

– Pamiętasz ją? – Głos ojca brzmiał teraz inaczej. Niemal drwiąco. Nie mylił się jednak. Hirka jej nie pamiętała. Wiedziała tylko to, co opowiadał jej ojciec. – Maiande była dziewczyną z Ulvheim, którą… znałem przez jakiś czas. Wyrabiała mydło i wiedziała, jak je sprzedawać po gospodach słabym mężczyznom. Na mydło wydawali więcej niż na piwo. Ze świecą by szukać czystszych pijaków.

Hirka czuła, że jego słowa przytłaczają ją jak kamienie. Jedno cięższe od drugiego. Miała wrażenie, że ją zmiażdżą. Udało jej się podźwignąć. Przez chwilę wydawało jej się, że przyszła tu tylko w odwiedziny. Jakby ojciec był kimś obcym. Obcym, który ją okłamywał.

Nie mogła oddychać. Musiała siłą wyrzucać z siebie słowa.

– Są przecież tacy, co rodzą się bez rąk i nóg! Są silni czerpiący i słabi! Nie ma pewności, że…

– Nie – przerwał jej. – Nie ma pewności. Nic nie jest pewne, ale nie zamierzam ryzykować spotkania z Radą. Nie chcę stać się tym, który sprowadził zgniliznę do krain Ym.

*Zgnilizna… Dzieci Odyna. Człeki. Ci, którzy sprowadzali na ætlingów zgniliznę.*

– Babskie gadanie! – krzyknęła. To były jedyne słowa na te brednie, które mogły do ojca trafić.

Powietrze. Musiała zaczerpnąć powietrza. Szarpnęła drzwi i wciągnęła powietrze w płuca. Czuła się tak, jakby od dawna nie oddychała. Słyszała za plecami głos ojca, ale nie docierało do niej, co mówił. Po prostu ruszyła przed siebie. Nic nie było tak jak wcześniej. Był przykuty do wózka i nie mógł jej zatrzymać. Nie mógł nawet pójść za nią. Coraz bardziej przyspieszała kroku. Przeskoczyła nad powaloną brzozą i puściła się biegiem.

Nie miała pojęcia, dokąd się udać ani przed czym ucieka, ale musiała biec. Wieczór był ciemny. Mogła pobiec, dokąd chciała. Nikt nie kręcił się już na dworze. Nikt jej nie zobaczy. Była niewidzialna. Jak duch. Potwór.

*Dziecko Odyna.*

Nie istniała, więc biegła. Ale ktoś w niej wciąż żył, ktoś czuł, że gałęzie i liście chłoszczą twarz i że zbliża się do Otchłani. Że coś jest nie tak. Nagle zahaczyła o coś stopą i uderzyła o ziemię. Dyszała ciężko. Powietrze wydawało się martwe. Nie dawało jej tego, czego potrzebowała, żeby oddychać. Wiedziała, że powinna wstać.

Ziemię przed nią porastał mech. Pachniało wilgocią. Była częścią ziemi. Larwą. Owadem, który mógł wpełznąć i zniknąć w jednej z drobnych dziurek w mchu. Na zawsze. Jej spojrzenie wędrowało po poszyciu lasu, aż zobaczyła czarną krawędź Otchłani. Rozpadliny, która niemal odebrała jej życie zaledwie kilka godzin wcześniej.

Może od początku o to chodziło? Może to była kara Widzącego za to, że oszukała śmierć?

*Czy bezogoniaści mogą umrzeć? Czy mogę umrzeć?*

Hirka znów zamknęła oczy. Próbowała odciąć się od wszystkiego, co usłyszała, ale słowa nie chciały zniknąć. *Nie urodziłaś mi się, znalazłem cię.*

Ugryzła się w rękę i stłumiła krzyk. Nie z bólu, ale dlatego, że wiedziała, że zachowuje się jak dzikie zwierzę. Otworzyła oczy. Na przedramieniu widniały czerwone ślady zębów. Spodziewała się czegoś innego? Myślała, że nagle jej skóra zmieni się w kamień?

Co wiedziała o bezogoniastych?

*Że nie istnieją...*

Dzieci Odyna były mitem, tak jak ślepi. Starą bajką. Nie wierzyła w bajki. Ojciec był głupcem!

*W takim razie po co mamy Rytuał?*

Rytuał miał chronić wszystkich przed ślepymi. I nawet gdyby to była tylko stara tradycja, to chyba przecież musieli kiedyś istnieć? Czy sama nie kładła monet na oczach nowo narodzonych? Czy nie podawała im krwi, żeby matki poczuły się bezpieczniej? Tak właśnie się robiło. Zawsze się tak robiło. Chyba nie bez powodu? A jeśli ślepi istnieją, to może istnieją też dzieci Odyna?

*Dziecko Odyna. Człek. Embling. Zgnilizna...* To ostatnie słowo było najgorsze. Sprawiało największy ból. Słyszała je już wcześniej pod gospodą. Ojciec Kolgrima oskarżał Żelaznego Jarkego o to, że ten przespał się z jego dziewczyną. Żelazny Jarke odparł, że wolałby już zgniliznę. Kosztowało go to dwa zęby.

Hirka podciągnęła kolana pod brodę i płakała. A więc to tak. Jest przekleństwem. Okropnością. Pewnie wszyscy będą mogli to zobaczyć? Zwłaszcza kiedy nadejdzie pora Rytuału. W jej udręczonej głowie kawałki układanki powskakiwały na właściwe miejsca. To dlatego nigdy nie udało jej się czerpać. To dlatego przez całe jej życie tułali się po drogach. To był powód, dla którego ojciec zawsze dbał o to, by stronili od innych. Nie chodziło tylko o nielegalne zioła. Robił to ze strachu. Ze strachu, co się stanie, kiedy ktoś odkryje, kim jest. Inni są zagrożeniem.

Hirka wzdrygnęła się. Poczuła zimno na mokrej od łez twarzy.

A co, jeśli Widzący odkryje podczas Rytuału, że nie jest z Ym? Rada ją ukarze! Spalą ją. A co się stanie z ojcem? Ojcem, który przygarnął zgniliznę? Zabiją go?

*Nie!*

Nic mu się nie stanie. I jej też nic się nie stanie. Nie jest owadem! Jest z Ym! Jest silną dziewczyną, która radzi sobie w życiu. Zawsze tak było.

Hirka zauważyła znajomy kształt na mchu. Koszyk. Odstawiła go, żeby ratować Vetlego. Taka właśnie jest. Odważna. Silna. Nie boi się. Nie jest tchórzem!

Przejdzie przez Rytuał jak wszyscy inni. A kiedy już to się skończy, znajdą spokój. Będą mogli zostać w Elveroi i już nigdy się nikogo nie bać. Rytuał da jej to, czego potrzebuje. Dom. Miejsce na świecie.

Takie było rozwiązanie. Musiało takie być.

Hirkę nieoczekiwanie ogarnął spokój. Była zmęczona. Usłyszała trzepot skrzydeł. Wylądował przed nią kruk. Przekrzywił głowę i wpatrywał się w nią przez chwilę. Potem podszedł do koszyka i zaczął skubać chleb potężnym dziobem.

Kruk. To było prawie tak, jakby zobaczyła samego Widzącego. To pomyślny znak, wszyscy to wiedzą, pomyślała Hirka, a potem zdała sobie sprawę, że nie wierzy w znaki. Ona i ojciec dawali amulety ze znakiem kruka wielu chorym, którzy szukali pomocy. Jedni umierali, inni nie.

Zamknęła oczy. Zobojętnienie ukołysało ją do snu na szczycie skały.

Śniło jej się, że przyszedł ojciec. Szedł na własnych nogach, tak jak kiedyś, jego silne ramiona chwyciły ją w ciemności i zaniosły do domu.

# PUSTE KRZESŁO

Kim jest ojciec?

Nauczycielem? Opoką? Gwiazdą przewodnią? Przez całe życie Urd słyszał, jak inni nazywają tak jego ojca. Jednak dla niego ojciec nie był niczym więcej niż zakrwawionym, czerwonym wiadrem pełnym czerwonego mięsa. Jego ojciec nie żył. Spurn Vanfarinn był martwy.

Znaczenie jego śmierci – jego nazwiska – wzburzyło fale we wszystkich jedenastu krainach. Mannfalla pogrążyła się w żałobie. Radą wstrząsnęła utrata jednego z dwunastu. To się nie mogło zdarzyć w gorszej chwili, mówiono.

Idealnie.

Spurn Vanfarinn pozostawił po sobie znaczny majątek i puste miejsce w Insringin, wewnętrznym kręgu. Urda interesowało tylko to drugie. Stał wyprostowany i czuł, jak kropelka potu spływa z czoła do kącika oka. Nie mrugnął jednak. To był najważniejszy dzień w jego życiu. Był blisko. Tak blisko. Trzeba było działać. Teraz. Teraz nadarzała się idealna okazja. Był idealnym synem. Idealnym następcą.

Przed nim stało dziesięcioro z jedenaściorga z wewnętrznego

kręgu. Zgromadzona Rada. Za nim stała Mannfalla. Milczące morze ætlingów, okiełznane upałem i żałobą. Powierniczka Kruka stała tak blisko, że mógł jej niemal dotknąć. Bębny towarzyszące procesji w drodze na płaskowyż przycichły i zdawały się teraz ledwie słyszalnym westchnieniem. Nadeszła pora.

Za jego plecami otworzyły się drzwi i kruki zabarwiły na czarno całe niebo. Krążyły nad skałami, dziwnie bezgłośnie. Powierniczka Kruka uczyniła znak Widzącego i wysypała na ziemię zawartość wiadra. Cofnęła się o krok i pozwoliła krukom jeść.

Ze Spurna Vanfarinna pozostały jedynie zakrwawione kawałki ciała. Urd nigdy nie marzył o tym, by zobaczyć ojca tak małym. Pozbawionego twarzy, kości. Rozdziobywanego przez ptaki. Nie był już nikim wielkim. Nie był już wielki. Urd stłumił uśmiech. Walka dobiegła końca. Cicha wojna, która toczyła się od czasu, gdy był dzieckiem. Od czasu, gdy ojciec wypluł z siebie słowa, że Urd tak samo nadaje się na członka Rady jak którakolwiek z dziwek znad rzeki i że od siedmiuset lat będzie pierwszym z rodu, który w niej nie zasiądzie.

Śmierć ojca miała tylko jedną wadę: nie mógł się przekonać, jak bardzo się pomylił. Ale na pewno Evna zaniesie mu tę wieść gdzieś w zaświaty.

Kawałki ojca stawały się coraz mniejsze i mniej liczne. Był pożerany. Odnoszony w dal na czarnych, lśniących skrzydłach. Powoli, ale nieubłaganie znikał. Wraz ze swoją nieskończoną pogardą dla najstarszego syna. Ta pogarda zepchnęła Urda w ciemność, jeszcze zanim dojrzał do Rytuału. Zmusiła go do grania w ponurą grę, która kosztowała go prawie wszystko. Dopiero teraz doczekał się owoców. Teraz, piętnaście lat później, udało mu się samodzielnie otworzyć ścieżkę w kamieniu. Nareszcie dostał to, co mu obiecywano.

Znów pojawiły się irytujące pytania. Dlaczego teraz? Dlaczego akurat teraz? Czy tym razem coś puściło? Coś niewidzialnego? Krew, która dojrzała w Ym?

Nie do pomyślenia! Po prostu stał się silniejszy. To był jedyny powód. Ale podczas Rytuału będzie mieć oczy otwarte. Chociaż nikt by się nie ważył ukrywać przed nim czegoś takiego. Nikt. Nawet On.

Urdem wstrząsnął dreszcz. Stłumił impuls, by dotknąć gardła. To nic. Nic. Tylko zwykły ból. Kołnierz był ciasny, tak jak zawsze. Nikt nie mógł nic zauważyć. Jakże nienawidził tego ciągłego lęku, że ktoś coś zauważy.

Bębny znów zaczęły uderzać mocniej. Przywołano z powrotem kruki. Po ojcu została tylko czerwona plama na skałach. Wtapiała się w ciemniejsze tony brązu po setkach pokoleń członków Rady, którzy odeszli stąd do wieczności.

Urd się przygotował. Wybór następcy do Insringin należał do Rady i Widzącego. To była dla niego najlepsza okazja, by zwiększyć swoje szanse. Każdy z nich będzie do niego podchodził i składał mu kondolencje. Przełknął. Drugim z rzędu był Tyrme Jekense. Ród Jekense nie przepadał za jego rodziną, ale to był kolejny odważnik na wadze. Brat Tyrmego był im winny pokaźną sumę.

Tyrme ujął jego dłoń i złożył mu kondolencje. Urd podziękował, pochylił się w stronę wysokiego mężczyzny i szepnął:

– Wszelkie zobowiązania wobec mojego ojca w naturalny sposób umarły wraz z nim.

Tyrme przez chwilę wydawał się zaskoczony, ale podziękował i odszedł. Trudno było przewidzieć rezultat, ale Urd zrobił przynajmniej co w jego mocy. Z następnym członkiem Rady, na którego mógł wywrzeć wpływ, zadanie było znacznie łatwiejsze.

Miane Fell zasiadała w Radzie razem z ojcem, odkąd Urd się urodził. Mieli dobre relacje i Urd dostrzegł coś w jej oczach. Kochała jego ojca. Bynajmniej nie z wzajemnością, i choć nie miał pewności, musiał zaryzykować. Oczy Miane były napuchnięte i lśniące, gdy ujęła jego dłoń. Od razu poczuł się pewniej. Uśmiechnął się do kobiety i szepnął:

– Ojciec mówił, że jedyną troską w jego życiu było to, że nie mógł być z tobą.

Do brązowych oczu Miane napłynęły łzy. Przez chwilę wpatrywała się w niego z niedowierzaniem, a potem zamknęła oczy i uniosła jego dłoń do swojego czoła. Urdowi wydawało się, że czuje, jak znak kruka pali go w rękę. Uśmiechnął się. Sprawa była już przesądzona.

# ZAGADKA

Kruk przemknął w ciemności przez las, zaledwie na wyciągnięcie ręki od Rimego. Poczuł na twarzy lekki podmuch skrzydeł, potem ptak zniknął w mroku. Rime uczynił znak Widzącego.

Kawałek dalej, na ziemi, ktoś leżał. Rime przystanął. Jego dłoń automatycznie powędrowała do rękojeści miecza, rozejrzał się wokół, by się upewnić, czy las nie kryje jeszcze kogoś. Chudy sierp księżyca skąpił światła. Rime wyczuwał ruch, wiatr poruszający gałęziami drzew. Jakiś nocoljo wydał z siebie żałosny krzyk, który pozostał bez odpowiedzi. Poza tym nie było żadnych oznak życia. Rime był sam. Z wyjątkiem tego kształtu leżącego nieruchomo na mchu. Podszedł bliżej. Drobna postać. Rude włosy. Otarte kolano, widoczne przez rozerwane spodnie. Hirka.

Poczuł ukłucie niepokoju, przykucnął i położył rękę na jej plecach. Oddychała spokojnie. Ślady w mchu zdradzały, że potknęła się o coś i przewróciła. Miała brudną twarz i podniszczony sweter, ale był taki, odkąd Rime sięgał pamięcią. Wydawało się, że nic jej nie jest. Z wyjątkiem dłoni, ale tę zraniła sobie przecież wcześniej. Rime przesunął kciukiem po ranie. Wzdrygnęła się lekko. Szalona dziewczyna. Miała serce wilka.

Najprawdopodobniej uratowała życie Vetlemu. Może przeraziło ją to bardziej, niż chciała po sobie pokazać? A potem wróciła tutaj, żeby stawić czoło temu przerażeniu? Nie, to nie miało sensu. Rime się rozejrzał. Obok leżał przewrócony koszyk. Hirka biegła. Uciekała przed czymś albo przed kimś.

Wiedziała? Zobaczyła go?

Nie. Oczywiście, że nie. Był ostrożny. Trenował w porośniętym trawą zagłębieniu, na szczycie Wilczej Skały. Tam Evna była najsilniejsza. Niewielu udałoby się dotrzeć w to miejsce, a gdyby mimo wszystko ktoś tego dokonał, Rime usłyszałby go dużo wcześniej. Poza tym i tak nikt nie zrozumiałby tego, co widzi. Gwardzista ćwiczący techniki walki. Wojownik. Mężczyzna wymachujący mieczem. Nic takiego. Dopóki tu przebywał, najbezpieczniej byłoby nie robić tego, ale miał swoje zobowiązania. Musiał pracować nad tym, by stać się silniejszy. Żeby…

*Żeby uniknąć Ilume.*

Ilume wróciła wieczorem. Spodziewał się, że to był ostatni, niezbyt przyjazny uścisk ręki między Kruczym Dworem a Mannfallą. Między Północą a Południem. Widział powracające wozy, ale trenował dalej. Odkładał powrót do domu, dopóki nie wzeszedł księżyc. Do chwili, gdy był pewny, że babka udała się już na spoczynek. Był słaby. Niegodny. Wydawał się sobie śmieszny.

Nocoljo znów wydał z siebie żałosny krzyk. Rime musiał zabrać Hirkę do domu, zanim zmarznie i się rozchoruje. Dziewczyna leżała na boku, więc podniósł ją bez problemu. Po omacku szukał jej ogona i dopiero po chwili przypomniał sobie, że straciła go jako dziecko. To tylko ułatwiało sprawę. Koszyk prawie nic nie ważył; zwisał lekko z jego palców. Hirka wydała z siebie ciche westchnienie i oparła głowę o jego pierś, ale się nie obudziła.

Można by się zastanawiać, co jej się stało, ale Rime już dawno przestał sobie zawracać tym głowę. Hirka była o trzy lata młodsza od niego i ciągle bywała w miejscach, w które inni się nie zapuszczali. Rzadko potrzebowała jakiegoś szczególnego powodu, żeby popłynąć w górę Wartkiego Potoku. Czasami skakała po dachach domków na łodzie i jeśli przebijała poszycie i grzęzła w dachu, chłopacy musieli ją wyciągać.

Rime uśmiechnął się. Z powodu Hirki. Mieszkała w Elveroi zaledwie od jednej zimy, gdy Rime przybył tu z Ilume. Dopiero co skończył dwanaście lat i nigdy wcześniej nie spotkał kogoś takiego jak ona. Wychował się w Mannfalli, w domu Widzącego, pod Jego skrzydłami. Naturalnie widywał inne dzieci. Ale zawsze przychodziły z rodzicami. Wystrojone i tak sztywne, że ledwie były w stanie się poruszać. Milcząc, wpatrywały się w niego rozszerzonymi oczami, w swojego rówieśnika, który siedział wyprostowany, otoczony przez gwardzistów Rady i kładł ręce na ich głowach. Zupełnie jakby ktoś miał z tego powodu żyć dłużej. Nawet gdy miał dwanaście lat, nie wierzył w mity o samym sobie, ale dopóki inni w nie wierzyli, jego los był przypieczętowany. Jego obowiązki wiązały się nierozłącznie z tymi, którzy pragnęli błogosławieństwa.

Przybycie do Elveroi było jak ucieczka, która dotąd zawsze wydawała mu się niemożliwa. Niewielka wioska, daleko od korytarzy Eisvaldru. W Elveroi dzieci były brudne. Rozrabiały i robiły sobie krzywdę. Krwawiły. Żadne z nich bardziej niż Hirka. Kolgrim jako pierwszy spróbował pokazać dziewczynie, gdzie jej miejsce. Właśnie miała mu spuścić lanie – zupełnie nowe doświadczenie dla Kolgrima. Była od niego o ponad głowę niższa, ale zwinna jak dziki kot.

Rime ich powstrzymał. Wstrząśnięty tym napadem szaleńczego zapału rzucił się pomiędzy nich. Pięść Hirki trafiła go w dolną wargę i poczuł smak własnej krwi. Bynajmniej nie pierwszy raz. Jako potomek członkini Rady znał drogę miecza i trenował, odkąd nauczył się chodzić. Ale po raz pierwszy się zdarzyło, by jakaś inna żywa istota podniosła na niego rękę poza murami Eisvaldru. Otarł krew i wpatrywał się na przemian w czerwień na dłoni i w niemal równie czerwone włosy dziewczyny, która go uderzyła. Uśmiechnęła się krzywo i wzruszyła ramionami, jakby sam był sobie winny.

Rime przypomniał sobie, jak rozglądał się przerażony, szukając świadków. Gdyby wieści o tym zdarzeniu dotarły do uszu Ilume, Hirkę w najlepszym razie kosztowałoby to rękę, a w najgorszym – życie. Tak czy inaczej, straciłby na zawsze tę dziką istotę. To nie miało prawa się wydarzyć. Zawarli więc pakt, święty i trochę wrogi, tak jak potrafią tylko dzieciaki. Sprawa została między nimi. Tamtego dnia zaczęła się walka na punkty. I wielokrotnie dała się we znaki im obojgu. Płynęli tak długo, aż prawie zaczynali się topić, wspinali się tak, że prawie nie czuli rąk, skakali, mocno się przy tym obijając. Żadne z nich nie chciało być gorsze od drugiego. Tyle pasji, tyle bólu. A wszystko dla punktów. Rany i zadrapania świadczyły o ich pozycji w trwającym nieustannie pojedynku. Ale Rime nie potrafił sobie przypomnieć, by kiedykolwiek płakała.

Spojrzał na szczupłą postać śpiącą w jego ramionach. Rude włosy były splątane, dłonie pokaleczone. Ziemia przylgnęła do wilgotnych śladów na jej twarzy. Rime niósł ją w ciszy przez las. Najłatwiej byłoby ją obudzić, ale lubił na nią patrzeć, gdy spała. Jej twarz była taka szczera. Bez żadnej maski. Chciał, by to trwało dalej. Poza tym wiedział, że Hirka się wścieknie, jeśli się obudzi i odkryje, że ktoś niesie ją jak małe dziecko.

Rime uśmiechnął się. Pozostawił drzewa za sobą i wyszedł na grzbiet wzgórza wznoszącego się nad Elveroą. Śpiący dom, który wkrótce opuści na zawsze. Na drodze w dół do osady mgła wiła się wśród krzewów jeżyn. Jedynym dźwiękiem, jaki słyszał, był daleki szum Wartkiego Potoku. Czy zawsze było tu tak pięknie?

*Wybrałem swoją ścieżkę.*

Hirka wtuliła się w niego. Jak miał obudzić Thorralda, nie budząc przy tym Hirki? Nie mógł ot tak, wejść prosto do chaty.

Rime zauważył cień poruszający się w górę po stoku. Instynktownie skulił się z Hirką w ramionach. Co on wyprawia? Jest w Elveroi, tu nie ma wrogów, nie ma niebezpieczeństwa. Wyprostował się. Cień okazał się barczystą postacią na... kołach? Thorrald. Ojciec Hirki, na tym dziwnym urządzeniu z kół od wozu i ze stali. Jeden z przypływów geniuszu kowala. Wózek, na którym mógł się poruszać bez pomocy. Przynajmniej w domu. Na zewnątrz to była już inna historia. Thorrald oddalił się spory kawałek od chaty, ale było widać, że ma problemy z przedzieraniem się przez wysoką trawę. W jego ruchach było coś gorączkowego, wręcz panicznego. Rime ruszył mu na spotkanie.

Wydawało się, że Thorraldowi ulżyło na ich widok. Trwało to tylko chwilę, potem jego oczy spochmurniały.

– Daj mi ją – warknął, wyciągając potężne ramiona.

Rime przywykł do widoku lęku i pożądliwości w oczach innych, ale to był strach odmiennego rodzaju. Nie znał go.

– Śpi – szepnął. – Znalazłem ją nad Otchłanią.

Nie chciał, żeby to było pytanie, ale usłyszał, że zabrzmiało właśnie tak. Spojrzenie Thorralda padło na Hirkę, mężczyzna jakby się skulił. Potarł ręką twarz.

– Miała ostatnio... ciężko.

Rime nie odpowiedział. Ruszył w stronę chaty. Słyszał za plecami skrzypienie kół. Noc była chłodna. Obaj milczeli. Przed nimi ukazały się zarysy chaty na skalnej półce. Zła Chata. Stała nietknięta przez ponad dwadzieścia lat, odkąd gwardziści Rady ją podpalili i powlekli ze sobą wyjętego spod prawa właściciela.

Wiatr ocalił chatę, ale nikt nie odważył się tu zapuszczać, ani po to, by w niej zamieszkać, ani by ją zburzyć. Widzący chciał przecież, żeby spłonęła. Rime westchnął. Widzący miał wiele zamiarów, ale zbudowanie czy zburzenie domu do nich nie należało. Thorrald i Hirka najwyraźniej też to rozumieli.

Pochylił się i wszedł do środka. W ramionach czuł przyjemny ciężar Hirki. Na palenisku tlił się żar. *Czy dzisiaj w nocy nikt nie śpi?*

Pomieszczenie było niewielkie, niemal zbyt ciepłe. Ściany pokrywały półki ze słojami, puszkami i butelkami, najróżniejszych rozmiarów i kształtów. Gdziekolwiek by spojrzeć – jakieś herbaty. Na sznurkach pod sufitem zwisały suszone zioła, pachniało egzotycznymi przyprawami. Nawet trochę bardziej niż egzotycznymi, jeśli plotki były prawdziwe. Rime słyszał, że Thorrald handluje zakazanymi roślinami, ale nigdy nie poruszał tej sprawy z Ilume. To była tylko kolejna rzecz, którą Rada chciała kontrolować, ale osobiście wątpił, czy Widzącego cokolwiek to obchodzi.

Thorrald pokazał Rimemu, żeby wszedł do mniejszej bocznej izby, w której stało piękne, drewniane łoże. W jego szczycie wyrzeźbiona była kwiecista łąka, a pośrodku rozpościerały się skrzydła ptaka. Thorrald słynął nie tylko z uzdrawiających naparów i amuletów na szczęście. Potrafił też dobrze rzeźbić w drewnie. Kosztowało go to władzę w nogach, wskutek wypadku w Błyszczącej Górze.

Rime zwrócił uwagę, że łóżko zostało zbite bez użycia gwoździ, tak by można je było rozłożyć na części, a potem znów poskładać. Może czasem potrzebowali miejsca na inne rzeczy? Rime im zazdrościł. Pomyśleć tylko, że można tak żyć. Dwie małe izby, wszystko, co się posiada, tuż pod ręką. Ci, z którymi się żyje, nigdy nie są dalej niż kilka kroków od ciebie. To był zupełnie inny świat niż posiadłość An-Elderinów w Mannfalli. Rime mógłby przysiąc, że były tam komnaty, do których nigdy nie trafił. Można było krzyczeć z jednego końca i nie zostać usłyszanym na drugim. Gdyby nie to, że ktoś zawsze był tuż obok i dbał o to, by niczego ci nie zabrakło.

Rime pocieszał się myślą, że porzucił to życie raz na zawsze. Teraz wszystko było inne. Od trzech lat nie spał w jedwabiach i już nigdy nie będzie w nich spać. Będzie podążał za Widzącym na swój sposób. Skończył z Radą. Na zawsze.

Odstawił koszyk na podłogę i położył Hirkę na łóżku. Odczekał, aż ojciec rozsznuruje jej buty i okryje ją do snu. Dobrze było znów mieć wolne ręce, ale nie czuł zmęczenia. W ostatnich latach nosił większe ciężary.

Rime wyczuwał, że jest tu intruzem. Z jakiegoś powodu to była trudna noc dla Thorralda i Hirki, więc ruszył do drzwi.

– Wróciłeś, Sónie Rime? – spytał Thorrald za jego plecami.

Na dźwięk tytułu Rimemu zrobiło się ciężko na sercu. Són. Syn rodu zasiadającego w Radzie. To krótkie słowo tworzyło przepaść pomiędzy nim i wszystkimi innymi. Odwrócił się w stronę Thorralda.

– Kiedy miałem dwanaście lat, założyłeś mi osiem szwów na ręce. I nigdy ani słowem nie wspomniałeś o tym Ilume. Wtedy byłem po prostu Rimem. I teraz też jestem Rimem. Nie przybyłem, żeby tu zostać. Udam się z Ilume do Mannfalli.

– Tak, opuszcza nas przecież… – Thorrald potarł ręką łysą głowę. Zabrzmiało to, jakby pocierał irchę.

– Większość wstydzi się okazywać rozczarowanie. – Rime uśmiechnął się.

Thorrald wyszczerzył zęby w odpowiedzi i oparł ręce o stół. Jego ramiona były tak silne, że z łatwością uniósłby wołu. Na przedramieniu miał tatuaż. Mały kwiat, nie większy niż połowa palca. Niebieski tusz wyblakł z czasem, linie się zatarły.

– Chcesz coś zjeść? Mamy zupę z halibuta. To proste danie, ale świeże. – Thorrald odwrócił się do paleniska i zamieszał chochlą w garnku. – Podgrzeje się w mgnieniu oka. – Jego głos zdradzał, że właściwie nie życzy sobie towarzystwa.

– To miło z twojej strony, Thorraldzie, ale muszę wracać – odparł Rime i mimo to usiadł.

Thorrald wpatrywał się w niego. Rime dostrzegał w jego oczach tę samą ostrożność co w spojrzeniu Hirki. Znów nieufność. Już go nie znali. Nie był jednym z nich.

– No to co mamy teraz zrobić, Rime, my, zwykli śmiertelnicy? Czekać na wojnę? – Thorrald pochylił się nad stołem.

Rime potarł nos, żeby ukryć uśmiech. Bezczelne pytanie Thorralda znów zmniejszyło dzielący ich dystans i sprawiało mu to przyjemność.

– Kruczy Dwór i Mannfalla uderzają w tarcze. Zawsze tak było – odparł Rime. W jego głosie brzmiała pewność, której sam nie czuł.

– Uderzają w tarcze?

– Jeszcze nikt od tego nie umarł, Thorraldzie.

– Może nikt z was. – Thorrald odchylił się na wózku. Powróciła dzieląca ich przepaść.

Rime wstał. Dałby wiele, by móc tu zostać na zawsze. Gadać o pogodzie. Wstać nazajutrz rano i pójść naprawiać dach razem z tym mężczyzną. Ale ten świat również do niego nie należał.

Thorrald uśmiechnął się zakłopotany.

– Dziękuję, że przy niej byłeś, Rime. Przy Hirce.

– Ona zawsze była przy mnie – odparł Rime.

Oczy Thorralda rozszerzyły się, zdradzając zaskoczenie i podejrzliwość. Zawsze stronił od innych i trzymał Hirkę przy sobie jak skarb. Nie miał pojęcia, ile czasu spędzali razem, i być może nie należało o tym wspominać. To jednak nie miało już żadnego znaczenia. Należało do przeszłości.

Rime wyszedł i zamknął za sobą drzwi. Mimowolnie ruszył w stronę krawędzi porośniętej trawą skalnej półki, tam przystanął i spojrzał w mroku na Elveroę. Ostatnie trzy lata nauczyły go radzić sobie z przemijaniem. Tak brzmiało pierwsze przykazanie Widzącego. Nic nie jest doskonałe. Nic nie trwa wiecznie. Niemniej ogarnął go smutek na myśl o tym, co miał zostawić za sobą. Opuszczał coś więcej niż Radę. Coś więcej niż wielkie rody z Mannfalli, więcej niż Ilume.

Z dachu chaty zaskrzeczał kruk. Zabrzmiało to jak ochrypły śmiech mędrca „A-nie-rzekłem? A-nie-rzekłem?" Któż to może wiedzieć, co mówi kruk? – brzmiało stare przysłowie z Blossy. To był drugi kruk, którego widział tej nocy. Rime znów uczynił znak Widzącego.

Choć przeżył całe życie pod Jego skrzydłami, wciąż nie potrafił interpretować słów kruka. Gdyby to potrafił, być może ptak udzieliłby mu rady. Jutro musiał stanąć twarzą w twarz z Ilume An-Elderin, matką swej matki i jedną z najpotężniejszych kobiet na świecie.

Westchnął głęboko, przestąpił nad powaloną brzozą i ruszył w dół do doliny.

# BÓJKA

Hirkę obudził krzyk mew na plaży. Podeszła do okna i otworzyła okiennice. Było wcześnie. W dole, przy pomostach, stali rybacy. Patroszyli ryby, otoczeni głodnymi ptakami krążącymi nad ich głowami. W baliach szamotały się ryby. W oddali morze miało szarawą barwę. Jedynie kilka chmur o srebrzystych krawędziach zdradzało, gdzie kryje się słońce.

Wiatr sprawił, że dostała gęsiej skórki na ramionach. W Błyszczącej Górze mieli w oknach witraże. Hirka miała po prostu dziurę w ścianie, tak było przecież o wiele lepiej. Mogła stąd poczuć zapach wstającego dnia. I widziała rzeczy takimi, jakie były naprawdę. Kiedy patrzyło się przez szkło, wszystko było wypaczone. Jak we śnie. Coś jej się śniło tej nocy. Że unosiła się w lesie. Śniło jej się coś o krukach. I o… Rimem?

Rzeczywistość dogoniła ją, jakby poczuła smród gnijącej ryby. Nagle ogarnęły ją mdłości. Ojciec nie był ojcem. Znalazł ją. Podniósł. Wziął ze sobą. Jak jakiś niezwykły kamyk albo wronie pióro. Została porzucona. Odtrącona. I nie była z Ym.

Hirka cofnęła się od okna. Chwyciła słupek przy oparciu łóżka, żeby powrócić do stanu zapomnienia. Poranne zapomnienie.

Wyzwalająca pustka w głowie, zanim się do końca obudziła. Ale ten stan przesypał jej się jak piasek między palcami. Przypomniała sobie.

Uciekła. Nad Otchłań. Potknęła się. Koszyk i kruk. Zasnęła. Ojciec był pewnie na dole, u Żelaznego Jarkego, i poprosił o pomoc w zaniesieniu jej do domu. Jak bezbronne dziecko. Jakby była Vetlem. Hirka spuściła głowę. Miała na dłoni biały opatrunek. Ciasna koszula okręciła się wokół ciała podczas snu. Wyglądała jak poskręcana szmata. Pozostałe ubrania zniknęły. Pewnie się suszą. Musi wyjść na zewnątrz. Poczuć wiatr na twarzy.

Otworzyła drzwi do głównej izby. Zaskrzypiały zdradziecko. Ojciec podskoczył na wózku. Sięgnął po moździerz i zaczął rozcierać rumianek, jakby po prostu na chwilę się zdrzemnął. Hirka wiedziała, że tej nocy w ogóle nie spał. Palenisko nie było świeżo rozpalone. Żarzyło się. Stół zastawiony był roślinami, puszkami, słojami i maściami. Ojciec pracował przez całą noc.

– To wszystko? – rzucił ochryple i wskazał głową na stojący na stole koszyk.

Hirce zaświtało, że postanowił potraktować ten dzień jak każdy inny. Nie wiedziała, czego się tak właściwie spodziewała. W każdym razie czegoś więcej. Przytłoczył ją ciężar wszystkiego, co chciała powiedzieć, ale nie potrafiła sobie przypomnieć żadnej z tych rzeczy. Ściągnęła swoje ubrania z belki pod sufitem. Były suche.

– Byłam prawie na samej górze, przy Strażniczym Stawie – powiedziała, naciągając spodnie. Dziura na kolanie była większa. To musi poczekać. – I spotkałam Rimego – dodała. Usłyszała bunt w swoim głosie, ale skoro ojciec nie chciał przyznać, że wszystko się zmieniło, ona musiała to zrobić. Zerknęła na niego, ale nie zareagował. Nawet nie burknął z niechęcią. – Znalazłam łzy słońca – dodała, gdy milczenie stało się zbyt trudne do zniesienia.

– To dobrze. Pół wsi pewnie będzie chciało je mieć dziś wieczorem przy ogniskach. Dam ci trochę i wyślę cię do wsi. Nie...

– Nie zadawaj się z innymi i staraj się nie odzywać – skończyła za niego Hirka.

Spojrzał jej w oczy.

– Nie dawaj niczego na słowo honoru. Monety albo nic z tego.

Hirka odkroiła sobie kawałek koziego sera, a ojciec wyjaśniał jej, dokąd ma pójść. Wiedziała, co komu zanieść, ale pozwoliła mu mówić dalej. Wypakowany po brzegi koszyk świadczył o tym, że miała zajrzeć do wielu klientów. Maść na piersi dla Ulli. Tyle, że starczyłoby na kilka miesięcy. Herbatka miętowa dla Kvitsteina. Miał największy piec i sprzedawał chleb całej okolicy. Wypiekał go na zakwasie, który, jak twierdzono, był w użyciu od czasów jego pradziadka. Mąka sprawiała jednak, że Kvitstein miał problemy z oddychaniem. Mięta to trochę łagodziła i ojciec włożył jej do kosza tyle, że wystarczyłoby aż do nadejścia śniegów.

Ojcu wydaje się pewnie, że jest głupia jak koza. Że nie rozumie, co się dzieje. To jej ostatni obchód po Elveroi, a on nie zamierza nic o tym wspominać. Mieli znów wyruszyć w drogę. Nie mieściło jej się w głowie, jak by to miało wyglądać, teraz, kiedy ojciec jeździ na wózku. Jeśli jednak myślał, że go o to zapyta, to się grubo mylił. Wsunęła do kieszeni ugotowane jajko, wzięła koszyk i wyszła.

Obeszła Błyszczącą Górę okrężną drogą, żeby nie musieć rozmawiać z Sylją. Właściwie to w ogóle nie miała ochoty na nikogo się natknąć, ale to było niemożliwe. Przybył kruk. Wszyscy będą się tłoczyć wokół domu Widzącego.

W dole Wartki Potok płynął szeroko i spokojnie równiną, jakby miał cały czas tego świata. Nogi same poniosły ją nad brzeg rzeki. Przyklękła i zerknęła w wodę. Zobaczyła własną przestraszoną twarz. Nie dostrzegała żadnych zmian. Jej włosy wciąż były rude. Ani krótkie, ani długie, splecione w takie same warkocze. Czy ktoś mógł zobaczyć, że nie jest taka jak inni?

Drobne zmarszczki na wodzie sprawiły, że jej twarz rozmyła się na chwilę, a potem znów pojawiła jak duch. Lustrzany obraz raz był, raz go nie było. I czy nie kryło się coś zwierzęcego w jej lekko zaostrzonych kłach?

– Hirka! – głos Sylji przeciął powietrze jak ostrze kosy.

Hirka zerwała się na nogi.

– Gdzie wczoraj byłaś? Wszystko przegapiłaś! – Sylja przewróciła oczami i chwyciła ją za sweter.

Hirka ledwie zdołała złapać koszyk. Sylja już ją ciągnęła po drewnianym moście. Jej sukienka tańczyła wokół kostek. Była barwy morza, z wyhaftowanym liściem koniczyny na piersi i wzdłuż rąbków. Była jeszcze ładniejsza niż sukienki, które nosiła na co dzień, więc Hirka zaczęła się obawiać najgorszego.

– Przybył kruk – oświadczyła promiennie Sylja. – Wiedziałam o wszystkim już wczoraj, ale nie było cię w domu! No chodź! Dziś obwieszczą, kiedy odbędzie się Rytuał!

– Teraz? Dzisiaj? – Hirka udała zaskoczoną i bez przekonania spróbowała się oswobodzić.

– Teraz, dzisiaj! Przed porannymi modlitwami. Hirka, co ty byś beze mnie zrobiła?

Sylja ciągnęła ją bezlitośnie w stronę rynku. Plan, by nie pokazywać się innym, nie wypalił. Wszystko poszło w Słoknę. Hirka przełknęła ślinę.

– Nie mogę, Sylja. Mam…

– I wiesz co? – Sylja zatrzymała się na pagórku na tyłach karczmy. Zawsze się zatrzymywała, kiedy chciała powiedzieć coś naprawdę dramatycznego. Coś, co wymagało, żeby wszyscy zwrócili na nią uwagę. Oczy jej błyszczały, tak jak zawsze, kiedy chciała opowiedzieć jakąś plotkę. Chwyciła Hirkę za obie ręce. – Nigdy nie zgadniesz, kto tu jest!

*Rime*... Hirka zagryzła wargę, żeby nie wypowiedzieć jego imienia.

– Rime! Mówię śmiertelnie poważnie, Hirka! Rime An-Elderin we własnej osobie. Przed Rytuałem ma się udać z madrą Ilume z powrotem do Mannfalli. – Sylja przewróciła oczami. Często to robiła. – Mannfalla, Hirko! Niedługo nasza kolej! – Sylja pociągnęła ją dalej.

Na myśl o placu pełnym ætlingów Hirce zrobiło się niedobrze. Gdyby nie Sylja, mogłaby się chować gdzieś w cieniu, ale...

– Naprawdę, Hirko! Nie wydaje mi się, byś miała jakiekolwiek pojęcie, co się dzieje, gdyby mnie nie było! Nie słyszałaś też pewnie, że Audun Brinnvág skręcił sobie kark?

– Kto taki?

– Brinnvág! Jarl ze Skodd! Wypadł z okna po pijanemu, jak mówią. Ale wiesz co? – Sylja pochyliła się w stronę Hirki i szepnęła: – Zaklinają się, że widzieli kogoś na dachu. Jakiś cień!

– Kto się zaklina?

– Wszyscy... Może służący? To przecież nie ma znaczenia. Jarl sprzyjał Kruczemu Dworowi. Myślę... – Sylja rozejrzała się ukradkiem, a potem ciągnęła: – Myślę, że zabrały go cienie. Niewidzialni wojownicy, którzy nigdy nie umierają.

W zwyczajny dzień Hirka wybuchnęłaby śmiechem. Zauważyłaby, jakie to nielogiczne, że ktoś widział na dachu niewidzialne cienie. Nie wspominając już nawet o Ciemnych Cieniach. Wojownicy, którzy nigdy nie umierają? Wszyscy umierają. Oni też, jeśli tylko istnieją. Nie mogła się jednak zmusić, by cokolwiek powiedzieć. Sama była przecież kimś, kto nie powinien istnieć. Kimś, kto aż do wczoraj żył tylko w fantazjach i bajkach.

Na ulicach było gwarno i rojno. Po obu stronach drogi stały niskie, kamienne domy. Niektóre służyły równocześnie za mieszkania i stragany. Otwierały się na wyłożony kamieniami plac przed salą Widzącego. Panował straszny tłok. Przestawiano właśnie stragany i towary, by zrobić miejsce przed obwieszczeniem dnia Rytuału.

Sylja puściła nagle ramię Hirki, co z pewnością świadczyło o tym, że reszta rodziny z Błyszczącej Góry jest gdzieś w pobliżu. I rzeczywiście, przez plac szli rodzice Sylji, wraz ze świtą Ilume i Ramoją. Rozmowy wokół nich cichły, przechodziły w szept. Hirka poczuła, że pocą jej się ręce. Wycofała się w tłum. Nie było to trudne, większość przepychała się, by stać na przedzie.

Ætlingowie rozstępowali się przed Ilume, jakby pchano przed nią niewidzialny pług. Jej twarz promieniała. Odziana była w czarne jak noc szaty Rady, obrębione złotem. Wydawało się, że unosi się nad ziemią. Za nią szło trzech gwardzistów, po jej lewej ręce zaś kroczyła matka Sylji, Kaisa. Ilume milczała. Kaisa natomiast prawie cały czas mówiła, a na jej twarzy wciąż obecny był uśmiech, którego próżno by szukać w jej oczach. Trzymała się Ilume prawie przez całą drogę do schodów. Równocześnie próbowała podchwycić spojrzenia zebranych, by się upewnić, że wszyscy widzą ją w towarzystwie madry. Matki z Rady. Jednej z dwunastu z wewnętrznego kręgu. Chyba bardziej nie dało się już zbliżyć do Widzącego.

Hirka czuła się nieskończenie naga, wystawiona na spojrzenia wszystkich. Skuliła się. Sylja podeszła do rodziców i Hirka odetchnęła z ulgą. Teraz mogła się stąd wymknąć. Był tylko jeden problem. Stała w samym środku tłumu, który kompletnie ucichł. Gdyby teraz stąd uciekła, wszyscy zwróciliby na nią uwagę. Ojciec zawsze uważał, że po ætlingach należy się spodziewać najgorszego, więc Hirka stroniła od nich, nie rozumiejąc zagrożenia. Dziś je zrozumiała. Dziś wiedziała, co sprawia, że jest inna. Dlaczego powinna się ukrywać. Ale w tej chwili nie miała wyboru. Musiała tu zostać przez całe obwieszczenie. Poczuła, że serce podchodzi jej do gardła.

Nie była w stanie nic zobaczyć ponad głowami stojących przed nią ætlingów, ale wiedziała, co się dzieje. Co roku było tak samo. Spojrzała z tęsknotą w stronę krytego darnią dachu, na którym leżała rok wcześniej, oglądając to samo przedstawienie. Ilume stała pośrodku schodów, Ramoja kawałek za nią, obie otoczone gwardzistami. Ramoja uniosła w rękach kruka, który dostarczył list z Mannfalli. List podano Ilume, jakby jeszcze go nie czytała. Rozwinęła wąski zwój i zaczęła czytać.

Po raz ostatni, zdała sobie nagle sprawę Hirka. Gadano, że Ilume ma opuścić Elveroę. Kto będzie obwieszczał Rytuał w przyszłym roku? Może augur z sali Widzącego? Albo Ramoja? Hirka poczuła, że jej ciało sztywnieje. W przyszłym roku? Czy wciąż tutaj będzie w przyszłym roku? Czy czeka ją w życiu coś jeszcze oprócz Rytuału? Rozejrzała się po otaczających ją twarzach. Wszyscy przybyli tu, by się dowiedzieć, kiedy odbędzie się Rytuał. Jeśli na początku Podwójnego Księżyca, to ma jeszcze dwa miesiące życia.

Głos Ilume niósł się nad placem.

– Przybył kruk!

– Przybył kruk! – krzyknęli radośnie zebrani, unosząc do góry ręce.

Ubiegłego lata Hirka uśmiechała się pod nosem, przyglądając się tej uroczystej otoczce. Dzisiaj nie było jej do śmiechu. Zobaczyła, że Ilume unosi rękę, i wszyscy zamilkli jak posłuszne psy, żeby stara kobieta mogła mówić dalej.

– Pieczęć należy do Rady – oświadczyła. To było zapewnienie, że te słowa pochodzą od nich i od nikogo innego.

*Niechaj będzie znanym.*
*Widzący chroni każdego, kto do Niego przychodzi.*
*Niechaj będzie znanym.*
*Jego dłoń broni przed tymi, którzy żyją w ciemności.*

Te słowa zdawały się drwić z Hirki. *Bezpieczeństwo, bliskość, ochrona*… Odmawiano jej wszystkich tych rzeczy. Nie zasługiwała na ochronę, którą otrzymywali wszyscy pozostali. Ilume czekała w milczeniu, tłum mruczał potwierdzenia, krzyżowano ręce na piersiach w znaku kruka. Hirce coraz trudniej było oddychać. Spróbowała się wycofać, ale otaczało ja zbyt wielu ætlingów.

– Przybył kruk – powtórzyła Ilume. – Pieczęć należy do Rady. Wyznaczono czas Rytuału.

Serce Hirki biło mocniej. Teraz podadzą dzień.

– W dziewięćset dziewięćdziesiątym ósmym roku Widzącego wyznaczono Rytuał na Księżyc Sianokosów. W osiemnastym dniu dla Elveroi i otaczających ją wiosek. Słowa Rady są ostateczne.

Księżyc Sianokosów? Księżyc Sianokosów?! Hirce zakręciło się głowie. To musiała być pomyłka! W przyszłym miesiącu! Nie mogli przesunąć Rytuału o cały miesiąc! Rozejrzała się zdezorientowana i dotarło do niej, że nie tylko ona tak myśli. Gwar tłumu narastał, przechodził w krzyki. Nie ona jedna była zaskoczona. Ale otaczający ją ætlingowie mieli zupełnie inne powody do niezadowolenia.

Jeden głos wybił się ponad inne. To chyba był Alder, hodowca kóz z północnej strony.

– To w samym środku żniw! Nikt nie może opuścić ziemi i gospodarstwa w Księżycu Sianokosów!

Ilume uniosła rękę i gwar umilkł.

– Chcesz coś dodać do decyzji Rady? – Jej głos był zimny jak lód.

Alder milczał, poprawił szelki. Ætlingowie zaczęli się tłoczyć pośrodku placu w nadziei, że drzwi do sali Widzącego zostaną otwarte. Może usłyszą jakieś wyjaśnienie podczas modlitw? Hirka nie zamierzała czekać na wyjaśnienia, a już tym bardziej wchodzić do sali Widzącego. Wycofała się w wąską uliczkę za stragany, gdzie sprzedawano skóry, i oparła się o ścianę. Stała tak, ukryta za stertą koźlich skór, i słuchała, jak szeptano między sobą o tych niezwykłych wieściach. Rytuał zawsze przypadał na Podwójny Księżyc. Zawsze. Dlaczego nie tym razem? Co miała począć?

Rozmyślania przerwał jej znajomy śmiech. Wysunęła głowę i zobaczyła Kolgrima i jego paczkę. Kolgrima, przez którego ona i Vetle niemal zginęli nad Otchłanią.

– Powinnam przyłożyć mu w gębę, żeby padł jak kłoda! – mruknęła pod nosem. Chociaż pewnie nie było warto. Był tylko zwyczajnym głupkiem. Rzucał się z pięściami na rówieśników, kiedy przyszła mu na to ochota, Hirka nie chciała jednak być tą, która wszczyna bójkę. Nie mogła.

*Ale dziecko Odyna może…*

Hirka odsunęła się od ściany. Dzieci Odyna mogą. Emblingowie. Legendarne potwory o fałszywych językach. Zwykli ætlingowie muszą się dobrze zachowywać, ale nie zaliczała się już do zwykłych ætlingów. Była zgnilizną. Jej usta wykrzywiły się w szerokim uśmiechu, nad którym nie potrafiła zapanować.

Nie zastanawiała się dłużej. Odstawiła koszyk pod ścianę. Nogi same poniosły ją w stronę Kolgrima. Siedział na ziemi razem z grupką z północnej strony i ukradkiem żuł szkarłatny korzeń. Na jej widok zerwał się na nogi. Hirka widziała, że przez chwilę owładnęła nim panika. Świadomość, że uciekł, gdy pękł świerk nad Otchłanią, na którym stali ona i Vetle, była wypisana na jego twarzy. Szybko jednak zapanował nad sobą i jak gdyby nigdy nic oparł się o ścianę.

Hirka pokazała na niego palcem.

– Mogłeś zabić Vetlego! – Czuła łaskotanie w całym ciele. Odurzająca mieszanka strachu i oczekiwania. Miała teraz cel. Myśli i strach mogły znaleźć ujście. – Jesteś takim cholernym tchórzem, że napadasz tych, którzy nie mogą się bronić?

Kolgrim uśmiechnął się drwiąco.

– Gdybym napadał tych, którzy nie mogą się bronić, to napadłbym na ciebie, bezogoniasta! – Zarechotał z własnego dowcipu, a reszta chłopaków mu zawtórowała. Chwycił swój ogon i pomachał jej przed twarzą. – Tak się go używa! Nie jako żarcie dla wilków!

Pozostali jak na komendę wybuchnęli śmiechem. Gdyby tylko wiedział. Co by zrobił, gdyby się dowiedział, że nigdy nie miała ogona? Że stoi przed nim zgnilizna? Że jej pocałunek mógł go zmienić w gnijące truchło na oczach wszystkich? W wyobraźni zobaczyła jego pobladłą z niedowierzania twarz i uśmiechnęła się szeroko.

Napędziło to stracha Kolgrimowi. Zerknął na pozostałych, ale jakoś nikt się nie kwapił, żeby go poprzeć. Wszyscy czekali, co zrobi. Spróbował innego sposobu.

– Może ci, którzy nie umieją się bronić, powinni trzymać się razem? – Wyszczerzył zęby. – Nie przyszła przypadkiem pora, żebyś wzięła sobie za męża tego głupka, Vetlego?

Iben zarechotał głośno, pozostali dołączyli do niego. Dostali to, na co czekali. Hirka w dwóch krokach podeszła do Kolgrima.

– Nie mów tak o Vetlem!

– Cóż to by była za para! – ciągnął zachęcany przez Ibena. – Głupek i bezogoniasta!

Hirka uśmiechnęła się krzywo.

– Oświadczasz mi się, Kolgrim? – Skrzyżowała ręce na piersi i czekała, aż obelga dotrze do jego tępego łba.

Uśmiech Kolgrima powoli zgasł. Rzucił się na nią. Potoczyli się na ziemię. Słyszała krzyki pozostałych, gdy tarzała się z Kolgrimem. Zamierzył się pięścią, chcąc trafić ją w twarz, ale zasłoniła się łokciem. Trafiła go w szczękę i Kolgrim wrzasnął. Spróbowała się oswobodzić, ale był znacznie cięższy od niej. Teraz był zdesperowany. Szukał czegoś po omacku. Uniósł rękę nad jej głową. Nagle wydawała się dwa razy większa.

Kamień! Trzymał kamień.

*Odbiło mu!*

Hirka poderwała biodra, by zrzucić go z siebie, ale wiedziała, że nie ma szans. Nadbiegali jacyś ætlingowie. Kamień runął w stronę jej głowy. Usłyszała, jak ktoś wciąga powietrze. Ktoś obok krzyczał. Ostry głos, słowo, którego nie znała. Poczuła łaskotanie w całym ciele. Zacisnęła oczy. Potem coś huknęło.

Nic nie poczuła. Dlaczego nic nie czuła? Otworzyła oczy. Kolgrim siedział na niej okrakiem, w ręce ściskał drobny żwir. Kamień rozpadł się na kawałki. Przez chwilę Kolgrim wydawał się zdezorientowany, potem wyszczerzył zęby do kolegów, jakby posiadał w rękach jakieś nadprzyrodzone moce. Coś się stało. Ten ochrypły okrzyk, który słyszała.

Hirka miała chwilę wytchnienia, kiedy Kolgrim siedział tak na niej i napawał się swoją przewagą. Zamachnęła się, żeby przyłożyć mu w brzuch, ale nagle jej cel zniknął. Kolgrim uniósł się nad nią jak trzepocząca się ryba i rąbnął o ziemię kawałek dalej.

Hirka zmrużyła oczy. Patrząc pod słońce, zobaczyła sylwetkę Rimego. Spróbowała wstać, ale znowu padła. Rime tego nie zauważył – jego spojrzenie było utkwione w Kolgrimie.

– Nie jesteś dorosłym mężczyzną, twoje słowa są nic niewarte. Straciłeś głowę, chłopcze!

Iben zarechotał spontanicznie, ale Kolgrim spojrzał na niego czarnymi oczami i śmiech zgasł. Hirka rozglądała się po twarzach ætlingów, którzy zgromadzili się wokół. Wszyscy zajęci byli Kolgrimem i Rimem. Tylko jeden podchwycił jej spojrzenie. Hlosnian. Stary Hlosnian. Kamieniarz. Hirka dobrze go znała. Miała dla niego olej w koszyku.

– Hirka!

W głosie Sylji brzmiał oskarżycielski ton. Jej matka stała obok i odchylona do tyłu wpatrywała się w Hirkę. Wyglądało to tak, jakby próbowała stworzyć między nimi jak największy dystans, nie ruszając się przy tym z miejsca. Brwi uniesione były tak wysoko, że jej pociągła twarz wydawała się jeszcze dłuższa. Wykrzywiła usta, jakby patrzyła na zepsute mięso.

Sylja spiorunowała Hirkę wzrokiem, jej spojrzenie mówiło: *Co ty wyprawiasz?*

Hirka poczuła na policzkach palące rumieńce wstydu. Rime mówił coś do Kolgrima. Jego głos był stłumiony, ale Hirka widziała, że porusza ustami. Nie słyszała, co mówił, ale Kolgrim cofnął się jak syczący kot. Czarnowłosy i najeżony. Wpatrywał się w miecz Rimego. Zerwał się na nogi i uciekł z placu razem ze swoimi kolegami.

– Muszę to powiedzieć! – odezwała się Kaisa. Objęła Sylję ramieniem, jakby chciała ją chronić. – To błogosławieństwo, że tutaj jesteś, Són Rime!

Nacisk położony na jego tytuł był oczywisty, ale Rime zdawał się nie zauważać Kaisy. Podszedł do Hirki, która opuściła głowę i odkryła, że jajko schowane w kieszeni pobrudziło jej spodnie. Tłum był bestią o setce oczu. Głodną, obcą, niebezpieczną. A ona nie miała jak się schronić. Była wyrzutkiem.

Rime wyciągnął rękę. Stał nad nią, silny i zręczny jak nigdy, i oferował jej pomoc, bo nie wiedział, że jest zgnilizną.

– Wszystko w po…

– Już go miałam! – przerwała mu i zdała sobie sprawę, że ætlingowie rozdziawiają usta. Oczywiście. Zapomniała, kim jest. Znowu. – Nie musiałeś… Nie powinieneś… – Wycofała się w uliczkę, szybko chwyciła koszyk i z całych sił rzuciła się biegiem.

# ILUME

Rime uniósł rękę i zatrzymał gwardzistów. Spoglądał za Hirką, która zniknęła między straganami. Ta dziewczyna ciągle wpadała w tarapaty. Wczoraj wisiała nad Otchłanią, dziś prawie rozwalono jej głowę. Gdyby nie Hlosnian…

Poszukał w tłumie zaklinacza kamieni, ale ten zdążył się już oddalić. Rime miał nadzieję, że Ilume nie widziała, kiedy czerpał. Może i uratował w ten sposób Hirkę, ale gdy stało się twarzą w twarz z Ilume, ulatniały się nawet najlepsze argumenty.

Poczuł mrowienie na karku. Odwrócił się. Ilume stała na schodach, ætlingowie wciąż czekali na otwarcie drzwi. Ich spojrzenia się spotkały. Byłby gotów przysiąc, że próbowała go zmrozić wzrokiem, bo stał tutaj wśród innych, ubrany jak gwardzista. Każdy idiota to widział.

Ilume oderwała wzrok od Rimego, odwróciła się i weszła do sali Widzącego przez pozłacane boczne drzwi, przeznaczone dla niej i jej świty. I dla niego. Wszyscy pozostali musieli czekać na zewnątrz. Rime wciągnął powietrze. Skończył już z czekaniem. Musiał porozmawiać z Ilume. Mieć to wreszcie za sobą. Przeszedł przez plac przed salą Widzącego. Tłum rozstępował się przed nim, by go przepuścić. Czuł, że przyglądają się jego ubraniu. Tak kiepsko skrywali niedowierzanie, że równie dobrze mógłby być nagi. Słyszał ich szepty.

Westchnął. Śmierć Vanfarinna osłabiła Radę. Kruczy Dwór już ostrzył sobie pazury. Świat drżał w posadach, ale czy o tym szeptali ætlingowie? Nie. Szeptali o nim. Dziedzicu miejsca w Radzie, który został wojownikiem.

Rime wszedł do sali Widzącego. Oparł się pokusie, by użyć drzwi, którymi wchodzili inni ætlingowie. Wszedł tymi przeznaczonymi dla niego. Nie było potrzeby dolewać oliwy do ognia przed rozmową z Ilume. Zamknął za sobą drzwi, odcinając się od szeptów. Wewnątrz było ciemniej i chłodniej. Lampki olejne pod sufitem migotały. Usłyszał głosy Ramoi i Ilume z sali modlitw. Ramoja wydawała się wzburzona. Rime ruszył korytarzem, na drugim końcu łukowatego przejścia zobaczył salę modlitw.

Ramoja podawała Ilume jakiś zwój. Kruk wiercił się niespokojnie na jej ramieniu. Rime pomyślał, że to pewnie list dotyczący Rytuału, który przed chwilą odczytano na zewnątrz, usłyszał jednak słowa Ilume:

– Powiedziałam im, że się nie zgadzam. Taki jest mój głos.

– Ale on już…

– Nie dojdzie do tego. Weź się w garść, Ramojo!

*Mój głos…*

Chodziło o puste miejsce w Radzie. Musieli szybko zapełnić miejsce po Vanfarinnie. Konieczny był pośpiech, więc brano pod uwagę syna zmarłego, Urda. Nic dziwnego, że Ramoja była zdenerwowana. Rime nie powierzyłby Urdowi nawet odpowiedzialności za jajko, ale na szczęście decyzja nie należała do niego.

Wyszedł z cieni, żeby go zobaczyły. Natychmiast przerwały rozmowę. Ramoja wbiła wzrok w podłogę.

– Poczekam na zewnątrz – powiedziała i szybko minęła Rimego, nawet na niego nie patrząc. Jej ozdoby szeleściły i pobrzękiwały. Dźwięk umilkł w korytarzu i pozostawił po sobie ciężką ciszę.

Został sam z babką.

Uniosła podbródek i spojrzała na niego wyniośle. Już to było wyczynem, bo przewyższał ją o głowę. Wielkość Ilume nie wynikała jednak ze wzrostu.

Za jej plecami rozpościerały się ogromne krucze skrzydła. Skrzydła Widzącego. Otaczały całe podwyższenie, tworząc świętą przestrzeń, w której augur przemawiał do ætlingów. Każde pióro było jak żywe za sprawą zręcznych rąk Hlosniana. Niczym pociągnięcia pędzla w czarnym kamieniu. Dziób otwierał się lekko, jakby zamarł w krzyku. W wypolerowanych oczach odbijała się sylwetka Ilume. Rozciągnięty, wypaczony obraz o ramionach dłuższych niż całe ciało. Otworzyła usta.

– Jadałbyś ze szczurami, gdyby tylko ci na to pozwolić.

Najwyraźniej widziała go z Hirką i Kolgrimem na placu. Zadawał się z nimi, jakby był jednym z nich. Zapomniał, kim jest. To oskarżenie podążało za nim przez całe życie. Rime chciał powiedzieć coś na swoją obronę, ale przerwał mu augur w szarej szacie, który wbiegł do sali z dłońmi skrzyżowanymi w znaku kruka. Jego palce drżały.

– Madro Ilume, ætlingowie czekają na modlitwę. Co mogę im powiedzieć, żeby…

– Wyjdź!

Ilume nie zaszczyciła go nawet spojrzeniem. Głos, chłoszczący jak bicz, sprawił, że mężczyzna się wycofał. Rime najchętniej ruszyłby za nim, ale oboje długo czekali na tę chwilę. To ona zaczęła.

– Nie miałeś nawet odwagi, żeby spotkać się ze mną, kiedy przybyłeś.

– Byłaś wtedy w Kruczym Dworze.

Wydawało się, że ta odpowiedź rozdrażniła ją jeszcze bardziej. Najwyraźniej spotkanie w Kruczym Dworze nie poszło dobrze. Rime spodziewał się tego.

– Byłam w Kruczym Dworze. By utrzymać pokój w krainach. Ze względu na Radę i na ciebie.

Rime stłumił parsknięcie. Ilume odwróciła się do niego plecami.

– Kiedy po Rytuale wybrałeś drogę miecza, pomyślałam, że to dziecinny bunt wobec mnie. Milczałam, bo ufałam w twój osąd. Jesteś An-Elderinem! Odnajdziesz swoją drogę, jeśli tylko przestaniesz się zadawać z tymi dzikusami.

Jak zwykle mówiła spokojnym głosem. Nieubłaganym. Twardym jak kamienna posadzka, na której stała. Srebrne włosy opadały na jej plecy, splecione w nienaganne warkocze. Jedynie ich barwa zdradzała, że Ilume wkrótce skończy sto lat. Również pod tym względem dominowała nad takimi, z którymi nie chciała mieć nic wspólnego. Żyła dłużej niż oni wszyscy, a czas nie pozostawiał na niej zbyt widocznych śladów. Tak to już było z silnymi czerpiącymi. I tak miało być również z nim. Rime jednak z własnej woli wyrzekł się nadziei, że dożyje sędziwego wieku.

Odwróciła się do niego.

– Twoja pogarda wobec mnie jest bezgraniczna. Jesteś gotów wyrzec się Rady, wyrzec się Widzącego i zdradzić lud tylko po to, żeby dać mi coś do zrozumienia?

Jeszcze nigdy nie widział takiej dzikości w jej oczach. Miała powody do wściekłości, ale nie zamierzał słuchać dłużej jej kłamstw.

– Nie wyrzekam się Widzącego! Wyrzekam się Rady, ale po to, by lepiej służyć Jemu. Lepiej, niż mógłbym to robić jako śpiący olbrzym w Eisvaldrze.

– Jak śmiesz?! – Zbliżyła się o krok, ale Rime się nie cofnął. – Jak śmiesz mówić o tym, jakbyś cokolwiek o tym wiedział?! Szczeniak! Żałosny szczeniak, który chce się mierzyć ze mną!

Słowa odbiły się echem od kamiennych ścian. Rime dopiero teraz zauważył, że sala Widzącego jest pusta.

– Nie chodzi o ciebie – odparł. – W ogóle nie chodzi o ciebie.

Zdał sobie sprawę z wyzwalającej prawdy tych słów. Szanował Ilume. Była głową rodziny. Nie przepadał jednak za najpotężniejszymi mężczyznami i kobietami w krainach, którzy musieli jedynie być potomkami właściwego rodu. Sam był potomkiem takiego rodu, ale jego największym dokonaniem było odwrócenie się do nich plecami.

Wpatrywali się w siebie.

Rime dokonał już wyboru i zdał sobie sprawę, że to właśnie najbardziej boli Ilume. Nie mogła nic zrobić. Złożył Przysięgę. Miał krew na rękach. Była bezsilna. To było dla niej coś nowego i kiepsko to ukrywała.

– Byłbyś najmłodszym – powiedziała. – Najmłodszym w dziejach. – Jej głos jakby stracił nieco na sile. – Byłbyś najmłodszym i najsilniejszym członkiem Rady od tysiąca lat.

– Zostanie nim ktoś inny.

– Ktoś inny?! Nie mamy nikogo innego! Mamy pozwolić, żeby inne rody pożarły nas żywcem? Rzucisz na stos całą swoją historię? Swoje korzenie? Oby Widzący oślepił moją córkę, żeby nie widziała cię z zaświatów!

Jej słowa rozlały się w jego piersi jak jad. Odciął się.

– To pozwólcie ætlingom, których uważacie za swoje sługi, żeby sami wybierali własnych przywódców.

Rime widział nadchodzący cios, ale się nie poruszył. Pozwolił jej na to. Poczuł palący ból w policzku. Jej oczy płonęły, ale czuł tylko spokój. Niewytłumaczalny, głęboki spokój.

– Ma…madro Ilume? – wyjąkał z cienia augur. Nie miał odwagi wejść w plamę światła padającego od okna. – Oni… oni czekają. Na modlitwy…

Ilume odpowiedziała mu, nie spuszczając z oka Rimego:

– Otwórz drzwi.

Augur nie dał się długo prosić, zniknął natychmiast. Drzwi się otworzyły. Rimego drażniło to, że poczuł ulgę. Tłum wlał się do środka i zapełnił ławy za ich plecami. Ilume usiadła na miejscu najbliżej podwyższenia, pod ochronnymi skrzydłami Widzącego. Rime usiadł obok niej.

Nienawidził modłów. Widzący był dla niego wszystkim. Wszystkim, co miał. Ale modlitwy były koszmarem. Zawsze tak było. To siedzenie bez ruchu, z twarzą zwróconą w stronę pozostałych. Jak na wystawie. Można by pomyśleć, że z biegiem lat stawało się to łatwiejsze, ale teraz Rime pojął, że nie było mu pisane się do tego przyzwyczaić. Było mu pisane coś zupełnie innego. Miał służyć Widzącemu w inny sposób.

Augur zaczął śpiewać. Ilume syknęła Rimemu do ucha:

– Jesteś synem ludu, a więc zniżysz się do niego.

Rime zapanował nad sobą i słuchał.

– Rodzina z Błyszczącej Góry zaprosiła mnie dziś na wieczerzę. Moja wizyta tam byłaby niestosowna i oni świetnie o tym wiedzą. Ich bezczelność i mania wielkości nie znają granic. Ale mogą nam się na coś przydać. Mogą sprzyjać naszej sprawie na Północy, kiedy już opuścimy Elveroę. Odmówić im byłoby błędem, dlatego pójdziesz tam sam.

Rime spojrzał niechętnie w stronę pierwszej ławy, w której siedziała cała rodzina z Błyszczącej Góry. Kaisa kiwnęła głową i uśmiechnęła się do niego. Szturchnęła łokciem swoją córkę Sylję, a ta wzdrygnęła się zdezorientowana, ale zaraz zdała sobie sprawę, że Rime na nią patrzy. Uśmiechnęła się zalotnie, a jemu przeszły ciarki po plecach.

– Myślę, że Widzący zrozumiałby mnie, gdybym tam nie poszedł – szepnął w odpowiedzi.

– Nie zrobisz tego dlatego, że Widzący ci każe – syknęła Ilume. – Zrobisz to, bo ja ci każę.

# ZAKLINACZ KAMIENI

Hirka przystanęła na szczycie wzgórza na tyłach karczmy, żeby złapać tchu. Jej policzki płonęły i nie było sensu wmawiać sobie, że to dlatego, że biegła. Rime wrócił dwa dni temu. Od dwóch dni zachowywała się jak idiotka. Wyciągnął ją z bójki, jakby była nieposłusznym psem. Co poniektórzy się śmiali. Ale tym się akurat nie przejmowała.

Tyle że zrobiło się zbiegowisko. Gapili się na nią jak na schwytane zwierzę. Cały rynek pełen ætlingów. Gdyby ojciec to widział, krew by go zalała. A poza tym zmarnowała dużo czasu. Zaczęły się już modły i nikogo nie zastanie w domach. Będzie musiała zaczekać, żeby dostarczyć gdzie trzeba wszystko, co miała w koszyku.

*Hlosnian. Hlosnian jest w domu. On nigdy nie chodzi do sali Widzącego.*

Tam, na rynku, coś zrobił. Zmiażdżył kamień w ręku Kolgrima i ją uratował.

Hirka zaczęła znów schodzić po stoku. Przeszła przez most nad Wartkim Potokiem i ruszyła w stronę domu Hlosniana po północnej stronie. Był to podniszczały kamienny budynek, w którym kiedyś mieściła się gospoda. Miał wiele pokoi, ale Hlosnian mieszkał sam. Gdyby go nie zajmował, dom pewnie już dawno temu by się zawalił. To było tak, jakby dalej stał tylko dlatego, że chciał tego Hlosnian.

Hirka ruszyła wąską ścieżką wiodącą przez wysoką trawę. Podeszła do drzwi. Na rogu wisiał zardzewiały szyld, ale sama tabliczka z nazwą gospody już dawno zniknęła. Z szyldu zerwał się kruk i zniknął za domem. Hirka wzdrygnęła się. Ptak siedział tak nieruchomo, że wzięła go za część szyldu. Ale kruk to zawsze dobry znak.

*W każdym razie dla wszystkich oprócz mnie.*

Drzwi były uchylone i wcisnęła się przez szparę do środka. Nie chciała otwierać ich szerzej, na wypadek gdyby dom jednak zdecydował się runąć i pogrzebać ją żywcem. Wewnątrz było ciemno, ale dobrze widziała. Zawsze lubiła mrok. Widziała wszystko, ale jej nikt nie widział.

Okna były zabite deskami, ponieważ szkło ołowiowe sprzedano rodzinie z Błyszczącej Góry. Lada. Dwa stoły. Żadnych krzeseł.

– Hlosnian?

Nikt nie odpowiedział.

Hirka usłyszała coś jakby odgłos piły i ruszyła za nim do sąsiedniego pomieszczenia. Z wielkich, łukowatych otworów w kamiennej ścianie promienie słońca padały na podłogę. Warsztat Hlosniana. Ani do końca na zewnątrz, ani na dobre wewnątrz. Siedział pośrodku pomieszczenia, pochylony nad kamienną figurką, którą rzeźbił. Był zwrócony do niej plecami, pochłonięty pracą.

W tym pomieszczeniu mieściła się kiedyś stajnia. Było podzielone na boksy i wciąż unosił się tu swojski zapach koni. Na gwoździu w ścianie wisiały podniszczone rękawice bez palców. Wiedziała, że używa ich zimą.

Rzeźby i kamienie leżały po kątach całymi stertami. Większe i mniejsze arcydzieła, odrzucone na bok jak kłody drewna. Niektóre były zniszczone, inne dopiero zaczęte. Zastygłe w walce, by wydostać się z kamienia. Wszystko wokół pokrywał biały pył.

Większość rzeźb przedstawiała drzewa. Tuż obok niej stało białe drzewo, sięgało jej do piersi. Gałęzie wydawały się tak żywe, że aż przystanęła, czekając, by się poruszyły. Wyciągnęła rękę, by ich dotknąć. Ostrożnie.

– Nie powinno cię tu być.

Hirka cofnęła rękę. Hlosnian dalej siedział odwrócony do niej plecami. Pył tańczył w promieniach słońca, osiadał na jego jasnoczerwonym fartuchu, jedynej rzeczy w tym pomieszczeniu, która miała jakiś kolor.

– Nie lubię modlitw – odparła. Nie bała się mu tego powiedzieć, bo on też nigdy tam nie bywał.

Podeszła do niego, a on spojrzał na nią, unosząc krzaczaste brwi, jakby nie zrozumiał odpowiedzi. Miał gęste, szare włosy i brodę z białymi pasemkami. Wyglądało to jak ostatnie śniegi w Górach Strażniczych.

Znów skupił się na pracy. Hirka chciała mu podziękować za pomoc na rynku, ale nie wiedziała, co właściwie zrobił. Czy w ogóle coś zrobił? Wyjęła z koszyka brązową szklaną butelkę.

– Przyniosłam ci olej.

Odstawiła go na ławę.

– Dużo tego – zauważył.

– Tak. To… w prezencie.

– Ach tak? Czyli przepis też mi przyniosłaś?

Hirka poczuła, że się rumieni. Pomyślała o tym wcześniej. Ojciec powiedziałby, że odbiera sobie źródło utrzymania, ale co mogła zrobić? Opuszczą na zawsze wioskę i pozostawią miejscowych własnemu losowi? Jedyny lekarz służył Ilume, a oni niedługo też odejdą.

– Sam go możesz robić. Właściwie to strasznie proste. Potrzebujesz tylko migdałów, owsa i…

– Nie mam czasu samemu go robić.

Hlosnian spojrzał jej w oczy. Miał na czole głębokie zmarszczki. Jego oczy były bystre, intensywnie niebieskie. Jedna powieka opadała lekko. Dzieciaki z miasteczka mówiły, że jedna strona jego twarzy śpi. Hirka uważała, że dzięki temu wygląda godnie i tajemniczo.

Otworzył butelkę i wtarł kilka kropel w dłonie i ramię. Pokrywały je białe smugi. Blizny. Hirka nie wiedziała, skąd je ma, wiedziała natomiast, że olej bardzo mu pomaga, kiedy skóra za mocno się napina. Gdy masował ramię, woń koni ustąpiła zapachowi migdałów.

– Nie mam czasu, ale może się zdarzyć, że będę do tego zmuszony?

Hirka udała, że nie dosłyszała pytania.

– Jesteś świetny! – powiedziała, rozglądając się. Wzięła do ręki kamień w kształcie spirali.

– Nie zrobiłem tego, co trzymasz w ręce. Stworzyła go sama Evna. Dawno temu. Zanim powstało Ym, u zarania świata.

– Aaach… Ale i tak jesteś świetny.

Parsknął w odpowiedzi.

– Widziałem, co możemy stworzyć gołymi rękoma. To, co tu widzisz, to tylko zabawa!

To nie była fałszywa skromność. Hirka wiedziała, że stworzył wizerunek Widzącego z sali modlitw i ætlingowie przybywali nawet z daleka, by go zobaczyć. Odkąd jednak ukończył pracę, jego noga już tam nie postała. Ramoja mówiła, że taka jest cena dążenia do doskonałości.

– A co takiego widziałeś? – spytała.

Hlosnian odłożył kamienną figurkę. Wpatrywał się niewidzącym wzrokiem w pył.

– Drzewo. Drzewo Widzącego. Widziałem je raz, gdy byłem zaklinaczem kamieni w Eisvaldrze.

Hirka miała ochotę zapytać, co właściwie robią zaklinacze kamieni, ale nie chciała mu przerywać. Hlosnian pracował kiedyś w samym Eisvaldrze! W mieście na końcu miasta. W domu Widzącego.

*I w domu Rimego.*

Drzewo było tronem Widzącego. To było drzewo świata wykute z kamienia, tak powiedział Hlosnian. Czarne, lśniące. Jego gałęzie wyciągały się nad tłumem wypełniającym salę. Niesamowicie misterna robota. Nigdy nie widział niczego piękniejszego. Tamtego dnia wszystko się dla niego zmieniło. Nie pragnął już stworzyć niczego innego, prócz tego drzewa. Ale to było niemożliwe. Stworzyły je pradawne siły. Dokonała tego Evna. Przed wojną. Zanim się pojawiliśmy.

Oczy Hlosniana zamgliły się z bólu, którego Hirka nie rozumiała ani nie potrafiła wyleczyć.

– Co zrobiłeś? – spytała. – Przestałeś pracować dla Rady?

– Nie przestaje się pracować dla Rady – odrzekł. Spojrzał na nią. – Jest się tym, kim jest. I jest się tym, co się robi. Kiedy przychodzi pora, to najlepsze, co można uczynić, i tylko to jest słuszne. Najgorsze to nie robić nic.

Hirka zawstydziła się i wbiła wzrok w podłogę. Co sama zrobiła? Rzuciła się na Kolgrima. Jak idiotka. Hlosnian miał rację. Jest tym, kim jest, ale ma wybór. Może wybrać, że postąpi inaczej, i może wybrać, że nie ucieknie.

Hlosnian przyglądał jej się badawczo, pracując nad kamiennym posążkiem kobiety, który trzymał w ręce.

– Uwa… – krzyknęła Hirka, ale było już za późno. Kamień pękł i od posążka odłamał się ogon.

Starzec wybuchnął śmiechem. Jego śmiech brzmiał zaskakująco młodzieńczo.

– Teraz jest taki jak ty! – Włożył bezogoniastą figurkę do jej koszyka, razem ze spiralnym kamieniem. – Nic się nie stało. Zawsze można zacząć od początku. To się zdarza, kiedy pracuje się nad wielowarstwowym kamieniem. Trzeba się w niego wsłuchiwać. Przez cały czas. – A potem zaczął coś mamrotać, jakby do siebie. – Pozostaje tylko pytanie, skąd mogłaś wiedzieć…

Wstał i zaczął szperać w szufladzie warsztatowej ławy. Znalazł to, czego szukał, i podał Hirce kamienną płytkę. Była okrągła, nie większa od jej dłoni. Zdobiły ją jasne znaki, jakich nigdy nie widziała. Zastanawiała się przez chwilę, czy to również jest prezent, ale wtedy Hlosnian szturchnął ją w rękę i upuściła płytkę. Z trzaskiem upadła na podłogę i połamała się na kilka części.

– Przepraszam! Nie chciałam…

Ale Hlosnian jej nie słuchał. Przykucnął i przyglądał się fragmentom, mrucząc coś pod nosem. Natychmiast poczuła się jak intruz. Popadł w jakieś swoje artystyczne szaleństwo. Trącał szorstkim palcem pokruszone kawałki.

– Nie powinno cię tu być – powtórzył.

Hirka sięgnęła po koszyk i zaczęła ostrożnie się wycofywać. Był stary. Nie pamiętał już, co mówił, a czego nie.

– Już na mnie pora – powiedziała.

– Wiem – odparł i zaczął ciąć nowy kamień.

## WEWNĘTRZNY KRĄG

Urd przechadzał się w tę i z powrotem po krużganku. Za każdym razem, gdy docierał do końca, podnosił wzrok, ale nie przechodził po moście do sali Rady, która mieściła się w kopule po drugiej stronie. Krużganek wisiał wysoko nad Eisvaldrem, nad bogato zdobioną arkadą, do której podziwiania Urd nie miał dzisiaj głowy. Po prostu chodził. I czekał. Czekał i przepełniała go gorycz, że musi czekać na „nie". „Nie" od Ilume.

Na szczęście Ilume nie była jedyną członkinią Rady. Głosować miało dziesięcioro. Już zagłosowali. Ta myśl przyprawiała go o zawrót głowy. Zdał sobie sprawę, że być może wynik jest już znany. Przyjęli go albo nie. Pozostawał jedynie głos Ilume, ale jej odpowiedź była już w drodze. Niech to przeklęte ptaszysko wreszcie przyleci. Ile czasu kruk może pokonywać taką trasę?!

Zawrócił i jeszcze raz dotarł do mostu. Przystanął na chwilę. Wąskie kamienne mosty łączyły liczne wieże Eisvaldru, ale ten tutaj był najstarszy. Asebriggi. Z czasem siły natury niemal zatarły wykute w kamieniu kruki i węże. Żaden narożnik nie był już ostry, i to od wielu setek lat. Sklepienie mostu podtrzymywały okrągłe filary, bardziej zniszczone od zachodniej strony, tam, gdzie smagały je wiatry wiejące od gór, od Gniazda Ślepych.

Po drugiej stronie mostu mieściła się sala Rady, siedzieli tam teraz, by zadecydować o jego przyszłości. A on musiał czekać tu, na zewnątrz, jak pies!

Urd odwrócił się plecami do mostu i znów ruszył krużgankiem. Tak było najbezpieczniej, żeby nie dać się ponieść emocjom. Nie może teraz do tego dopuścić. Na szczęście był bardzo cierpliwy, być może najcierpliwszy w całym Ym. Długo czekał. Mógł poczekać jeszcze trochę. Wkrótce się przekona, czy było warto.

Poczuł zimny podmuch, ale nie za sprawą wiatru. Hulał tu w górze między filarami, ale to mu nie przeszkadzało. Tym, co dręczyło, było czekanie.

Jego zmarły ojciec mawiał, że nikt nigdy nie powinien ryzykować więcej, niż jest gotów stracić, ale Urd całym ciałem czuł, że ryzykuje o wiele za dużo. Absolutnie wszystko. A to była jego jedyna szansa. Jeśli dziś mu odmówią, decyzja będzie ostateczna.

– Mówią, że już jest w drodze.

Z zamyślenia wyrwał go irytujący głos Slabby. Prawie zapomniał, że kupiec tu siedzi. Chociaż „siedzi" było niewłaściwym słowem. Raczej rozlewał się na kamiennej ławie. Miał na sobie haftowaną zieloną szatę, nieściągniętą w pasie. Bo nie miał czegoś takiego jak pas.

– Kto?

– Madra Ilume. – Slabba wyjął z kieszeni wilgotną chustkę i otarł pot z dłoni. Jego palce ociekały złotem i lśniły kamieniami szlachetnymi. Wyglądał żałośnie. Jak podstarzała kobieta. Urd odwrócił się z niesmakiem, ale Slabba ciągnął: – Mówią, że opuściła swój dom i jest o kilka dni drogi od Mannfalli.

– Kto tak mówi?

– Mam... kontakty – odparł kupiec z udawaną lekkością.

Urd stłumił parsknięcie. *Ty i kontakty…*

Slabba nie wiedział więcej niż reszta, ale lubił się przechwalać, że ma dostęp do cennych informacji. Czasami się przydawał, ale jeśli wziąć pod uwagę ambicje Urda, to kupiec równie dobrze mógłby być głuchy i ślepy. Był jak tłusta mucha, która bawiła się w sieci i wydawało jej się, że jest pająkiem.

*Idiota.*

– Co zrobimy, kiedy wróci? – Ochrypły głos Slabby nie brzmiał już tak pewnie. Bał się Ilume. Jego pytanie było niesamowicie prowokujące.

– Powiem ci, co zrobimy! Będziemy się delektować tą chwilą! Ona wraca! A dlaczego wraca, przyjacielu? – Urd poczuł, jak ostatnie słowo więźnie mu w gardle, ale ukrył to uśmiechem. Pochylił się ku twarzy Slabby, tak blisko, jak tylko pozwalał mu na to brzuch kupca. Ten przyglądał mu się rozbieganym wzrokiem. Nie miał na to dobrej odpowiedzi. Ale miał ją Urd. – Wraca, bo zawiodła! Ilume zawiodła! Po kilku latach na Kruczym Dworze tylko ich wzmocniła. Czy otworzyła tam sale Widzącego? Zdobyła polityczny grunt? Wręcz przeciwnie! Kruczy Dwór jest silniejszy i bardziej hardy niż kiedykolwiek wcześniej! – Rozłożył ręce, delektując się własnymi słowami. Rzadko się zdarzało, by mógł mówić dokładnie to, co myśli, nawet Slabbie.

Kupiec zaczął się trząść ze śmiechu jak rozdęty miech, który w każdej chwili może pęknąć. Urd ciągnął dalej:

– Udało jej się nawet zniszczyć jedyną rzecz, która łączyła Mannfallę i Kruczy Dwór. Rytuał! Bo wiesz, co mówią *moje* kontakty? – Zniżył głos do teatralnego szeptu, a oczy Slabby błysnęły chciwie. – Mówią, że wiele rodów z Kruczego Dworu nie przybędzie w tym roku na Rytuał. To otwarta demonstracja wrogości. Wypowiedzenie wojny! – Urd wyszczerzył zęby.

– Tak… tak, też to słyszałem – skłamał w żywe oczy Slabba.

Urd jeszcze nie skończył.

– Ilume jest słaba. Jej ród wymiera. Jej wnuk odrzucił miejsce w Radzie, żeby bawić się mieczem. Gwardzista! Chłopak, który mógłby zostać przyjęty do Rady choćby dziś, i to z błogosławieństwem ludu! Wyobrażasz sobie, jak bardzo ta wieść musiała ją załamać? A teraz wraca do Mannfalli, żeby opowiedzieć o swojej porażce w Kruczym Dworze. Slabbo, gwarantuję ci, że Ilume ma inne sprawy na głowie niż rzucanie nam kłód pod nogi.

Urd uświadomił sobie, że słyszy szybkie kroki na kamiennej posadzce. Goniec minął ich pędem, nie poświęcając im nawet jednego spojrzenia. Ściskał kościaną rurkę, która prawie cała nikła w jego dłoni. Urd śledził ją wzrokiem aż do chwili, gdy goniec zniknął pod czerwoną kopułą po drugiej stronie mostu.

Ta maleńka rurka zawierała kategoryczną odmowę Ilume. Był tego pewien. Nie, nie chce, żeby zajął miejsce ojca. Nie, nie uważa, by jego miejsce było w Radzie. Nie. Nie. Nie. Ale skoro miał już zagwarantowane sześć „tak", głos Ilume znaczył niewiele.

Urdowi zakręciło się w głowie. Dotknął gardła i odwrócił się plecami do Slabby. Znów go bolało. Poczuł w ustach smak krwi i odchylił głowę, by ją przełknąć.

*Myśl o czymś innym.*

Przed nim rozpościerał się Eisvaldr w całej swojej chwale. Bogate jądro jeszcze większego miasta, Mannfalli. Białe mury oddzielały miasto od siedziby Widzącego. Za tymi murami istniała inna rzeczywistość. Stąd, z góry, wszystko wydawało się czyste i spokojne, ale Urd wiedział, że mieszkańcy prowadzą tam swoje godne pogardy, zwyczajne życie. Pracują w pocie czoła, jedzą, śpią i się parzą. Ulice śmierdziały końskim łajnem, bo było tam mniej takich, którzy dbali o czystość. Zwłaszcza teraz, gdy zbliżał się Rytuał i zjeżdżali się przybysze z całego świata, niektórzy z dziećmi i zwierzętami. W najbiedniejszych dzielnicach miasta o tej porze roku można było dostać mdłości. Smród i hałas. A w tym roku było gorzej niż kiedykolwiek dotąd.

Ale Urd był tutaj. Wysoko ponad nimi wszystkimi. Jeśli Widzący posiadał choć cień mocy, jaką Mu przypisywano, musiał usłyszeć tę modlitwę. Urd zdał sobie sprawę, że zamknął oczy. Słyszał Slabbę, który gadał coś za jego plecami. Że jest upał, chociaż nad miastem wiszą ciężkie od deszczu chmury. Gadał tak, jakby całe życie Urda nie zależało od tego, co miało się wkrótce wydarzyć.

Po drugiej stronie mostu otworzyły się ciężkie drzwi. Zdawały się absurdalnie olbrzymie w porównaniu z postacią, która z nich wyszła. Powierniczka Kruka. Madra Eir. Kobieta nosząca w sobie Widzącego. Stała sama, bez laski i bez kruka. Najpotężniejsza kobieta w Radzie. Najpotężniejsza kobieta w krainach Ym. Jej jasna szata powiewała na wietrze. Czarny znak Rady wyglądał jak dziura w czole. Był również wyhaftowany po lewej stronie, na jej piersi. Widzący w umyśle, Widzący w sercu.

– Urd Vanfarinn? – wypowiedziała jego imię, jakby nie wiedziała, kim jest.

– Tak. – Poczuł rozdzierający ból w gardle, ale udało mu się zapanować nad głosem. Przeszedł dobry trening.

Kobieta powolnym ruchem dłoni zsunęła kaptur.

– Witaj w wewnętrznym kręgu.

Urd poczuł dziwne pieczenie w oczach. Dopiero po chwili zdał sobie sprawę, że płyną z nich łzy. Eir jednak tego nie widziała. Odwróciła się już i wracała do sali Rady. Dotarło do niego, że stojący kawałek za nim Slabba mu gratuluje, ale słowa zlewały się w jedno. Nieważna paplanina kogoś nieważnego, w zupełnie innym świecie.

Urd ruszył z miejsca i zrobił swój pierwszy krok jako członek Rady. Przeszedł przez most.

## W POSZUKIWANIU SZCZĘŚCIA

Mięso na talerzu wystygło. Rime próbował jeść, ale za każdym razem musiał przerywać, zanim widelec dotarł do ust. Żeby odpowiadać na pytania albo po prostu uśmiechać się, gdy ktoś coś mówił. A mówiono wiele. Nie zaproszono go przecież do Błyszczącej Góry z powodu jedzenia.

Kaisa plotła banały, które według niej chciał usłyszeć. Jakie to niesłychane, że Kruczy Dwór sabotuje zjednoczenie krain. Jakie to absurdalne, że tymi dzikusami wciąż rządzą wodzowie, niczym w prehistorycznych czasach. Pozostałości królestwa.

Rime doskonale rozumiał opór Kruczego Dworu. Gdyby inne krainy też posiadały taką siłę, byłyby dziś niepodległe. Z Mannfallą wiązały je jedynie chciwość i strach. Ale Rime o tym nie wspominał. Miał duże doświadczenie w tym, by nie traktować tego osobiście. To wszystko miało z nim niewiele wspólnego. Chodziło im tylko o jego nazwisko. O to, żeby być bliżej władzy z Mannfalli.

Sylja nie odrywała od niego oczu, chyba że tylko po to, by opuścić je z fałszywą skromnością albo zamienić po cichu kilka słów z matką. Rime zerknął na Vidara, ale ojciec Sylji był równie rozmowny jak obrazy na ścianach. Był biernym pionkiem w tej grze, choć to do niego należało gospodarstwo. Kaisa poślubiła męża wraz z majątkiem i dziś w oczywisty sposób nim zarządzała. Rime spróbował go zapytać o to, jak wiedzie się jego gospodarstwu, ale Kaisa się wtrąciła:

– Nie zanudzajmy Rimego, Vidarze. Ma na głowie inne rzeczy niż nasze nieważne problemy. – Uśmiechnęła się zimno i podała mężowi płócienną serwetkę.

Nie miał pobrudzonych ust, mimo to przyjął serwetkę i je otarł. Potem się już nie odzywał.

– Opowiedz nam lepiej o madrze Ilume – ciągnęła Kaisa. – Bardzo nas smuci, że musi opuścić Elveroę.

Rime był pewien, że Kaisę jeszcze bardziej smuciło to, że Ilume nie ma tu dziś wieczorem. Zapewnił ją po raz kolejny, że Ilume chętnie by przyszła, ale nie miała takiej możliwości. Nastąpiła chwila milczenia. Najwyraźniej Kaisa zastanawiała się, cóż takiego mogło być ważniejsze niż wizyta w Błyszczącej Górze. Rime skorzystał z okazji i zjadł kęs cielęciny. Dziś wieczorem niczego tu nie skąpiono.

Wystrój pomieszczenia świadczył o sukcesach, jakie odnosili w handlu. Południową ścianę pokrywał podłużny andrakarski gobelin, ukazujący Widzącego z rozpostartymi skrzydłami. Rime podejrzewał, że Kaisa wypełniła pokój wszystkim, co miało jakąkolwiek wartość. To, co się nie zmieściło, powiesiła na szyi sobie i córce.

Sylja uśmiechnęła się do niego, jakby czegoś oczekiwała. Spytała go o coś?

– Przepraszam? – Rime miał nadzieję, że w jego głosie nie słychać tęsknoty za domem.

Kaisa się uśmiechnęła i przewróciła oczami.

– Ojej! Musisz wybaczyć mojej córce, Rime. Potrafi być taka czarująco bezpośrednia.

– Matko! Chciałam się tylko dowiedzieć, jakie mam szanse! – Sylja odsunęła talerz i oparła się stół, wypinając piersi.

Rime nie potrzebował dalszych wyjaśnień. Chodziło o Rytuał. Czekał na to pytanie. Każdy, kto miał dzieci, które kończyły piętnasty rok życia, pytał go dokładnie o to samo. Chociaż spędzał dni na szczycie Wilczej Skały. Jak najdalej od innych. Mimo to zatrzymywali go na rynku. Przynosili podarunki, których przyjęcia uprzejmie odmawiał. Prosili, by ich pobłogosławił, kładąc im rękę na głowie. Prosili o łaskę Widzącego. I wszystkim chodziło o to samo. Co mogą zrobić, by zwiększyć szanse swojego dziecka na zostanie wybranym? Na to, by zostało jednym ze sług Rady.

Rime nie mógł mieć nikomu za złe, że o to pytają. Doskonale wiedział, że urodził się wolny od wielu trosk, z którymi muszą się zmagać inni. Mieszkańcy Foggardu ledwie wiązali koniec z końcem. Życie sługi Rady mogło im się wydawać pozbawione trosk. Jedzenie, odzienie, dach nad głową… Ci z Eisvaldru byli wolni od tych przyziemnych problemów i mogli skupić się na ważnych sprawach.

Ale Rytuał był, jaki był. Mówiło się, że to Widzący wybiera, ale Rime wiedział, że to nie do końca prawda. Widzący był ponad codzienne zajęcia. Nie dbał o praktyczne sprawy, takie jak Rytuał. Ani o to, by dzielić i rządzić. Właśnie to było źródłem całej wściekłości w życiu Rimego. Powodem jego wyboru. Wysublimowana istota Widzącego była inspiracją, ale również powodem, dla którego w Jego salach szerzyła się korupcja. Przyjaciele oferowali swoim przyjaciołom stanowiska. Młodzi i ambitni dostawali się do szkół w Eisvaldrze w zamian za brzęczące monety. Rime nie chciał ani nie mógł pomóc nikomu dostać się do tego gniazda żmij. Odsunął krzesło i wstał od stołu.

– Widzę, że robi się już ciemno. Wybaczcie mi, proszę. Serdecznie dziękuję za dzisiejszy wieczór.

Kaisa błyskawicznie zerwała się na nogi i podeszła do niego. Położyła rękę na jego plecach i spróbowała go wprowadzić do sąsiedniego pokoju.

– Ależ mój drogi, po prostu musisz spróbować ciasta! – Jak na tak drobną osobę miała wyjątkowo silne ręce.

Rime nie dał się przepchnąć.

– Bardzo dziękuję, ale nie wolno mi jeść takich rzeczy.

Sylja wstała.

– Ależ matko! On jest gwardzistą! Oni nie jadają ciasta. – Spojrzała na niego, a on pokiwał twierdząco głową.

Kaisa uniosła brwi.

– Nie zjesz ciasta?

Rime uśmiechnął się.

– Niestety nie.

Kiwnął głową Vidarowi, który otworzył usta, by coś powiedzieć, ale w końcu wytarł je tylko jeszcze raz serwetką. Rime podszedł do drzwi i usłyszał za plecami jakieś gorączkowe szepty. Nagle stanęła obok niego Sylja. Uniosła lekko spódnicę i włożyła buty.

– Jest przepiękny letni wieczór, Rime. Odprowadzę cię kawałek.

Powietrze na zewnątrz było wyzwalająco chłodne. Dolina drzemała w ostatnich promieniach słońca, które przebijały się nad wierzchołkami gór. Ruszył w dół, w stronę Martwego Stawu, najkrótszą drogą do domu. Sylja mówiła o Mannfalli i jak cudownie byłoby mieszkać w miejscu, w którym tyle się dzieje. Spytała, czy cieszy się ze swojego powrotu, ale nie poczekała na odpowiedź, tylko szczebiotała dalej.

Błyszcząca Góra zniknęła za nimi. Sylja potknęła się lekko i chwyciła go za ramię. Uśmiechnęła się przepraszająco.

– Kamień…

Potem już nie puściła jego ręki. Miała pomalowane na czerwono paznokcie, jak kobiety z Mannfalli.

Martwy Staw położony był w lesie, czarny i nieruchomy jak oko. Od wschodniej strony wznosiły się skały i Rime słyszał dochodzący z oddali szum wartkiego strumienia.

– Dzieci mówią, że ten staw nie ma dna. – Sylja przystanęła.

– Wszędzie jest jakiś staw, o którym się mówi, że nie ma dna – odparł.

– Co by było, gdybym do niego wpadła?! – Mocniej ścisnęła jego ramię, ale w jej głosie słychać było raczej zapał niż strach. – Co by było, gdybym wpadła, zanim moje życie na dobre się zaczęło?

Rime czuł narastającą irytację. Miał dość tego przedstawienia i czuł, że powinien już sobie pójść.

– Masz chyba lepsze życie niż większość? – spytał i spróbował ruszyć z miejsca.

Sylja okręciła się błyskawicznie. Jej twarz znalazła się tuż pod jego twarzą.

– Nie takie jak ty, Rime. – W jej głosie słychać było głód. – Gdybym mogła żyć tak jak ty, dałabym z siebie wszystko…

Rime cofnął się o krok, odsunął od jej ciepłego ciała.

– Każdy może dać z siebie wszystko, bez względu na to, kim jest, Syljo. – Odsunął się jeszcze bardziej, ale chwyciła go za rękę.

– Chcę tylko służyć Widzącemu! – Jej spojrzenie było rozbiegane, jakby w myślach szukała drogi, jak do niego dotrzeć.

Poczuł, że zaczyna tracić cierpliwość. To był długi wieczór.

– Jeśli On cię potrzebuje, Syljo, wybierze cię podczas Rytuału. Nie masz się czego obawiać. – Ruszył dalej.

– Ale ja się boję, Rime!

Przystanął. Uśmiechnęła się i znów do niego zbliżyła.

– Boję się, że zawiodę. – Wzięła go za rękę. – Widzący cię wybrał, Rime. Wiem, że możesz mi pomóc. – Z każdym słowem czuł jej oddech na szyi. – Jeśli mi pomożesz, Rime... – położyła sobie jego dłoń na piersi – ...będę pragnęła ci podziękować. Bezgranicznie. Zawsze...

Zaczęła przesuwać jego dłoń w dół. Rime poczuł, że jego ciało reaguje, i wyszarpnął rękę. Cofnął się i wpatrywał w stojącą przed nim bestię.

– Masz piętnaście lat! Nie przeszłaś jeszcze nawet Rytuału, dziewczyno!

Roześmiała się pobłażliwie, tak jak robiła to przez cały wieczór jej matka.

– Jeśli boisz się, że mnie złamiesz, to nie masz się czego obawiać, Rime An-Elderinie. Mam piętnaście lat, ale w sercu jestem starsza.

Rime poczuł się brudny i zły. Dla tej dziewczyny był tylko pionkiem w grze. Pragnęła jedynie zostać wybrana podczas Rytuału. Skąd brał się ten głód? Czy na świecie nie było ani jednej kobiety, która postrzegałaby go jako mężczyznę? Tylko mężczyznę? Nie jako bramę do innego świata. Czy z wyjątkiem Widzącego nie istniało nic czystego i dobrego?

– Wiem, czego chcesz, Rime. I mogę ci to dać. Jeśli ty dasz mi to, czego *ja* sobie życzę... – Nawinęła na palec kosmyk włosów.

– Co? Czego takiego chcesz?! – Zrobił krok w jej stronę. – Służyć Widzącemu? Tylko tego chcesz? – Wskazał na nią palcem, a ona się cofnęła. – Może chcesz zostać strażniczką? Zaklinaczką kamieni? Chcesz należeć do tych, którzy spędzają całe życie na wsłuchiwaniu się w kamień? Nasłuchiwać krzyków Slokny? Wołania ślepych? – Ledwie poznawał własny głos. Brzmiał warkliwie i obco. – Widziałem takich ze znamionami na całym ciele! Widziałem dorosłych mężczyzn, którzy próbowali zdrapać sobie skórę, żeby powstrzymać sny. Tego pragniesz, dziewczyno?! A może chcesz zostać wojowniczką? Ostrzyć miecz i czekać na rozkaz, by zaatakować naszych przyjaciół i braci z Kruczego Dworu? Chcesz wbijać stal w brzuchy i czuć, jak ciepła krew spływa ci po rękach?

Usta jej drżały. Okropnie irytujące. Czy po trzech latach treningu tylko na to go było stać? Stracił panowanie nad sobą z powodu jakiejś głupiej dziewczyny? Rime zasłonił ręką twarz. Przez chwilę stał tak, wsłuchany w szum rzeki w oddali. Gdy podniósł wzrok, Sylja pociągnęła nosem. Nie dostrzegł łez, więc się odwrócił i odszedł. Zawołała za nim:

– Nie możesz mnie tutaj zostawić!

Wiedział, że przez „tutaj" nie miała na myśli tylko Martwego Stawu. Ale to nie miało znaczenia. I tak zostawi ich wszystkich.

## PORAŻKA

Wydawało się, że słońce w ogóle nie wzeszło. Niebo nad Elverą było zasnute chmurami, w powietrzu wisiał deszcz. Hirka schodziła zboczem, zbliżając się do Wartkiego Potoku, i próbowała zapomnieć o kłótni z ojcem poprzedniego wieczoru.

Opowiedziała mu o Hlosnianie, o tym, jak miejscowi uzależnili się od niej i od ojca. Co zrobią, jeśli wyjadą? Ale ojciec nie współczuł tym, którzy traktowali ich jak psy, dopóki sami nie popadli w kłopoty i potrzebowali pomocy, bo dostali krost albo po prostu chcieli się upalić opą.

Dawniej mówił to samo, lecz nie brzmiało to tak, jakby się poddał. Śmiał się z tego, że go unikają, a potem, gdy naprawdę znajdują się w potrzebie, błagają o pomoc. Wręcz parskał śmiechem, kiedy o tym mówił. To w niczym zresztą nie przeszkadzało. Może dlatego, że zawsze mogli znów wyruszyć w drogę? Może w głębi serca ojciec miał nadzieję, że w następnym miejscu będzie lepiej, że uda im się znaleźć miejsce, gdzie wszystko będzie dobrze?

Po wypadku to się zmieniło. Ojciec był przykuty do wózka, związany z cieniem, w który zawsze spychało go otoczenie. Teraz jednak chciał wyjechać. Bo Hirka jest, jaka jest. Potwór, którego trzeba trzymać z dala od innych.

Hirka znów protestowała. Próbowała znaleźć wszystkie powody, żeby zostać w Elveroi, i nie wspomnieć o tym, że jest przykuty do wózka. Twierdziła, że może nauczyć się czerpać, a ojciec odparł, że nawet taboret ma lepszą pamięć niż ona. Próbował ją przecież uczyć, zapomniała już o tym? Hirka nie zapomniała. Chciała spróbować jeszcze raz. Przez chwilę w oczach ojca widać było niemal nadzieję, kiedy usiadła na trawie i spróbowała wyobrazić sobie siły życiowe ziemi dokładnie tak, jak jej to wyjaśniał. Zobaczyć Evnę jako strumienie krwi, które mogła pociągnąć ku sobie. Ale ziemia nie chciała się podzielić z nią krwią. Bo Hirka nie jest stąd.

Mimo to się starała. Zaciskała szczęki, prawie zapomniała o oddychaniu. Na próżno. Ojciec poprosił, żeby była ostrożna – jakby była jajkiem, które może pęknąć. Spytała, jakie to powinno być uczucie, kiedy się czerpie. A on odparł: „Jakbyś już nie była sama".

Ale była sama. Pod każdym względem. Miała tylko ojca – i nikogo więcej.

Właśnie wtedy zdała sobie sprawę, co musi zrobić.

Ojciec nie był silnym czerpiącym. Był zupełnie zwyczajny. W jego żyłach nie płynęła ani kropla błękitnej krwi. Hirka potrzebowała kogoś, kto umie dobrze czerpać. Kogoś, kto zna Evnę. Co najważniejsze: potrzebowała kogoś, kto nie będzie się bał jej uczyć, bez względu na to, czy pęknie jak jajko czy nie. Kogoś, komu kompletnie na niej nie zależy. Potrzebowała Rimego.

Nie miała żadnego dobrego planu. Spróbuje skłamać. Powie Rimemu, że potrafi czerpać, ale ledwie, ledwie. I że się boi, że to nie wystarczy podczas Rytuału. Nie miała ochoty go okłamywać, ale co jej pozostawało?

Przystanęła. Tutaj drzewa się przerzedzały i ujrzała dom Ilume. Hirka przypuszczała, że nikt z Elveroi nie był w tym wspaniałym budynku. Nawet służących sprowadzono z Eisvaldru.

Co będzie, jeśli otworzy jej babka? Czy Ilume pozna, że coś jest nie tak? *Czy zrozumie, kim jestem, gdy mnie zobaczy?*

Hirka zezłościła się na samą siebie. Wiele razy spotykała Ilume! Dlaczego madra miałaby nagle zobaczyć kogoś innego, a nie tę samą, bezogoniastą dziewczynę?

*Tylko ja wiem, że nie jestem już taka sama.*

Zacisnęła zęby i ruszyła dalej. Skuliła się w sobie, przechodząc między starymi klonami. Dom przed nią urósł, imponujący i niezdobyty jak zamek. Wilgoć wisząca w powietrzu sprawiała, że budowla wydawała się niemal czarna. Co się stanie z tym domem, kiedy Ilume wróci do siebie? To był jedyny w Elveroi budynek z wieżą. Prawie jedną trzecią domu stanowiła okrągła wieża od zachodniej strony. Miała wiele okien z witrażami.

Mimo to Hirka słyszała, że cały ten dom zmieściłby się w jednej z sal w rodowej siedzibie w Mannfalli. Ale mówiła to Sylja, więc nie wiadomo, jak jest naprawdę.

Minęła stajnię i dwa pokaźne, sześciokołowe wozy z naciągniętą nad nimi skórą. Oba były po części załadowane skrzyniami i workami. Zaczęli już przygotowania do przeprowadzki. Przed domem stały kufry i solidne, drewniane meble. Hirka podskoczyła, gdy nagle zobaczyła samą siebie. Lustro. Widywała już takie, ale zawsze były małe. To lustro było wyższe od niej i przejrzyste jak kryształ. Nigdy dotąd nie widziała siebie aż tak wyraźnie. Włosy wyglądały jak rudy stóg siana. Przydałoby się znów naprawić ubranie. Zielony sweter ledwie się trzymał. Jedno kolano spodni było bardzo mocno przetarte. Drugie podarte. Wyglądała jak mały leśny troll w bogato zdobionej, złotej oprawie.

Ten kontrast ją rozbawił. Uśmiech zamarł jednak na jej ustach, gdy nagle zobaczyła w lustrze inną postać. Ilume An-Elderin stała za jej plecami. Czarny znak na czole wyglądał jak trzecie oko – znak Widzącego, czarny kruk Rady – i natychmiast dawał wszystkim do zrozumienia, przed kim stoją.

Hirka, wystraszona, cofnęła się o krok od lustra. Zrobiła to instynktownie, co okazało się błędem, bo w efekcie wpadła na Ilume. Odwróciła się, żeby przeprosić, i stwierdziła, że zaschło jej w gardle. W myślach musiała się upomnieć, że przecież nie zrobiła nic złego. Nie miała nic do ukrycia.

*Mam wszystko do ukrycia.*

Ilume była od niej wyższa o niecałą pięść, ale w jakiś dziwny sposób wypełniała sobą całe podwórze. Hirka miała wrażenie, jakby ziemia, na której stały, i ta stara kobieta były w tym samym wieku. Słyszała, że silni czerpiący potrafią stać się jednym z ziemią. Stać się częścią wieczności. Może to dlatego zawsze zapadała cisza na chwilę przed tym, nim pojawiła się gdzieś Ilume. Jakby przedtem wchodziło tam coś innego. Coś niewidzialnego.

Ilume trzymała ręce skrzyżowane na piersi. Jej siwe włosy zaczesane były do tyłu i zebrane pod kapturem, z wyjątkiem dwóch cienkich warkoczy opadających przy skroniach i sięgających prawie do pasa. Miała wąskie, bladoszare oczy, przypominające oczy Rimego. Ale inaczej niż u wielu starych ætlingów ich spojrzenie było ostre jak nóż.

Hirka czuła je w brzuchu. Zupełnie jakby Ilume przenikała spojrzeniem jej ciało. Szukała spokojnie niczym polująca sowa. Jej szata połyskiwała w świetle jak najdelikatniejszy papier. Zwężała się w pasie, po czym rozdzielała na dwie części, odsłaniając warstwę innego materiału, tkanego inną techniką. Jej ogon zakołysał się za plecami. On również był inny niż zwykle u starców. Nie wydawał się spłowiały ani kosmaty. Jego zakończenie ozdobione było wstążką w kolorze piasku, splecioną we wzór jodełki. Włosy na końcówce ogona wciąż były ciemne. Nabłyszczono je oliwą i przystrzyżono. Hirka z całą siłą uświadomiła sobie, że sama nie ma ogona. Ale Ilume znała historię o wilkach, tak jak wszyscy pozostali. Można było tylko mieć nadzieję, że nie zastanawia się nad tym oczywistym brakiem u Hirki. Teraz, gdy stały ze sobą twarzą w twarz.

*Członkini Rady i zgnilizna…*

Hirka podniosła wzrok, próbując nie patrzeć na czarnego kruka na czole Ilume, ale to było niemożliwe. Znak miał być widziany. Zdawało się, że odwzajemnia spojrzenie. Hirka nie potrafiła oprzeć się wrażeniu, że oprócz nich jest tu obecny ktoś jeszcze.

– Hirka… – odezwała się Ilume po czasie, który zdawał się wiecznością. Sądząc po jej tonie, nie była zaskoczona ani nawet ciekawa tego, po co dziewczyna tutaj przyszła.

Hirka przezwyciężyła niepewność i od razu przeszła do rzeczy.

– Madro Ilume. – Ukłoniła się, po czym ciągnęła dalej: – Szukam Rim… Sóna Rimego.

Starsza kobieta przekrzywiła głowę, tak samo jak miał to w zwyczaju robić Rime, i przyglądała się jej. O czym myślała? Dlaczego nie odpowiadała? Hirka zamknęła na chwilę oczy, żeby jej rozbiegane spojrzenie nie zdradziło, jak bardzo jest zdenerwowana.

– Rimego nie ma. Ma dużo przygotowań przed podróżą.

Hirka pojęła przesłanie tych kilku słów.

*On nie ma ze mną nic wspólnego.*

Ale musi znaleźć dla niej czas! Od tego zależy jej przyszłość.

– Wiesz, pani, gdzie go mogę znaleźć?

*Co ja wyprawiam?! Powiedziała już to, co chciała. Idź! Odejdź stąd, zanim będzie za późno!* Spojrzenie Ilume stało się ostrzejsze. Hirka poczuła, że drżą jej kolana, jakby miały się pod nią ugiąć.

Czuła się obnażona aż do kości. Starsza kobieta wciąż wydawała się niewzruszona.

– Zostanie powiadomiony, że go szukałaś.

Hirka nie miała odwagi naciskać mocniej. Podziękowała i się oddaliła. Weszła między drzewa, starając się poruszać w normalnym tempie. Wydawało jej się, że szeleszczące liście z niej drwią.

*Głupia dziewczyno, co ty sobie myślałaś?*

Zbyto ją. W nienaganny sposób, ale po prostu zbyto. Ilume nigdy nie pochwalała tego, by Rime zadawał się z innymi dziećmi. Najwyraźniej to się nie zmieniło. Hirka nie była zaskoczona. I co gorsza, nie zamierzała zrozumieć aluzji.

Przystanęła nad Wartkim Potokiem i spoglądała na wioskę. Gdzie jest Rime? Mógł być gdziekolwiek. Może jest u Ynny, żeby uszyć sobie ubranie na podróż? A może nadzoruje załadunek skrzyń? Albo naprawę kół wozu? Podróż z Elveroi do Mannfalli trwa kilka dni. Co się robi przed wyruszeniem w tak długą drogę?

Gdzie się podziewał od czasu, gdy wrócił do domu? Jej spojrzenie powędrowało wzdłuż górskiego grzbietu i natrafiło na skały. Uśmiechnęła się.

Za Elveroą szczyty Wilczej Skały wznosiły się ku chmurom. Na strome zbocze można się było normalnie wspiąć, jeśli nie dostało się zadyszki. Tylko pionowe urwisko od zachodu było niedostępne. Hirce raz się udało. Dziś zadowoliła się ścieżką widoczną jedynie jako blade, wytarte ślady w skale.

Przed samym szczytem był trudniejszy odcinek, porośnięty mścikolcem, przez który musiała się przedrzeć. Gdyby pokłuły ją ostre ciernie, skaleczone miejsca piekłyby przez kilka dni. To również raz jej się przytrafiło, i to było o raz za dużo. Krzewy szarpały jej ubranie. Na próżno próbowała znaleźć miejsca bez cierni, gdzie mogłaby postawić stopy. Gałęzie, prażone przez całe lato słońcem, trzaskały pod jej nogami. Była już prawie na szczycie.

Hirka nagle poczuła, że powinna coś powiedzieć. Albo zawołać, dać jakoś znak, że tutaj jest. Idiotyczna myśl. Szanse na to, że Rime tu jest, wydawały się znikome. Podniosła wzrok. Szczyt Wilczej Skały wznosił się jak szczęka wilka na tle bezbarwnego nieba. Zaciśnięta i wroga, warczała na obcych. Ale gdy już pokonało się zwierza, można było odpocząć w ślicznym, porośniętym trawą zagłębieniu, otoczonym zębami ostrych skał. Hirka włóczyła się tutaj całymi godzinami wśród prastarych ruin zamku i szukała zapomnianych historii i skarbów. Stary Annar twierdził, że tego, który zbudował ten zamek, zwano Wilkiem, i dlatego to miejsce nazywano Wilczą Skałą, a nie ze względu na kształt. Nikt z żyjących nie był jednak tego pewien.

Hirka pokonała ostatnią krawędź, przed nią znalazła się równa przestrzeń.

I stał tu Rime. Dokładnie naprzeciw niej.

Blade niebo niemal stapiało się z jego włosami i koszulą sięgającą mu do połowy ud. Nosił podwójny pas na miecz, który sprawiał, że jego ramiona wydawały się jeszcze szersze. Hirka nie musiała nawet patrzeć, by wiedzieć, że ma na sercu wyhaftowany czarny znak kruka. Jego czoło lśniło od potu.

*Biegał? Tu, na górze?*

Stał z założonymi rękoma i patrzył na nią jak na intruza. Hirka poczuła się tak, jakby straciła miejsce, które zawsze uważała za własne. Teraz musiała wyjaśnić, co tutaj robi.

– Nie było cię w domu.

Spojrzenie jego jasnych oczu stało się przenikliwsze. Wiele odziedziczył po Ilume.

– Dowiedziałaś się, że jestem *tutaj*? – W jego ochrypłym głosie słychać było zdziwienie. Ten głos był tak różny od jej własnego, chciała dalej go słuchać.

– Nie... – Stłumiła impuls, by spuścić wzrok. – Nie, domyśliłam się, że tu będziesz.

Przekrzywił głowę i odchrząknął. Jakby znów była dzieckiem i próbowała go nabrać. Hirka wskazała na Otchłań.

– Byłeś przy świerku, gdy spadliśmy z Vetlem. Albo przechodziłeś tamtędy przypadkiem, albo musiałeś nas skądś widzieć.

Uniósł brwi. Hirka brnęła dalej.

– Nie mogłeś przechodzić tamtędy przypadkiem, bo widziałeś, że to Kolgrim wyciągnął Vetlego na ten świerk. – Hirka uświadomiła sobie, że się denerwuje i mówi coraz szybciej. – Czyli musiałeś być w miejscu, z którego miałeś dobry widok, ale minęła chwila, zanim do nas dotarłeś. – Kiedyś byłaby bardzo zadowolona, że udało jej się go przejrzeć. Dlaczego już tak nie jest? – Tak mi się wydaje... – dodała bez przekonania.

To był uśmiech? Trudno powiedzieć, bo szybko odwrócił się do niej plecami.

– Czego chcesz?

Zbił ją z tropu. Nie spodziewała się takiego pytania. Wyobrażała sobie, że to będzie normalna rozmowa. Coś w stylu podziękowania za ostatni raz. Może dowiedziałaby się, co porabiał w stolicy przez ostatnie lata. A potem, gdyby nadarzyła się okazja, poprosiłaby go o pomoc. Ale tak się nie stało. Zdemaskował ją. Zbył tak samo jak Ilume. Ani Rime, ani jego babka nie chcieli z nią rozmawiać. Nie mogła mieć im tego za złe. Oboje byli zbyt ważni. Mieli na głowie ważniejsze sprawy.

Nie chciała prosić go o pomoc. Nie zasłużył sobie na jeszcze więcej punktów! Dziecinna myśl, ale to coś oznaczało. Oznaczało, że Rime zawsze chciał udowodnić, że Hirka nie potrafi sobie radzić sama.

*On jest moją jedyną szansą.*

– Chciałam cię zapytać o Rytuał. – Patrzyła na jego szerokie plecy i miała nadzieję, że odwróci się w jej stronę. Nie zrobił tego. Poczuła, że robi jej się zimno. Teraz jednak nie było już odwrotu. – Muszę... się dowiedzieć, jak to wygląda.

– Co jak wygląda?

Co mu miała odpowiedzieć? Jak mogła to wyjaśnić? Hirka już po paru słowach czuła, że ta rozmowa się nie klei. Potrzebowała pomocy, ale nie mogła tego powiedzieć. Ze wszystkich na świecie, nie mogła o tym powiedzieć akurat Rimemu. Stał zaledwie kilka kroków od niej, ale pomiędzy nimi piętrzyła się cała góra i Hirka nie wiedziała, jak ją pokonać. Rime należał do innego świata. Poza tym walka o punkty wzniosła między nimi mur z ich dumy. A gdyby nawet udało jej się pokonać te przeszkody, co powinna wtedy zrobić? Powiedzieć, że jest potworem?

W całym jej życiu chodziło o to, żeby przetrwać, samodzielnie funkcjonować we wszystkich tych miejscach, gdzie mieszkała. Nie potrzebowała pomocy! Nie była z tych, co to się poddają.

*Z takich dzieci Odyna...*

Problem polegał na tym, że potrzebowała Rimego, żeby udowodnić to reszcie świata.

– Chyba potrzebuję... wskazówek o Evnie. Do Rytuału zostało niewiele czasu i...

– Wiem. Mamy dużo do zrobienia przed Rytuałem.

Hirka zagryzała wargę. *Głupia dziewczyno, on nie ma dla ciebie czasu!*

Dlaczego nie mógł jej po prostu pokazać, jak się czerpie?! Wiedział to przecież lepiej niż wszyscy! To by mu zabrało tylko chwilę!

– Wydaje mi się, że moja Evna nie jest wystarczająco silna. Boję się, że to nie wystarczy. Że…

– Oczywiście, że wystarczy. – Odwrócił się w jej stronę, wyraźnie poirytowany. – To nie są jakieś zawody! Wszyscy sobie z tym radzą. A w rzadkich przypadkach, kiedy Evna nie jest dość silna, wracają w następnym roku. Wielu z Brekki jest ślepych na ziemię, póki nie skończą dziesięciu, dwunastu lat. – Spojrzał na nią. Kąciki jego ust się wykrzywiły, jakby zrobiło mu się niedobrze. – Dlatego tutaj przyszłaś?

Hirka poczuła, że wpada w panikę. Podeszła do niego krok bliżej.

– Nie! Nie, to nie tak!

Rime minął ją i ruszył przed siebie, nawet na nią nie patrząc.

– Potrzebuję tylko trochę pomocy, żeby…

Odwrócił się i wszedł jej w słowo.

– Zostać wybrana? Myślisz, że jesteś jedyna? – Jego oczy płonęły. – Wydaje ci się, że nikt więcej mnie o to nie prosił? Że Sylja nie prosiła?

*Sylja?* Hirka szukała właściwych słów, ale żadne nie przychodziły jej do głowy. Sylja prosiła o pomoc, żeby zostać wybrana? Jak to? Prosiła Rimego, żeby porozmawiał z Ilume? Żeby wstawił się za nią u Widzącego, jakby On sam nie wybierał tych, których chce? Z reguły tych, w których żyłach płynie błękitna krew?

Rime nie czekał na odpowiedź. Zaczął schodzić po zboczu. Zrozumiał ją zupełnie na opak. Nie mogła mu przecież powiedzieć prawdy. Miała ochotę głośno wrzasnąć.

– Nie chcę zostać wybrana! Chcę tylko czerpać!

Rime oddalał się.

– Ach tak. – Jego głos ledwie już do niej docierał. – Wszyscy to potrafią. Mam inne sprawy na głowie.

Hirka odwróciła się i spojrzała w dół zbocza.

– To nie tak… – szepnęła za nim.

Nie mógł jej słyszeć. Nawet go już nie widziała. Gorączkowo mrugała i wpatrywała się w niebo, żeby powstrzymać łzy. Udawało jej się to od piętnastu lat. Niebo pociemniało. Usłyszała krzyk kruka gdzieś dalej. To był na pewno ten sam, którego widziała wcześniej nad Otchłanią. Majestatyczny święty ptak, ale wystarczył zwykły kawałek sera z koszyka, żeby zdobyć jego zaufanie?

Zaczęło padać. Przegrała. Stała z zamkniętymi oczami i czekała na pierwsze krople deszczu na twarzy.

# TAJEMNICE

– Biblioteka.

Eir nosiła znak kruka, odkąd Urd sięgał pamięcią, i z pewnością znała Eisvaldr jak własną kieszeń, mimo to słyszał podziw w jej głosie.

– Biblioteka – odparł przez ściśnięte gardło, żeby ukryć zniecierpliwienie. To było samo serce. Wszystko, o co walczył. I oczywiście pokazywała mu ją jako ostatnią, ślepe babsko!

Chodzili tak przez pół dnia, odkąd dwa razy uderzono w gong. Po archiwach, ogrodach, muzeach historycznych, szkołach i salach – aż nogi zaczęły boleć go bardziej niż świeży znak na czole. Kruk. Palił go nad nasadą nosa jak trzecie oko. Słodki, słodki ból. Nosił znak na czole. I był członkiem Rady. Fadri Urdem. Uśmiechnął się.

Eir prowadziła go po lśniącej, kamiennej posadzce. Echo jej kroków odbijało się od licznych pięter nad nimi i milkło. Biblioteka mieściła się w jednej z najstarszych wież Eisvaldru. Była tak ogromna, że upłynęła chwila, nim zdał sobie sprawę, że pomieszczenie jest okrągłe. Rura pnąca się ku niebu. I gdziekolwiek spojrzeć – książki. Księgi, zwoje, teksty, arkusze… Informacje.

Regał za regałem. Skrzynia za skrzynią. Małe książki i tak wielkie, że dwóch mężczyzn musiałoby się natrudzić, by je otworzyć. Oprawione w tkany jedwab, w skórę, drewno. Księgi z okładkami ze szczerego złota i srebra. Wszystko, co kiedykolwiek się wydarzyło. To, co się wydarzyło, i z pewnością niejedna rzecz, która dopiero się wydarzy. W powietrzu unosiła się woń skóry, w którą oprawione były książki. Zapach władzy. Tak właśnie pachniała władza. Wieczna. Nieśmiertelna. Bezgraniczna.

Milczący mężczyźni i kobiety w szarych szatach przenosili sterty ksiąg, pisali lub sprzątali. Cienie wędrujące między regałami i piętrami. Poruszali się schodami, których były cztery ciągi, po jednym z każdej strony świata. Schody były też wykorzystywane jako regały. Były tu również liczne ciemne drabiny przesuwające się na szynach wzdłuż owalnych ścian. Drogi na skróty dla najbardziej doświadczonych szarych cieni.

Urd zwrócił uwagę na kobietę, która pokonywała drabinę przesuwającą się na szynie po kilka szczebli na raz. Gdy dotarła do następnego piętra, chwyciła nową drabinę i wykorzystała impet swojego ciała, by wprawić ją w ruch wzdłuż regałów. Poruszała się tak między piętrami z szybkością i precyzją, które mogły wynikać jedynie z tego, że spędziła w tej wieży całe życie. Szum przesuwających się po szynach drabin nakładał się od czasu do czasu na dźwięk szurających piór w rękach setek skrybów.

Eir przystanęła i odwróciła się w jego stronę. Przyglądał się szatom Rady, które nosiła. Kilka warstw z różnych tkanin, wszystkie białe, z tradycyjnym rozcięciem w wierzchniej części. Jedynym ciemnym akcentem były czarne obszycia. Biegły z przodu, wzdłuż szwów i wzdłuż brzegu kaptura okalającego jej twarz.

Przez chwilę z przyzwyczajenia czuł gorzki smak zazdrości, ale potem zdał sobie sprawę, że nosi dokładnie taką samą szatę. Należała wcześniej do jego ojca. Pasowała na długość, ale była trochę za szeroka. Należało ją zebrać po bokach, ale wzięto już miarę. W ciągu nocy najlepsze szwaczki Widzącego sprawią, że będzie idealnie dopasowana do jego figury.

Eir wpatrywała się w niego sowimi oczami. Choć spędził z nią cały dzień, nie przyzwyczaił się do jej spojrzenia. Sprawiało, że czuł swędzenie na całym ciele, podobnie jak pod spojrzeniem Ilume, i musiał ważyć każde słowo. Te dwie kobiety były sojuszniczkami, były sobie bardzo bliskie. Różniły się jednak jak dzień i noc. Twarz i oczy Eir były okrągłe. Jej skóra była pomarszczona i śniada, podczas gdy skóra Ilume jasna i gładka. I to mimo że obie miały ponad siedemdziesiąt pięć lat. Po Eir było wyraźnie widać, że wywodzi się z rodu Kobbów z Blossy na Północy. Zwykłe, przyziemne miejsce, gdzie parano się łowiectwem, jedzono wielorybi tłuszcz i z namiotami przemieszczano po wyżynach. Niemal nie mieściło się w głowie, że od setek lat ród nie wybrał sobie godniejszego nazwiska. Jakież to musiało być żenujące dla najpotężniejszej kobiety świata, że wywodziła się z rodu z wyżyn. Urd stłumił uśmiech.

– Jeśli coś zostało spisane, to znajduje się również tutaj, w bibliotece – powiedziała Eir. – Znajdziesz tu wszystko o tym, kim jesteśmy, co robimy i co kiedykolwiek uczyniliśmy. Wszystkie decyzje, jakie kiedykolwiek podjęliśmy, zostały spisane. To, jak głosował każdy z rodów i jak głosowali jego przodkowie. Od czasów wojny ze ślepymi. Nie mamy przed sobą żadnych tajemnic.

Urd opanował się, żeby nie parsknąć śmiechem. Samo to, że potrafiła wypowiedzieć te słowa z kamienną twarzą, było niezłym wyczynem, trzeba jej to przyznać.

– Jesteś najmłodszym od bardzo dawna – ciągnęła. – Od czterech pokoleń nie przyjęto do Rady nikogo, kto nie ukończyłby czterdziestu zim. – Starał się dosłyszeć respekt w jej głosie i z rozdrażnieniem uznał, że go nie zauważa. Stwierdzała po prostu fakt. – I tak długo jak żyję, nie przyjęto jeszcze nikogo tak małą liczbą głosów. Twój ojciec był silny. Czeka cię długa droga.

Urd poczuł, że jego twarz się wykrzywia, ale udało mu się zapanować nad sobą. Sprawdzała go. Chciała zobaczyć, jak zareaguje. Niemniej… był członkiem Rady. Że też miała czelność! To się na niej zemści. Pewnego dnia, kiedy będzie się tego najmniej spodziewać.

– Cieszy mnie, że nie wszyscy widzą to w ten sposób – odparł najspokojniej, jak potrafił.

Ruszyła dalej, nie komentując jego odpowiedzi.

– Głosowałam przeciwko tobie – oznajmiła.

Przez chwilę mimowolnie podziwiał jej szczerość, ale zaraz przypomniał sobie, co przed chwilą powiedziała. W tym pomieszczeniu były wszystkie oddane głosy. I tak by się o tym dowiedział, a ona zdawała sobie z tego sprawę.

– Ale jesteś tutaj. – Odwróciła się do niego plecami i ruszyła dalej przez bibliotekę. – Jesteś tutaj i mam nadzieję, że myliłam się co do ciebie. To się wkrótce okaże.

Wspięli się kilka pięter wyżej, wyszli na krużganek i przeszli mostem do kolejnej wieży. I do następnej. I jeszcze następnej. Niebo było ciemne i nieprzyjazne. W powietrzu wisiał deszcz i na tej wysokości panowało zimno.

W końcu Eir otworzyła wrota do jednej z wież i weszli do ciemnej sali. Urd ukrył zdumienie, zobaczywszy wokół siebie innych członków Rady. Wszyscy mieli kaptury ponaciągane na głowę, jakby odbywali jakiś rytuał. Urdowi zadrżała ręka, ale udało mu się stłumić impuls, by dotknąć nią gardła. Miał postawiony kołnierz. Zawsze go tak nosił. Nikt nie mógł nic zobaczyć, niczego się domyślić, musiał się nauczyć rozluźniać. Bardziej sobie ufać. Był przecież jednym z najpotężniejszych na świecie!

Eir wskazała na krzesło stojące pośrodku sali. Nieprzyjemnie zwyczajne drewniane krzesło, z cienkimi szczebelkami w oparciu. Takie, jakie można by znaleźć w izbie służącego.

– Rada chroni wszystkich przed niebezpiecznymi prawdami, fadri Urdzie – odezwała się Eir. – Prawdami, które palą wszystkie mosty. Jeśli masz być jednym z nas i żyć dalej, musisz poradzić sobie z tymi prawdami.

Urd usiadł i podniósł wzrok. Nad nim wisiała spuszczana krata z czarnego ognioszkła. Jej gęste szpikulce lśniły w świetle olejnych lampek. Domyślił się, że jeśli udzieli niewłaściwej odpowiedzi na którekolwiek z pytań, unicestwią go.

A może i tak to zrobią? Może o wszystkim wiedzą? Nie. Oczywiście, że nie. Inaczej nigdy by tu nie trafił…

– Powinieneś podejść do tego ze spokojem – rzekła Eir. – Na przestrzeni dziejów tylko dwóch tutaj zawiodło. Postradali rozum.

Urd nie uśmiechnął się.

Niebo było czarne i płakało. Urd chwiejnym krokiem schodził po zewnętrznych schodach wieży. Musiał przystanąć i wczepić się w poręcz, jakby był pijany. Wychylił się za nią, próbując stłumić mdłości, ale na próżno. Deszcz lał się z nieba na opustoszałe ulice daleko w dole.

Jego ubranie było mokre i ciężkie. Deszcz ściekał po włosach na twarz. Krople spadały z nieba i rozpryskiwały się na krużganku w równym, bezlitosnym rytmie.

Zacisnął oczy, żeby odsunąć od siebie prawdy – i kłamstwa – które przed chwilą usłyszał. Był silny. Wychował się tutaj, widział i słyszał niewiarygodne rzeczy. Nie miał żadnych złudzeń co do wewnętrznego kręgu Rady. Poza tym był praktyczny. Rozumiał polityczne rozgrywki lepiej niż inni. Na Widzącego, miał to przecież we krwi! Ale to...

Dotknął gardła. Poczuł smak krwi z rany, której nikt nie mógł zobaczyć i nikt nie był w stanie uleczyć. Nigdy. To go jednak nie powstrzyma. Zwykłych ætlingów takie drobiazgi mogły powstrzymać, ale Urd nie był zwykłym ætlingem. Był wyjątkowy. Czyż nie dotarł dokładnie tam, dokąd chciał? Czyż nie osiągnął wszystkiego, co sobie zaplanował? Czyż wszystko, czego dotknął, nie zmieniało się w złoto? A teraz był jednym z nich. Nie miał się już czego obawiać.

Deszcz trochę osłabł. Urd chwiejnym krokiem ruszył w dół po schodach.

W oddali, gdzieś w górach za Eisvaldrem, kruk wydał z siebie trzy krótkie, znużone okrzyki. Świat nie miał granic i stał przed nim otworem. Przed nim i przed nikim innym. To się okazało tak szalenie łatwe! Gdyby tylko wiedział...

*Ojciec wiedział!*

Żył z tą wiedzą, odkąd został przyjęty do wewnętrznego kręgu jako pięćdziesięcioletni mężczyzna. Przez wszystkie te lata... I nigdy się nią nie podzielił. Urd przypomniał sobie jego twarz, gdy ojciec leżał w łóżku. Blady i schorowany, ale wciąż nie zamierzał się poddać. W końcu jednak musiał. Wydał ostatnie tchnienie, wpatrując się w Urda. Nie z lękiem, tylko ze wstrętem.

Kto wygrał? Kto teraz mógł spoglądać wstecz z pogardą? Spurn posiadał tę wiedzę, ale do niczego jej nie wykorzystał. Nigdy nie przekroczył granicy. Był słaby. Płaszczył się przed systemem starszym niż sam czas.

Urd przeszedł przez plac Widzącego. Teraz, tuż przed Rytuałem, wypełniały go kwiaty i dary z całego świata. Jedni pisali na flagach modlitewnych i wstęgach, inni ryli słowa w kamieniu. Życzenia. Modlitwy do Widzącego, pragnienia małych, nic nieznaczących kobiet i mężczyzn, ich trywialne, nic nieznaczące problemy. Choroby, pieniądze, miłość...

Urd zaczął się śmiać. Naciągnął kaptur na głowę i wyszedł najbliższym przejściem w ogromnym murze, od którego wywodziła się nazwa Eisvaldru. Mur z białego kamienia, który wzniesiono tysiąc lat temu, by bronić się przed ślepymi. Najlepsi wojownicy Widzącego ruszyli na Gniazdo Ślepych, żeby ich powstrzymać, ale wciąż się ich bano. Po wyruszeniu wojowników zbudowali ten mur. Odgrodzili nim od reszty świata pierwszych dwunastu. Poświęcono najdzielniejszych. Ale wojownicy przeżyli. Zwyciężyli. Z pomocą Widzącego ocalili każdego mężczyznę i każdą kobietę i utworzyli pierwszą Radę. Tak mówiły legendy.

Mur był nie do zdobycia. Dziś podziurawiony arkadami, takimi jak ten wielopiętrowy most prowadzący z jednej strony Eisvaldru na drugą. Był niesłychanie imponujący, stanowił symboliczną granicę między Eisvaldrem a resztą Mannfalli. Bramę między przyziemnością a wielkością. Między ubóstwem a bogactwem. Między brudem a świętością.

Urd owinął się szczelniej peleryną, żeby nie rozpoznali go strażnicy przy bramie. Członkowie wewnętrznego kręgu rzadko sami opuszczali Eisvaldr. Szybkim krokiem przemierzał ulice. Im dalej szedł na wschód, tym uboższe się stawały. Tych kilka razy, gdy kogoś mijał, ukrywał twarz. Tam, dokąd się wybierał, nikt nie mógł go zobaczyć. Nie jako fadri Urda. Spotykał w większości pijaków, którzy chronili się pod jakimś dachem. Albo mówiących obcymi językami. Przybyli tu na Rytuał i nie mieli pieniędzy na pokój. Zaskoczyła go jakaś młoda dziewczyna. Wynurzyła się z mroku i nagle stała tuż przed nim, patrząc na niego wygłodniałymi oczami.

– Mogę dać ci ciepło, nieznajomy. – Dotknęła brudną ręką jego kaptura.

Odwrócił głowę i odepchnął ją. Przeklęte kurwy! Nie rozumieją, co dla nich dobre. Czy mógł mieć pewność, że nie widziała jego twarzy? Ten problem będzie musiał trochę poczekać.

Przeciskał się wąskimi uliczkami, aż znalazł miejsce, którego szukał. Otworzył drzwi i zszedł po schodach. Ciepło i słodkawy dym uderzyły w niego jak ściana. I muzyka. Uwodzicielskie rytmy bębnów, dźwięki harf. To miejsce zawsze było pełne, ale dziś wieczorem deszcz zwabił jeszcze więcej mężczyzn niż zwykle. Jutro był dzień odpoczynku, więc wszyscy pili i wpatrywali się z rozdziawionymi ustami w dwie dziewczyny tańczące na scenie. Damayanti nie była żadną z nich. Damayanti zawsze tańczyła sama.

Urd przeszedł przez izbę, nie patrząc na nikogo. Wszedł po schodach przy scenie i zapukał do czerwonych drzwi na piętrze. Otworzył je, nie czekając na odpowiedź.

Damayanti siedziała zwrócona do niego nagimi plecami. Podchwycił jej spojrzenie w lustrze. Wykonała ledwie dostrzegalny gest i dwie dziewczyny opuściły pokój, przechodząc przez szeleszczącą zasłonę z czarnych pereł. Zostali sami. Komnata wciąż jednak wydawała się pełna. Za sprawą zapachów. Słodkich, korzennych. Niemal mdlących. Niektóre były nowe, inne tak stare, że pewnie spoczywały grubymi warstwami na lampkach olejnych.

Damayanti przykleiła do twarzy ostatni ze szlachetnych kamieni. Nosiła ich wiele, w różnych barwach. Obramowywały jej umalowane na czarno oczy. Wydawała się zadowolona z efektu. I niech tak będzie, bo Urd też chciał jej dzisiaj coś pokazać. Usiadł przy palenisku na wygodnym krześle i splótł palce, jakby miał cały czas tego świata.

Wstała, a potem opadła na aksamitne łóżko przed nim. Położyła się na boku, oparła ramię o okrągłą poduszkę. Wzory z błyszczących kamieni wiły się na jej brązowym ciele jak węże. Klejnoty lśniły, gdy się poruszała. Oplatały jej twarz, ledwie zasłaniały sutki, wypełniały pępek i wiły się wokół bioder, z których zwisała przezroczysta spódniczka. Jej łono było trójkątnym cieniem za płomiennie żółtą tkaniną.

Damayanti była prawdopodobnie najpiękniejszą kobietą, jaką kiedykolwiek spotkał. Niestety, byli do siebie zbyt podobni. Do tego stopnia, że ona również wolała kobiety. Wiedziała jednak, że jej pożąda. I sprawiało jej to wielką przyjemność. Wieczorami tańczyła, mając tylko jeden cel: doprowadzić mężczyzn do szaleństwa. Nie było to trudnym zadaniem. Damayanti – legenda. Ci, których było na to stać, przybywali z całego świata, by zobaczyć jej taniec.

Gdyby wiedzieli, jak zdobyła te zdolności, już prędzej by ją spalili. Urd był bystrzejszy niż większość. Potrafił rozpoznać dzieło ślepych, kiedy je widział. Damayanti nie miała żadnych fizycznych ograniczeń. Ograniczała się sama. Dlatego, że musiała. Balansowała na krawędzi. Legendarnie uzdolniona, ale nie do tego stopnia, żeby wzbudzać podejrzenia.

Posiadała również inne talenty. I Urd jej potrzebował. Nienawidził kogokolwiek potrzebować. Potrzebował jej od wielu lat, ale to się miało zmienić. Już niedługo sam będzie sobie panem.

– Urd. Co słychać u mojego jedzącego zupy przyjaciela? – spytała.

Jego dłoń powędrowała w stronę gardła, ale powstrzymał się. Właśnie tego chciała. Zobaczyć jego reakcję. Tym razem jej nie zobaczy! Zsunął kaptur, odsłonił znak na czole i czekał, co powie.

Zobaczyła znak i wybuchnęła śmiechem. Perlisty dźwięk, który wdzierał się jak trucizna w jego ciało. Pocieszał się jednak myślą, że jej spojrzenie na chwilę stało się rozbiegane. Bała się. Wiedziała, jaką władzę dawał mu ten znak. Jej życie spoczywało w jego rękach. Niestety, było również na odwrót.

– Ktoś bardziej ograniczony uznałby, że jesteś zaskoczona – stwierdził chłodno.

– Oczywiście, że nie jestem. Osiągam moje cele.

Urd zacisnął zęby. Damayanti miała skłonność do odwracania kota ogonem. A teraz przypisywała sobie zasługę za jego pracę. Jakby nie udało mu się tego osiągnąć bez niej. Dziwka. Tańcząca dziwka. Wpatrywała się w niego, jakby usłyszała jego myśli.

– Sługa Widzącego. W czym mogę pomóc członkowi Rady? Chcesz zostać członkiem tego przybytku? Pragniesz jadła i napojów? Tancerek? – W jej głosie brzmiała drwina. Doskonale wiedziała, czego chciał, ale dziś będzie się musiał nacierpieć. To była tylko jej desperacka próba zachowania godności i władzy. Znak ją przeraził. Po prostu cholernie dobrze potrafiła to ukryć.

– Nie mam czasu do stracenia – odparł i położył na stole stertę monet.

– Czas. Zawsze był twoją największą słabością, Urd.

Wstała i otworzyła szafkę kluczem. Nie miał pojęcia, jak udało jej się go ukryć przy ciele. Pochyliła się, udając, że czegoś szuka, by miał dość czasu, aby napatrzeć się na nią od tyłu. Wróciła i postawiła na stole srebrny flakonik. Miał kształt zdobionego grotu włóczni i był tak mały, że Urd mógłby ukryć go w dłoni. Pochylił się nad stołem. Zapanował nad sobą, by nie okazać, jak bardzo mu się śpieszy. Wsunął flakonik do skórzanego mieszka i podał Damayanti drugi, pusty, który przyniósł ze sobą.

Nie sięgnęła po flakonik ani po pieniądze, tylko położyła się na łóżku.

– Czas i arogancja. Powinieneś być ostrożniejszy, Urd. Nikt nie podwaja swojej Evny w ciągu jednej nocy. Tylko głupiec by w to uwierzył. Ktoś roztropny rozejrzałby się dwa razy.

Urd poczuł, że drgnęły mu usta. Wiedział, że każde słowo tej żmii jest podszyte strachem. Usiłowała dać mu do zrozumienia, że jej potrzebuje, bo nagle poczuła się zagrożona. Mimo to ogarnął go niepokój.

*Nikt nie podwaja swojej Evny w ciągu jednej nocy.*

Stał się silniejszy. Przebił się przez granicę między światami. Sądzono, że ta zdolność wygasła już dawno temu. Ale Damayanti miała rację. Udało mu się to z dnia na dzień. Nagle i niepostrzeżenie. Dlaczego? I skąd mogła to wiedzieć? Poczuł w piersi dawny niepokój. Czyżby nie był tak silny, jak mu się wydawało? Ktoś mu pomógł? Niemożliwe! Tylko Głos mógł mu pomóc, ale Głos nie miał pojęcia o tym, co zrobił Urd. Chyba że…

Chyba że dziecko wówczas przeżyło. Co wtedy? Co, jeśli dotarła *tutaj*? Jeśli tak, to dojrzałaby już do Rytuału. Miałaby piętnaście zim. Byłaby otwarta na Evnę. Zimny dreszcz przebiegł mu po plecach. Pomyśleć tylko, co by to oznaczało. Zgnilizna w Ym. Dziecko Odyna szwendające się po jedenastu krainach? Bezogoniaste zwierzę w lasach? A może w jakiejś wiosce? Gdyby przybyła na Rytuał, to byłby dla niego koniec. Była jedynym ogniwem łączącym go ze ślepymi. Wszystko by przepadło. Absolutnie wszystko.

Absurdalna myśl! Mógł się tym pocieszać. Po pierwsze, rytuał się nie udał. Dziecko nigdy się nie przedostało. Pochłonęła ją wieczność. Połknęły krucze pierścienie. Pożarł ją kamień. A po drugie, i tak by umarła, nagi noworodek w środku zimy.

Bardziej nagi niż Damayanti. Urd podziwiał grę mięśni jej brzucha i poczuł, że się poci. Nagle ktoś otworzył drzwi. Urd szybko naciągnął kaptur na głowę. Usłyszał męski głos, który ledwie się przebijał przez gwar z głównej izby:

– Twoja kolej, Damayanti.

– Już idę – odparła.

Drzwi się zamknęły, Urd wstał.

– Nie chciałbym opóźniać twojego występu. – Miał nadzieję, że nie umknie jej zjadliwy ton w jego głosie. Wyszedł, zamknął za sobą czerwone drzwi i zaczął się przeciskać przez ciżbę mężczyzn do drzwi wejściowych. Nikt na niego nie patrzył. Wszyscy byli zajęci tylko jednym.

W izbie zapadła cisza, a potem rozległy się ciche uderzenia bębnów. Przeklęta Damayanti! Przeklęty pomiot ślepych! Jego dłoń spoczywała na drzwiach, ale nie był w stanie wyjść. Spojrzenie mimowolnie powędrowało w stronę sceny, tak jak spojrzenia wszystkich mężczyzn w izbie. Damayanti stała na palcach, z ramionami splecionymi nad głową. Nagle padła, jakby ugięły się pod nią kolana. Mężczyźni westchnęli. Bębny umilkły. Potem znów zaczęły grać. Pojedyncze uderzenia. Jak bicie serca. Damayanti podniosła się, robiąc właściwie niewykonalny mostek. Wyglądało to tak, jakby zawisła na niewidzialnej linie przewleczonej przez pępek. Siła niepochodząca z tego świata ciągnęła ją w górę, pozwalając wstać. Bębny dudniły. Uniosła nogę i oplotła nią szyję, z pozoru bez żadnego wysiłku. Jej ogon wykonał falisty ruch, unosząc spódniczkę, tak by widzowie mogli zobaczyć jej łono. Mężczyźni zaczęli się pocić.

Urd wściekle obnażył zęby, szarpnął drzwi i wybiegł na ulicę. Wciągnął powietrze. Wciąż padało. Udało mu się stamtąd wyrwać. Nie był taki, jak inni mężczyźni. Nie pozwolił się kształtować jak gruda gliny. Był od nich silniejszy. Ale był również fadri Urdem. Członkiem Rady.

Ruszył ciemniejszą stroną uliczki. Kawałek dalej zobaczył tę dziewczynę, na którą natknął się wcześniej. Przystanął kawałek od niej, a ona go zauważyła. Nauczyła się zauważać mężczyzn, którzy się wahają.

Uśmiechnęła się i podeszła do niego, kołysząc biodrami jak dawna kochanka. Nie była brzydka. Jakieś dwadzieścia lat, długie włosy barwy miedzi. Sukienkę miała podniszczoną i oblepioną błotem u dołu. Ale jej szyja była czysta. Szczupła, świeża i nietknięta.

– Wróciłeś... – Przylgnęła do niego piersiami, ale miała dość rozumu, by nie dotykać kaptura.

Przesunął palcem po jej podbródku i w dół, po szyi. Była nieznośnie naga. Jej gardło będzie pierwszą rzeczą, jaką poczuje na swoim nabrzmiałym członku. Dopóki nie przestanie oddychać. Dopóki nie umilknie. Sama była sobie winna. Co innego mógł zrobić? Ryzykować, że go widziała? Czekać, aż nad brzegiem rzeki rozejdą się plotki, które dotrą na górę, aż do samego Eisvaldru? Nie. Jeśli nauczył się czegoś dzisiejszego wieczoru, to tego, że jest wolny i sam może kształtować swoje przeznaczenie. Nosiła na szyi wisiorek w kształcie kruka. Amulet, który miał jej przynieść szczęście. Ochronę Widzącego. Było w tym tyle ironii, że mimowolnie się uśmiechnął.

– Chodź ze mną – szepnął.

Uśmiechnęła się i ruszyła za nim posłusznie jak jagnię.

# PRZYSŁUGA

Nad Elveroą padał zimny deszcz. Przy śniadaniu ojciec narzekał na zwykłe przy takiej pogodzie dolegliwości, ale Hirki nie obchodziło, czy jest mokro czy sucho. Miała coś do zrobienia. Nowy plan. Niezbyt dobry, ale jedyny, jaki udało jej się wymyślić.

Szła ścieżką wzdłuż Otchłani i zadręczała się myślami o wszystkim, co poszło nie tak poprzedniego dnia. Rime stał na tle ciemnych głazów Wilczej Skały, nieprzystępny jak wizerunek boga. Poprosiła go o pomoc. Na próżno. Ścisnęła mocniej koszyk, który niosła, ale to nie przepędziło wspomnień o jego zimnym spojrzeniu. O wykrzywionych ustach, gdy pomyślał, że przyszła, żeby wkraść się w jego łaski. Żeby pomógł jej zostać wybraną. Poszukiwaczka szczęścia. Ścisnął jej się żołądek. Deszcz bębnił o pelerynę i mocniej naciągnęła kaptur na głowę. Ograniczył jej pole widzenia na wąskiej ścieżce między drzewami.

Rime jest głupcem! Czy nie znają się, odkąd skończyła dziewięć lat? Ileż to razy pomagała mu znajdować wyjaśnienia, dlaczego ma dziury na kolanach? Albo dlaczego jest cały podrapany? Współczuła mu, bo musiał wykradać się wieczorami, żeby móc robić rzeczy, które ona uważała za coś oczywistego.

Nigdy nie dbała o to, że w jego żyłach płynie błękitna krew. Jego nazwisko i pochodzenie były jej całkowicie obojętne. Majątek jej nie obchodził – był tak ogromny, że nawet nie potrafiłaby go ogarnąć. To, że ci z Błyszczącej Góry próbowali wkraść się w łaski rodu zasiadającego w Radzie, to ich sprawa. Hirka nie zamierzała snuć się po korytarzach Eisvaldru. Wręcz przeciwnie. A teraz on oskarżał ją, że chciała go wykorzystać? Dureń!

Przyśpieszyła kroku. Ścieżka wiodła przez zagłębienie terenu i pod jej butami cmokało błoto. Kiedy wróci do domu, będzie musiała je wyszorować. Były przemoczone i brudne, jak ten naprzykrzający się kruk. Zaczęła go nazywać Kuro. Przelatywał z drzewa na drzewo, ale ciągle był przed nią. Szukał schronienia w koronach drzew i czekał, aż Hirka go dogoni. Lśniący cień. Zawsze w pobliżu, zawsze poza zasięgiem.

Hirka westchnęła. Nie mogła mieć żalu do Rimego; to było najgorsze. Widziała przecież, jak Kaisa z Błyszczącej Góry lgnęła do Ilume. Poza tym Rime sam powiedział, że Sylja prosiła go o pomoc. Czego, u Slokny, chciała od Rimego? Miała przecież wszystko.

Wydawało jej się, że słyszy echo śmiechu Sylji. *Mannfalla, Hirko! Musujące wina, jedwabne sukienki i chłopcy z wielkich rodów, którzy chcą tańczyć przez całą noc!* Hirka zgrzytnęła zębami. Nigdy nie widziała, żeby Rime tańczył. Na całe szczęście. Ale to przecież nie miało żadnego znaczenia. Dlaczego miałoby być inaczej?

Bębnienie w kaptur ustało. Deszcz wreszcie przestał padać. Otworzyła się przed nią łąka i otoczyły ciche nawoływania setek kruków. Przed nią stała drewniana wieżyczka, dom Ramoi i Vetlego. Strzepnęła krople deszczu ze skórzanej płachty przykrywającej koszyk. Deszcz nie zaszkodził jego zawartości. Dziś miała szansę sprawić komuś przyjemność. A jeśli dopisze jej szczęście,

Ramoja jej pomoże. Dzięki tej pomocy będzie mogła bezpiecznie przejść Rytuał. Hirka była bardziej podenerwowana, niż jej się wydawało.

Między drzewami zobaczyła siatkę z gałęzi, którą ojciec pomagał zakładać. Trzech mężczyzn musiało pracować przez całe lato, żeby zbudować dom kruków. Zalśniło czernią. Kruki siedziały bez ruchu, jak ponure owoce na drzewach. Jakaś zięba spróbowała wydać z siebie optymistyczny okrzyk przywołujący słońce, ale przerwało jej gardłowe „kraaa!" jednego z kruków. Więcej już nie próbowała.

Hirka dotarła do domu i podniosła rękę, żeby zapukać, ale w tej samej chwili drzwi się otworzyły. Ujrzała brązową twarz Ramoi, która rozpromieniła się w szerokim uśmiechu.

– Idę je nakarmić. Chodź ze mną.

Ramoja wyszła z domu i minęła Hirkę, niosąc wiadro, od którego unosił się zapach krwi. Hirka weszła za nią do przedsionka, który był odizolowany od reszty klatki. Kruki wiedziały, co teraz nastąpi. Zaczęły fruwać w tę i z powrotem, przesiadać się z miejsca na miejsce, żeby tylko być bliżej, ale siatka nie pozwalała im dosięgnąć wiadra trzymanego przez Ramoję, pełnego czerwonego mięsa i resztek jedzenia.

Dwa kruki siedziały osobno na żerdzi w przedsionku, zaledwie na wyciągnięcie ręki. Były lśniące i mokre od deszczu. Ich pióra migotały niebieskimi i fioletowymi refleksami. Ramoja odstawiła wiadro na podłogę i podeszła do nich. Odchyliły się, żeby miała lepszy dostęp. Ramoja zręcznie odczepiła dwa pojemniczki z listami. Ich końcówki zalepione były woskiem, by chronić zawartość przed wilgocią. Wsunęła je do kieszeni, nie otworzywszy. Przez cały czas szeptała uspokajająco do kruków. Hirka próbowała się wsłuchać. Dźwięki brzmiały obco, było w nich mnóstwo „r" i długich „o". Ramoja mówiła do nich, jakby były dziećmi, i właśnie dlatego Hirka tutaj przyszła. Na tym właśnie polegał jej plan i wyczuwała, że zaraz nadarzy się okazja.

Ramoja pozwoliła, by najbliższy kruk usiadł jej na ramieniu. Nie miał miejsca, by rozpostrzeć skrzydła, ale i tak spróbował otrząsnąć się z deszczu. Imponujący dziób rozchylił się w imponującym ziewnięciu, jakby kruk chciał tylko zademonstrować swoją siłę. Pochwalić się.

Hirka poczuła, że dostaje gęsiej skórki. Skoro to doskonałe stworzenie jest tylko zwyczajnym krukiem, to jak w takim razie wygląda Widzący? Jest większy? Bardziej gniewny? Ujrzała w wyobraźni salę pełną członków i członkiń Rady. Siedziała jako oskarżona i wpatrywała się w czarnego ptaka na lasce Powierniczki Kruka. Kruk rósł i rósł. Uderzył potężnymi skrzydłami, które wypełniły całą salę, i otworzył dziób, żeby krzyknąć na Hirkę.

– Lubi cię dzisiaj – stwierdziła Ramoja.

Hirka aż podskoczyła. Kruk usadowił się wygodniej i zadowolony mrugał. To była najlepsza okazja, jaka mogła się nadarzyć. Teraz albo nigdy.

– Skąd to wiesz? Rozumiesz wszystko, co mówi? – spytała Hirka, czując, że jej głos brzmi sztucznie.

– Rozumie więcej ode mnie. – Ramoja mrugnęła do niej, ale Hirka nie uznała tego za dowcip.

Ramoja otworzyła przejście w siatce i wypowiedziała kilka niezrozumiałych słów. Dwa kruki zerwały się i wleciały do środka. W klatce podekscytowane ptaki zaczęły krakać. Hirka słuchała. Może uda jej się coś z tego zrozumieć? Nie rozumiała zupełnie nic…

Ramoja sięgnęła po wiadro i weszła do klatki. Kruki czekały spokojnie, gdy szła środkiem, wsypując jedzenie do długiej rynny. Ptaki usiadły w szeregu i zaczęły jeść. Otaczały Hirkę ze wszystkich stron. Pachniało krwią, ziemią i deszczem. Nagle poczuła się zakłopotana. Przyszła do domu kruków z czystej desperacji. Jakby kruki albo Ramoja mogli jej powiedzieć, co powinna zrobić. Dziś rano wydawało się to ostatnią deską ratunku. Ale teraz, gdy już tu była, wydało jej się to absurdalne.

Nie posiadała talentu do kruczej mowy i nie miała przed sobą całego życia, by się jej nauczyć. A nawet gdyby tak było, w niczym by jej to nie pomogło, gdy stanie twarzą w twarz z Widzącym. W pewnym sensie już to zrobiła. To były dzieci Widzącego. Oczy świata. Może już o niej wiedzą? Może i tak, ale nic nie zrobiły. Czy to oznacza, że wszystko jest w porządku?

Hirka uczepiła się tej myśli. Chyba kruki rzuciłyby się na nią i ją zadziobały, gdyby uznały, że jest zgnilizną i zasługuje na śmierć?

– Chciałam ci podziękować – odezwała się Ramoja.

– Za co?

Wiadro było już puste i Hirka wyszła za nią z klatki. Z domu wybiegł Vetle. Rzucił się Hirce na szyję i uczepił tak mocno, jakby coś mu dolegało. Po raz pierwszy Hirka wystraszyła się fizycznej bliskości. Nie była już taka, jak tego dnia, kiedy ostatnio widziała Vetlego. Co będzie, jeśli za bardzo się do niej zbliży? Jeśli nagle ją pocałuje? Czy wtedy zgnije? Hirkę przytłoczyło uczucie smutku. Wstrząsnęła nią myśl, że otworzyła drzwi, których nie potrafiła zamknąć.

*Nie myśl o tym!*

– Vetle, przyniosłam coś dla ciebie – powiedziała i chłopak ją puścił. Podniosła skórzaną płachtę z koszyka i wyjęła kamienną figurkę, którą dostała od Hlosniana.

– Jomar! – zawołał Vetle i przytulił posążek.

– To nie Jomar. – Hirka uśmiechnęła się. – Jomar był koniem. To jest kobieta.

Vetle spojrzał na matkę i uśmiechnął się szeroko.

– Jomar!

Hirka wyjęła z koszyka płócienny woreczek i podała go Ramoi.

– To dla ciebie. Ojciec kupił cynamon na statku z Brekki, który przybył kilka dni temu. Z prywatnych zapasów kapitana. – Nie wspomniała o tym, że ojciec pewnie wymienił się na opę.

Ramoja rozwiązała wstążkę i wciągnęła w nozdrza zapachy z ojczystych stron. Jej twarz rozpromieniła się w uśmiechu. Wskazała ręką na drewnianą ławę i znikła w głębi domu. Hirka usiadła i patrzyła, jak Vetle bawi się na łące nowym Jomarem. Miał mokre plamy na kolanach i łokciach. Promienie słońca przebiły się przez pokrywę chmur i przemieniły włosy Vetlego w lśniące złoto. Trwało to tylko krótką chwilę. Potem wszystko znów stało się bezbarwne.

– Słyszałam, że wyciągnęłaś go z Otchłani.

Ramoja podała Hirce małą czarkę, ale jej spojrzenie spoczywało na Vetlem. Hirka poczuła, jak jej policzki płoną.

– Poradził sobie lepiej niż ja – odparła i upiła łyk herbaty. Szukała słów, żeby wyjaśnić, dlaczego tutaj przyszła.

– Wiem, co dla niego zrobiłaś, Hirko. Rime opowiedział mi, co się stało.

Dźwięk jego imienia przeszył Hirkę jak zimny wiatr.

*Myśli, że szukam szczęścia.*

Nagle herbata wydała jej się słodka i mdła. Hirka zerknęła w stronę Ramoi. Ona również była jedną ze sług Rady. Nauczycielką kruków. Nie nosiła jednak kruka na piersi. Nie ubierała się w ciężkie szaty Rady. Jej strój był zielono-brązowy, a tkaniny cienkie i pełne życia. Nosiła bransolety i ozdoby, które pobrzękiwały, gdy się poruszała. Jej czarne włosy splecione były w setki warkoczyków, spiętych ze sobą kolorowymi paciorkami. Ramoja w niczym nie przypominała tego, co Hirce kojarzyło się z Radą.

Była ciemnoskóra i pełna barw, zapachów i ciepła. Była inna. Niemniej służyła Radzie. To było zbyt blisko.

*Nie powinnam była tu przychodzić.*

Hirka wstała, ale w tej samej chwili napadły ją czarne skrzydła i rozległo się głośne krakanie. Kruk! Zaatakował ją! Przez chwilę gorączkowo machała rękoma, ale potem zaświtało jej w głowie, że ptak nie próbuje zrobić jej krzywdy. Usiłował usiąść na jej ramieniu. I nie był to obcy kruk. To był Kuro.

Nigdy dotąd na niej nie usiadł. Zrobił to niezdarnie i obciążył jej ramię. Czuła wyraźnie jego szpony przez pelerynę, ale nie chciała go przepędzać. Ramoja wpatrywała się w nią migdałowymi oczami, jakby to Hirce wyrosły nagle skrzydła. Hirka poczuła, że musi to jakoś wyjaśnić.

– Lata za mną od kilku dni. Ja... dałam mu sera, niedawno, nad Otchłanią, i od tego czasu trzyma się w pobliżu. Nazywam go Kuro.

Kruki Ramoi w większości wydawały się potężniejsze i godniejsze niż Kuro. Na głowie nowego przyjaciela Hirki sterczało niesfornie kilka piór; ptak rozglądał się dookoła jak ciekawskie dziecko. Ramoja wyciągnęła rękę i podrapała go pod dziobem.

– Zdarza się, że młode, dzikie kruki tęsknią za towarzystwem i kręcą się wokół domu kruków. Ale nie lubią ætlingów...

– Przecież jestem ætlingiem! – Hirka zagryzła wargę.

Ramoja przyjrzała jej się przenikliwie.

– Mimo to do ciebie przyszedł?

Hirka wzruszyła ramionami. Szukała w myślach czegoś, co zabrzmiałoby zupełnie zwyczajnie, ale nic nie przychodziło jej do głowy.

– Jest kilka rzeczy, o których powinnaś wiedzieć – oświadczyła Ramoja.

Znów usiadły i Ramoja zaczęła jej udzielać wskazówek. Kruk

jest dziki i nie powinien sypiać w domu, chyba że zostawi się otwarte okna, żeby miał dużo świeżego powietrza. Nie powinno się go karmić, kiedy stopnieją śniegi. Tłuste sery i chleb na miodzie nie nadają się na pożywienie i tak dalej... Hirka skorzystała z nieoczekiwanej szansy. Nawet nie przyszło jej do głowy, żeby wykorzystać Kuro jako pretekst!

– Mogę z nim rozmawiać? – zapytała.

Ramoja wpatrywała się w nią przez chwilę, zanim odpowiedziała.

– Mniej jest takich, którzy naprawdę rozmawiają z krukami, niż ty masz palców. Wielu za to twierdzi, że opanowało tę sztukę. Bez względu na to, czy to potrafią czy nie, wszyscy wydeptali ślady na posadzkach szkół Rady albo szkół w Kruczym Dworze. Uczyli się tam przez wiele lat.

Hirka zwiesiła głowę. Poprosiła o coś, co było niemożliwe, pytała o coś, czego nie miała prawa wiedzieć. Najlepsi nauczyciele kruków nie muszą nawet wysyłać listów. Mogą powiedzieć krukom to, co chcą, a one przekazują to odbiorcy. A więc, aby móc to robić, trzeba stać się jednym z Evną.

*A w każdym razie trzeba umieć czerpać.*

Ramoja podniosła się z ławy i wyszła na łąkę. Przez chwilę wpatrywała się w niebo, a potem Hirka ujrzała czarny punkt, który urósł i stał się krukiem. Wleciał do przedsionka za ich plecami i ledwie zdążył usiąść, Ramoja już była w środku, by uwolnić go od listu. Hirka poczuła, że ściska jej się serce. Wizyta dobiegła końca. Widziała przez siatkę, jak nauczycielka kruków wpatruje się w pojemniczek, który odczepiła od ptaka. Otworzyła go z jednego końca, wysunęła kawałek papieru i zaczęła czytać.

A potem upadła na ziemię.

Hirka upuściła czarkę z herbatą i podbiegła do niej. Kuro zerwał się z jej ramienia i zniknął. Ramoja chwyciła siatkę i szybko podźwignęła się na nogi. Wydawała się bledsza, jej spojrzenie było rozbiegane, jakby nie do końca rozumiała, gdzie się znajduje.

– Co się stało, Ramojo? To serce? – Hirka obawiała się najgorszego. Położyła dłoń na jej ramieniu i próbowała podchwycić jej spojrzenie. Ramoja zacisnęła rękę i zgnieciony liścik w niej zniknął. – Wszystko w porządku, Ramojo?

– Hirka... Tak. Oczywiście. Dostałam tylko złe wieści. Stary przyjaciel. – Kąciki jej ust się wykrzywiły, zdradzając, że kłamie.

Hirka zdążyła dostrzec znak Rady na jasnym pojemniczku, nim Ramoja wsunęła go do kieszeni. Vetle wbiegł do klatki.

– Jestem głodny! – zawołał, zupełnie nieświadom napiętej sytuacji.

Hirka dotknęła jego brzucha, jakby był małym dzieckiem, choć prawie dorównywał jej wzrostem.

– Niedługo dostaniesz jeść. Biegnij do domu i pomasuj się po brzuchu.

Vetle roześmiał się i rzucił biegiem. Hirka znów skupiła się na Ramoi. Nauczycielka kruków doszła już do siebie, ale jej źrenice były wąskie jak szpilki. Wyszła za Hirką z klatki i zamknęła za sobą wejście.

– Hedra i Hreidr – powiedziała. – Hedra i Hreidr. „Chodź tu" i „dom".

Hirka stała na łące i patrzyła, jak Ramoja oddala się w stronę domu. Może straciła rozum? Może byłoby najlepiej, gdyby sprowadziła tu ojca? Zdała sobie sprawę, że to nie byłoby już takie łatwe jak kiedyś. Teraz to inni musieli przychodzić do niego. Nauczycielka kruków przystanęła i odwróciła się w stronę Hirki.

– Nie jest wyszkolony, więc może się zdarzyć, że nigdy nie będzie cię słuchał. Jeśli będzie ci posłuszny, musisz się liczyć z tym, że z początku będzie trochę zdezorientowany, zanim zrozumie, gdzie jest jego dom. – Ruszyła dalej, ale odwróciła się raz jeszcze. – A ty? Niech to zostanie między nami. – Ramoja weszła do domu i zamknęła drzwi.

Hirka poczuła, że uśmiecha się coraz szerzej. Krucza mowa! Ramoja nauczyła ją kruczej mowy! Dwóch słów. Powtarzała je w głowie, idąc ścieżką. Kuro leciał wysoko nad drzewami, ale wciąż trzymał się blisko niej.

– Hedra! – zawołała Hirka i rozejrzała się nerwowo, na wypadek gdyby ktoś ją słyszał. Była sama na ścieżce.

Kuro nie przyleciał. Siedział na czubku świerka i wyciągał szyję.

– Hedra! – spróbowała znów, bez powodzenia.

Powtórzyła to słowo jeszcze kilka razy, ale na Kuro nie robiło to żadnego wrażenia. Byłaby niemal gotowa przysiąc, że się z niej śmiał. Ramoja miała rację. To potrwa wiele lat. Kuro mógł być jej przyjacielem. Ale nie mógł jej pomóc z Rytuałem.

Nikt nie mógł tego zrobić.

# KŁAMSTWO

W następnych dniach skończyło się lato. Zrobiło się chłodniej, owady przestały brzęczeć. W Elveroi pojawiło się mnóstwo słodkich, dojrzałych jagód. Statki zaczęły powracać z Kleiv, a inne aż z Ko, na dalekim Południu jedenastu krain. Były wyładowane po brzegi suszonymi owocami, przyprawami, wyrobami ze szkła i z kamionki. Przyjechały wozy z drugim tegorocznym zbiorem dojrzałej herbaty z Andrakaru i z ziołami z Brekki.

Hirce nie sprawiało to żadnej przyjemności. Upływ czasu był dla niej nieustannym przypomnieniem, że zbliża się Rytuał, a ona nie potrafi ani czerpać, ani rozmawiać z krukami.

Zrobiła długi krok nad mścikolcami porastającymi zbocze. Nie było łatwiej niż ostatnio, ale musiała dostać się na szczyt. Nie była przecież głupia i domyśliła się, że Rime przychodzi tu codziennie, choć nie potrafiła pojąć dlaczego.

Znalazła miejsce, w którym mogła na chwilę przystanąć, i pozazdrościła Kuro, który szybował spokojnie po błękitnym niebie. To ona powinna móc polecieć, dokąd zechce. Żadnych wspinaczek, żadnych rytuałów i żadnych ætlingów, z którymi coś ją łączy. Nikt by się nie przejmował, kim jest. Ale Hirka była przykuta do ziemi, czy jej się to podobało czy nie. Musiała przestrzegać praw ustanowionych przez innych. Praw, których nie stworzono dla takich jak ona.

Wiatr chłodził pot na jej czole. Już niedaleko. Gdy zbliżała się do szczytu, głośno stąpała po kamieniach, żeby narobić hałasu. Rime i tak był na nią zły, nie było sensu go zaskakiwać. Wysunęła głowę nad poszarpaną krawędź. Rime bynajmniej nie wyglądał na zaskoczonego. Siedział ze skrzyżowanymi nogami na kamieniu i patrzył prosto na nią. Podciągnęła się na górę, nie czekając, aż opuści ją odwaga, i wylądowała na trawie kilka kroków od niego. Przygotowywała się na tę chwilę, ale teraz nie wiedziała, jak zacząć. Nie szukała szczęścia, nagle jednak uświadomiła sobie, że głupio byłoby to po prostu powiedzieć.

Zobaczyła, że jego pierś unosi się powoli, jakby nabierał powietrza, żeby coś powiedzieć, a może zawołać.

– Nie potrafię sięgać do ziemi – ubiegła go.

No i proszę. Ledwie wypowiedziała te słowa, natychmiast ich pożałowała. Odwróciła głowę, by nie zobaczyć w jego oczach potwierdzenia, jaką głupotą było powiedzieć to na głos. Co ona sobie wyobraża? Rime jest tak blisko Rady, że bliżej już być nie można! Równie dobrze mogła to powiedzieć samemu Widzącemu. Nie odpowiadał, więc zerknęła w jego stronę. Wstał, podszedł do niej, zmrużył oczy z powątpiewaniem.

– Wszyscy potrafią sięgnąć do ziemi – odparł lekko ochrypłym głosem. Brzmiało to trochę jak pytanie, a trochę jakby stwierdzał fakt.

– Nie kłamię.

Jego twarz złagodniała. Przekrzywił głowę, tak jak zwykł to robić, kiedy nie rozumiał, o co jej chodzi. Skrzyżowała ręce na piersi, ale przypomniało jej się, że to ponoć znak, że potrzebuje się ochrony, więc szybko je opuściła. Nie chciała mu pokazać, że ma coś do ukrycia.

– Próbowałam ci wyjaśnić ostatnim razem – rzuciła. – Ale równie dobrze mogłam gadać do kamienia młyńskiego!

Uśmiechnął się. To był ten szeroki, dobrze jej znany uśmiech, który sprawiał, że wszystko stawało na głowie. Hirka poczuła, że za jej plecami spada lawina prawdy. Tylko ona dzieliła tę lawinę od Rimego i tak wspaniale było stracić kontrolę. Powiedzieć mu i pozwolić, by zrobił z tym, co zechce. Podszedł do niej. Cofnęła się o krok i potknęła. Złapał ją, zanim zdążyła upaść.

– Spróbuj – powiedział.

Umiał czytać w jej myślach?

– Co mam spróbować?

– Czerpać.

– Próbowałam więcej razy, niż masz kości w ciele! Nie umiem czerpać.

– Jesteś...

– Jestem pewna. Jestem ślepa na ziemię, Rime.

Odsunął się od niej o kilka kroków i jeszcze raz uważnie jej się przyjrzał. Mruknął pod nosem „hmm" i poczuła się tak, jakby sama była jednym z tych zadań rachunkowych, które zadawał jej ojciec, kiedy była młodsza. Zagadka, którą da się rozwiązać, ale niespecjalnie interesująca. Zaczęły jej się pocić dłonie. Co będzie, jeśli Rime doda dwa do dwóch? Co będzie, jeśli zrozumie, dlaczego nie potrafi czerpać?

– Co się dzieje, gdy próbujesz? – W jego głosie brzmiało szczere zainteresowanie, ale nie potrafiła mu odpowiedzieć.

– Nic.

– W takim razie powiedz mi, co robisz. – Wzruszył ramionami. – Próbujesz po nią sięgnąć czy przyciągasz ją w górę, do siebie?

O czym on gada? Nie odpowiedziała, więc zapytał raz jeszcze:

– Kiedy masz czerpać, Hirko. Co wtedy robisz?

– Ja… próbuję sięgnąć do ziemi.

Znów się uśmiechnął. Już rozwiązał całą zagadkę?

– Lepiej jest przyciągać Evnę *do siebie*. Nie na odwrót. Usiądź. – Sam usiadł na ziemi, skrzyżował nogi i spojrzał na nią. Hirka zrobiła, co jej kazał. Teraz wydawał się pełen zapału. – Nie zmuszaj się, żeby poczuć Evnę. Pozwól, żeby sama cię wypełniła.

Hirka spróbowała. W każdym razie udała, że próbuje, bo nie miała pojęcia, co powinna czuć. Czuła nierówny kamień pod tyłkiem i zapach Rimego. Zaczęło jej świtać w głowie, że on również nie będzie w stanie jej pomóc. Jest, jaka jest. Może przez samo to, że tutaj przyszła, ryzykowała jego życie? Ile trzeba, żeby ktoś zgnił?

Babskie gadanie! Wcale tak nie jest! Nigdy nie widziała, żeby ktoś zgnił, a pomagała leczyć chorych od czasu, kiedy była dzieckiem. Dotykała otwartych ran. Trzymała takich, którzy płakali ze strachu. Brała na ręce noworodki wciąż mokre od krwi.

*Ale nigdy nikogo nie pocałowała…*

Rime pochylił się w jej stronę.

– A teraz?

Hirka odsunęła się od niego.

– Nic.

– Nie próbujesz jak należy, dziewczyno.

– Nic nie czuję! – krzyknęła. – To dlatego tu przyszłam.

Wbiła wzrok w ziemię. Wiatr szeptał między omszałymi głazami w ruinach dawnego zamku. Usłyszała, że Rime wstał. Przykucnął przed nią. Słyszała bicie swojego serca. Poczuła, że niepokój zaraz przerodzi się w panikę. Nie mógł się dowiedzieć! Nie zdołałaby spojrzeć mu w oczy, gdyby się dowiedział. Przełknęła ślinę.

– To znaczy... Czuję Evnę, ale nie daję rady jej dosięgnąć.

Kłamstwo miało gorzki smak. Poczuła, że puchnie jej język, jakby ukąsiła ją pszczoła. Przez chwilę milczeli.

– Evna kłuje, rozumiem to – powiedział. – Niektórzy myślą, że dotykanie jej boli. Czy to dlatego?

– Tak – odparła. Co innego mogła mu powiedzieć?

Rime znów wstał. Hirka podniosła wzrok. Słońce świeciło jej prosto w oczy. Rime był świetlistym konturem nad jej głową.

– Evna nie kłuje – oświadczył.

Hirka poczuła, że płoną jej policzki. Usłyszała, że Rime odchodzi. Odgłos jego kroków stawał się coraz cichszy. Nabrał ją. To było niesprawiedliwe! Próbowała poczuć gniew, ale nie potrafiła się na niego rozzłościć. Miał całkowitą rację. Zapewniła go, że nie kłamie, a jednak to zrobiła. I co teraz będzie? Wszystko zrozumiał?

Z jej pamięci wynurzyły się urywki jakiejś starej ludowej piosenki. O dziewczynie, która wzięła do siebie emblinga. Piosenka miała wiele zwrotek, w których bezogoniasty błagał ją, żeby się z nim przespała, ale za każdym razem dziewczyna mówiła „nie". Aż do ostatniej zwrotki, w której nie miała już siły i się zgodziła. Zgniła w lesie jak stary pieniek. Pusty w środku. Nie do poznania.

*To tylko obrzydliwa piosenka!*

A jednak nic nie było już takie samo. Hirka naoglądała się w życiu dość chorób i z łatwością potrafiła sobie wyobrazić zgniliznę. Po raz pierwszy w pełni zdała sobie sprawę z tego, kim jest. Czego ją to pozbawia. To było coś, czego nigdy nie miała, a mimo to ją bolało. Dotknęła piersi. Poczuła pod palcami kształt wilczego kła. Kłamstwo, z którym dorastała. Odsunęła rękę.

Wczepiła się palcami w ziemię. Ziemię, która jej nienawidziła. Która odpychała ją od siebie. Wyrwała garść darni i cisnęła nią w skalną ścianę.

– Jeśli ty mnie nie chcesz, ja ciebie też nie chcę! Słyszysz?!

Kuro wylądował na ziemi przed nią. Podszedł bliżej i oparł dziób o jej udo.

– Kooor – powiedział.

– No tak. To wspaniale. To przecież rozwiązuje wszystkie moje problemy – odparła zjadliwie i znów zagłębiła palce w ziemi.

– Kooor.

# ŚLEPA NA ZIEMIĘ

*Ona jest ślepa na ziemię!*

Rime zeskoczył ze skraju urwiska i czerpiąc, opuścił się na dół. Był teraz na tyle silny, by znieść upadek z wysokości pięciu mężczyzn. I z każdym dniem stawał się coraz lepszy. Kiedy otaczała go Evna, przy lądowaniu czuł się tak, jakby ziemia odpychała go od siebie. Jakby powietrze było syropem. Dotarcie do tego punktu kosztowało go kilka połamanych kości. Ale będzie jeszcze lepszy. Sprawi, że Svarteld poczuje dumę ze swojego ucznia. Svarteld był najsilniejszym czerpiącym, jakiego Rime kiedykolwiek spotkał. Widział, jak ten starzec chodził po wodzie, nie mocząc sobie nawet stóp. Nie był niczego winny krukom, jak zwykł mawiać.

O Hirce nie dało się tego powiedzieć. Okłamała go. Była ślepa na ziemię i czuła, że musi go okłamać. Nigdy nie słyszał o niczym podobnym. Dzieci bywały ślepe na ziemię, słyszał też, że bardzo sędziwi ætlingowie potrafią utracić Evnę. Chorzy na umyśle? Być może. Ale zwykli ætlingowie…

Hirka dała Rimemu trzy lata wolności. Trzy lata karkołomnych wyzwań. To był dla niego cenny czas. Dla niej to była zabawa. Zawsze czuł, że bardzo go do niej ciągnie. Czasem aż tak mocno, że wiedział, iż Hirka stoi pod oknem, jeszcze zanim kamyk uderzył w jego parapet. Teraz stała się dla niego jedną wielką zagadką. Czy przez te trzy lata naprawdę nigdy nie rozmawiali o czerpaniu?

Nie. Dlaczego mieliby to robić? Rime dorastał z Evną – przekleństwem, które czyniło z niego tego, kim był. Teraz zdał sobie sprawę, że Hirka unikała tego tematu równie pilnie jak on. Poczuł ukłucie rozczarowania. Powinien był wcześniej zauważyć, że coś jest nie tak.

Zawsze był wyczulony na niuanse. Na to, co ukryte. Błogosławione dziecko, które wychwytywało prawdy ze słów wymienianych przez innych na korytarzach. Ze słów, które nigdy nie padły. Ze spojrzeń. Cichego wykorzystywania władzy. Gry, która rządziła całym światem. Z książek w bibliotece, o których wiedział, że nie wolno mu ich czytać. Z pełnego zagadek skryptorium babki. Z przynoszonych przez kruki listów, których treści można się było domyślić, gdy trzymało się je pod światło lampki olejnej albo świecy. Był zbyt młody, by zrozumieć wiele z rzeczy, których się wówczas dowiedział. Rime znów zerknął w stronę Wilczej Skały. Może wciąż jest za młody, żeby zrozumieć wiele rzeczy.

Obszedł wioskę okrężną drogą. Słońce było już nisko na niebie, a drzewa rzucały cienie na drogę wiodącą do domu. Będzie tęsknił za tym domem. Tutaj pokoje go nie przytłaczały. Zbudowano je dla takich jak on, nie dla olbrzymów. Urodził się i wychował w rezydencji w Mannfalli, ale to nigdy nie był dla niego dom. Ściany po prostu zawsze znajdowały się za daleko. Rezydencja była wspaniała i potrafił docenić jej piękno i historię, ale w domu w Elveroi czuł, że jest, że wypełnia sobą jakieś miejsce.

Istniało tylko jeszcze jedno miejsce na świecie, które dawało mu takie poczucie. Tam nie było pałaców, tylko drzewa, otwarta przestrzeń i góry. Żadnych mebli, prócz paru ław i poduszek.

I właśnie tam – razem ze Svarteldem i pozostałymi – spędzi resztę życia.

Rime wszedł do holu. Panował tu półmrok. W świetle lampki olejnej zobaczył Odę, która stała na stołku i ścierała kurze z obrazów. Połowę z nich ustawiono już pod ścianą, zapakowanych w płótno. Przygotowano je do podróży do domu. Oda ukłoniła się i uśmiechnęła do niego.

– Són Rime. Wychodzisz przed wschodem słońca, a wracasz, gdy zachodzi?

Odpowiedział jej uśmiechem i nie skomentował tego, że użyła tytułu. Ilume nie pozostawiała żadnych wątpliwości co do tego, jak służba ma się do niego zwracać. Gdyby protestował, uprzykrzyłby im tylko życie.

– Pachnie chlebem? – Nagle poczuł, że jest głodny.

Oda już chciała zejść ze stołka, ale Rime ją powstrzymał.

– Nie, nie. Sam sobie poradzę – zapewnił.

Zszedł do kuchni, zjadł pajdę wciąż ciepłego chleba i zaczął planować rozmowę z Ilume. Chciał się dowiedzieć, dlaczego Hirka nie potrafi czerpać. Nigdy nie słyszał ani nie czytał o kimś, kto by nawet nie czuł strumienia mocy w ziemi. Strumienia życia. Na przestrzeni dziejów wielu artystów uskarżało się, że stracili Evnę. Frang, malarz z Ormanadas, ponad dwieście lat temu rzucił się z murów Eisvaldru, ponoć dlatego, że opuściła go Evna. Rime w to nie wierzył. Artystyczne umysły. Dramatyzm. Za dużo wina? Owszem. Ale żeby opuściła go Evna? Co to, to nie.

Rime pozwolił, by Evna na chwilę wypełniła jego ciało, jakby chciał się upewnić, że wciąż potrafi to robić. Jaki pusty musiał się wydawać świat komuś, kto nie znał tego uczucia. Jaki pozbawiony sensu. Świat bez siły życiowej. Bez Widzącego.

Popił chleb sokiem jabłkowym, wstał i ruszył do skryptorium. Teraz pokój był ogołocony. Meble i dywany znajdowały się już w drodze do rezydencji w Mannfalli. Zostało tylko samotne biurko. Kolos z ciemnego, dębowego drewna. Ilume siedziała pochylona nad listem.

Za jej plecami ostatnie promienie zachodzącego słońca wpadały przez witraż. Był to wizerunek Widzącego, który unosił się z wyciągniętymi rękoma. Brązowe cienie padały na białą szatę Ilume. Wydawała się niemal brudna. Ale Rime wiedział, że gdy tylko jego babka wstanie, znów będzie czysta. Tak to już było z Ilume. I tak było z Radą. Spotykali się, co dzień decydowali o losach innych, a po każdym zebraniu myli ręce w wielkich srebrnych misach. Zawsze czyści. Czy tym razem również powstanie czysta?

Jej służba w Elveroi zakończyła się nagle, po sześciu latach negocjacji, jak to nazywała Rada. Sześć lat nacisków na Kruczy Dwór. Spędziła wszystkie te lata w Elveroi, a teraz w Kruczym Dworze uderzano w tarcze. Szeptano o ślepych i obwiniano Radę. Sytuacja była delikatna. Na tyle delikatna, by wezwać Ilume do powrotu.

Rime zdawał sobie sprawę, że przeciwnicy Ilume będą ją oskarżać o to, że zawiodła. Kruczy Dwór nie stał się częścią Mannfalli, a to właśnie było celem. Najważniejszym zadaniem, jakie Ilume miała tu do wypełnienia.

Rime zrobił krok w głąb pokoju. Podniosła głowę i spojrzała na niego. Odczekał krótką chwilę, by pozwolić jej przygotować się do rozmowy. Ilume odłożyła pióro do białej czarki z kości. Wyprostowała się na krześle i założyła ręce. Może ta rozmowa okaże się łatwiejsza, niż przypuszczał? Po wieczorze, który spędził w Błyszczącej Górze, Ilume przestała otwarcie okazywać mu nienawiść i stała się przerażająco obojętna. Planowała coś. Rime wczuł się w nastrój i szukał właściwych słów, żeby zacząć. Ilume uwielbiała go pouczać o tym, kim jest. To był najpewniejszy sposób, żeby usłyszeć odpowiedź.

– Jak silną czerpiącą była moja matka?

– Była słabsza od ciebie.

Rime skwapliwie uchwycił się tego wątku.

– Skąd można wiedzieć, jak silnym się jest?

Ilume spojrzała na niego.

– Ci, którzy chcą to wiedzieć, wiedzą. Ty przecież wiesz.

– Czy wszyscy się tacy rodzą?

– Jacy?

Zaczął przechadzać się po pokoju. Przesunął ręką po pustych półkach regału, który miał tutaj zostać. Nie było na nich kurzu. Słowa zniknęły. Spróbował znaleźć własne. Hirka go okłamała, ale wiedział o niej coś, czego prawdopodobnie nie wiedział nikt inny. Był pewien, że nie powinien tego zdradzać.

– Tacy, że czują ziemię równie mocno jak inni. Czy wszyscy są tacy sami?

– Oczywiście, że nie. Każdy z rodów ma swoją część Evny, w niektórych jest silniejsza niż u innych.

Rime świetnie to wiedział, ale pozwolił jej mówić dalej.

– Nie mógłbyś zostać sługą Widzącego, gdybyś nie miał tego we krwi, Rime.

– Kto ma najsilniejszą krew?

Ilume uśmiechnęła się. Rime dostrzegł zmarszczki na jej twarzy. Niemal nigdy nie było ich widać, z wyjątkiem chwil, gdy się uśmiechała. Zapragnął, by robiła to częściej.

– Zapytaj kogoś z rodu Taidów, a powiedzą ci, że oni. Zapytaj rodu Jakinninów, a usłyszysz dokładnie to samo.

Rime zaczynał się niecierpliwić. Donikąd w ten sposób nie dojdzie.

– I nigdy nie pojawia się ktoś, kto jest o wiele silniejszy albo… słabszy niż pozostali.

Uśmiech zniknął z twarzy Ilume. Uniosła cienką brew.

– A czy *ty* spotkałeś kogoś, kto byłby silniejszy od ciebie?

Nikogo takiego nie spotkał, więc bez trudu wytrzymał spojrzenie babki.

– Nie.

Nie spuszczała z niego oczu.

– Może będzie taki wśród tych, którzy zostaną wybrani podczas Rytuału – spróbował.

Ilume westchnęła i oparła dłonie na poręczach.

– Rytuał nie jest już tym, czym był kiedyś. Niewielu czuje ziemię tak, jak kiedyś wszyscy ją czuliśmy. Evna słabnie. Przypływ i odpływ wkrótce będą tym samym. Szemrzące potoki wysychają z biegiem lat. – Głos Ilume stał się niemal łagodny. Zapatrzyła się w okno. – Któż to może wiedzieć, czy Evna jest wieczna? Kto wie, czy zawsze istniała, czy płynie tylko przez nas, by odejść na zawsze? Cenna i rzadka? A może wieczna i obfita? Czy wypiliśmy zbyt wiele, czy też może picie sprawia, że naczynie jest coraz pełniejsze? Jeśli dokonamy niewłaściwego wyboru, sprawimy, że świat będzie jej pozbawiony. – Znów spojrzała na Rimego. – Ktoś będzie musiał poprowadzić nas dalej – dodała i cała łagodność zniknęła z jej głosu.

Rime poczuł ogarniający go niepokój.

– Czy Widzący nas karze?

– Karzemy sami siebie.

Ilume zapatrzyła się na pusty pokój. Jej powieki stały się ciężkie. Na zewnątrz gasły ostatnie promienie słońca. Barwy się zatarły, postać babki pogrążyła się w mroku.

– Babko?

Ilume wstała gwałtownie i zwinęła papiery.

– Będziesz mnie mógł tak nazywać, kiedy pożałujesz. Kiedy zrozumiesz, gdzie jest twoje miejsce, i wyjmiesz nóż, który wbiłeś mi w plecy. Wtedy będziesz mógł nazywać mnie swoją rodziną. Żałujesz?

– Oczywiście, że nie. Służę Widzącemu.

Rime nie doczekał się odpowiedzi. Nie należał już do rodziny. Rada i losy ætlingów nie były już jego sprawą. Ale niech Ilume zachowa swoje sekrety. Rime nie chciał ich poznać. Jednak jeśli ktoś był tak bliski Radzie, jak on przez całe swoje życie, musiał się irytować, widząc, jak błądzą w ciemności. Wiedział, że nie powinien tego mówić, ale nie mógł się powstrzymać.

– Wszyscy robimy, co do nas należy. Ja walczę za Widzącego. I będę robić to, co potrafię, jeśli coś nam zagrozi.

W pokoju zapadła cisza. Ilume wyglądała, jakby chciała coś powiedzieć, ale zmieniła zdanie.

– Jeśli kiedykolwiek coś nam zagrozi, to będzie twoim zadaniem – odparła. – Ślepo służyć. Nie wiedząc ani nie pytając.

Rime wychwycił niemal niezauważalny nacisk na ostatnie słowo. Skinął głową i opuścił pokój. Ilume niemal dała się zwieść, prawie spytała, skąd wie, że krainy Ym są zagrożone.

Rime nagle poczuł się stary. Jeszcze rok wcześniej byłby bardzo zadowolony z siebie, że udało mu się zaskoczyć Ilume An-Elderin. Skończył osiemnaście zim. Ona przeżyła ich siedemdziesiąt pięć, zasiadała w wewnętrznym kręgu Rady. A jednak udało mu się sprawić, by nie z własnej woli zdradziła mu informacje. Dziś wieczorem tylko go to zaniepokoiło. Poszedł do biblioteki, ale nie było już krzeseł, na których mógłby usiąść. Ani książek do poczytania. Tylko nagie ściany. Na dole ktoś zapukał do drzwi i usłyszał, że Oda je otwiera. Głos Ramoi. I Vetlego. Usłyszał kroki na schodach i zobaczył ją, jak szybkim krokiem mija drzwi biblioteki, ciągnąc Vetlego za sobą.

– Ramojo?

Wsunęła głowę do środka. Jej policzki były zarumienione.

– Rime. Mógłbyś… – Lekko pchnęła przed siebie Vetlego.

– Oczywiście.

Zabrał Vetlego, a Ramoja zniknęła u Ilume. Najwyraźniej chodziło o coś pilnego. A gdy coś było pilne, zdawano się na Ilume. Ramoja zdawała się na nią całkowicie od czasu, gdy umarła matka Rimego. Vetle usiadł na podłodze, Rime zrobił to samo. Chłopak bawił się kamienną figurką. To była dziewczyna. Detale świetnie oddano, ale odłamał się ogon. Rime pomyślał o Hirce i uśmiechnął się. Bezogoniasta Hirka, jak zwykle nazywał ją Kolgrim.

Bezogoniasta Hirka, która nie umiała czerpać.

Rime poczuł, że drobne włoski na jego ramionach się unoszą.

# WYZNANIE

Hirka nie chciała wstawać. Próbowała ignorować grudę w gardle. Rime poszedł dawno temu, ale wciąż słyszała jego głos. *Evna nie kłuje…*

Rime An-Elderin, Són Rime. Potomek rodu zasiadającego w Radzie. Próbował jej pomóc, a teraz mogła się zdradzić, bo z konieczności skłamała. Może już wszystkiego się domyślił.

Kuro dreptał przed nią, próbując zwrócić na siebie jej uwagę. Skakał tam i z powrotem, ale w końcu się znudził i odleciał. Na szczycie Wilczej Skały zapadał mrok. Słońce już zaszło. Hirka zaczynała marznąć.

Wstała i podeszła do skalnej krawędzi otaczającej łączkę na szczycie. Niektóre z głazów były kilkakrotnie wyższe od niej. Ich ostre krawędzie sterczały w górę, jakby wydawało im się, że kiedyś zdołają przebić niebo. Uderzył w nią podmuch wiatru, pchnął w stronę krawędzi. Hirka się jednak nie bała. Nie miała lęku wysokości. Kręciło jej się w głowie, ale nie z tego powodu. Sprawiała to świadomość, że może liczyć tylko na siebie.

Była dzieckiem Odyna. Pochodziła z innego miejsca i nie potrafiła czerpać. Ojciec nie mógł jej już pomóc. Tak naprawdę nie potrafił tego nigdy.

*Gdzie się urodziłam?*

A teraz przepędziła jedyną osobę, która mogła coś dla niej zrobić. Hirka objęła się ramionami. Powinna była zabrać pelerynę. Ojciec miał rację. Czasem potrafi myśleć tylko o tym, co ma tuż pod nosem. Musi się nauczyć wybiegać myślami w przód. Ale w przyszłości czekało na nią tylko jedno.

Rytuał.

Przez chwilę wierzyła w swój plan. Wierzyła, że może się tego nauczyć. Stać się taka jak inni i niezauważona przejść przez Rytuał. Myliła się. Ojciec od początku wiedział, że to się nigdy nie uda. Musieli wyjechać i Hirka nic nie mogła na to poradzić. Znów będą uciekać. Żyć bez chwili wytchnienia, podróżować z miejsca w miejsce.

Poczuła tęsknotę, której się nie spodziewała. Przecież przeżyli w ten sposób większość życia. Wtedy to chyba nie było takie straszne? Żyć jak kruki w lesie. Jak dzikie zwierzęta. Mogąc liczyć tylko na siebie. To by mogło być dobre życie. Ale to było niesprawiedliwe. Dlaczego musiała uciekać? Być ścigana, jakby zrobiła coś złego? Była zmęczona ukrywaniem się. Ciągłą wędrówką z miejsca w miejsce. Tym, że nigdy nie miała nikogo prócz ojca. Musiał istnieć jakiś inny sposób.

Przeszła przez łączkę i zaczęła schodzić po zboczu. Niebo było ciemnogranatowe i pojawiły się już gwiazdy. Kątem oka zauważyła światło. W dole, na nabrzeżu, paliły się pochodnie. Dostrzegała sylwetki ætlingów przenoszących skrzynie. Znowu przybił jakiś statek handlowy z towarami z Kleiv, a może z Kaupe. Hirka przeszła przez Elveroę i skierowała się na nabrzeże. Stragany, za dnia pełne życia, zamknięto już na noc. Lady były poskładane, towary schowane w środku. Usłyszała gwar głosów dobiegający od nabrzeża. Przystanęła; to był instynkt, który towarzyszył jej od zawsze. Dlaczego czuła, że musi się skradać, gdy w pobliżu są inni? I im było ich więcej, tym gorzej. Jakby miało się stać coś strasznego, gdyby ją zobaczyli. Myślała, że co jej zrobią? Domyślą się, kim jest, i ją spalą?

Ruszyła dalej. Statek kołysał się przy nabrzeżu, jakby usypiał go załadunek i rozładunek. Mężczyźni wspinali się na maszty i wiązali żagle. Ætlingowie o silnych ramionach taszczyli worki i drewniane skrzynie, mijali Hirkę i wnosili je do magazynu, przez którego dach kiedyś spadła. Uważała, żeby nie stanąć nikomu na drodze.

Wszyscy stłoczyli się, udając, że chcą pomóc, ale tak naprawdę interesowały ich plotki i wieści. Matka Sylji rozmawiała z jednym z mężczyzn. Zapłaciła mu kilka sztuk srebra, ale nie wyglądała na zadowoloną. Nigdy nie była zadowolona, kiedy miała płacić.

– Hirka!

Głos Sylji przedarł się przez wspomnienia.

– Chodź! – Sylja chwyciła ją i zaciągnęła do najbliższego magazynu.

– Co ty wy…

– Ciii! – Sylja wyjrzała za róg i znów przywarła do ściany. – Jeśli matka cię zobaczy, za nic nie pozwoli mi tu być!

Sylja spojrzała na Hirkę i uśmiechnęła się szeroko. To był ten sam uśmiech, który sprawiał, że wszyscy w Elveroi sądzili, że jest błogosławiona.

– Orm tutaj jest!

Hirka odpowiedziała jej uśmiechem.

– Orm, handlarz wina? Jesteś pewna?

– Tak!

Sylja wyjrzała za róg i odwróciła się z pełnym zadowolenia uśmiechem. Matka sobie poszła. Opuściły kryjówkę i przeszły obok pochodni. Hirka poczuła ciepło rozlewające się po ciele. Jacyś mężczyźni zapytali, czy nie powinny leżeć już w łóżku, a potem zadowoleni z siebie wołali za nimi: Ho, ho, ho! Jeden krzyknął, że ma dłuższego niż ogon. Sylja spojrzała na niego, udając, że jest w szoku.

– Słyszałam o tobie co innego – rzuciła Hirka, nie patrząc na nich.

Hirka dostrzegła Orma i podeszły do niego. Starały się zachowywać, jakby nigdy nic. Niósł na głowie dwa worki, co byłoby trudne dla zwyczajnego mężczyzny, ale Orm nie miał szyi. Jego głowa zdawała się wyrastać prosto z ramion. Był szeroki jak dwóch mężczyzn. Jego koszula z pewnością była kiedyś biała, ale wydawała się żółta. Hirka miała nadzieję, że to z powodu światła pochodni.

Uśmiechnął się, kiedy je zauważył.

– Zastanawiałem się, gdzie się panny podziały! – Mrugnął do nich.

Sylja uśmiechnęła się do niego kokieteryjnie.

– Potrzebujesz jakiejś pomocy?

Orm westchnął ciężko. Hirka mu współczuła. Dostałby straszną burę, gdyby matka Sylji się dowiedziała, że pozwolił, by dziewczyny mu pomogły w zamian za wino. Ale kto by potrafił odmówić Sylji? Przeniosły kilka skrzyń z przyprawami, trochę kiełbasy ze Smále, dziesięć par butów i kufer książek. Żmudna praca, ale dostały nagrodę. Orm wziął je na bok i dał im zieloną butelkę, która niemal ginęła w jego wielkim łapsku. Twierdził, że to najlepszy gatunek, z południowych stoków Himlifall. Uszczypnął Sylję w policzek i poprosił je, żeby sobie poszły, zanim wpadnie w kłopoty.

Sylja przywiązała sobie butelkę do paska i zasłoniła ją spódnicą. Potem pobiegły jak najszybciej na pagórek, który oddzielał port od domu kowala. Usiadły na „kamiennej ławie", zagłębieniu w skale, które na przestrzeni wielu pokoleń wyrzeźbiły woda i wiatr. Na przemian dyszały i śmiały się. Hirka wycięła korek kieszonkowym nożykiem, upiła łyk i podała butelkę Sylji. Usta wypełnił jagodowy smak. Zamknęła oczy. Orm nie kłamał, to było dobre wino. Ostatnio dostały coś tak kwaśnego, że ledwie dało się wypić, ale i tak to zrobiły.

Hirka uśmiechnęła się, czując, jak ciepło rozlewa się po jej ciele. To był smak ziemi. *Dokładnie tak, jak w herbacie. Bardziej nie uda mi się już zbliżyć do czerpania.*

Wzięła jeszcze jeden łyk, dłuższy od pierwszego. Sylja już chichotała i paplała coś o ramionach jednego z mężczyzn w porcie.

Hirka spojrzała na nią. Sylja była kwiatem, podczas gdy ona sama – kamieniem. Głos przyjaciółki był jak brzmienie harfy, Hirki – jak odgłosy tarki do prania. Sylja dygała, kiedy Hirka biegała, a kiedy Hirka była spocona, Sylja pachniała kwiatami. Nic dziwnego, że zawsze stawiała na swoim.

*Z Rimem też?*

Była z nim, z tym samym uśmiechem i tym samym zapachem kwiatów. Pomógł jej? Hirka poczuła ciężar na sercu, który rósł z każdą chwilą. Wino otworzyło drogę ponurym rozmyślaniom i teraz to się na niej zemści. Nie potrafiła powstrzymać się od pytania:

– Rozmawiałaś z Rimem, odkąd...

– Nie opowiadałam ci?! – przerwała jej Sylja. Jej oczy zalśniły dziko, jak zawsze, gdy chciała opowiedzieć o jakimś skandalu. – Kilka dni temu jadł z nami kolację. Matka była w szoku, że Ilume nie przyszła osobiście, ale to nic. Jest niesamowicie przystojny!

Hirka nie potrafiła się zmusić nawet do tego, żeby kiwnąć głową. Sylja ciągnęła bezlitośnie:

– Ale jest strasznie mrukliwy i uparty. Właściwie to jest trudny, nie wydaje mi się, żebym była w stanie się nim zainteresować. A poza tym narzucał mi się przez cały wieczór!

Hirka poczuła, że powietrze więźnie jej w płucach.

– Właściwie to było strasznie żenujące, Hirko. Szkoda, że tego nie widziałaś!

– Czego nie widziałam? – usłyszała własne pytanie. Dlaczego to zrobiła? Przecież nie chciała poznać odpowiedzi.

– No wiesz... – Sylja położyła dłoń na swojej okrągłej piersi i się uśmiechnęła.

Hirka przełknęła ślinę.

– Co z tobą? – Sylja odebrała butelkę i dopiła to, co w niej zostało.

Hirka zapatrzyła się w czarne morze. Jeśli płynęło się dostatecznie długo, docierało się do Brott. Z Brott nie docierało się już nigdzie. Jak długo trzeba by podróżować, by dotrzeć do miejsca, z którego pochodziła? Czy w ogóle można było się tam udać?

– Musimy wyjechać. – Gdy tylko to powiedziała, do oczu napłynęły jej łzy. Wiedziała, że to prawda. Zupełnie jakby było inaczej, dopóki nie powiedziała tego na głos.

– Że co? – mruknęła niewyraźnie Sylja.

– Musimy wyjechać. – Hirka podciągnęła kolana pod brodę, skuliła się. Ścisnęło jej się gardło, łzy kapały, kolana spodni były od nich mokre. Nie wiedziała, dlaczego płacze właśnie teraz.

Sylja usiadła.

– Przecież nie możecie!

Hirka mimowolnie roześmiała się przez łzy. Otarła oczy. To było takie typowe dla Sylji, żeby naginać rzeczywistość do własnej woli. Wystarczy, że im powie, żeby nie wyjeżdżali, a wtedy nie wyjadą.

– Musimy. – Hirka wiedziała, że ta rozmowa zmierza w niebezpiecznym kierunku. Nie mogła odpowiedzieć na pytania, które być może padną.

– Dlaczego?

Hirka spróbowała wstać. Musiała stąd odejść. Nie mogła zostać. Była dzieckiem Odyna. I okłamała Rimego. Nogi odmawiały jej posłuszeństwa. Zrobiła kilka niepewnych kroków, ale przewróciła się na ziemię. Leżała na boku i wpatrywała się w pustą butelkę.

– Dlaczego? – spytała jeszcze raz Sylja.

Kiedy patrzyło się przez tę butelkę, wszystko było takie zielone.

– Przez Rytuał. Musimy wyjechać z powodu Rytuału.

– Chyba wyruszyć w podróż. Wszyscy przecież podróżują na Rytuał. Poczekaj, aż zobaczysz moje pierścienie na ogon, Hirko! Są ze szczerego złota, w kształcie motyli!

Sylja się rozpromieniła. Hirka otarła nos rękawem swetra.

– Nie wyruszyć w podróż. Wyjechać.

Wydawało się, że Sylja zrozumiała powagę sytuacji. Położyła się na boku i popatrzyła na Hirkę.

– Kiedy?

– Nie wiem.

Hirka przez szkło pustej butelki widziała zniekształconą twarz Sylji. Przyjaciółka była zielona. Nos przesunął się między oczy, usta dziwnie się wykrzywiły. Zupełnie, jakby już zaczęła gnić.

# ZDRADZONA

Hirka wyjęła ubrania ze skrzyni i położyła je na łóżku. Było tego niewiele. Dwa swetry, koszula i spodnie. Trochę bielizny i skarpet. Nawet zielona sukienka, którą w chwili słabości kupił jej ojciec, ale Hirka nigdy nie nosiła sukienek.

Pazury Kuro szurały o drewnianą podłogę, gdy sceptycznie badał pustą skrzynię. Nigdy nie bywał w izbie, ale dziś wieczorem żadna żywa istota nie mogła zostać na zewnątrz. Deszcz smagał ściany, dom trzeszczał w podmuchach wiatru. Lampki olejne migotały, co było żywym dowodem na to, że nawet ojciec nie potrafił uszczelnić ścian na taką pogodę.

Hirka rozejrzała się po pustej izbie. Nie posiadała wiele. Wszystko zmieściłoby się w dużym kufrze. Kilka rzeczy musiała zostawić. Przesunęła palcami po kamykach, które zebrała. Niektóre były duże, inne małe. Powierzchnia jednych była szorstka, innych gładka jak dziób Kuro. Zgarnęła je i przeszła do głównej izby. Ojciec siedział na wózku i wymachiwał kijem, żeby porządnie zamknąć otwór w dachu.

– Nie mogę ich zabrać ze sobą. – Hirka odłożyła kamyki przy palenisku. Płomienie tańczyły dziko w cugu z komina.

Ojciec odłożył kij i wytarł ręce w ściereczkę.

– Podgrzać ci zupy?

Hirka nie odpowiedziała. Wydawało jej się, że coś usłyszała. Spojrzała na otwór w dachu, ale pokrywa się nie ruszała. I znowu! Ktoś pukał do drzwi. Przy tej pogodzie? Hirka poczuła, jak drobne włoski unoszą się jej na karku. Coś było nie tak. Czuła to.

Wymienili z ojcem spojrzenia. Rozejrzeli się i pomyśleli o tym samym. Cały ich dobytek był spakowany w skrzynie i worki. Ściany były ogołocone. To nie miało sensu. Każdy idiota, który tu wejdzie, natychmiast pojmie, że zamierzają wyjechać. Hirka chwyciła worki, żeby wrzucić je do swojej izby, ale ojciec ją powstrzymał.

– Poczekaj, Hirko…

Pukanie stało się bardziej natarczywe. Ojciec spojrzał ukradkiem w stronę długiej skrzyni, którą wykorzystywali jako ławę. Leżały w niej rzeczy, których rzadko używali. Takie, jak jego miecz. Myśli pędziły Hirce przez głowę jak szalone. Czy mogli się wydostać przez okno w sypialni? Nie. Przy takiej pogodzie okiennice były zaryglowane od wewnątrz. Otwór w dachu? Może ona, ale nie ojciec…

Zacisnęła dłoń na kieszonkowym nożyku, nie wiedząc, czego się boi.

Z zewnątrz dobiegł kobiecy głos. Ojciec podjechał wózkiem do drzwi i uchylił je trochę. Do izby wcisnęła się odziana na brązowo postać, a wraz z nią wycie wiatru i deszcz. Ojciec zamknął drzwi i znów zrobiło się cicho. Kobieta ściągnęła kaptur z głowy. Hirka wiedziała, że na widok Ramoi powinno jej ulżyć, ale ciało odmawiało jej posłuszeństwa.

Ramoja zrobiła kilka kroków w głąb izby i odgarnęła z twarzy kruczoczarne warkocze. Jej peleryna była tak ciężka od deszczu, że aż napinała się na ramionach. Kuro przysiadł na framudze drzwi i wydał z siebie okrzyk. Ramoja uśmiechnęła się i skłoniła głowę przed krukiem, zanim przemówiła do Hirki i jej ojca.

– Już myślałam, że będę do końca życia sterczeć na tym deszczu – powiedziała.

Ojciec zaśmiał się, choć nie było w tym nic szczególnie zabawnego. Ramoja dostrzegła skrzynie i worki w izbie. Puste półki. Na chwilę zamknęła oczy, jakby zbierała się w sobie. Potem zwróciła się do ojca.

– Nie wiem, dokąd się wybieracie, Thorraldzie – powiedziała. – I to nie moja sprawa. – Mówiła powoli i wyraźnie. Hirka miała wrażenie, że te słowa to szyfr. Że Ramoja próbuje coś powiedzieć, nie mówiąc tego. – Ale o jednym musicie wiedzieć. Jeśli zamierzacie uniknąć w ten sposób Rytuału, to wieść o tym dotarła już do uszu Rady.

Ojciec wpatrywał się w Ramoję, sceptycznie mrużąc oczy. Hirka poczuła, jak przenika ją zimno. Cofnęła się i ukryła w cieniu. Ramoja zerknęła na nią, ale ciągnęła bezlitośnie:

– Jeśli mieliście nadzieję po cichu zniknąć, to jest już za późno.

Ojciec zacisnął ręce na wózku i uniósł ramiona, jakby chciał się podnieść.

– Nie mamy nic do ukrycia – odparł ostrym tonem. – Wszyscy ciągle gdzieś wyjeżdżają. Co to obchodzi Radę, że zwykli…

– Ona nie jest zwyczajna, prawda?

Ramoja podeszła krok bliżej do ojca, a jej słowa wbijały się w pierś Hirki jak nóż. Stało się to, co nie miało się prawa stać. To, o czym nikt nie miał prawa wiedzieć, teraz było znane. To niemożliwe. Nie do pomyślenia.

– Jest za późno, Thorraldzie. Wyjedźcie, jeśli musicie, ale nie dokądkolwiek. To może was kosztować życie.

– Dlaczego? Mów, co wiesz, kobieto! – warknął ojciec.

Ramoja go usłuchała.

– Ciemne Cienie.

Ojciec opadł na wózek. Hirka nie była w stanie się ruszyć. To były tylko słowa, ale przesycone lękiem, historiami, których nawet już nie pamiętała. Ciemne Cienie. Zabójcy. Tajna broń Rady. Duchy gaszące iskrę życia w każdym, kto sprzeciwi się Widzącemu. Byli już martwi.

*Bujdy! Bajki dla dzieci!*

A jednak te bujdy sprawiły, że ojciec skulił się na wózku. Plotki, które opowiadała jej szeptem Sylja kilka dni temu. Hirka przylgnęła do ściany. Nagle cienie wydawały się żywe. Odcięły ją jak kota w zaułku. Nie była w stanie oddychać.

*Ciemne Cienie.*

Ramoja naciągnęła kaptur na głowę.

– Mówię, jak jest, Thorraldzie – rzekła. – Rytuał to sprawa honoru, w tym roku bardziej niż kiedykolwiek dotąd. Wyślą Ciemne Cienie.

– Dlaczego nam o tym mówisz? – zapytał ojciec zduszonym głosem.

Hirka wyszła z cienia. Na jej widok twarz Ramoi złagodniała.

– Żeby spłacić dług – odparła.

– Poradzimy sobie sami – powiedział ojciec. – Nikt jej nie tknie. Nikt.

Hirka nie poznawała jego głosu. W całym tym nieszczęściu zalała ją fala ciepła. Spojrzenie Ramoi padło na jego wózek. Warczał na nią, ale nie pozwoliła się zastraszyć.

– Wiem, że jesteś silny, Thorraldzie. Inni mężczyźni dawno zgnuśnieliby w łóżku. Ale twoja siła i ten wózek to wszystko, co masz, żeby ją chronić. To nierówna walka, nawet gdybyś miał walczyć ze zwykłymi przeciwnikami. Nie uciekniesz przed nimi.

Hirka czekała na wybuch ojca, nie doczekała się jednak. Wiedział, że Ramoja ma rację. Jego usta się wykrzywiły.

– Jakby istniało niby takie miejsce, dokąd moglibyśmy uciec. Kto by przyjął takich jak my…

Ramoja położyła rękę na drzwiach. Zawahała się.

– Wróg twojego wroga jest twoim przyjacielem, Thorraldzie. Jeśli to tak wiele dla ciebie znaczy, istnieje tylko jedno miejsce. Wiesz o tym.

*Kruczy Dwór. Nie chciała tego powiedzieć.*

Hirce zaświtało, że Ramoja sama ryzykuje, mówiąc im, że są w niebezpieczeństwie. Podbiegła do niej.

– Ramojo!

Kobieta odwróciła się. Hirka szukała słów. Nie wiedziała, co powiedzieć. Nic nie przychodziło jej do głowy. Ramoja się uśmiechnęła i ukłoniła, jakby jednak te słowa padły. Potem otworzyła drzwi i zniknęła w strugach deszczu. Drzwi nie zamknęły się porządnie za jej plecami. Wiatr uderzał nimi o framugę.

Hirka poczuła deszcz na twarzy. Wyglądała za drzwi, jakby czekały tam na nią wszystkie demony świata. Skąd Ramoja mogła wiedzieć? Kruki. Oczywiście. Wszystkie listy Rady przechodziły przez jej ręce. Ale skąd mogła wiedzieć Rada?

*Rada w Elveroi to Ilume.*

Wiatr przewrócił miotłę. Świeca na stole zgasła. Hirka zatrzasnęła drzwi i zasunęła rygiel. Stała, opierając się o niego rękoma. Tylko w jeden sposób Ilume mogła się o niej dowiedzieć. Próbowała powstrzymać łzy. Rime domyślił się. Zrozumiał, kim jest, i o wszystkim opowiedział babce.

*Bo go okłamałam. I dlatego, że dla wielkiego Rimego An-Elderina jestem nikim.*

Hirka szarpnęła rygiel i kopnęła w drzwi. Kopnęła jeszcze raz. I jeszcze raz. Myślała, że ojciec ją powstrzyma, ale nie zrobił tego.

## EVNA

Poranek był szary. Burza przez noc osłabła, ale od czasu do czasu Hirką targał podmuch wiatru, jakby chciał pokazać, że natura się jeszcze nie uspokoiła. Im wyżej się wspinała na Wilczą Skałę, tym silniejsze się stawały te podmuchy. Zbocze wydawało się bardziej strome niż zwykle. Ciernie też zdawały się ostrzejsze, ale nie dbała o to. Kipiała z wściekłości i chciała wejść na szczyt. Do Rimego. Zdała sobie sprawę, że on zawsze będzie gdzieś wysoko w górze, a ona zawsze będzie się musiała wspinać. Była Hirką. Nikim więcej. Hirką, córką Thorralda. Nie. Nie była nawet *tym*. Była dzieckiem Odyna. Bezogoniastą Hirką.

Wdrapała się na ostatnią skałkę i opuściła na łąkę. Było tu pusto. Krzewy porastały kamienne ruiny. Zamek, który kiedyś wznosił się nad Elveroą i morzem. Gdzie, u Slokny, jest Rime? Poszedł sobie? A może jest za wcześnie. Hirka spojrzała w dół, w stronę nabrzeża, ale tej nocy żadne łodzie rybackie nie wypłynęły na połów. Zawiedzione mewy krążyły nad pustymi beczkami.

Rime ją zdradził i dlatego tu nie przyszedł. Nie śmiał spojrzeć jej w oczy. Tchórz! Oby zgnił, u Slokny!

– Niech zgadnę… – odezwał się ochrypły głos za jej plecami. Odwróciła się błyskawicznie. Stał przed nią. – Doszłaś do wniosku, że powiesz mi, jak jest? – Uśmiechnął się krzywo i skrzyżował ręce na piersi.

To oskarżenie zbiło ją z tropu. Przybiegła tu, bo była wściekła. To *ona* powinna stać z rękoma skrzyżowanymi na piersi. To ją zdradzono. Zniszczył wszystko. Odebrał im możliwość ucieczki. Ale nie potrafiła tego wyczytać z twarzy Rimego. Jego oczy się śmiały. Uśmiech był szczery. Usta mogłyby być ustami którejś z rzeźb Hlosniana. Były doskonałe.

Hirka spuściła głowę. Rime jej nie zdradził. Gdyby wiedział, że jest dzieckiem Odyna, nigdy nie stałby przed nią tak jak teraz. Nikt by się nie uśmiechał do zgnilizny. Nie ma pojęcia, jak jest naprawdę. Co właściwie tutaj robi? Spróbowała oddychać wolniej, ale płuca jej nie słuchały. Burza jeszcze nie minęła. Teraz szalała w niej. Co powinna zrobić? Rime nie potrafi jej pomóc. Nikt tego nie potrafi.

*Wyślą Ciemne Cienie.*

Poczuła dłoń Rimego na ramieniu.

– Hej… spokojnie, dziewczyno. Spróbuję ci pomóc.

– Niedługo wyjedziesz… – tylko tyle udało jej się powiedzieć.

– Poddajesz się, zanim jeszcze zaczęłaś? – spytał. – W takim razie punkt dla mnie.

Hirka podniosła głowę i uśmiechnęła się. Odpowiedział jej uśmiechem.

– Nie liczyłem na to, że pójdzie mi tak łatwo – wyznał.

Hirka widziała w jego oczach, że wreszcie jej uwierzył. Nie potrafi czerpać. Poprosił ją, żeby głęboko oddychała. Żeby się rozluźniła.

Usiadła na ziemi. Znów wstała. Pobiegała. Odpoczęła. Pomyślała o czymś. Skupiła się. Bez względu na to, co kazał jej robić, nic nie czuła. Jeśli w krainach Ym istniała jakaś siła życiowa, to znajdowała się poza jej zasięgiem. To było całkowicie jasne.

Rime chodził w tę i z powrotem po łące, z rękoma za plecami.

– Nie chodzi o to, że jej nie *sięgasz* – powiedział, chyba głównie do siebie. – Chodzi o to, że ty nie masz pojęcia, czym ona jest ani gdzie jest!

Znów na nią spojrzał. Hirka poczuła się bezradna, jakby przegrała wszystkie pojedynki, jakie kiedykolwiek stoczyli, i to wszystkie na raz. Jakby spadła, kiedy się wspinali, poszła na dno, kiedy pływali, potknęła się, kiedy biegli. A on tu chodził, w tę i z powrotem, i ciągle to powtarzał. Co jest z nią nie tak?

Miał wszystko. Był An-Elderinem. I wpatrywał się w nią ze zdumieniem, jakby brakowało jej nogi. *Albo ogona.*

To było długie przedpołudnie. Pokręcił głową, żeby rozluźnić kark. Było widać, że nie przywykł do siedzenia w miejscu.

– A próbowałaś z kamieniem? – Znów do niej podszedł. W głosie Rimego słychać było optymizm, ale nie dostrzegała go w jego oczach. – Evna może się nagromadzić w kamieniu... – Optymizm w głosie również zniknął. – Kumulować się w nim. Jeśli położysz dłonie na...

– Rime...

– Rób to, co ja – przerwał jej. I po raz dwudziesty stanął z rękoma lekko rozsuniętymi na boki, uniósł głowę i zamknął oczy. Wyglądał, jakby czekał na deszcz. Hirka zobaczyła, że jego twarz nagle staje się spokojna i rozluźniona. Wyglądał, jakby mógł tak stać przez całą wieczność. Piękny posąg. Przepełniony spokojem. Rime czerpał.

Hirkę wypełniło jedynie poczucie zawodu. Byłaby gotowa oddać wszystko, by poczuć ten sam spokój. To samo życie. Ale nie była taka jak on. Stał tam w całej swojej doskonałości, wyniesiony przez historię własnego rodu i błogosławieństwa Widzącego. Wilcza Skała unosiła go, obejmowała. Cały świat go obejmował. Dla niej nie było tutaj miejsca. Dotąd tego nie dostrzegała. Była głupia. Teraz to pojęła.

– To nie dla takich jak ja. – Czuła smutek, ale nie słyszała go w swoim głosie. To były chyba najszczersze słowa, jakie kiedykolwiek do niego powiedziała. Odsłoniła przed nim serce. Odwróciła się, żeby odejść.

Rime chwycił ją za ramię i odwrócił do siebie. Hirce przez chwilę wydawało się, że ją uderzył. Jej ciało było jak sparaliżowane, powinna upaść, ale stała wbrew własnej woli. Na wpół wisiała. Bez ruchu. Krew tętniła jej w żyłach, jakby płynął przez nią Wartki Potok. Dłoń Rimego zamarła na jej ramieniu. Hirka dostrzegła szok w jego oczach. Znieruchomiał tak jak ona. Odnosiła wrażenie, że jej ciało rozerwie się na kawałki. Umierała.

Wtedy przyszedł czas.

Hirka ujrzała, że zielone liście za plecami Rimego stają się żółte, czerwone. Spadły z drzew, zwiędłe i martwe. Spadł śnieg. Stopniał. Pojawiły się nowe pędy, świat znów był zielony. Zobaczyła, jak zamek na Wilczej Skale powstaje z ruin, widziała ætlingów, jak się rodzą, żyją i umierają. Widziała chłopca, który biegał za dziewczynami i ciągnął je za ogony. Stał się ojcem. Umarł. Nastała jesień. Zamek runął. Niebo szalało i płakało. Obok przeleciały kruki z tęczami na czarnych skrzydłach. Wszystko przykrył śnieg. Wszystko było wieczne. I było teraz. I widziała to wszystko, nie odrywając oczu od Rimego.

Evna wzbierała w jej ciele, docierając do najdalszych zakamarków. Hirka musiała zamknąć swoje serce, by zachować sekrety. Była obmywana. Zabijana. Rodziła się. Nie mogła się nigdzie ukryć. Była widziana. Sprawdzana. Rozkładana na części. Na próżno walczyła z prądem, stawał się tylko coraz silniejszy. Przedzierał się przez jej żyły, które były zbyt ciasne. Ból. Krzyk Rimego. Upadł. I ona upadła.

Serce biło zbyt szybko. O wiele za szybko. W uszach dudniło. Usiadła, dysząc ciężko. Walczyła, by odzyskać kontrolę. Ziemia. Ziemia pod palcami. Zapach trawy. Darń. Deszcz. Spojrzała na swoje ręce, przerażona, że się zestarzała. Nie stało się tak. Żyły pulsowały. Nabrzmiewały i zwężały się na jej oczach. Żyła.

Hirka spojrzała w niebo. Słońce stało w tym samym miejscu.

Chwila. Chwila wieczności. Czerpała! Rime klęczał przed nią. Był tak piękny, że mimowolnie wyciągnęła do niego rękę. Uśmiechnęła się słabo, a potem poczuła, że osuwa się na niego, i poczerniało jej przed oczami.

Białe duchy droczyły się z nią i Hirka wiedziała, że śni. Duchy przecież nie istnieją. Był wśród nich ojciec i chodził o własnych siłach. Pomachał do niej i zniknął. Jego głos odbijał się echem wśród białych postaci.

*Babskie gadanie!*

Pozbawione twarzy istoty o wielkich ustach szeptały do niej coś obrzydliwego, ale nie była w stanie wychwycić słów. Zbliżały się. Hirka odwróciła się desperacko, szukając drogi ucieczki, ale była otoczona. Cofając się, wpadła na uschnięte drzewo. Było zbyt kruche, żeby się na nie wdrapać. Biała, bezkształtna dłoń wyciągnęła się w jej stronę, a Rime trzymał przed nią miecz. Był wojownikiem. Wyglądał jak na obrazkach z książek. Jak cień z innych czasów.

Zmrużył oczy i uśmiechnął się zimno. Jego miecz był wąski i bezbarwny. Nie mogła się poruszyć. Stała i patrzyła, jak ostrze przenika jej ubranie, skórę, mięśnie, a potem wbija w pień za jej plecami. Czuła, jak zimno stali przenika jej ciało.

Miała dziurę w brzuchu. Czerwoną, krwawiącą ranę. Spojrzała na Rimego, a on uśmiechnął się jeszcze szerzej. Musiała sprawić, żeby zrozumiał! Miała dziurę w brzuchu! Musiał kogoś sprowadzić, coś zrobić. Poczuła, że coś kapie jej z kącika ust, i zobaczyła czerwone krople na białym śniegu.

Gdzie jest Rime? Musi jej pomóc! Osunęła się na kolana i zaczęła kopać w śniegu, aż zobaczyła jego twarz. Miał sine usta, szyja zapadła się i znikła. Skóra na kościach policzkowych zaczęła się marszczyć. Gnił. Wokół niej hulał wiatr. Wzbijał tumany śniegu. Nic nie widziała. Wołała, ale słyszała tylko wycie wiatru. Wołała do Rimego. Miała dziurę w brzuchu.

– Rime! – Śnieg pokrywał to, co zostało z jego twarzy, szybciej, niż była w stanie kopać. – Rime!

## PLAN

– Rime!

Hirka spróbowała się podnieść, ale ktoś ją powstrzymał. Wciąż siedziała na ziemi. Rime trzymał rękę na jej ramieniu.

– Rozluźnij się, dziewczyno – powiedział. – Jesteś wyczerpana.

Miał rację. Bolały ją ramiona. Mięśnie pleców były obolałe, jakby przez cały dzień nosiła beczki ze śledziami. Długo siedzieli i po prostu patrzyli. Korzenie roślin wrosły między kamienie i utworzyły szczeliny w ruinach murów zamku. Wiatr wygładził wszystkie krawędzie. Natura odebrała to, co kiedyś zbudowali silni ætlingowie. Wiatr unosił pożółkłe liście nad mchem, jakby nic się nie stało. Czy to wszystko jej się tylko przyśniło?

Nie. To się zdarzyło naprawdę. Czerpała.

Rime masował kciukami jej ramiona i mówił do niej cicho, jak do nowo narodzonego dziecka. Czuła jego podbródek na szczycie swojej głowy. Jego usta się poruszały. Mówił. Próbował wyjaśnić, co się stało, ale wyczuwała, że coś przed nią zataja. Była pewna, że wyjaśnia to w równym stopniu jej jak samemu sobie. On również nie znał pełnej odpowiedzi, nie śmiał jednak tego powiedzieć. I był równie zmęczony jak ona. Może nie było to zbyt dojrzałe, ale sprawiło jej to przyjemność.

Rime czerpał i wtedy jej dotknął. W efekcie wydarzyło się coś, co dotychczas uważał za niemożliwe. Spróbowali jeszcze raz, ale szybko się przekonali, że Hirka wciąż nie potrafi czerpać. Nie samodzielnie. Jedynie to mąciło tę odrobinę szczęścia, jaka ją przepełniała. Teraz wiedziała, o czym wszyscy mówili. Wreszcie zrozumiała, czym jest Evna. Nawet jeśli nie płynęła z niej samej.

Rime zaprotestował. Dalej nie wiedziała, co czuje większość ætlingów, czerpiąc. To, co się stało przed chwilą, było mocniejsze. Twierdził, że to jest tak, jakby próbować opowiedzieć o tej burzy z ostatniej nocy rdzennemu mieszkańcowi Midtyms. To było dziksze, bardziej bezwzględne i trudniej było nad tym zapanować. Starannie dobierał słowa. Poprosił ją, żeby była ostrożna i nie mówiła o tym. Nikomu. To musiało zostać pomiędzy nimi.

Hirka dostrzegła coś nowego w oczach Rimego. Maska powagi An-Elderinów zaczęła pękać. Był zaciekawiony. Nie wiedział, co się stało, i znów był małym chłopcem, który przeżywa przygodę. Niebezpieczną przygodę.

Mimo to nie potrafili się powstrzymać, by nie przeprowadzić kolejnych eksperymentów. Hirka czuła się niemal odurzona, jakby wino Orma wciąż szumiało w jej krwi. To sprawiało, że wszystko inne wydawało się bez znaczenia. Ale najwspanialsze było co innego. To, co było jej słabością, kiedy tu przyszła, teraz stało się dla Rimego źródłem fascynacji. Nie była już nieważna.

Wyjaśniał, a ona słuchała. Niewiele rozumiała z tego, co mówił, ale spijała jego słowa jak herbatę. Nawet Kuro wydawał się nimi delektować. Usiadł na pękniętym kamiennym filarze parę kroków dalej, zmrużył oczy i ukrył głowę w piórach, żeby osłonić się od wiatru.

Hirka nie potrafiła czerpać, potrafiła jednak przejmować część Evny, kiedy robił to Rime. Warunkiem było to, by jej dotknął. Rodzaj dotyku nie miał chyba przy tym żadnego znaczenia. Bez względu na to, czy trzymał obie jej dłonie, czy tylko palec, siła życiowa przepływała przez nią, jakby była w niej od zawsze.

Stopniowo przyzwyczaiła się do tego uczucia, które teraz sprowadzało się tylko do ciepła i niepokoju. Im dłużej to robili, tym dłużej była w stanie je utrzymać, nawet jeśli Rime oddalał się od niej na kilka kroków. Nigdy jednak nie trwało to dłużej niż krótką chwilę. Gdy tylko Rime przestawał jej dotykać, moc zaczynała ją opuszczać. Cokolwiek by zrobiła, nic nie mogło temu zapobiec. Przeciekała niczym sito, jak określił to Rime.

Ogarnął go wielki zapał, gdy się okazało, że Hirka może wyczuwać, kiedy on czerpie, również wtedy, kiedy jej nie dotyka. Nie potrafiła sobie przypomnieć, by kiedykolwiek wyczuwała, że inni czerpią. Rime również. Ale teraz czuła, kiedy to robił. To było tak, jakby po raz pierwszy pokazał jej Evnę i teraz wyczuwała ją samodzielnie. Bynajmniej nie było to normalne. Mówił, że starzy członkowie Rady potrafią wyczuwać takie rzeczy, ale to byli ætlingowie, w których żyłach płynęła najbłękitniejsza krew. A nie zwykłe istoty. Hirkę ogarnęły straszne wyrzuty sumienia. Nie była zwyczajnym ætlingiem. Była kimś o wiele, wiele gorszym. I nie mogła mu o tym powiedzieć.

Zanim zeszli z Wilczej Skały, Rime obiecał, że pomoże jej podczas Rytuału. Miał plan. Wariacki plan. Hirka lubiła plany, ale na myśl o tym zasychało jej w ustach. Nie miała pojęcia, czy to w ogóle jest możliwe. Ta szansa była jak kropla w morzu, ale akurat w tej chwili czuła, że nie ma dla niej rzeczy niemożliwych.

Oboje przystanęli u podnóża Wilczej Skały. Stąd każde z nich miało pójść w swoją stronę. Hirce wciąż kręciło się w głowie.

Przejdzie Rytuał, a Rime jej pomoże. W całej tej sytuacji teraz pojawiła się iskierka nadziei.

– A co, jeśli Powierniczka Kruka będzie stała tak daleko, że…

Uśmiechnął się krzywo.

– Hirko, tysiące będą brać udział w tym Rytuale.

– Ale co, jeśli…

– Hirko… – przerwał jej łagodnym głosem. – Ufasz mi?

– Oczywiście.

Nawet się nie zastanowiła nad odpowiedzią. Po prostu to powiedziała. I wiedziała, że to prawda. Kilka godzin temu był zdrajcą. Teraz – samym Widzącym.

– Dobrze. – Ruszył dalej, ale odwrócił się do niej. – Jeśli zrobisz tak, jak ustaliliśmy.

Hirka kiwnęła głową.

– Będę się trzymać planu.

Uśmiechnął się. Przyglądał jej się przez chwilę z przekrzywioną głową. A potem odszedł.

## KRWOTOCZNIK

Hirka czuła się pełna życia, dźwięków i zapachów. To było tak, jakby nigdy dotąd naprawdę nie żyła. Biegła przez całą drogę do domu. Powie ojcu, że potrafi czerpać! Że wszystko jest w porządku.

Naturalnie nie mogła powiedzieć mu prawdy. Że właściwie to nie potrafi czerpać i musi jej pomagać Rime. To by ojcu nie wystarczyło. Za bardzo się bał po wizycie Ramoi. Przekona go jednak. Opisze mu to uczucie w każdym szczególe. Nikt, kto by usłyszał, co mu powie, nie mógłby mieć najmniejszych wątpliwości, że czerpała.

Wbiegła zdyszana na ostatnie wzgórze. Zdała sobie sprawę, że niewiele spała. Kuro usiadł na dachu chaty i spoglądał na Elveroę, jakby należała do niego. Czuła to samo. Jednym susem pokonała próg i wpadła do izby.

– Ojcze!

Nie było go tam. Dostrzegła, że koło jego wózka wystaje zza zasłony. Śpi? W środku dnia? Kiedy ona przynosi takie ważne wieści?! Szarpnięciem odrzuciła zasłonę i natychmiast zrozumiała, że coś jest nie tak. Opadła na kolana przy łóżku. Ojciec się nie poruszył. Ogarnęła ją panika. Serce podpełzło do gardła, jakby chciało wyskoczyć z piersi. Nic nie było tak, jak powinno.

– Ojcze! – Hirka nim potrząsnęła. Nieskończenie powoli otworzył oczy. Bała się oddychać. – Ojcze…

Spróbował się uśmiechnąć, ale kąciki jego ust tylko drgnęły. Co on wyprawia? Przecież teraz wszystko jest w porządku!

– Umiem czerpać, ojcze!

Spojrzenie ojca spoczęło na niej. Hirka widziała, że mówienie dużo go kosztuje.

– Teraz wyjedziesz…

– Nie kłamię, ojcze! Umiem czerpać!

– To wspaniale… Hirko – powiedział łagodnie. Urywanym głosem.

Pokój spowiła mgła. Twarz ojca przypominała duchy, o których śniła na Wilczej Skale.

– Umiem czerpać.

Dłoń ojca nie stawiała już żadnego oporu. Była bezwładna.

– Potrafię czerpać…

Nikt jej nie słyszał. Ścisnęła dłoń ojca, ale tam, gdzie kiedyś było życie, została tylko śmierć.

W izbie zrobiło się zimniej. Lato minęło. Trzeba było dołożyć drewna do paleniska. Hirka wpatrywała się w twarz ojca, ale on nie mógł tego zrobić. Nie tym razem. Ani następnym. Ojciec już nigdy nie przyniesie drewna. Ale nie musiał z tego powodu marznąć.

Hirka podźwignęła się chwiejnie. Minęła zasłonę i przeszła do izdebki, która wydawała się tak ciemna jak nigdy wcześniej. Przypomniała sobie tę chwilę, kiedy dowiedziała się, że jest człokiem. I następny ranek, zanim sobie przypomniała. Przez krótką chwilę wszystko było takie cudownie odległe. Dopóki nie dogoniła jej rzeczywistość. Teraz też tak będzie. Jeśli jeszcze kiedykolwiek zaśnie, będzie się budzić w nowym koszmarze. Za każdym razem.

Hirka wzięła dwa polana, ostrożnie, jakby nie chciała budzić ojca. Na zewnątrz usłyszała przeciągłe nawoływanie nocolja. Było późno. Może ojciec po prostu śpi? Musi tak być. Jeśli tylko spędzi tę noc w cieple, rano wstanie, przesiądzie się na wózek i rozpocznie nowy dzień. Pobrudzi całą izbę mąką, otrze dłonią pot z czoła, czemu towarzyszyć będzie taki dźwięk, jakby dotykał osełki. Hirka spojrzała na miejsce, na którym zawsze siedział. Na blacie stołu widniały czarne litery, narysowane węglem. Tylko dwa słowa. Kruczy Dwór. Koślawe pismo ojca. Rzadko pisał. I rzadko czytał. Uśmiechnęła się, ale całym ciałem czuła, że coś tutaj nie pasuje. Ojciec wiedział, że coś jest nie tak. I że umrze.

Hirka starła litery rękawem swetra. Położyła polana na palenisku i rozdmuchała żar. Ogarnęły je płomienie. Powinna coś zjeść, ale nie miała sił próbować. Wróciła do ojca, który wciąż leżał nieruchomy na łóżku. Szary, wełniany koc, który go okrywał, był zbyt cienki. Hirka sięgnęła po wilcze futro, które leżało zwinięte pod łóżkiem. Było trochę zakurzone. Powinna je wytrzepać? Okryła nim ojca i ułożyła jego dłonie tak, by leżały na wierzchu. Były zimne. Wielkie i zimne.

Uklękła przy łóżku i próbowała rozcierać jego dłonie, by je ogrzać, ale to nic nie dało. Oczywiście. Jest taka głupia. Ojciec nie żyje. Hirka się uśmiechnęła, ale czuła tylko ból. Ból zdarł jej z twarzy uśmiech i wykrzywił go w grymas. Wtuliła twarz w wilcze futro, żeby odsunąć go od siebie. Ale ból nie zniknął. Zostanie z nią na zawsze? Nieznośny towarzysz, który będzie z nią, póki ona się nie zestarzeje? *Albo póki nie dopadną mnie Ciemne Cienie.*

Hirka poczuła woń wilka. Wilka nic nie mogło zabić. Strzała myśliwego mogła go powstrzymać. Jego dłonie mogły obedrzeć go ze skóry, a handlarz mógł zatargać ją na koniec świata, by sprzedać ją jako okrycie. Mimo to Hirka czuła w nozdrzach zapach wilka. Przez krótką chwilę to było tak, jakby czerpała z Rimem. Ojciec nie umarł. Wilk nie umarł. Stali się tylko czymś innym. Hirka wciągnęła powietrze przez nozdrza, żeby zachować sens w tym bezsensie. Woń wilka. I… metalu?

Odsunęła twarz od wilczego futra i przyjrzała się dłoni ojca, którą przyciskała do siebie. Musiała się pomylić.

*To powąchaj jego ręce!*

Ostrożnie przysunęła nos do bezwładnej dłoni. Była zimna i pachniała ojcem. Ogarnęło ją poczucie ulgi, ale potem znów to wyczuła. Słodkawą, metaliczną woń, którą znała.

Cofnęła dłonie i przycisnęła je do siebie. Przepływały przez nią fale niedowierzania. Ojciec leżał spokojny i niewzruszony i nie robił nic, by rozwiać podejrzenia, które wypalały w niej dziurę. Jej spojrzenie powędrowało ku słojom stojącym na półkach przy ścianie. Nie było ich. Oczywiście. Wszystko spakowali.

Podźwignęła się jak w letargu i odsunęła zasłonę. Tam! W tym czerwonym kufrze. Wśród niezliczonych słoików i szkatułek stało czarne, niemal kwadratowe gliniane naczynie. Hirka je wyjęła. Kiedyś było lśniące, ale teraz już nie. Wieczko zabezpieczały dwa drewniane kołki po obu stronach. Wyjęła je i uniosła wieko. Naczynie było puste. Pozostał tylko metaliczny, mdlący zapach. Ojciec zjadł krwotocznik.

Słój wysunął jej się z rąk. Uderzył o podłogę. Tysiące brązowych i czarnych odłamków rozsypały się na deskach. Hirka chwyciła miotłę i zgarnęła je na szufelkę. Musiała to stąd zabrać!

Podeszła do drzwi i otworzyła je najciszej, jak umiała. Na zewnątrz było ciemno. Wspięła się na szczyt klifu, uważając, żeby nie zgubić choć jednego odłamka. Dopiero gdy usłyszała morze daleko w dole, poczuła się bezpieczna. Tam rozrzuciła wszystko na wietrze.

Zaniosła szuflę na dół do chaty, ale nie chciała wchodzić do środka. Tam, we wnętrzu, czekała rzeczywistość. Tu, na zewnątrz, była noc. Tutaj jeszcze nic się nie stało. Podeszła do skraju skalnej półki i popatrzyła w dół, na mgłę. Pod nią spała Elveroa. Tam nikt nie wiedział, że ojciec nie żyje. Nikt nie wiedział, co zrobił dla Hirki. Zjadł krwotocznik. Żeby ułatwić jej ucieczkę. Choć wracała do domu, by mu powiedzieć, że nie muszą już uciekać.

Hirka osunęła się na kolana wśród wrzosów.

# ODDANY KRUKOM

Czas stanął w miejscu. Hirka nie robiła żadnej z tych rzeczy, które zwykła robić. Poustawiała wszystko z powrotem na półkach. Rozpakowała skrzynie i worki, żeby izba wyglądała tak jak dotąd. Ale nikt nie sprzedawał herbaty. Żadnych amuletów. Nikt nie zbierał ziół. Nikt nie pielił grządek. Nigdzie nie trzeba było dostarczyć żadnej maści ani oleju. Gdyby nie to, że ciągle krzyczały mewy, Hirka pomyślałaby, że jest martwa.

Przez małą chatę przewinęła się garstka znajomych twarzy. Takie, które Hirka dobrze znała, i te, których prawie nie widywała w Elveroi. Mówili jeszcze mniej niż zwykle. Hirka ich witała i żegnała, gdy wychodzili. Podgrzewała zupę, stawiała na stole piwo i dziękowała im, kiedy przynosili kolejną zupę i więcej piwa.

Większość przychodziła dlatego, że się bała. Zła Chata wciąż była złą chatą, ale wiedzieli, że muszą teraz pokonać daleką drogę, jeśli chcą dostać maść na rany albo herbatę łagodzącą ból stawów czy płuc. Uśmiechali się z nadzieją do Hirki. Chyba Thorrald przyuczył córkę? Hirka unikała odpowiedzi. Uczyła się od niego przez całe życie. Ale co mogła im obiecać?

Wieczorem przyszła Ramoja z Vetlem. Przyprowadzili ze sobą Norę, córkę kowala. Zapalili świece wokół łóżka ojca, umyli go i natarli olejem. Ramoja uśmiechała się smutno do Hirki, wycierając dłonie ojca. Nie wiedziała, że Hirka już to zrobiła, żeby usunąć wszelkie ślady krwotocznika. Hirka podciągnęła kolana pod brodę i oparła na nich głowę.

Świece rzucały ciepły blask na ciało ojca. Jakby tylko spał. W porównaniu z dłońmi Nory był jednak wyraźnie blady. Z Ramoją nie można było nikogo porównywać. Jej skóra miała zupełnie inny kolor. Była jak cynamon. Ciemna, piękna i niespotykana. Łagodnymi ruchami wcierała olej w wychudzone nogi ojca. Kilka razy spoglądała na Hirkę, otwierała usta, jakby chciała coś powiedzieć, ale milczała. W końcu to Hirka powiedziała, że porozmawia z Sylją i spyta, czy mogłaby zamieszkać w Błyszczącej Górze, kiedy ojciec zostanie już spalony. Wcale nie miała takiego planu, ale kłamała, by Ramoja nie czuła się winna, że nie może zaprosić jej do siebie.

Ilume nie przyszła na czuwanie. Kobiety i mężczyźni z Rady nie zaszczycali w ten sposób zwykłych ætlingów. Hirka myślała, że madra wyśle Rimego, ale Rime też się nie zjawił. Przyłapała się na tym, że ma nadzieję, iż wyjechał. Zarówno on, jak i Ilume. Bo co oni mogli wiedzieć o śmierci? Ci, którzy żyli wiecznie?

Gdy umierali członkowie rodzin zasiadających w Radzie, nie palono ich jak zwykłych ætlingów. Oddawano ich krukom. W żyłach tych rodów płynęła czysta siła życiowa, a ona mogła żyć dalej. Kiedyś, w przyszłości, ciało Ilume zostanie rozczłonkowane i pożarte przez kruki. Zjednoczy się z niebem i z Widzącym.

Natomiast ojciec nie był nikim świętym. Był po prostu ojcem. Ale dopóki żył, ratował innym życie. Jeśli ktoś zasługiwał na to, by przez całą wieczność szybować po niebie z krukami, to właśnie on.

Hirka wstała. Wciąż miała na sobie ubranie. Wyszła na chłodną noc. Drzewa szeptały ostrzeżenia, ale podjęła już decyzję. Wiedziała, co powinna zrobić.

Weszła do przybudówki, w której mieścił się niewielki warsztat ojca. Zawiasy jęknęły, gdy otwierała drzwi. Leżał tam. Pośrodku pomieszczenia, na stole warsztatowym. Spoczywał na nasączonej olejem płachcie, w którą miał być owinięty przed spaleniem. Ramoja i Nora ubrały go w prostą, czarną, niesciągniętą w pasie koszulę. Jego ogon był schowany pod ciałem i Hirka zdała sobie sprawę, jak muszą ją postrzegać inni. Dwie ręce, dwie nogi, bez ogona.

Może powinna wziąć część ogona? Ostrożnie wysunęła nóż z pochwy. Nie. Ogon się chyba nie liczy jako mięso. Coś krzyknęło za jej plecami.

*Ciemny Cień!* Hirka błyskawicznie się obróciła, z nożem w ręce. Drzwi. Nie zamknęła drzwi. *Głupia dziewczyno!* Z sercem, które podchodziło jej do gardła, zamknęła je. Znów podeszła do ojca. Nie miała pojęcia, jak to zrobić. Ile potrzebowała, żeby to coś znaczyło? Nie mogła przecież zrobić tego tak, żeby było to widać. Musiała to ukryć albo przygotować się na spotkanie z Radą w okolicznościach o wiele gorszych niż Rytuał. Po tym, co zrobi tej nocy, będzie wyjęta spod prawa.

Hirka podciągnęła koszulę ojca. Przysunęła nóż do jego brzucha. Ostrze drżało. Skóra stawiała opór. Zmieniła zdanie. Brzuch by za bardzo bolał. To było trudniejsze, niż przypuszczała. Wiele razy była z ojcem i widziała, jak kroił innych. Tych, którzy przeżyli. I żyli dalej dzięki niemu. Sama to robiła. Ale to było coś innego. To było mroczne jak noc. Oddychała czernią.

*Ojciec zasługuje na to, żeby żyć!*

Hirka zebrała się w sobie i przesunęła nóż na wysokość pasa. Naparła na ostrze i zagłębiła je w ciele. W drugiej ręce trzymała w pogotowiu wilcze futro, ale z nacięcia nie wypłynęła krew. Ojciec się nie poruszył. Wyglądał, jakby w każdej chwili mógł się obudzić. Jakby tylko cierpliwie czekał, aż Hirka skończy.

Pierwsze cięcie było najtrudniejsze. Potem wpadła w trans. Na koniec stała z kawałkiem ciała ojca w garści. Wypełniła ranę futrem wilka i opuściła koszulę. Nikt się nie domyśli, co się stało.

*Widzący widzi. Widzący wie.*

To nie miało znaczenia. Jeśli Widzący wie, zrozumie. Zgodzi się, że ojciec zasługuje na życie. A jeśli nie zrozumie, to nie jest tym Widzącym, o którym słyszała.

Został jej pasek wilczego futra. Owinęła nim wycięte mięso, ratunek dla ojca. Ukryła zawiniątko w dłoni. W mroku wyglądało jak włochata pałka. Znów zagłębiła się w noc. Tym razem drzwi nie zaskrzypiały.

*Co ja zrobiłam?*

Wiatr był teraz silniejszy. Drzewa szeleściły liśćmi, gdy przechodziła obok. Odchylały się na boki, by się od niej odsunąć. Zbezcześciła zwłoki. Hirka uśmiechnęła się krzywo. Czego innego mogli się po niej spodziewać? Jest przecież dzieckiem Odyna.

Szła szybko, rozglądając się w ciemnościach. Znajdzie go? Może śpi. Na szczycie urwiska rozpakowała zawiniątko i podzieliła na mniejsze kawałki. Usłyszała trzepot skrzydeł za plecami.

To dobrze. Nie będzie musiała go wołać. Kuro odczekał, aż Hirka się odsunie, i zaczął jeść. Przez chwilę bała się, że ukryje kawałki mięsa na później, ale musiał być głodny. A może po prostu rozumiał. Hirka zgniotła wilcze futro w kulkę i cisnęła je nad morze. Fale uderzały o klif. Były bardziej przyjazne niż drzewa. Fale obiecały ukryć jej zbrodnię na zawsze. Usiadła na trawie i wytarła nóż, po czym wsunęła po z powrotem do pochwy.

Zobaczyła, że Kuro odlatuje. Zniknął nad czubkami drzew. Razem z ojcem.

Stało się.

Ciężkie krople spadały na jej dłonie. Przez chwilę myślała, że to deszcz. Ale to nie był deszcz. Płakała. Czuła, że dopada ją znużenie. Trudno było powstrzymać opadające powieki. Podźwignęła się na nogi i ruszyła w dół, w stronę chaty. Zatrzymała się przed warsztatem ojca. Jakaś niewytłumaczalna siła ciągnęła ją ku drzwiom. Musiała tam wejść. Wytarła nos rękawem swetra i otworzyła drzwi.

Zawiasy zaskrzypiały. Wcisnęła się przez szparę. Wszystko wyglądało tak jak przedtem. Czego się spodziewała? Pośrodku pomieszczenia leżała odziana na czarno postać. Hirka podeszła do niej i przyjrzała się jej twarzy. To była twarz ojca. Ale jedno było całkowicie pewne. To nie był ojciec.

Ojciec kiedyś tu był, ale już go nie ma. Nie ma ciepła, kogoś, kto po prostu śpi. Została pusta skorupa. Ojciec odszedł.

*Thorrald. Nie był moim ojcem.*

Leżący przed nią zmarły nigdy nie był jej ojcem. Nagle ją to uderzyło. Również dzieci Odyna muszą mieć ojców. I matki. I po raz pierwszy Hirka poczuła coś innego niż panikę na myśl o tym, kim jest. Poczuła dziwne łaskotanie i nie potrafiła znaleźć innego słowa, by to opisać, niż ciekawość.

# SPALENIE

Mrok spowijający Czarną Przepaść obserwował zgromadzonych, ale nie śmiał zbliżyć się do pochodni płonących na skraju klifu. Mżyło. Hirka czuła się jak skrawek ciemności otoczony światłem. Ile warstw światła i ciemności można mieć w sobie?

Podniosła wzrok. Młynarz niósł nosze razem z Vidarem, Żelaznym Jarkem, Annarem i starszym bratem Sylji, Leivem. Annar robił to chyba głównie po to, by zachować pozory. Nie miał sił, by wiele unieść. Ojciec owinięty był w płócienną płachtę. Blada postać na drewnianych noszach. To mógł być ktokolwiek.

Szli powoli. Pełzli jak owady. Hirka żałowała, że nie mogą iść szybciej, ale musieli dopasować się do monotonnego rytmu bębnów bijących za plecami. Kto decydował o takich rzeczach? O tym, co się ma stać i jak szybko można iść? Czy to się dzieje samo z siebie?

Hirka spojrzała nad noszami na niezapalony stos. Co będzie, jeśli się zawali? To niemożliwe. Wykonali dobrą robotę. Pale były połączone dokładnie tak, jak trzeba. Niczym dwa ogromne grzebienie, związane na krzyż. W miejscu, gdzie się ze sobą łączyły, miał leżeć ojciec. Na ziemi ułożyli stertę suchych gałęzi.

Mężczyźni przystanęli i przenieśli ojca na stos. Potem stanęli razem z innymi. Hirka nie wiedziała, gdzie powinna stanąć. Odwróciła się, by pójść za innymi, ale wtedy ktoś delikatnie dotknął jej ramienia. Ramoja podała jej jedną z pochodni. Oczywiście. To ona miała zapalić stos.

Wzięła pochodnię i przyłożyła ją do szmat, którymi poprzeplatali gałęzie. Były nasączone olejem i już po chwili stos płonął, mimo deszczu. Hirkę uderzyło gorąco i cofnęła się o kilka kroków. Przez płomienie widziała twarze. Mieszkała tu od wielu lat, ale teraz czuła się tak, jakby nikogo nie znała. To była kara za to, że czuła się najlepiej, gdy była sama. Inni na zawsze pozostawali obcymi. Kaisa i Sylja, obie w lśniących czarnych sukniach. Nora. Vetle.

*Rime!*

Stał na skos od niej. Ubrany na czarno, prawie niewidoczny zza płomieni. Myślała, że wyjechał. On i Ilume mieli przecież wyjechać. Dlaczego tu jest? Jakaś zwłoka? Białe włosy odcinały się na tle ciemnego nieba i morza za jego plecami. Wpatrywał się w ciało ojca, teraz niemal niewidoczne w płomieniach. Stos trzasnął i runął.

Rime podniósł wzrok i ich spojrzenia się spotkały. Patrzył na nią z bezdennym, nagim smutkiem. Poczucie bliskości pojawiło się tak nieoczekiwanie, że dotknęła piersi, żeby go powstrzymać. Ale wygrał. Nie odrywał od niej wzroku. Spojrzenie przebijało się przez ogień i wdzierało do jej serca. Wysysało z niej smutek. Ten smutek płynął oczami, łzy kapały na czarne kamienie. Hirka niemal słyszała jego słowa. Nie mówiły o smutku, ale o przetrwaniu.

*Żyjemy. Ty i ja, Hirko.*

Poczuła na sobie czyjeś ręce. Ramoja objęła ją i przytuliła. Hirka odwróciła głowę, a gdy znów podniosła wzrok, Rime już na nią nie patrzył.

Ojciec płonął.

Płonął do czasu, gdy przez trzask płomieni znów dało się słyszeć fale uderzające o brzeg. Zebrani zaczęli się rozchodzić. Myśleli, że ogień zrobił swoje. Odpędził ślepych i pokazał ojcu drogę do Slokny. A więc teraz ją opuszczali. Przechodzili przez most i kierowali się do wsi. Szereg milczących, ubranych na czarno postaci na ścieżce wiodącej przy brzegu. Można by pomyśleć, że to oni są martwi. Hirka zaśmiała się cicho. Żaden z nich nie miał pojęcia, że uratowała ojca wiele godzin temu. Nie spał w Sloknie. Był na niebie. Z krukami. A może był w obu tych miejscach?

*Był wszędzie.*

Ona, Ramoja i Vetle odeszli jako ostatni. Teraz już tylko morze będzie musiało zatrzeć ślady. Podążyli za cieniami w stronę gospody, na pogrzebowe piwo. Hirka najchętniej by tego uniknęła. Nie umiała podawać piwa i chleba. Ramoja znalazła zajęcie kobietom i razem upiekły obwarzanki, chleb na miodzie i ciasta. Hirka była zwolniona z tej pracy. Powinna jednak przynajmniej tam być. Chociaż tyle mogła zrobić. Musiała pamiętać, żeby im podziękować.

W gospodzie zostało niewiele wolnych miejsc. Hirka i Vetle usiedli razem przy ladzie. Nie pamiętała, kiedy ostatnio z własnej woli była w obecności tak wielu osób. Co by na to powiedział ojciec? Ramoja i Nora polewały piwo i wydawały chleb z suszonymi owocami. W izbie płonęły setki świec. Dwóch synów Ynny, szwaczki, chciało wbiec na górę do pokojów gościnnych, ale matka zatrzymała ich i kazała im się porządnie zachowywać. Hirka ulała trochę napoju z dzbana, który przed nią postawiono. Podziękowała. Goście jedli, pili, zaczęły się swobodne rozmowy. Hirka siedziała jak w transie i nie słyszała, co mówią. Dopóki Kaisa nie wspomniała o ojcu. Hirka nie usłyszała jej słów, tylko odpowiedź Sylji:

– Co masz na myśli?

Kaisa podniosła głos.

– To, że gdyby wiedział, co robi, umiałby chyba uratować własne życie.

Hirka wpatrywała się w nią, ale Kaisa zupełnie nie zwracała na nią uwagi. Wstała i podeszła do niej.

– Ojciec ratował innym życie.

Kaisa nie spojrzała jej w oczy. Zamiast tego pochyliła się do córki i szepnęła:

– Razem z ogonem straciła maniery.

Hirka słyszała to już wcześniej z jej ust i nie przejmowała się tym. Ale nie wolno jej było tak mówić o ojcu. Nie mogła! Nie zastanawiała się. To było tak, jakby ciało przejęło kontrolę, ręka sama się uniosła i odwróciła dzban do góry dnem. Piwo spłynęło po Kaisie, która wrzasnęła, jakby ktoś dźgnął ją nożem. Upięte włosy pokryły się pianą i przykleiły do skóry. Suknia była przemoczona aż do pasa. Kaisa wydyszała coś niezrozumiale. Sylja rozdziawiła usta. Vetle zaczął się śmiać, a Ramoja zasłoniła mu usta dłonią. Spojrzenia wszystkich skupiły się na Hirce, ona jednak nie czuła strachu. Płonęła. Płonęła tak jak wcześniej ojciec i nie potrafiła się powstrzymać.

– Ojciec ratował innym życie! Wyleczył cię z zapalenia płuc! Pomógł wielu z tych, którzy pracowali w Błyszczącej Górze. Zbudował dla was nową stajnię. – Słyszała, że jej głos staje się niewyraźny. Nie rozpłacze się. Musi to powiedzieć. – Nową stajnię! A ty jak mu odpłaciłaś, Kaiso? Gdzie byłaś, kiedy spadła belka? Potem nie mógł już chodzić, a ty nawet nie kiwnęłaś palcem!

W karczmie zapadła ciężka cisza. Teraz nie gapili się na nią. Gapili się na Kaisę. Hirka w całej tej rozpaczy poczuła satysfakcję. Inni to wiedzieli. Wiedzieli, że to prawda. Miała rację!

Kaisa z Błyszczącej Góry zaniemówiła. Rozejrzała się i dotarło do niej, że musi odpowiedzieć, i to szybko. Oparła rękę na biodrze, a drugą wskazała na Hirkę.

– Ty ślepy dzieciaku! Nigdy nie nauczył cię manier! Nikt nie może obwiniać Błyszczącej Góry za jego głupotę!

Hirka uniosła pięść, ale Rime chwycił ją za rękę i pociągnął w stronę wyjścia. Nie miała wyboru, musiała pójść za nim. Kaisa syknęła za ich plecami:

– Pożałujesz tego, Hirko. Będziesz musiała wyjechać daleko, żeby uciec przed zemstą Błyszczącej Góry.

– Dziś spalono jej ojca – Rime powiedział to surowym tonem, ale cicho. Mimo to Kaisa natychmiast umilkła.

Drzwi karczmy zatrzasnęły się za nimi i Hirka usłyszała narastający gwar głosów. Przynajmniej przez chwilę będą mieli o czym gadać. Wciągnęła w płuca zimne powietrze. Dusiły ją słowa, które przed chwilą usłyszała.

*Będziesz musiała wyjechać daleko, żeby uciec przed zemstą Błyszczącej Góry.*

Kaisa wiedziała, że mieli wyjechać. Przed oczami Hirki zatańczyła twarz. Sylja… Sylja nad brzegiem morza, widziana przez pustą butelkę po winie. Hirka powiedziała jej, że muszą wyjechać! I co zrobiła potem Sylja? Prawdopodobnie powiedziała matce. Poprosiła ją o radę. A Kaisa ich zdradziła.

Kaisa. Nie Rime.

Dalej ciągnął ją za sobą. Głosy z karczmy ucichły za ich plecami. Bała się, że Rime zaprowadzi ją aż do domu. Do chaty. Pustej, bezsensownej chaty. Spróbowała się oswobodzić. Nie udało jej się.

– Puszczaj! – Chciała kopnąć go w goleń, ale straciła równowagę.

Rime złapał ją i objął ramieniem. A potem zaczął czerpać. Brudna, nieuczciwa sztuczka, przed którą nie potrafiła się bronić. Przyciągnął ją do siebie tak, że jej twarz spoczęła na jego piersi. Ręką podtrzymywał jej głowę, jakby była niemowlęciem. Hirka próbowała ukryć smutek przed Evną, ale daremnie. Siła życiowa przeorywała ją jak pług. Znajdowała wszystkie otwarte rany. Rozkładała ją na części i demaskowała jako wroga. Hirka była sama. Czuła tylko bicie serca Rimego i woń spalonego życia. Nie potrafiła sobie przypomnieć, kiedy otworzyła te drzwi. Kiedy dopuściła go tak blisko? To było szaleństwo!

*Nie zbliżaj się do zgnilizny. To cię zabije.*

Drżała. Czerpał nie tylko po to, by ją pocieszyć czy uspokoić. To była obietnica, wiedziała o tym.

– Zadbaj, żeby tam być, kiedy przyjdzie czas, dziewczyno.

Hirka uśmiechnęła się smutno, z twarzą wtuloną w jego pierś. Gdyby tylko wiedział. Nie mogła przybyć na Rytuał. Pod żadnym pozorem. Nigdy. Za nic w świecie nie zbliży się do tych, których moc mogła przegnać ojca do Slokny. Poświęcił wszystko, co można poświęcić. Tylko dla niej. Wiedział, że Rytuał będzie jej zgubą. Że wszyscy zobaczą. Rozpoznają zgniliznę. Ale wiedział również, że dopóki on żyje, nigdy nie będzie mogła uciec. Ten stary uparciuch był przekonany, że jej pomaga.

Nie da Rimemu szansy, by zrobił to samo. Mógł zostać zdemaskowany przez Widzącego. Albo zabity przez Ciemne Cienie. Straciłby wszystko przez nią. Tak jak ojciec. I to zupełnie na próżno.

Hirka niechętnie uwolniła się z jego objęć, żeby Evna nie obnażyła jej kłamstwa.

– Punkt dla mnie, jeśli będę tam pierwsza.

Chyba nawet udało jej się uśmiechnąć.

# RYSUNEK

Urd głośno zatrzasnął księgę. Kurz uniósł się nad poręczą i opadł jak mżawka na niższe piętra biblioteki. Ciche, odziane na szaro postacie podniosły głowy znad swoich monotonnych zadań i wpatrywały się w niego, jakby nasikał na podłogę. Dowiedział się, że nazywano ich pasterzami. Jeden z nich stał kilka kroków dalej, z palcami zaciśniętymi na grzbiecie księgi, którą właśnie miał wsunąć na miejsce. Bezmyślnie zamarł w pół ruchu. Urd wykrzywił usta i obnażył zęby. Blada postać wycofała się i znikła między masywnymi regałami.

Nic. Zupełnie nic.

Spędził pół nocy w tym bezużytecznym miejscu i nie znalazł niczego, co mogłoby mu się przydać. A nazywali je salą pism Widzącego. Kiepski żart! To była sala zadufanych skrybów, oddających cześć własnym słowom. Niezliczone stronice nudy. Nowe stronice. Stare stronice. Zwoje pergaminu śmierdzące pleśnią.

Mieli tu teksty niemal o wszystkim. O Widzącym, o wojnach, o wielkości Mannfalli, o klasycznym obuwiu z Bokesj i obłąkanych motylach z Norrvarje, które latały w środku zimy. O najbardziej bezsensownych rzeczach! Słowa z wczoraj, słowa sprzed tysięcy lat. W tych pismach wspominano o kamiennych kręgach, których nie wyburzono po wojnie, ale coś tak sensownego jak mapa było nieosiągalne. Podobnie jak lista. Nie miał wielkich wymagań. Wystarczyłaby jedna księga. Choć jedna mała książka na czarne Gniazdo Ślepych! Nawet tak mała, że zmieściłaby się w dupie!

– Krucze pierścienie. – Czy żądał zbyt wiele?

Urd rzucił księgę na przekrzywiony stos tych, które już go rozczarowały. Zazgrzytał zębami. A co, jeśli wszystko jest stracone? Zniszczone sto pokoleń temu, w przypływie histerii? Zapomniana wiedza. Zakazana wiedza. Wiedza o dziele ślepych. O czerpaniu w taki sposób, w jaki robili to ślepi. I w jaki kiedyś robili to również mieszkańcy Ym, choć próbowano to wyprzeć z pamięci.

Musiał coś znaleźć. Zaczynał go gonić czas. Byli coraz bardziej niespokojni. Każda noc była gorsza od poprzedniej. Głosy szepczące z kamienia. Wdzierały się do jego głowy, krew pulsowała w żyłach. Inni na jego miejscu postradaliby rozum. Cisnęliby kamień do Ory, tam, gdzie woda jest najgłębsza, i padliby na kolana przed salą Widzącego. Ale Urd był silniejszy. Kontrolował ich.

Oczywiście nie mógł ich uwolnić. Pożarliby świat. Również tę część, która należała do niego. To był właśnie ten przeklęty problem ze ślepymi. Byli… no cóż… ślepi.

Na zewnątrz rozległo się uderzenie w gong. Kończył mu się czas. Gdy gong uderzy po raz kolejny, rozpocznie się spotkanie. Musiał dotrzeć do sali. To zebranie było jego pierwszym, a równocześnie ostatnim przed powrotem Ilume. Była jego największym problemem. Z pozostałymi potrafił sobie poradzić. Pozostawało tylko pytanie, czy miał w rękach dość argumentów. Plotki o zgromadzeniu szlachty w Kruczym Dworze przekazane przez zapijaczonego informatora. Nic solidnego, ale warto było to wykorzystać. To, czego potrzebował najbardziej, było nieosiągalne.

Dokument, który stanowiłby dowód, że kamienny krąg w Kruczym Dworze nie jest tylko mitem. Urd pragnął zrobić wrażenie, ciskając mapę na stół. Potrzebował czegoś, na co mógłby wskazać i powiedzieć: „To tam! Stamtąd przychodzą ślepi!". Rada wysłałaby wszystkich do Kruczego Dworu. Ciemne Cienie, gwardzistów, kupców, nawet ledwie żywych rybaków. Wszystko, co byłoby w stanie pełzać albo iść.

Poradzi sobie z tym. Oczywiście. Musi sobie z tym poradzić. Musi jedynie znaleźć inny sposób. Zanim przesypie się jedna klepsydra...

Zarzucił pelerynę na ramiona i odwrócił się, żeby odejść. Usłyszał, jak wali się jedna ze stert książek. Pasterz podbiegł do niej, jakby upadło kryształowe naczynie, a nie bezużyteczne księgi. Urda uderzyła myśl, jak idiotyczne jest w tym kontekście określenie „pasterz". Księgi są martwymi przedmiotami. Nikt nie musi nad nimi czuwać.

Obejrzał się za siebie. Pasterz kucał i zbierał książki, przyciskając je do piersi. Jego chude ręce uginały się pod ich ciężarem. Jedna z ksiąg leżała otwarta na podłodze. Urd dostrzegł rysunek.

Wiedziony ciekawością cofnął się o kilka kroków, żeby mu się przyjrzeć. Pasterz się podźwignął. Widać było, że walczy z chęcią rzucenia się do ucieczki. Urd podniósł księgę i rzucił ją na stolik. Rysunek był wyblakły, ale szczegółowy. Wykonany złotem, teraz spękanym, i brązem, który zdążył poczernieć. Serce biło mu szybciej. To nie była mapa. Coś zupełnie innego niż to, czego szukał. Ale nada się doskonale! Mógł to wykorzystać.

Urd wskazał na pasterza.

– Sporządź mi z tego kopię, zanim przesypie się klepsydra.

Mężczyzna nerwowo pokręcił głową.

– T-to niemożliwe, fadri. Gretel jest dziś w skarbcu i nikomu nie wolno...

Urd zdał sobie sprawę, co to oznacza. Znowu musiał wziąć sprawy we własne ręce. Jak zwykle. Pasterze całe życie spędzali w cieniu, między regałami, które były tak ciężkie, że nigdy ich nie przestawiano. Żyli, by archiwizować, rejestrować. Nie mieli pojęcia, wokół czego naprawdę kręci się świat. W bibliotece Eisvaldru nie było ślepych. Nie było wrogów. Niebezpieczeństw. I żadne bogactwa nie miały tu wartości. Największym wydarzeniem w tej wieży było to, że spadła jakaś książka.

Urd przytrzymał grzbiet księgi i wyrwał rysunek. Uśmiechnął się do pasterza, który z wrażenia musiał się oprzeć o stolik. Mężczyzna zbladł, wydawało się, że zaraz ugną się pod nim kolana. I dobrze. Przynajmniej się nauczył, by następnym razem nie odmawiać.

Urd zszedł schodami i opuścił bibliotekę, nie obdarzając nawet jednym spojrzeniem pasterzy, którzy otwierali mu kolejne drzwi. Przeszedł przez plac i odnalazł najkrótszą drogę wśród labiryntu mostów i schodów. Wybrał te najbliższe, przypominające rozchwianego kamiennego węża, i przeklinał w myślach wszystkie te pokolenia, które budowały bez żadnego planu. Eisvaldr był koszmarem. Labiryntem. Kiedy pojawiała się jakaś potrzeba, pozwalano, by wieże i domy wyrastały jak grzyby po deszczu. Przy nieograniczonych środkach, jakimi dysponowała Rada, wystarczyło, że pojawiał się pomysł, a już kończono budowę. Czy tylko on w tym mieście używa głowy?

Wspiął się na górę i przeszedł mostem do Sali Rytuału. To była największa, centralnie położona budowla Eisvaldru. Całą resztę wzniesiono wokół niej. *Świat* zbudowano wokół niej. Była trzypoziomowa, zwieńczona spektakularną kopułą i ozdobiona kafelkami drobnymi jak paznokcie. Lśniły w tysiącu odcieniach czerwieni. Nic dziwnego, że potocznie zwano ten budynek Piersią Matki. Całkiem stosownie, ponieważ w kopule mieściła się sala Rady. To stąd Mannfalla wyciągała swoje długie macki. To tutaj miał zasiadać na swoim miejscu. A niewiele brakuje, żeby się spóźnił! Na zebranie, które miało go uczynić legendą.

Ostatni odcinek Urd pokonał niemal biegiem. Uważał tylko, żeby przypadkiem się nie spocić.

# NASZYJNIK

Pokój był niemal ogołocony, z wyjątkiem wszystkich tych skrzyń zawierających rzeczy, które posiadał. Mieszkał tu od czasu, gdy skończył dwanaście lat, ale miał niewiele tego, co mógłby nazwać własnym. W większości były to dary i ozdoby, których – według Ilume – potrzebował. Ale Rime nie potrzebował już nic.

Z piętra poniżej słychać było krótkie polecenia Ilume, po których następowała gorączkowa krzątanina. Słudzy wynosili do wozów ostatnie kufry. Na podłodze, w miejscu, gdzie stał regał z książkami, widniały smugi kurzu. Rime otworzył najbliższą skrzynię. Ubrania. Księgi. Dwa małe nożyki, jeden z rękojeścią zdobioną srebrem i złotem. Nigdy nie był używany. Rime nawet nie potrafił sobie przypomnieć, skąd się wziął. Grzebał głębiej. Szkatułka... Gdzie spakowali tę małą szkatułkę?

Otworzył drugi kufer. Papier. Przybory do pisania. Ceremonialne szaty. Pasy. Wisiorek z wizerunkiem Widzącego. Przesunął kciukiem po kruku. Łańcuszek zrobił się za krótki już wiele lat temu. Zamierzał go wymienić, ale jakoś nic z tego nie wyszło. Teraz już go nie potrzebował. Nosił Widzącego w sercu i w myślach.

Dostrzegł szkatułkę na dnie kufra. Była obita jedwabiem, miękka w dotyku. Zieleń była bledsza, niż zapamiętał. Na wieku wyhaftowano imię jego matki. Gesa.

Otworzył szkatułkę i znalazł to, czego szukał. Skórzany rzemyk z wisiorkiem. Owalny fragment muszli oprawiony w srebro. Mały kawałek oprawy się odłamał. Obrócił wisiorek w dłoni. Na odwrocie ktoś wyrył nożem drobne znaki. Na ten widok poczuł dziwną ulgę, jakby się bał, że mogły zniknąć same z siebie. Albo jakby to się nigdy nie wydarzyło. Koślawe R z siedmioma znaczkami i H z ośmioma znaczkami. To się już nie zgadzało. Sięgnął po kieszonkowy nożyk i wyrył ósmy punkt dla siebie. *Punkt za wyciągnięcie jej z Otchłani.*

Rime uśmiechnął się. Założył wisiorek na szyję i ukrył go pod koszulą. Naciągnął skórzaną zbroję i przypasał miecze. Nadeszła pora wyjazdu.

Wszyscy byli już gotowi, z wyjątkiem Ilume. Ona oczywiście będzie ostatnia. Wszyscy na nią czekali. Rime usiadł na przodzie, w pierwszym z ośmiu wozów. Wielka podróżna kolumna, z kucharzem, służkami, woźnicami, uzdrowicielem i garstką gwardzistów. Zarządca stał przed domem i uśmiechał się trochę zbyt szeroko. Jego zadaniem było sprzedanie wszystkiego, co tu zostawiali, i z pewnością dobrze zarobi na tym interesie.

Ilume kazała na siebie czekać. Rime próbował się nie irytować. To była jej zemsta za tę dobę zwłoki, gdy uczestniczył w ceremonii palenia zwłok Thorralda na stosie. Ilume też dostawała od niego łagodzące herbaty, leki, do których nie miał dostępu nawet jej osobisty uzdrowiciel. Ale żeby składać mu hołd i stać przy jego stosie? To by było zbyt wiele.

Ilume pojawiła się w drzwiach w jasnym, podróżnym stroju. Rime zsiadł z wozu i podał ramię, by pomóc jej wsiąść. Przyjęła je, zapewne po to, by inni z orszaku nie zauważyli rodzinnych konfliktów. A może po prostu miała dobry dzień. Rime skorzystał z okazji, by potwierdzić swoje dwa najgorsze podejrzenia.

– Kiedy wrócimy do Mannfalli, będzie mnóstwo pracy – rzucił swobodnie. – Urd w wewnętrznym kręgu i ślepi na swobodzie.

– Na szczęście to nie twoje zmartwienie.

Rime uśmiechnął się. Uzyskał potwierdzenie, którego potrzebował. Okazało się to absurdalnie proste.

– Trudno powiedzieć, która z tych dwóch rzeczy będzie większym wyzwaniem.

Jeśli dostrzegł cień uśmiechu na twarzy Ilume, to ten uśmiech szybko znikł.

– Ruszać! – rozkazała Ilume.

Orszak wyruszył w długą podróż do Mannfalli.

# ZWYCIĘSTWO

Promienie słońca wpadały przez okna do sali Rady i odbijały się od sklepienia. Wzdłuż ściany wznosiło się dwanaście filarów podkreślających okrągły kształt komnaty. Każdy z nich ozdabiały płonące lampki olejne, choć dziennego światła było aż nadto.

Stały przy masywnym owalnym stole z kamienia: białe krzesła z oparciami wysokości mężczyzny. Wzdłuż krawędzi stołu biegł pas ze złota. Przy każdym z miejsc, również w złocie, wypisano nazwisko każdego z rodów. Pismo było prastare. Runiczny poprzednik tego, którego używano dzisiaj, wciąż jednak było czytelne.

W sali zebrało się jedenaście osób. Eir – Powierniczka Kruka – jako pierwsza zajęła miejsce u szczytu stołu. Urd omiótł szybko wzrokiem nazwiska na obrzeżach stołu, by móc usiąść i nie dać po sobie poznać, że szuka swojego miejsca. Powinni myśleć, że jest wieczny. Że zawsze tu był i zawsze tu będzie. Przełknął chwilowe poczucie zawodu, że nie siedzi najbliżej Eir. Ale to tylko szczegół. Miał wiele powodów do radości. Mógł zasiąść na miejscu, o które walczył całe życie.

Oparł się wygodnie i poczuł pod plecami miękkie poduszki. Były również białe i dotąd ich nie zauważył. Splótł ręce na brzuchu. Stół przed nim ociekał złotem. *Vanfarinn*. Z trudem powstrzymał uśmiech. To było tak, jakby władza, która należała do ojca, skapywała ze złota na stole i sączyła się do jego ciała, tam, gdzie było jej miejsce.

Urd powstrzymał odruch, by przesunąć palcami po złotych literach. Musi pamiętać, że to zawsze było jego miejsce. Zasiadał w tej sali jako jeden z nich.

Najbliżej Eir siedzieli Jarladin, Leivlugn i Noldhe. Jeśli pominąć puste miejsce po jej prawicy. Miejsce Ilume. Nikt nie zwracał na niego uwagi. Był tu nowy i najwyraźniej postawili sobie za punkt honoru, by tego nie dostrzegać. Wiedział, o czym myślą. Jeszcze nikt nie został przyjęty tak niewielką liczbą głosów. Prawie połowa członków Rady zgromadzona przy tym stole nie życzyła go sobie tutaj. I zanim ten dzień dobiegnie końca, uda mu się wywołać wojnę. Zanim ten dzień dobiegnie końca, stanie się legendą. Zdobywcą, który przyćmi wszystkich zasiadających na tym miejscu przed nim. Również swojego ojca.

Do komnaty weszły trzy dziewczyny. Wniosły dzbany wina i półmiski z jabłkami, orzechami i ciastem. Urd przełknął ślinę. Od ostatniej zimy nie był w stanie jeść nic prócz zupy. Ozdoby na spodniach dziewcząt pobrzękiwały w rytm ich ruchów. Nikt z obecnych się nie odezwał, póki nie opuściły sali i pobrzękiwanie nie ucichło na schodach. I taki był z pewnością cel tych ozdób. Przypominało to Urdowi o czymś albo o kimś, ale nie potrafił tego dokładnie określić.

– Wewnętrzny krąg zebrał się po raz czterdziesty trzeci w tym roku.

Eir miała donośny głos. Zbliżała się do osiemdziesiątki, ale wydawało się, że czas o niej zapomniał. Płaski nos zdradzał, że pochodzi z Blossy, ale prócz swego pochodzenia powinna mieć jeszcze więcej powodów do wstydu. Wędrowała po ogrodach wokół Eisvaldru, dopóki nie zaszło słońce. Mówiła do kruków, jakby były dziećmi. Urd sądził niegdyś, że trochę zdziwaczała pod wpływem takiej bliskości Widzącego.

Słabość Eir była jednak tylko złudzeniem i doskonale o tym wiedział. Będzie dziś dla niego najtwardszym orzechem do zgryzienia. Spróbuje za wszelką cenę powstrzymać atak. Jego jedyną nadzieją było to, że pozwoli innym głosować, zamiast odraczać decyzję do czasu powrotu Ilume.

Eir uniosła głowę znad papierów i zaczęła recytować, czego mają dotyczyć dzisiejsze obrady. Urd słuchał jej jednym uchem. Miał ważniejszy plan i musiał ocenić tych, którzy zasiadali z nim przy stole. Każde słowo, jakie dzisiaj wypowie, musi być słuszne. Musi przemówić do nich wszystkich.

Na prawo od pustego miejsca Ilume siedział Leivlugn Taid. Najstarszy członek Rady, któremu niewiele brakowało, by przeżyć sto zim. Pozbawione jędrności policzki starca zwisały niemal do podbródka. Siedział z rękoma złożonymi na podołku. Wydawało się, że jedynie z trudem powstrzymuje opadające powieki. Zanim spadną śniegi, będzie żerem dla kruków, ale zasiada tutaj i dzierży władzę przekraczającą jakiekolwiek pojęcie! I nie wykorzysta jej na rzecz Urda. Ród Taidów był znany z tego, że miłuje pokój. Urd wolał to nazywać brakiem zdecydowania. Nie znał żadnej innej rodziny w krainach Ym, która byłaby równie pokojowo nastawiona. Leivlugn Taid będzie się starał to powstrzymać. Zapewne również zażąda, by odłożono podjęcie decyzji do powrotu Ilume.

U boku Leivlugna siedziała Sigra. Nieokrzesana członkini Rady z rodu Kleivów. Jako ponadpięćdziesięcioletnia kobieta należała do najmłodszych przy tym stole. W porównaniu z tym gronem Urd był wyrostkiem, który ledwie dojrzał do Rytuału. Sigra miała psią twarz. Kanciastą szczękę. Dłonie, które mogłyby należeć do mężczyzny. Zakrawało na cud, że ktoś dzielił z nią łoże tyle razy, by spłodzić dwanaścioro dzieci. Mimo to Urd uśmiechnął się do niej. Z nią pójdzie dziś najłatwiej. Kleivowie byli porywczy. Wielu członków ich rodu służyło w armii Rady. Sigra poślubiona była wielkiemu jak góra mężczyźnie, który szkolił młodych wojowników w Eisvaldrze. Jeśli wierzyć plotkom, zdobyła miejsce w Radzie, wygrywając bójkę na pięści z dwoma braćmi i jedną starszą siostrą. Co za rodzina! Urd się wzdrygnął. Ale słyszał również inne plotki. Kleivowie zawsze chcieli zaatakować Kruczy Dwór. Nie było wątpliwości, co sądzili o niezależnym regionie w Ym. To będzie bułka z masłem.

Kilku innych członków Rady też nie będzie nastręczać problemów. Saulhe Jakinnin, mężczyzna z irytująco rzadką grzywką, która ciągle opadała mu na oczy. Zapewne najbogatszy i najbardziej chciwy z żyjących w Mannfalli. To było niemal zbyt proste.

Jarladin An-Sarin będzie problemem. Najbardziej szanowany w Mannfalli. Niewzruszone spojrzenie, silny jak byk. Ciemnoskóry, z idealnie przystrzyżoną siwą brodą. Ród posiadał strategiczne związki z wszystkimi, którzy się liczyli. Zwano ich liliami pokoju. Urd wiedział dlaczego. Byli silni i stawiali na swoim, ponieważ podobnie jak on sam, potrafili używać perswazji. Ale kto dziś zwycięży?

Garma Darkdaggara wybrano na skrybę. Doskonałe zadanie dla tego wyrachowanego biurokraty. Jego ród składał się ze znawców prawa i gryzipiórków wydeptujących korytarze. Urd potrafił zrozumieć Garma. To był ktoś, kto dążył do celu. Nie pozwoli, by powstrzymywały go sentymenty.

Eir dotarła do końca listy i rozpoczęły się obrady. Na początek w sprawie jakiegoś nieistotnego jarla, który zapragnął wznieść nową salę Widzącego w swoim rodzinnym mieście. Urda to nudziło i nie miał zdania w tej sprawie. Kiedy większość podniosła ręce i poparła budowę sali, uczynił to samo. Co go to obchodzi? Czekał na ważniejszy punkt obrad. Ten, który doprowadzi go do zwycięstwa.

– Dwa morderstwa w dwa dni? To zniewaga! – Męski głos Sigry stanowił wspaniały wstęp do kolejnego punktu. Urd usiadł wygodniej. Musiał działać teraz. Sigra pochyliła się nad stołem. – Mówię wam: wyślijcie nocą Ciemne Cienie i zaprowadźcie porządek na ulicach!

Noldhe odpowiedziała jej ostrożnym uśmiechem.

– Zawsze tak mówisz, Sigro. Zbliża się Rytuał, w mieście jest pełno ætlingów i wciąż zjeżdżają kolejni. To normalne, że dochodzi do konfliktów, tak jak co roku. Co byś chciała zrobić? Zabić wszystkich, którzy się upiją? Wysłałabyś Ciemne Cienie za wszystkimi, którzy pobiją się w karczmie? Najlepsza broń Rady ma o wiele ważniejsze zadania.

– Do których jej prawie nie wykorzystujemy! – Sigra opadła na oparcie i skrzyżowała ręce na piersi.

Kilka osób mówiło równocześnie, póki Jarladin nie podniósł głosu.

– Miasto ledwie to znosi, a wciąż przyjeżdżają kolejni. Nie mamy wyboru, musimy wysłać więcej gwardzistów na ulice. Rozwiążmy to tak jak co roku i przejdźmy dalej.

Urd wykorzystał okazję.

– Ten rok nie jest taki jak inne.

Wszystkie spojrzenia skierowały się na niego. Od wyrażających umiarkowane zainteresowanie aż po wyraźną irytację. To było jego pierwsze zebranie w wewnętrznym kręgu i już udało mu się sprzeciwić Jarladinowi.

*Niech się do tego przyzwyczają!*

Odczekał chwilę.

– Ten rok nie jest taki jak inne. Ten rok przyniesie nam zgubę.

Na reakcję nie trzeba było długo czekać. Po twarzach zgromadzonych przemknęło niedowierzanie. Urd ciągnął, póki mógł:

– W tym roku Kruczy Dwór nasyła na nas ślepych, kiedy my dyskutujemy o pijackich burdach w gospodach. – Jarladin i Eir szybko wymienili spojrzenia. Ustalili bez słów, kto go usadzi. Nie da im jednak na to szansy. – Możemy unikać tego tematu, ale wiedzą o tym wszyscy w Mannfalli. Ślepi wrócili, widziano ich na Północy. Kto z was myśli, że to przypadek? Kto z was sądzi, że sami znaleźli drogę? Czy myślicie...

– Urd, ta Rada omawiała już do znudzenia plotki o ślepych. Rozumiemy twoje zaangażowanie, ale pewnie byłbyś spokojniejszy, gdybyś nie zasiadał tu po raz pierwszy.

Kilka osób przy stole głośno zachichotało. Urd poczuł, że drga mu kącik ust. Nie mógł pozwolić się sprowokować. Musiał okazać się godny.

– Jestem tu po raz pierwszy. Nowy sługa Mannfalli. To obowiązek, który przyjmuję z pokorą. Czyż nie proszono mnie, bym tu był? Czyż Rada nie zaprosiła mnie tutaj, bym poszedł w ślady mego ojca? – Urd szybko wrócił do tematu, by nie zdążyli się zastanowić nad tym, jak bardzo różni się od ojca. – Plotki? Plotki o ślepych? Aresztowaliśmy tych, którzy ich widzieli. Mogą ich opisać w każdym potwornym szczególe. Przybyło tutaj pół krainy. Tłoczą się wokół Eisvaldru, szukając ochrony. Dary i modlitwy do Widzącego sięgają wyżej niż mury! Plotki?! – Urd poczuł, że zrobiło mu się gorąco. – Stoimy w obliczu zagrożenia, które zadecyduje o naszym losie. O losie całej Mannfalli, nie tylko nas, zgromadzonych przy tym stole. Ślepi wrócili. Równocześnie rody z Kruczego Dworu wstrzymują się z wysyłaniem swojej młodzieży na Rytuał. To otwarta prowokacja! Wypowiedzenie wojny! Czy o tym też mamy nie rozmawiać?

Eir wyglądała, jakby nie mogła złapać tchu. Była oszołomiona. Bezradnie zerknęła w stronę pustego miejsca Ilume. Urd miał ochotę się uśmiechnąć, ale się powstrzymał. To był dopiero początek.

Eir jeszcze raz poprosiła wszystkich o spokój. W sali Rady wrzało. Dawne waśnie i lęki wypłynęły na powierzchnię. Urd dobrze rozegrał swój ruch. Nieoczekiwanie dopomógł mu Jakinnin, który podjął kwestię tego, że Kruczy Dwór spłacił swój dług.

Urd znał tę sprawę. Gdy zaczęto rachubę lat, wojna przeciwko ślepym wszystkich wiele kosztowała, ale nikogo tak wiele, jak Kruczy Dwór. Trzeba było odbudowywać całe osady. Jego mieszkańcy chorowali, brakowało jedzenia i wody. Mannfalla użyczyła im swojego bogactwa. Dopiero potem podała warunki pomocy: Kruczy Dwór miał zrezygnować z panowania nad niebem. Podzielić się swoimi krukami i wiedzą przekazywaną z pokolenia na pokolenie, odkąd sięgano pamięcią. To był warunek trudny do przełknięcia dla regionu, w którym trenowano najlepsze kruki, jakie widział świat. I do tego wszystkiego doszła jeszcze zniewaga: mieli pogrzebać swoich bogów i czcić Widzącego.

Kruczy Dwór odmówił. Pieniądze się jednak rozeszły i Mannfalla mogła stawiać takie warunki, jakie chciała. Wykorzystano to. Kruczy Dwór spłacał dług przez piętnaście pokoleń, ale w 928 roku Widzącego mógł świętować swoją wolność. Dobrze wykorzystali kolejne siedemdziesiąt lat. Dziś Kruczy Dwór czerpał zyski z kruków, kamieni i stali. Był silny i potężny. Ten fakt był teraz Urdowi na rękę.

Nikt z obecnych nie miał wątpliwości, że Kruczy Dwór stanowi zagrożenie dla Mannfalli. Nie jako potęga militarna, ale zależny region. Skaza na jedynowładztwie Rady. Zagrożenie dla wszystkiego, co było od zawsze.

– Kruczy Dwór nigdy się nie odważy przeciwstawić Mannfalli – odezwał się nieustępliwie stary Taid.

– Przeciwstawiają się nam każdego dnia – odparł Urd. – Nie przysyłają młodych na Rytuał. Chociaż pojawili się ślepi! Jak sądzicie, skąd to się bierze? Działają w zmowie! Ślepi pomogą Kruczemu Dworowi zdobyć władzę! – Urd zaimponował samemu sobie. Teraz własne słowa wydały mu się jeszcze bardziej przekonujące, niż kiedy o tym myślał.

– Brednie! – Noldhe odstawiła puchar z winem i zrezygnowana opadła na oparcie krzesła. – Brednie od początku do końca. Ta Rada od pokoleń dyskutuje o Kruczym Dworze. Czy mamy poświęcać życie naszych w wojnie, która wynika z pychy? Nie zniżymy się do tego. Jesteśmy Eisvaldrem.

Urd zabrał głos, zanim jej słowa zdążyły przemówić do serc pozostałych członków Rady.

– Dziś jesteśmy Eisvaldrem. Jutro Kruczy Dwór zmówi się ze swoimi sojusznikami i w następnym księżycu już nas nie będzie.

– Jakimi sojusznikami? – Darkdaggar odłożył pióro i rozmasował kostki, czekając na odpowiedź Urda.

Urd udał zaskoczenie.

– Szlachta z Północy. Wiem z pewnego źródła, że zmierzają do Kruczego Dworu. Nietrudno dotrzeć do tej informacji. Nie chce mi się wierzyć, by Rada jeszcze o tym nie wiedziała. – Delektował się niepokojem, który widział na twarzach pozostałych. Tę plotkę usłyszał okrężną drogą od znajomego znajomego, i chodziło tylko o jeden marny list. Zaproszenie do Kruczego Dworu, którego ktoś nie przyjął, ale w tym kontekście całkiem nieźle się nadało. – Czy to nie dlatego odebraliście życie jarlowi ze Skodd? – dodał. To było tylko przypuszczenie, ale czuł się na tyle pewny, by to wykorzystać. Cisza, jaka zapadła, była dla niego potwierdzeniem.

– Drwią z nas od tysiąca lat! – odezwała się Sigra. – Mówię wam...

– Żeby wysłać Ciemne Cienie? – przerwała jej Noldhe. – To ma rozwiązać wszystkie problemy? Zabić ich co do jednego?

Urd pochylił się nad stołem.

– Z tego, co rozumiem, nasze... starania... nie były chyba udane? – Wyłożył karty na stół najostrożniej jak potrafił. Nie wspomniał imienia Ilume, ale pozwolił członkom Rady, by przypomnieli sobie, kto zawiódł.

Znów usiadł. Nie mieściło mu się w głowie, że to będzie takie trudne. Wszyscy rozumieli, jak wiele mogą zyskać na zmiażdżeniu Kruczego Dworu. Mimo to nic nie robili. I tacy mają władzę? Serce się kroi. Zapalił już pochodnię. Teraz musiał siedzieć jak idiota i czekać. Czekać, aż do tego dojrzeją. Aż sami zadecydują, że wymarsz na Kruczy Dwór leży w interesie Mannfalli.

Poczuł palenie w gardle. Nie mógł marnować więcej czasu. Wstał i zaczął obchodzić stół.

– Kruczy Dwór ma wszystkie możliwe powody, by pragnąć obalić tę Radę. Wódz, który osobiście przywiózł do Mannfalli ostatnią część długu, nigdy nie powrócił. Członkowie tej Rady jako ostatni widzieli go żywego. Wydaje wam się, że Kruczy Dwór nam to zapomniał? Sądzicie, że Eirik zapomniał o śmierci Viljara, ojca swego dziada? Czy zwałby się Eirik Viljarsón, gdyby nam wybaczyli?

– Usiądź, Urdzie Vanfarinnie! W tej sali nikt nie jest wyższy od pozostałych – głos Eir przebił się przez popierające go pomruki.

Urd opadł na swoje miejsce i wymienił spojrzenia z Freid Gleymdheim. Miała worki pod oczami. Siedemdziesięcioletnia kobieta z przeciętnego rodu, która nigdy nie pełniła żadnej przywódczej roli w Radzie. Urd uśmiechnął się.

– Nikt nie jest wyższy od pozostałych? Chociaż nie wszyscy tu obecni byli Powiernikami Kruka?

– Dlaczego nie spróbujemy jeszcze raz? – spytała niespodziewanie Miane Fell. Kobieta, która kochała jego ojca.

– Czego nie spróbujemy? – chciała wiedzieć Freid Gleymdheim, która nagle zaangażowała się w dyskusję. To mogło oznaczać tylko jedno. Urdowi udało się coś w niej obudzić.

– Skończyć z władzą wodzów! Eirik jest zbyt silny, jego poddani popierają go na dobre i na złe. A jeśli Urd ma rację i rzeczywiście Eirik kontaktuje się ze ślepymi…

– Na Gniazdo Ślepych, kobieto! To oczywiste, że Kruczy Dwór nie ma żadnego kontaktu ze ślepymi! – Tyrme Jekense zamaszyście rozłożył pulchne dłonie.

Urd zgrzytnął zębami. Był pewien, że ma Tyrmego po swojej stronie. Umorzył długi jego brata i zyskał jego głos, by zdobyć miejsce w Radzie. Najwyraźniej lojalność Tyrmego nie wykraczała ponad to.

– Tego nie możesz wiedzieć! – Sigra przeszła prosto do rzeczy. Wbiła spojrzenie w Tyrmego jak rozjuszona niedźwiedzica. – Sam dobrze wiesz, że mogli znów otworzyć drzwi w skale. W przeciwnym razie dlaczego mieliby wstrzymywać się z przysyłaniem dzieci na Rytuał?

– Gdyby ktoś otworzył krucze pierścienie, wiedzielibyśmy o tym. – W głosie Eir dało się słyszeć zmęczenie. – Zapominacie, że przy Ilume był zaklinacz kamieni, który miał nasłuchiwać. Gdyby ktoś skorzystał ze ścieżki w kamieniu, Hlosnian wiedziałby o tym dawno temu.

Urd nastawił uszu. To było coś nowego. Zaklinacze kamieni? Ci rozkojarzeni głupcy, którzy zajmowali się tylko tworzeniem rzeźb i wizerunków Widzącego? Artyści? Rzeźbiarze? Aż się palił, by zapytać, ale nie mógł się zdradzić ze swoją niewiedzą. Potrzebował więcej czasu. Dziś wieczorem będzie musiał wrócić do biblioteki.

– Elveroa jest daleko od Kruczego Dworu – zauważyła Sigra. – To, co może wyczuć starzec, ma swoje granice. Ale to bez znaczenia! Ze ślepymi czy bez nich, Kruczy Dwór należy znów ujarzmić!

– Kruczy Dwór nigdy nie był ujarzmiony – odezwał się Leivlugn Taid.

– Ani nigdy nie był prawdziwym zagrożeniem – dodała Noldhe. – A nawet, gdyby nim był, i tak nie mielibyśmy prawa rozpocząć rozlewu krwi. Nie możemy zapominać o tym, kim jesteśmy!

Urd wiedział, że jej słowa trafiły do serc zgromadzonych. Doskonale. Pora ich dobić. Palenie w gardle było coraz silniejsze. *Nie teraz!*

Odchrząknął.

– Nie. Nie możemy zapominać o tym, kim jesteśmy – podjął. – Wiecie… rozglądam się po tej sali. Widzę nasze nazwiska wyryte w złocie. Widzę stół, który ugina się pod ciężarem owoców, orzechów, serów ze wszystkich zakątków świata i win z najlepszych roczników. Widzę lampki olejne zdobione złotem i aksamity na krzesłach. – Przerwał na chwilę, by mogli się rozejrzeć. – Może ta sala mówi o tym, kim jesteśmy. Zamożni, potężni, syci. Możliwe, że zapomnieliśmy, kim byliśmy. – Wstał i rzucił rysunek na stół. Papier pożeglował w powietrzu i wylądował wśród półmisków z owocami. Pozostali pochylili się, by się przyjrzeć kartce. Eir również. Wykorzystał to, że była zajęta, by znów obejść stół. – Znalazłem tę rycinę w bibliotece. Chciałem lepiej poznać nasze korzenie. Chciałem się dowiedzieć, jak żył mój ojciec i ojciec mego ojca. Chciałem lepiej zrozumieć miejsce, o którego zapełnienie mnie poproszono. Mam być jednym z dwunastu, którzy razem utrzymują przy życiu pakt. Ideę. Ideę, o którą walczyli nasi przodkowie. Wolny świat. Bezpieczny świat. I nasi przodkowie tej idei poświęcili życie.

Zerknął na rysunek, który przykuł uwagę wszystkich zebranych. Przedstawiał on komnatę, w której się znajdowali. Salę Rady. Przy stole siedziało dwunastu wojowników. Za nimi unosił się Kruk. Widzący. Poza tym pomieszczenie było puste. Twarze wyblakły i ledwie dało się rozpoznać rysy. Ale nie było to potrzebne. Wszyscy, którzy siedzieli przy tym stole, wypili tę wiedzę z mlekiem matki. Wizerunki dwunastu wojowników, którzy utworzyli Radę po uwolnieniu świata od ślepych. Dwunastu wojowników. Dwanaście rodów. Dziś ich potomkowie wciąż tu zasiadają. Noszą jednak szaty. Nie miecze.

– Dziś również widzę w tej sali wojowników – ciągnął Urd. Teraz ich miał. Wiedział to. Czuł to w całym ciele. – Widzę wojowników. Ale stracili miecze i przytłacza ich aksamit i złoto. Są zadowoleni i syci. W sali, której ściany były kiedyś nagie. W sali, w której kiedyś chodziło o ideę, nie o majątek. Kiedy my pławimy się w gnuśności i luksusie, Kruczy Dwór może zniszczyć to, co pozostało z tej idei. Chce mi się płakać, kiedy patrzę na tę rycinę. Płakać! Ponieważ będę musiał powiedzieć moim przyszłym dzieciom, że zasiadałem przy tym stole, kiedy upadliśmy.

Urd wrócił na swoje miejsce. Pochylił głowę i podparł ręką czoło. Zerknął ukradkiem, żeby zobaczyć, co się dzieje przy stole. Eir siedziała z zamkniętymi oczami; rozpacz zmieniła jej twarz nie do poznania. Wątpił jednak, czy to dlatego, że jego słowa ją wzruszyły. Była zrozpaczona, bo zrozumiała, że wygrał.

Jarladin An-Sarin patrzył przed siebie pustym wzrokiem. Zatroskany zmarszczył czoło. Słowa Urda do niego przemówiły.

Sigra Kleiv miała blask w oczach, ale w jakiś dziwny sposób wyglądała z tym jeszcze bardziej męsko. Wiedział, że całkowicie się z nim zgadza. Że stoi po jego stronie. Noldhe Saurpassarid zasłoniła usta dłonią. Była wzruszona, ale wciąż przeciwna atakowi. Garm Darkdaggar jako jedyny spojrzał na Urda. Uśmiechnął się krzywo, jakby chciał mu pogratulować. Urd skinął głową. Garm był atutem. Nie wolno mu o tym zapominać. I to Garm przemówił jako pierwszy, ponieważ dziś pełnił rolę skryby. Przeszedł od razu do głosowania.

– Niech podniosą prawą rękę wszyscy, którzy...

– Czekajcie! – Eir uniosła obie ręce nad głowę. Wyglądało to tak, jakby próbowała podtrzymać walący się dach. – Nikt z nas nie może podnieść ręki za wojną ani przeciw niej, dopóki nie wróci Ilume.

Urd zamknął oczy. Właśnie tego się obawiał. Miał tylko jedną szansę. Jeśli jej nie wykorzysta, wszystko runie w gruzy, kiedy wróci Ilume. Gdy Rada była w pełnym składzie, Powierniczka Kruka miała dwa głosy. To by oznaczało dla niego przegraną. Koniec.

– Ilume sama niedawno doświadczyła, jak niewiele można osiągnąć w rozmowach z Kruczym Dworem. Jestem pewien, że poparłaby decyzję tej Rady, bez względu na to, jaka ona będzie. Skoro jednak członkowie Rady czują się niepewni, mamy inną możliwość. – Urd westchnął. Postawił wszystko na jedną kartę. Jeśli ten plan nie zadziała, straci wszystko. Ale nie musiał kończyć. Głos zabrała Sigra Kleiv:

– Pogłoski o ślepych to wystarczający powód, żeby wysłać wojowników na Północ. Nie musimy wypowiadać wojny Kruczemu Dworowi. Wypowiemy wojnę ślepym!

– I posiadamy broń silniejszą od stutysięcznej armii – dodał Garm Darkdaggar. – Mamy Ciemne Cienie. Niech zabiją Eirika z Kruczego Dworu, gdy świat będzie pogrążony we śnie, i ta wojna dobiegnie końca, zanim na dobre się zacznie.

Urd kiwnął głową i wskazał na Garma, żeby podkreślić, jak mądre były jego słowa. Musiał jednak działać szybko, by doprowadzić do rozstrzygnięcia.

– A więc, czy będziemy głosować nad propozycją Sigry i Garma, czy bez Ilume ta Rada nie ma żadnej władzy?

Eir wbiła w niego stalowe spojrzenie. Wytrzymał je. To już nie miało żadnego znaczenia, ponieważ wygrał. Gdy Ciemne Cienie zabiją Eirika, droga stanie otworem. I nawet jeśli im się nie uda, Kruczy Dwór odczyta każdy ruch na Północ jako wypowiedzenie wojny. Zwłaszcza po próbie morderstwa.

Garm poprosił wszystkich, którzy popierali propozycję, by unieśli rękę. Urd naliczył ich pięć. Sześć wraz z nim samym. Z trudem powstrzymał uśmiech. Wygrał. Ilume będzie wściekła.

Ojciec nazywał go słabym. Jego! Urda Vanfarinna. Powinien go teraz widzieć. Powinien widzieć, do czego zdolny jest jego syn. Podczas jednego zebrania Urd dokonał więcej niż jego ojciec przez całe życie.

# OGIEŃ

Nastał poranek. W porcie na dole krzyczały mewy. Poranek minął. Hirka siedziała przy pniaku brzozy i spoglądała w dół, na drogę. Cienki wąż wijący się przez dolinę i pnący dalej, ku Górom Strażniczym. W wielu miejscach droga nikła za drzewami i wzgórzami, zwłaszcza gdy pięła się ku Otchłani. Hirka znalazła miejsce, z którego widziała spory odcinek gościńca. Pozostawał jednak przygnębiająco pusty.

Pusto miała też w brzuchu, ale nie była w stanie nic zjeść. Próbowała przełknąć suszone jabłka i szynkę, które sprawiły przyjemność jedynie Kuro. W tej chwili jego także tu nie było. Była sama. Sama w zupełnie inny sposób niż dotychczas. Bardziej niż kiedykolwiek wcześniej. Kiedyś ojciec wyjechał bez niej do Arfabu. Nie było go prawie pół miesiąca, ale wtedy nie czuła się samotna. Wiedziała, że ojciec wróci. Była tego pewna. Ojciec zawsze wracał do domu.

Skuliła się jeszcze bardziej. W powietrzu wisiał deszcz. Lato się poddało. Ona też? Nie wiedziała. Nie miała już nikogo. Sylja ją zdradziła. Rodzina z Błyszczącej Góry jej nienawidziła. Nie miała już tutaj domu. Właściwie to nigdy nie był jej dom. Tylko miejsce, w którym bardzo długo mieszkali. Również tutaj większość od nich stroniła. Oczywiście, dopóki ktoś się nie rozchorował. Albo nie zaszedł w ciążę. Albo po prostu ktoś był przesądny i szukał amuletu z Widzącym albo łapaczy Evny. A ona i ojciec pomagali im wszystkim. Miejscowi bez przerwy gadali o niej i o ojcu, oni sami jednak nie rozmawiali o nikim.

Co Elveroa o niej wie? Nic. Chyba że Rime domyślił się i im powiedział. Ale to nie Rime ją zdradził.

*Widziałam go po raz ostatni.*

Myślał, że spotkają się w Mannfalli. Że pomoże jej czerpać. Ale Hirka się tam nie zjawi. Będzie wtedy uciekać. W całym tym smutku poczuła ulgę, że uniknie Rytuału. Chociaż przyjdzie jej za to zapłacić wysoką cenę. Może zbyt wysoką.

*Ciemne Cienie.*

Miały moc, by sprawić, że ojciec wybrał śmierć. On, który zawsze żył. To inni umierali. Inni chorowali. Inni się poddawali. Ojciec żył. Bynajmniej nie był głodzicielem kruków, nie bał się żadnej walki. Taki właśnie był. I ją też nauczył taką być. Mimo to istniały na tym świecie rzeczy, które mogły nagiąć jego wolę, by wybrał Sloknę…

Tam!

To, na co czekała, wyrwało ją z rozmyślań. Szereg wozów na drodze. Wstała, żeby lepiej widzieć. Osiem wozów, wokół nich mężczyźni na koniach. To nie mógł być nikt inny. Rime i Ilume opuszczali Elveroę.

Ilume pozostawiała za sobą niewiele, prócz sali Widzącego. Tutejsi mieszkańcy nigdy przedtem nie chodzili do sali. Modlili się do Widzącego, robili Jego wizerunki, ale Elveroa nie była zbyt daleko od Kruczego Dworu, więc nikt nie traktował tego tak poważnie. Hirka przypuszczała, że nawet augur nie był specjalnie zaangażowany przed przyjazdem Ilume. A jak będzie w przyszłości? Nigdy się tego nie dowie.

Orszak zniknął w lasach, a Hirka wróciła do chaty. Zaczęła się pakować. Nie spieszyła się. Herbaty i zioła ojca przełożyła ze słoików i szkatułek do niewielkich skórzanych i płóciennych woreczków. Niektóre rzeczy zawinęła w papier. Inne musiały być w szczelnych pojemnikach, ale spróbowała znaleźć jak najmniejsze szkatułki. Zabranie wszystkiego było niemożliwe. Zapasy herbaty i ziół, których zebranie i oczyszczenie zajęło całe lata… Musiały zostać.

Spakowała podróżny worek. Na górze znalazło się miejsce na suchary, słoik grochu i kozi ser. Wędzoną kiełbasę z łosia musiała umocować na zewnątrz. Z pieniędzy mieli tylko osiem sztuk srebra i pięć miedziaków. To będzie musiało wystarczyć. Miała rzeczy na sprzedaż.

A potem czekała.

Zapadł zmrok i mieszkańcy Elveroi udali się na spoczynek. Odczekała jeszcze trochę. Odczekała, aż była pewna, że wszyscy śpią i nikt nie zobaczy płomieni. Potem zaczęła rozlewać wokół olej. Z początku niechętnie. Wydawało jej się to sprzeczne z naturą. Nie rozlewa się oleju w domu, w którym się mieszka. Ale to właśnie zrobiła. Rozlewał się po podłodze. Wpływał między deski. Jego woń wypełniła jej nozdrza.

Instynkt sprawił, że podeszła do skrzyni, która służyła im jako ława. Znalazła w niej miecz ojca. Chwyciła rękojeść i wyjęła go. Obcy ciężar. Prosty miecz z Ulvheim. Ci w Ulvheim byli twardzi. Jeśli zdołała go utrzymać, to może uda jej się doprowadzić do końca to, co musi zrobić.

Wbiła miecz w palenisko i wymiotła z niego żar na podłogę. Izba w okamgnieniu zaczęła się palić. Przez chwilę stopy zdawały jej się ciężkie, jakby nie chciały ruszyć się z miejsca. Uniosła miecz, ale nic nie mógł poradzić przeciw płomieniom. Pożerały wszystko. Nawet zgniliznę.

Wbiła miecz między deski podłogi i wybiegła z workiem na plecach. Nie była martwa jak ojciec. Była żywa i jej ojciec poświęcił wszystko, co tylko można było poświęcić, by taka pozostała.

Rzuciła się biegiem w stronę Otchłani i zatrzymała się dopiero na szczycie grani. Chata płonęła. Zła Chata wreszcie zniknęła. Dom, którego wszyscy się bali. Ale ona i ojciec nie byli przesądni. Może to był ich błąd?

Hirka patrzyła, jak płomienie pożerają to, co było dla niej niemal prawdziwym domem. Żółte bicze w ciemnościach nocy. Tak samo pochłonęły ojca. Stała daleko, ale czuła płomienie w sobie. Jakby sama płonęła. Znikała ze świata. I przed Rimem. Rime pomyśli, że zginęła. Czy będzie ją opłakiwał? Przez godzinę? Przez jeden dzień?

Zacisnęła palce na wisiorku. Pożółkły wilczy kieł, z drobnymi znaczkami wyrytymi po obu stronach. Dowód na to, że kiedyś była zwyczajną dziewczyną.

Przeszła przez most nad Otchłanią i rzuciła się biegiem w głąb lasu. Kierowała się do Kruczego Dworu.

## EISVALDR

W Mannfalli była noc, ale miasto nie spało. Nie minęło dużo czasu od wyjazdu Rimego, mimo to ulice się zmieniły. Z reguły po zmroku panował spokój, z wyjątkiem pijackich burd. Albo podróżnych przybywających o niedogodnej porze, tak jak on sam.

Teraz wydawało się, że karczm w ogóle nie zamykano. Z otwartych okien dobiegała muzyka kuglarzy i grajków. Nocą przyśpiewki stawały się mniej wyszukane, a śmiechy i wrzaski zachęcały do wyśpiewywania kolejnych zwrotek o chętnych dójkach. Przyjezdni, którzy nie mieli pieniędzy, spali w parkach i na ulicach. Połowa świata postanowiła tu przybyć. Rime wolałby, żeby chodziło tylko o Rytuał, ale wiedział, że tym razem wynika to z czegoś jeszcze.

Wstrzymał konia i obejrzał się przez ramię. Orszak wił się brukowaną ulicą. Większość spała w wozach. Ilume siedziała za woźnicą z zamkniętymi oczami i dłońmi ukrytymi w rękawach szaty. Rime przypuszczał, że nie śpi, i postanowił, że pojedzie przodem. Po kilku dniach spędzonych na gościńcu był niespokojny. To by było wyzwalające uczucie, zniknąć, zanim dotrą do celu, ale Ilume tak łatwo mu na to nie pozwoli. Teraz, gdy wiedział, że to ostatni raz, akceptował to.

Zmierzali dalej pod górę, wzdłuż brzegu rzeki, mijając najbiedniejsze dzielnice miasta. Domy z kamienia stały tu najgęściej. W całej tej nędzy było to błogosławieństwem Widzącego, bo gdyby stały osobno, dawno by się już zawaliły. Przed co podlejszymi karczmami powietrze przesycała charakterystyczna woń palonej opy.

Jakaś postać chwiejnie wyszła mu na spotkanie i przewróciła się na bruk. Rime musiał gwałtownie ściągnąć wodze. Travel zarżał i szarpnął głową. Rime zeskoczył, chcąc pomóc, ale mężczyzna o własnych siłach podźwignął się na nogi. Zaniedbana broda sprawiała, że trudno było określić jego wiek. Był ślepy na jedno oko, martwe i pokryte bielmem. Wszystko wskazywało na to, że drugie spotka ten sam los. Krwawił ze skaleczenia na czole. Spojrzał na Rimego i wymamrotał przeprosiny. Nie był pijany. Przepędzono go. Rzucano w niego kamieniami.

– To przez moje oczy, panie – powiedział. – Inni się ich boją. Myślą… – Nie musiał kończyć.

– Przypominasz im ślepych. – Rime zamknął oczy, próbując odsunąć od siebie myśli o zwykłej ignorancji. Tyle bezsensownego cierpienia. Z powodu mitów i baśni. Z powodu strachu.

Sprowadził niedowidzącego z drogi i zanim znów dosiadł konia, włożył mu do ręki dwie sztuki srebra.

– Nie ma równych tobie, panie! – zawołał za nim mężczyzna i ruszył dalej, nieświadom, kogo przed chwilą spotkał.

Rime znów obejrzał się na wozy, które ciągnęły teraz tuż za nim. Niezadowolenie na twarzy Ilume było tak wyraźne, jak kocie oczy w ciemności. Rime domyślał się, że nie znała różnicy między snem a czuwaniem. Dla niej to było jedno i to samo.

Skręcili w prawo i ruszyli pod górę ulicą Daukatt. Przed Rimem wznosił się cel ich długiej podróży. Eisvaldr. Miasto na końcu miasta. Dom tysięcy potomków szlacheckich rodów oraz ich służby. Dom Widzącego rozrósł się do tego stopnia, że nikt już nie był pewien, jak jest wielki. Nawet najważniejszych dwunastu z wewnętrznego kręgu. W miarę jak się zbliżali, Rime czuł narastające zniecierpliwienie. Już niedługo. Niedługo będzie w domu. W swoim prawdziwym domu. Najpierw jednak musiał z Ilume zajrzeć do rodzinnego majątku. Potem wszystko będzie zależało od tego, jak szybko babka pozwoli mu odejść.

Dotarli do Muru oddzielającego Eisvaldr od reszty Mannfalli. W dzisiejszych czasach był murem jedynie z nazwy. Wiele pokoleń temu podziurawiono go krużgankami i stał się jedynie symbolem. Dwaj zaspani gwardziści wyprężyli się, gdy orszak zbliżył się do nich. Pochylili się tak nisko, jak pozwalały im na to kolczugi i napierśniki.

– Sónie Rime.

Rime poczuł, że drgnął mu kącik ust. Był skazany na to, że inni go rozpoznają. Potomek kobiety zasiadającej w Radzie. Przede wszystkim potomek, a dopiero potem – jeśli zostanie na to miejsce – Rime. Gwardziści dostrzegli Ilume i nerwowo zerknęli po sobie. Oczywiście powinni pozdrowić ją jako pierwszą. Było jednak ciemno, a ona jechała kawałek dalej. Właściwie to ich usprawiedliwiało, ale nie wyglądali na pewnych, że Ilume dojdzie do tego samego wniosku.

– Madro! – Znów się skłonili i rozstąpili na boki, żeby przepuścić wozy.

Dom An-Elderinów należał do najstarszych w Eisvaldrze. Był imponujący, ale różnił się od innych domów za Murem, ponieważ wzniesiono go z kamienia, który zachował naturalny kolor i kształt. Nie był bielony ani prostokątny i najbardziej przypominał to, od czego wywodziła się jego nazwa: śpiącego smoka.

Rime przejechał przez sad. Był zniecierpliwiony i kilka razy musiał wstrzymywać konia, żeby zaczekać na orszak. Chciał jechać dalej. *Musiał.* Ale Ilume oczekiwała od niego, że będzie jej towarzyszył do końca podróży. Oczekiwała też na pewno, że przenocuje w rodowej rezydencji, tak się jednak nie stanie.

Woźnica pomógł Ilume zsiąść z wozu i pobudził służących, którzy spali już od kilku godzin. Odprowadzili konie i wozy do stajni. Ilume poleciła im, żeby wstrzymali się z rozpakowywaniem do rana. Potem weszła do środka. Rime ruszył za nią. Na spotkanie wyszedł im stary Prete, który pojawił się z lampką olejną w ręce, szybko przemierzając hol. Było oczywiste, że spał. Mimo to szata zwisająca z jego wychudzonego ciała nie miała najmniejszej zmarszczki.

– Madro Ilume.

Skłonił się i poprowadził ich w głąb domu. Poinformował Ilume, co się działo podczas jej nieobecności. Mówił cicho, mimo to jego głos odbijał się echem od wysokiego sklepienia. Rime szedł za nimi. Mimochodem zwrócił uwagę, że poprzestawiano meble, a zimowe skrzydło otwarto, by je ogrzać. Rozejrzał się po pomieszczeniach, w których się wychowywał, i pomyślał o Hirce. O chacie, w której mieszkała. Przypomniał sobie, jak z nim rozmawiał Thorrald. Otwarcie, jakby był przyjacielem. Nie czyimś potomkiem. Nie panem domu. Palenisko, woń zupy rybnej, mała, dwuosobowa rodzina.

W rezydencji An-Elderinów nigdy nie było ciasno. Nie miało znaczenia, ile osób tu mieszkało. Ilume, Rime, wuj Dankan z całą swoją rodziną. Komnaty były zbyt wielkie i zbyt liczne. Podłogi zbyt lśniące. Rime kątem oka zauważył jakiś ruch i gwałtownie się odwrócił. To było tylko lustro. Oko domu. Mignęło mu odbicie własnej twarzy. Dom An-Elderinów go widział. Od zawsze. W każdej chwili, każdego dnia. Odkąd przyszedł na świat. To nie był dom, tylko miejsce, w którym był obserwowany. Scena, na której był widziany i czczony. Rime zwrócił uwagę, że odkąd wszedł do niego, zaczął się inaczej poruszać. Jego kroki stały się krótsze i sztywniejsze. Powróciło wspomnienie. Miał pięć czy sześć lat. Ilume uczyła go chodzić z podniesioną głową. Na siłę uniosła mu podbródek. Przypadkiem rozcięła mu paznokciem wargę. Smak krwi. Wspomnienie znikło równie nagle, jak się pojawiło.

Ilume zatrzymała się w bibliotece i odesłała Pretego do łóżka. Mimo rozmiarów pokój wydawał się przytłaczający i ciasny. Nikłe światło lampek pochłaniały ciemne, obite skórą krzesła i zasłony sięgające od sufitu do samej podłogi.

– Spędzisz noc w jednym ze swoich dawnych pokoi.

Ilume odłożyła pelerynę na krzesło. Chuda służąca zabrała ją i szybko wyszła. Ilume usiadła i Rime zauważył, że podpierała się przy tym ręką. Uśmiechnął się, ale przypuszczał, że tego nie dostrzegła. Wyczuwał, że babka próbuje nim manipulować, by się do czegoś zobowiązał. Nie zdjął płaszcza.

– Nie.

Ilume odchrząknęła. Czekał na dalszy ciąg, nie doczekał się jednak. Nie wspomniała nawet, że w dziennym świetle łatwiej znalazłby drogę. To była długa podróż, a nastroje pomiędzy nimi wzbierały i opadały jak sama Evna. Może była bardziej zmęczona, niż przypuszczał? Albo zła? Przez chwilę zastanawiał się, czy nie zostać, ale natychmiast zdał sobie sprawę, że taki właśnie cel krył się za jej milczeniem. Było oczywiste, że ostatnie słowo nie padło, najwyraźniej nie miało zostać wypowiedziane tej nocy.

– Dobranoc, madro.

Rime wyszedł.

Gdy tylko opuścił budynek, zaczął biec. Żaden koń ani wóz nie mógł go zanieść tam, dokąd się wybierał. Biegł szerokimi ulicami handlowymi aż do sali Widzącego; przed nim wznosiły się białe mury. Pochylały się lekko do wewnątrz. Były w nim tysiące wąskich okienek, które dawniej służyły jako otwory strzeleckie. Serce Rimego biło szybko. Kiwał głową gwardzistom przy wszystkich bramach, przez które musiał przejść. Sennie odpowiadali mu skinieniem głowy. Eisvaldr spał. Ale Rime był tym, kim był, i mógł poruszać się wszędzie, gdzie zechciał.

Przeszedł przez sale i dotarł do ogrodów po drugiej stronie. Skłonił się przed wieżą Widzącego, jedynym miejscem, którego nigdy nie odwiedził. Było zarezerwowane dla najważniejszych dwunastu. Miejsce, w którym spoczywał Widzący. Teraz ta myśl uderzyła go tak jak w czasach, gdy był małym chłopcem. Minął wieżę, przystanął i napawał się widokiem Gniazda Ślepych. Po drugiej stronie doliny niczym palce wznosiły się tysiące porośniętych lasami gór, które zdawały się ciągnąć bez końca. W mroku były szare, ale wiedział, że w rzeczywistości są soczyście zielone. Przebywanie w tych ogrodach i widok na Gniazdo Ślepych przysługiwały jedynie najwierniejszym sługom Widzącego. Ich piękno było nieosiągalne, chyba że mieszkało się lub pracowało w Eisvaldrze. Ale nawet niektórzy tu pracujący wybierali okrężne drogi, by nie patrzeć na Gniazdo Ślepych. Przeklętych gór. Zakazanych gór. Miejsca, z którego ponoć całą wieczność temu przybyli ślepi.

Robiło się coraz ciemniej. Rime opuścił Eisvaldr i ruszył w góry od dawna zapomnianymi ścieżkami. Na przemian wspinał się po skałach i schodził w dół, szedł przez rzadko porośnięty sosnowy las i po wiszących mostach, których końce nikły przed nim we mgle. Już niedługo zobaczy zarysy obozu. Był położony w pięknym, dzikim miejscu, wśród drzew na jednym ze szczytów. Jego obóz. Już wkrótce będzie w domu. U swoich. Tutaj był po prostu Rimem.

Ciemnym Cieniem.

# DZIKI CHŁOPAK

Hirkę obudził jakiś dźwięk. Wzdrygnęła się, ale tego ranka to również nie był Ciemny Cień. Tylko Kuro. Kruk spacerował po ziemi, strosząc pióra. Usiadła zbyt szybko i uderzyła głową o wystającą skałę. Ból przeniknął ze szczytu głowy aż do ramion. Masowała miejsce, w które się uderzyła, póki nie ustąpił. Plecy bolały ją od spania na nierównym gruncie, ale nie miała wyboru. Wieczorem zaczął padać deszcz i musiała się schronić pod tą skałą. Przynajmniej nie zmokła. Zrolowała kurtkę i wypełzła z kryjówki.

Już nie padało. Mech lśnił od rosy, a mgła właśnie zaczynała podnosić się między świerkami. Kuro odfrunął na gałąź i krzyknął smutno. Gdyby nie jego skarga, Hirka nie byłaby pewna, czy żyje, czy jest martwa. Szła przez ciemny świerkowy las od tak wielu dni, że straciła już rachubę. Od siedmiu? A może od ośmiu? Ciągle na południowy wschód. W stronę Kruczego Dworu. Strach przed Ciemnymi Cieniami sprawiał, że trzymała się z dala od gościńców i stroniła od innych. W wielu miejscach teren był nie do przebycia. Tak jak tutaj. Dno lasu pokrywały omszałe kamienie. Raz stopa prawie utknęła jej między głazami i to nauczyło ją ostrożności. O wiele zbyt łatwo mogła skręcić kostkę. I co by wtedy zrobiła, zupełnie sama?

*Ojciec...*

Każdego ranka ściskało jej się serce, gdy przypominała sobie, że już go nie ma. Każdego wieczoru przed oczami miała płonącą chatę. Wszystko, co posiadała. Martwe. Spalone. Złamała prawo. Oddała jego ciało krukom, ale zaczynała tracić wiarę, że to go uratowało. Nic nie mogło ocalić zwykłych istot przed śmiercią. Ojciec był w Sloknie. Tam, gdzie prędzej czy później trafiają wszyscy. Tam, gdzie wszyscy śpią wiecznym snem. Wszyscy, z wyjątkiem takich jak Rime. Oni stają się jednym z Evną. Stają się częścią wszystkiego, co było, i wszystkiego, co będzie.

*Rime.*

Przypomniała sobie jego płonące oczy, gdy stał po drugiej stronie stosu jej ojca. Obudziła się w niej tęsknota za Evną. Poczuła ciężar w sercu. Powróciło wspomnienie, gdy po tym, jak wyszli z karczmy, trzymał ją za rękę. Spróbowała szybko pomyśleć o czymś innym. Zjadła ostatni kawałek wędzonej kiełbasy i trochę twardych jagód, które zebrała poprzedniego dnia. Jesień przyszła wcześnie, co bardzo pomogło jej w drodze. To jednak nie będzie trwało wiecznie. Musi dotrzeć do Kruczego Dworu.

Wspięła się na skałę i rozejrzała. Hrafnfell. To dobry znak. Góry były już tak blisko, że niedługo zacznie się wspinać. Na południu dojrzała wyrwę między drzewami. To musiał być gościniec prowadzący do Kruczego Dworu. Jeśli tylko będzie się dalej trzymać niedaleko od szlaku, powinna dotrzeć do celu przed zachodem słońca. Wspinaczka była męcząca i Hirka nie miała pojęcia, co zrobi, kiedy już dotrze na miejsce. Będzie, jak będzie. Pewnie jakoś sobie poradzi.

Zeszła ze skały i napełniła bukłak deszczówką. Wczoraj wieczorem zrobiła rynienkę z kory i uszczelniła ją z obu stron. Kuro sfrunął z gałęzi świerka i usiadł jej na ramieniu. Miał nadzieję, że dostanie coś do jedzenia. Spoglądała ku niemu, zamykając bukłak.

– Musisz sam sobie radzić. Zjadłeś dwa razy więcej ode mnie.

Kuro nie odpowiedział. Jego pióra lśniły barwami tęczy. Dla niego to musiało być takie proste. Mógł polecieć, dokąd chciał, kiedy tylko miał ochotę. Niczego nie musiał się bać i nic go nie powstrzymywało. Był wolny. Hirka zdała sobie sprawę, że jej też nic nie powstrzymuje. Była boleśnie wolna, mogła pójść, dokąd chciała. Jeśli jej nie dogonią. I jeśli nie zamarznie.

*Co ja bym bez ciebie zrobiła?*

– Kooorp.

– No właśnie.

W chwili, gdy Hirka zarzuciła worek na plecy i ruszyła w drogę, z lasu dobiegł krzyk. Zesztywniała. Przywykła do odgłosów lasu, ale to było coś innego. *Ciemne Cienie!* Znalazły ją. Nie była w stanie się odwrócić. Ciało odmawiało jej posłuszeństwa. Serce podeszło do gardła.

*Leć!* Przepędziła Kuro, by oderwał się od ziemi, a potem odwróciła się w stronę wroga. Ale nikogo tam nie było. Niebezpieczeństwo nadeszło z góry. Olbrzymi orzeł! Nie żadne Ciemne Cienie. Nie mityczni wojownicy polujący na jej życie. Tylko orzeł. O rozpiętości skrzydeł większej niż Hirka.

Fruwające monstrum było coraz bliżej. Hirce natychmiast zaświtało w głowie, że olbrzymi orzeł stanowi bardzo realne zagrożenie. Zrzuciła worek z pleców i skryła się za kamieniem. Skuliła się, by wydawać się jak najmniejsza. To była błędna taktyka. Orzeł wbił w nią spojrzenie i złożył skrzydła, by zanurkować, więc Hirka rzuciła się z powrotem na skałę i krzyknęła, żeby go odstraszyć.

Kuro trzepotał skrzydłami wokół orła, histerycznie kracząc.

– Arka! Arka! Arka!

Orzeł go zaatakował. Hirka wrzasnęła co sił w płucach, ale drapieżnik znalazł już sobie nowy cel. Zanurkował za krukiem, otwierając dziób. Kuro był tak mały, że zniknąłby w brązowej gardzieli. Nic nie mogła zrobić!

– Kuro! Hedra! – Kuro zawisł w miejscu, trzepocząc skrzydłami. – Hedra! Hedra! Chodź tu!

Kuro złożył skrzydła i zanurkował w jej stronę. Orzeł nie był w stanie zrobić równie szybkiego zwrotu. Zatoczył krąg i znów na nich natarł.

*Na Widzącego, pospiesz się!*

Kuro nie trafił w wyciągniętą dłoń Hirki i uderzył ją prosto w pierś. Chwyciła go w ramiona i zgarbiła plecy, osłaniając go przed ogromnym spadającym na nich z nieba stworzeniem.

Zacisnęła oczy i skuliła się. Coś zaświszczało nad jej głową. Głuche uderzenie. Orzeł krzyknął za jej plecami. Rozdzierający, wściekły krzyk. Co się stało? Hirka wstała.

Orzeł przeleciał nad nią zdezorientowany, jakby próbował ocenić jej siły. Poczuła we włosach podmuch jego skrzydeł. Powietrze przeciął kamień. O włos chybił orła, ale to wystarczyło, by zająć ptaka czym innym. Krzyknął jeszcze raz i zniknął między drzewami.

Hirka odwróciła się. Niedaleko od niej, na wzgórzu stał mężczyzna. Jego brązowe włosy sterczały na wszystkie strony, choć nie było wiatru. Był lekko ubrany, ale przewiązany w pasie kurtką. Z węzła na brzuchu sterczały obszyte futrem rękawy. Nosił łuk i kołczan ze strzałami na plecach. Miał szeroką pierś i był barczysty jak jej ojciec.

Zbliżał się ku niej i Hirka niechętnie zeskoczyła ze skały. Opuściła miejsce, które dawało jej przewagę, ale przecież jej pomógł. I był jedynym ætlingiem, jakiego widziała od tygodnia. Ætlingiem… Znów uderzyła ją myśl, że jest dzieckiem Odyna.

Nie pochodziła z Ym. Nie mogła się nawet nazywać ætlingiem. Najpospolitszym ze słów, jakie można sobie wyobrazić. Tym, które oznaczało wszystkich.

Przystanął. Hirka odniosła wrażenie, że chciał tylko sprawdzić, czy się wycofa czy nie.

– Kim jesteś, dziewczyno? – Głos był chłopięcy. Chłopak o ciele mężczyzny. Mógł być najwyżej o dwie zimy starszy od niej. Pytanie zabrzmiało jak oskarżenie, ale na szczęście nie czekał na odpowiedź. – Trenujesz kruki?

Do Hirki dotarło, że Kuro wrócił na jej polecenie. Pierwszy raz. Co prawda tym razem miał dobry powód, żeby wrócić, ale mimo wszystko. Puściła kruka i pozwoliła mu odlecieć. Wezbrała w niej fala radości, ale starała się zachować kamienną twarz. Skoro uważa, że trenuje kruki, to już jego problem.

– Tego jednego – odparła i odwróciła się, by sięgnąć po worek, który nie ucierpiał podczas ataku.

– Jesteś ta bezogoniasta.

Hirka szybko obejrzała się na niego. Brak ogona często był tematem rozmów, kiedy spotykała kogoś, kto miał odwagę o to spytać, tym razem jednak nie brzmiało to wcale jak pytanie. Wpatrywał się w nią. Hirka szukała w jego twarzy współczucia, które zwykle widywała, ale dostrzegła jedynie ciekawość.

– Tak – odparła. – Kiedy byłam mała, wilki napadły karawa…

– Sto na północny zachód! – zawołał nagle do kogoś, nie spuszczając z niej wzroku.

Hirka usłyszała odpowiedź gdzieś daleko z krzaków i odgłosy wielu biegnących.

– Wybrałaś sobie złą porę na skradanie się przez lasy, dziewczyno.

A więc myśliwi? Tacy, którzy nie widzą różnicy między ætlingami a zwierzętami? Hirka założyła ręce na piersi.

– Dlaczego? Dużo jest dwunogich łosi w okolicy?

Spojrzał na nią, jakby była głupia.

– Spędziłaś ostatni rok na morzu? Już nikt nie przybywa do Kruczego Dworu przez lasy. – Wskazał między drzewa. – Idź pod górę, aż natrafisz na skalną ścianę, a potem podążaj wzdłuż niej na południe, póki nie dotrzesz do drogi. – Przyjrzał jej się uważnie. – Przyjaciele Kruczego Dworu nie muszą się obawiać gościńca – dodał.

Hirka nie była pewna, czy chce dodać jej otuchy, czy ją ostrzec. Odwrócił się i odszedł. Stała zmieszana przy skale i patrzyła za nim, jak znika między świerkami. Otworzyła usta, żeby podziękować, ale zamknęła je. Jej uwagę przykuł jeden z kamieni, którymi rzucał. Po co to robił, skoro miał strzały?

Hirka ruszyła pod górę. Kuro usiadł jej na ramieniu i zatrzepotał skrzydłami. Pazury przebijały się przez sweter, ale zniosła to. Przyleciał do niej, kiedy go zawołała. Strach po ataku orła ustąpił miejsca przyjemnemu ciepłu w sercu i uczuciu zdumienia. Więź z Kuro natychmiast stała się czymś innym. Przestał być krukiem, który kręci się przy niej i dostaje chleb na miodzie. Był jak ona. Dwie zupełnie różne istoty porozumiały się. To było tylko jedno słowo. Pierwsze słowo. Hirka zapragnęła gorąco, by było ich więcej. Skoro ona i kruk potrafili się porozumieć, to może ætlingowie i człeki też mogą?

Chwilę później natrafiła na pionową, skalistą ścianę, o której wspominał jej chłopak. Była masywna, szara, poprzecinana białymi żyłkami. Ruszyła wzdłuż niej na południe. Co miał na myśli, mówiąc, że przyjaciele nie muszą się obawiać gościńca? Skąd mógł wiedzieć, że się ukrywała?

*Bo przedzierałaś się przez las jak głupia.*

Drzewa się rozstąpiły i Hirka wyszła na drogę wiodącą do Kruczego Dworu.

# MŁODY KRUK

Hirka szła wyprostowana. Czuła się naga i obserwowana. Droga pięła się pod górę łagodnymi łukami, zmierzając do Kruczego Dworu. Między drzewami mógł się kryć i śledzić ją nie wiadomo kto. I w każdej chwili ktoś mógł nadjechać konno od tyłu.

W pierwszych godzinach chowała się w las za każdym razem, gdy słyszała jakieś dźwięki. Aż wreszcie dotarła do przewróconego znaku przy drodze. Był to kamienny słup, i gdyby stał, byłby wyższy od niej. Leżał na skraju lasu, pęknięty pośrodku i porośnięty mchem. Znak Widzącego prawie całkiem się zatarł. Te znaki przydrożne były wszędzie w jedenastu krainach. Tam, gdzie byli ætlingowie, były i znaki. Pewnie załamał się pod ciężarem śniegu wiele lat wcześniej. Albo został obalony. Dziwne było to, że nikt go nie postawił. Dotarła do miejsca, gdzie Rada nie dzierżyła już niepodzielnie władzy. Potem trzymała się drogi. Może również dlatego, że była coraz bardziej głodna, a w takim wypadku niewiele rzeczy ma znaczenie.

W ciągu dnia minęło ją wiele wozów. Naciągnęła kaptur na głowę i zbliżyła się do skraju lasu, mając nadzieję, że wygląda jak ktoś, kto wie, dokąd zmierza. Nie dawała w żaden sposób do zrozumienia, że chciałaby, aby ktoś ją zaprosił na wóz, nikt też się nie zatrzymał ani o to nie zapytał. Widziała także mężczyzn między drzewami. Budowali drewniany wał na zboczu. Nie miała pojęcia, na co komuś coś takiego potrzebne. Ale to oznaczało, że już niedługo dotrze do Kruczego Dworu. Kto ją tam przywita? Co powinna powiedzieć? Co będzie, jeśli się okaże, że jest ścigana? Bezogoniasta dziewczyna uciekająca przed Radą...

Zbliżał się wieczór i powietrze stawało się chłodniejsze. Podejście było coraz bardziej strome, drzewa coraz bardziej powykrzywiane. Pokonała zakręt i jej oczom ukazał się potężny kamienny mur. Sięgał od zbocza góry, przecinał drogę i ciągnął się dalej, w głąb lasu. Kamienie o różnych kształtach osadzono solidnie w fundamentach koloru błota. Dwa drewniane słupy podtrzymywały bramę z mocnych bali.

Na murze głośno rozmawiali trzej mężczyźni. Jeden siedział z nogami przerzuconymi za krawędź i strząsał włócznią rdzę z zawiasów bramy. Hirka przystanęła. Nosili miecze i podniszczone skórzane napierśniki. Wojownicy. Strażnicy bramy Kruczego Dworu. Upomniała się w myślach, że przecież nie zrobiła nic złego. W każdym razie nic, o czym *oni* by wiedzieli.

Mur rósł w oczach, w miarę jak się do niego zbliżała. Wiatr i woda wygładziły kamienie, ale nie naruszyły jego ciągłości. Za tym murem będzie bezpieczna. Jeśli w ogóle uda jej się dostać na drugą stronę. Nie widziała żadnej furty w wielkiej bramie, a nie potrafiła zdobyć się na to, by zapytać. To by było zbyt głupie. Spojrzała w górę. Mężczyzna, który siedział z nogami przerzuconymi za krawędź muru, zobaczył ją, ale dalej czyścił zawiasy czymś, co Hirka uznała za włócznię. W rzeczywistości była to zakrzywiona skrobaczka, prawdopodobnie wykonana specjalnie do tego celu; skrobała o metal. Pod nogi Hirki sypały się płaty rdzy.

– Jak to wygląda od dołu? Dużo rdzy? – Miał niski głos i Hirka mimowolnie odskoczyła do tyłu.

– Do mnie mówisz?

Mężczyzna przestał skrobać i spojrzał na nią. Jego krzaczaste brwi prawie zrastały się pośrodku.

– Nie, mówię do twojego rozumu, który zostawiłaś za sobą. Leży na drodze, tuż za tobą.

– To chyba twój. Mój jest tam, gdzie trzeba – odparła i natychmiast zdała sobie sprawę, że to nie najmądrzejszy pomysł drażnić kogoś, od kogo zależało, czy zostanie wpuszczona.

Roześmiał się jednak i zerknął na towarzyszy, którzy już od dłuższej chwili im się przypatrywali.

– Chcesz wejść, dziewczyno? Gdzie reszta?

– Jaka reszta?

Przyjrzał jej się z niedowierzaniem.

– Przyszłaś sama?

– Tak.

– Pieszo?

– Tak.

– Skąd?

Hirka się zawahała, ale nie widziała żadnych powodów, by kłamać.

– Z Elveroi. To za Górami Strażniczymi, przy…

– Przybywają tu z całego świata, a ty mnie chcesz pouczać, gdzie jest Elveroa? Kim jesteś, dziecko?

Hirka usiłowała znaleźć właściwą odpowiedź. Czy powinna powiedzieć, kim był ojciec? Że jest Hirką od Thorralda? Że on nie żyje, a ona nie ma się gdzie podziać? Wtedy zapytają dlaczego… Przyszedł jej do głowy pewien pomysł. Może już wiedzą? Tak jak ten chłopak w lesie.

– Jestem Hirka. Jestem… ta bezogoniasta…

Wyglądało na to, że nic im to nie mówi. Wszyscy trzej przekrzywili głowy i wychylili się, żeby sprawdzić, czy mówi prawdę.

– Wybierasz się na Rytuał, bezogoniasta?

– Tylko jeśli zostanę zmuszona. Ale może się tak zdarzyć.

Roześmiali się głośno. Liczyła na to, że ta uwaga padnie tu na podatny grunt.

– Podoba mi się ta dziewczyna! – rzucił jeden z tych, którzy nosili skórzane napierśniki.

– Każda ci się podoba – odparł drugi. – Nawet owcą byś nie pogardził! – Mężczyzna uniósł rękę, dając znak komuś po drugiej stronie muru.

Wrota zaskrzypiały i otworzyły się powoli.

– Witaj w Kruczym Dworze, bezogoniasta Hirko.

Szczelina w masywnej bramie była coraz większa. Oczom Hirki ukazało się miasto. Na zboczu góry tłoczyło się mnóstwo kamiennych i drewnianych domów. Hirka poczuła się bardzo zmęczona. To było to, do czego dążyła. To, czego się obawiała i na co miała nadzieję. Dotarła do Kruczego Dworu i najwyraźniej była tu mile widziana. Musiała zapanować nad sobą, by nie rzucić się biegiem przez bramę. Co by było, gdyby akurat teraz pojawiły się Ciemne Cienie? Gdyby dostała strzałą w plecy teraz, gdy bezpieczeństwo było na wyciągnięcie ręki? Nie mogła znieść tej myśli i nieprzyjemne uczucie ustąpiło dopiero wtedy, gdy brama za jej plecami zamknęła się z hukiem.

Głód szarpał jej żołądek jak dzikie zwierzę. Nie wiedziała, dokąd pójść. Było tu wiele ulic biegnących pod górę i w głąb miasta. Niektóre były tak wąskie, że ledwie się w nich mieściła. Domy postawiono tuż obok siebie, jakby przytulone, by się nawzajem ogrzewać. Kamienne i drewniane skupiska, które przylgnęły do zbocza góry. W niektórych miejscach pochylały się ku sobie tak, że nie było widać nieba. Miały potężne okiennice i spadziste, ciężkie od słomy dachy. Mieszkało tu o wiele więcej ludzi niż w Elveroi. Hirka próbowała sprawiać wrażenie, że się spieszy, żeby nikt jej nie zagadnął.

Kuro przysiadł na skraju dachu w jednej z uliczek. Była wybrukowana i pięła się pod górę. Hirka skręciła w nią. Minął ją mężczyzna siedzący na wozie pełnym drewna. Konie odrzucały głowy, ciągnąc wóz pod górę.

Kawałek dalej ujrzała karczmę. „Młody Kruk" – głosiły przybite do ściany litery. Brakowało „u". Pozostał po nim tylko bledszy cień na drewnie. Nad nazwą ktoś namalował koślawą czarną głowę z otwartym do krzyku dziobem i czerwonym językiem. Próg był szary i zniszczony, z wnętrza dobiegał śmiech mężczyzn.

Przystanęła. Był już wieczór i nie miała ochoty spędzać kolejnej nocy pod gołym niebem. Tęskniła za gorącą kąpielą. Za solidnym posiłkiem. Nie musiało być tego dużo. Wystarczyłby chleb. Świeży chleb. Może rosół... Gorący. Tłusty. Zaburczało jej w brzuchu. Weszła do środka.

Natychmiast ogłuszył ją gwar. Mężczyźni siedzieli w grupkach przy stolikach i na ławach pod ścianami. Stukali się kuflami. Niektórzy jedli. W karczmie w Elveroi nigdy nie było tak pełno, jak tutaj. O wiele za dużo gości. Hirka cofnęła się, ale wtedy jej spojrzenie padło na palenisko pod jedną ze ścian. Na rożnach piekło się pięć prosiąt. Miały przypieczone uszy i pachniały tak, że nie potrafiła się temu oprzeć. Ślina napłynęła jej do ust. Głód okazał się silniejszy niż lęk.

Ogień z paleniska rzucał na wszystkich ciepły blask. Wcisnęła się między dwóch potężnych mężczyzn i przepchnęła do lady. Kontuar był cały odrapany od szurania kuflami. Hirka próbowała zebrać się w sobie, by zamówić coś u zgarbionego mężczyzny za ladą, ale wtedy poczuła, że ktoś ją chwyta i odciąga w drugą stronę.

– Jesteś za młoda dla tych chłopów. Co tutaj robisz?

Ku zaskoczeniu Hirki od lady odciągnęła ją kobieta. Była szczupła, ale pod koszulą wyraźnie rysowały się mięśnie. Balansowała tacą pełną kufli, jakby ta nic nie ważyła. Jej warkocz zakołysał się, gdy opróżniała tacę i zaczęła ustawiać na niej nowe, pełne piwa kufle. Ktoś z tłumu krzyknął „Maja", a ona odkrzyknęła, że „się nie rozdwoi". Miała miłe, ale trochę udręczone spojrzenie. Jakby marnowała tu czas i świetnie o tym wiedziała.

– Przyszłam coś zjeść – odparła Hirka, zerkając w stronę prosiąt, które ociekały tłuszczem nad ogniem.

– Dużo?

– To znaczy, mam pieniądze!

– Chodziło mi o to, czy chcesz dużo prosięcia. Jeden kawałek? Dwa?

– Ach... Dwa. Ile to kosztuje?

– Małą sztukę srebra za dwa kawałki.

– Ach... W takim razie jeden. Nie jestem aż taka głodna.

– Jorge! Jeden kawałek prosiaka! – Maja wrzasnęła tak głośno, że Hirka cofnęła się o krok.

Zgarbiony mężczyzna kiwnął głową, ale bynajmniej mu się z tym nie spieszyło. Napełnił do końca kufel, który trzymał w ręku, odstawił go na ladę i zabrał się do kolejnego.

– Zaraz dostaniesz – zapewniła Maja.

– Poczekaj! Ile kosztuje pokój?

Maja roześmiała się.

– W tej chwili nie mamy nawet wolnej poduszki. Spróbuj u Langeli, ale przed samym Rytuałem jest z tym ciężko. – Wzięła tacę i znów wchłonął ją tłum.

Hirka nie widziała żadnego wolnego krzesła, więc oparła się o ladę. Łóżko będzie musiało poczekać. Nie pamiętała, kiedy ostatnio była aż taka głodna.

Jorge rozmazał piwo na ladzie mokrą szmatą. Podniósł wzrok i zobaczył Hirkę. Uśmiechnęła się do niego najszerzej, jak potrafiła. Wyglądało na to, że wreszcie zajął się jej jedzeniem. Wyciągnął spod laty nóż i ruszył w stronę paleniska. Wrócił i postawił przed nią drewnianą miskę z dymiącym mięsem. Kwadratowy kawał prosiaka z opieczoną skórką i pręgą tłuszczu.

– Trzy miedziaki.

Wyciągnął rękę, a Hirka wyłowiła z sakiewki trzy małe monety.

– Nóż.

– Co? – Hirka zdezorientowana sięgnęła po widelec, który jej podawał.

– Nie możesz tu wchodzić z nożem. Przechowam go pod ladą, dopóki sobie nie pójdziesz.

– To tylko dziewczyna, Jorge! Boisz się, że obrabuje ci karczmę?

Wróciła Maja. Przystawiła do lady wysoki stołek, żeby Hirka mogła usiąść. Niech się o nią kłócą, jeśli mają ochotę. Skupiła się wyłącznie na jedzeniu. To była męka, robić to na tyle spokojnie, żeby się nie poparzyć. Kiedy ostatnio tak smacznie jadła? Surowe małże na nabrzeżu, z ojcem?

Ojciec…

*I tak mięso jest lepsze. Potrzebuję mięsa.*

Najgorszy głód minął. Jadła wolniej, rozglądając się wokół. Ostrożnie, żeby nie spaść ze stołka. Miał jedną nogę krótszą niż pozostałe. Za każdym razem, gdy się pochylała, by odgryźć kawałek prosiaka, przechylał się wraz z nią.

Do karczmy wszedł wysoki mężczyzna i ruszył prosto do lady. Hirka zwróciła uwagę, że rozmowy przy najbliższym stoliku ucichły. Pięciu mężczyzn śledziło go wzrokiem. Pochylił się nad ladą i wskazał palcem na Jorgego, który podsunął mu kufel. Przybysz położył na ladzie miedziaka i rozejrzał się po izbie.

Uznała, że jest trochę młodszy od ojca. I równie ciężko pracował. Włosy miał jasne jak słoma i krótkie niczym świeżo skoszona trawa. Hirka dalej zajadała prosiaka i próbowała nie zwracać na siebie uwagi. Niewiele to pomagało. Wśród gości przeważali dorośli mężczyźni, a nieliczne kobiety były tak stare, że wyglądały, jakby mogły mieć wnuki, choć Hirka nie sądziła, by któraś z nich je miała.

Mężczyzna obrócił w rękach kufel z piwem i zerknął przez ramię na grupkę, która gapiła się na niego, gdy wchodził. Teraz rozmawiali ściszonymi głosami. Jeden z nich otwarcie się w niego wpatrywał. Jego spojrzenie było mroczne, drgał mu kącik oka. Hirka poczuła niepokój, ale to nie miało z nią nic wspólnego. To nie był Ciemny Cień. Ani żaden gwardzista, który mógł ją zaciągnąć przed sąd. Ten niepokój jest naturalny, wmawiała sobie. Od dawna nie była przecież w tak tłocznym miejscu.

Mężczyzna o mrocznym spojrzeniu wstał i podszedł do tego przy ladzie. Zaciskał pięści i wręcz dyszał żądzą krwi. W jego brodzie lśniły kropelki piwa. Nowo przybyły stał odwrócony do niego plecami. Nie mógł go widzieć.

Hirka krzyknęła:

– Hej ty, uważaj! – bo nie znała jego imienia.

Odwrócił się i ledwie zdążył uchylić się przed ciosem. Pięść napastnika minęła jego podbródek. Przybysz uniósł ręce, by się bronić. Zwarli się, otoczyli ich goście. Jorge upuścił beczkę z piwem. Rąbnęła o podłogę, nie pękła, ale wypadł korek i piwo zaczęło się rozlewać.

Mężczyźnie, którego Hirka ostrzegła, udało się wyrwać i zadał przeciwnikowi potężny cios w szczękę. Ten drugi runął na plecy, tuż obok Hirki, która chwyciła się ławy, żeby upadając, nie pociągnął jej za sobą. Zapadła cisza. Wszyscy czekali, co będzie dalej. Leżący na ziemi mężczyzna rozejrzał się dziko. Goście utworzyli wokół nich krąg. Nadbiegła Maja i przeskoczyła przez kałużę piwa, zadzierając spódnicę.

Powalony mężczyzna wpatrywał się w Hirkę. Potem wyszarpnął z pochwy jej nóż. Hirka straciła równowagę i spadła z rozklekotanego stołka. Jakiś mężczyzna wrzasnął z bólu. Goście zaczęli krzyczeć.

Hirka runęła na podłogę między obu mężczyzn. Jej nóż sterczał wbity w udo tego jasnowłosego. To on tak wrzeszczał. Drugi spróbował wyrwać ten nóż, sięgając nad Hirką, gdy usiłowała się podźwignąć.

Dostrzegła Maję. Stała na ladzie, trzymając w rękach wiadro. Wylała na nich jego zawartość. Lodowata woda chlusnęła Hirce w twarz.

– Nie chcę cię tu więcej widzieć, Orvar! – krzyknęła Maja. – Słyszysz?! Już nigdy!

Orvar i jasnowłosy mężczyzna byli przemoczeni do suchej nitki. Goście zaczęli się śmiać. Trzech mężczyzn chwyciło Orvara i pociągnęło go za sobą. Hirka wpatrywała się w swój nóż, tkwiący w udzie obcego mężczyzny. Siedział mocno, ale nie za głęboko. Jego ubranie zaczęło nasiąkać krwią. Maja zeskoczyła z lady.

– Jorge, biegnij sprowadzić Rinnę! Wszystko w porządku, Villir?

Villir wpatrywał się w nią z niedowierzaniem. Hirka wybuchnęła śmiechem. Villir myślał pewnie, że jest bliski śmierci, a przecież widywała o wiele cięższe rany. Wstała. Ociekała zimną wodą, ale z mężczyzną było gorzej. Podeszła do paleniska.

– No chodź – powiedziała, gdy Villir nie ruszył za nią.

Wskazał na nóż, jakby była ślepa. Podeszła i pochyliła się nad nim.

– Oprzyj się na mnie. Jakoś się tam dowleczemy. Nie zginaj nogi.

Villir wrzasnął, opadając na taboret przy ogniu. Hirka wyprostowała mu nogę i zaczęła szperać w swoim worku.

– Co robisz, dziewczyno?

– Zatamuję krwawienie. – Znalazła to, czego szukała, ale przerwała na chwilę i spojrzała na niego. – Chyba że podoba ci się tak, jak jest?

Zebrani wokół mężczyźni ryknęli śmiechem i Maja ich przegoniła. Czoło Villira było mokre. Hirka domyśliła się, że to nie tylko woda, ale też pot. Uśmiechnęła się, ale nie odpowiedział tym samym. Musiała odwrócić jego uwagę.

– No to o co poszło? – spytała.

– To przeklęty idiota! – odparł Villir.

– Najwyraźniej – zgodziła się Hirka, rozdzierając przy nożu przesiąkniętą wodą nogawkę. – A poza tym?

Odpowiedziała jej Maja:

– Villir wysłał swoje córki do Mannfalli.

– Wszyscy przyzwoici ojcowie zrobiliby to samo! – wybuchnął Villir. – Wszyscy słyszeli, że ślepi znów się panoszą! Mamy poświęcać nasze dzieci, żeby zadrwić z Mannfalli?!

– Orvar tak robi – stwierdziła Maja i wzruszyła ramionami.

– Orvar ma tyle rozumu co bukłak.

Villir zachłysnął się ze złości. Dla Hirki chwila była idealna. Chwyciła nóż i pociągnęła. Villir wrzasnął, jakby ktoś go zarzynał, ale nóż z łatwością wysunął się z jego ciała. Miała tylko chwilę, by zrobić, co trzeba, nim zacznie się krwotok.

– Siedź spokojnie!

Znalazła słoik z maścią z łez słońca i mścikolca, by zatamować krwawienie i oczyścić ranę. To powinno aż nadto wystarczyć. Rana nie była głęboka. Osuszyła ją i posmarowała maścią. Potem obwiązała mu udo kawałkiem płótna i zacisnęła. Po chwili maść zaczęła go piec i Villir jęknął.

– Miałeś szczęście – oświadczyła Hirka, wstając. – Potrzebujesz tylko kilku szwów, ale tym zajmiemy się za chwilę. – Wyjęła z worka jedwabną nić.

Villir wyglądał na przerażonego. Maja podała mu kufel piwa. Od razu połowę opróżnił. Do karczmy wbiegł Jorge.

– Rinna jest u Yme i odbiera poród! Dziecko utknęło! Nie może teraz przyjść.

Zadowolony z siebie, uśmiechnął się do Mai, ale nie doczekał się reakcji. Zerknęła tylko na Hirkę i znikła na zapleczu. Hirka stała z nożem w ręce. Zaświtało jej w głowie, że to wszystko przez nią. Jorge prosił ją przecież, żeby oddała nóż.

– Do czarnej Slokny, ale to swędzi! Dzieło ślepych! – jęknął Villir.

– To znaczy, że działa – pocieszyła go Hirka.

To nie była prawda, ale z reguły takie słowa pomagały. To, że piecze, nic nie znaczyło, wszyscy jednak lubili mieć jakiś powód, żeby cierpieć. Hirka ogrzała ręce nad paleniskiem, żeby choć trochę je odkazić.

– Co chcesz zrobić? – Głos Villira drżał.

– Pozszywać cię – odparła Hirka, opalając igłę nad płomieniem.

– TY będziesz mnie szyć?

– Możesz sam to zrobić, jeśli wolisz.

– Gdzie jest Rinna? – Villir rozpaczliwie popatrzył na Jorgego, a ten potrząsnął głową.

Hirka przywykła do tego, że uważano ją za zbyt młodą.

– Słuchaj, Villir… To może poczekać, byle nie za długo. Widywałam o wiele gorsze rany. Jeśli się boisz, możemy poczekać.

– Zaraz tam się boję… Co najgorszego może się stać? – Villir zaśmiał się cicho i rozejrzał, szukając po twarzach potwierdzenia, którego nikt nie mógł mu dać.

Hirka uśmiechnęła się i rozchyliła ranę. Poprosiła Maję, żeby dała Villirowi coś mocniejszego. Przełknął bez protestu to, co mu podano. Hirka przewlekła igłę przez brzeg rany, a Villir naprężył się, ale nie krzyknął. Musiała założyć pięć szwów, a Villir całkiem dzielnie to zniósł. Potem posadzili go bliżej ognia, żeby mógł wysuszyć ubranie.

Jorge odkroił kilka kawałków prosiaka i postawił je na stole razem z bułeczkami. Przez chwilę jedli w milczeniu. Nagle drzwi się otworzyły i do karczmy wbiegła kobieta. Miała rozwiane długie, jasne włosy i szal na ramionach.

– Villir!

– Borgunn?

– Mówili, że Orvar zranił się nożem!

Villir demonstracyjnie wyciągnął nogę i zrobił minę, która miała pewnie mówić, że choć stracił dużo krwi, dzielnie się sprawił. Borgunn ujęła jego twarz w dłonie, a potem zaczęła go wszędzie dotykać, jakby się chciała upewnić, czy poza tym nic mu nie jest.

– Rinna tu była?

– Nie – odparł Jorge. – Odbiera poród. Pozszywała go ta dziewczyna.

– Dziewczyna? Kim jesteś, dziewczyno?

Wszyscy spojrzeli na Hirkę. Przełknęła kęs jedzenia. Już po raz trzeci słyszała dziś to pytanie. Musiała się nauczyć, jak na nie odpowiadać. Maja uniosła brwi, co świadczyło o tym, że już od pewnego czasu miała ochotę zapytać o to samo. A Borgunn gapiła się na nią, jakby się bała, że Hirka może jej ukraść męża. Zanim dziewczyna zdołała odpowiedzieć, drzwi znów się otworzyły.

Hirka zesztywniała. Weszło trzech mężczyzn w skórzanych zbrojach. Przy ich biodrach wisiały ciężkie miecze. W otwartych drzwiach widać było, że niebo zdążyło już pociemnieć. Do izby wdarł się podmuch wiatru, szal Borgunn zatrzepotał.

– Hirka?

Odezwał się ten, który stał na przodzie. Jego głos był wyzuty z jakichkolwiek uczuć. Ani wesoły, ani zły. To było po prostu pytanie. Mimo to Hirka poczuła, że robi jej się zimno.

*Głupia dziewczyno! Ciemnie Cienie to zabójcy Rady. Nie ma ich w Kruczym Dworze.*

Hirka kiwnęła głową i przełknęła jeszcze raz.

– Ty jesteś Hirka?

– Tak.

– Ta bezogoniasta? – Zupełnie jak strażnicy przy bramie, przekrzywił głowę, żeby sprawdzić, czy to się zgadza.

– Tak – potwierdziła Hirka.

– Eirik chce cię widzieć. Chodź.

Eirik. Wódz Kruczego Dworu? Dlaczego? Czego może od niej chcieć?

– Muszę spakować worek – tylko tyle udało jej się z siebie wydusić.

Mężczyzna nie odpowiedział. Wstała i spakowała swoje rzeczy. Trzęsły jej się ręce, ale starała się to ukryć. Goście w karczmie nie wyglądali na wystraszonych. Byli tylko zaciekawieni. Pocieszała się, że żaden z tych trzech mężczyzn nie nosił znaku Rady. W Kruczym Dworze pewnie nikt tego nie robił. Tutaj ryzykowało się, że ktoś ci wbije nóż w udo, jeśli wyślesz swoje dzieci na Rytuał.

Zarzuciła worek na ramię i wyszła z trzema wojownikami. Było tak ciemno. Z wyjątkiem świateł w oknach domów, które przylgnęły do zbocza góry. Było tu pięknie. Jeden z mężczyzn pchnął lekko jej ramię. Wciągnęła powietrze i ruszyła.

# TEIN

Hirka szła pomiędzy trzema wojownikami. Ten najwyższy prowadził, niosąc latarnię, która kołysała się w rytm jego kroków. Chciała go zapytać, czy jest więźniem, ale nie mogła wydobyć z siebie głosu. Droga stała się bardziej stroma, zabudowania znikły. Zaciągną ją na szczyt góry i tam zabiją? Tę bezogoniastą? Zagryzła wargi. Wolała już tłoczną gospodę niż trzech mężczyzn w ciemności.

Przez krótką chwilę widać było jedynie blask latarni, ale w miarę jak się wspinali, zaczęła dostrzegać coraz więcej świateł. Usłyszała znajome krakanie. Kruki poruszały się niespokojnie w mroku. Było ich wiele. Brzmiało to tak, jakby dźwięk dobiegał gdzieś z dołu, ale to się przecież nie mogło zgadzać.

Dotarli do potężnego, drewnianego mostu nad zalesionym jarem. To tam musiały spać kruki. Na drzewach, w dole pod nimi. Hirka przystanęła, próbując coś zobaczyć, ale mężczyzna po lewej stronie położył jej dłoń na plecach i pchnął lekko, dając znać, by szła dalej.

Światła, które wcześniej widziała, okazały się pochodniami ciągnącymi się od mostu aż do dużego dziedzińca. Pośrodku placu rósł świerk, górujący nad zabudowaniami. Dwóch mężczyzn w kolczugach wyszło im na spotkanie i wojownicy, którzy ją przyprowadzili, poprosili ich, by zawołali Eirika. Hirce ścisnęło się gardło. Powinna zostać czy rzucić się do ucieczki? Może wskoczyć do jaru? Bezpiecznie wylądować wśród gałęzi, zejść na dół i zniknąć?

*Albo zawisnąć na drzewie, z połamanymi nogami. Kiepski pomysł.*

W siedzibie wodza nie czuć było spokoju wieczoru. Wszyscy krzątali się w świetle latarni, nosili drewno lub pościele. Inni zajmowali się wozem, który właśnie przyjechał. Odprowadzali konie, nowo przybyłych zapraszano do środka.

– Ynge!

Olbrzymi mężczyzna zmierzał długim krokiem w ich stronę. Miał szerokie ramiona, ale jedno wydawało się niższe od drugiego. Brązowe włosy i broda otaczały głowę niczym stóg siana. Eirik.

Hirka przypomniała sobie, że jej włosy z pewnością wyglądają gorzej. Szybko przeczesała je dłonią, ale nie przyniosło to chyba żadnego efektu. Wojownik z latarnią odesłał pozostałych i wyjaśnił Eirikowi, gdzie znalazł Hirkę. Opowiedział też o Orvarze i o nożu. Hirka znów zagryzła wargę, by nie ulec pokusie i się nie wtrącić z wyjaśnieniami, jak rzeczywiście było. Musiała zadowolić się tym, że chociaż połowa tej historii była zgodna z prawdą. Pewnie usłyszeli jakieś urywki od innych gości, zanim weszli do Młodego Kruka.

Eirik mruknął coś pod nosem. Choć rozmawiał z Yngem, nie spuszczał Hirki z oczu.

– Powiadom Grinna o Orvarze, niech to potraktuje tak, jak uzna za słuszne. Pewnie noc czy dwie przetrzyma go w klatce.

Hirka przełknęła ślinę. Noc z Orvarem „w klatce" nie brzmiała kusząco. Ynge kiwnął głową i się oddalił. Nagle Eirik kucnął przed nią. Wciąż był prawie tak wysoki jak ona. Przekrzywił głowę. Domyśliła się, czego szukał, więc na chwilę odwróciła się do niego plecami. Zaśmiał się cicho.

– A więc ty jesteś ta bezogoniasta? – spytał szorstkim głosem.

– Tak.

– Skąd przybywasz?

Przypominał jej niedźwiedzia. We wszystkim z wyjątkiem oczu. Iskrzyły błękitem w świetle pochodni. Hirka przeczuwała, że zna już odpowiedź, mimo to odparła:

– Z Elveroi.

– A więc mieszkałaś tam razem z członkinią Rady. Niewielu jest to dane. – Eirik przyglądał jej się badawczo.

Wzruszyła ramionami i odpowiedziała zgodnie z prawdą:

– Rzadko chodzę do sali Widzącego. A poza tym teraz i tak wróciła do Mannfalli. W Elveroi nie ma już nikogo z Rady.

Broda Eirika uniosła się lekko z jednej strony, zdradzając, że się uśmiechnął.

– Tak. Tak powiadają.

Wstał i Hirka musiała cofnąć się o krok, by być w stanie ogarnąć wzrokiem jego postać. Zawołał kogoś. Podeszła do nich kobieta o twarzy pomarszczonej jak zeszłoroczne jabłko. Przy spódnicy nosiła duży pęk kluczy.

– Unngonno, to jest Hirka. Potrzebuje pokoju w izbie Frigg, kąpieli i czegoś do jedzenia.

Hirka zerknęła na Eirika. Nie przesłyszała się? To tak w Kruczym Dworze traktują wyjętych spod prawa? Karmią ich i dają dach nad głową?

– Dopiero co jadłam…

Nikt jej nie słuchał.

– Eiriku, ale jutro jest uczta z okazji tingu i łaźnię zajęły podpite chłopiska Meredira. Ona nie może przecież…

– To niech skorzysta z tej okrągłej.

Unngonna przyjrzała się krytycznie Hirce. Potem dała znak ręką, by dziewczyna poszła za nią. Klucze przy pasku spódnicy zabrzęczały. Eirik odwrócił się do Hirki.

– Idź ścieżką przy skalnej ścianie, dopóki nie dotrzesz nad rzekę. Tam znajdziesz łaźnie.

Hirka kiwnęła głową. Myśl o kąpieli była niesłychanie kusząca. Może nawet było to warte nocy spędzonej w klatce razem z Orvarem. Odwróciła się i chciała już odejść, ale wtedy poczuła na ramieniu potężne łapsko Eirika. Pochylił się nad nią tak nisko, że jego włosy opadły jej na twarz. Mrugnął jednym okiem.

– Witaj w Kruczym Dworze.

Hirka zdała sobie sprawę, że uśmiecha się do niego szeroko.

– Nie mamy całej nocy! – zawołała do niej Unngonna i Hirka pobiegła za nią.

Izba Frigg była położona trochę na uboczu, oddalona od innych budynków w siedzibie wodza. Okazała się długim domem z małymi pokojami. Unngonna miała klucze do wszystkich. Siedziba wodza w Kruczym Dworze była sama w sobie jak gospoda. Zanim Unngonna odeszła, zauważyła z ubolewaniem, że pokój jest zbyt mały. Hirka kiwnęła tylko głową. Był większy niż cała ich chata w Elveroi. Było tu krzesło i nocny stolik, na którym stała lamka olejna. Łóżko z białą płócienną pościelą. Na parapecie leżał wianuszek lawendy, żeby odstraszać robactwo. W oknie było żółte szkło. Najprawdziwsze szkło! Czy śniła? Może zamarzła gdzieś w lesie, a teraz leży w Sloknie i sobie to wszystko wyobraża?

Hirka miała ochotę natychmiast rzucić się na łóżko, nie mogła tego jednak zrobić. Nie w tym stanie. Spróbowała przeczesać włosy palcami, ale całe były skołtunione. Musiała się wykąpać. Znalazła w worku jedyne rzeczy, jakie miała na zmianę. Zrolowała ubrania, owinęła je ręcznikiem i najciszej jak potrafiła wyszła z pokoju. Usłyszała głosy z sąsiedniej izby.

Jedna z desek zaskrzypiała pod nią i rozmowa gwałtownie się urwała. Hirka pospiesznie wyszła na zewnątrz. Było chłodno. Nadeszła jesień, co do tego nie było już żadnych wątpliwości. Znalazła kamienne schody i ruszyła nimi, tak jak jej polecono. Po drodze nikogo nie spotkała. Zachęcona tym przyspieszyła kroku i dotarła do okrągłego drewnianego budynku nad rzeką. Nie było w nim okien, więc nie mogła zajrzeć do środka i sprawdzić, czy nikogo tam nie ma. Przystanęła i nasłuchiwała przez chwilę. Słyszała tylko szum rzeki i dalekie nawoływania kruków. Ostrożnie zajrzała do środka. Nikogo tu nie było. Weszła i zamknęła za sobą drzwi.

Połowę pomieszczenia stanowiło zagłębienie wypełnione wodą. Dostrzegła w ścianach kontury śluz. Wykorzystywali rzekę, by napełniać łaźnię czystą wodą, a potem ją opróżniać.

*Genialne!*

Kocioł wciąż był gorący. Rozebrała się i weszła do wody. Parzyła ją, dopóki się nie przyzwyczaiła. Przepłynęła kawałek. Nigdy nie przypuszczała, że kąpiel może być tak przyjemna. Pozwoliła, by jej ciało opadło, i dotknęła stopami dna. Potem odbiła się i wystrzeliła na powierzchnię wody. Jej ciało nic nie ważyło. Unosiła się, zapadała pod wodę i z każdą chwilą była coraz czystsza. Blask lampki igrał na powierzchni. Na zewnątrz szemrała rzeka. Dlaczego było jej tak smutno? Czym się martwiła? Nie Rytuałem. Nie Radą. I z pewnością nie Kruczym Dworem.

*Niczym prócz Ciemnych Cieni.*

Pod powierzchnią wody znalazła kamienie, na których można było usiąść, a na półkach leżały kawałki mydła i szczotki. W Kruczym Dworze myślano o wszystkim. Była tu bezpieczna. Do Slokny z całym Rytuałem! Naprawdę udało jej się uciec. Nigdy nie będzie musiała stanąć przed Radą i przed Widzącym. Uczucie ulgi było takie, jakby rozluźnił się zaciśnięty dotąd węzeł. Namydliła się, żeby za dużo nie myśleć, palce przesunęły się po bliźnie u dołu pleców. Myśli, które próbowała odsunąć, powróciły jak lawina. Wilki, które nigdy nie odgryzły jej ogona. Prawda o tym, kim jest. Ojciec, który nigdy nie był ojcem. Tylko kimś, kto się nią zajął. Kimś, kto poświęcił życie, żeby pomóc jej uciec. Rime, który będzie czekał na próżno podczas Rytuału. Rozczarowanie w jego wilczych oczach.

Hirka zanurkowała i wstrzymywała oddech tak długo, że myślała, że zaraz rozsadzi jej płuca. Potem odbiła się ku powierzchni, wynurzyła się i zaczęła kaszleć.

– Tam, skąd pochodzisz, się nie kąpiecie?

Podskoczyła. Na krawędzi zagłębienia, przed nią, stał ten dziki chłopak z lasu. Zupełnie nagi. Hirka cofnęła się, natrafiła plecami na ścianę i usiadła. Zanurzyła się na tyle, by mieć pewność, że chłopak widzi tylko jej głowę.

– A tam, skąd *ty* pochodzisz, nie pukacie?

Zajęła się rozczesywaniem włosów, żeby na niego nie patrzeć, ale musiała podnieść wzrok. Szczerzył zęby. Skrzyżował ręce na piersi i stał na szeroko rozstawionych nogach, jakby była jego dziewczyną i widziała go już w każdym szczególe. Bynajmniej nie krępował się chwalić tym, co tam miał.

– Nie do własnej łaźni – odparł i wszedł do wody.

Hirka poczuła, jak palą ją policzki. Ze wszystkich łaźni trafiła akurat do tej, której używał ten chłopak.

– Unngonna mówiła, że druga łaźnia jest…

– Kruk doszedł już do siebie? – przerwał jej.

Usiadł pod ścianą naprzeciw niej i oparł wyciągnięte ręce o krawędź basenu. Ten chłopak dotychczas powiedział do niej niewiele, ale prawie za każdym razem jej przerywał. Na pewno znów to zrobi, więc Hirka nie miała ochoty mu odpowiadać. Ale wiedział coś o niej. Wiedział, kim jest, a ona chciała się dowiedzieć skąd.

– Obeszliśmy się strachem – odparła.

Parsknął.

– Olbrzymie orły nie skrzywdziły nikogo, odkąd się urodziłem. Nie ma się czego bać.

*Prosto w pułapkę!* Hirka powstrzymała szeroki uśmiech.

– Nie mówiłam o orle. Mówiłam o tym dzikusie, który zaczął w nas rzucać kamieniami.

Pełen wyższości uśmiech chłopaka zgasł i przez chwilę Hirka bała się, że posunęła się za daleko. Potem jednak odrzucił do tyłu głowę i wybuchnął śmiechem. Miał poczucie humoru. Dobrze to o nim świadczyło.

– Dlaczego nie strzelałeś? Miałeś przecież łuk i strzały.

Spojrzał na nią. Jego oczy były jak bladoniebieskie krążki wokół rozszerzonych źrenic.

– Nie jesteś specjalnie bystra, co? Z czym wolałabyś walczyć? Z rozwścieczonym rannym orłem czy po prostu z orłem? – Zanurzył się pod wodę.

Hirka stłumiła impuls, by się zasłonić. Po chwili znów się wynurzył. Uśmiechnięty.

– Wybierasz się na Rytuał?

Hirka już dawno doszła do wniosku, że w Kruczym Dworze może być szczera, jeśli chodzi o Rytuał.

– Nie. Postanowi…

– Ja tego nie zrobiłem. Byłem pierwszy. – Znowu jej przerwał.

Hirka nie była pewna, czy jest rozdrażniona, czy raczej zaciekawiona. Ciekawość wzięła górę.

– Pierwszym, który co?

Przygładził włosy mokrą dłonią, ale i tak dalej sterczały na wszystkie strony. Z wyjątkiem cienkiego warkoczyka na karku, na który nie zwróciła uwagi, gdy widziała chłopaka w lesie.

– Pierwszym w Kruczym Dworze, który nie przeszedł Rytuału. Mój czas był dwa lata temu. Ale nie zrobiłem tego. Od tego czasu wielu się wstrzymało. Ja jednak byłem pierwszym, który się im postawił.

Spojrzał na Hirkę, jakby te słowa powinny coś dla niej znaczyć. Zakładała, że miał na myśli Radę. Mimo to spytała:

– Komu się postawiłeś?

– Tym zdrajcom z Mannfalli. – Zmrużył oczy, jakby była jedną z nich.

– Zdradzili kogoś?

Nie odpowiedział. Sięgnął po kawałek mydła i kilka razy obrócił go w dłoniach. Namydlił pierś białą pianą. Miał ramiona jak ojciec. Był dobrze zbudowany, bez dwóch zdań. I wysoki. Wyższy od Rimego, ale Rime i tak wydawał się silniejszy. Rime zawsze chodził wyprostowany. Niewiele mówił. Był zwinny jak kot. Siedzący przed nią chłopak się garbił i chełpił jak młody byczek. Byli jak dzień i noc. A kim w takim razie była ona?

*Zgnilizną!*

Była zgnilizną i oto siedziała w łaźni razem z nieznajomym! Co, jeśli woda może przenosić zgniliznę? Hirka przestała oddychać. Rozpaczliwie szukała w pamięci czegoś, co by ją uspokoiło. Kąpała się w Wartkim Potoku razem z innymi dziećmi. A ojciec przecież ją mył, kiedy była mała. To nie mogło być niebezpieczne. Nie mogło. Ale nigdy nie siedziała tak z chłopakiem. I oboje byli nadzy. Znów powróciła ta piosenka o dziewczynie i zgniliźnie. O tej, która w ostatniej zwrotce się zgodziła.

– Czyli nie boisz się ślepych? – spytała Hirka, szukając jakiegoś sposobu, by się stąd wyrwać, ale tak, by nie zobaczył jej nagiej.

Odrzucił do tyłu głowę i znów się roześmiał. Ten gest wydał się jakby nie na miejscu. Nie pasował do śmiechu. Zupełnie jakby musiał odrzucać głowę, żeby przekonać ją albo samego siebie, że naprawdę się śmieje. Splótł ręce na karku. Coś jej podpowiadało, że zrobił to, by wydawały się jeszcze bardziej umięśnione.

– Widziałaś kiedyś ślepego? – zapytał.

Hirka nie odpowiedziała. Na pewno i tak jej przerwie, bo było widać, że ma do powiedzenia coś więcej.

– Nikt nie widział ślepych, dziewczyno. Od setek lat! Zgadnij dlaczego?

– Hirka.

– Co?

– Mam na imię Hirka. Nie „dziewczyna".

– Nikt ich nie widział, bo są wymysłem! Bujdą rozgłaszaną przez Mannfallę, żeby wszyscy się przed nimi płaszczyli! I płaszczą się! Zjeżdżają się z całego Midtymsu, z Norrvarje, Foggardu i Bik, żeby być pionkami w rozgrywkach Mannfalli. Zjeżdżają się zewsząd, żeby wziąć udział w Rytuale! Każdego przeklętego roku. – Jego źrenice się zwęziły. – Kiedy to niby Rytuał ochronił kogokolwiek przed ślepymi? Powiedz mi!

– Codziennie? – Hirka wzruszyła ramionami.

– Jak to, codziennie?!

– Skoro nikt od setek lat nie widział ślepych, może to oznacza, że Rytuał działa? – Hirka ukryła uśmiech. Właściwie to nie wierzyła w ślepych. Wszyscy wierzyli w zbyt wiele bredni, ale do niedawna nie wierzyła też w dzieci Odyna. A jednak tu siedziała i była jednym z nich.

Wyglądał, jakby miał ochotę splunąć, powstrzymał się jednak.

– Nie możesz być aż tak głupia, dziewczyno. Mówisz tak jak oni.

Hirka podciągnęła się na krawędź basenu. Wyprostowała się. Nie miała ogona, ale przecież już o tym wiedział. Z jej ciała spływała woda. Czuła się paskudnie, odwracając się do niego plecami. Nie spieszyła się jednak. Podeszła do swoich rzeczy, owinęła się ręcznikiem i znów na niego spojrzała.

– Skoro tak się boisz ślepych, to dlaczego się tam nie wybierzesz?

W jego głosie nie było już tej siły. Hirka nie odpowiedziała. Podniosła ubrania i otworzyła drzwi.

– Dzięki za użyczenie mi łaźni, chłopaku.

– Tein.

Wyszła i zamknęła za sobą drzwi.

– Jestem Tein! – krzyknął za nią arogancko.

*Ciesz się, że żyjesz, Tein. Kąpałeś się ze zgnilizną.*

# POSĄG BOGINI

Góry porośnięte były bujną roślinnością. Hirka, wiedziona doświadczeniem, znalazła już mścikolce i łzy słońca. Obudziła się wcześnie. Kruczy Dwór wciąż spał w dole, chroniony przez urwiska zbyt strome, by się na nie wspiąć. Dziki chłopak miał rację. *Nikt nie przybywa do Kruczego Dworu przez lasy.*

Nazwał ją „tą bezogoniastą". Jakby wiedział o tym wcześniej. Co jeszcze wiedział? Hirka się zawahała. Może lepiej byłoby spędzić noc tu na górze… Trudno było zignorować stare nawyki. Musiała sobie przypomnieć, że nigdy nie wszedłby z nią do łaźni, gdyby wiedział, kim jest. Poza tym dobrze ją tu przyjęto. Tak dobrze, że ojciec pewnie przewracał się w Sloknie i mruczał podejrzliwie pod nosem. Zawsze powtarzał, że nikt nie daje, nie biorąc dwa razy tyle w zamian. Hirka nie była już tego taka pewna. Wiedziała tylko, że zaoferowano jej jedzenie, gorącą kąpiel i własne łóżko. Chociaż miasto pękało w szwach od przyjezdnych, a gospody były przepełnione. Czy znalazła dom, którego już nigdy nie będzie musiała opuścić?

Usłyszała krzyk kruka. Potem krzyknęło jeszcze kilka. I kolejne. Spojrzała w dół, w stronę siedziby wodza. Położona była na płaskowyżu, nad miastem – mrowiem kamiennych domów o spadzistych, krytych strzechą dachach. Krzyki kruków stawały się coraz głośniejsze i nagle z jaru, nad którym przechodziła poprzedniego wieczoru, zerwała się czarna chmura. Rozlała się nad domami. Hirka rozdziawiła usta. Kruki z Kruczego Dworu. Były ich tysiące. Dziesiątki tysięcy. Sprawiły, że niebo nad jej głową pociemniało. To był widok godny bogów. Serce rosło jej w piersi, zapragnęła móc za nimi podążyć. Aż na koniec świata. Ale kruki odleciały na północ. Ona wciąż stała w miejscu, przykuta do ziemi. Bezogoniasta i pozbawiona skrzydeł. Ale i tak powinna już zawrócić. Kruki zbudziły pewnie całe miasto.

Zeszła trochę niżej i wtedy zobaczyła ścieżkę znikającą w rozpadlinie skalnej ściany. Powinna dalej iść w dół, ale pokusa była zbyt silna. Coś ją ciągnęło w góry. Rozpadlina była na tyle szeroka, że Hirka mogła dotknąć skał po obu stronach, gdy rozłożyła ręce, ale za to sięgała w górę na wysokość pięciu mężczyzn. Niebo nad jej głową było jak blady wąż. Nagle zrobiło się chłodniej. Po dwóch łagodnych zakrętach dotarła do wykutego w skale pomieszczenia. Otoczyły ją pionowe ściany niczym szyb wznoszący się ku niebu. Były niemal doskonale koliste i szerokie na jakieś pięćdziesiąt kroków. Ścieżka biegła dalej wzdłuż ścian. Hirka przystanęła.

Pośrodku pomieszczenia stał posąg, który mógł być jedynie wizerunkiem bóstwa. Wystraszona obejrzała się przez ramię, by sprawdzić, czy jest sama. Widzący zakazał wizerunków innych bóstw. Mówiło się, że przyciągają ślepych. To miejsce musiało być starsze niż ktokolwiek z obecnie żyjących. Ruszyła ścieżką przy ścianie, by nie zbliżać się do posągu. Bez względu na to, co mówiło prawo, to miejsce było dla kogoś święte. Podchodzenie zbyt blisko wydało jej się niewłaściwe.

Wzdłuż całego okręgu w skale ktoś wyrył postacie. Wizerunki ætlingów, którzy zbierali plony i zabijali zwierzęta. Polowanie. Kobieta otoczona przez kruki. Ktoś leżał martwy u jej stóp. Jakiś mężczyzna wisiał na drzewie głową w dół. Wojska ætlingów, którzy... Hirka przystanęła. Oni nie mieli ogonów! Podeszła bliżej i przesunęła palcami po płaskorzeźbach. Czy byli tacy jak ona? Dzieci Odyna? Nie... Mieli szpony zamiast palców. Oczy jak ziejące dziury w twarzach. *Ślepi.*

Co to było? Jakaś legenda? Jak stare mogło być to miejsce? Zatoczyła już prawie pełen krąg. Ostatnie płaskorzeźby były wyraźniejsze. Nowsze. Mężczyzna z mieczem wbitym w plecy. Przed nim, na tronie, siedziała jakaś postać. Hirka z łatwością rozpoznała na jego czole kruka Rady. Jak Tein nazwał Radę? Zdrajcami?

Posąg bóstwa jakby ją przyciągał. Nie było tu nikogo, kto mógłby ją zobaczyć. Chyba nic się nie stanie, jeśli się przyjrzy? Podeszła do posągu, zadarła głowę i spojrzała w kobiecą twarz. Nie sposób było określić jej wieku. Być może czas zatarł detale. Była naga. O bujnych kształtach i siedziała okrakiem na dwugłowym kruku. Miała duże piersi i Hirka zerknęła na swoje, mieszczące się w dłoniach. Kruk wyglądał, jakby pragnął rozerwać się na dwie części, z których każda chciała się udać w inną stronę. Położyła ręce na jego dziobach i wzdrygnęła się. Jeden był chłodny. Drugi ciepły.

*To słońce.* To na pewno przez nie. Pewnie jeden był bardziej pogrążony w cieniu.

Cokół rzeźby stał w zagłębieniu poplamionym krwią. W niektórych miejscach była stara i zakrzepła. W innych tak świeża, że czuła jeszcze jej woń. A jednak nie ogarnęło jej obrzydzenie. Tylko łaskotanie w całym ciele. Kamień pamięta, mówił Rime. Hirka zdała sobie sprawę, że zatęskniła za Evną. Że na nią czeka. Prosi o nią. Ale Rimego tu nie było. I nie było tu Evny. Nie dla niej.

*Głosy!*

Hirka bez zastanowienia skryła się za posągiem bogini. Z rozpadliny dobiegały odgłosy rozmowy. Mężczyzna i kobieta. Ktoś się tutaj zbliżał! Dlaczego się ukryła? Nie zrobiła nic złego. Teraz było już za późno, by się podnieść. Pogłos zniknął i głosy stały się wyraźniejsze. Weszli do kręgu.

Hirka kucała, opierając się plecami o posąg bogini. Zdała sobie sprawę, że zna oba te głosy. Tego donośnego, męskiego nie sposób było pomylić z żadnym innym. Eirik. A ten drugi...

*Ramoja?! Co Ramoja robi w Kruczym Dworze?*

– Nie ma żadnych wątpliwości, Ramojo. Wybrał swoją drogę. Teraz zabija dla tych, których według ciebie miał odmienić. Popełniłaś błąd, co? – Eirik mówił burkliwym tonem, ale brzmiało to bardziej jak pocieszenie niż oskarżenie.

– Popełniłam błąd, bo miałam nadzieję na zmianę? – W głosie Ramoi brzmiał smutek.

– Zmiana nadejdzie. To równie pewne jak Evna. Ale to zależy od nas, a czekamy już dość długo. Byłem gotów czekać pół pokolenia, ze względu na ciebie, Ramojo. On jednak już nie może nam pomóc. Możemy czekać, aż słońce zgaśnie, i co nam z tego przyjdzie? – Eirik parsknął. – Kiedy my siedzimy jak głupcy i gapimy się na skalną ścianę, Rada rozsyła po całym kraju swoich popleczników i morderców! Podlizują się albo mordują, jak tylko im pasuje! Są już w drodze. Kruczy Dwór nie będzie dłużej czekać!

Brzęknęły bransoletki Ramoi. Hirka wyobraziła sobie, że nauczycielka kruków kładzie dłoń na ramieniu Eirika, żeby go uspokoić.

– Eiriku... – jej głos stał się cieplejszy – trzeba to rozwiązać z Eisvaldru. Od wewnątrz. Wiesz, że to prawda i że nie zawiodę. A ty potrzebujesz czasu, by odróżnić przyjaciół od wrogów. Nie stać cię na to, by samemu sprzeciwić się Mannfalli.

Eirik coś warknął i Hirka usłyszała kroki na trawie. Poruszali się! Zgrzytnęła zębami. Eirik i Ramoja robili dokładnie to, co wcześniej ona sama. Szli wzdłuż ścian po okręgu. A ona siedziała pośrodku jak głupia. Przesunęła się ostrożnie za posągiem, żeby jej nie zobaczyli.

– Nie jesteśmy sami. Mamy bezogoniastą – powiedział Eirik.

Hirka zamarła.

– Niewiele o niej wiemy, Eiriku. Nie możesz liczyć na to, że będzie potrafiła ci pomóc.

– Mówiłaś przecież, że ona jest ratunkiem!

– Że *może* nim być. Nie wiemy tego. Wiemy tylko to, co widziałam i słyszałam. Ona przyciąga kruki! Wyczuwają w niej inną krew… I była na tyle silna, by chcieć uciec przed Mannfallą. To jest dar, Eiriku. Już myślałam, że straciliśmy ją w płomieniach.

Hirce zakręciło się w głowie. Wychyliła się trochę zza posągu i zobaczyła Eirika i Ramoję między szponami boskiego kruka.

– I myślisz, że to jutro wystarczy? – zapytał Eirik. Przystanął i spojrzał na Ramoję.

Odwróciła się do niego plecami, a Hirka błyskawicznie przywarła do ziemi.

– Nie mogę się pojawić na zgromadzeniu, Eiriku. Wiesz o tym. Zwłaszcza teraz. Kto by się teraz za mną wstawił, gdyby to wyszło na jaw? Bo nie Rime. Jest dla nas stracony.

Ruszyli dalej.

– Gdyby tylko cię tutaj zobaczyli, Ramojo! To by nam zdobyło więcej sojuszników niż cokolwiek innego.

– Podczas tej wojny muszę pozostać niewidzialna, Eiriku. Musi tak być.

*Jakiej wojny? Nie ma żadnej wojny!* Hirka znów się trochę przesunęła. Gdy się poruszyła, strzyknęło jej w kolanie. Wyjrzała zza posągu, ale najwyraźniej nic nie usłyszeli. Spokojnie zmierzali z powrotem w stronę rozpadliny.

– Słyszałam, że przybył Meredir. Mamy Urmunai? – spytała ostrożnie Ramoja, jakby bała się usłyszeć odpowiedź.

– Meredir jest młody, ot co – rzucił Eirik. – Marnuje czas na zamku ojca na kobiety i wino. Albo na mężczyzn i wino, jeśli wierzyć temu, co o nim mówią.

Zniknęli w rozpadlinie. Hirka wyciągnęła szyję, próbując usłyszeć coś więcej.

– Ale zjawi się na zgromadzeniu. To już coś – stwierdziła Ramoja.

– To nie wystarczy – odparł Eirik.

Pogłos między skałami sprawił, że nie usłyszała reszty rozmowy. Odczekała, aż zapadnie cisza, a potem wstała. Po jej nogach ściekała krew, a mrowienie było tak intensywne, że musiała nimi potrząsnąć. Chwiejnym krokiem ruszyła w stronę ścieżki. Co tak właściwie słyszała? To, że Kruczy Dwór sprzeciwia się Radzie i Widzącemu, nie było żadną nowością. Ale to było coś więcej. Kruczy Dwór planował wojnę. A Ramoja o tym wiedziała! Brała w tym udział! I zamierzała zaangażować w to Hirkę.

*Mamy bezogoniastą.*

Mówili, że może im pomóc. Skąd im przyszedł do głowy ten obłąkańczy pomysł? Pomóc w jaki sposób? Co powiedziały o niej kruki? Inna krew? Czy Ramoja zrozumiała, co to oznacza? I powiedziała o tym wodzowi Kruczego Dworu? To było coś, co chcieli wykorzystać? Czy to w ogóle możliwe? Jak ktoś taki jak ona miałby cokolwiek osiągnąć? Kiedy tylko mogła, stroniła przecież od innych. Była ślepa na ziemię i nie czuła Evny.

Co by powiedział Rime, gdyby się o tym dowiedział? I Ilume! Ilume An-Elderin. Ramoja jej przecież służyła! Służyła Radzie. I co miała na myśli, mówiąc, że Rime jest dla nich stracony?

Hirka oparła się o skalną ścianę. Nie mogło być tak, jak myślała. Słyszała tylko urywki rozmowy. Nie wie, o co naprawdę chodziło. Na pewno istnieje jakieś naturalne rozwiązanie. Musi istnieć. A ona musi je poznać.

Wspominali o jutrzejszym zgromadzeniu. Zgromadzeniu, na którym Ramoja nie może się pojawić. Ale przybędą inni. I być może oni też będą mówić o bezogoniastej. O niej. Musi ich podsłuchać. Bez względu na to, ile to ją będzie kosztować.

Hirka wychyliła się ostrożnie z rozpadliny. Odnalazła ścieżkę prowadzącą w dół i wkrótce ujrzała miasto. Panowała tam gorączkowa krzątanina. W nocy przyjechały kolejne wozy. Mężczyźni i kobiety w ciemnoniebieskich fartuchach przemierzali dziedziniec, nosząc wodę, jedzenie, pościel i drewno. Wartownicy zmieniali się na murach. Ktoś wynosił jajka z kurnika, inni uszczelniali dachy świeżą słomą, a na placach rozstawiano towary. Wyroby ze skóry, wypieki, klatki z najróżniejszymi ptakami, ubrania i broń. Tarcze i miecze.

Po tysiącletnim śnie Kruczy Dwór znów się budził.

# UCZTA

Muzyka zaczęła rozbrzmiewać na długo przed zachodem słońca. Uczta z okazji tingu w Kruczym Dworze bynajmniej nie była drobną sprawą. Gdyby świat był taki jak dawniej, Hirka leżałaby ukryta na jakimś dachu i obserwowałaby to wszystko z bezpiecznej odległości. Ale nic nie było już takie jak dawniej.

W siedzibie wodza zapłonęły pochodnie. Grano na fletach i harfach pieśni o bogach i miłości. Nad ogniem obracały się całe jagnięta. Dzieciaki z ubrudzonymi buziami biegały dookoła i podkradały z półmisków, ale nikt nie przeganiał ich do łóżka. Wieczorne powietrze pachniało mięsem, piwem i przyprawami.

Drzwi wielkiej sali się otworzyły i goście stłoczyli się, by wejść do środka. Hirka była otoczona. Ściśnięta między nimi. Udało jej się wymknąć bokiem.

– Widzę, że wybrałaś najgłupszą drogę, żeby wejść do środka.

Odwróciła się w stronę, z której dobiegał głos. Tein stał oparty o ścianę przy rogu budynku.

– Wcale nie próbowałam tam wchodzić – odparła Hirka. Uchwyciła się jednak szansy, by uciec przed tłumem, i podeszła do niego. Machnął ręką, ruszyła za nim i weszli drzwiami dla służby na tyłach wielkiej sali.

Sala była dwupoziomowa. W środku już było tłoczno, a ciągle schodzili się kolejni goście. Sklepienie podtrzymywały dwa rzędy potężnych, drewnianych bali. Musiało ich być co najmniej pięćdziesiąt. Ktoś ozdobił kwiatami poręcz schodów prowadzących na piętro. Hirka naliczyła cztery paleniska, nad płomieniami piekły się prosięta. Stoły uginały się od piwa, owoców, ryb i chleba na miodzie. Wszyscy wpadali na siebie, tłoczyli się na ławach.

– Nie ma tu miejsca. Musimy wyjść – powiedziała Hirka z ulgą w głosie i odwróciła się.

Tein powstrzymał ją, kładąc jej rękę na ramieniu.

– Ech, zawsze znajdzie się dla nas jakieś miejsce – odparł i wyszczerzył zęby tak zadowolony z siebie, że Hirka wyczuła niebezpieczeństwo.

– WITAJCIE W KRUCZYM DWORZE! – Głos Eirika niósł się nad całą salą. Ich wódz wspiął się na jeden ze stołów, a goście krzyknęli radośnie. – Spokojnie, spokojnie! Ynge! Do licha, zostaw w spokoju to jedzenie, póki wszyscy nie usiądą! Nie jesteśmy dzikimi zwierzętami, bez względu na to, co mówi o nas Mannfalla!

Wszyscy ryknęli śmiechem. Tupali w podłogę tak, że drżały kufle na stołach. Hirka uśmiechnęła się. Nic dziwnego, że w Mannfalli się go bano. Polubiła go już przy pierwszym spotkaniu.

Eirik upił łyk piwa i ciągnął:

– Wielu z was jest w drodze na Rytuał. Wielu przybyło na ting. I wielu z was jest tutaj po raz pierwszy. Nie bójcie się! Nie będę was zanudzał przemową, powiem wam tylko, że jesteśmy tu! Tu jest Kruczy Dwór! Zawsze tu byliśmy. I zawsze tu będziemy!

Sala zawrzała. Stukano się kuflami, rozlewając przy tym piwo. Eirik zeskoczył ze stołu i krzyczał dalej:

– Nie boimy się nikogo! Czyś dzikus taki jak my, czy blady

mieszkaniec Mannfalli, jesteś tu mile widziany. W naszym domu. U mnie i mojej żony Solfrid... – Eirik otoczył ramieniem piękność o bujnych kształtach, która stała u jego boku. – I u Teina, mojego syna i dziedzica! – Wyciągnął rękę.

Tein podszedł do niego i uściskał ojca.

Hirka ukryła twarz w dłoniach. Jest synem Eirika. Myśli pędziły jak szalone, próbowała sobie przypomnieć wszystko, co mu powiedziała. Czy gdyby wiedziała, powiedziałaby to samo?

Goście się uspokoili i Tein pociągnął ją do stołu, przy którym zasiadała jego rodzina. Odrywał palcami długie kawałki mięsiwa i wsuwał je do ust. Przez cały czas szczerzył do niej zęby, nawet kiedy przeżuwał.

Jadła w milczeniu. Nie chodziło o to, że nie powiedział jej, kim jest. Potrafiła to zrozumieć lepiej niż inni. Łatwo było coś takiego wybaczyć. Ale że posadził ją tutaj, przy stole wodza, na oczach wszystkich tych gapiących się gości z całego Ym... Policzki Hirki płonęły. Wnoszono kolejne dania, śpiewano kolejne pieśni. A gdy goście się upili, pieśni stały się mniej wyszukane. Tein pochylił się nad stołem. Zetknęli się czołami. Mrugnął do niej. Hirka uśmiechnęła się. Śmiała się równocześnie z niego i do niego.

I wtedy zabrzmiały dźwięki tej piosenki, którą już wcześniej słyszała. Uśmiech zamarł na jej twarzy. Słowa wwiercały się w serce.

*Dziewczyna i embling górską drogą szli*
*Zostań ze mną na noc, oddaj mi się dziś*
*Embling ją prosi, błaga, łasi się*
*Ale dziewczyna wciąż powtarza nie.*

Głosy i twarze wokół niej znikły we mgle. Słyszała tylko tę piosenkę. Dlaczego nikt inny jej nie słyszał? Dlaczego po prostu siedzieli, pili i wrzeszczeli? Dziewczyna dalej odmawiała, zwrotka po zwrotce.

Mężczyźni to jedno, a pijani mężczyźni to coś zupełnie innego, mawiał ojciec. Ale dziś wiedziała lepiej. Mężczyźni są po prostu mężczyznami. To ona stanowi zagrożenie. Ojciec na próżno walczył o to, by pozostała niewidzialna. Żeby nikt nie zaraził się zgnilizną. Jakże był głupi. Myślał, że Hirka przeżyje całe życie i nie podzieli z nikim łoża, tak jak wszyscy? Tak jak Sylja?

*Sylja i Rime?*

Nie. Gdyby tak było, wiedziałaby o tym. Ale to i tak nie miało znaczenia. Hirka nigdy nie będzie mogła tknąć ani Rimego, ani innych mężczyzn. Była potworem. Chorobą. Była jak ślepi, którzy ciągle pojawiali się w różnych rozmowach przy tym stole.

*Powinni się rozstać, w różne strony iść*
*Ach, oddaj mi się dziś, oddaj mi się dziś*
*On pada jej u stóp, i już słów mu brak*
*I dziewczyna w końcu powiedziała tak.*

Hirka wstała i pobiegła do drzwi. Tein wołał za nią, ale udała, że nie słyszy. Na zewnątrz było jeszcze tłoczniej niż w środku. Tu jednak nikt nie zwracał na nią uwagi. Goście tańczyli, jedli i pili. Jakaś para obłapiała się, siedząc na stole, a jeden z wozów podejrzanie się kołysał. Hirka biegła. Przebiegła przez żółty most. Pochodnie już zgasły. Zatrzymała się i zacisnęła oczy. Musiała wziąć się w garść. Nic złego się nie stało. Jadła tylko ze wszystkimi. Nic więcej.

*Ten przeklęty idiota!*

Hirka miała nadzieję, że już nigdy więcej go nie zobaczy. Wiedziała jednak, że pragnie zbyt wiele, bo usłyszała czyjeś kroki za plecami. Tein ją minął. Odwrócił się, uśmiechnął do niej i ruszył dalej drogą.

– Nie widziałaś jeszcze naszego domu kruków.

*Dom kruków.* Dopiero teraz uświadomiła sobie ciche krakanie. Ruszyła za Teinem. Dotarli do kamiennych schodów prowadzących w dół jaru. Gdy tylko zaczęli schodzić, od razu zrobiło się chłodniej. Przez chwilę kruki krakały trochę głośniej, ale potem się uspokoiły. Co takiego mówiła Ramoja?

*Ona przyciąga kruki! Wyczuwają w niej inną krew.*

Dom kruków w Kruczym Dworze. Legenda.

Porośnięty lasem jar był domem dziesiątek tysięcy kruków. Otoczyły ją czarne cienie, obserwowały spod zmrużonych oczu. Wszędzie między drzewami biegły ścieżki. Ruszyli jedną z nich i doszli do miejsca, gdzie jar kończył się przepaścią. Rozciągał się stąd widok w stronę Gniazda Ślepych i Mannfalli. Nad lasem wisiał księżyc. Zbliżała się pełnia. Hirka podeszła do krawędzi, by zobaczyć więcej, ale Tein chwycił ją za rękę.

– Co się stało z twoim ogonem?

Hirka się rozluźniła. Ulżyło jej. A więc nie wie o niej nic więcej. W takim razie Eirik i Ramoja też nie wiedzą. Nikt nie wie.

– Wilk – odparła. Dla Teina najlepsze były chyba krótkie zdania, bo wtedy nie mógł jej przerwać.

Uśmiechnął się i podszedł do niej. Stał tak blisko, że czuła ciepło jego oddechu. Teraz, gdy na niego patrzyła, nie potrafiła pojąć, że od początku nie domyśliła się, kim jest. Miał oczy swojego ojca, ich błękit był jedynie trochę bledszy. I teraz płonęły. Hirka wiedziała, co to oznacza, ale sama nigdy dotąd tego nie widziała. Nigdy nie była z kimś blisko w ten sposób.

– Zostanę królem – powiedział. Mówił teraz ściszonym głosem i uśmiechał się, jakby właśnie wygrał zawody. Takie, jakie Hirka urządzała sobie kiedyś z Rimem.

Cofnęła się o krok.

– Nie ma już królów – odparła i odwróciła głowę.

Zaśmiał się cicho, ale było słychać, że to nie jest wesoły śmiech.

– Jak myślisz, skąd się wzięli wodzowie? – Mięśnie jego ramion napięły się pod białą koszulą. Zaczął obchodzić ją po łuku, jakby mieli się bić. Jego ton stał się ostrzejszy. – Myślisz, że królowie obudzili się pewnego dnia i postanowili zniknąć? Foggard, Norrvarje, Brinnlanda... Myślisz, że świat zawsze należał do Mannfalli, dziewczyno? Królowie istnieli na długo przed Radą i to król Foggardu powstrzymał ślepych. My! My to zrobiliśmy! I zapłaciliśmy za to krwią! Rada rosła w siłę, kiedy traciliśmy ziemie, przywódców i życie!

Kruki nad ich głowami poruszyły się niespokojnie. Hirka spojrzała na niego i nagle poczuła, że wie, kim on jest. Że go zna. Dzikus, pomyślała w pierwszej chwili, nie mając pojęcia, jak bardzo blisko była prawdy. Było w nim coś nagiego i surowego, i było to równocześnie pełne piękna i brzydoty. Był silny i dumny. Ale Tein pamiętał. Pamiętał o rzeczach, które się wydarzyły na długo przed jego urodzeniem, na długo przed urodzeniem Eirika. Nosił w sobie tysiąc lat krzywd. Mimo to Hirka spróbowała:

– To Widzący powstrzymał śle...

– Widzący?! – Wypluł z siebie to słowo. – Może i uratował Mannfallę, ale kogo ocalił tutaj? Kruczy Dwór uratował się sam. Kruczy Dwór zawsze ratował się sam. – Zniżył głos, jakby bał się, że ktoś usłyszy tę drwinę. Odwrócił się do niej plecami. Mówił tak, jakby miał wobec niej jakieś oczekiwania. On również. Był niewiele starszy od niej, a mimo to pragnął, żeby wszyscy chwycili za broń i sprzeciwili się Mannfalli. Żeby mógł odzyskać utracone królestwo, o którym słyszał jedynie z opowieści. I chciał, żeby mu pomogła.

Tein nie wiedział jednak, że Hirka uciekła już przed Radą.

Że w żaden sposób nie może mu w tym pomóc. Że nie ma nawet pojęcia, dlaczego Eirik i Ramoja tak sądzą. Ale musiała coś powiedzieć. Musiała spróbować.

– To, że zawsze ratowaliście się sami, to przecież nie powód do zmartwień. To coś, z czego możecie być dumni.

Wyprostował się, ale nie odwrócił w jej stronę. Hirka nie była pewna, czy to, co powiedziała, okazało się dobre czy złe.

– Oni wrócili – rzucił.

– Kto?

– Nábyrni. Martwo urodzeni. Ślepi.

Hirka nie odpowiedziała. Poprzedniego wieczoru temu zaprzeczył, choć już wtedy musiał wiedzieć. Podczas uczty opowieści krążyły szybciej niż pełne piwa kufle.

Nagle pojęła. Wszyscy gadali o tym, że uratują się sami. O ślepych i o utraconych królestwach. Tein nie tylko pałał gniewem. Bał się. Jako pierwszy z Kruczego Dworu nie pojechał na Rytuał. Czego bardziej się obawiał? Mannfalli czy ślepych?

– No to niech przyjdą – powiedziała z zuchwałością, której wcale nie czuła. – Tu jest Kruczy Dwór. Zawsze tu był i zawsze tu będzie.

Odwrócił się do niej. Znikł ciężar, który zdawał się go przytłaczać. Uśmiechnął się do niej szeroko. Chwycił ją za włosy i spojrzał w jej oczy, szukając przyzwolenia, którego w oczywisty sposób oczekiwał.

Tein był żywy. Ciepły, tuż obok. Spragniony życia. Przerażająco łatwo byłoby z nim być. Ale był zupełnie inny niż Rime. Ze smutkiem zrozumiała, że nie przyjęłaby syna wodza, nawet gdyby mogła to zrobić.

Cofnęła się o krok, ale uśmiechnęła się, by złagodzić mu rozczarowanie.

Tein odpowiedział jej uśmiechem, jakby złożyła mu obietnicę.

# NARADA

Hirka przemknęła ukradkiem przez opustoszały dziedziniec. Nawet kruki się nie obudziły. Mgła zalegała nad Kruczym Dworem jak dywan. Stosy, gdzie podczas uczty płonęły ogniska, sterczały ku szaremu niebu niczym ruiny spalonych domów.

Nie miała pojęcia, gdzie Eirik i szlachta spotkają się na naradę, o której rozmawiał z Ramoją. Nie miała też pojęcia kiedy. Ale w ostatnich dniach nauczyła się jednego – że gościnność Kruczego Dworu nie zna granic. Musiała tylko pójść za jedzeniem.

Wcisnęła się w szczelinę między wielką salą a domem Eirika. Siedziała tam i czekała, aż pobudzą się kruki. Odleciały z krzykiem na północ i zaraz potem usłyszała odgłosy krzątaniny. Unngonna krzyknęła z budynku jakieś polecenia. Ktoś po coś pobiegł. Drzwi zaskrzypiały i Hirka wyjrzała zza rogu.

Ubrana na niebiesko dziewczyna szła ścieżką na tyłach wielkiej sali i niosła tacę z ugotowanymi jajkami i wędzonką. Hirka ruszyła za nią w bezpiecznej odległości. Weszły między wysokie świerki. Kroki dziewczyny ucichły. Nagle Hirka znów je usłyszała i ledwie zdążyła się ukryć za drzewem. Dziewczyna minęła ją, już bez tacy. Narada musiała się odbywać zaraz za zakrętem.

Drzewa były tu rzadsze i na skalnym występie pojawił się dom z kamienia w kształcie statku. To miejsce przypominało jej trochę skaliste wzgórze w Elveroi. Teraz jednak nie była w swoich stronach. Była w Kruczym Dworze i zamierzała podsłuchiwać. To była zdrada, ale po rozmowie, którą przypadkiem usłyszała, nie miała wyjścia. Musiała się dowiedzieć.

Hirka skuliła się, przechodząc pod oknami na tyłach budynku. Były podobne do tych w jej pokoju, ale tutaj szkło było bardziej żółte. Wewnątrz nie dostrzegła żadnego ruchu. Musiała szybko znaleźć jakąś kryjówkę, zanim ktoś się pojawi. Podniosła wzrok. Dach był pokryty darnią i niskimi krzewami. Komin wydawał się na tyle szeroki, by mogła usiąść tuż przy nim. Czy usłyszy przez niego, co będą mówić w środku? Musiała zaryzykować.

Oparła stopę na parapecie i wciągnęła się na dach. Darń była wilgotna od deszczu. Wpełzła na samą górę i usiadła plecami do komina. Jej ubranie prawie stapiało się z żółtozielonym dachem. Nikt jej tutaj nie zauważy. Na wszelki wypadek wcisnęła się między krzaki i naciągnęła kaptur na głowę.

Po chwili znów zjawiła się ta sama dziewczyna. Ktoś otworzył drzwi. Przez komin Hirka słyszała odgłosy stawianych na stole dzbanów i kufli. Uśmiechnęła się. Przy odrobinie szczęścia usłyszy wszystko, co będzie się działo w środku.

Po czasie, który wydawał się wiecznością, usłyszała głosy na ścieżce. Usadowiła się wygodniej. Miała przemoczone plecy, ale na to nie było rady. Eirik mruknął coś, czego nie dosłyszała, a pozostali wybuchnęli śmiechem. Drzwi znów się otworzyły i Hirka usłyszała, jak zasiadają za stołem.

Serce biło jej szybciej. Ilu ich jest? Dziesięcioro? Dwóch zjawiło się później. Z komina dobiegały ciche głosy. Hirka zaczęła żałować, że się tu zakradła. Tego spotkania nikt nie powinien podsłuchiwać.

– Przyjaciele – przemówił Eirik. Hirka się wyprostowała. – Nadszedł czas. Siły Mannfalli zmierzają na Północ.

Hirka zacisnęła palce na darni. Było gorzej, niż sądziła. Zaskoczyło ją to.

*Zaczęła się wojna?*

Słyszała wyraźnie, że ta wieść wywarła wrażenie na zgromadzonych, których nie widziała. Jakiś kobiecy głos wzniósł się nad pozostałe:

– Mannfalla zawsze wysyła dokądś wojska, Eiriku.

O stół uderzyły pięści i kufle. Nowy głos, którego nie znała, poprosił o spokój i zaproponował, żeby pokrótce się sobie przedstawili. Hirka przylgnęła do komina, by usłyszeć, kto przybył na naradę. Kobieta, która odezwała się przed chwilą, przedstawiła się jako pierwsza:

– Jestem Veila Insbrott, jarla z Trygge. Trygge na Brecce.

Hirka słyszała o tym miejscu. Brekka była największą wyspą w krainach Ym. Do Elveroi zawijało wiele statków, które stamtąd płynęły. Nigdy tam nie była, ale wiedziała, że tamtejsze miasta żyją dostatnio z handlu.

Kolejny głos. Mężczyzna w wieku ojca, domyśliła się Hirka.

– Jestem Aug Barreson, jarl z Kleiv. – Mówił z ostrym, wyraźnym akcentem.

– Leik Ramtanger z Fross. – Głos był ściszony.

– Rand Vargson z Ulvheim. Dla przyjaciół Einauge. – Ten głos brzmiał młodziej, ale i bardziej szorstko niż pozostałe. Może był jej krewnym? Pochodził przecież z Ulvheim, tak jak ona. Krewny ojca.

*Ojca. Ze mną nikt nie jest spokrewniony.*

Przerwał mu młody, męski głos:

– Rand Einauge? U twojego ojca wszystko w porządku?

Zewsząd rozległo się więcej pytań i Rand odpowiedział:

– Jestem synem Varga Kallskareta, jarla z Norrvarje. Wodza,

jeśli nie słucha nas nikt z Mannfalli. Mój ojciec walczył z górskim niedźwiedziem i w trzech miejscach złamał sobie nogę. Sześciu mężczyzn i moja matka musieli na nim usiąść, zanim zgodził się mnie wysłać. – Pozostali wybuchnęli śmiechem. – I oto jestem, z prostym przesłaniem. Ulvheim stoi u boku Kruczego Dworu!

Śmiechy umilkły. Hirka usłyszała, że mężczyzna siada.

– Łatwo ci to obiecywać – odezwał się wesoły głos. – Kiedy nadejdzie Mannfalla, możesz po prostu poszczuć na nich swojego ojca! – Znów rozległy się śmiechy. Hirce wydawało się, że słyszy drżenie w głosie tego wesołka, gdy ciągnął dalej: – Jestem Grinn Tvefjell. Jarl z Arfabu w Norrvarje. Jak widzicie, jestem chudy i nie mogę sobie pozwolić na to, żeby połamać kości. – Znowu śmiechy.

– To przecież każdy widzi – odparła Veila z Brekki.

Zniewaga pozostała bez odpowiedzi.

– No tak… I jestem jeszcze ja… – Nowy głos. Przeciągał słowa, jakby były niesamowicie ważne. – Meredir Beig. Jarl z Urmunai.

*Meredir. Ten, który marnuje czas na wino?*

Eirik znów zabrał głos:

– Zaprosiliśmy jeszcze trzech. Grynar z Ormanandas nie odpowiedział. Audun Brinnvág ze Skodd wypadł z okna i się zabił.

Hirka znów nastawiła uszu. Słyszała o tym! Od Sylji. Tego dnia, gdy Ilume ogłosiła czas Rytuału. Co takiego mówiła Sylja? Ktoś widział jakieś cienie na dachu?

Przerwał mu ten nerwowy jarl.

– Spadł? Znałem Auduna. Stał mocno na nogach. I lojalnie wspierał Kruczy Dwór. Czy ktoś ma jakieś wątpliwości, co go zabiło?

Nikt nie zaprzeczył jego przypuszczeniom. Nie zrobił tego również Eirik, który podjął:

– Otrzymaliśmy list z Brinnlandy. Z Ende. – To najwyraźniej było zaskoczeniem.

– Już od dawna nikt nie słyszał o Ende – zauważył Leik z Fross.

– Isa z Ende pisze tak – ciągnął niewzruszenie Eirik. Odchrząknął i zaczął czytać: – Kruki mówią, że nábyrni wrócili. Ścieżki w kamieniu śpiewają. Evna dzieli Południe i Północ, a sojusze są martwe. W tych nowych czasach Brinnlanda stoi u boku Kruczego Dworu.

Wtrącił się inny głos:

– Czy ktoś tutaj potrafi to zinterpretować?

Powstało poruszenie i ktoś krzyknął, że list jest sfałszowany. Hirka westchnęła. To będzie długi dzień.

Słońce stało wysoko na niebie i Hirka była głodna. Usłyszała wiele, ale sądząc po tych dyskusjach, długo jeszcze nie skończą. Z tego, co mówili, zrozumiała, że Mannfalla przesunęła swoje wojska, ale ktoś twierdził, że to może być naturalna reakcja na pogłoski o ślepych. Dowiedziała się również, że większość zebranych uważa ślepych za czysty wymysł i pretekst do podbojów.

W niczym nie byli całkowicie zgodni.

Grinn, ten nerwowy wesołek z Arfabu, twierdził, że wszyscy pozostali mają łatwiej od niego. Arfabu było położone między górami, na granicy między Midtyms i Norrvarje, więc utrzymywał regularne kontakty z Mannfallą.

Hirka słyszała wyraźnie, że nie pragnął ściągać na siebie gniewu Rady, a równocześnie czuł się związany z Kruczym Dworem i resztą krain z Północy. Na to Rand z Ulvheim wybuchnął, mówiąc o dominacji Mannfalli i o tym, że tchórzostwo i zachłanność nie pozwalają innym działać. Wstydził się tego dnia, w którym jego przodkowie się ugięli i zawarli sojusz z Mannfallą. Ktoś zauważył, że takie wypowiedzi ściągną na niego wyrok śmierci, na co odparł:

– Od pokoleń jesteśmy skazani na śmierć.

Bez względu na to, jak bardzo nie zgadzali się ze sobą najpotężniejsi mężczyźni i kobiety Północy, jedno było pewne: Hirka potraktowała ich bardzo niesprawiedliwie.

Do tej pory nie wspomnieli o niej nawet słowem. Rozmowa Eirika z Ramoją wydawała się odległym snem. Mężczyźni i kobiety, którzy zasiedli pod tym dachem, dyskutowali o rzeczach, o których Hirka nie powinna wiedzieć. To były straszne rzeczy. I nic z tego nie miało z nią żadnego związku.

Usłyszała szelest za kominem. Kuro? Nie pomyślała o tym, że kruk ją tutaj znajdzie. To by było przecież typowe, że teraz, kiedy próbowała się ukryć, zechce dotrzymać jej towarzystwa. Jak jest „zmiataj" w kruczej mowie?

Wychyliła się ostrożnie i zesztywniała. Nie była sama. Na końcu dachu, trochę przed nią, siedziała zwrócona do niej plecami postać. Hirkę przeniknęło lodowate zimno. Co to za istota? Duch? Od stóp do głów była czarna. Hirka nie widziała skóry ani włosów. Nawet ogon był czarny. Czy to mężczyzna? Mężczyzna odziany w czerń?

Trzymał coś, co wyglądało jak nóż, ale również było czarne. Tylko czerń. Zupełnie jakby nagle na dachu zaległy nocne ciemności. Hirka przylgnęła do komina. Jak on wszedł tu na górę? Zupełnie bezgłośnie?

Do Hirki dotarło, że jeszcze jej nie zauważył. Jak kot skradał się w stronę kalenicy. Bezgłośny, niemal niewykonalny taniec. To musiał być jakiś koszmar. Pomyślała, że na pewno zaraz się obudzi.

Usłyszała, że drzwi się otwierają i zebrani wychodzą z budynku. Gdzieś przez lodowaty strach przebił się instynkt. Dotarło do niej, co się zaraz stanie. Eirik i kilku innych pokazali się na ścieżce. Czarna postać uniosła rękę. Hirka nie zastanawiała się. Porwała ją fala paniki. Wstała. Czarna postać wyrzuciła przed siebie ramię. Nóż przeciął powietrze. Hirka wrzasnęła ile sił w płucach:

– EIRIK!

Ten czarny błyskawicznie zwrócił na nią uwagę. Miał oczy. Na ścieżce Eirik się odwrócił. Nóż wbił się w jego pierś. Powstał kompletny chaos. Wszyscy zaczęli biegać, wskazywali na dach. Hirka wpatrywała się w oczy tego czarnego. Upłynęła cała wieczność. Słyszała krzyki, ale widziała tylko te oczy.

*Zaraz umrę.*

Musiała zacisnąć powieki, bo nagle nie widziała już tej istoty. Kątem oka dostrzegła przemykający czarny cień. Odwróciła się. Postać rzuciła się z dachu prosto w przepaść.

*On się zabije!* I w następnej chwili: *Eirik!*

Krzyki dobiegające z dołu sformowały dwa przepojone lękiem słowa:

– CIEMNY CIEŃ!

Hirka próbowała ruszyć się z miejsca, ale nogi odmawiały jej posłuszeństwa. Potknęła się i runęła przed siebie. Staczała się po pokrytym darnią dachu, wiedząc, że spadnie. Próbowała się czegoś złapać i udało jej się, ale to coś natychmiast ustąpiło. Potem pod nią nie było już nic. Spadała. Z przerażającym dźwiękiem uderzyła o ziemię. Ból. Klatka piersiowa. Zmiażdżona?

Ktoś jej dotykał.

*Ciemny Cień!*

Biła na oślep, ale coś przytrzymywało ją przy ziemi. Ból promieniował wzdłuż kręgosłupa. Próbowała krzyczeć. Nie mogła wydobyć z siebie żadnego dźwięku.

– Oddychaj, kobieto! – zagrzmiał nad nią głos Randa Vargsona.

Posłuchała. Po kilku wdechach spróbowała coś powiedzieć. Nie mogła wydobyć z siebie dźwięku. Wpatrywała się w pochylonego nad nią syna wodza z Ulvheim. Miał bliznę nad okiem, długą, poszarpaną brodę i krótkie, rozwichrzone włosy.

– Wyglądasz dokładnie tak, jak myślałam – powiedziała Hirka. Rysy jego twarzy się rozmyły. A potem nie była już w stanie powstrzymać opadających powiek.

# GNIEW ILUME

Urd czuł palący ból w gardle. Pocił się pod obręczą. Pot spływał na pierś. Wezwano go. Już wkrótce ból stanie się nie do wytrzymania. Musi się stąd wydostać. Natychmiast.

Ilume nic wszakże nie mogło powstrzymać. Ledwie ta stara jędza znalazła się za murami, wezwała wszystkie rody. A oni przybyli! Przybyli na rozkaz jak posłuszne kruki. Rada się zgromadziła i przełykała gniew Ilume z powodu decyzji, które zapadły pod jej nieobecność. Siedzieli ze spuszczonymi głowami, oklapnięci jak członki po chędożeniu. Żałosne!

Najwyraźniej prawo Ilume do gniewu było uważane za święte. Nikt nie próbował go kwestionować. Z jakichś niepojętych powodów jej słowa miały dla innych ogromną wagę. Co, u Slokny, uczyniła, żeby tak skupiać na sobie ich uwagę? Nic! Zupełnie nic. Przez chwilę Urd niechętnie czuł dla niej podziw, ale potem zdał sobie sprawę, że jej gniew to jego zasługa. To on poprowadził innych, którzy teraz nie mieli nawet odwagi otworzyć ust. Jej wściekłość była jedynie cieniem jego dzieła, które wywołało ten wybuch.

Ilume pochyliła się nad stołem, po prawicy Powierniczki Kruka. Za oknem słońce chyliło się ku zachodowi. Rzucało czerwone cienie na jej ręce.

– Egzekucja?! Pragnęliśmy zgładzić Eirika od czasów, gdy był dzieckiem! A przed nim jego ojca. Ale byliśmy na tyle silni, by nigdy nie upaść tak nisko. A teraz wysyłamy Ciemny Cień. Ciemny Cień?! To otwarte wypowiedzenie wojny! – Ilume opadła z powrotem na swoje krzesło i mówiła dalej, jakby ten wybuch ją zmęczył: – Jeśli waszym zamiarem było zachować pokój, to wam się nie powiodło.

Urd skwapliwie wykorzystał tę szansę.

– Wam? Ta Rada stanowi jedność. A może nie jesteś już częścią nas?

Ilume spojrzała na niego ostro. Te jej przeklęte, bystre oczy w starej twarzy. Przenikliwe czarne źrenice otoczone szarością.

– Zasiadałam w Radzie, zanim skalałeś ten świat swoimi narodzinami, Urdzie Vanfarinnie. – Kilku z zebranych głośno wciągnęło powietrze. Urd próbował odpowiedzieć, ale jego gardło się ścisnęło. Musiał pozwolić Ilume mówić dalej. – Przywódcy z Północy zgromadzili się w Kruczym Dworze. Właśnie daliście im powód, by sprzymierzyli się pod przywództwem Eirika.

– Eirik nie żyje – spróbował zaprotestować Garm, ale Ilume mu przerwała.

– Gdyby Eirik nie żył, wiedzielibyśmy o tym. Zapomnieliście o wszystkim, co mówiono w tej sali przez ostatnie trzydzieści lat? Zapomnieliście, dlaczego pozwoliliśmy mu żyć? Dlatego, że martwy jest bardziej niebezpieczny! Zrobiliście z niego legendę!

Urd czuł, że ból w gardle narasta. Mięśnie napięły się konwulsyjnie, w niekontrolowany sposób. Nie miał już czasu. Musiał sprowokować zakończenie obrad. I równocześnie odpowiedzieć na zniewagę Ilume.

– Widać, że nie wiesz, w jaki sposób myślą. Ten atak ich podzieli. Będą się nawzajem obwiniać. Ale może twój gniew ma inne powody? Zbyt długo mieszkałaś w pobliżu Kruczego Dworu, Ilume?

Teraz wszyscy już otwarcie głośno wciągnęli powietrze. Jarladin wykonał taki ruch, jakby chciał wstać. Urd szedł za ciosem.

– Spędziłaś całe lata w Elveroi, ale ci się nie powiodło – ciągnął. – Nie zbliżyłaś się nawet o krok do Kruczego Dworu ani do wzniesienia tam sali Widzącego. Wobec kogo jesteś lojalna, Ilume? Boisz się, że uda nam się tam, gdzie ty zawiodłaś?

– Urd! – Eir uderzyła pięściami w stół. Jej bransoleta uderzyła o złote pasmo biegnące wzdłuż blatu. – Ta Rada jest jednością. Zwracamy się do siebie, jakbyśmy byli jednym. Waż swoje słowa! Odraczam to spotkanie! Będziemy kontynuować jutro.

Urd wstał z ręką na szyi. Obręcz była ciepła. Oddychanie sprawiało ból. Tak szybko, jak mógł się odważyć, przeszedł przez most do swoich komnat w Eisvaldrze. Wpadł do środka i szarpnął drzwi szafki. Zamknięta na klucz. Oczywiście. Trzęsły mu się ręce. Gorączkowo szukał klucza w sakiewce. Gdzie on jest?! Ból stał się nie do zniesienia.

Wysypał na stół zawartość sakiewki, chwycił klucz i udało mu się wsunąć go do zamka. Ręce odmawiały mu posłuszeństwa. Tam! Flakonik Damayanti leżał w szkatułce na środkowej półce. Na srebrze pojawiły się czarne przebarwienia. Sądził, że ma więcej czasu, i nie zabrał go ze sobą. Błąd, którego już nigdy więcej nie popełni. Wyciągnął rękę po flakonik.

– Spieszy ci się, Urd?

Cofnął dłoń, jakby się oparzył. Głos Ilume był zimny jak skuty lodem strumień. To nie było prawdziwe pytanie ani grzecznościowa formułka. W drzwiach rysowały się kontury jej postaci. Drzwi… nie zamknął ich za sobą. Za bardzo mu się spieszyło.

Niech to Slokna porwie! Musi być ostrożniejszy. Oddaje się dziełu ślepych w komnatach Rady. Bez względu na to, kim jest, gdyby go zdemaskowano, byłby martwy.

– Jeśli pytasz, czy mi się spieszy, by dbać o interesy Mannfalli, to owszem. Spieszy mi się. – Zamknął szafkę, choć samo stracenie buteleczki z oczu sprawiało ból. Musiał się pozbyć Ilume. Natychmiast. Zacisnął ręce, by same nie rzuciły się do gardła. Własnego… albo jej. – A więc gdybyś zechciała mi wybaczyć…

Ilume weszła do komnaty. Stali teraz twarzą w twarz. Pomieszczenie wyraźnie się skurczyło, jakby kolumny zbliżyły się do siebie. Dywan, na którym stali, był tylko małą, zbyt małą wysepką. Ilume była niższa, mimo to patrzyła na niego z góry. Nie potrafił pojąć, jak to robi. Dzieło ślepych?

Nie. Nie Ilume. Niestety. To by tak niesamowicie wszystko ułatwiło.

– Wiem, kim jesteś, Urd.

Wyszczerzył zęby.

– Chyba jesteś jasnowidzącą…

– Wiem, kim jesteś. Twój ojciec też to wiedział. Nigdy nie życzył sobie, byś zajął jego miejsce.

Urd zrozumiał, co próbuje zrobić, ale to się jej nie uda. Miejsce w Radzie należy do niego i tak pozostanie. Dopóki nie zasiądzie na miejscu Eir. Dopóki nie zostanie Powiernikiem Kruka.

– Ostatnimi życzeniami mojego ojca były ciastka na miodzie i pusty nocnik wieczorem. – Uśmiechnął się, widząc, jak jej oczy się rozszerzają. Co sobie wyobrażała? Że życzenia ojca są dla niego prawem? Że Vanfarinn był na tyle silny, by kierować jego życiem z zaświatów? Szkoda, że nie widziała go w ostatnich chwilach. Sparaliżowanego, wstrząśniętego, przykutego do łóżka. Nie był w stanie się bronić. Kąsał przez całe życie, ale umarł w milczeniu. – Wszyscy mamy swoje życzenia, Ilume. Ja na przykład życzę sobie, żeby zostawiono mnie w spokoju, ale ty wciąż tu stoisz.

– Stoję tu. I wiem o tobie, Urd. Myślisz, że możesz ich sobie owinąć wokół palca, ale jesteś szczeniakiem. Myślisz, że możesz zamydlić im oczy szczytnymi zamiarami, ale kiedy przyjdzie co do czego, żaden idiota cię nie poprze. Jesteś sam, Urd. Sam pomiędzy pokoleniami. Zmarły ojciec. Zdeprawowany syn. Jeśli nie odłożysz na bok własnych motywów i nie zaczniesz myśleć o losach krain, wewnętrzny krąg będzie musiał się dowiedzieć więcej o swoim nowym członku.

Urd wzdrygnął się. Groziła mu! Suka! Miała czelność mu grozić! Nic na niego nie miała. O niczym nie wiedziała. Nie mogła wiedzieć!

– Kim jesteś, żeby mówić o pokoleniach, Ilume An-Elderin? – warknął. – Kto ci pozostał z twojego rodu? Słabi czerpiący, piekarze i historycy! Kobiety rzucające się z murów. Jedyny, który mógł pójść w twoje ślady, wybrał ścieżkę Ciemnego Cienia. I jest synem zdrajcy! – Urd zaśmiał się, choć ból rozdzierał mu gardło i sięgał aż do żołądka. Czuł smak krwi. – I kto by ci pozostał, gdyby wielka nadzieja rodu An-Elderinów nagle znikła? Ciemne Cienie rzadko żyją długo.

Jej oczy krzyczały: „Nie odważysz się!". Nie była jednak pewna. Urd uwielbiał dostrzegać niepewność w jej oczach. Miała ku temu wszelkie powody. Jej ojciec nie miał dość rozumu, by czuć się niepewnie. Urd niemal słyszał jej myśli. Gdy przemówiła, ważyła każde słowo.

– Wtedy byłbyś martwy – powiedziała Ilume. Odwróciła się i wyszła. Szata tańczyła wokół niej.

Urd stał jeszcze przez chwilę i czekał, aż jej spojrzenie również odejdzie. Wisiało w powietrzu, jakby wciąż tu stała. Ale nie mógł czekać dłużej. Zamknął za nią, przekręcił klucz i znów szarpnął drzwi szafki. Przycisnął flakonik do ust i wlał sobie do gardła kilka kropli kruczej krwi.

Ból ustąpił natychmiast. Żaden miód nie mógłby przynieść takiej ulgi. Trwało to jednak tylko chwilę. Potem nastąpił atak. Bezlitosny. Gorszy niż kiedykolwiek wcześniej. Stara rana się otworzyła i Urd miał wrażenie, że coś rozrywa mu gardło. Rozsadzało obręcz. Poszukał po omacku małego zapięcia i ją rozsunął. Z głośnym brzękiem uderzyła o podłogę.

Opadł na kolana i chwycił poduszkę. Przycisnął ją kurczowo do twarzy, by nikt nie słyszał jego rozdzierającego krzyku.

# BEZSENNA NOC

Rime pozwolił, by otoczyła go noc. Był tylko cieniem, niczym więcej. Miecz był konturem rysującym się przed nim w mroku. Co jakiś czas księżyc wyglądał zza chmur i rzucał bladą poświatę na klingę. Rime obrócił się błyskawicznie i trzymając oburącz miecz, wbił go w niewidzialnego wroga za plecami.

*Pchnięcie śmierci.*

Ciało podążyło za impetem broni, która zatoczyła łuk nad głową. Ostre cięcie w dół.

*Gruchotanie kości.*

Ze świerka nad nim zerwała się sowa i odleciała. W swej mądrości postanowiła znaleźć sobie spokojniejsze miejsce do spania. Rime znów się obrócił, pozwolił, by miecz przeciął otaczającą go ciemność, i uniknął kontrataku, opadając na kolano, z rękoma wyciągniętymi nad plecy niczym skrzydła.

*Skrzydła kruka.*

Wiedział, że powinien spać. Dla Ciemnego Cienia dni zaczynały się wcześnie, ale wysiłek był dla niego najlepszym lekarstwem. Kiedyś każdy ruch pozwalał odpędzić myśli. Jednak nie dziś w nocy. Dziś w nocy nie chciały odejść. Wiedział, że coś się dzieje. Ta pewność siedziała w nim jak szczur w żołądku i podgryzała go od środka. Wszyscy z całego świata zjechali się do Mannfalli na Rytuał i plotki szerzyły się jak zaraza.

*Czerwony deszcz.*

Rime wiedział, że Rada jest zaniepokojona. Słyszał strzępki rozmów, kłótnie na korytarzach, widział oznaki niepokoju na niewzruszonej twarzy Ilume. Ci, którzy przybywali z Północy, szeptali o ślepych.

*Ślad węża.*

Rada, jak sami twierdzili, wysłała wojska na Północ, by raz na zawsze uciszyć pogłoski. Jaki głupiec mógł jednak uwierzyć, że wciąż chodzi tylko o pogłoski, gdy tysiące mężczyzn maszerowało na Północ? Żaden.

*Wilczy zryw.*

Ciemne Cienie wysyłano na więcej misji niż zazwyczaj. Jednego z nich kosztowało to życie. Może dwóch, bo Launhug zniknął bez śladu, wysłany z zadaniem, którego żaden z pozostałych nie znał i nie domyślał się, czego mogło dotyczyć. Ale też nie było to ich rolą. Ciemne Cienie były tylko bronią. Mówiono im tyle, ile musieli wiedzieć, by móc służyć Widzącemu. Dostawali zadanie: cel i miejsce. A potem wyruszali, w milczeniu. Sensem tych działań zajmowali się inni. Rime zawsze wiedział, że tak musi być, ale od tego nie było mu lżej.

Wciągnął powietrze i z całych sił wybił się w górę, wykonując obrót, ale lądując, zahaczył kolanem o ziemię. Zacisnął zęby.

*Pierścień ślepych.* Tego nie wykonał perfekcyjnie.

Dręczyło go coś jeszcze, prócz tych wielkich spraw. Nie mógł znaleźć sobie miejsca. Był rozkojarzony. Trwało to od pobytu w Elveroi. Chodziło o coś więcej niż potężni mężczyźni i kobiety czy ich jeszcze potężniejsze idee. I to nawet nie pogłoski o ślepych nie pozwalały mu zasnąć. Powodem była Hirka.

Wybił się i skoczył. Ziemia stała się niebem, gdy wykonywał obrót, i tym razem każdym mięśniem czuł, że mu się uda. Wylądował perfekcyjnie i pozwolił sobie w ciemnościach na uśmiech.

*Pierścień ślepych.*

Dziś był pierwszy dzień Księżyca Sianokosów. Pierwszy miesiąc jesieni. Zaczynał się Rytuał. Za osiemnaście dni przyjdzie kolej na Elveroę i inne wioski rozsiane wokół Gór Strażniczych. Za osiemnaście dni pomoże Hirce. Czy w ogóle pojmował konsekwencje własnej obietnicy? Miał jej pomóc ukryć prawdę przed Radą. I przed Widzącym. Co on sobie właściwie myślał? Jest Ciemnym Cieniem! Droga Widzącego jest jedyną. Wola Widzącego jest jedyną. Rada jest niczym!

Przykucnął, pozwolił, by miecz opadł ku ziemi, a potem znów wyskoczył z wysoko uniesioną bronią, jakby chciał zabić olbrzyma.

*Mroczny skok.*

Głowy wielkich rodów, niezdolne do działania, nierobiące nic prócz śledzenia posunięć pozostałych i zastawiania sieci na innych. Kolejne pokolenia rodzące się do władzy i bogactwa, bez żadnych ambicji, prócz tej, by jedno i drugie zatrzymać. Zawiedli Widzącego już dawno temu.

*Płomień poległych.*

Czy on zrobi to samo? Zawiedzie samego siebie – i swoją wiarę – żeby pomóc jakiejś dziewczynie? Rime wiedział, że odpowiedź brzmi „tak". Pomoże jej. Bo to jest słuszne. To była desperacka próba i nie istniała żadna gwarancja, że się powiedzie. Ale jeśli tak, to będzie znaczyło, że Widzący rozumie. Musi zrozumieć. Widzący jest słuszną drogą, jak mógłby *nie zrozumieć*?

*Smok śmierci.*

Rime nie bał się swojej decyzji. Już ją podjął. Jeśli zostanie ukarany, przyjmie to, nawet gdyby miało to oznaczać śmierć. To go nie dręczyło. Dręczyło go natomiast, że jeśli tak się stanie, to będzie oznaczać, że według Widzącego Hirka nie zasługuje na życie. Dlatego, że nie potrafi czerpać. Bo nie z własnej winy jest ślepa na ziemię. To by było niesprawiedliwe!

Ale tak się nie stanie. Widzący się nie myli.

Jako chłopiec wierzył, że Rada również nigdy nie popełnia błędów. Że Ilume jest nieomylna. Ale Rada popełniała błędy. Jej błędy były tak liczne, że wystarczyłoby ich, żeby wypełnić rynsztoki Mannfalli. Rada przyjęła Urfa Vanfarinna do wewnętrznego kręgu. Dała mu w nim dożywotnie miejsce. Ktoś, kto robi coś takiego, nie może być nieomylny.

Rime poczuł zimny podmuch wiatru. Dostał gęsiej skórki. Jak Widzący mógł pragnąć, by ktoś taki jak Urd stał się jednym z jego najbliższych sług? Musiał istnieć jakiś dobry powód, którego Rime nie potrafił dostrzec. Dokładnie tak samo, jak musiał istnieć dobry powód, by on sam przeżył, z woli Widzącego, kiedy się urodził. Dlaczego? Jakiemu celowi służyło jego życie? Prócz tego, by być żywym przykładem szczęścia? Takim, do którego można się modlić, by ułatwić poród albo przepędzić chorobę. Czy to dziwne, że wybrał ścieżkę Ciemnego Cienia?

Cisnął miecz ku niebu, przetoczył się po chłodnej trawie, uniósł na kolana, chwycił spadający miecz i pchnął nim przed siebie jak włócznią. Stłumiony, głuchy odgłos. Miecz natrafił na opór drzewa. Ostrze wibrowało, czuł w przedramieniu jego drganie.

*Krwawa wstęga*. Ćwiczenie, które było i tak dostatecznie trudne przy dziennym świetle. Inni powiedzieliby, że to karkołomne. Ale gdyby mieli rację za każdym razem, kiedy to mówili, powinien zginąć już dawno temu. Powinien umrzeć, zanim się urodził. I ponownie, gdy miał sześć lat. Wygrzebali go ze śniegu, niemal równie martwego jak rodzice. Przeżył. I nic, co od tamtego czasu zrobił, tego nie zmieniło. Jak *Krwawa wstęga* mogłaby to zmienić?

Rime poczuł, że rękojeść miecza stała się ciepła i wilgotna. Był trochę zbyt wolny. Drobne skaleczenie. Nic więcej.

*To dlatego jej pomagasz. By zbliżyć się do Tego, z którym nigdy nie rozmawiałeś, ale który kieruje twoim życiem. By poznać odpowiedzi.*

Rime odsunął myśli i wyciągnął miecz z pnia drzewa, by spróbować jeszcze raz. Nagle zamarł. Kątem oka dostrzegł jakiś ruch. Przykucnął i spojrzał w stronę Gniazda Ślepych. Ostre szczyty sterczały z mgły. W legendach mogłoby to być dawne miejsce bitwy tysięcy olbrzymów. Teraz było widać tylko palce, które wyciągały się ku niebu w ostatniej próbie uchwycenia się życia.

Po czole spłynęła mu kropelka potu, wpadła do oka. Nie poruszył się. Przed chwilą coś zobaczył. Był tego pewien. Tam! Jakaś postać poruszała się po wiszącym moście. Była przygarbiona, ruszała się powoli, niezgrabnie jak ranne zwierzę.

*Launhug!*

Rime rzucił się biegiem. Nie był pewien kto to, ale to jeden z nich. W czarnym stroju Ciemnego Cienia. To musiał być on. Ten ktoś dostrzegł Rimego i zatrzymał się, chwytając obiema rękoma liny. Most kołysał się łagodnie nad morzem mgły. Rime nie wsunął miecza do pochwy, musiał mieć pewność.

– Launhug?

To było tak, jakby sam jego głos mógł zabijać. Ten drugi zgiął się wpół i przykucnął. Zacisnął ręce na linie, która teraz znajdowała się nad jego głową. Zaraz spadnie. Rime wbiegł na most i chwycił drżące ciało.

– Launhug? – Ujął w dłonie jego twarz i zmusił go, by spojrzał mu w oczy. W tym stroju widział tylko oczy Launhuga. Były okrągłe i szkliste, jakby wyparowała z nich cała nadzieja.

Launhug wybuchnął płaczem. Rime jeszcze nigdy nie widział, by któryś z Ciemnych Cieni płakał.

Pociągnął Launhuga przez most, z powrotem na bezpieczny grunt. Tam jego towarzysz wyczerpany osunął się na ziemię. Leżał na plecach, z zamkniętymi oczami. Spod kaptura wydobył się przeciągły szloch. Rime ściągnął mu ten kaptur z głowy. Czarne włosy przylgnęły do bladej twarzy.

– Gdzie?

Launhug nie odpowiedział.

– Launhug, gdzie?! – Rime nie czekał na odpowiedź. Zaczął przesuwać ręką po jego klatce piersiowej, aż dotknął miejsca, przy którym Launhug się wzdrygnął. Kilka żeber, z boku. Często łamią się w tym miejscu. Nic dziwnego, że jego powrót się opóźnił. – Długo tak biegłeś?

Launhug kiwnął głową.

– Z Kruczego Dworu – wydusił z siebie.

*Czego on szukał w Kruczym Dworze?*

– Wymiotowałeś?

Upłynęła dłuższa chwila, nim Rime doczekał się odpowiedzi, ale w końcu Launhug potrząsnął przecząco głową.

– Nie wiem. Nie.

Jego głos brzmiał ochryple. Było oczywiste, że z nikim nie rozmawiał, odkąd opuścił Gniazdo Ślepych. Coś jednak było nie tak. Jego reakcje wydawały się zbyt gwałtowne. Złamane żebro w pewnych okolicznościach potrafiło koszmarnie boleć, ale obaj przeżyli już gorsze rzeczy. Byli Ciemnymi Cieniami. Istniało tylko jedno wyjaśnienie. Rime przysiadł na trawie obok zdruzgotanego towarzysza.

– Zawiodłeś.

Launhug spróbował usiąść, ale Rime mu na to nie pozwolił. Towarzysz dał z siebie wszystko, by wrócić do obozu. Teraz potrzebował odpoczynku. Rime musiał jednak sprawdzić, jak poważne były jego obrażenia. Rozsznurował jego strój i odsłonił tors. Launhug nie protestował. Leżał, zasłaniając twarz ręką. Skóra na boku była rozgrzana i zaogniona. Nawet w ciemności Rime widział zaczerwienienie.

Launhug zdawał się nie dostrzegać, że Rime go bada. Szeptał coś do siebie. Obwiniał się o coś ochrypłym głosem. Urywki zdań o rzeczach, które mogły potoczyć się inaczej, gdyby tylko się rozejrzał. Gdyby tylko poczekał, aż zapadnie zmrok, tak jak sobie zaplanował. Gdyby nie rzucił się na pierwszą okazję, która się nadarzyła.

Rime przesunął ręką po obrzęku na jego boku, aż do ramienia. Jego uwagę przykuł okrągły symbol na ręce Launhuga. Czarny, ze stylizowaną postacią pośrodku. Rime poczuł, że robi mu się zimno. Nie widział całego znaku, który schowany był pod rękawem stroju, ale nie potrzebował więcej. Dobrze znał ten znak. To był wizerunek jego samego jako noworodka. Dziecko pod skrzydłami Widzącego. Dziecko szczęścia. Dziecko An-Elderinów. Ten symbol był znany na całym świecie, sprzedawano go jako amulety. Pojawiał się na ikonach, obrazach, zakładkach do książek.

Oczywiście nie dotyczyło to tylko jego. Święte imiona i wizerunki członków innych rodów zasiadających w Radzie wisiały obok siebie na wszystkich straganach, ale zdolność dziecka An-Elderinów do zwodzenia śmierci sama w sobie była towarem. Nawet jako tatuaż, czarny znak, który pozostanie na całe życie na skórze Launhuga. Mimo to przyjaciel leżał w trawie. Zdruzgotany i wycieńczony. Rime zacisnął zęby. Przypomniał sobie o skaleczeniu na ręce i wytarł krew o trawę. W jego myślach pojawił się na chwilę obraz rudowłosej dziewczyny nad Otchłanią, która próbowała ukryć rękę za plecami.

– To jej wina. – W głosie Launhuga nie było już słychać tłumionego płaczu. Stał się monotonny, jakby towarzysz zdał sobie sprawę, że już nic, co mówi, nie ma znaczenia. Zresztą prawdopodobnie miał rację. – Nic nie mogłem zrobić.

– Launhug, nie musisz...

– Po prostu nagle tam stała. Zawołała i wszystko było... stracone.

Rime już go nie powstrzymywał. Launhug zawiódł. Musiał to z siebie wyrzucić. Opowiedzieć komuś o tym, chociaż poprzysiągł milczenie.

– Musiała tam być przez cały czas! Co ona tam robiła?

Rime nie znał odpowiedzi.

– Jak mogłem jej nie zauważyć? Jej włosy płonęły jak smoczy ogień! Stała tuż za mną i krzyknęła.

Rime zesztywniał.

– Co krzyknęła?

– EIRIK! – Launhug wrzasnął, jakby to imię było przekleństwem.

Rime cieszył się, że są dość daleko od obozu, ale zwiadowcy z pewnością usłyszeli ten krzyk. Niedługo tu będą.

*Miał zabić Eirika. Eirika z Kruczego Dworu. To na tym polegało jego zadanie.*

Kruczy Dwór. Często poruszany temat w murach Eisvaldru. Nieustanne zmartwienie Rady. Zdrajca, który porzucił ścieżkę Widzącego, jak mówili. Ale był też przywódcą. Jego zabicie było nie tylko śmiałym posunięciem. Ten czyn zdradzał desperację.

– Ile miała lat? – Rimego dręczyło to, że musiał o to zapytać.

– Ledwie dorosła do Rytuału! Jeszcze dzieciak. Dzikie spojrzenie, sweter zielony jak mech. Nie dało się jej nie zauważyć!

Rime uśmiechnął się. A więc to była Hirka w drodze na Rytuał. Przez Kruczy Dwór? Uśmiech zamarł na jego ustach. Uratowała

Eirika przed Ciemnym Cieniem. Launhug zawiódł z jej powodu. Zabójstwo się nie powiodło. Nie sposób było przewidzieć, jakie to będzie miało konsekwencje w tak napiętej sytuacji.

Launhug mamrotał coś o wysuniętych posterunkach. Kruczy Dwór wystawił blokady na drogach u stóp góry Bromfjell. Zwiadowcy, którzy mieli śledzić posunięcia Mannfalli. I zgromadzenie tych, którzy władali krainami. Spotkanie, podczas którego czekał na Eirika. Meredir Beig. I jakaś kobieta. Veila Insbrott. Zgromadzili sojuszników.

– Co ona tam robiła?! Na dachu? – rzucił w pustkę Launhug.

Tym razem Rime był pewien, że zna odpowiedź. Uśmiechnął się.

– Słuchała.

– Co?

– Podsłuchiwała naradę.

Launhug próbował głęboko wciągnąć powietrze, ale ból mu na to nie pozwolił.

– Zawiodłem. Z powodu psoty jakiegoś dzieciaka. Ona spadła, Rime! A jeśli zabiłem niewinne dziecko?

Rimemu znów zrobiło się zimno.

– Spadła z dachu? Z wysoka?

– Tak, ale wielu rzuciło się na pomoc. Może… może…

Rime dotknął ręką piersi i z ulgą wyczuł wisiorek, na którym zaznaczał punkty. Punkty jego i Hirki. Wiele przeżyła, żeby je zdobyć. Wspinała się wysoko i nie raz spadała.

– Ona sobie poradzi, Launhug.

Od strony lasu usłyszał kroki nadbiegających. Przybyli z obozu na ratunek. Rime wstał i pomógł Launhugowi się podźwignąć.

Ciemny Cień miał podążać ścieżką Widzącego. Nie wolno mu było zabijać niewinnych.

*Ani silnych przeciwników, tylko dlatego że byli silni.*

Rime otrząsnął się z tych myśli. Hirka uratowała życie Eirikowi z Kruczego Dworu. Temu, którego Widzący wskazał jako wroga wszystkiego, co dobre, i którego śmierci pragnął. W co ona się wplątała? Rime patrzył za czterema czarnymi postaciami niosącymi Launhuga. Bezgłośnie znikli w lesie, oddalając się w stronę obozu. Stał jeszcze przez chwilę, wpatrując się w pusty wiszący most. Wyjście z gór.

*Powinnaś żyć, dziewczyno!*

# UMOWA

Stopy Hirki wydawały się ciężkie. Powstrzymywała ją rozmowa, na którą szła, i brnęła przez dziedziniec, jakby to było bagno.

Mówiono, że Eirik zawisł pomiędzy życiem a śmiercią. Nikt nie wiedział, co z nim będzie. Wszystko zależało od tego, czy Slokna będzie go chciała pochłonąć. To niesprawiedliwe. Dlaczego ten żywy cień zaatakował Eirika, a jej pozwolił żyć? Czy to dlatego, że w Kruczym Dworze udzielono jej gościny? Czy gdyby zamordowanie Eirika się powiodło, byłaby już martwa?

Odkąd spadła z dachu, bała się najróżniejszych dźwięków. Stukania Kuro dziobem o szybę. Skrzypienia bramy. Kroków Unngonny na ścieżce. To było zupełnie bez sensu, bo dźwięki powinny jej dawać poczucie bezpieczeństwa. Ciemne Cienie poruszały się bezgłośnie. To cisza była niebezpieczna.

*Jeśli mają mnie zabić, niech zrobią to teraz.*

Żaden Ciemny Cień nie zjawił się jednak, by uwolnić ją od tej rozmowy. Musiała porozmawiać z Eirikiem. Najpierw mu wszystko wyzna. A potem podziękuje i się pożegna. Ojciec nauczył ją, że nic w życiu nie jest za darmo. Wszyscy biorą, póki nic już nie pozostanie do wzięcia, jeśli ktoś jest na tyle głupi, by im na to pozwolić. W Kruczym Dworze przyjęto ją z otwartymi ramionami, a ona dała im w zamian jedynie śmierć. Nie może tutaj zostać.

Unngonna chciała ją zmusić, by pozostała w łóżku, a bóle w klatce piersiowej też ją ku temu skłaniały. Ale przeleżała już całą dobę od wypadku. To wystarczy. Przynosili jej jedzenie, a potem wynosili je nietknięte. Udawała, że śpi, by nie musieć z nikim rozmawiać. Co miała im powiedzieć? Że jest jej przykro, bo podsłuchiwała naradę? Że nie chciała, by Eirik stracił życie? Że przeprasza za to, że jest tym, kim jest?

*Zgnilizną, która sprowadziła Ciemne Cienie do Kruczego Dworu.*

Niebo było szare, przesłonięte burzowymi chmurami. Na dachu wielkiej sali powiewała na wietrze flaga. Hirka nie widziała jej wcześniej. Musieli ją wciągnąć w ciągu ostatniej doby. Spłowiały błękit i trzy złote korony. Wyglądała, jakby rzucała wyzwanie historii. Co takiego powiedział jej Tein?

*Myślisz, że królowie obudzili się pewnego dnia i postanowili zniknąć?*

Hirka przystanęła przed domem Eirika. Mieścił się tuż obok wielkiej sali, między nimi było tylko łączące oba budynki skrzydło. Zmusiła się, żeby zapukać. Drzwi uchyliła dziewczyna, którą Hirka widziała już wcześniej, ale nie znała jej imienia. Natomiast dziewczyna znała jej imię.

– Hirka. Tak się baliśmy. Dobrze, że jesteś już na nogach. – Gestem zaprosiła ją do środka. W izbie zebrało się kilka osób. – Nikt dziś w nocy nie spał – wyjaśniła dziewczyna. – Czekamy, aż spadnie mu gorączka.

– Mogę z nim porozmawiać? – spytała Hirka.

– Możesz go *zobaczyć*. Niewiele mówi. – Poprowadziła ją schodami. Były stare, ale nie skrzypiały. – Jadłaś? – spytała. – Mamy na dole gorący rosół.

Hirka potrząsnęła przecząco głową.

– Dziękuję, nie jestem…

– To tutaj. – Dziewczyna zatrzymała się przed drzwiami z ciemnego drewna, zdobionymi żelaznymi ćwiekami.

Wyszła Unngonna, pobrzękując pękiem kluczy przy biodrze. Przesunęła się, by wpuścić Hirkę do Eirika.

– Pozwól mu spać – powiedziała. Potem zostawiły ją samą w półmroku, z umierającym olbrzymem na łożu.

Eirik pochrapywał. Przez wąskie okno sączyło się światło. Szkło obejmowało niebieską tarczę z trzema koronami. Błękit miał różne odcienie. Jakby od pokoleń wymieniano fragmenty szkła i nie zawsze trafiano dokładnie w ten sam kolor. Nad łóżkiem wisiał wyrzeźbiony w drewnie dwugłowy kruk. Rozpościerał skrzydła nad plątaniną mitycznych bestii. Subtelne detale wydawały się nie na miejscu na tle kamiennej ściany. Belki przecinały sklepienie jak szkielet okrętu.

Hirka usiadła na krześle przy łóżku. Eirik miał zaczerwienioną twarz i się pocił. Przykrycie przylgnęło do wilgotnego brzucha. Ktoś założył mu opatrunek, który przecinał na ukos pierś i jedno ramię. Nóż trafił go powyżej serca. Między żebra. Rana pachniała brzydko. Bardzo brzydko.

Nagle w komnacie zapadła cisza. Eirik przestał pochrapywać. Hirka pochyliła się nad łóżkiem i przerażona wpatrywała się w jego twarz.

*Na Widzącego, nie umieraj!*

Raptem drgnęła mu powieka i spojrzał na nią bladoniebieskim okiem. Hirka cofnęła się przestraszona na krzesło.

– Poszła sobie? – Głos Eirika był monotonnym szeptem.

Hirka się rozejrzała, ale byli tu tylko oni.

– Kto?

– Unngonna. – Spróbował unieść się na łokciu, ale jęknął z bólu i opadł z powrotem na łóżko. Kolor opatrunku zmienił się z białego na zielonkawożółty. Hirka zacisnęła zęby. Leżał, ale mówił dalej, oddychając z trudem: – Ona próbuje mnie zabić! Myje mnie, zmienia opatrunki i nie daje mi nic do picia!

Spojrzał z nadzieją na kufel stojący na stole, przy palenisku. Hirka wstała i napełniła go piwem. Eirik opróżnił go, a potem upuścił na okrycie i westchnął zadowolony. Hirka ponownie napełniła kufel i usiadła. Dobre piwo jest bardzo pożywne. I złagodzi jego ból. Ale nie jej. Poruszyła się niespokojnie. Czuła, jakby to było nie na miejscu. Otworzyła usta, żeby powiedzieć mu to, co zamierzała, lecz Eirik ją uprzedził.

– Słyszałem, że go nie złapali.

Pokręciła przecząco głową.

– Nie. Rzucił się z urwiska.

– No cóż. Jest Ciemnym Cieniem.

Hirka skinęła głową. Zaczynało jej świtać, co to oznacza.

– Eiriku... – Przełknęła. – Było mi tu dobrze. – Nie to chciała powiedzieć, ale jakoś tak wyszło.

Eirik zaśmiał się cicho, zaraz jednak umilkł i dotknął piersi.

– Oczywiście. – Powiedział to bez wyższości w głosie. – Jesteś w Kruczym Dworze!

Hirka zaczynała rozumieć, co oznacza również to. Ale musiała w końcu powiedzieć to prosto z mostu.

– Eiriku, wyrządziłam wam krzywdę! Podsłuchiwałam naradę! Nie miałam tam czego szukać... – ciągnęła, póki starczało jej odwagi. – Nie jestem tą, za którą mnie uważasz. I to przeze mnie zjawił się Ciemny Cień. To moja wina, że... że tu leżysz. – Ostatnie słowa były już tylko ochrypłym szeptem.

Eirik wyciągnął do niej rękę, potrącając kufel. Znów zerknął w stronę piwa. Hirka napełniła kufel po raz trzeci, podała mu i usiadła.

– Brednie! Bzdury od początku do końca! – burknął olbrzym

znad krawędzi kufla. Jego głos odzyskał trochę siły. – Uratowałaś mi życie, dziewczyno! Ciemny Cień nie chybia. Gdybyś nie zawołała, ten nóż tkwiłby w moim karku. – Musiał przerywać niemal po każdym słowie. – Po raz pierwszy przysłali Ciemnego Cienia. To musi oznaczać, że są zdesperowani! – Upił kolejny łyk i zaśmiał się. Miał na ustach pianę.

– Po raz pierwszy?

Eirik spróbował się obrócić w jej stronę. Zaklął przez zaciśnięte zęby i Hirka wstała, żeby mu pomóc. Odstawiła kufel na podłogę. Chwycił ją za rękę i musiała przykucnąć przy łóżku. Jego szpakowate włosy przykleiły się do twarzy. Oczy były szkliste. Hirka wiedziała, że bez pomocy nie przeżyje.

– Podali ci złoty dzwonek? – Naturalnie to było głupie pytanie. Zakładała, że zrobiono już wszystko, co tylko można zrobić.

Eirik parsknął.

– Niechby tylko spróbowali! Posłuchaj mnie, dziewczyno...

Oczy Hirki się rozszerzyły.

– Nie podali ci lekarstw?!

Eirik przyciągnął ją do siebie. Jego oczy płonęły. Czuła zapach piwa mieszający się z wonią rany.

– Wiem, że masz w sobie Evnę! Ramoja mi powiedziała! Przysięgała, że tak jest.

Majaczy. Jest z nim jeszcze gorzej, niż się obawiała.

– Hirko, ja wiem! Chciałaś się sprzeciwić Mannfalli!

Wzdrygnęła się, gdy wypowiedział jej imię. A więc nie pomieszało mu się w głowie od gorączki, wie, z kim rozmawia. Ujęła go za rękę. Mgła, w jakiej żyła w ostatnim czasie, zaczęła się unosić. Kawałki układanki powoli wskakiwały na swoje miejsca. Zagubienie. A potem chwila wglądu.

Słowa Ramoi przy posągu bogini. Mówiła... oni myślą... Myślą, że chciała uciec przed Rytuałem, ponieważ jest silną czerpiącą i pragnie ukryć to przed Radą. Że potrafi czerpać, jakby w jej żyłach płynęła błękitna krew! Że jest na tyle silna, że rozmawiają o tym kruki. Jak w legendach. Zrobiło jej się zimno. A Eirik... Myśli, że może mu pomóc obronić Kruczy Dwór przed Mannfallą.

Hirka zaczęła się śmiać. To wszystko było bez sensu! Stało na głowie. Panicznie się bała, że inni wyczują w niej zgniliznę. Domyślą się, że jest ślepa na ziemię. Że w ogóle nie potrafi czerpać! A teraz sądzą, że jest cudownie obdarzona! Że jest bronią, która może sprawić, by Tein został królem.

Eirik znów chwycił ją za ramię.

– Sprzeciwiasz się Mannfalli, co? – Jego głos się zmienił. To nie było polecenie ani pytanie. Tylko prośba. Ten leżący w łóżku mężczyzna nie był wodzem, który lękał się śmierci. Był ojcem, który obawiał się o życie syna. Który bał się, co się stanie, jeśli nie przeżyje.

– Tak, Eiriku. Sprzeciwiam się Mannfalli.

Na zewnątrz zerwał się silniejszy wiatr, wódz uśmiechnął się słabo. W jego spojrzeniu pojawiła się ulga.

– Zostaniesz z nami, Hirko.

Hirka wiedziała, co musi zrobić. Ta świadomość była równie jasna, jak widok roztaczający się o poranku z Wilczej Skały. Po raz pierwszy, odkąd sięgała pamięcią, była pewna, jak powinna postąpić. Nie było innego sposobu. Zbyt wiele ich kosztowała. Ojciec leżał przez nią w Sloknie. Eirik, z jej winy, zawisł pomiędzy życiem a śmiercią. Rime obiecał jej pomóc, a ona obiecała, że przybędzie. To wystarczało. Tein sprawił, że sobie przypomniała. Zatęskniła za Evną. Za jego białymi włosami. Posągowymi rysami. Obejmującym ją ramieniem Rimego i ostatnimi słowami, które do niej wypowiedział.

*Zadbaj, żeby tam być, kiedy przyjdzie czas, dziewczyno.*

Musiała się udać do Mannfalli. Na Rytuał.

– Nie. Nie mogę zostać. Nie teraz. Wrócę, Eiriku. Ale to cię będzie kosztować. – Usłyszała te słowa, jakby wypowiedział je ktoś inny. Założyła maskę jak kuglarz. Eirik był wszakże praktyczny. Wiedział, że większość rzeczy w życiu kosztuje.

– Czego potrzebujesz? – Zamknął oczy, może z obawy, że Hirka poprosi go o coś, czego nie będzie mógł jej dać.

Kiedy tak leżał, przypominał jej ojca. Rozluźnienie, które przychodzi tuż przed śmiercią. Hirka zacisnęła zęby. To, że jest ślepa na ziemię, nie znaczy, że Tein musi stracić ojca. Nie tym razem.

– Wrócę i zrobię wszystko, co w mojej mocy... dla Kruczego Dworu. – Ważyła każde słowo. – Ale tylko jeśli ty zrobisz wszystko, co możesz, dla Teina.

Eirik otworzył oczy. Podejrzliwie ściągnął krzaczaste brwi.

– Robię przecież wszystko dla Teina.

Hirka pochyliła się nad nim i szepnęła:

– Weź złoty dzwonek.

Wpatrywał się w nią z przerażeniem. Zupełnie, jakby go poprosiła, żeby poszedł i się utopił.

– Weź złoty dzwonek i zbij gorączkę. Żyj dla Teina. Wtedy ja powstrzymam Mannfallę.

– Nawet Rinna nie ma złotego dzwonka...

– Zdobędę go, jeśli obiecasz, że go zażyjesz.

Dostrzegła nadzieję. Zastanawiał się. Położył na jednej szali lęk przed znachorkami i ziołami, na drugiej ratunek dla Kruczego Dworu. Hirka poczuła, że serce bije jej mocniej. Chyba oszalała. Przyszła do niego, by wyłożyć wszystkie karty na stół, i tylko pogorszyła sprawę. Jeśli jednak mogła w ten sposób utrzymać Eirika przy życiu, to było tego warte. Jeśli jej się uda uratować go przed Slokną, to może jej kłamstwa przestaną być kłamstwami. Utrzymanie przy życiu kogoś, kogo tak nienawidziła Mannfalla, musiało być chyba najlepszym, co mogła zrobić dla Kruczego Dworu?

– Mamy umowę, Eiriku Viljarsónie?

Eirik kiwnął głową.

– Przysięgam, wszyscy próbujecie mnie tutaj zabić! Ale mamy umowę, bezogoniasta.

Nagle drzwi się otworzyły. Weszła Unngonna, a za nią jakaś nowa dziewczyna.

– Ocknął się? Pogorszyło mu się? Słyszałam rozmowę.

Hirka wstała, nie była w stanie odpowiedzieć. Czuła grudę w gardle. Postąpiła słusznie. Ale skrzywdziła ich. I musiała ich opuścić. Eirik nagle znów leżał na łóżku, jakby był martwy. Zdradzała go tylko zmarszczka na czole. Unngonna zwilżyła je mokrą ściereczką, a Hirka po cichu przemyciła kufel z powrotem na stół.

W izbie na dole nie było już nikogo. Jakiś chłopak ze służby przeprowadził ją przez skrzydło budynku do wielkiej sali. Gdy tam weszli, Hirka zatrzymała się i rozdziawiła usta. Sala była pełna po brzegi. Wcześniej nikogo nie słyszała. Zachowywali się tak cicho.

*Cisza przed burzą.*

Zebrała się tu służba i wojownicy. Mieszkańcy miasta. Niektórzy rozmawiali szeptem. Inni polerowali srebrne naczynia. Jeden z chłopaków czyścił ogromną drewnianą tarczę z trzema koronami. Na dwóch paleniskach płonął ogień. Zgromadziło się tutaj pół miasta, tylko po to, żeby czekać. Czekać na wieści o Eiriku. Zobaczyła Solfrid i Teina, byli odwróceni do niej plecami. Nie czuła się na siłach, żeby z nimi porozmawiać. Wtedy maska by spadła i wszystkie kłamstwa wyszłyby na jaw. Przekroczyła próg. W jesiennym powietrzu czuć było, że zbliża się burza.

*Niech mnie strzeże Widzący!*

Myśleli, że jest Widzącym we własnej osobie. Ona, która nawet nie pochodziła z Ym. Wierzyli, że zgnilizna jest ratunkiem dla Kruczego Dworu.

## SILNA CZERPIĄCA

W następnych dobach dni i noce zlały się w jedno. Hirka włóczyła się po najbardziej podejrzanych karczmach w Kruczym Dworze, póki nie znalazła tego, czego potrzebowała. Podróżnego z takim samym tatuażem, jaki miał jej ojciec. Kwiat wieczernicy. Podłużny niebieski dzwonek na przedramieniu. Ów podróżny pod żadnym innym względem nie przypominał ojca. Był chudy i patrzył chłodno. Wziął wszystkie pieniądze, jakie miała, i udawał, że robi jej przysługę. Potem chciał jej jeszcze sprzedać opę. Hirka odwróciła się i wyszła bez słowa.

Zdobyła jednak złoty dzwonek i wszyscy mieli dość rozsądku, by nie pytać, skąd go wzięła. Spała tylko w tych krótkich chwilach, gdy zapadała w drzemkę przy łóżku wodza. Podała mu tyle złotego dzwonka, że więcej nie miała już odwagi, a gorączka i tak nie spadała. Rana wciąż była zaogniona i zaczerwieniona, ale przynajmniej jego stan się nie pogarszał.

Co godzinę smarowała ranę maścią z łez słońca i zielonokolca. Rozesłała połowę służby, by zdobyli wyjący korzeń, który miał wybić robactwo i złagodzić bóle Eirika. Dostali resztkę zapasów od Rinny, ale stara położna nie była dla nich łaskawa, gdy domyśliła się, jak wygląda sytuacja. Najbardziej szanowana uzdrowicielka z Kruczego Dworu nawet nie tknęła Eirika i wcale nie starała się ukryć, co sądzi o tym, że zajmuje się nim jakaś dziewczyna, która ledwie dojrzała do Rytuału. Gdyby nie prośby Solfrid, zamartwiającej się o męża, nie dostaliby od Rinny nic prócz przekleństw.

Mieszkańcy Kruczego Dworu chodzili na palcach i czekali na wieści z komnaty Eirika, ale Hirka niewiele mogła im powiedzieć. Tylko czas mógł dać odpowiedź. Zrobiła już wszystko, co było w jej mocy.

Kruki latały nad wielką salą niczym krzycząca czarna chmura. Hirka wzdrygnęła się. Było wcześnie, ale nie mogła się spóźnić. Światło wpadające przez witraż rzucało na podłogę cienie trzech krzywych koron. Jedna z nich przecinała krawędź łóżka i sięgała ramienia Eirika. Hirka, zanim wyszła, upewniła się, czy jego stan się nie pogorszył. Na dziś miała tylko jedno zadanie: opuścić Kruczy Dwór.

Wymyśliła, jak o zrobi. Opłaciło się to, że w ostatnich dniach miała na oku Eirika i stajnię. Ramoja wciąż tu była i Hirka domyślała się, że nauczycielka kruków nie może dłużej zostać. Vetle również miał przejść Rytuał, a to oznaczało, że wkrótce muszą wyjechać. I faktycznie – poprzedniego wieczoru służba zaniosła klatkę z krukami do stajni, gdzie stały wozy. Hirka z łatwością domyśliła się, gdzie mieszka Ramoja podczas pobytu tutaj. Każdego dnia po południu jeden z odzianych na niebiesko służących zanosił dzbanek korzennej herbaty do chatki dla gości, na zboczu góry. Tego zapachu nie sposób było pomylić z żadnym innym.

Hirka wspinała się ścieżką w stronę chaty. Kuro siedział na jej ramieniu. Był ważną postacią w przedstawieniu, które zamierzała odegrać. Gdy się zbliżała, usłyszała dobiegający z domku śpiew Vetlego. Piosenka dla dzieci, na której brzmienie się uśmiechnęła. O wszystkich tych mężczyznach, którzy pojechali na górę Bromfjell, żeby zabić smoka. Na początku piosenki było ich dwudziestu, potem zostało dziewiętnastu, potem osiemnastu, a na koniec tylko jeden. Nikt nie wiedział, czy temu ostatniemu się udało, bo nie został nikt, żeby o tym zaśpiewać.

Hirka przystanęła pod drzwiami. Czekało ją trudne zadanie. Ponieważ to Ramoja była źródłem złudzeń Eirika, z pewnością nie zabierze z własnej woli Hirki do Mannfalli. Hirka musiała wykorzystać to nieporozumienie. To była jej jedyna szansa. I musiała ukryć własne wątpliwości. Ani przez chwilę nie okazać strachu. Tylko w ten sposób mogła zdobyć autorytet, którego teraz potrzebowała. Musiała tylko sama uwierzyć w to, co o niej mówiono. Chociaż na krótką chwilę. Kuro miał jej w tym pomóc. Ramoja szanowała kruki bardziej niż ætlingów.

Burza minęła, poranek był jasny i pogodny. Hirka spojrzała na Kruczy Dwór. Na siedzibę wodza na płaskowyżu między górskimi szczytami. Na miasto w dole, krzywe domy, które przytuliły się do siebie, by chronić się przed wiatrem i deszczem. Dookoła mury, za nimi las i Góry Strażnicze daleko na zachodzie. Będzie tęsknić za tym miejscem. Tak, jak można tęsknić jedynie za czymś, co się dopiero zdobyło, choć nigdy się nie przypuszczało, że będzie się to posiadać. Za tymi twardymi tubylcami. Kobietami o silnych ramionach, które wiedziały, jak ich użyć, gdy mężczyźni wracali z karczm i gospód.

Będzie jej brakować nieustannych nawoływań kruków zamieszkujących jar. Tego, jak z głośnym krzykiem odlatują każdego ranka, by powrócić na wieczór. Będzie tęsknić nawet za deszczem. Za tym, jak zbiera się w kałużach na drodze i w beczkach przy narożach domów.

Będzie jej brakowało nawet pogardy dla Mannfalli. Poczucia, że ma się wspólnego wroga. Kogoś, na kogo można zrzucić winę.

Teraz znowu będzie sama. I nie będzie mogła już z nikim porozmawiać. Musiała jednak stąd wyjechać. Zabójca nasłany przez Radę rzucił już nożem, kiedy tutaj była. Może po to, żeby to ją podejrzewano. I żeby podejrzewano tych, którzy ją chronili. To się nie mogło powtórzyć.

Wzdrygnęła się. A jeśli ten nóż nie miał zabić? Ciemny Cień nigdy nie chybia, słyszała to aż nazbyt wiele razy. Może chcieli ją tylko stąd wykurzyć? Sprawić, by opuściła dobrze strzeżone granice i znów była zdana tylko na siebie? Nie wydawało się to nieprawdopodobne, w przeciwieństwie do wielu innych myśli, które w ostatnich dniach tłukły jej się po głowie.

Niskie drzwi się otworzyły i ukazała się w nich Ramoja. Pod pachami niosła dwa pokaźne płócienne worki. Zamiast cienkich szat, które zawsze nosiła, miała na sobie długą skórzaną kurtkę obszytą futrem, które wystawało spod kaptura niczym aureola wokół jej ciemnej twarzy.

Hirka wyprostowała się i spojrzała na nią.

*Teraz spokojnie. Pamiętaj, że jesteś tą silną czerpiącą.*

Ramoja upuściła jeden worek. Pochyliła się i podniosła go powoli, zapewne po to, by nie patrzeć na Hirkę. Upłynęła chwila, nim znów się wyprostowała. Długo nie otwierała oczu.

– Nie chciałam cię przestraszyć – powiedziała Hirka.

– Nie, nie! Tylko… – Szukała właściwych słów. Odwróciła się i wskazała na jar, w którym mieszkały kruki. – My… ja… musiałam tu przyjechać, żeby…

– Jesteś nauczycielką kruków, Ramojo. Nigdzie nie wiedzą o nich tyle co w Kruczym Dworze, więc przypuszczam, że często tu bywasz. W każdym razie nie widzę w tym nic niezwykłego i nie zamierzam nikomu opowiadać, że tu byłaś.

Ramoja spojrzała na nią. Z jej oczu trudno było cokolwiek wyczytać. Hirka się uśmiechnęła, licząc na to, że wygląda na spokojną i pewną siebie. Potem ciągnęła dalej, by nie dać Ramoi czasu na zastanowienie:

– Pojadę z tobą do Mannfalli.

– Hirko, nikt nie zyska na tym, że...

– Pojadę z tobą do Mannfalli. Obiecałam pomóc Eirikowi. Stąd nie mogę tego zrobić.

Ramoja miała podkrążone oczy. Vetle skończył już śpiewać piosenkę o smoku, który zdążył zabić wszystkich, z wyjątkiem ostatniego. Hirka musiała poruszyć każdą właściwą strunę. Wysunęła ręce lekko na boki, wyprostowała plecy i opuściła podbródek. Musiała wydawać się silna i sprawić, by jej przesłanie było wyraźne. Jak na komendę, Kuro mocniej wbił pazury w jej ramię i zatrzepotał skrzydłami.

– Nie wiem, jak się tego domyśliłaś, Ramojo, ale wiesz, kim jestem. Wiesz, co potrafię zrobić. Nie mogę ci powiedzieć, co się wydarzy, ale to się musi wydarzyć w Mannfalli. Zaufaj mi.

Po twarzy Ramoi widać było, że doświadcza ulgi. Upuściła worki na ziemię. Jej migdałowe oczy zalśniły i przytuliła Hirkę. Kuro poczuł się niepotrzebny i odleciał.

– Wiedziałam – szeptała raz za razem wtulona we włosy Hirki.

## ŁASKA SVARTELDA

Rime trzymał miecz w wyprostowanej ręce i obchodził po łuku mistrza Svartelda. Zwracał uwagę na technikę. Usztywnił nadgarstek. Mocno trzymał rękojeść. Oczy Svartelda lśniły bielą w czarnej jak smoła twarzy. Wyrażały zwodniczy spokój.

Rime podążał za nim ostrzem. Próbował trzymać miecz tak stabilnie, by w każdej chwili dzielił postać mistrza na pół. To zadanie wymagało od niego pełnego skupienia. A to było sporym wyzwaniem po rozmowie z Ilume, którą odbył wcześniej tego dnia. Nie potrafił się z tego otrząsnąć.

Mistrz mógł sobie pozwolić na chwilę nieuwagi. Ciągle zerkał gdzieś za Rimego. Rozsuwane drzwi były otwarte i od czasu do czasu opuszczał miecz, jakby chciał się przyjrzeć morzu mgły poruszającej się powoli pomiędzy szczytami. Rime trenował z nim jednak od trzech lat i nie dał się zwieść. Gdyby spróbował wyjrzeć na zewnątrz, otworzyłby się na atak mistrza. A Rime nie mógł sobie pozwolić na to, by zawieść. Najpierw musiał pokazać, na co go stać. Dopiero potem będzie mógł poprosić o pomoc.

Rime był spięty. Trenowanie z mistrzem Svarteldem było jak wznoszenie się na inny poziom. Jak przebudzenie. Evna wisiała czujnie w powietrzu. Łaskoczące ostrzeżenie, które nasilało wszystkie bodźce do tego stopnia, że stawały się nie do wytrzymania. Wiatr chłodzący pot na czole. Dźwięki owadów w trawie, na zewnątrz. Rime widział sękate sosny za drzwiami tylko przez ułamek chwili, mimo to dostrzegał każdą igłę na każdej pojedynczej gałęzi. Niebieskawozielone. Matowe. Kołyszące się na wietrze.

Był boso i bosymi stopami odczytywał całe historie z drewnianej podłogi, podobnie jak ślepiec czyta, używając palców. Przez setki lat Ciemne Cienie pozostawiały na niej swoje ślady. W zadrapaniach i rysach zapisane było wszystko. Zwycięstwa i porażki, postępy i upokorzenia. Na zawsze wyryte w natłuszczonych dębowych deskach, których czas nie mógł zniszczyć. Które nie płowiały ani nie pękały. Tak jak Ilume.

*Zostaw w spokoju Ilume i rób, co do ciebie należy!*

Rime powrócił do teraźniejszości i skupił się na tym, co musiał zrobić. Svarteld miał w zwyczaju przeskakiwać nad przeciwnikiem i pojawiać się za jego plecami. Rime nie zamierzał dawać mu ku temu okazji. Uniósł ramiona i rzucił się do przodu, wykonując pchnięcie. Był to manewr, który zwykle nie nastręczał mu żadnych problemów. Pamiętając o tym, co może zrobić mistrz, trzymał miecz na wysokości gardła. Ku jego zaskoczeniu, Svarteld natarł na niego, zamiast się wycofać. A potem zniknął. Rime poczuł na karku cios jego miecza. Ból przebiegł w dół po kręgosłupie, aż do czubka ogona.

Śmierć. Gdyby używali ostrych mieczy, byłby już martwy. Po raz kolejny. Ale nawet tępe miecze do ćwiczeń potrafiły zadać duże obrażenia. Popełnił błąd i teraz na jego białym kołnierzu pojawiła się plama krwi. Zaatakował zbyt wysoko, spodziewając się, że Svarteld skoczy. Mistrz wykorzystał to, że się otworzył, przypadł do podłogi i wykonał obrót, sprawiając, że Rime znalazł się dokładnie tam, gdzie on tego chciał. Bezbronny, odwrócony plecami.

Rime oparł się na mieczu, jakby to była laska, i wciągnął powietrze. Krew kapała mu z karku na podłogę. To by mogła być jego podłoga. Mógłby być cieślą. Czy to by nie było prostsze? Wyśmiała go jakaś wrona siedząca na sośnie. Rime otrząsnął się z tych myśli. Jęknął.

– Litości, mistrzu…

– Dlaczego narzekasz? Wciąż masz miecz, prawda?

Svarteld nawet się nie zdyszał, ale był wyraźnie poirytowany. Należał do tych, którzy źle znoszą wymówki. Okazja, by poprosić o pomoc, zaraz przepadnie.

Rime wyprostował się i odwrócił w jego stronę. Mistrz miał ponad pięćdziesiąt zim, ale zupełnie nie było tego po nim widać. Miał ciało młodego mężczyzny, szczupłe i silne. Jego skóra była ciemna jak kadzidło, głowa ogolona. Zmierzył Rimego od stóp do głów krytycznym spojrzeniem, tak jak wtedy, gdy spotkali się po raz pierwszy.

Svarteld od początku dawał się Rimemu we znaki. Myślał to samo, co pozostali w obozie. Dziedzic miejsca w Radzie jako Ciemny Cień? Rozpieszczony synalek z wielkiego rodu, który ma kaprys stania się wojownikiem? Svarteld zrobił wszystko, żeby się go pozbyć. Rime się jednak nie poddał. I nie zawiódł. Był jednym z najlepszych. Tyle że nie dziś.

– Jeśli już masz na coś narzekać, to na to, że cię tu nie ma – rzucił Svarteld.

– Że co?

– Bądź tutaj, kiedy tu jesteś, albo idź sobie gdzie indziej.

Rime wiedział, co mistrz ma na myśli, ale nie chciał tego przyznać.

– Jestem t…

Miecz mistrza nagle dotykał już gardła Rimego. Stal była zimna, mimo to poczuł gorące rumieńce. Mistrz miał rację. Był nieobecny. Myślał o innych rzeczach.

*O Ilume. O Hirce. I o Rytuale.*

Tego ranka głos Ilume był ostrzejszy niż miecz Svartelda i równie bezlitosny. Odszukał ją w Eisvaldrze, żeby zapewnić sobie służbę w straży podczas Rytuału dla Elveroi. Jeśli Hirka żyje i rzeczywiście się pojawi, zamierzał dotrzymać obietnicy. Pomóc jej. Przedstawił Ilume pretekst, że chciałby jeszcze raz zobaczyć ich wszystkich razem. Vetlego, Sylję, Hirkę…

Imię Hirki wymówił trochę wolniej, by wychwycić reakcję Ilume. Przekonać się, czy wie o tym, że Hirka jest w Kruczym Dworze. Bądź co bądź po tym, jak Launhug zawiódł, musiał złożyć raport i mogło się zdarzyć, że Ilume również przyszła na myśl Hirka, gdy dowiedziała się o rudowłosej dziewczynie na dachu.

Ilume mu odmówiła. Na co im więcej strażników? Mają ich dość. Jego usługi nie są potrzebne. Ale skoro nosi się z pragnieniem, by znów zobaczyć dawnych znajomych, to doprawdy wybrał niewłaściwy sposób. Ciemne Cienie nie istnieją. Ciemne Cienie już są martwe.

Potem nastąpił punkt zwrotny. Ilume, dalej przeglądając swoje listy, powiedziała:

– Przybył kruk od Ramoi. W dniu naszego wyjazdu Zła Chata spłonęła do fundamentów. Dziewczyna prawdopodobnie nie żyje. Zapomniałam ci o tym wspomnieć.

Stał jak sparaliżowany jej obojętnością i nie był w stanie odpowiedzieć. Podniosła wzrok i spojrzała na niego pytająco.

– Jak to? To dla ciebie ważne?

Rime opuścił komnatę, żeby nie zrobić nic, czego by później żałował.

Svarteld opuścił miecz. Pokręcił głową i ruszył w stronę drzwi. Rime poszedł za nim, gotów przyjąć karę.

– Byłeś dziś w Mannfalli? – Svarteld potrafił sprawić, żeby nawet pytanie brzmiało jak rozkaz.

– W Eisvaldrze, mistrzu. U Ilume.

– Ach – mruknął Svarteld, jakby to wszystko wyjaśniało.

Rime był pewien, że dostrzegł uśmiech na jego ciemnej twarzy. Spojrzeli na góry. Zaledwie kilka kroków dalej urwisko opadało pionowo w dół. Pod nimi, między szczytami niższych gór, szybowały wrony. Znikały we mgle i znów się pojawiały, próbując zebrać się w stado na wieczór.

Wiatr osuszył spocone włosy Rimego.

– Byłeś jej ostatnią nadzieją – powiedział Svarteld, nie patrząc na niego.

Rime przełknął ślinę, nie wiedząc, co począć z nagłym poczuciem bliskości, jakie wywołały te słowa.

– Mistrzu, ród An-Elderinów jest większy niż ja czy Ilume.

Svarteld zaśmiał się krótko. Stał obok Rimego z rękoma założonymi na piersi.

– Twoja matka nie żyje. Jej brat, Tuve, jest stracony. Żyje tylko brat twego ojca, Dankan. Może i mieszka pod tym samym dachem, ale jego jaja leżą w misce na pozłacanym nocnym stoliku Neilin. Ich pierworodny nie żyje. Ich najmłodszy syn jest chorowity, a Illunde jest dzieckiem z nieprawego łoża. Oprócz tego, oczywiście, tak jak wszyscy, macie mnóstwo darmozjadów, których z rodem nie łączą prawie żadne więzy krwi.

Rime był wstrząśnięty. Nigdy dotąd nie słyszał, by ktoś prócz Ilume mówił o jego rodzie. To było chłodne podsumowanie, za którego wygłoszenie każdy inny spłonąłby na murach. Każde słowo było wszakże prawdą, a mistrz jeszcze nie skończył.

– To ty odziedziczyłeś błękitną krew. To ty masz Evnę. Przyszła do ciebie przez Gesę. Przyszła do Gesy przez Ilume. Przyszła do Ilume przez Storma.

*Przyszła do Storma przez Ynga. Przyszła do Ynga przez…*

Rime potrafił wymienić linię rodu na tysiąc lat wstecz. Aż do pierwszego Elderina. Nauczył się tego, zanim umiał czytać i pisać. Nie powinno go dziwić, że mistrz posiada tę wiedzę. Był dowódcą Ciemnych Cieni. Długim ramieniem Widzącego i Rady. I był nim, jeszcze zanim Rime przyszedł na świat.

– Prawie cię straciła, kiedy się urodziłeś. Prawie cię straciła, kiedy miałeś sześć lat. Teraz masz osiemnaście i straciła cię na zawsze.

Słowa mistrza sprawiły, że Rime zesztywniał. Nagle pojawiły się obrazy. Lód. Zimne palce. Ciężki śnieg. Niewiele, ale było jakieś wspomnienie. Odkopano go ze śniegu i przeżył. Jego rodzice nie. Czuł z tego powodu jakiś odległy smutek. Jakby nie opłakiwał kogoś, kogo pamiętał, a jedynie nosił w sobie wspomnienie żałoby. Zawsze tak było. Ilume straciła córkę Gesę i jej męża. Zachowała jednak Rimego. Aż do teraz.

Mistrz wyszedł z sali i ruszył wyłożoną kamieniami ścieżką na skraju przepaści. Rime poszedł za nim. Ścieżka łączyła się z inną, prowadzącą z dołu. Nazywali ją Ścieżką Dna. W Gnieździe Ślepych wysokość była ważniejsza niż odległość czy kierunek. Dotarli na skraj obozu. Ciemne Cienie miały kilka obozów rozrzuconych w Gnieździe Ślepych, ale ten był największy i położony najbliżej Mannfalli. Razem tworzyły niewidzialną sieć Rady, która kontrolowała cały obszar gór między Mannfallą a Kruczym Dworem. Krążyły liczne plotki o krwawych potyczkach Ciemnych Cieni z wojownikami z północnych krain, ale Rime nigdy tam nikogo nie spotkał podczas patroli.

Przystanęli na ścieżce i patrzyli w dół na Ciemne Cienie przygotowujące się na wieczór. Płonęły już setki pochodni. Stały na palach przed chatami. Były to niskie, drewniane budynki, z których każdy dzieliło co najmniej czterech mężczyzn. Mieli własne pokoje i wspólne palenisko pośrodku chaty. Poza tym nie posiadali prawie nic. Spali na słomianych matach na podłodze, ze zrolowanymi ubraniami pod głową zamiast poduszek. Broń. Wełniane koce. Niewiele ponad to.

Tutaj można było liczyć tylko na siebie i swoje umiejętności. Posiadało się tylko tyle, ile potrzeba było do przetrwania. Rezydencja An-Elderinów – Śpiący Smok – stanowiła całkowite przeciwieństwo tego miejsca. Zanim został Ciemnym Cieniem, nigdy nie był głodny ani nie czuł prawdziwego bólu. Nigdy mu niczego nie brakowało. Mimo to brakowało mu wszystkiego.

Svarteld spojrzał na Rimego.

– Złożyłeś Przysięgę.

Słowa mistrza w pierwszej chwili wydały się nie na miejscu, ale Rime przypomniał sobie, o czym rozmawiali. O Ilume i o tym, że był jej jedyną nadzieją. Dziedzic miejsca w Radzie. Nagle Rimego uderzyło, że mistrz traktuje go ostro z innych powodów, niż sądził. Svarteld naprawdę zrobił wszystko, żeby Rime się poddał. Żeby nie złożył Przysięgi, tylko uciekł z powrotem do Eisvaldru, z podkulonym ogonem. Dlaczego? Bo gdyby coś się stało Rimemu An-Elderinowi, Ciemne Cienie musiałyby za to zapłacić. To oni musieliby stawić czoło wściekłości Ilume. Svarteld wolał, by Rime zasiadał w Radzie, zamiast zginąć w Gnieździe Ślepych. Mógł jednak odmówić Rimemu złożenia Przysięgi! Zawsze mógł wymyślić jakiś powód. Bez wątpienia ułatwiłoby mu to życie, a mimo wszystko mistrz go przyjął.

Rime poczuł ciepło rozlewające się w piersi. Znaczył coś dla Svartelda. Coś, co sprawiało, że był wart problemów, których mógł przysporzyć. To było tak, jakby na krótką chwilę zajrzał do serca mistrza. Ośmieliło go to. Może Svarteld będzie mógł rozwiązać problem, który dręczył Rimego przez cały dzień. Złożył Hirce obietnicę i powinien jej dotrzymać. Musiał załatwić sobie służbę w straży podczas Rytuału, tak by Ilume nigdy się o tym nie dowiedziała.

– Mistrzu, chciałbym prosić o przysługę.

Jeśli Svarteld był zaskoczony, dobrze to ukrył. Wskazał w stronę sali ćwiczeń.

– Najpierw powycieraj swoją krew z podłogi. Potem przyjdź do mnie.

# MANNFALLA

Mijane krajobrazy zdawały się mieć wpływ na rozmowy w powozie. Gdy jechali przez świerkowe lasy, Ramoja nabrała odwagi i mówiła o tym, co ukryte, o rzeczach, których nikt nie powinien słyszeć. Opowiadała, że nie zawsze ma się wybór i czasem ścieżka wydaje się z góry ustalona. Że pewnego dnia można się obudzić i zastanawiać, gdzie się było, gdy dokonywano wyboru. To było tak, jak przegapić dzień tingu i potem znaleźć wyrok na progu. Jej słowa zdradzały pragnienie, by umniejszyć rolę, jaką odgrywała w zaostrzającym się konflikcie między Kruczym Dworem a Mannfallą. Hirka słyszała szept ojca ze Slokny.

*Tylko idioci wybierają jedną ze stron. Bądź po własnej stronie, wtedy pożyjesz dłużej.*

W miarę jak wyjeżdżali z gór Hrafnfjelli, świerkowe lasy przerzedziły się i coraz częściej ustępowały miejsca brzozowym. Rozmowy stały się ostrożniejsze i obie zaczęły mówić zagadkami. Dobierały niewinne słowa, jakby w nadziei, że to zatuszuje wszystko, co zostało powiedziane. Hirka starała się jak najrzadziej otwierać usta. Gdy rozmowa zeszła na Evnę, milczała i próbowała tajemniczo się uśmiechać.

Ramoja sądziła, że Hirka jest silną czerpiącą i że nie chce służyć swoimi zdolnościami Radzie. Że ma w żyłach błękitną krew i byłaby w stanie „wyczerpać smoka", jak to się dawno temu mawiało. To czyniło ją pionkiem w naprawdę wielkiej grze. Legendą. Co by powiedziała nauczycielka kruków, gdyby wiedziała, jak nieistotna w rzeczywistości jest Hirka, ślepa na ziemię i pozbawiona Evny? Obca. Co by powiedzieli Eirik i Tein? Tein, którego nie widziała od czasu, gdy jego ojca ugodził nóż. Spodziewała się, że wpadnie do komnaty, gdy próbowała zbić Eirikowi gorączkę, nie zjawił się jednak. Ale też o niego nie wypytywała.

Żyjący na nizinach byli zajęci żniwami, może trochę wcześniej niż zwykle, ponieważ Rytuał przyspieszono prawie o cały miesiąc. Nikt nie wydawał się tym zatroskany. Po prostu pracowali tak jak zawsze. Dzieciaki uganiały się za ptakami albo zbierały zboże, które przegapili dorośli, jakaś dwójka ciągnęła się za ogony. Hirka długo patrzyła za nimi. Co by było, gdyby wyskoczyła z powozu? Mogłaby się przyłączyć do jakiejkolwiek rodziny. Pracować, jeść i udawać się razem z nimi na spoczynek, w domu tak pełnym mieszkańców, że wydawałby się zamkiem. Ale gdy przejeżdżali obok, spoglądano na nią jak na obcą – którą przecież była – i nikogo nie wzruszał jej niepewny los.

Po kilku dniach zaczęła się psuć pogoda. Równiny Midtymsu były położone między górami Tyrimfjella na wschodzie a Gniazdem Ślepych na zachodzie. Gwałtowne podmuchy wiatru wzbijały kurz na drodze. Zasłaniali twarze szalami albo siedzieli w powozie razem z krukami, które z każdym dniem spędzonym w małych klatkach były w coraz gorszych humorach.

Nieustannie spotykali kogoś na drodze. Ætlingów, którzy widzieli obozujące w namiotach wojska maszerujące na Północ. Pod przydrożnymi słupami odpoczywali podróżni. Chronił ich Widzący i wszędzie widać było Jego znaki. Mieszkańcy mijanych wiosek robili też własne. W jednym z gospodarstw, które mijali, na bramie widniało pomalowane na czarno poroże. By wyglądało jak ochronne skrzydła Widzącego, ozdobiono je ciemnymi rzemykami. Powiewały ponuro na wietrze. Wyglądało to tak, jakby zagłodzony ptak uderzył w tę bramę i umarł.

Hirka stawała się coraz bardziej niespokojna. Próbowała to ukryć drobnymi czynnościami. Gry słowne z Vetlem, opieka nad krukami, wymiatanie piasku z powozu. Nic nie pomagało. Nie miała pojęcia, co pocznie, kiedy już dotrą na miejsce. Nie wiedziała, co ją czeka.

W myślach nawiedzał ją Rime. Będzie tam. Pomoże jej. Czy nie jest przypadkiem An-Elderinem? Ulubieńcem Widzącego? To chyba powinno coś znaczyć! Nocą modliła się po cichu, by Widzący okazał się godny tego zaufania, jakie pokładał w Nim Rime. Żeby był mądry, łaskawy i kochający. By był tym, który uratował świat przed ślepymi. Tym, który chroni bezbronnych.

*Babskie gadanie!* – szeptał ojciec ze Slokny.

Pół dnia drogi od Mannfalli dotarli do wioski, która była tak duża, iż Hirka sądziła, że dojechali już do celu. A więc to jest Mannfalla? Wielka, choć nie tak ogromna, jak się spodziewała. Prawie jej ulżyło, ale Ramoja szybko wyjaśniła to nieporozumienie. To była tylko jedna z wielu osad otaczających samo miasto.

– Mannfallę zobaczysz, kiedy znajdziemy się za tymi wzgórzami – powiedziała, pokazując ręką.

Powóz wspinał się pod górę. Teren stał się nierówny, domów było coraz mniej. W końcu ustąpiły miejsca krzewom herbaty. Zielone kępy rosnące w prostych, równych rzędach. Przechadzały się między nimi dwie starsze kobiety o pomarszczonych twarzach i notowały coś w małych książkach. Dotykały roślin, wąchały je, a potem szły dalej.

Przy szczycie wzgórza teren stał się mniej stromy i nagle ich oczom ukazały się ogromne obozy. Namioty, wozy, konie i miejsca pod paleniska. Niektóre rodziny biwakowały pod gołym niebem, zupełnie bez schronienia. Ramoja wyglądała na wstrząśniętą.

– Jest ich więcej niż kiedykolwiek wcześniej.

– Mieszkają tutaj? Kto to? – spytała Hirka i wspięła się przez oparcie ławeczki woźnicy, by usiąść obok Ramoi.

Nauczycielka kruków wzruszyła ramionami.

– Zwykli ætlingowie. Rodziny z dziećmi, które mają przejść Rytuał. W mieście nie ma miejsca dla wszystkich, a poza tym nie wszystkich stać na to, by się tam zatrzymać. Zwykle było ich wielu, ale to...

Hirka przypomniała sobie rozmowy pijanych mężczyzn na uczcie w Kruczym Dworze. Pogłoski o ślepych. Wojownikach Mannfalli zmierzających na Północ. Wojna i zabobony zagnały całe tłumy do stolicy.

Ramoja popędziła konie. Powóz toczył się przez tłum nieznajomych; stali przy drodze i sprzedawali ozdoby z wizerunkami Widzącego. Między nimi przechadzały się patrole gwardzistów ubranych w biel i brąz. Odsuwali ætlingów od drogi i rozdawali coś, co Hirka uznała za jedzenie, ale Ramoja wyjaśniła jej, że to mydło. Najważniejsza broń Mannfalli przeciw chorobom, gdy miasto było przepełnione. Hirka przypomniała sobie, co ojciec opowiadał jej o kobiecie, którą uważała za matkę.

*Maiande była dziewczyną z Ulvheim, którą znałem przez jakiś czas. Wyrabiała mydło i wiedziała, jak je sprzedawać po gospodach słabym mężczyznom. Na mydło wydawali więcej niż na piwo. Ze świecą by szukać czystszych pijaków.*

Hirka na chwilę zapomniała o strachu i wyciągnęła rękę do jednego z gwardzistów. Nie zatrzymał się ani nie poświęcił jej nawet jednego spojrzenia. Po prostu podał jej mydło. Leżało na jej dłoni jak spłaszczone jajko. Był na nim wtłoczony znak Rady. Trudno powiedzieć, czy po to, by pokazać, kto stoi za tym dobrym uczynkiem, czy też aby wzmocnić oczyszczający efekt.

Powóz przetoczył się przez grzbiet wzgórza i w dole pod nimi ukazała się Mannfalla. Niewyobrażalny widok, który w duszy Hirki nie pozostawił cienia wątpliwości, że zbliżają się do celu. Wstała i przytrzymała się dachu powozu, żeby nie spaść. Wszystko, co słyszała o Mannfalli, było prawdą. Miasto mogłoby pomieścić pół świata. Domy we wszelkich możliwych kolorach i kształtach pięły się na zboczu wzgórza. W niektórych miejscach tworzyły system ulic, w innych zbudowano je jakby przypadkowo i wyglądało to tak, jakby osunęła się lawina kamieni. Zabudowa tworzyła podkowę na brzegach rzeki Ory, upstrzonej statkami i małymi, wąskimi łódkami, które zdawały się nie mieć żadnego innego zadania, jak pływanie w tę i z powrotem od jednego brzegu do drugiego. Nad całym miastem sterczały w niebo szare iglice.

– To przecież jakieś szaleństwo... – Hirka opuściła się z powrotem na miejsce.

– Jakieś szaleństwo! – powtórzył po niej Vetle.

– Co to jest? Tam, na rzece? – Hirka wskazała na grupę domów, które jakby same z siebie unosiły się na wodzie pośrodku nurtu. Wokół nich sterczał cały labirynt pomostów. Przypominało to unoszące się na wodzie wronie gniazdo.

– To obóz rybaków. Za jakiś miesiąc zjawią się czerwonopłetwy płynące w górę rzeki, a wtedy będą musieli się spieszyć. – Ramoja wskazała głową. – Śpią tam i jedzą, jeśli w ogóle starcza im na to czasu.

– Nie mieszkają w mieście?

– Mieszkają, ale nie chcą przegapić ławicy, więc boją się zejść na ląd. To dobre jedzenie i dużo pieniędzy.

Droga zaczęła opadać w stronę miasta i namioty za ich plecami znikły. Objechali niewielkie wzniesienie i ich oczom ukazała się pozostała część miasta. Było dwukrotnie większe, niż wydawało się na początku. I teraz Hirka zobaczyła Mur.

Wytrzeszczyła oczy. Słyszała opowieści. Wiedziała, że będzie wysoki, ale sądziła, że tak wysoki jak ściany Otchłani. A nie jak Wilcza Skała! Owiany legendą biały mur dzielił Mannfallę na pół. Wznosił się niczym lśniący most, odgradzając przełęcz prowadzącą do Gniazda Ślepych. Przed nim było miasto, w całej swej chaotycznej, barwnej różnorodności. Za nim był Eisvaldr, sala Widzącego. Sam w sobie był miastem, niemal równie wielkim jak to po drugiej stronie muru. Za Murem wszystko było białe, z wyjątkiem kilku czerwonych dachów i kopuł. Największa z nich wydawała się wypolerowana i lśniła w słońcu.

– Eisvaldr – powiedziała Ramoja.

– To wszystko tam? – spytała Hirka, próbując zdławić strach.

Powóz niewzruszenie toczył się dalej.

– Wszystko. Eisvaldr jest miastem na końcu miasta. Tysiąc lat temu był tylko murem odcinającym przełęcz prowadzącą do Gniazda Ślepych. Potem wzniesiono za nim dom Widzącego. Później pojawiła się Sala Rytuału, siedziba Rady. Eisvaldr rozrastał się coraz bardziej. Dziś wszystkie rody zasiadające w Radzie mają swoje rezydencje za jego murami. – Ramoja uśmiechnęła się krzywo. – Za każdym razem, gdy tutaj przyjeżdżam, domy okazują się trochę większe, ogrody piękniejsze, a zdobienia bogatsze. Przestały być zwykłymi domami już dawno temu.

– Co chcesz przez to powiedzieć? Nikt tam nie mieszka?

– Ależ mieszka! W przypadku większości członków Rady niemal całe rody mieszkają pod jednym dachem. Dom służy jednak głównie do tego, by imponować innym rodom.

Hirka wzruszyła ramionami.

– No to trochę tak, jak wszędzie.

Ramoja uśmiechnęła się i popatrzyła na nią.

– To prawda. Tutaj po prostu wszystkiego jest więcej.

Zjechali w dół, do zachodniej bramy, która niemal niknęła za morzem straganów. W tłumie ætlingowie krzyczeli, pokazywali palcami, kłócili się. Brali do rąk garnki, ubrania i ozdoby z żelaza, mosiądzu, srebra i złota. Z klatek dobiegało gdakanie, z zagród kwiczenie. Kaczki, gęsi, kury, owce. Czarne świnie i kozy z ozdobami na rogach.

Na szczycie miejskich murów przechadzali się w tę i z powrotem gwardziści i Hirka spuściła głowę, by ukryć twarz, ale nikogo nie zatrzymywano. Mieli pełne ręce roboty, pilnując, by kramarze i zwierzęta nie wychodzili na drogę.

Powóz przetoczył się przez bramę, masywny łuk z ciemnego drewna. Od wielu wieków prawie jej nie zamykano. Inne powozy poskrzypując, przejeżdżały przez nią w obie strony nieprzerwanym strumieniem. Za murami ulice były szerokie, ale zatłoczone. Ze straganów, na których sprzedawano jedzenie, pachniało dymem i spalenizną. Przechodnie kupowali prażone orzechy, duszone mięso i pieczone na ruszcie kawałki czerwonej ryby, przyprawionej jakimiś nasionkami. Odbierali jedzenie zapakowane w papier i jedli, idąc. Wielkie drewniane skrzynie i worki były po brzegi wypełnione suszonymi owocami, warzywami i przyprawami we wszystkich możliwych barwach.

Hirka starała się być uprzejma dla tych, którzy zbliżali się do ich powozu. „Nie, dziękuję, nie noszę bransoletek". Albo: „Jest śliczny, ale nie potrzebuję wazonu". Poza tym nie miała pieniędzy. Kogo by było na to wszystko stać? Hirka jeszcze nigdy nie widziała tylu rzeczy w jednym miejscu. Nie miała nawet pojęcia, do czego służy połowa przedmiotów, które wyciągali do niej sprzedawcy.

Ramoja śmiała się z niej i poprosiła ją, by patrzyła przed siebie, żeby nie musieć odpowiadać każdemu z osobna.

– Widzą, że jesteś ciekawska, Hirko.

Przestała zwracać uwagę na ulicę i podniosła wzrok. Wiele domów miało w oknach kolorowe witraże. Niektóre były otwarte, z jednego zwisał luksusowy czerwono-złoty dywan z motywami myśliwskimi. W innym wisiała zwykła słomiana mata, która wyglądała, jakby zaraz się miała rozpaść. Ætlingowie w butach z farbowanej skóry, z metalowymi sprzączkami, mijali takich, którzy siedzieli boso i żebrali. Hirka dostrzegła chłopca, który wsunął ręce do kieszeni jakiegoś przechodnia, a potem wycofał się ze swoim łupem w ciemną uliczkę. Spodziewała się, że ktoś zacznie go gonić, ale nikt go nie zauważył. Mógł najzwyczajniej w świecie zniknąć. Niewidzialny wśród tysięcy. Hirka patrzyła za nim zdumiona.

Ramoja musiała popędzać konie, które w tłumie – zdezorientowane – zatrzymywały się, nie widząc przed sobą wolnej drogi. Pachniało jedzeniem, końskim łajnem i potem. Te zapachy znikały jednak, w miarę jak zbliżali się do Eisvaldru. Stragany ustąpiły miejsca sklepom z wiszącymi szyldami, takimi, jakie miały gospody. Domy stały się większe i bardziej imponujące. Na drzwiach wejściowych widać było wytłoczone symbole, a pod okapami widniały rzeźbione zdobienia. Płaskie dachy stopniowo ustępowały miejsca stromym, krytym porządną, czarną dachówką. Każda z nich była idealnie wygięta. Wzdłuż naroży budynków biegły małe rynny z takiego samego kamienia. Gdzieniegdzie Hirka widziała Mur górujący nad dachami domów, choć znajdował się jeszcze dość daleko.

Niektóre z domów miały ogrody. Wysokie bramy i żywopłoty, które biegły wzdłuż brukowanych ścieżek aż do drzwi wejściowych. Przed jednym z domów bramy pilnował wartownik. Ubrany był w czerwony skórzany strój ze srebrnymi płytkami na piersi. Przy jego pasie wisiały dwa toporki do rzucania, których styliska owinięte były czerwonymi rzemieniami. Hirka próbowała podchwycić jego spojrzenie, ale stał zapatrzony prosto przed siebie.

– Mieszka tu ktoś z Rady?

– Nie – odparła Ramoja. – Rody zasiadające w Radzie mają rezydencje za Murem. Tu mieszkają głównie kupcy.

– O rany! Muszą być bogatsi niż ci z Błyszczącej Góry!

Ramoja wybuchnęła śmiechem.

– Większość z nich mogłaby kupić tysiąc takich Błyszczących Gór.

– Poważnie?

– Poważnie.

Hirka nigdy nie rozumiała marzeń Sylji o Mannfalli. Wydawało jej się, że Sylja już posiada niepojęte bogactwo. Więcej niż większość ætlingów mogła sobie wymarzyć, a już tym bardziej potrzebować. Ale tu mieszkali znacznie bogatsi od tych z Błyszczącej Góry. I biedniejsi od Hirki.

Mannfalla mieściła w sobie wszystko i wszystkich. Biednych i bogatych. Podstępnych i krzykliwych. Kupców i złodziei, wszystkich żyjących tuż obok siebie. Nikt się nie wyróżniał, bo wszyscy się wyróżniali. Kiedyś śniły jej się koszmary o tym, że całe miasto ją goni. Ściga dziecko Odyna. Ale w Mannfalli nic nie znaczyła. Uśmiechnęła się. W Mannfalli mogła robić wszystko!

*Tyle że polują na mnie Ciemne Cienie i nie mam gdzie się zatrzymać…*

Ramoja zaskoczyła ją, zadając właśnie to pytanie. Dokąd zamierza się udać? Ramoja miała się zatrzymać w domu kruków na wschodnim brzegu rzeki, razem z innymi nauczycielami kruków. Wszyscy oni przybyli tutaj w związku z Rytuałem i Hirka nie mogła jej tam towarzyszyć.

– Mam się z kimś spotkać. Nie mogę powiedzieć, z kim ani gdzie – odparła Hirka, bez wyrzutów sumienia. To przecież nie było kłamstwem. Oczywiście, że spotka bardzo wielu. I nie miała pojęcia gdzie. Zapewniła Ramoję, że ma wszystko, czego potrzebuje – pieniądze i w ogóle. I wie, gdzie ma się z tym kimś spotkać.

Wóz wjechał na otwarty plac. Po jego drugiej stronie wznosił się Eisvaldr w całej swej okazałości. Hirka zadarła głowę i spojrzała w niebo. Kruki przelatywały tam i z powrotem przez arkady w Murze, który był obłożony białym, wypolerowanym do połysku kamieniem. Rozdziawiła usta. Jaki strach mógł sprawić, że wykonano taką pracę? Odcięto całą przełęcz, wejście do Gniazda Ślepych. Do gór, z których ponoć przyszli obcy.

Nikt z dziś żyjących nie widział nigdy zamkniętego Muru. Był bramą. Oknem na inny świat. Hirka widziała przez arkady, że ulice po drugiej stronie też są wyłożone takim samym białym kamieniem. Iglice i kopuły błyszczały. I choć przy każdej arkadzie stali na straży gwardziści, również tu powozy nieustannie wjeżdżały i wyjeżdżały.

Vetle wyciągnął swój kamienny posążek ku niebu, by wyglądał tak, jakby szedł po szczycie Muru. Nowy Jomar zmienił się w olbrzyma, który mógłby zmiażdżyć całe miasto.

– Widzisz tę czerwoną kopułę? – Ramoja wskazała ręką, a Hirka podążyła za nią wzrokiem.

– Jaka szeroka – zdziwiła się Hirka.

Kopuła stanowiła zwieńczenie największego, centralnie położonego budynku po drugiej stronie Muru.

Ramoja mrugnęła do Hirki.

– To centrum świata.

– To znaczy…?

– To Pierś Matki. Sala Rady. Dom Widzącego stoi tuż za nią.

Hirka poczuła, że opuszcza ją odwaga. To było tak jak to wiadro z zimną wodą, które wylała na nich Maja w Młodym Kruku, żeby mężczyźni przestali próbować się pozabijać. To była Mannfalla. Była tu. Teraz. I patrzyła na Eisvaldr, w stronę domu Widzącego. Najświętszej ze wszystkich sal. Na miejsce Rytuału. Musiała coś zrobić.

– Zatrzymaj się!

– Tutaj? – Ramoja wstrzymała konie.

Hirka rozejrzała się gorączkowo. Na rogu ulicy, którą przyjechali, stała gospoda. Wyglądała na drogą, ale to przecież nie miało żadnego znaczenia. Nie zamierzała tam mieszkać, a Ramoja i tak sądziła, że Hirka ma się z kimś spotkać.

– Tam dalej.

Ramoja zerknęła w stronę gospody. Hirka zarzuciła worek na plecy i wyskoczyła z powozu. Vetle chciał zeskoczyć za nią. Matka powstrzymała go obietnicami, że wkrótce znów zobaczy Hirkę. Dziewczyna uśmiechnęła się, ale nie czuła się z tym dobrze. Wątpiła, czy jeszcze kiedykolwiek ich zobaczy.

Przez całą podróż Kuro trzymał się na dystans, teraz jednak zataczał kręgi wysoko nad ich głowami. Przynajmniej to dawało niewielką ulgę.

– Dziękuję ci za towarzystwo, Ramojo.

Ramoja zmarszczyła brwi.

– Jesteś pewna, że to tutaj? Masz wszystko, czego potrzebujesz?

– Całkowicie pewna.

– I wiesz, co robisz?

– Zawsze.

Hirkę zaskoczyło to, jak pewnie zabrzmiały jej słowa. Jaskrawo kontrastowały z tym, co czuła naprawdę. Mannfalla wszakże była i tak pełna kontrastów, więc jeden więcej nie zrobi chyba różnicy?

Hirka wyciągnęła ręce do Vetlego i przytuliła go. Jego jasne loki połaskotały jej twarz, a chłopiec długo nie chciał jej puścić.

W końcu Ramoja potrząsnęła lejcami i powóz ruszył dalej przez plac, kierując się ku wschodniemu brzegowi rzeki. Hirka stała przed gospodą Biały Plac i czuła, jak ściska jej się serce. Znów była sama. Nie tak jak w lasach przy Kruczym Dworze, gdzie miała tylko Kuro. Tym razem otaczało ją więcej ætlingów niż kiedykolwiek wcześniej w jej życiu. Więcej niż kiedykolwiek w życiu widziała. Mimo to była sama.

Wyprostowała się. Nie jest aż tak źle, przypomniała sobie. Od bardzo dawna, jeszcze zanim umarł ojciec, bała się Mannfalli każdego dnia. Zdarzało się, że nocą budziła się w powozie, spocona i przerażona, po koszmarach, w których ścigały ją Ciemne Cienie. Bezlitośni, czarni wojownicy, którzy rzucali się na nią w chwili, gdy tylko przekraczała mury miasta. Bała się, że zostanie tu zatrzymana, aresztowana, stracona. Ale jak dotychczas nic takiego się nie stało.

Tak, bała się, była sama i nie miała nic prócz worka na plecach. I jej jedynym towarzyszem był przemądrzały kruk. A on mógł przebierać w towarzystwie niezliczonych innych kruków. Mannfalla była jednak najlepszą kryjówką, jaką kiedykolwiek widziała. Mogła zniknąć w tym mieście, choć do niedawna sądziła, że będzie się tu rzucać w oczy jak ryba na lądzie.

W tej okolicy nie mogła jednak zostać.

Hirka odwróciła się plecami do wyniosłego blasku Eisvaldru i ruszyła ulicą w dół. Mijała domy kupców, a w miarę jak zbliżała się do rzeki, domy stawały się mniejsze i były w coraz gorszym stanie. Śmierdziało coraz mocniej, a mieszkańcy głośniej krzyczeli. Tutaj będzie mogła zniknąć.

## ŚPIĄCY SMOK

– Sztuka srebra za dwa chuderlawe kurczaki?! Wydaje ci się, że pochodzę z dolin?

Hirka oparła ręce na biodrach i pochyliła się w stronę przekupki z puszystym wąsikiem pod nosem. Ta uniosła brew i jeszcze raz przyjrzała się uważnie Hirce, która odwróciła się, jakby już chciała odejść.

– Czekaj...

Hirka uśmiechnęła się i odwróciła z powrotem w stronę straganu. Dama z wąsikiem rzuciła na ladę trzeciego kurczaka, obok dwóch pozostałych. Rozejrzała się, jakby chciała się upewnić, że nikt jej nie słyszy, i związała kurczaki łykiem. Hirka uśmiechnęła się z zadowoleniem i położyła na ladzie sztukę srebra. Przerzuciła kury przez ramię i odeszła w stronę Lindriego, który czekał na nią przy następnym straganie.

Zmierzwił jej włosy pomarszczoną dłonią.

– Szybko się uczysz, Ruda.

– Zawsze.

Lindri wziął od niej kury i zarzucił je na swoje zgarbione plecy, chociaż był prawie tak szczupły jak Hirka. Tylko trochę wyższy.

– To przechodzi wszelkie pojęcie, na co sobie pozwalają podczas Rytuału. Ceny podwajają się z dnia na dzień! Wydaje im się, że wszyscy stają się głupsi tylko dlatego, że ich jest więcej?

– No cóż, naprawdę tak jest. Im więcej, tym głupsi – odparła Hirka.

Lindri roześmiał się. Wystawały mu dolne zęby, krzywe jak szczyty Wilczej Skały.

– Niezła jesteś, Ruda. Naprawdę niezła.

Hirka wyszczerzyła zęby. Lindri polubił ją od pierwszej chwili, gdy trzy dni temu weszła do jego herbaciarni, szukając dachu nad głową w przepełnionym mieście. Zbył ją, jeszcze zanim otworzyła usta. Nie miał dla niej ani pracy, ani wolnego pokoju.

Był wieczór, jej pierwszy dzień w Mannfalli. Bolały ją nogi od przemierzania niezliczonych ulic w poszukiwaniu noclegu. Podczas Rytuału rzeczywiście było z tym beznadziejnie. Głodna i wyczerpana usłyszała dźwięk dzwoneczków poruszanych wiatrem, dobiegający z uliczki przy samym brzegu rzeki. Jak zaproszenie. Weszła więc w tę uliczkę i tak trafiła do Lindriego. Miał herbaciarnię, na której widok ojciec popłakałby się ze szczęścia. Ściany pokrywały drewniane szuflady. Każde zioło miało swoje miejsce. Nawet lada składała się z szuflad. Stoliki były niskie, a goście siedzieli na stołkach pokrytych owczymi skórami i pili z kubków bez uszek; przypominały czarki, których używała Ramoja. Ogarnęło ją przemożne pragnienie, żeby tam zostać.

Lindri skończył prawie siedemdziesiąt zim i zwróciła uwagę, że często dotyka swoich nadgarstków i łokci. To go spowalniało, a trzeba było sporo wysiłku, by wdrapać się do najwyższej szuflady i wyjąć to, czego sobie życzył klient. Hirka rzuciła się do obsługi gości, negocjując jednocześnie miejsce do spania.

– Dziewczyno, nie mam nawet stołka, na którym byś się mogła zdrzemnąć!

– Nie potrzebuję stołka, potrzebuję łóżka. I wygląda na to, że ty też.

– O co ci chodzi, dziewczyno?

Hirka wytarła ladę ściereczką, ale pobrudziła ją w ten sposób jeszcze bardziej.

– Bolą cię stawy?

– Co to ma z tobą wspólnego?

– Mam maść z wyjącego korzenia. Łagodzi bóle. I potrafię leczyć zesztywniałe stawy, odkąd nauczyłam się chodzić.

– Ty niby jesteś medykiem? Jesteś jeszcze dzieciakiem! Przeszłaś już Rytuał?

– Tak. To znaczy… za kilka dni.

Lindri przyglądał jej się nieufnie, pocierając nadgarstek. Wtedy Hirka zadała mu ostateczny cios.

– Tam, skąd pochodzę, nie jest ważne, ile ma się zim, tylko to, co się potrafi. Chętnie bym ci pomogła, ale wtedy musiałbyś się położyć. A podobno nie masz na to miejsca…

Przez chwilę się bała, że Lindri ją wyrzuci. Przekrzywił głowę, jakby nie mógł uwierzyć, że ktoś powiedział mu coś tak bezczelnego. Zaraz jednak wybuchnął śmiechem. To był głośny, chrapliwy śmiech.

– Lubię cię, rudowłosa.

Tego wieczoru Lindri dostał maść na stawy i rano twierdził, że od pięciu lat nie spał tak dobrze. Użyczył Hirce pokój swojej wnuczki. Była starsza od Hirki, ale dość nieporadna i trochę zbyt gadatliwa. Lindri cieszył się ponoć, że rzadko go odwiedza, bo wszystko, czego się tknie, tylko przysparza mu pracy. Ale Hirce wynajdywał tyle zajęć, ile tylko zdołała wykonać. A było tego dużo. Wieczorem zasypiała przyjemnie zmęczona i zaczęła marzyć o własnej herbaciarni. Oferowałaby też noclegi i goście przyjeżdżaliby tam, by zostać na wiele dni. Dobrze by jedli, dobrze spali, a w razie potrzeby pomagałaby im wyzdrowieć.

Potem przypomniała sobie, kim jest. Dzieckiem Odyna w Mannfalli. Na kilka dni przed Rytuałem. Jaki był sens marzyć, skoro nie wiedziała nawet, czy dożyje następnego nowiu?

– Idziesz?

Lindri wyrwał ją z odrętwienia. Nie zauważyła, kiedy się zatrzymała. Podniosła wzrok i spojrzała na czerwoną kopułę. Była blisko. Pod jej łukiem widniały wysokie okna biegnące wokół całego budynku. We wszystkich były witraże z motywami, których stąd nie była w stanie dojrzeć. Za tymi oknami zasiadała Rada. I jeśli to, co słyszała, było prawdą, Widzący przebywał w strzelistej wieży, gdzieś za tą czerwoną kopułą. Od strony Gniazda Ślepych. Może w tej chwili ją widział? Mówiło się, że widzi wszystko. Drobne włoski na jej rękach się uniosły.

– Nie przywykłam do takiego tłumu – usprawiedliwiła się. – Prawie nie da się przejść.

– Nie musisz mi mówić, Ruda! Uważaj, żeby nikt ci nie ukradł pieniędzy. Chodź, pójdziemy inną drogą.

Lindri położył jej dłoń na ramieniu i poprowadził ją w boczną uliczkę. Wciąż poruszał się trochę sztywno, ale ból był znośniejszy. Wyszli na spokojniejszą ulicę, która biegła wzdłuż głównej alei Eisvaldru, ale bliżej wschodniego wzgórza. Stąd widać było niezwykłe domy rodów zasiadających w Radzie. Siedziby bogów, które mogłyby pomieścić stu mężczyzn, może nawet więcej.

Hirka dostrzegła coś i się zatrzymała. Nad nią wznosił się dom, który bardziej przypominał zamek. Był z szarego kamienia. Białe kwiaty, których nazwy nie znała, pięły się po murach i wokół szczeblinowych okien, wyższych niż dorosły mężczyzna. Zbocze wzgórza porastał sad. Wzdłuż drogi wił się szereg zapalonych latarni, chociaż był jeszcze dzień. Białe płatki kwiatów opadały i leżały na ziemi niczym śnieg. Usłyszała coś jakby muzykę. Przypadkowe tony dzwoneczków poruszających się łagodnie w porywach wiatru.

Każdy kamień w tych murach był inny, jak łuski jaszczurki. A dach wyglądał, jakby leżał tak już przez całą wieczność. Ciemne dachówki o różnych rozmiarach dodatkowo sprawiały wrażenie, jakby dom był żywą istotą. Hirka nie była w stanie oderwać od niego wzroku. Dach mógł w każdej chwili ostrożnie się poruszyć, jakby oddychał. Kamienie rozsuną się lekko, jakby gigantyczny smok wciągał powietrze.

Hirka zdała sobie sprawę, że wstrzymuje oddech.

– Dom An-Elderinów. Nazywają go Śpiącym Smokiem – powiedział Lindri.

Nie musiał jej tego mówić. Hirka wiedziała. Czuła to całym ciałem. Lindri pochylił się w jej stronę, żeby nikt inny nie mógł go usłyszeć.

– Gdyby nie to, że nazywa się tak od zarania dziejów, można by pomyśleć, że to ma coś wspólnego z madrą Ilume.

Hirka wzdrygnęła się na dźwięk jej imienia.

– Jest członkinią Rady. Głową rodu. Pewnie uczyłaś się o rodach w szkole, Ruda?

Hirka z roztargnieniem kiwnęła głową. Stała zasłuchana w śpiew srebrnych dzwoneczków. Wiatr rozwiał jej włosy. Opadły jej na twarz. Czerwone pasemka przesłoniły białe płatki kwiatów.

– Tak. Uczyliśmy się o tym w szkole.

Hirka większości rzeczy nauczyła się od ojca. Nigdy nie chodziła do zwyczajnej szkoły. A teraz musiała się uczyć wszystkiego sama. Sama przetrwać. Ale czy uzyska pomoc, by przetrwać, kiedy będzie tego potrzebowała najbardziej? Czy on tam będzie podczas Rytuału? Gdzie jest teraz? Czy Rime siedzi za jednym z tych okien, tam w górze?

Gwardziści przechadzali się wzdłuż drogi do tego domu, który przypominał niezdobytą twierdzę. Nikt nie mógł podejść zbyt blisko. Kryło się w nim coś cennego. Czystego. Świętego. To był dom An-Elderinów.

Dlaczego miałby jej pomóc? Dlaczego ktoś, kto tu mieszkał, miałby w ogóle zawracać sobie głowę kimś takim jak ona? Hirka czuła rosnącą grudę w gardle. Mieszkańcy Elveroi byli właściwie do siebie podobni. Niektórzy posiadali więcej niż inni, ale to była mała osada. Dzieci bawiły się razem, choć Ilume starała się jak mogła trzymać Rimego z dala od nich wszystkich. To miejsce było zupełnie inne. Widziała nie dom, ale zamek. Z baśni. Legendę. Nikt, kto się tu wychowywał, nie bawił się z dziećmi zza Muru. Może spotykali się z dziećmi kupców, ale co z tymi chudymi dzieciakami, które szwendały się nad brzegiem rzeki? Co z małymi złodziejami łażącymi po dachach? Czy kiedykolwiek się z nimi spotykali?

Wątpiła w to. Nagle zrozumiała, dlaczego wszyscy tak tęsknią za Mannfallą. Może ta tęsknota wcale nie jest powodowana pazernością. Może to po prostu kwestia tego, po której stronie Muru się żyło. Pragnienie bezpiecznego miejsca dla dzieci. Żeby nie musiały kraść i mieszkać w rozwalającej się chacie nad rzeką.

Hirka nigdy nie tęskniła za Eisvaldrem. Szkoły Rady mogłyby dla niej nie istnieć. Nie potrafiła nawet czerpać i nigdy nie żywiła najmniejszych nadziei, że zostanie wybrana albo że będzie miała okazję mieszkać w tym mieście. Tam, gdzie była, miała wszystko, czego potrzebowała. Aż do czasu, gdy Rime wyjechał. By powrócić tutaj.

Przypomniała go sobie, jak stał nad Otchłanią. Pojawił się po trzech latach tylko po to, by wrócić do Mannfalli z Ilume. Wojownik. Gwardzista. Z mieczami i poważną miną. Dorosły mężczyzna. Tak niesamowicie przystojny, że ją to rozwścieczyło. Była wściekła, że przyjechał. Wściekła, że ją przerósł. Wściekła na Rytuał i wszystko, co Rime sobą reprezentował. Przepaść pomiędzy nimi stała się większa niż Otchłań. A teraz była jeszcze większa.

Hirka wpatrywała się w nieprzystępny dom wysoko ponad swoją głową. Miała ochotę zwinąć się w kłębek. Czuła się tak, jakby zaraz miało jej pęknąć serce.

– No chodź, dziewczyno. Rosół nie ugotuje się sam.

# LEKARKA

Slabba to kompletny idiota! W niczym nie dostrzega korzyści, a już tym bardziej w informacjach. Urd wsiadł do powozu i zatrzasnął drzwi, aż zatrzęsły się w zawiasach.

– Plac Rzeczny! – krzyknął do woźnicy siedzącego z przodu. W pierwszej chwili nie poznał własnego głosu. Brzmiał głucho i ochryple.

Powóz natychmiast ruszył. Urd otworzył skórzaną sakiewkę i wyjął buteleczkę. Lśniący, zwyczajny przedmiot zawierający eliksir od tak zwanych „najlepszych lekarzy Rady". Receptura na ból gardła. Urd parsknął. Gdyby tylko wiedzieli, z czym mają do czynienia. Wobec jego problemów byli bezradni.

Najodważniejszy z lekarzy spytał nawet, czy może go zbadać, ale Urd chwycił jego rękę, zanim zbliżyła się do zasłoniętej szyi. To, co dostał, było jednak lepsze niż nic. Wziął, co mógł.

Opróżnił buteleczkę. Słodkawa mięta mieszała się z posmakiem gnijącego mięsa, który nieustannie czuł. Mikstura złagodziła ból. Oparł się wygodnie i zamknął oczy. Powóz przebijał się naprzód. Głosy mieszkańców miasta, stukot kopyt, nawoływania kupców, wszystko to wdzierało się do środka.

*Slabba...*

Gruby kupiec zupełnie nie pojmował, jaką wartość miało to, co powiedział. Wyrwało mu się to jak anegdota. Żona jego brata od lat cierpiała na poważne bóle głowy. Pojawiały się i znikały, ale często były tak silne, że musiała leżeć w łóżku. Próbowała wszystkiego. Slabba wyrecytował całą długą listę różnych sposobów, jakich się chwytała. Niektóre były tak absurdalne, jak stanie na głowie albo jedzenie wyłącznie zielonych potraw. Zupełnie jakby Urda interesowała mniej czy bardziej wydumana historia choroby tej kobiety. Kilka dni temu jednak udała się do jakiejś dziewczyny, która ponoć umiała leczyć, i była przekonana, że została wyleczona. Dziewczyna dopiero co przybyła do Mannfalli, ale według Slabby już mówiono o niej w najlepszych kręgach.

*Nie poznałbyś najlepszych kręgów, nawet gdybyś do nich trafił*, pomyślał Urd. I akurat wtedy, zupełnie nieświadomie, Slabba powiedział coś, co go zszokowało.

– Zwą ją bezogoniasta. Dziewczyna od wilków. Słyszałem też, że mówią na nią dziewczyna od kruków.

– Co za naiw... – Urd przerwał. – Bezogoniasta?

– Bezogoniasta! Mówią, że wilk zjadł jej ogon, kiedy była dzieckiem.

– To tancerka? Z Urmunai?

– Nie, nie! Pochodzi z Północnego Wschodu. Nie został jej nawet kikut. A włosy ma ponoć czerwone jak krew.

– Ile ma zim? – Urd ziewnął, by pokazać, że odpowiedź jest mu obojętna.

– Podobno w tym roku ma przechodzić Rytuał. To dlatego tu przyjechała.

Slabba dalej zanudzał go opowieściami o własnych dolegliwościach, z którymi miał zamiar udać się do tej dziewczyny. Wysypka. Bolące nogi. I trawienie też nie najlepsze. Urd poczuł, że się krzywi. To byłby jakiś cud, gdyby Slabba nie miał problemów z trawieniem.

Powóz trząsł się na nierównym bruku. Im dalej było się od Eisvaldru, tym gorsze stawały się drogi. Urd otworzył oczy. Odsunął zasłonkę i wyjrzał na ulicę. Zostało im jeszcze trochę drogi.

Bezogoniasta dziewczyna, która ma przechodzić Rytuał. Na tyle inna, by stać się tematem plotek w komnatach kobiet w całym mieście. Wstrząsnął nim dreszcz. Mieszanina rozkoszy i wściekłości. Rozkoszy, bo nadarzyła mu się okazja, by ją unieszkodliwić, zanim zwróci na siebie uwagę Rady. Wściekłości, bo to naprawdę mogła być ona, choć szanse na to wydawały się znikome. Dziewczynka, której użyto, nie żyje. Musiała umrzeć. Prawdopodobnie zamarzła w skale u ślepych na długo przed tym, nim ktoś mógł na nią natrafić. W każdym razie tu jej nie ma. Głos go o tym zapewniał. Nie może jej tu być.

Urd poruszył się niespokojnie. Nie mógł pozbyć się uczucia, że nie wszystko jest dopięte na ostatni guzik. Istniały rzeczy, nad którymi nie miał kontroli. Kiedyś sam był młody, dopiero co przeszedł Rytuał i nie wiedział, co robi. Wciąż ponosił za to karę i zaczęło mu świtać, że będzie tylko coraz gorzej. O wiele gorzej.

Zbliżali się do placu nad rzeką. Nietrudno było to usłyszeć. Tu na dole mieszkali nieokrzesańcy. Sprzedawcy nawoływali głośno ze swoich kramów, psy ujadały, a po ulicach wałęsały się niepilnowane dzieci. W powietrzu unosiła się woń gnijących ryb i przypraw. Powóz przedzierał się przez wąskie, zatłoczone uliczki. Gdyby wziął jeden z czarnych powozów Rady, tłum rozstępowałby się przed nim, jakby to była sprawa życia i śmierci. Ale akurat teraz nikt nie mógł się dowiedzieć, kim jest.

Powóz się zatrzymał, a Urd sprawdził, czy opaska na czole leży tak, jak powinna. Był to szary, jedwabny szal, którym obwiązał sobie głowę. Jego długie końce opadały na plecy. Wyglądał w nim jak jeden z takich, co to wolą mężczyzn. Afektowany idiota. Szal spełniał jednak swoje zadanie. Zasłaniał znak, którego dziś nikt nie powinien zobaczyć. Urd wysiadł z powozu i włożył w rękę woźnicy dwa miedziaki.

– Gdzie mogę kupić płaszcz? – spytał.

Woźnica uniósł krzaczaste brwi i zmierzył Urda wzrokiem.

– Dla ciebie?

– Nie, dla psa! Oczywiście, że dla mnie! Gdzie?

– Jest tu dużo straganów – odparł woźnica, udając, że nie obraziły go te słowa. – Ale wątpię, żebyś znalazł tu coś... co by ci pasowało. Wyżej są sklepy z lepszymi rzeczami. Skąd jesteś?

Urd nie odpowiedział. To przecież świetnie, że uznano go za przyjezdnego. Woźnica był mniej więcej tej samej postury co on. Miał spłowiały płaszcz z czerwonej wełny. Nikt na niego dwa razy nie spojrzy. Był idealny. Urd wsunął do ręki woźnicy jeszcze małą sztukę srebra.

– Wezmę twój.

Mężczyzna nie dał się dwa razy prosić. Rozpiął płaszcz i podał go Urdowi.

– Przepraszam za zapach. To przez konie...

– To nie ma znaczenia.

Powóz potoczył się dalej, a woźnica krzyczał do przechodniów:

– Eisvaldr? Oppabys? Ktoś chce do Eisvaldru?

Urd niechętnie owinął się śmierdzącym stajnią płaszczem, naciągnął kaptur i ruszył przez plac w stronę herbaciarni Lindriego.

Dziewczyna miała dzikie, czerwone jak krew włosy. Próbowała nad nimi zapanować, zbierając je w cienkie kosmyki opadające do połowy pleców. Przewiązała je prowizorycznie wełnianą nitką. Z przodu włosy były krótsze i niezbyt starannie obcięte.

Jej ubranie było żałośnie proste. Pstrokaty zielony sweter, który ledwie trzymał się w szwach. Dekolt obszyty nitką o kilka tonów jaśniejszą od swetra. Różnica była na tyle wyraźna, że wydawała się irytująca. Dziewczyna co chwilę musiała podwijać szerokie rękawy.

Przy pasku nosiła dwie skórzane sakiewki. Nie był to porządny pasek, ale po prostu cienki, skórzany rzemień, którym przepasała się kilka razy w talii. Na szyi wisiał podrapany, pożółkły kieł jakiegoś zwierzęcia.

Siedziała pochylona nad kostką Urda i uważnie oglądała ranę. Skaleczył się sam, żeby mieć pretekst, by do niej przyjść. Była drobna i szczupła, poruszała się jak kot. Zręcznie i pewnie. Podniosła wzrok i spojrzała na niego. Miała mały nos i wielkie, zielone oczy. Wpatrywał się w nie intensywnie, szukając najdrobniejszych oznak, które mogłyby zdradzić, że jest inna. Że nie jest stąd.

– Kiedy to się stało? – spytała.

– Dwa dni temu. Nie chce się goić. Jak masz na imię?

– Posmarowałam to miejsce maścią. Uważaj, żeby było czyste i suche, a wszystko dobrze się skończy.

Miała dźwięczny głos, trudno jednak było przypisać jej dialekt do jakiegoś miejsca. Pochodziła z Północy, ale to mogło być przecież gdziekolwiek. I nie odpowiedziała, jak ma na imię. Stłumił impuls, by chwycić ją za odsłoniętą szyję i wydusić to z niej.

– Skąd jesteś? – spytał.

Uśmiechnęła się. Niespodziewany, szeroki uśmiech, który okazał się zaskakująco piękny.

– Z Foggardu.

– Kruczy Dwór?

– Niedaleko.

– Od dawna jesteś w Mannfalli?

Zerknęła na niego, zanim odpowiedziała.

– Niecałe dwa tygodnie.

Jej zioła leżały na kawałku tkaniny, każde w osobnej kieszonce. Zrolowała ją i na koniec przewiązała rzemieniem. Urd zerknął w stronę drzwi. Były zamknięte, ale tkwił w nich klucz. Mógł go przekręcić. Zapędzić dziewczynę w kąt. Zmusić ją do gadania. Słyszał jednak śmiechy i rozmowy dobiegające z niższego piętra. W herbaciarni było sporo gości. Widzieli, jak wchodził. Nie mógł po prostu wyjść, zostawiając za sobą trupa dziewczyny.

– Co się stało z twoim ogonem?

Znów się uśmiechnęła i dotknęła kła wiszącego na jej szyi.

– Wilk go odgryzł. Ale ojciec zabił wilka.

– To chyba musiało boleć?

– Nie. Byłam wtedy małym dzieckiem. Zupełnie tego nie pamiętam.

– W takim razie skąd możesz wiedzieć, że tak się stało?

– Ojciec nie kłamie... to znaczy nie kłamał. I wciąż to widać. To znaczy bliznę.

– Rozumiem.

Pokój był mały i surowy. Ściany z niemalowanego dębu, tak jak w całej herbaciarni. Szeroka ława służąca za łóżko. Krzesło z plecionym oparciem, które w tej chwili sam zajmował. Na podłodze żałośnie poprzecierany, brązowy dywanik. Miska z wydrążonego kamienia wypełniona wodą i karafka na stołku przy drzwiach. Krzywy stół. I to by było na tyle.

Nagle kątem oka Urd dostrzegł jakiś cień i wzdrygnął się.

– To tylko Kuro.

Na parapecie usiadł kruk i zaglądał do środka. Nie należał do największych, jakie Urd w życiu widział. Może był jeszcze młody. Przyglądał mu się, jakby coś mu nie pasowało. Mrużył ciemne oczy. Drobne ciemne piórka unosiły się na jego piersi, gdy oddychał. Skąd dziewczynę z Północy stać na własnego kruka? Może odziedziczyła go po ojcu?

Coś się tutaj nie zgadzało. Urd wyczuwał to każdym nerwem. Zaczął się pocić. *Dziewczyna od kruków. Bezogoniasta.*

Naciągnęła mu z powrotem skarpetki. Miała ciepłe dłonie.

– To nic groźnego. Zwykłe, czyste skaleczenie. Chcesz, żebym obejrzała twoje gardło?

Urd zerwał się tak gwałtownie, że zakręciło mu się w głowie. Dotknął gardła, ale obręcz wciąż była na miejscu. Szeroki złoty pas zakrywał całą szyję. Nic nie zobaczyła. Nikt nie mógł zobaczyć. A więc skąd wiedziała? Wpatrywał się w nią.

– To tylko ozdoba. Mojemu gardłu nic nie dolega.

– Może i nie.

To ona! To musi być ona. Na świętego Widzącego w Sloknie, znalazł klucz! Damayanti miała rację. Ktoś mu pomógł. Co on sobie wyobrażał? Że sam ma dość Evny, by kontrolować bramy? Że jest aż tak silny bez klucza? I że to się stało z dnia na dzień? Narastała w nim wściekłość. Okłamano go. Głos powiedział, że to jest on i tylko on. Ale ona jest tutaj. W Ym. Żywy dowód na wszystko, co zrobił. Na wszystko, co wciąż robi. Dziecko Odyna. Jakie zdolności posiadają dzieci Odyna? O żadnych nie słyszał. Mimo to wiedziała…

Położył trzy małe sztuki srebra na krzywym stole i ruszył do drzwi.

– Trzy to za dużo – zaprotestowała.

– Dzięki za pomoc – odparł i wyszedł z pokoju.

Herbaciarnia była teraz pełna gości. Klęczeli przy niskich stolikach i pili z parujących kamionkowych czarek, jakby nie mieli nic lepszego do roboty. Urd naciągnął kaptur i szybkim krokiem wyszedł na ulicę. Potrzebował powietrza. Musiał się znaleźć na świeżym powietrzu. W nozdrza uderzył go smród zepsutej ryby i potu. Ætlingowie z całego świata, śmierdzący jak zwierzęta. Ścisk. Przedzierał się przez tłum, póki nie znalazł powozu. Właśnie wsiadało do niego dwóch mężczyzn, ale wepchnął się przed nich.

– Do Eisvaldru! Daję dwie sztuki srebra!

Woźnica wyszczerzył zęby do tych dwóch.

– Przykro mi, panowie. Co pieniądz, to pieniądz.

Urd wsiadł i zatrzasnął drzwi, by nie słuchać ich protestów.

Rytuał. Przyjechała tu na Rytuał. Ale kiedy przypada jej kolej? To mogło być kiedykolwiek. Rytuały odbywały się teraz codziennie przed południem. Jedne dzieciaki wychodziły, wchodziły następne. Pełni nadziei rodzice, którzy opuszczali salę zawiedzeni albo rozradowani. Życie w Eisvaldrze zmieniało się z godziny na godzinę. Gdyby tylko powiedziała, skąd dokładnie pochodzi, mógłby się tego dowiedzieć. To mogło być jutro. Albo za tydzień. Tak czy inaczej, nie miał czasu do stracenia.

Zgnilizna w Ym…

A co, jeśli o tym nie wie? Co, jeśli wzięła sobie kochanka?! Albo kilku? Pozostawiłaby po sobie szlak gnijących zwłok, a wtedy nie byłoby ani cienia wątpliwości, co do tego, kim jest. Urd czuł głośne bicie swojego serca. Będzie musiał do niej wysłać Hassina. Hassin od wielu lat służył rodzinie i był lojalny wobec Vanfarinnów. Mógł załatwić ją w nocy, po cichu, tak by nikt nie zauważył. Nikt się nie dowie, że w ogóle istniała.

Urd opadł na oparcie i zamknął oczy. Ciągle widział tego kruka na parapecie. Czarną istotę, która wpatrywała się w niego zimno, jakby to *on* był zwierzęciem. I te jej włosy. Wydawało mu się, że jeszcze nigdy nie widział włosów o takiej barwie. To oczywiste, że jest inna. To musi być ona! Czerwone kosmyki spływające na plecy niczym rzeki krwi.

Ale jest bezpieczny. Wkrótce to będzie prawdziwa krew, a dziewczyna zniknie. Mięśnie jego szyi trochę się rozluźniły. Znów mógł normalnie oddychać.

Tak. Hassin rozwiąże ten problem.

Hassin zawsze rozwiązuje problemy.

Hirka zawiązała worek i zarzuciła go na plecy. Nie był ciężki. Wciąż posiadała niewiele i zawsze tak będzie; tak teraz wygląda życie. Ale to nie szkodzi. Właściwie to nie potrzebowała więcej. Najbardziej przydałoby jej się miejsce, w którym mogłaby trzymać tych kilka rzeczy, jakie posiadała. Miejsce, z którego nigdy nie musiałaby uciekać.

Rozejrzała się po pokoju, ale niczego nie zapomniała. Wcisnęła się obok Kuro na parapet i wyśliznęła się na dach. Zapadał zmrok; nocą będzie jeszcze zimniej. A ona nie miała pojęcia, dokąd pójść.

Usiadła i spojrzała na Mannfallę. Kuro chodził zniecierpliwiony dookoła niej. Jego pazury szurały o dachówki. Słyszała stłumione rozmowy gości w herbaciarni poniżej. Od czasu do czasu dźwięki stawały się głośniejsze, gdy ktoś otwierał drzwi. Pies na długich nogach włóczył się nad brzegiem rzeki i obwąchiwał wszystko, co mogło się nadawać do jedzenia. Było tego niewiele, więc pobiegł dalej.

Tam, gdzie zaszło słońce, niebo miało głęboki pomarańczowy kolor. Mrugały gwiazdy i latarnie łodzi rybackich na Orze. Hirka podciągnęła kolana pod brodę i objęła je rękoma. Były obolałe, drętwe. Czuła się zmęczona. Pragnęła wpełznąć z powrotem przez okno do pokoju i się położyć. Ale nie mogła tego zrobić.

On kłamał. Ten nieznajomy.

Przyszedł ze świeżym skaleczeniem na kostce i twierdził, że to się stało kilka dni temu. Dlaczego? Miał drogie buty i najlepsze skarpety, jakie tylko można kupić, ale podniszczony płaszcz, który śmierdział koniem. Przez cały czas nie odrywał od niej oczu. Śledził każdy jej ruch. Zapytał, skąd pochodzi i co się stało z jej ogonem. Wielu o to pytało, ale było coś dziwnego w sposobie, w jaki to zrobił. Hirka nie potrafiła tego dokładnie określić, ale coś w tym mężczyźnie ją przerażało. Coś było nie tak.

Był przystojny, nie o to chodziło. Pewnie młodszy niż ojciec. Miał jakieś trzydzieści parę zim. Jasne, gładko zaczesane włosy. Natłuszczone i krótkie, z wyjątkiem trzech grubych warkoczy z tyłu. Przystrzyżona broda podkreślała kanciastą szczękę i blade usta. Złote oczy, w których odbijał się blask złotej obręczy na szyi.

Jego głos był jednak szorstki, a ton na przemian przymilny i odpychający. Jakby w jednej chwili był sprzedawcą, a w następnej zagniewanym strażnikiem przy bramie. Próbował nad sobą panować, ale zdradzały go oczy. Uśmiech ani przez chwilę do nich nie sięgał. I był niezrównoważony. Raz po raz ciężko przełykał. Kilka razy dotykał szyi i potrząsał głową, ale pobladł jak ślepy, gdy spytała, czy ją zbadać.

Hirka westchnęła. Widzący raczył wiedzieć, ilu dziwnych pacjentów przyszło do niej w ciągu ostatnich dni. Właściwie to ten nie był dziwniejszy niż pozostali. Ale z jakiegoś powodu nie dawał jej spokoju. Za dwa dni stanie przed Radą i Widzącym. Do tego czasu musi znaleźć sobie jakieś miejsce, w którym mogłaby się zatrzymać. Nie zostanie u Lindriego, nie wolno jej. Co by było, gdyby on i jego wnuczka też skończyli tak jak Eirik? Z jej powodu?

Dwie noce. Jakoś sobie poradzi. Mannfalla to duże miasto. Zawsze znajdzie się tutaj jakieś miejsce na nocleg. Wstała i chyłkiem ruszyła po dachach. Kuro unosił się nad nią.

# RYTUAŁ

Hirka siedziała nad brzegiem rzeki, z rękoma skrzyżowanymi na piersi. Był wczesny ranek. Spędziła noc pod pomostem i niewiele spała. Nad rzeką unosiła się mgła, a żółte latarnie łodzi rybackich mrugały jak gwiazdy. Co jakiś czas do jej uszu dobiegały dźwięki od strony domów. Rozstawiano stragany. Ktoś pobudził kury w kurniku. Z wieży wznoszącej się nad Eisvaldrem sześć razy rozbrzmiał gong. Kolejno przyłączały się do niej inne wieże. Słyszała te same dźwięki od pierwszego dnia, gdy tu przybyła. Nic się nie zmieniło i zmieniło się wszystko. Dziś miała przejść Rytuał.

Hirka zeszła na sam brzeg i przemyła twarz zimną wodą. Napiła się, ale niewiele. Woda w Orze nie miała dobrego smaku. Była brudna. Nie tak jak w Kruczym Dworze, gdzie wypływała prosto z lodu. Dostrzegła swoje odbicie i pomyślała, że tak samo przeglądała się w wodzie w Elveroi. Wydawało jej się, jakby od tamtej pory upłynęła wieczność. Spodziewała się, że nie zobaczy siebie, tylko coś innego. Potwornego i zwierzęcego. Ale wtedy tak się nie stało. Teraz też nie.

Jej myśli powędrowały do Sylji i tego, jak będzie dzisiaj wyglądać. Odkąd Hirka ją znała, Sylja nie mówiła prawie o niczym innym prócz Rytuału. Będzie miała suknię z szeroką spódnicą, haftowaną złotymi nitkami. Złote pierścienie na ogonie i splecione, pachnące lawendą włosy. Hirka wpatrywała się w rudy gąszcz na swojej głowie. Spróbowała ułożyć kosmyki mokrymi palcami, ale na próżno.

Ruszyła pod górę ulicą Daukatt. Wciąż było cudownie spokojnie. Krzątali się tylko ci, którzy musieli. Kupiła pajdę chleba i dwa kawałki miękkiego sera od chłopaka, który był młodszy od niej. Pchał ulicą wózek z towarami i sprzedawał je kramarzom, którzy potem sprzedawali je dalej. Miał brudne palce, ale za to szeroki uśmiech. W jego kieszeniach pobrzękiwały monety. Większość tego, co zarobiła w ostatnich dniach, zostawiła Lindriemu, ale przez następnych kilka dni nie będzie musiała głodować. Usiadła na ławce przed straganem rymarza i zaczęła jeść. Jak można się było spodziewać, Kuro pojawił się znikąd i usiadł obok niej.

Uderzyło ją, jakie to dziwne, że pomyślała o pieniądzach. W ostatnich miesiącach myślała tylko o Rytuale. O tym dniu. To było tak, jakby po nim nic już nie istniało. Ale nie mogło tak przecież być. Już niedługo będzie po wszystkim. Widzący zrozumie, że nie zrobiła nic złego. Może wtedy zacznie życie na nowo? Albo też teraz są jej ostatnie godziny. Może to cały czas, jaki jej pozostał.

Czy widok Rimego będzie ostatnim, jaki zobaczy?

Drzwi straganu się otworzyły i Hirka podskoczyła. To tylko rymarz. Był niski i miał oczy w kształcie migdałów, tak jak Ramoja. Nosił szerokie spodnie, a rękawy koszuli podwinął aż do łokci. Kiwnął jej głową i zaczął sprawnie zamiatać ulicę przed swoim straganem. Hirka siedziała i patrzyła na niego, póki nie wszedł do środka. Na pewno miał ten stragan przez całe życie. Może wcześniej miał go jego ojciec? Poczuła grudę w gardle i wstała.

Gong rozbrzmiał osiem razy.

Nietrudno było znaleźć drogę. Ulica Daukatt prowadziła prosto do Eisvaldru. Do niego zresztą dochodziło się z każdego punktu w mieście. Właściwie to wystarczyło kierować się tam, gdzie ulice były najszersze, a domy najbardziej eleganckie, a wtedy – prędzej czy później – dochodziło się do Muru. Hirka przystanęła na chwilę w miejscu, gdzie pierwszego dnia pożegnała się z Ramoją i Vetlem. Wtedy widok na Eisvaldr ją przeraził. Później była tam razem z Lindrim. Widziała Śpiącego Smoka. Dom Rimego.

Teraz miała stanąć przed Widzącym pod czerwoną kopułą, która lśniła przed nią w pierwszych promieniach słońca. Mijała sterty kwiatów. Przybysze z całego świata składali tutaj dary i zanosili modlitwy do Widzącego. Było ich znacznie więcej niż jeszcze kilka dni temu. Hirka nic nie przyniosła. Czy powinna coś ze sobą mieć? Czy tak powinno być? Nikt jej nic nie powiedział. I dokąd miała teraz pójść? Poczuła, że ściska jej się żołądek z tęsknoty za ojcem. Za kimś, kogo mogłaby o wszystko pytać.

Przyłączyła się do niezbyt zwartego, ale ciągłego strumienia ætlingów zmierzających do czerwonej kopuły. Szli tam, gdzie ona. Teraz to się stanie. Co będzie, jeśli spotka kogoś z rodzinnych stron? Będą tu Sylja i Kolgrim. I wielu innych z Północy, których nie znała tak dobrze. Ostatnim, co zrobiła, było podpalenie chaty i ucieczka. Nigdy nie sądziła, że zobaczy jeszcze kogoś z nich. Usiłowała nie rzucać się w oczy w tłumie i do tej pory jej się to udawało.

W miarę jak się zbliżała, czerwona kopuła stawała się coraz większa. Ætlingowie nieubłaganie parli naprzód. Ulica przeszła w szerokie schody. Stopnie były białe jak kość i miały pośrodku zagłębienia wydeptane przez tych, którzy chodzili tędy od tysiąca lat. Na całym odcinku po obu stronach schodów stali gwardziści. Odziani w czerń, w złotych napierśnikach i hełmach, które ukrywały ich twarze. Czuła się tak, jakby każdy z nich się w nią wpatrywał. A co, jeśli Rimego tu nie ma? Jeśli ją otoczyli? Nosili miecze w czarnych pochwach, rękojeści owinięte były złotymi wstążkami. Hirka rozejrzała się w poszukiwaniu Kuro, ale nigdzie go nie dostrzegła.

Spróbowała zapanować nad narastającą w niej paniką. Dokonała już wyboru. Nie mogła mieszkać w lasach jak zwierzę i nawet nie wiedzieć, kim jest. *Czym* jest. Czy miała przeżyć życie, widząc Ciemne Cienie za każdym krzakiem, i nigdy nie znaleźć miejsca, które mogłaby nazwać domem? Jak może żyć, skoro inni umierali z jej powodu? Ojciec. Eirik.

Nie, Eirik przeżyje. Musi przeżyć.

Znów rozległy się dźwięki gongu. Były głębokie i Hirce wydawało się, że czuje, jak ziemia drży pod jej stopami. Z każdym krokiem zbliżała się do wibrującego centrum, miejsca w okrągłym budynku pod czerwoną kopułą. Do Piersi Matki. Otwarte jak paszcza drzwi pochłaniały strumień ætlingów. Hirka poczuła się połknięta, znalazła się w tunelu. W przejściu, które zdradzało, jak grube są ściany. Co najmniej na osiem kroków. Korytarz prowadził przez mrok i dalej, do sali. Tam było oślepiająco jasno. Hirka osłoniła oczy i odczekała, aż się przyzwyczają. Wchodzących witali mężczyźni i kobiety w szarych szatach. Trzymali w rękach ciężkie księgi, w których coś notowali. Ci, którzy byli przed nią, podawali swoje imię i miejsce pochodzenia. Niektórych prowadzono na lewo, innych na prawo okrągłego pomieszczenia. To była pułapka. Klatka, z której nie mogła się wydostać. Rozglądała się za jakimś wyjściem, ale już stała przed jednym z tych odzianych na szaro.

Wypowiedziała swoje imię, ale uwięzło jej w gardle i musiała je powtórzyć. Powiedziała, że jest z Elveroi. Mężczyzna wskazał bladą dłonią na prawo i ruszyła za innymi. Czuła ulgę, że jest tylko jedną z nich. Jedną z tłumu.

Gdzie jest Rime? Musi go odnaleźć.

Niskie ławy, niczym słoje w drewnie, stały w kręgach. Usiadła z tyłu, tam, gdzie było najwięcej wolnych miejsc. Pozostali tłoczyli się z przodu. Monotonny metaliczny dźwięk mieszał się z uderzeniami gongu. Hirka nie potrafiła powiedzieć, skąd dobiega. Wydawał się wszechobecny w tej komnacie. Pachniało jakimś nieznanym jej kadzidłem. Wszystko było tu nowe. Nierzeczywiste.

Spodziewała się, że sklepienie nie będzie tu płaskie, ale takie właśnie było. Komnata z kopułą musiała się znajdować piętro wyżej. Ale i tak było wysokie i wisiało nad salą niczym słońce, ozdobione błyszczącymi złotymi kafelkami i barwnymi motywami. Wpatrywała się w detale i miała wrażenie, że im dłużej im się przygląda, tym jest ich więcej. Były tak liczne i tak ze sobą posplatane, że wydało jej się to niemożliwe. Zapragnęła zniknąć tam w górze. Stać się jednym z tymi roślinami i postaciami. Czy udałoby jej się tam dostać? Mogłaby się wspiąć na ławę w tylnym rzędzie, a stamtąd dosięgłaby ramion, na których wisiały lampki olejne. Unosiły się w powietrzu niczym misy z jasnego kamienia. Każda z nich płonęła intensywnie jak ognisko. Gdyby się tam wspięła, mogłaby się podciągnąć na jedno z okien, z których sączyły się słupy światła i zbiegały pośrodku sali. Dalej byłoby już trudniej. Znajdowałaby się dopiero w połowie gładkiej, wyłożonej białą macicą perłową ściany, na której również widniały dekoracyjne motywy. Ale te były bledsze, niemal niedostrzegalne na tle bieli.

W trzech miejscach można było przejść pomiędzy ławami na środek komnaty. Po obu stronach stali tam gwardziści. Nie poruszali się.

*Jak znajdę Rimego?*

Obok Hirki usiadła dziewczyna z matką. Miała na sobie połyskującą, pomarańczową suknię. Hirka uśmiechnęła się do niej, ale dziewczyna nie odpowiedziała jej tym samym. Trzymała wysoko głowę i poruszała nią dziwnie powoli, kiedy się odwracała. Jakby się bała, że zepsuje sobie kunsztownie upiętą fryzurę.

Hirka poczuła, że jej ciało staje się ciężkie jak ołów. Gdyby teraz kazano jej wstać, nie byłaby w stanie. Wpatrywała się w podłogę. Musiała być bardzo stara. Również na niej widniały wyblakłe obrazy ułożone z maleńkich płytek, niektóre tak zatarte, że nie było już widać, co miały przedstawiać. Spoglądała wzdłuż ław i zauważyła, że motywy w całej komnacie nie są jednakowe. Mityczne zwierzęta, rośliny, słowa i istoty, których nigdy nie widziała.

Gong ucichł. Zebrani tłoczyli się w ławach, rozmowy przeszły w szepty. Hirka wpatrywała się w podwyższenie po drugiej stronie sali, platformę wznoszącą się nad tłumem, wyższą niż dorosły mężczyzna. Można było na nią wejść schodami, które znajdowały się po obu stronach. Była pusta, z wyjątkiem dwunastu krzeseł ustawionych w półokrąg. Na ścianie za nimi znajdowało się troje drzwi. Pośrodku wielkie, szkarłatne podwoje, a po obu stronach mniejsze. To stamtąd wyjdą. Tam zasiądą. Rada. Powierniczka Kruka. Widzący.

*Gdzie jest Rime?!*

Zaczęła się przesuwać na ławie, żeby być bliżej wyjścia. Mogła przecież jeszcze zmienić zdanie. Jeśli nie znajdzie Rimego, to...

Odgłos zamykanych wrót wejściowych. Już za późno! Teraz będzie musiała doprowadzić to do końca, nawet jeśli opuści ją odwaga. Hirce zrobiło się zimno.

Otwarto szkarłatne podwoje i rozmowy na sali ucichły w jednej chwili. Tylko ten metaliczny dźwięk wciąż nie znikał. Wydawał się teraz intensywniejszy i wyższy. Wszyscy pokłonili się przed Radą. Ławy były tak niskie, że niektórzy dotknęli głowami posadzki.

Przez otwarte drzwi zobaczyła krajobraz za Eisvaldrem. Gniazdo Ślepych. Początek porośniętych lasem gór. Członkowie Rady przeszli przez wąski most, który sięgał od drzwi aż do wieży

Widzącego. Wieży bez podstawy. Wisiała w powietrzu związana z tym światem jedynie kruchym mostem. To się wydawało niemożliwe. Most był zbyt długi i zbyt wąski, by móc podtrzymywać tę wieżę. Wydawało się raczej, że niczym wstążka nie pozwalał jej odlecieć. Wieża Widzącego. Podtrzymywana jedynie Jego wolą.

Hirka nie miała odwagi nawet przełknąć śliny. Dwanaścioro członków Rady zajmowało swoje miejsca, jedno po drugim. Niemal unosili się nad podłogą w swoich czarnych szatach. Na głowach mieli kaptury obszyte złotem, w których odbijało się światło słońca wpadające przez okna. Ich twarze otaczała złota poświata, która sprawiała, że nie dało się zobaczyć, jak wyglądają naprawdę. Hirka widziała obrazy przedstawiające kilkoro z nich, ale prawdopodobnie w rzeczywistości wyglądali zupełnie inaczej. Jedną z tych postaci znała jednak dobrze. Była wśród nich Ilume. Szkarłatne drzwi zamknęły się z metalicznym szczękiem.

Powierniczka Kruka usiadła pośrodku. Wyglądała tak jak pozostali, z jedną ogromną różnicą: trzymała czarną laskę, a na niej siedział On. Widzący. Jego głęboka czerń lśniła niebieskim blaskiem. Większy i potężniejszy niż Kuro. Był zbyt daleko, aby Hirka mogła zobaczyć Jego oczy, mimo to czuła, jak przenikają jej duszę. Gorączkowo starała się myśleć o wszystkim, co dobre i słuszne. O wszystkim, co zrobiła tak, jak trzeba. Wszystkim, co zrobiła dla innych.

*Nie zrobiłam nic złego! Nie jestem potworem! Gdzie jest Rime?!*

Jedna z ubranych na szaro postaci zawołała:

– Sinnabukt, Mylde i Hanssheim!

W kilku miejscach zebrani zaczęli wstawać. Widziała, jak matki i ojcowie ściskają swoje dzieci i wysyłają je przed Radę. Młodzi szli między gwardzistami i dalej po schodach. Tam musieli chyba powtórzyć swoje imię któremuś z tych ubranych na szaro, następnie wchodzili na podwyższenie i klękali przed Radą.

Wydawali się tacy pewni siebie. Wszyscy byli jej rówieśnikami, ale szli wyprostowani, z uniesionymi głowami. Podekscytowani. Niektórzy się uśmiechali. Kilkoro było podenerwowanych i szło ze spuszczonymi głowami. Nie czuli jednak strachu. Byli cali wystrojeni i wszyscy potrafili czerpać. Jedyne, czego mogli się obawiać, to rozczarowanie, że będą musieli wrócić z rodzinami do domu, zamiast zostać wybrani do którejś ze szkół Rady, na co wielu z nich liczyło. To była najgorsza rzecz, jaka mogła im się dziś przytrafić. Hirka będzie szczęśliwa, jeśli tylko zdoła wyjść stąd żywa. Rimego wciąż nigdzie nie było widać.

Zaschło jej w gardle. Kręciło jej się w głowie. Miała wrażenie, że to wszystko nie dzieje się naprawdę. Ale działo się. Czuła ławę, na której siedziała. Drobne kafelki na posadzce. Widziała nerwowe migotanie płomieni lampek olejnych.

Nikogo z Sinnabukt, Mylde i Hanssheimu nie przyjęto do szkół. Wszyscy zeszli po schodach po drugiej stronie platformy. Stał tam jeszcze jeden mężczyzna odziany w szarą szatę. Zanurzał kciuk w miseczce i dotykał nim czoła każdego z nich. Odchodzili z czarnym znakiem, który miał wyblaknąć po kilku dniach. Zostali pobłogosławieni. Byli chronieni, zaakceptowani.

Wywołano kolejną grupę i Rytuał się powtórzył. Wszyscy weszli na podwyższenie i uklękli przed Radą. Powierniczka Kruka podchodziła do nich kolejno i kładła im rękę na głowie, by dać im ochronę Widzącego przed ślepymi. Hirka nie wiedziała, jak to się dzieje. Może to On wysyłał Evnę przez laskę i napełniał nią Powierniczkę Kruka, a potem każdego z nich.

Hirka modliła się gorączkowo, żeby zjawił się Rime. Szukała go wzrokiem, rozglądała się wśród ław. Wzbierała w niej nadzieja za każdym razem, gdy dostrzegała jasne włosy, ale żadne z nich nie były tak białe, jak u Rimego. Nie było go tutaj.

– Elveroa, Gardly i Vargbo! – zawołał mężczyzna w szarej szacie.

Hirka poczuła, że trzęsą jej się nogi. Wstała i zaskoczyło ją to, że kolana się pod nią nie ugięły. Serce tłukło jej się w piersi, jakby przez całą drogę tutaj biegła. Przecisnęła się pomiędzy siedzącymi na ławach do przejścia pośrodku. Czy to Kolgrim mignął jej z przodu? A tam szła Sylja, wśród wszystkich tych nieznajomych twarzy. Miała na sobie ciemnoniebieską sukienkę i płaszcz, a w talii pas ze złotych płytek. Ozdoby i pierścienie zakrywały niemal cały ogon. Aż się skrzyło od niebieskich kamieni! Włosy miała zaczesane gładko, były natłuszczone, z wyjątkiem dwóch cienkich warkoczyków po obu stronach twarzy, takich, jakie nosiła Ilume.

Sylja omiatała wszystkich wzrokiem, jej spojrzenie minęło Hirkę, ale zaraz wróciło. Jakby coś jej się przywidziało. Jej oczy się rozszerzyły, jakby zobaczyła ducha. Hirka mrugnęła do niej, choć nie miała pojęcia, skąd naszedł ją taki impuls. Sylja szybko odwróciła się do niej plecami. Dziewczyna myślała o tym dniu od czasu, gdy nauczyła się chodzić, i Hirka wątpiła, by cokolwiek było w stanie odwrócić jej uwagę. Nawet to, że jej przyjaciółka pojawiła się nagle znikąd po tym, jak podpaliła swoją chatę i uciekła z rodzinnych stron.

Ustawili się dwójkami i ruszyli w stronę Rady. Ku Widzącemu. Stopy Hirki poruszały się same z siebie, jakby niezależnie od jej woli. Musiała sobie przypomnieć, dlaczego tutaj jest. I że bez względu na to, co się tu dzisiaj stanie, ciągłe uciekanie przed Ciemnymi Cieniami byłoby gorsze. A jeśli wszystko dobrze pójdzie, wreszcie odnajdzie spokój. Swoje miejsce. Wtedy wszystko będzie dobrze. Wszystko musi być dobrze. Już niedługo to się skończy.

Jakiś gwardzista chwycił ją za rękę. Wzdrygnęła się i spróbowała się wyrwać, ale na próżno. Dostrzegli ją. Znaleźli. Teraz umrze! Nagle poczuła ciepłe mrowienie, wypełniające całe ciało. Płynęła przez nią Evna. Przebijała się przez jej strach i wątpliwości. Wdzierała się w każdy zakamarek, by się dowiedzieć, co Hirka ukrywa.

*Rime!*

Spojrzała w jego oczy ukryte pod złotym hełmem. Jasnoszare, wilcze oczy. Oczy Rimego. Był tutaj i trzymał ją. To było tak, jakby nagle z jej barków spadł wielki ciężar. Pragnęła wypić tyle Evny, ile tylko zdoła, od tyłu jednak napierali na nią inni. Wczepiła się w rękę Rimego, ale w końcu musiała go puścić. Evna wciąż była w jej ciele. Poczucie ciepła i pewności, które popychało ją ku schodom. Nagle cała sala wydała jej się pełna życia. Była jak oddychająca klatka dla Evny. Hirka zapragnęła zburzyć ściany i ją uwolnić. Evna była silna. Dzika. Budziła w niej pragnienie. Była uratowana! O ile zadba o to, by być jedną z pierwszych, którzy znajdą się przed Radą.

Gdy tylko o tym pomyślała, poczuła przeszywający ból w stopie. Ktoś nadepnął jej na palce. Hirka dostrzegła Sylję znikającą na szczycie schodów. Mignęły jej wysokie obcasy, takie jak noszą kobiety, gdy biorą sobie mężów.

*Co za pech. Pospiesz się!*

Wciąż wypełniało ją ciepło i pragnienie, ale ścisnęło jej się serce, gdy zobaczyła, ilu zajęło już miejsca przed Radą. Będzie musiała czekać na szarym końcu, zanim uklęknie tak jak reszta.

Powierniczka Kruka wstała. Czarna laska była wyższa od niej, a na jej końcu zasiadał Widzący. Mimo to trzymała ją bez wysiłku. Wszyscy pochylili się aż do ziemi. Hirka również. Dotknęła czołem chłodnej posadzki. Evna powoli, nieubłaganie opuszczała jej ciało. Znów usiedli. Powierniczka Kruka podchodziła kolejno do każdego. Powoli. Boleśnie powoli.

*Na Widzącego!*

Hirka bała się zamknąć oczy. Nie miała też odwagi spojrzeć

na Radę, zasiadającą zaledwie o trzy kroki przed nią. Kątem oka widziała tylko czarną szatę, która coraz bardziej się zbliżała. Hirce zrobiło się zimno. Aż do szpiku kości. Nie zostało jej nic. Ciepło odeszło. Evna zniknęła. Pozostała jej tylko pustka. Była niczym. Do oczu nabiegły jej łzy, ale nie potrafiła sobie przypomnieć dlaczego. Nie wiedziała już, co tutaj robi.

Powierniczka Kruka położyła dłoń na głowie chłopaka obok i szepnęła: „Ungi verja", co w staromidtymskim oznaczało: „Chroń to dziecko". Uczyniła znak Widzącego. Potem zatrzymała się przed Hirką. Hirka nie patrzyła na nią. Nie śmiała podnieść głowy i spojrzeć na Widzącego. Wpatrywała się tylko w szatę Powierniczki. Była czarna jak noc.

– Zaczerpnij Evny – szepnęła Powierniczka Kruka, jakby Hirka po prostu o tym zapomniała.

Hirka zamknęła oczy i poczuła, jak łza spływa jej po policzku. Wiedziała, o co ją proszono, ale nie potrafiła tego zrobić.

– Zaczerpnij Evny, dziecko – szepnęła jeszcze raz Powierniczka Kruka.

Hirka potrząsnęła głową.

– Nie umiem.

Te słowa wydawały się ciężkie jak kamienie. Gdy tylko je wypowiedziała, zrobiło jej się lżej. Powiedziała to. Nie umie czerpać i powiedziała to. To było aż takie proste. Czas się zatrzymał. Ktoś zakaszlał, ale nikt się nie odzywał.

Wreszcie Powierniczka Kruka położyła rękę na jej głowie i po ciele Hirki rozlał się chłód. Mrowienie Evny. Zimny cień Evny płynącej w Rimem. Nie była tak potężna. Przeszukiwała jej ciało, ale Hirka mogła się przed nią ukryć. Przy Rimem była całkowicie naga.

Nagle Evna znikła jak odcięta nożem. Dłoń dotykająca jej głowy cofnęła się gwałtownie. Powierniczka Kruka odsunęła się o dwa kroki. Hirka usłyszała jej zduszony szloch. Jak szloch dziecka. Inne dzieciaki pochyliły się do przodu, by widzieć, co się dzieje.

– Jesteś pusta… – To był głos Powierniczki Kruka, ale zniknęła z niego cała absolutna niewzruszoność. To były słowa wystraszonej, starej kobiety.

Jeden z członków Rady podniósł się ze swojego miejsca.

– Pusta? – spytał któryś z pozostałych.

Czy to była Ilume? Tak się Hirce wydawało.

– Pusta! Ślepa na ziemię! – wydyszała Powierniczka Kruka.

Jedna z klęczących dziewczyn zaczęła płakać. Hirka otworzyła oczy i spojrzała na Powierniczkę Kruka. Zdawała się stara i młoda równocześnie. Miała płaski nos i głęboko osadzone oczy. Były jednak wielkie i rozszerzone. Zasłoniła usta dłonią. Jej palce drżały. Wpatrywała się w Hirkę, jakby była ślepą. Widzący poruszył się niespokojnie na lasce.

Hirka chciała im wyjaśnić. Wyciągnęła rękę do Widzącego. On musi zrozumieć. Ilume? Ilume może im wyjaśnić. Ale jej twarz była równie wykrzywiona jak pozostałe. Tak jak oczy ojca, gdy dotarło do niego, że już nigdy nie będzie chodził. Właśnie tak wyglądała Ilume. Jakby ktoś jej powiedział, że już nigdy nie będzie w stanie chodzić. Kolejni członkowie Rady podnieśli się ze swoich miejsc. Poznała jednego z nich. To był ten nieznajomy. Ten, który okłamał ją w herbaciarni. Teraz na jego czole widniał znak Rady.

– Niech nas strzeże Widzący! Dziecko Odyna. Córka Embli. – Powierniczka Kruka ściskała kurczowo laskę. – Zgnilizna! Zgnilizna w Ym!

– Eir! – To był głos Ilume. Ostre szczeknięcie. Rozkaz, by wzięła się w garść.

Ktoś chwycił laskę, by pomóc Eir. Odprowadzili ją. Słowa „dziecko Odyna" przebiegły przez szeregi młodych uczestników Rytuału niczym ogień szerzący się w wyschniętej trawie. Chłopak najbliżej Hirki zerwał się na nogi i odsunął. Inni natychmiast uczynili to samo.

– Nie rozumiecie… – zaczęła Hirka, ale nie słyszała własnego głosu.

Rozpętał się prawdziwy chaos. Ætlingowie zerwali się z miejsc. Ktoś wybiegał z sali. Ktoś wołał. Słyszała echo słów. Słów, które były dla niej równie obce, jak dla wszystkich pozostałych w tej sali. Córka Embli. Ślepa na ziemię. Człek. Zgnilizna.

Hirka wstała. Nie czuła już własnych nóg. To było tak, jakby zawisła nad podłogą. Rozejrzała się po tłumie. Gapili się na nią. Pokazywali palcami. Krzyczeli coś o niej. Tak wiele oczu. Nie sposób było niczego wyjaśnić tak wielu. Gdyby tylko mogła wyjaśnić jednemu z nich…

Usłyszała zza pleców głośną rozmowę tych w czarnych szatach. Ktoś z nich tłumił płacz, przyciskając dłoń do ust. Pomyślała, że to pewnie Powierniczka Kruka. Eir. Najpotężniejsza i najświętsza kobieta świata płakała. Bo dotknęła Hirki. Dotknęła zgnilizny. Przeszukała jej ciało swoją Evną.

Podwyższenie otoczyli gwardziści. Hirka roześmiała się i potrząsnęła głową. Jacy oni są głupi. Nie pojmują, że nie zrobiła nic złego? To tylko jedno wielkie nieporozumienie. Nigdy nikogo nie skrzywdziła. Ratowała życie. To właśnie robiła. Najczęściej, jak mogła. Hirka nabrała powietrza. Pachniało setką różnych perfum i olejków.

*To tylko sen.*

Stąd, z góry, popatrzyła na posadzkę. Przedtem widziała tylko jej fragmenty, teraz ujrzała całość między biegającymi ætlingami. To była gwiazda. Ogromna gwiazda, ozdobiona niesamowitymi obrazami. Jej ramiona sięgały aż do ścian. Ta praca musiała zająć całe pokolenie. Gwiazda spoczywała tutaj, wieczna i nieruchoma, a wokół niej walił się świat.

Inni zdążyli już zbiec z podwyższenia. Oddział gwardzistów wchodził po schodach z obu stron. Wydawało jej się, że biegną. Trudno powiedzieć; działo się to tak nieskończenie powoli. Ich napierśniki lśniły. Wyciągnęli miecze. Wodzili wzrokiem między nią a członkami Rady. Czekali tylko na jedno słowo, żeby ją zabić.

Hirka poczuła, że uginają się pod nią kolana. Upadała. Spadała z dachu w Kruczym Dworze, wpatrzona w czarną jak noc postać z nożem. Spadała w Otchłań, czując ciężar Vetlego na ramionach. Ktoś ją chwycił i pociągnął do tyłu. Nie musieli tego robić. Mogła przecież pójść z nimi. Ale najpierw musiała zobaczyć Rimego. Wyrwała się i wbiegła z powrotem na podwyższenie. Tłum krzyknął i cofnął się jeszcze bardziej, jakby mogła zabić ich Evną.

*Rime!*

Stał na posadzce, z hełmem w ręce. Jego białe włosy rozsypały się na ramiona. Wpatrywał się w nią tymi wilczymi oczami, sparaliżowany, wstrząśnięty. Może myślał o tych wszystkich razach, kiedy jej dotykał. Kiedy dotykał zgnilizny. Sylja go dostrzegła i chwyciła za ramię, jakby to ją miało uratować przed tą przerażającą istotą na podwyższeniu. Przed tą bestią. Dzieckiem Odyna.

Nie zareagował. Stał dalej z hełmem w ręce jak na polu bitwy. Ich spojrzenia się spotkały.

*Punkt dla ciebie, jeśli mnie wyciągniesz.*

Poczuła potężne uderzenie w plecy. Ból przeniknął aż do opuszek palców i osunęła się na kolana. Nie zdążyła upaść. Ktoś ją chwycił i znów pociągnął do tyłu. Jak najdalej od tłumu. Jak najdalej od Rimego. W sali wrzało, a ona nie mogła zrobić nic, żeby to wszystko powstrzymać. Trzymały ją żelazne pazury. Gwardziści w rękawicach z zimnej stali. Zobaczyła, że szkarłatne drzwi zamykają się za nią, a chaos zmienił się w ciszę.

# GŁOS

Urd wbiegł do najbliższej łazienki i przepędził z niej dwóch młodych mężczyzn. Słudzy, których zadaniem było dbanie o czystość, ale marnowali czas, parząc się jak psy. Uciekli, nawet nie zdążyli wsunąć koszul w portki.

Ile miał czasu? Wcale. W ogóle nie miał czasu. Miał tylko te krótkie chwile, gdy członkowie Rady biegali jak kurczaki bez głów. Słyszał brzęk napierśników w korytarzach. Gwardziści z połowy Eisvaldru zbiegali się do Sali Rytuału, jakby w tym chaosie mogło to zrobić jakąkolwiek różnicę. Ilume rozkazała wypuścić zgromadzonych i zamknąć za nimi wszystkie drzwi, a równocześnie Garm oświadczył, że nikt nie opuści tego pomieszczenia. Gwardziści nie wiedzieli, co ze sobą począć. Sigra pewnie schodziła już do lochów, żeby zgładzić dziewczynę. Cała Kleiv. Natomiast Eir kompletnie oniemiała. Siedziała tylko jak w Sloknie i gapiła się przed siebie, gdy wokół niej walił się świat.

Był tak blisko. Już miał tę dziewczynę w herbaciarni. Mógł zacisnąć ręce na jej gardle, działać tylko w oparciu o podejrzenia. Teraz podejrzenia się potwierdziły. Okazała się dokładnie tym, czego się obawiał.

Urd ukłęknął na niebieskich kafelkach przy basenie i zerwał obręcz. Trzęsły mu się ręce, ale zdołał wydobyć spod szaty flakonik Damayanti. Przełknął tych kilka kropli kruczej krwi, jakie jeszcze w nim pozostały. Niewiele, ale to wystarczy. Wrażenie było takie, jakby cała krew z jego ciała nabiegła do gardła. Najpierw intensywne, gorące pieczenie. Potem przyszedł ból. Urd krzyczał, zasłaniając usta dłonią. Krew spływała między palcami i kapała do wody w basenie.

Jego gardło zaczęło się poruszać. Czuł, jak kruczy dziób otwiera się i zamyka. Znów rozszarpywał rany. Rany, które nigdy się nie zagoją. Rany, które zaczynały gnić. Pomyśleć tylko, że kiedyś wierzył, że wciąż istnieje dla niego ratunek. Zaśmiał się. Zduszony, bulgoczący dźwięk sprawił, że poczuł się nieswojo. Całkowicie przesycała go woń, którą znał aż za dobrze. Mdląca, metaliczna. Potem pojawił się Głos. Na wpół poza nim, na wpół w jego ciele. Jakby był jego własnym głosem.

*NIECH TO LEPIEJ BĘDZIE WAŻNE, VANFARINN.*

Głos był głuchy i metaliczny. Zawsze mówił powoli. Boleśnie powoli. Wiedział, że każde słowo rozrywa szyję Urda. Urd poczuł, że wstrząsają nim dreszcze. Naturalny opór ciała, który zawsze musiał zwalczyć.

– Znalazłem ją! Znalazłem dar! Ofiarę kamienia! Jest *tutaj*. Nie tylko w krainach Ym, ale *tutaj*, w Sali Rytuału! – Chwila milczenia. Potem konkluzja.

*MYLISZ SIĘ.*

W całym tym bólu i przerażeniu Urd poczuł odrobinę satysfakcji. Głos nie jest nieomylny. Nawet jego można czymś zaskoczyć, tak jak wszystkich. Urd uczepił się tego kruchego poczucia bezpieczeństwa.

– Przysięgam. Ma piętnaście zim, jest bezogoniasta i ślepa na ziemię. Nie tylko ją widziałem, dotknąłem jej! Jest rzeczywista i jest tutaj! – Z trudem łapał powietrze. Gdyby teraz ktoś tu wszedł i zastał go w takim stanie, na kolanach, z rozszarpanym gardłem, po łokcie w krwi… Ale nie miał wyboru. Musiał się dowiedzieć, co ma robić. Teraz. Zanim Radzie uda się ponownie zebrać.

Głos nie odpowiedział od razu. Chwila przerwy powinna być dla Urda czystą rozkoszą, ale czekanie było nie do zniesienia. Woda szemrała w kanałach, wpływając do basenu i wypływając. Na niebieskich ścianach tańczyły odblaski światła, złowrogie i hipnotyczne Urd pochylił się nad krawędzią basenu i spojrzał na własne odbicie. Wzdrygnął się. Pogorszyło mu się. Znowu. Szyja przybrała trupią barwę, opuchlizna była zielonkawa, jak u maltretowanej kobiety. Z ziejącej dziury kapała krew do kruczego dziobu, który tkwił w jego gardle. Gdyby się uważnie przyjrzeć, można by go dostrzec tam wewnątrz. Nigdy tego nie robił, choć miał to przez pół życia.

*ODIZOLUJ JĄ! ZANIM KTOŚ ZROZUMIE.*

Urd zacisnął oczy. Właśnie tego się obawiał. Ale nie było sensu zatajać prawdy.

– Oni wiedzą. Wszyscy. Powierniczka Kruka położyła rękę na jej głowie. Wie, kim ona jest. Wszyscy to wiedzą! W Sali Rytuału był tłum, a dziewczynę wrzucono do lochów. Próbowałem ją zabić. Wysłałem Hassina, ale ona zdążyła…

*ZABIĆ?!*

Urd się wzdrygnął. Zakaszlał, wypluł krew.

*UDAŁO NAM SIĘ, BO ONA ŻYJE! KRUCZE PIERŚCIENIE ŻYJĄ I UMRĄ RAZEM Z NIĄ! MASZ TYLKO JEDNO ZADANIE, VANFARINN. MASZ JĄ CHRONIĆ WŁASNYM ŻYCIEM, DOPÓKI SIĘ DO CIEBIE NIE ODEZWĘ.*

Urd złapał się za głowę i zwinął w kłębek. To był niewykonalne zadanie. Rada zareaguje bezzwłocznie i irracjonalnie. Zabiją ją. Jeśli nie z innego powodu, to ze strachu przed ślepymi.

Głos się wycofał. To było jak błogosławieństwo dla jego ciała. Gardło się zasklepiło, mięśnie rozluźniły. Urd wisiał na skraju basenu i czekał, aż wrócą siły, by mógł się podźwignąć. Ból za każdym razem był coraz silniejszy. Wszystko stracone, nie ma sensu udawać, że jest inaczej. Gdyby był taki jak wszyscy, te wskazówki nic by nie zmieniły. Ale był lepszy od nich. Czujniejszy. Zawsze myślał o kilka kroków w przód.

Dziewczyna tu była. Nigdy nie powinna się tutaj znaleźć, a w każdym razie nie żywa. Ale Głos wiedział. Damayanti wiedziała.

*Krucze pierścienie żyją i umrą razem z nią.*

Urd został okłamany. Zdradzony. Od jak dawna to trwa? Odkąd zasiadł w Radzie? Czy od zawsze? Wraz z tą świadomością narastała w nim wściekłość. Zrozumienie. Ból. Walczył z własnymi instynktami. Najbardziej na świecie pragnąłby położyć się na boku i odciąć od wszystkich dźwięków. Znów odnaleźć w sobie siłę. Spokój. Jeszcze raz to wszystko przemyśleć i ujrzeć to w nowym świetle.

Miał jednak zadanie do wykonania. Musiał odnaleźć członków Rady. Prawdopodobnie zebrali się już pod kopułą. Zaczerpnął Evny i podźwignął się na nogi. Umył ręce i szyję. Zapiął obręcz i sprawdził, czy ma czyste ubranie. Woda coraz bardziej rozrzedzała krew. Płynęła kanalikami i wypływała przez śluzy, by zniknąć gdzieś w rynsztokach Eisvaldru.

## SZPIEG

*Embling? Dziecko Odyna?*

*Niech Widzący strzeże nas wszystkich! Dlaczego nic nie powiedziałaś?*

Rime zdał sobie sprawę, że nigdy nie mogło być mowy o tym, by cokolwiek powiedziała. Zwłaszcza jemu. Synowi rodu zasiadającego w Radzie. Jednemu *z nich*. Dlaczego miałaby mu ufać? Mimo to poprosiła go o pomoc. Jak bardzo musiała się bać. I nie bez powodu. Jeszcze niedawno Rime bał się, że zginęła. Że zabiła się, kiedy spadła z dachu w Kruczym Dworze. Być może byłoby lepiej, gdyby właśnie taki los ją spotkał. Rime nie miał czasu. Musiał działać.

W Sali Rytuału panował chaos, jakiego jeszcze nigdy nie widziano w tych murach. Gwardziści odziani w czerń i złoto próbowali trzymać szereg. Wszyscy krzyczeli i wymachiwali rękoma, jakby byli na targu. Gwardziści na zachodnim końcu sali dostali rozkaz, by drzwi pozostały zamknięte, ale wschodnia brama stała otworem dla strumienia wstrząśniętych ætlingów, którzy chcieli się stąd wydostać. Wydostać do miast, gdzie będą szerzyć złowrogie wieści. Człek w krainach Ym. Może również ślepi. Dzieci

Odyna i ślepi to były dwie zupełnie różne sprawy, lecz Rime nauczył się nie lekceważyć przygnębiającej zdolności tłumu, by w krytycznych okolicznościach wszystko upraszczać. Wystarczyło się rozejrzeć. Jakiś kupiec z synem odciągali kobietę od ciżby przy drzwiach, by wydostać się przed nią. Kobieta nie reagowała. Zgubiła cienki szal. Przewrócili ją. Leżała, przyciskając rękę do piersi; pewnie kurczowo obejmowała w dłoni amulet Widzącego. Rime odrzucił hełm, podbiegł tam i powalił mężczyznę. Wcisnął mu kolano w plecy i przygniótł go do podłogi.

– Otworzyć drzwi! Otworzyć wszystkie drzwi! Już! – Rime zaczerpnął Evny i usłyszał swój głos, niosący się nad całą salą. Jego ranga nie pozwalała na wydawanie rozkazów, mimo to posłuchali. Był nowy w gwardii, ale wciąż był wnukiem Ilume. Choć raz ucieszył się z przewagi, jaką mu to dawało.

Kupiec usłyszał rozkaz i przestał się szarpać. Nikt nie będzie siłą zatrzymywany w sali. Mogli ją swobodnie opuścić i większość skwapliwie to uczyniła. Zostały jednak grupki, które nie chciały odejść. Wciąż napierały na gwardzistów przy schodach. Chcieli usłyszeć odpowiedź. Dowiedzieć się, co teraz będzie. Kim jest to dziecko Odyna? Co tutaj robi? Czy Widzący ich ochroni? Rime nie mógł mieć im tego za złe. Sam też musiał poznać odpowiedzi.

Wbiegł po schodach i minął szkarłatne drzwi. Zostawił za sobą krzyczący tłum. Biegł dalej. Musiał dostać się na górę, pod kopułę. I musiał tam dotrzeć, zanim zbierze się Rada.

Korytarz z jednej strony prowadził do arkad wychodzących na ogrody. Rime rozpoznał zdenerwowanych Noldhe, Leivlugna i Jarladina. Otaczali ich gwardziści, którym cała trójka wydawała sprzeczne i niezbyt przemyślane rozkazy. Nie widział pozostałych członków Rady. Spóźnił się? Zdołali już wszystko zorganizować? Nikt nie zwracał uwagi na kolejnego biegnącego gwardzistę, więc Rime minął ich, obierając drogę przez ogród, i dopadł do kamiennych schodów. Wbiegł po nich na górę. Tak jak na to liczył, gwardziści mający pilnować komnaty Rady też zostali odesłani do Sali Rytuału. Nikt nie strzegł wejścia. Otworzył drzwi i zajrzał do środka. Pusto. Droga wolna.

Rime zrzucił napierśnik. Musiał się pozbyć wszystkiego, co było ze stali. Rękawic, butów. Wszystkiego, co robiło hałas. Wahał się przez chwilę, ważąc miecz w ręce. Powinien go zatrzymać. Może go potrzebować.

*Przeciwko własnej rodzinie? Przeciwko Ilume? Radzie?*

Nie. W takim razie wolałby już przyjąć to, co go czekało. Ciało zareagowało na tę myśl znajomym spokojem. Mógł spokojnie zrobić to, co musiał. Poświęcił swoje życie służbie Widzącemu. Był Ciemnym Cieniem. Jednym z tych, którzy byli już martwi. Martwi nie musieli się niczego obawiać.

Był bliski tego, by wrzucić zbroję do pomieszczenia dla służby, ale zdał sobie sprawę, że posiedzenie Rady będzie trwało długo. Bardzo długo. Służba będzie wnosić jedzenie i wino. Będą używać tego pomieszczenia, więc musiał znaleźć inne rozwiązanie.

*Ogród.*

Cisnął swoje rzeczy za poręcz. Spadły za zwartą kępę krzewów. Przez jakiś czas mogą tam spokojnie poleżeć. Nie zdobył się na to, by wyrzucić miecz. Musiał go zatrzymać. Wśliznął się do sali pod kopułą i zamknął za sobą drzwi.

Nie było tu mebli, z wyjątkiem stołu pośrodku i otaczających go dwunastu białych krzeseł. Wokół biegły wąskie okna. Sięgały od podłogi aż po samo sklepienie. Światło dzienne wpadało przez nie do środka, rzucając na posadzkę krzywe pasy. Było tu tylko jedno miejsce, gdzie mógł się ukryć. Pod stołem.

Wzdłuż masywnej kamiennej płyty blatu lśniło złoto. Nazwiska dwunastu rodów. Rime uśmiechnął się krzywo. W teorii przy tym stole mógł zasiąść każdy. Zależało to od tego, czy był silnym czerpiącym, czy się w czymś sprawdził i odznaczył podczas szkolenia i służby w Eisvaldrze. Ale to były płonne nadzieje. Ten stół i te rodowe nazwiska nie zmieniały się właściwie nigdy.

W dwóch miejscach na blacie biegły rysy, od krawędzi aż do samego środka. Były prawie niezauważalne, ale trochę ponad trzysta lat temu wymieniono fragment stołu, gdy do Rady dopuszczono członków rodu Jakinninów. Zapewne najzamożniejszej rodziny w Mannfalli. To było aż takie proste.

Rime odnalazł własne nazwisko. An-Elderin. Przesunął dłonią po oparciu krzesła, na którym miał zasiadać. Krzesła, na którym nigdy nie zasiądzie.

*Kroki na schodach!*

Rime zanurkował pod stół i natychmiast pojął, że ma pewien problem. Gdy stało się przy drzwiach, widziało się całą posadzkę, więc nie mógł tam po prostu usiąść. Musiał jak najbardziej zbliżyć się do blatu, zawisnąć pod nim. Blat spoczywał na dwóch cokołach, masywnych kamiennych kozłach w kształcie krzyża, które znajdowały się od siebie w odległości odpowiadającej wzrostowi dorosłego mężczyzny. Podniósł się na wyprostowanych ramionach i oparł stopy na jednym z kozłów. Ręce wsunął w drugi, tak że ledwie opierał się na łokciach. Zawisł, przywierając plecami do blatu, twarzą do podłogi. Musiał napinać każdy mięsień w ciele. Kamień uwierał go w przedramiona i Rime musiał rozsunąć je na boki, by móc się utrzymać w górze. Podciągnął ogon i wsunął go za plecy. Pomyślał o tym, co musiał przechodzić w ostatnich latach z mistrzem Svarteldem. Całymi dniami biegał. Trzymał wyciągnięte na boki miecze tak długo, aż czuł, że odpadną mu ręce. Stał mniej więcej w takiej pozycji jak teraz, prosty jak deska, z napiętym brzuchem, i opierał cały ciężar ciała na rękach. I dokładnie w chwili, gdy wydawało mu się, że zaraz pęknie na pół, Svarteld nakazywał mu stać dalej, na jednej ręce.

Był Ciemnym Cieniem.

Mimo to Rime rozumiał, że to niewykonalne zadanie. Sytuacja w Eisvaldrze była krytyczna. Dyskusja Rady nie zakończy się wraz z następnymi uderzeniami gongu. Może nawet nie zakończy się przy kolejnych. Będą tutaj siedzieć przez cały dzień. Albo i nawet przez część nocy…

Właśnie miał opuścić stopę na podłogę, ale cofnął ją szybko, bo ktoś otworzył drzwi. Znajome głosy. Podniesione głosy. Mówili jeden przez drugiego, zajmując miejsca przy stole. Nie wszyscy tu byli. Rozpoznał głosy Jarladina, Leivlugna i Noldhe. Kilku zjawiło się chwilę później.

Teraz nie miał wyboru. Nie mogli go zobaczyć.

*Widzący! Widzący będzie wiedział. Wyczuje mnie.*

Rime tak naprawdę nie wiedział, jakie moce posiada Widzący. Mówiło się, że jest wszechmocny, ale co to właściwie oznaczało? Czy mógł przeniknąć wzrokiem kamień? Zobaczyć Rimego wiszącego pod blatem? Czy zostanie zdemaskowany, gdy tylko Widzący zjawi się na sali? Pewnie tak. W takim razie jednak Widzący będzie też wiedział, że celem Rimego nie jest to, by się Jemu sprzeciwić. Tak czy inaczej, dokonał już wyboru i w jakiś sposób będzie musiał za to zapłacić.

– Gdzie jest Eir? Przyjdzie tu? – Nerwowy głos Noldhe.

– Jest u kruków. Zaraz tu będzie.

*Ilume.*

Rime widział szaty zbliżających się do stołu. Kolejno zajmowali miejsca. Ktoś chodził w tę i z powrotem, zamiast usiąść.

– Czy opróżniono salę?

– Powinniśmy pozamykać drzwi! W głowie mi się nie mieści, że ich wypuszczacie! Będą siać panikę w całym mieście.

– W mieście już wybuchła panika, Sigro.

– Ilu gwardzistów pilnuje lochów?

– Nie więcej niż wcześniej, chyba że wydałaś inny rozkaz.

– Czy ktoś widział Urda?

Drzwi znów się otworzyły i weszła ostatnia dwójka. Urd i Eir zajęli miejsce. Rime był otoczony. Niewidoczny, ale otoczony. Wziął głęboki oddech. Wiele by dał za to, żeby móc czerpać. To by mu pomogło utrzymać ciało w górze, ale najsilniejsi z tych, którzy zasiadali przy stole, mogliby zauważyć Evnę. Tak jak potrafiła to zrobić Hirka. To było zbyt ryzykowne.

*Gdzie jest Widzący?*

Rime ściągnął łopatki i przygotował się na wysiłek, którego – jak się obawiał – przyjdzie mu długo nie zapomnieć.

Pot kapał z czoła Rimego na podłogę. Kropelki rozpryskiwały się na granitowej posadzce, pokrywając ją jak rosa. Włosy opadały mu na twarz. Przy każdym wydechu łaskotały go w policzek. Mięśnie w okolicach przepony paliły.

Mimo swoich obaw nie musiał martwić się o to, że ktoś go usłyszy. Członkowie Rady wrzeszczeli na siebie, jak zapewne nigdy wcześniej. Byli podzieleni. Przytłoczeni. Zmiażdżeni.

*Kryzysy pozwalają rozróżnić przyjaciół od wrogów.*

Rime wisiał pod stołem i słyszał, jak wali się świat.

– Nie wiemy, czym ani kim ona jest! Nie mamy wyboru, musimy ją zatrzymać. – Głos Noldhe drżał.

– Zamknąć ją?! I czekać na ślepych? Czekać, aż nas zniszczy?

*Sigra Kleiv. Niecierpliwa. Żądna krwi.*

– Jest ślepa na ziemię. Synowie i córki Embli są pozbawieni Evny. Nie może zniszczyć czegoś, co…

– Już posiała panikę! Czego więcej nam trzeba?

– Potrzeba nam tego, żeby przeprowadzić Rytuał. Zastanówcie

się! Miasto pęka w szwach. Słyszeliście, co mówili ci gwardziści! Gildia kupców już się zorganizowała. Domagają się odpowiedzi i mają środki, by o to walczyć. Nie starczy im cierpliwości, by czekać na Rytuał, kiedy my się wahamy.

– Wzruszające, że najpierw myślisz o takich praktycznych sprawach, Saulhe. Czyżbyś zapomniał, że mamy w lochach zgniliznę?

– KTOŚ tu musi używać głowy!

Wybuchło zamieszanie i głosy umilkły dopiero wtedy, gdy ktoś uderzył w stół. Zrobił to Jarladin An-Sarin. Rime dobrze go pamiętał. To jego niewzruszone spojrzenie. Kiedy Rime był chłopcem, Jarladin kojarzył mu się z bykiem, bo miał takie wielkie nozdrza. Potężną szczękę, która od tamtego czasu porosła siwą brodą. Był bliskim przyjacielem Ilume. Miał niski głos, który przykuwał uwagę pozostałych.

– Pokażcie, z jakiej gliny jesteście ulepieni! Drodzy członkowie Rady, wiemy przecież, że z odkładaniem Rytuału wiążą się pewne konsekwencje. Wiemy, że miasto pęka w szwach od ætlingów, którzy w każdym zaułku opowiadają plotki o ślepych.

– Plotki? Chyba nie możesz dalej myśleć, że to tylko plotki?!

Jarladin niewzruszenie mówił dalej:

– Plotki czy nie, to nie ma znaczenia. Wiemy, że szlachta i kupcy nie cieszą się z tego, że muszą na nas czekać. Sytuacja jest poważna, zdajemy sobie z tego sprawę. Stała się wręcz krytyczna, ale dlatego tu jesteśmy. To nasze zadanie! Jeśli my sobie z tym nie poradzimy, nikt sobie nie poradzi.

Rime uśmiechnął się do siebie, ale ten uśmiech szybko zamarł mu na ustach. Uderzyło go, jak inaczej potoczyłby się jego los, gdyby wszyscy przy tym stole byli tacy jak Jarladin. Gdyby Rime czuł do nich choćby cień zaufania.

Głos zabrał Leivlugn Taid. Nikt mu nie przerywał, choć mówił cicho i powoli. Cedził słowa, jakby najpierw musiał strzepnąć z nich kurz.

– Ta dziewczyna jest wyraźnym dowodem na to, że droga do krain Ym stoi otworem. Dzieci Odyna? Ślepi? Pytanie, o którym wszyscy zapominacie, to czy w takich okolicznościach powinniśmy odwołać Rytuał. Możemy potrzebować czerpiących jak nigdy dotąd.

Przez krótką chwilę milczeli.

*Potrzebować czerpiących? Co miał na myśli?*

Rime poruszył się niespokojnie i przesunął ręce, ale teraz krawędź wrzynała się w nie jeszcze bardziej. Czuł, że zaraz pęknie mu brzuch. Musiał szybko opuścić nogi. Chociaż na chwilę, zanim zaczną się skurcze. Zacisnął zęby.

– Dobra teoria, Leivlugnie, ale kiedy ostatnio widzieliśmy błękitną krew? Tak silną Evnę miał stary Vanfarinn. Jeden z nas! Ale to było w czasach mojego dzieciństwa!

– Ech... Odrzuciliśmy wielu, z których coś by mogło być.

– To nam teraz nie pomoże, Leivlugnie.

– To, co nam teraz pomoże, to zburzenie wrót i zabicie emblinga – wtrąciła się Sigra. – To jedyne wyjście! Sprowadziła z powrotem ślepych i mogą ich się zjawić całe hordy!

– Przeklęty idiotyzm!

Rime nastawił uszu. Sigrze przerwał ochrypły głos Urda. W obronie Hirki. Rime nie potrafił sobie wyobrazić, żeby Urd chciał kogokolwiek ratować. Do czego zmierzał?

– Ta dziewczyna to jeszcze dziecko! – ciągnął Urd. – Pozbawione Evny, ślepe na ziemię dziecko! Jeśli w ogóle cokolwiek spowodowała, to jedynie jako narzędzie. Zastanówcie się! To pachnie Kruczym Dworem. Chcą odwrócić naszą uwagę, posiać panikę! I udało im się. Postąpiliśmy słusznie, wysyłając wojska na Północ, ale nasze siły marnują teraz czas. Śpią na równinach. Dlaczego wstrzymujemy się z atakiem, aż będzie za późno?

– Urd, chyba nawet *ty* nie sądzisz, że Kruczy Dwór posiada taką wiedzę? Wiedzę, którą sami zapomnieliśmy! Którą zapomnieli nasi przodkowie. I nawet, gdyby to było możliwe, Kruczy Dwór nie byłby na tyle głupi, by otwierać wrota w kamieniu! To by było samobójstwo!

– W Kruczym Dworze jest nietknięty kruczy pierścień! Skąd mogli przyjść, jeśli nie stamtąd?

– Na Widzącego, Urd, raporty o nábyrnach napływają ze wszystkich krain. Nawet z miejsc, o których żadne z nas nie wiedziało, że są tam kręgi.

– Wielkie nieba! Jak możemy być takimi ignorantami?! Jak możemy być tak ślepi? Niektórzy z nas mieszkali dosłownie o rzut kamieniem od tej dziewczyny i nie zorientowali się, kim ona jest. Ilume, miałaś prawdę tuż pod nosem! Twoi sąsiedzi cię poinformowali, że bezogoniasta zamierza uciec przed Rytuałem. Czego jeszcze ci było trzeba?

Rime miał właśnie oprzeć stopy o podłogę, ale zmienił zdanie. Urd zaatakował właśnie Ilume i wstał z miejsca. Zaraz coś się wydarzy.

*Ale on ma rację. Nikt z nas nie wiedział, kim jest.*

Ilume również wstała.

– Szukasz winnych, Urdzie Vanfarinnie. To nam w niczym nie pomoże. Nikt w naszych czasach nie widział zgnilizny i nikt z nas tu zebranych nie pomyślałby o tym, by ją sprawdzić. Co za absurdalny pomysł! Wszyscy tutaj sądziliśmy aż do dziś, że dzieci Odyna to tylko mit! Wszyscy! Poza tym nie tylko ta dziewczyna chciała uniknąć Rytuału. W całym Foggardzie aż się roi od zwolenników Kruczego Dworu. A poza tym nie miało to żadnego znaczenia, bo po pożarze uznano, że dziewczyna zginęła.

Rime znał Ilume na tyle dobrze, by wiedzieć, że przeszła do defensywy. Prawdopodobnie był jedynym w tej sali, który to wyczuwał. Dobrze nosiła swoją maskę. Urd potrafił jednak znajdować słabe punkty.

– Bronisz się, Ilume? Twierdzisz, że nie widziałaś tego, co miałaś tuż pod nosem? – Urd zaczął się przechadzać wzdłuż stołu.

Rime jeszcze mocniej przylgnął plecami do blatu, by pozostać niewidoczny. Całe jego ciało płonęło, od ramion aż po kostki u nóg.

– Bronisz się, że nie widziałaś zdrajczyni? A może nigdy nie dostrzegasz zdrajców? Nawet, kiedy są nimi twoje własne dzieci?

– Urdzie Vanfarinnie! – Głos Eir zabrzmiał jak smagnięcie biczem.

Przy stole rozległy się pomruki.

*Zdrajcy? Jej własne dzieci?*

To jego miał na myśli? Czy postrzegano go jako zdrajcę, bo wybrał ścieżkę Ciemnego Cienia? Miał bolesną świadomość, że Ilume w ten sposób się na to zapatruje. A pozostali? Nie... Mogli się z tego tylko cieszyć. Mniej władzy w rękach An-Elderinów oznaczało więcej władzy dla nich.

– Wybacz mu, Eir – powiedziała Ilume z wymuszonym chłodem w głosie. – Jest zmęczony i boi się. Jak my wszyscy.

Urd parsknął. Ku uldze Rimego usiadł na swoim miejscu i ciągnął:

– Jesteśmy zgodni co do tego, że trzeba unieszkodliwić zgniliznę. Rada musi okazać swoje zdecydowanie w tej sprawie. Ma to kluczowe znaczenie, ponieważ w krainach szerzy się panika. Ale, moi drodzy, tymczasem nawet nie przesłuchaliśmy dziewczyny. – Przy stole rozległy się pomruki wyrażające aprobatę. – Zarządźmy przerwę w obradach. Musimy coś zjeść, zanim będziemy mogli kontynuować. I musimy chociaż wypytać tę dziewczynę, zanim pochopnie oddamy ją na pastwę płomieni. Czas, który teraz marnujemy, ona może wykorzystać na wymyślanie kłamstw.

Urd nakłonił zebranych do chwilowej przerwy w obradach. Rime potrzebował jej bardziej niż oni. Jeśli jeszcze kiedykolwiek będzie w stanie chodzić.

Zebrani byli zgodni, że dziewczyna musi umrzeć. I że musi się to stać publicznie i w sposób niepozostawiający wątpliwości, żeby Kruczy Dwór zrozumiał przesłanie. Zamach na życie Eirika się nie powiódł i trzeba im było pokazać, gdzie ich miejsce. Hirka była zgubiona. Członkowie Rady wstali i opuścili salę. Rime słyszał, jak myją ręce w srebrnej misie za drzwiami. Zawsze tak było. Umywali ręce od własnych decyzji, choć codziennie plamili je krwią.

Ktoś zamknął drzwi i Rime spróbował zmusić nogi do posłuszeństwa. Opuścił je na podłogę. Kucał pod stołem, próbując zapanować nad skurczami. I mdłościami. Niedającym mu spokoju przeczuciem, że coś jest strasznie nie tak.

Widzący nie pokazał się na obradach. Myśli tłukły się Rimemu po głowie. Bezlitosne. Niepowstrzymane. Gniew, że Widzący nie dba o przyziemne sprawy. Czy to są drobiazgi, które nie wymagają nawet Jego obecności?

I do tego niepokój.

Dlaczego Widzący nie był obecny w trakcie narady? Przecież to musiało być największe zagrożenie dla Mannfalli, jak sięgnąć pamięcią. A jeśli Rada odsunęła Widzącego? Postanowiła zebrać się bez Niego? Rimego przeszył dreszcz. Musiał się stąd wydostać. I to szybko.

Gdyby ktoś go tutaj zobaczył, byłby zgubiony jak Hirka.

## BÓL

*Wciąż żyję.*

W ciasnym szybie lochu panowała cisza, ale Hirka słyszała w głowie echo wypowiedzianych słów. Głosy i krzyki w Sali Rytuału. *Ślepa na ziemię. Córka Embli. Zgnilizna.* Jeszcze żyła. Drżała, ale nikt nie przebił jej mieczem. Ani nie spalił jej od razu na stosie. Widzący jej nie przeklął. Wpatrywał się w nią tylko błyszczącymi, wszechwiedzącymi oczami. Jakby zawsze wiedział, że Hirka przyjdzie i że tutaj nie jest jej miejsce.

Rime… Był tam i jej pomógł.

*I teraz wie, kim jesteś.*

Hirka przysunęła się do ściany. Była na dnie szybu wwiercającego się ukośnie w skałę. Dzienne światło wpadało przez wąski otwór na samej górze. Promienie padały tuż przed nią, tworząc idealny czworokąt dokładnie w miejscu, gdzie podłoga zaczynała się wznosić. Nie było na tyle stromo, by nie mogła się poruszać, ale dochodziło się tylko do kraty. Pokrywała cały otwór i wydawała się zwodniczo słaba. Ale to było tylko złudzenie. Wszystkie jej krawędzie były ostre jak nóż. Hirka podczołgała się do niej już kilka razy i skaleczyła się, gdy tylko spróbowała wysunąć rękę. To na nic.

Co się z nią stanie?

Rzeczywistość wciąż do niej nie docierała. Rytuał. Okrzyki z sali. Roztrzęsiona kobieta trzymająca laskę z Widzącym. Wciąż pojawiał jej się przed oczami ten obraz, lecz pozostawał nierzeczywisty. Ścisnął jej się żołądek. Ktoś ją oskarżył o to, że otworzyła bramy. Obwiniali ją o powrót ślepych. Nigdy nie widziała żadnego ślepego, podobnie jak wszyscy, których znała. Widziała za to ich wizerunki na skalnej ścianie w Kruczym Dworze...

*Babskie gadanie!* Jakie to bramy niby otworzyła? Bramy ślepych? Krucze pierścienie? Bajki, których słuchała jako dziecko. Pamiętała je. Opowieści o Odynie, który przeszedł przez kamień i ukradł kilka kruków królowi Kruczego Dworu. O śladach i ścieżkach ślepych. Ścieżkach prowadzących do kamiennych kręgów, gdzie æzlingowie znikali, by już nigdy nie powrócić. *Nic, tylko babskie gadanie!*

Ojciec znalazł ją przy jednym z takich kręgów. W Sierpowym Lesie niedaleko Ulvheim. Przed jej oczami pojawiła się twarz ojca, wyraźna, jakby siedział tuż obok niej. Była skąpana w czerwonym blasku paleniska, gdy jej o tym opowiadał.

*Miałaś najwyżej kilka dni. Ktoś owinął cię w derkę, która stapiała się ze śniegiem. Byłaś prawie niewidoczna. Blada twarzyczka wielkości mojej pięści, w oceanie mrozu.*

Ojciec... Od początku miał rację. Chciał uciec. Z Elveroi, przed Radą, przed Ciemnymi Cieniami. Bał się o jej życie. Poświęcił własne po to, by nigdy nie skończyła w lochach Eisvaldru, czekając na śmierć.

Krata odsunęła się z przenikliwym zgrzytem. W otworze nad głową zobaczyła sylwetki czterech gwardzistów. Jeden z nich kazał jej wyjść na górę. Hirka zawahała się. Może czekanie na śmierć wcale nie było takie złe, jak doczekanie się jej.

Gwardzista krzyknął, że nie będzie tu sterczał przez cały dzień. Wstała i wspięła się do nich. Gdy była już blisko, wyciągnęli ją na górę. Ktoś związał jej ręce za plecami. Leżąc na brzuchu, zobaczyła, że jest w lochach, od których odchodzi co najmniej sześć szybów – trzy po lewej i trzy po prawej stronie. Przez otwarte żelazne drzwi wpadały promienie słońca. Górna część była owalna i nabijana ćwiekami. Niektóre były zardzewiałe. Hirka widziała kwiaty na zewnątrz. Delikatne, kołyszące się na wietrze. Nagle przesłoniły je białe szaty.

*Rada.*

Ktoś nałożył jej opaskę na oczy. Wszystko stało się czarne.

*Zaraz umrę.*

Ktoś szarpnął nią, by stanęła na nogi, i poczuła coś ostrego na plecach. Stłumiła krzyk i zrobiła kilka kroków. Jeden z gwardzistów warknął na nią, że ma iść, ale trudno było się poruszać po omacku. Schody, potem kolejne. W pewnej chwili poczuła wiatr na twarzy i miała wrażenie, że znajduje się gdzieś wysoko w górze. W pobliżu krzyknął kruk.

*Kuro?*

Potem znów weszli do jakiegoś pomieszczenia. Zatrzymano ją i ktoś kopnął ją od tyłu w kolana. Runęła przed siebie. Zapomniała, że ma związane ręce, i spróbowała złapać równowagę. Uderzyła ramieniem o kamienną podłogę. Ktoś ją szarpnął i posadził. Podniosła głowę, próbując zobaczyć coś pod przepaską, ale nic to nie dało. Trzęsła się, choć w pomieszczeniu nie było chłodno.

Unosił się tu słaby zapach spalonego oleju z lampek, ale nie wiedziała, czy się palą czy nie. Gdzieś za jej plecami zatrzasnęły się potężne drzwi. Zapadła całkowita cisza, Hirka wiedziała jednak, że nie jest sama. Ktoś jej się przypatrywał.

– Jak się tu znalazłaś?

Hirka odwróciła głowę w stronę, z której dobiegł twardy, kobiecy głos.

– Przed chwilą przyprowadzili mnie gwardziści. Mogę dostać coś do picia?

– Jak się znalazłaś w Ym?! Jak tu przybyłaś, dziecko Odyna?

– Aaa... Nie wiem, chyba się tu urodziłam.

– Kłamstwo! – Pogardliwy męski głos.

Kolejne dźgnięcie w plecy. Hirka stłumiła krzyk.

– To nie żadne kłamstwo! Zawsze tu byłam!

– Kim są twoi sojusznicy?

– Sojusznicy? Ja... Jestem sama. Nie mam żadnych sojuszników. Ja...

– Kruczy Dwór? Współpracujesz z Kruczym Dworem?

– Nie! Niby w czym?

Po raz pierwszy Hirka powiedziała coś, co nie było prawdą. Siedziała tu przed Radą z opaską na oczach i ktoś wciskał jej w plecy sztych miecza. Mogła zrobić tylko jedno, być z nimi szczera. Nie miała nic do stracenia, mówiąc im wszystko, co wie. Przecież i tak nic nie wiedziała. Ale gdyby ją widzieli, jak siedzi przy łóżku Eirika i obiecuje pomoc Kruczemu Dworowi, na pewno by nie uznali, że to takie nic.

– Skąd wiesz o bramach w kamieniu?

– Bramach w kamieniu?

– O ścieżkach ślepych! O przejściach! Jak ich używasz?

Hirka przełknęła ślinę. To było tak, jakby przestała mówić własnym językiem. Nikt nie rozumiał tego, co mówiła.

– Nie używam ich. Nie wiem jak. Nie miałam pojęcia...

– W takim razie kto cię wpuścił? Jak dawno temu?

– Byłam tu przez całe życie! – Opuściła głowę i pochyliła się do przodu. Miała ochotę zwinąć się w kłębek i zniknąć. Przestać istnieć. Mogła ich poprosić, żeby sprowadzili Ilume. Ilume by im wyjaśniła. Ale nie miała odwagi. – Byłam tu przez całe życie… Całe życie! Ojciec mnie znalazł. On nie wiedział…

– Dziewczyno, wiemy, że chciałaś uciec przed Rytuałem. Dlaczego? Dlaczego nie chciałaś ochrony Widzącego przed ślepymi? Czy to dlatego, że nie masz powodów się ich obawiać? Bo jesteś jedną z nich?

– Nigdy nie widziałam żadnego ślepego! Nie wiedziałam nawet, że naprawdę istnieją. Myślałam…

– Dlaczego chciałaś uniknąć Rytuału?

Znów dźgnięcie w plecy. Hirka zacisnęła zęby. Była kompletnie bezradna. Żadna odpowiedź, jakiej mogła udzielić, ich nie zadowoli. Ogarnął ją strach, który był dla niej czymś nowym, i zatruł krew krążącą w jej żyłach. Było jeszcze gorzej, niż się obawiała. Rada bała się ślepych tak samo jak wszyscy. Chcieli tylko prostego wyjaśnienia, a tym wyjaśnieniem była ona. Najpotężniejsi tego świata stracili kontrolę. Po plecach przebiegł jej zimny dreszcz, gdy zrozumiała tę prawdę. Członkowie Rady byli bezsilni.

– Nic nie wiem. Nic nie potrafię. Jestem… nikim.

– To dlaczego spaliłaś własny dom i zniknęłaś? Dlaczego chciałaś uniknąć Rytuału?

Hirka zaśmiała się krótko, ale śmiech uwiązł jej w gardle.

– Gdybyś nagle dowiedział się, panie, że nie pochodzisz z tego świata… że jesteś taki jak ja, to czy sam nie chciałbyś uciec?

Przez chwilę panowała cisza. Na prawo od niej ktoś szeptał, ale nie słyszała słów. Czy była otoczona?

– Roznosiłaś zgniliznę?

Hirka odwróciła głowę w stronę głosu. Przed jej oczami mimowolnie pojawiły się obrazy. Rime. Jego wilcze oczy. Ciepło Evny. Ochrypły głos. To, jaki był silny. Choć nic takiego nie robił, stał tylko prosto.

– Nigdy z nikim nie byłam – odparła cicho i usłyszała smutek w swoim głosie.

*I nigdy nie będę mogła z nikim być.*

– Jesteś ślepa na ziemię, dziewczyno, ale miałaś w sobie ślady Evny. Skąd?

Na chwilę Hirka przestała oddychać. Gdyby powiedziała prawdę, Rime miałby poważne problemy. Gorączkowo szukała innej odpowiedzi.

– Nie wiem. Może od Widzącego?

Gdzieś przed nią rozległo się głośne parsknięcie.

– Nie potrafię czerpać! Przysięgam!

– Dam ci jeszcze jedną szansę. To twoja ostatnia, dziewczyno.

Spokojne, pozbawione emocji słowa. Jakby mówił o czymś zupełnie normalnym. Jakby nie chodziło o jej życie. Żałowała, że nikogo nie widzi. Głos się do niej zbliżył. Mężczyzna pochylił się w jej stronę.

– Dlaczego nie chciałaś przejść Rytuału?

– Bo się bałam.

– Czego?

– Was! Bałam się was. Nie umiem czerpać i dopiero co się dowiedziałam, że jestem… że… Ojciec mówił, że to mnie może kosztować życie. Że przyjdą po mnie Ciemne Cienie. Bałam się!

– Ciemne Cienie? Gdzie się nasłuchałaś takich bujd, emblingu?

Hirka wyprostowała plecy.

– To nie są żadne bujdy! Widziałam ich! Widziałam ich w Kruczym Dworze!

Gdy tylko to powiedziała, zdała sobie sprawę, jaki błąd popełniła. Jej los spoczywał w rękach Rady i Widzącego, a ona właśnie powiedziała, że była w miejscu, którego najbardziej się bali, i poznała sekret, który od stuleci próbowali trzymać w tajemnicy. Miała ochotę ugryźć się w język.

Zapadła cisza. Przerażająca cisza. Hirka odwracała się we wszystkie strony, z nadzieją, że coś usłyszy, nikt się jednak nie odzywał. Potem ktoś zaczął szeptać. Podniesione głosy. Dyskusje. Słyszała urywki słów. Eirik. Narada w Kruczym Dworze. Potem nagle znów zapadła cisza, jakby ktoś nakazał im milczenie.

– To byłaś ty.

Hirka wzdrygnęła się. Głos dobiegał znad jej głowy. Ktoś pochylał się nad nią. Uniosła twarz, ale wciąż widziała tylko ciemność.

– To byłaś ty. Na dachu w Kruczym Dworze. Ty jesteś tą dziewczyną, która odpowiada za to, że Eirik żyje! Zdrajczynią!

*Eirik żyje!*

Głos był teraz tuż przy jej twarzy.

– Wiedziałaś, że Eirik z Kruczego Dworu odwrócił się od Widzącego? Że czci fałszywych bożków? Bogów ślepych sprzed wojny? Wiedziałaś, że odmawia swoim ochrony przed ślepymi?

– W Kruczym Dworze robią tak, jak chcą! Eirik nie jest żadnym zdrajcą!

Kolejne dźgnięcie w plecy. Głębsze. Ból przeniknął całe ciało. Hirka krzyknęła. Coś ciepłego, wilgotnego na plecach. Krew.

– Jesteś bezogoniasta i ślepa na ziemię! Spaliłaś własny dom i chciałaś uciec przed Widzącym! Sprzymierzyłaś się z Kruczym Dworem, a ci, których znałaś, zaświadczają, że zeszłaś na złą drogę. Od wielu lat sprzedawałaś zakazane zioła. Zabiłaś swojego ojca?

Hirka nie mogła już tego znieść. Wyjaśnienia nic nie dawały. Musiała ich poprosić, żeby sprowadzili Ilume. To był jej jedyny ratunek.

– Sprowadźcie madrę Ilume. Proszę. Jestem zupełnie zwykłą dziewczyną. Jestem zupełnie nieważna. Sprowadźcie madrę Ilume! Ona wam wyjaśni.

Na chwilę zapadła cisza. Potem z lewej strony dobiegł znajomy głos:

– Jestem tu.

Hirka krzyknęła. Rozpacz przerodziła się we wściekłość, jakiej jeszcze nigdy nie czuła. *Inni są zagrożeniem. Inni zawsze byli zagrożeniem*, szeptał ojciec ze Slokny, a ona krzyczała coraz głośniej. Ktoś nią szarpnął i wierzgnęła nogami. Szamotała się jak ryba wyrzucona na pomost. Szarpała rękoma, których nie mogła oswobodzić. Ugryzła kogoś. Nie wiedziała kogo. I nie dbała o to. Będzie krzyczeć, aż zrozumieją. Aż wszyscy zrozumieją.

## KROPLA GORYCZY

Rime biegł przez Eisvaldr. Nie zwracało to niczyjej uwagi, nie dzisiaj. Słudzy schodzili mu z drogi w przejściach i pozostawali zgięci w ukłonie, póki ich nie minął. Musiał znaleźć Ilume, zanim Rada znów się zbierze. Musiał spojrzeć jej w oczy. Znaleźć w nich potwierdzenie, że wszystko jest tak, jak powinno, że kompletnie nie postradała rozumu. Nawet Ilume nie mogła w imię Widzącego skazać na śmierć dziecka.

Biegł przez ogrody po zachodniej stronie Eisvaldru. W wypolerowanych kamieniach odbijały się barwy najróżniejszych kwiatów sprowadzonych z całego świata. Wiecznie zielone drzewa iglaste rosły w idealnie uformowanych kępach. Gdyby w tych ogrodach pojawił się spontanicznie jakiś nieproszony pęd, zostałby natychmiast wyrwany z korzeniami. W Eisvaldrze nie było miejsca na to, czego nie przewidywał plan.

Dziś stało się to dla niego przerażająco oczywiste. Rime słyszał rzeczy, które nie były przeznaczone dla jego uszu, i im więcej o tym myślał, tym szybciej biło jego serce. Rada skazała na śmierć Hirkę pod nieobecność Widzącego. Gdzie był? Dlaczego nie powstrzymał tego szaleństwa? Musieli chyba rozumieć, że dziewczyna nie mogła otworzyć ścieżki ślepych? Ten pomysł był absurdalny i świadczył tylko o desperacji Rady. Musieli przecież wiedzieć!

I to właśnie sprawiało, że w Rimem wrzała krew. Wiedzieli o tym. Ale i tak to zrobili. Żeby wstrząsnąć Kruczym Dworem. By zadowolić tych, którzy wrzeszczeli na ulicach. By podtrzymać złudzenie, że mają nad tym kontrolę. I zrobili to, nie pytając Widzącego, któremu mieli służyć.

Do tego jeszcze zagadkowe słowa Leivlugna.

*Pytanie, o którym wszyscy zapominacie, to czy w takich okolicznościach powinniśmy odwołać Rytuał. Możemy potrzebować czerpiących jak nigdy dotąd.*

To nie miało sensu. Silni czerpiący zdarzali się rzadko, ale wszystkich wybierano podczas Rytuału, by wyszkolić ich w Eisvaldrze. Razem z niezbyt silnymi czerpiącymi, którzy kupowali dla siebie miejsca.

Kiedy Rime wisiał pod stołem, Urd naprawdę walczył o życie Hirki. Ten nagły przypływ miłości do bliźnich był w jego przypadku co najmniej podejrzany. Urd nigdy nie walczył za nikogo prócz siebie. Rime wiedział o nim zbyt wiele, by sądzić coś innego. Miał jakiś interes w utrzymaniu Hirki przy życiu. Tylko jaki? Jego mania wielkości już doprowadziła do zaostrzenia konfliktu z Kruczym Dworem. Dlaczego teraz próbował załagodzić sytuację? Rime zamierzał się tego dowiedzieć.

Urd posiadał to, czego brakowało większości członków wewnętrznego kręgu. Był bezpośredni. Mówił, jak jest, a nie w sposób tak zawoalowany, że słowa stawały się niejednoznaczne bądź wyzute z jakiejkolwiek treści. Był też strategiem. Dotarł do miejsca, w którym znajdował się dzisiaj, ponieważ był najlepszym strategiem z nich wszystkich. I otwarcie oskarżył Ilume, że jej dzieci były zdrajcami.

*Ja? Matka? Wuj Dankan?*

Ogrody miały kilka poziomów i Rime dotarł na skraj tarasu. Trochę dalej były schody, ale spieszyło mu się. Zaczerpnął Evny i skoczył. Miękko i bez bólu dotknął nogami ziemi. Stał się w tym lepszy. O wiele lepszy. Z tego miejsca widział otwory w skale, które prowadziły do lochów.

*Hirka.*

Jedna z licznych wież była obstawiona gwardzistami. A więc miał rację. Po prostu zaciągnęli Hirkę do najbliższej komnaty, żeby ją przesłuchać. Rime wszedł pod krużganek i zaczął wchodzić po schodach. Dotarł do szerokiego, zadaszonego mostu, który prowadził do właściwej wieży. Przez ciemne drewniane podwoje wchodziło się do komnaty w wieży, która w dawnych czasach była ponoć miejscem spotkań Rady. Jeszcze przed zbudowaniem czerwonej kopuły.

Przy drzwiach na podwyższeniu stała srebrna misa, tak jak w wielu miejscach w Eisvaldrze. Natychmiastowe oczyszczenie i przebaczenie Widzącego, dostępne wszędzie pod postacią wody. Praktyczne.

Drzwi otworzyły się. Wyszło czterech gwardzistów, a między nimi wisiała ona. Rime poczuł, jak cała krew odpływa mu z twarzy. Hirka się nie poruszała. Jej szczupłe ciało zwisało bezwładnie między silnymi mężczyznami zakutymi w czarną stal. Ciągnęli ją przez most. Jej głowa ciężko opadała na pierś. Miała przepaskę na oczach i skrępowane za plecami ręce. Sweter był cały w strzępach. Zawsze ledwie się trzymał w szwach, ale teraz jeden rękaw był prawie urwany.

Zbliżyli się do Rimego. Jeden z nich go rozpoznał i skinął mu głową. Rime modlił się w duchu, żeby mężczyzna nie wypowiedział jego imienia. Hirka nie mogła się dowiedzieć, że tutaj jest. Jak miałby spojrzeć sobie w twarz, gdyby usłyszała, że tu był?

Że ją widział i nic nie zrobił? Niewiele brakowało, żeby spróbował ją uwolnić tu i teraz. Musiał trzymać się w ryzach, żeby tego nie zrobić. Powalenie gwardzistów byłoby dziecinną igraszką. Wziąłby ją ze sobą i stąd zniknął. Zaniósłby ją gdzieś, gdzie nikt by jej nie znalazł. Jak najdalej od zgnilizny Eisvaldru.

*Dokąd? Gdzie nie ma zgnilizny?*

Minęli go. Odwrócił się i popatrzył za nimi. Ciemna plama przesiąkła przez jej sweter i zabarwiła na czerwono skrępowane ręce. Narastała w nim wściekłość. Narastała tak, że nie był w stanie dłużej nad tym panować. Poczuł, jak Evna przychodzi do niego nieproszona. Przesycona furią.

*Ilume!*

Przebiegł przez most i szarpnął drzwi. Spóźnił się. Rada opuściła już komnatę w wieży. Dwie wystraszone dziewczyny zamarły na jego widok, ale ukłoniły się i powróciły do sprzątania półmisków z owocami i pustych pucharów po winie.

Stał w drzwiach i wpatrywał się w czerwone ślady krwi na podłodze. Ślady po jej kolanach. Pomylił się. Popełnił ogromny błąd. Sądził, że może apelować do rozsądku, ale Rada postradała wszelki rozsądek. Eisvaldr był swoim własnym wrogiem. Gniazdem żmij. Nienawidził tego miejsca najbardziej na świecie. Podniósł pięść i uderzył srebrną misę na podwyższeniu. Usłyszał własny ryk wściekłości. Woda chlusnęła, misa uderzyła z impetem o podłogę i wciąż drżała na wyłożonej kafelkami podłodze.

Przybiegły służące i natychmiast przyklękły, żeby wytrzeć wodę, ale Rime na nie wrzasnął:

– ZOSTAWCIE TO NIECH SAMI WYTRĄ TĘ KREW!

Musiał znaleźć Ilume. Żeby zakończyć wszystko, co można było zakończyć.

# GŁUPIEC

Urd przechadzał się wokół łóżka, zataczając coraz większe koła. Nie mógł znaleźć spokoju. Nie potrafił zebrać myśli. Zyskał cenny czas, ale nie wiedział, jak go wykorzystać. Już nie. Głos potwierdził jego wcześniejsze podejrzenia. Te najbardziej nieprzyjemne. Istnieje wiedza, o której mu nie mówiono. Przejęzyczenie? A może to było zamierzone?

*Udało nam się, bo ona żyje.*

Urd zazgrzytał zębami. Dosyć tego! Musi się dowiedzieć! Ale jak?

Podszedł do stołu i oparł się o niego rękoma. Pośrodku leżała okrągła łupkowa tabliczka. Złudnie zwyczajna, z wyjątkiem odłamków kamieni tworzących pierścień wzdłuż jej krawędzi. Gdyby nie czerwona smuga krwi pośrodku, każdy by powiedział, że to jakaś ozdoba. Gra. Albo zabawka. Kamienie wydawały się teraz pozbawione mocy. Nie wyglądały już jak broń. Nie były takie, jak je dotąd postrzegał.

Wyjął buteleczkę z kruczą krwią i wylał w tym miejscu kilka kropel. Potem zaczerpnął Evny. Pozwolił, by całkowicie go wypełniła. Szepty powróciły. Niespokojne głosy, niczym z koszmaru.

Natarczywe. Nienawistne. Krew zadrżała i zaczęła się poruszać. Zbliżyła się do niego i znieruchomiała między dwoma kamieniami, tak jak powinna. Tak jak zawsze. Głosy stały się silniejsze. Chciały go wessać do środka. Były bardziej rzeczywiste. Znak świadczący o tym, że mu się powiodło.

Urd znów zazgrzytał zębami. Po raz pierwszy bał się działać. Ale prawda już wyszła na jaw. Podszedł do okna i wylał na parapet dwie krople kruczej krwi. Cenne krople. Święta krew. Gdyby ktoś się dowiedział, spłonąłby na stosie szybciej niż dziecko Odyna. Potem znów zaczerpnął Evny. I tym razem obce szepty przybrały na sile. Drwiły z niego. Rozrywały serce. Mroziły krew w żyłach. Krucza krew się poruszyła. Zbliżyła się do niego i wąską strużką ściekła na podłogę. Znieruchomiała przy jego bucie.

Zdrada! Został zdradzony! Potraktowany jak głupiec.

Czym były te kamienie? Zebrano je nad brzegiem rzeki? Były zabawką dla dzieci? Jak mógł kiedykolwiek wierzyć, że pozwolą mu otworzyć bramy w kamieniu? Czy w ogóle da się je otworzyć na odległość? Z odłamkami kamieni z kręgów, których położenia nikt nie znał? Ta myśl była absurdalna. Pojął ogrom własnej głupoty. Była zbyt wielka, by ją przełknąć. Krzyknął i zmiótł ręką kamienną tabliczkę ze stołu. Roztrzaskała się o podłogę. Krzyknął jeszcze raz.

*Damayanti...*

Ta tańcząca kurwa!

Urd zarzucił płaszcz i wybiegł. Na placu przywołał jeden z czarnych powozów Rady. Wskoczył do środka i kazał woźnicy wieźć się do burdelu Damayanti. Mężczyzna wytrzeszczył na niego oczy. Urd wykrzywił usta, odsłaniając zęby. Nie miał czasu dla idiotów. Nie miał czasu na ostrożność ani na stwarzanie pozorów przyzwoitości. Niby dlaczego miałby to robić? Jest Urdem Vanfarinnem. Nie widzą, że jest bardzo zajętym mężczyzną?

*Zgubionym mężczyzną.*

Miejsce, gdzie pracowała Damayanti, było jeszcze zamknięte. Dobijał się do drzwi, póki nie wpuściła go jakaś przerażona dziewczyna. Dygnęła, gdy zobaczyła znak na jego czole. Odepchnął ją i wbiegł po schodach do Damayanti. Stała przy ławie, która służyła za łóżko, i krytycznie przyglądała się trzem różnym kostiumom.

– Chyba ten czerwony będzie…

Złapał ją za gardło i przycisnął do ściany. Wytrzeszczyła oczy, jakby poczuła, czym jest prawdziwy strach. Urd to wiedział. I zamierzał jej pokazać. Kłamliwa kurwa ślepych! Tym razem pogrywała sobie z niewłaściwym mężczyzną. Urd naparł na nią, był tak blisko, że czuł smak jej strachu. Musiał działać szybko. Zanim Damayanti zdąży zaczerpnąć Evny. Prawdę mówiąc, nie wiedział, jak jest silna. Ani jakiemu dziełu ślepych się oddaje.

– Zdradziłaś mnie! – wysyczał przez obolałe gardło. – Potraktowałaś mnie jak głupca!

Nie protestowała. Próbowała się wywinąć z jego uścisku. Wbił paznokcie w jej pierś. Załkała.

– Drogi w kamieniu nie można otworzyć na odległość, prawda? Trzeba być tam, gdzie kamienie. Ja tam nie byłem. Od ponad piętnastu lat. To znaczy, że TY to zrobiłaś. Gdzie byłaś, Damayanti? Co? Którędy wpuściłaś ślepych? Byłaś zaskoczona, kiedy to zrobiłaś, co? Zrozumiałaś, co to znaczy? Że dziewczyna żyje? Że ofiara kamienia przetrwała? Kiedy zamierzałaś podzielić się tą tajemnicą, Damayanti? Kiedy?!

Jej ciało zwiotczało pod jego naporem. Jakby zrozumiała, że przegrała. Ale jej oczy płonęły. I już nie tylko ze strachu.

– Jestem wszystkim, co stoi między tobą a śmiercią, Urdzie Vanfarinnie.

Urd zacisnął mocniej palce na jej gardle. Miała rację. To jednak znaczyło również, że nie miał już nic do stracenia.

– Nie muszę cię zabijać, żeby zadać ci ból, suko! Gdzie byłaś, Damayanti? Znalazłaś go, prawda? Zaginiony kamienny krąg w Gnieździe Ślepych. Ten pierwszy. Największy ze wszystkich kruczych pierścieni.

Potrząsnęła głową. Chętnie użyłby Evny, by złamać jej opór, ale nie wiedział, co Damayanti potrafiłaby zrobić z jego Evną. Nienawidził tego, że się boi. Została mu tylko prymitywna siła. Walnął jej głową o ścianę.

– Gdzie on jest?! Odpowiedz mi!

– To nie ten. – Przełknęła. – Nie ten zaginiony. Inny. Puść mnie!

– Na Północy? Gdzie?

– Droga ślepych… do Bromfjell…

*Bromfjell. Tuż przy Kruczym Dworze.*

Urd ją puścił. Osunęła się i chwyciła za gardło. Jej spojrzenie powędrowało do jego gardła, najwyraźniej to był odruch, nad którym nie panowała. Czy naprawdę sądziła, że jej ból mógł się kiedykolwiek równać z jego bólem? Wykonał gwałtowny ruch w jej stronę, żeby ją przestraszyć. Zadziałało.

– Daj mi wszystko, co masz, dziwko. Albo giń! Giń od razu. Nie mam nic do stracenia i wiesz o tym.

Damayanti otworzyła szafkę. Stanął za jej plecami, by się upewnić, że daje mu wszystko, co ma. Łapczywie chwycił buteleczki. Zależało od nich jego życie. Potem przyciągnął Damayanti i ją pocałował. Znów miał władzę.

– Czy życie nie jest o wiele przyjemniejsze, kiedy wszyscy są dla siebie mili? – szepnął jej do ucha i odwrócił się, żeby odejść.

– Pozdrów ode mnie Sloknę – usłyszał za plecami.

– Och, zgnijemy razem w o wiele gorszym miejscu, moja droga. To jedyna rzecz, której oboje możemy być pewni.

## LALKARZ

Hirka położyła się ostrożnie na podłodze w miejscu, gdzie ta zaczynała się wznosić. Siedzenie z plecami opartymi o ścianę za bardzo bolało. Tutaj mogła się położyć na boku, twarzą do światła u szczytu szybu. Ubrany na szaro mężczyzna zdjął jej więzy z rąk. Gwardziści stali wokół nich z włóczniami gotowymi do pchnięcia. Jakby była w stanie uciec.

W milczeniu umył jej ręce i plecy. Wyczuwała w nim ślady Evny. Trochę złagodził jej ból, ale nic nie powiedziała. Zwykli ætligowie nie czują, kiedy inni czerpią, a ona teraz jak najmniej chciała się wyróżniać.

Ilume była jej ostatnią szansą. Hirka była taka pewna, że Ilume im wyjaśni. Że wejdzie do komnaty i zawoła: „Przestańcie! Co wy wyprawiacie?! To przecież Hirka! Znam ją z Elveroi, to zupełnie zwyczajna dziewczyna. Urządzała sobie zawody z moim wnukiem. Leczyła choroby!".

Ale Ilume jest jedną z nich. I nie to było najgorsze. Najbardziej dręczyła ją myśl, że może mają rację. Że nie należy do tego świata. Stanowi zagrożenie dla zwykłych ætlingów. Może to prawda, że ściągnęła ślepych? Zaskoczona zdała sobie sprawę, że być może sama nie wierzyła w to, że jest emblingiem. Gdzieś w głębi serca miała nadzieję, że Widzący znajdzie inne wytłumaczenie tego, że nie potrafi czerpać. Powie jej, że to jest w porządku. Że Hirka jest ætlingiem, jak wszyscy inni. Ale tak nie było. Naprawdę tak nie było.

Ujrzała siebie jako noworodka leżącego na śniegu przy kamiennym kręgu. Nie odróżniała już, które obrazy są prawdziwe, a które podsuwa jej wyobraźnia. Wszystko było takie wyraźne, a równocześnie niejasne. Wstała i napiła się trochę wody z misy stojącej w kącie. Miała ziemisty posmak. Hirka wypluła ją i się rozkaszlała.

– Nie pij wody.

Wzdrygnęła się i rozejrzała dookoła. Wciąż była sama. Czyżby zaczynała tracić rozum? No, nareszcie! Podniosła wzrok w stronę światła. Między kratami w ścianie wystawał kawałek małej głowy. Była brązowa, brodata, w złotej koronie. Małe dłonie unosiły się do twarzy, jakby postać coś krzyczała. Od dłoni odchodziły dwa cienkie patyczki, które znikały gdzieś za ścianą.

Podczołgała się bliżej kraty. To była lalka. Drewniana główka nie większa niż jej dłoń, mimo to ktoś włożył serce w oddanie szczegółów. Duże, niebieskie oczy z krzaczastymi brwiami. Blade usta i broda z czarnej wełny. Korona wyglądała na miedzianą. Farba była poprzecierana, podobnie jak hafty na niebieskiej szacie. Powieki również wykonano z drewna; podnosiły się i opadały przy każdym poruszeniu lalki.

– Nie pij wody. Zapominają ją wymieniać.

Hirka przekrzywiła głowę. Lalka była naprawdę jak żywa. Wyciągnęła rękę, by jej dotknąć, ale znikła za ścianą.

– Poczekaj! Kim jesteś? – To musiał być jakiś inny więzień, w sąsiednim szybie.

Lalka znów wyskoczyła, z podniesioną głową i ręką na piersi.

– Jestem Oldar, ostatni król Foggardu.

Hirka uśmiechnęła się, słysząc tę dumę w głosie. Cały Kruczy Dwór. Lalka znikła i wyskoczyła nowa, jeszcze piękniejsza niż poprzednia. Wojownik w kolczudze z najprawdziwszych malutkich kółek. Barczysty, ze stalowymi naramiennikami.

– A zapytaj go, kto powstrzymał martwo urodzonych.

Nowa lalka miała donośniejszy głos, choć mówił ten sam mężczyzna.

– Pewnie zrobił, co mógł. – Hirka uśmiechnęła się.

Natychmiast przypomniała sobie tę historię. Wojna ze ślepymi. Królowie z Północy, którzy musieli się pokłonić przed Widzącym po tym, jak pomógł dwunastu wojownikom pokonać ślepych. Dwunastu wojowników utworzyło pierwszą Radę. Hirka wychyliła się, by zobaczyć, kto trzyma lalki, ale to było niemożliwe. Wojownik pochylił się w stronę kraty. Miał przyklejone złote włosy, które opadały falami na plecy.

– Sami weszliśmy do Gniazda Ślepych. Poprosiliśmy lud o zbudowanie Muru, na wypadek gdybyśmy zawiedli. Weszliśmy tam i zwyciężyliśmy!

Nie tak Hirka zapamiętała tę historię. Słyszała, że Mur wzniesiono ze strachu, po wyruszeniu wojowników.

– A kim ty jesteś?

– Jestem Wojownik Eldrin! Jeden z dwunastu!

*Eldrin. Przodek Rimego.*

Hirka zagryzła wargę i wbiła wzrok w podłogę. To był Eisvaldr. Dom Rimego. Dom Ilume. Miejsce, z którego rządzono światem. I trwało to od tysiąca lat.

Wiedziała, że wielu zazdrości Rimemu jego pozycji. Nigdy się tym nie przejmowała, ale teraz poczuła ukłucie w piersi. Rime miał korzenie. Ona była sama. Nie miała absolutnie nikogo. Kiedyś wszystkim był dla niej ojciec. A teraz i jego zabrakło. Nie miała żadnej rodziny ani historii. Nie mogła nawet nazywać tego świata swoim.

Natomiast Rime An-Elderin miał przodków, których linię można było prześledzić aż do czasów wojny. Błogosławiony i wybrany przez Widzącego. Jak bezpiecznie musiał się czuć, budząc się codziennie ze świadomością takiej historii. Dziecko legendarnych wojowników, którzy ocalili świat. Ale to było tysiąc lat temu. Jacy są dzisiaj? Podstępni. Bezrozumni. Pełni nienawiści. Oby wszyscy razem zgnili w Sloknie.

– Ale kim *ty* jesteś? Kto porusza lalkami?

Na chwilę zapadła cisza. Ktoś krzątał się za ścianą. Zza krat wyskoczyła nowa lalka. Była blada i naga, z zamkniętymi powiekami.

– Jestem lalkarzem.

Hirka uśmiechnęła się. Nie miała pojęcia, z kim rozmawia. Ale najwyraźniej ten ktoś nie potrafił mówić sam za siebie. Potrzebował do tego lalek. Pomyślała ciepło o gwardzistach, którzy pozwolili mu je zatrzymać. Zaraz jednak zdała sobie sprawę, że na pewno zrobili to, bo dostarczał im rozrywki podczas długiej warty. Oby zgnili w Sloknie. Oni też.

– Dlaczego tu jesteś? – spytała z większą złością, niż zamierzała.

– Bo ich widziałem.

– Kogo widziałeś?

– Widziałem. Wiem.

– No tak… Ale co wiesz? – Hirka z roztargnieniem kopnęła w podłogę. Na pewno on też nic nie wie. Zupełnie jak ona. Jak Rada.

– Dziękuję, dziękuję. – Lalka się ukłoniła.

– Uh… Nie ma za co. Co takiego wiesz?

– Widziałem.

– Co widziałeś?

– Widziałem, jak umierali.

– Kto umierał, lalkarzu?

– Król i Odyn.

– Poczekaj! Widziałeś, jak umierali król i Odyn?

– Dopiero co jedliśmy. Usłyszałem tylko kukułkę na drzewie.

– Masz na myśli swoich przyjaciół? Tych, którzy grali króla i Odyna?

Hirka nie doczekała się odpowiedzi.

– Co się z nimi stało?

– Mówię prawdę!

Hirka zaśmiała się gorzko.

– To tak jak ja, lalkarzu, ale nikogo to nie obchodzi. Co się stało?

– Oni są spragnieni. Wiedziałaś o tym? Są spragnieni Evny. Pragną jej od tysiąca lat. To dlatego przyszli. Niektórzy mówią, że oni byli tu przed nami. Że to oni zbudowali bramy w kamieniu. Przychodzili i odchodzili, kiedy chcieli. Przed nami.

Drobne włoski na karku Hirki się uniosły. Spytała, choć znała odpowiedź:

– Kto?

Lalka otworzyła oczy. Były głęboko osadzone, wykonane z jakiejś białej błony. Efekt był porażający. Prosty, ale odrażająco skuteczny.

*Ślepy.*

Hirka podciągnęła się i chwyciła kratę. Skaleczyła sobie palce i natychmiast cofnęła rękę. *Na czarne Gniazdo Ślepych!*

– Poczekaj! Widziałeś ich? Widziałeś ślepych? Gdzie? Skąd przyszli?

– Przybyli przez kamień.

– Gdzie? Gdzie są te kamienie?

– Jest ich wiele. Wiele.
– Co się stało, kiedy przyszli? Co zrobili?
Lalka zniknęła.
– Odpowiedz mi!
Milczenie. Hirka kopnęła w ścianę, ale to nic nie dało.
– Odpowiedz mi! Mówią, że ja ich tu sprowadziłam!
– Nie pij wody.
Hirka zsunęła się na dół, usiadła, założyła ręce na piersi.
– Wiem – szepnęła. – Zapominają ją wymieniać.

# OGRÓD GESY

Rime wspinał się dróżką prowadzącą do rezydencji An-Elderinów. Śpiący Smok. Dom, którego nie nazywał już domem. Wzdłuż drogi płonęły latarnie. Żółte punkty wijące się przez wieczorny mrok i wskazujące mu drogę.

Przez cały dzień Rada prawie nie opuszczała sali pod kopułą, teraz jednak przerwali obrady na wieczór. Rime kilka razy był bliski tego, by tam wtargnąć. Nie zdobył się na to. Nie byłoby sensu poświęcać życia na próżno. Ale przez cały ten dzień ryzykował życie. Gdyby chociaż wiedział dlaczego. Nie znał jednak dobrej odpowiedzi. Ilume ją znała. I tym razem nie zamierzał milczeć.

Nie zdążył zapukać. Otworzył mu Prete.

– Són Rime. Wejdź. Wejdź. – Prete spoglądał na niego ciepło, ale lękliwie. Rime zakładał, że to z powodu wieści o zgniliźnie, która zdążyła się już rozejść po mieście. – Dobrze cię widzieć, Sónie Rime. Twój wuj z rodziną zebrali się w bibliotece. Są z przyjaciółmi. W tych okolicznościach nikt nie wie, co robić. Dam im znać, że tu jesteś.

– Nie, Prete. Nie mogę zostać. Muszę porozmawiać z Ilume.

– Oczywiście, oczywiście. Widziałem madrę Ilume w ogrodzie Gesy, ale możliwe, że już wróciła.

– W porządku, Prete. Poszukam jej. Dziękuję.

Rime przeszedł przez północne skrzydło i znalazł się w części ogrodu noszącej imię Gesy, jego matki, którą ledwie pamiętał. Ilume stała wśród drzew srebrolistu, zwrócona do niego plecami. Liście lśniły w blasku latarni rzeźbionej w smoki. Szeptały na wietrze. Szeptały o tym, że lato minęło. Że muszą zrzucić białe kwiecie. Podszedł bliżej i liście umilkły, jakby nasłuchiwały, kto się zbliża.

Przez ogród płynął strumień. Nie stworzyli go ætlingowie, płynął naturalnie, tak jak zawsze. Tak jak sobie życzyła matka Rimego. Ilume stała nieruchomo nad jego brzegiem. Wciąż miała na sobie szatę. Rime zrozumiał, że musi być bardzo zmęczona. Nie przypominał sobie bardziej intensywnego dnia i z pewnością dotyczyło to zarówno Rady, jak i jego samego. Ale to nie wzbudziło w nim współczucia. Nie znajdował w sobie czułości. Czuł tylko tlącą się Evnę. Wsysającą pustkę, która czeka na to, by się zapełnić.

– Co zrobicie z Hirką? – spytał.

Ilume odwróciła się do niego. Jej twarz, przypominająca spękaną porcelanę, stapiała się z szatą. Tylko przenikliwe źrenice zdradzały ślady życia. Na jej czole rysował się wyraźnie znak kruka.

– Powinieneś być teraz w Gnieździe Ślepych.

Rime nie odpowiedział. Stał i zastanawiał się, czy kiedykolwiek w ogóle jej się uważnie przyglądał. Czy widział wcześniej, jaka jest stara? Może na tyle, by postradać rozum? Nie. To było kiepskie pocieszenie i zdawał sobie z tego sprawę.

– Byłeś tu – warknęła. – Byłeś tu dziś rano podczas Rytuału, choć nie wyraziłam na to zgody. – Oczy Ilume się rozszerzyły. Po wszystkich tych latach wciąż potrafiła przywdziewać maskę niedowierzania. Niedowierzania, że w ogóle brał pod uwagę, by się jej sprzeciwić. Albo by wybrać inną drogę.

Rime już skończył z maskami. Miał już tego dosyć.

– Co zamierzacie z nią zrobić?

Znał odpowiedź, ale musiał to usłyszeć od niej. Chciał usłyszeć, jak sama to przyznaje. Jak potwierdza, że całkowicie stracili kontrolę.

– Ona jest zgnilizną, Rime.

– Odpowiedz mi! – Czuł, że mówi przez zaciśnięte zęby.

– A jak myślisz? Nie powinno jej tu być. Ona sieje chaos! Strach przed zgnilizną! Otworzyła drogę dla ślepych. Dopóki żyje, wszyscy są w niebezpieczeństwie. Jesteś głupcem, jeśli...

Rime usłyszał własny śmiech.

– Musicie być naprawdę zdesperowani! Co za chore wymysły! Otworzyła drogę dla ślepych... To tylko dziewczynka! Znam ją od dwunastego roku życia!

Ilume zadarła podbródek, by móc spoglądać na niego z góry. Rime dostrzegł drgnięcie kącika jej ust, które zdradzało, co sądzi o tym, że „zna" kogokolwiek zza Muru. Jej oczy zaraz błysnęły, jakby coś sobie uświadomiła.

– Wiedziałeś! Wiedziałeś, kim jest, i ukrywałeś to przede mną!

– Nie obwiniaj mnie o to, czego sama nie dostrzegłaś, Ilume.

Jej usta się wykrzywiły. Trafił w czuły punkt i świetnie o tym wiedział. To oskarżenie wisiało nad nią jak troll przez cały dzisiejszy dzień.

– Nie potrafisz grać w tę grę, Rime.

– O to właśnie chodzi, Ilume. Ja nie gram. Wy sobie grajcie, jeśli chcecie. Grajcie przed ludem i przed Kruczym Dworem. Stawiajcie świat na głowie, nie pytając o zdanie Widzącego, proszę bardzo! Przyjmujcie dzieci do szkół za pieniądze, nie dbając o to, czy są silnymi czerpiącymi. Nie zależy mi na tym. Pławcie się w luksusach, jeśli tego sobie życzycie. Ale dopóki żyję, nie zabijecie tej dziewczyny, żeby dać przykład wydumanemu wrogowi!

Rime widział, jak wzbiera w niej cały ciężar minionego dnia. Słowa tej kobiety były prawem od czasu, kiedy się urodził. Sprzeciwianie się jej było jak walka z lawiną. Musiał przełamywać własny opór, by nie cofnąć się ani o krok, tak jak by to zrobił dawniej. Wskazała na niego palcem, jakby był nieumarłym.

– Dokonałeś już wyboru! Nie chciałeś przyjąć miejsca w Radzie! Zdradziłeś mnie! Nas! Kurz na ulicy jest więcej wart niż twoje zdanie, Ciemny Cieniu! Jesteś już martwy! Martwy!

Drżała na całym ciele. Białe kwiaty srebrolistu opadały przed nią jak śnieg. Opadały wokół nich. Rime widział, jak dotykają powierzchni strumienia i odpływają. Toną. Znikają. Wkrótce te drzewa będą nagie. Nadchodzi zima.

Spojrzał na Ilume i zrozumiał. Straciła córkę, a teraz straciła również jego. Ród An-Elderinów straci władzę w Radzie. I obwiniała go o to. Obwiniała go każdą cząstką swego ciała, aż po ten sterczący palec, który trząsł się ze szczerej wściekłości.

Podeszła bliżej. Żyły wystąpiły jej na szyi. Kilka srebrnych włosów wysunęło się z nieskazitelnych warkoczy, ale Ilume się nie poddawała. Ilume stała mocno na ziemi. Zawsze stała. A teraz była tuż przed nim. Uświadomił sobie, że miał nadzieję – a może nawet oczekiwał – że dostrzeże wstyd w jej oczach. Wstyd za to, co zamierzała zrobić Rada. Za to, kim są. Ale to się nigdy nie wydarzy.

Przez całe życie słyszał, że jest kimś ważniejszym niż inni. Kimś lepszym. Że jego krew jest bardziej błękitna, a Evna silniejsza. Dziecko, na które czekał Widzący. Dziecko szczęścia. Urodził się, żeby poprowadzić lud, kraj, jedenaście krain. Rime ocknął się z tych kłamstw, ale Ilume w nie wierzyła. Szafowała życiem i śmiercią, jakby to było normalne. Ponieważ była tym, kim była. A teraz miała stracić więcej, niż była w stanie znieść. Swoje nazwisko.

Rime nie mógł już nic na to poradzić. Ilume nie była już kobietą. Nie była matką jego matki. Była jedną z nich. Jedną z dwunastki, której nie potrafił znieść. Wiedział to już jako piętnastolatek podczas Rytuału, gdy wybrał szkolenie u Ciemnych Cieni. To, co Ilume powiedziała przed chwilą, było prawdą. Jego słowa już nic nie znaczyły. Był już martwy.

– Wolę być martwym niż An-Elderinem – powiedział.

Wyczuł nadchodzący cios, tak jak w sali Widzącego w Elveroi. Wtedy pozwolił jej na to, ale wtedy nie miał obrazu Hirki wypalonego pod powiekami. Hirka. Ledwie żywa, zwisająca między zakutymi w ciężki metal gwardzistami. Hirka z rdzawoczerwonymi plamami na swetrze.

Chwycił rękę Ilume, zanim dosięgła jego policzka. Chwycił ją mocno. Stali twarzą w twarz. Zmrużyła oczy, które zmieniły się w wąskie, pełne nienawiści szpary. Czuł, że czerpie, żeby go pokonać, ale to była nierówna walka. Był od niej silniejszy.

Svarteld nauczył go opanowania. Spokoju. Życia, jakby już był martwy. Mimo to musiał trzymać się w ryzach, by nie ścisnąć mocniej. Mógł ściskać jej nadgarstek, póki nie odpadłyby jej palce. I nie mogłaby już więcej nimi wskazywać. Ani uczynić więcej szkód.

Nie zrobił tego. Ponieważ rozumiał, dlaczego chciała go uderzyć. Nigdy nie będzie jednym z nich. I nawet gdyby jego losy potoczyły się inaczej, i tak stanowiłby zagrożenie dla historii rodu. Chciała go uderzyć, bo gardził wszystkim, na co pracowała. I dlatego, że śpiący smok nigdy się nie obudzi. Ród An-Elderinów wymarł.

Puścił jej rękę, odwrócił się i odszedł. Zawołała za nim. Głosem dziecka, wrzaskliwym, nieprzejednanym.

– Wydaje ci się, że dokąd się wybierasz?!

– Idę umyć ręce – rzucił.

## TYRINN

Hirka pokruszyła chleb na kawałki, wrzuciła do papki i spróbowała ugnieść go na bryłki. Chleba było mało, więc wyszło ich tylko pięć, ale to musiało wystarczyć. Wspięła się na wieko kubła, który miał jej służyć za wychodek, sięgnęła do wąskiego otworu w ścianie i wyrzuciła na ziemię dwie lepkie bryłki. Nie miała odwagi zawołać. Jeszcze nie teraz.

Odkąd tu trafiła, słyszała wiele kruków. Teraz było ich w Mannfalli tysiące, a zwłaszcza w Eisvaldrze. Jednym z nich był Kuro. Musiał gdzieś tam być. Jej jedyna nadzieja. Wieko kubła zaskrzypiało pod jej ciężarem. Skrzyżowała palce w znak Widzącego i liczyła na to, że kubeł wytrzyma. W przeciwnym razie to będzie, łagodnie mówiąc, niezbyt przyjemny dzień. Wyciągnęła szyję i wyjrzała na zewnątrz.

*Chodź! Chodź tu, Kuro! Jedzenie!*

Z jakiegoś zakamarka wybiegł włochaty zwierzak i zaczął z zapałem obwąchiwać jedzenie. Szczur. Znowu. Wyciągnęła palce i syknęła na niego.

– Sszyy! Uciekaj stąd!

Zwierzak prawie nie zwrócił na nią uwagi. Wysunęła rękę

ze swetra i spróbowała spłoszyć go pustym rękawem. Szczur cofnął się trochę i dalej obgryzał cenne jedzenie.

– Hej! Szszyy!!! Kuro! Hedra! Hedra!

Na górze ktoś odsunął kratę. Hirka odwróciła się błyskawicznie. W otworze stał gwardzista.

– Co ty wyprawiasz, dziewczyno?

Gapił się na nią. Jego spojrzenie przesuwało się po jej ciele. Zaświtało jej, że jest półnaga. Szybko wsunęła rękę w sweter i opuściła go na nagi brzuch.

– Przepędzam szczury – odparła i zeszła z kubła.

Zrobił kilka kroków w głąb szybu. Hirka skrzyżowała ręce na piersi. Dostała gęsiej skórki. Ten mężczyzna miał szkliste spojrzenie, które ani trochę jej się nie podobało. Był prawie dwa razy wyższy od niej i przeżył pewnie dwukrotnie więcej zim. Miał kanciastą, ogorzałą twarz. Sylja nazwałaby go przystojnym. Lubiła takich mężczyzn. Silnych, zarozumiałych, z wydatną szczęką. Nie byli ani trochę niebezpieczni.

*Nie boję się.*

– To prawda, co mówią? – spytał.

– Gdzie tam. Gadają o mnie niestworzone rzeczy.

Zaśmiał się krótko, ponuro.

– Bezczelna z ciebie dziewucha… emblingu.

– Mam taką nadzieję.

Był już przy niej. Poczuła na czole jego oddech.

– Masz tam to samo, co inne kobiety?

Sięgnął ręką do jej krocza. Chwyciła go za nadgarstek i wykręciła, aż wrzasnął z bólu. Nie cofnęła się. Serce tłukło jej się w piersi, ale nie mogła okazać strachu. Tacy mężczyźni jak on się tym żywili.

Wyprostował się. Zmrużył oczy. Teraz był wściekły. Hirka spróbowała się uśmiechnąć, ale nie wiedziała, czy jej się udało.

– Jestem dzieckiem Odyna. Mam zdolności, o których możesz tylko pomarzyć. Jeśli jeszcze raz mnie tkniesz, zarażę cię zgnilizną!

Przez krótką chwilę się wahał. Potem znów się zaśmiał. Równie ponuro. Przycisnął ją do ściany.

– Gdybyś mogła szerzyć zgniliznę pyskowaniem, pół Eisvaldru spałoby już w Sloknie. Poza tym chłopaki mówili, że masz bliznę po ogonie. Że łżesz. – Chwycił ją za gardło. Druga ręka powędrowała niżej, do jej piersi. Puścił, gdy usłyszał przenikliwy wrzask. Cofnął się. Kuro siedział za kratą, z rozpostartymi skrzydłami, i krzyczał. Gwardzista stał przez chwilę, spoglądając to na Hirkę, to na kruka, potem wykrzywił usta, obnażył zęby jak zwierzę i wycofał się w stronę wejścia. Hirka syczała za nim, póki sobie nie poszedł.

Osunęła się po ścianie, usiadła, założyła ręce na piersi. Sweter wibrował z każdym uderzeniem serca. Za jedno w każdym razie mogła być wdzięczna Widzącemu. Za respekt, jaki wszyscy czuli do kruków. Dotknęła szyi, próbując pozbyć się wspomnienia dotyku gwardzisty.

A co będzie, jeśli on wróci? Była zmęczona, nie śmiała jednak zmrużyć oczu. Siedziała i mówiła do Kuro, ale po jakimś czasie sobie poleciał. To była najdłuższa noc, odkąd tutaj trafiła. Uspokoiła się dopiero, gdy nastał świt i usłyszała, że gwardziści się zmieniają. W końcu mogła oprzeć głowę na kolanach i zasnąć.

Obudził ją dźwięk szurającego metalu. Zerknęła w stronę wąskiego okienka. Ciężki, stalowy but. To był on. Ten gwardzista.

*Stoi tam!*

Zasłaniał otwór w ścianie. Usłyszała dźwięk przesuwanych od zewnątrz rygli. Zamknął okienko. Kuro już mu nie przeszkodzi. Ogarnęła ją rozpacz. Hirka wstała i zaczęła uderzać w okienko, ale zasłona była zbyt solidna. Nawet nie drgnęła. Do Hirki dotarło, że teraz nikt go nie zobaczy. Aż do wieczora. Gdy znów zmienią się strażnicy i nic nie będzie stało mu na drodze. Kuro nie będzie mógł go odstraszyć. Była sama.

Przeszył ją dreszcz. Uchwyciła się nadziei, że zgnilizna przychodzi szybko. Zanim on zdąży ją skrzywdzić. Że jego ciało zacznie się rozpadać, a ona będzie się temu przyglądać. Przeraziły ją własne myśli. W przeciwieństwie do Sylji nigdy nie była z mężczyzną. Ojciec o to zadbał. Nie, żeby sama tego pragnęła. Większość chłopaków i mężczyzn, jakich spotkała, to byli głupcy. Niegodni zaufania, zakłamani głupcy. Z wyjątkiem ojca.

*Rime.*

Osunęła się na podłogę i zacisnęła palce na wilczym kle z drobnymi znaczkami po obu stronach. Jeśli Rime przyjdzie i ją stąd zabierze, dostanie sto punktów. Tysiąc! Ile tylko będzie chciał. Jeśli tylko przyjdzie.

Hirka z całej siły kopnęła w ścianę. Kilka razy. Nikt nie przyjdzie jej uratować. Mogła liczyć tylko na siebie i musiała znaleźć jakieś wyjście. Musiała się stąd wydostać.

Hirka ostrzyła o podłogę kawałek drewna. Przerwała, przyjrzała mu się i piłowała dalej. Nie słyszała nic prócz odgłosów swojej pracy. W sąsiednim szybie było cicho. Lalkarz nie dawał znaku życia od ostatniej zmiany wartowników. Bała się, że ten gwardzista dosypał mu do jedzenia płaszcz snów. To była droga i rzadka roślina, więc może użył czegoś innego. Nie wyczuła nic podejrzanego w swoim jedzeniu, ale i tak go nie tknęła.

Wyłamała kawałek drewna z wieka kubła, którego używała jako wychodka. To będzie jej broń. Hirka znów przerwała i przyjrzała się nożykowi własnej roboty. W sumie nie było się czym pochwalić. Był krótszy niż dłoń, ale za to teraz ostry. Na końcu miał zagięcie, które miało służyć jako rękojeść. Kilka razy na próbę dźgnęła powietrze. Źle się z tym poczuła. Przez całe życie robiła dobry użytek ze swoich rąk. Wtedy, kiedy to było potrzebne. Kolgrim sam mógł to poświadczyć. Ale broń? Na innych? Jej zadaniem było ich zszywać, a nie kroić na kawałki. Tak było kiedyś. Przed Rytuałem. Zanim poranili jej plecy.

Opuściła rękę. Nikogo nie zabije. Tylko go nastraszy. Będzie go trzymać na dystans, aż będzie mogła... Co mogła? Rozejrzała się. Nie było dokąd uciekać. W najmroczniejszych chwilach zastanawiała się nad tym, czy mu nie ulec. Może to dar od losu? Odpowiedź, której w przeciwnym razie nigdy nie pozna. Czy zgnilizna to tylko babskie gadanie, czy istnieje naprawdę? Czy to by było aż takie okropne? Mogłaby zacisnąć oczy i liczyć do tysiąca. Potem by je otworzyła i sprawdziła, czy zgnił. Co by było gorsze? To, że zgnił, czy że nic mu się nie stało?

Kilka razy przechodził już obok jej szybu razem z innym gwardzistą. Spoglądali na nią. Niespokojnie. Czekali. Promienie słońca stały się bardziej żółte. Potem poczerwieniały. A później zgasły.

Dostrzegła sylwetki dwóch mężczyzn otwierających kratę. Pchnęli na dół jakiegoś innego, trzeciego. Był brudny, w obszarpanym ubraniu. To nie był gwardzista. Inny więzień?

Hirka wyprostowała plecy, szukając w sobie siły.

– Mówili ci, kim jestem?

Podszedł bliżej. Był wysoki. Wyższy niż ten gwardzista. Miał ciemne, posklejane od tłuszczu włosy. Hirka przełknęła ślinę.

– Nie jestem taka jak ty. Jestem dzieckiem Odyna! Jeśli mnie tkniesz, dostaniesz zgnilizny!

Zaśmiał się. Było słychać, że od dawna nie używał głosu.

– Dużo już rzeczy słyszałem od niechętnych kobiet, ale to coś nowego.

– Jak myślisz, dlaczego sami tu nie przyszli, tylko przysłali ciebie? Wysłali cię do zgnilizny. Do bezogoniastego emblinga. Używaj głowy, chłopie!

Zawahał się. Przekrzywił głowę i zobaczył, że Hirka nie kłamie. Nie ma ogona... Hirka poczuła iskierkę nadziei. Może i o niej nie słyszał, ale na pewno słyszał jakieś opowieści. Obejrzał się w stronę kraty, na pozostałych. Gwardzista, który był u niej poprzedniego wieczoru, pochylił się i krzyknął w głąb szybu:

– Dziewczyna łże! Ma bliznę na plecach, sam zaraz zobaczysz. Jak długo tu już siedzisz, Tyrinn? Nie masz ochoty znów posmakować kobiet i piwa?

Tyrinn naparł na nią, nagle i błyskawicznie. Przygniótł ją do ściany i zacisnął rękę na jej gardle. *Nie!* Potrzebowała więcej czasu! Zamachnęła się na niego drewnianym nożykiem i usłyszała, że kaleczy mu skórę. Rozluźnił uścisk i zaklął. Po policzku pod okiem ściekała mu cienka strużka krwi. Otarł ręką skaleczenie i znów na nią naparł. Hirka poczuła, że powietrze więźnie jej w gardle. Zsunęła się po ścianie i zanurkowała pod jego rękami. Spróbowała wpakować mu łokieć w skroń, ale nie trafiła. Chwycił ją za rękę i wykręcił. Wrzasnęła z bólu. Usłyszała, jak drewniany nożyk uderza o podłogę. A potem sama upadła.

Pchnął ją w pierś i przygniótł całym ciężarem ciała. Miała wrażenie, że zaraz się udusi. Nie mogła złapać tchu. Spróbowała podnieść kolana i zrzucić go kopniakiem, ale był na to za ciężki. O wiele za ciężki. Chciała złapać go za nogę i zepchnąć go z siebie, ale miała na to za krótkie ręce. Nie sięgała. Zaczął grzebać przy pasku i ogarnęła ją panika. Zrobi to. Weźmie ją siłą.

*Nie! Rime!*

Zacisnął jej usta szorstkim łapskiem. Poczuła smak starego potu.

– Skręcę ci kark, jeśli będziesz krzyczeć – syknął.

Hirka wrzasnęła. Poczuła potężny cios w szczękę. Jego ręka wdzierała się pod sweter, szukała jej piersi. Hirka uderzała na ślepo. Drapała. Wcisnął jej kolana między nogi. Przygniatał krocze. Obróciła się i szukała po omacku drewnianego nożyka. To był błąd. Wcisnął jej głowę w podłogę. Leżała bezbronna na brzuchu, przytłoczona jego obrzydliwym ciężarem. Zerwał jej spodnie, zobaczył bliznę i zaśmiał się. Nie miała już nad nim przewagi. Już się jej nie bał.

Szarpnął do tyłu jej głowę. Drugą ręką grzebał między jej udami. Jego zimne palce zaraz wedrą się tam, gdzie nikt jeszcze jej nie dotykał.

– To tam ona siedzi, co? To tam masz tę zgniliznę? – syknął jej do ucha.

Hirka ugryzła go w rękę, szarpała głową na boki jak dzikie zwierzę. Wydawało jej się, że złamała mu palec. On nawet nie wrzasnął, w ogóle nie zareagował. Nic się nie działo. Jego cielsko zsunęło się z niej. Uścisk się rozluźnił. Hirka kopnęła na oślep i trafiła w coś miękkiego. Dalej nie krzyczał. Obróciła się, przywarła do ściany i spojrzała na niego.

Klęczał przed nią. Za nim dostrzegła cień innego mężczyzny. Trzymał rękę na głowie intruza. Tyrinn miał otwarte usta, nie ruszał się. Jego oczy był wywrócone. Hirka poczuła mrowienie w ziemi pod sobą. Zimno i ciepło równocześnie. Jej skóra pulsowała. Czas się zatrzymał.

Evna. To była Evna i mroziła krew w jej żyłach. Bezlitosna, a równocześnie obojętna

Tyrinn zaczął się śmiać jak dziecko. Potem krzyknął. Na jego twarz wystąpiły żyły. Stawały się coraz grubsze. Jedna pękła.

– Przestań! – załkała Hirka.

Jej niedoszły gwałciciel osunął się na podłogę. Z kącika jego ust ciekła krew i ślina. Leżał jak zarżnięte zwierzę. Martwy. Jedno oko nabiegło krwią. Z rozpiętych spodni sterczał członek. Trupioblady wąż, który byłby teraz w niej, gdyby... Hirka oderwała od niego wzrok.

Ten drugi stał zgarbiony, odwrócony do niej plecami. Opierał się o ścianę. Oddychał z trudem. Dotknął swojej szyi. To nie był Rime. Hirka poczuła, że Evna powoli znika. Jakby zapadała się pod ziemię, z której przyszła. Naciągnęła spodnie. Odruchowo sięgnęła po drewniany nożyk i schowała go w bucie. Potem wstała. Odwrócił się w jej stronę i ściągnął kaptur z głowy. Uśmiechnął się, ale ten uśmiech nie sięgał oczu. Na czole nosił znak Rady.

Znała go. Widziała go dwa razy. Okłamał ją w herbaciarni Lindriego. To przez niego stamtąd uciekła. I widziała go podczas Rytuału. Był jednym z dwunastu. Zasiadał w Radzie. Tej samej Radzie, która wtrąciła ją do tego lochu.

– Jesteś jednym z nich... – Hirka podeszła bliżej, by się upewnić, czy jej się nie przywidziało.

– Niestety – odparł i ruszył pod górę, w stronę kraty.

Na zewnątrz leżeli gwardziści, jeden na drugim. Nie ruszali się. Członek Rady wyciągnął nóż z pochwy tego, który leżał na górze, i zawrócił do lochu. Hirka się cofnęła. Teraz ją zabije? Minął ją. Uniósł rękę i wbił nóż w plecy więźnia. Szybkim ruchem, jakby robił to na co dzień. Zwłoki zadrgały. Hirka wpatrywała się niego. Dźgał nożem trupa. Martwego mężczyznę. Próbowała stłumić mdłości, ale niewiele to pomagało.

Członek Rady odwrócił się do niej. Miał jasne włosy, zaczesane do tyłu. Złote oczy wydawały się zimne jak lód. Wyraz jego twarzy ani trochę się nie zmienił, choć przed chwilą wbijał nóż w plecy martwego mężczyzny.

– Posłuchaj mnie, dziecko Odyna. Mamy mało czasu. Tutaj czeka cię śmierć. Masz tylko jedną szansę: pójść ze mną.

Jego głos brzmiał równie głucho jak ostatnio. Był prawie

bulgoczący. Słyszała, że normalne mówienie dużo go kosztuje. Jeszcze chwilę temu chwyciłaby się każdej szansy, żeby się stąd wydostać, ale teraz się zawahała.

– Jesteś jednym z nich. Dlaczego...

– Oni nie rozumieją! Zabiją cię, ale to tylko jeszcze bardziej pogorszy sprawę. Musisz wrócić tam, skąd przyszłaś, emblinga. – Chwycił ją za ramię i pociągnął za sobą.

– Poczekaj! Dokąd pójdziemy? Nie mogę tak po prostu... A co, jeśli Widzący ma rację? Jeśli to moja wina, że ślepi wrócili? Muszę...

– Musisz się stąd wydostać! I ja ci w tym pomogę. Chodź!

Kazał, żeby mu wskoczyła na plecy, tak by mógł ją ukryć pod płaszczem. Spojrzała na zwłoki i przeszył ją dreszcz. Co było gorsze? Siedzieć tu, zamknięta z trupem, czy odzyskać wolność dzięki mężczyźnie, który go tak brutalnie zabił?

*Odzyskać wolność. Jeśli stąd wyjdę, będę miała więcej możliwości.*

Wdrapała się na plecy nieznajomego, a on zarzucił płaszcz na nich oboje. Płaszcz pachniał koniem. Hirka czuła chłodny dotyk obręczy na jego szyi. Zapięcie było z boku. Przy jej krawędziach skóra była zaczerwieniona. Kim jest? Co mu dolega?

Wspiął się szybem w stronę wyjścia. Ćwieki w drzwiach lśniły w blasku księżyca. W ciemności przed nimi rysowały się kontury kopuł i wież.

– Poczekaj! Lalkarz!

Hirka spróbowała sięgnąć za siebie, ale mężczyzna nie odpowiedział ani się nie zatrzymał.

## MISJA CIEMNYCH CIENI

Noc była zimna. Nieprzejednana. Rime stał wyprostowany jak struna i patrzył na zamarzającą mgiełkę swojego oddechu. Pochodnie rzucały niespokojne światło na szeregi Ciemnych Cieni. Na wiele godzin przed świtem obudził ich gong. Niektórzy nie zdążyli się porządnie ubrać i teraz poprawiali odzienie, czekając na Svartelda.

Rime jako pierwszy zerwał się na nogi. I tak nie spał. W oddali usłyszał inny gong i dreszcz przeszedł mu po plecach. Budzili wszystkie obozy. To było coś poważnego.

Mistrz mieszkał na niewielkim wzniesieniu na wschodnim skraju obozu. Światło wpadało przez drzwi, zdradzając sylwetki dwóch dyskutujących mężczyzn. Ktoś rozsunął drzwi. Svarteld stanął przed Ciemnymi Cieniami. Rozłożył niewielki papierowy zwój i przez chwilę go studiował. Mechanicznym głosem zaczął wydawać rozkazy.

– Dziecko Odyna uciekło z niewoli! Ma kilkugodzinną przewagę. Zabiła dwóch mężczyzn i współwięźnia. Stanowi poważne zagrożenie dla wszystkich. Słowa Widzącego brzmią: znaleźć ją i zabić!

Rime poczuł, że opada mu szczęka. Szybko zamknął usta i zacisnął zęby. Jak, u Slokny, jej się to udało? Zabiła i uciekła? Hirka? To było niemożliwe. Musiała chyba rozumieć, że to tylko przyspieszy jej śmierć.

Głos mistrza niósł się nad całym obozem. Monotonny. Niewzruszony. Jakby to było najzwyklejsze zadanie.

– Dziewczyna ma piętnaście zim i jest bezogoniasta. Drobna, o płomiennie rudych włosach. Pochodzi z Foggardu, ale mówi mieszanym dialektem.

Rime zamknął oczy. Mylili się. Hirka nie miała płomiennie rudych włosów. Były czerwone jak krew.

– Misja trwa aż do jej wypełnienia. Rada nadała jej najwyższy priorytet. Powtarzam: najwyższy priorytet. Zgnilizna swobodnie porusza się po Ym. Przebierzcie się i spakujcie. Dowódcy oddziałów spotkają się z wami przy wiszącym moście i udzielą wam dalszych instrukcji.

Ciemne Cienie się rozbiegły. Rime rozsunął drzwi swojej chaty i wszedł do środka. Rozebrał się i przez chwilę stał nagi. Wpatrywał się w zwinięty czarny strój, który służył mu za poduszkę. Przez ostatnie trzy lata tylko na takim życiu mu zależało. Był Ciemnym Cieniem. Tym, który już był martwy.

Słowa Widzącego były dla niego prawem.

Dostał gęsiej skórki. Naciągnął strój, który w nocy miał go uczynić niewidzialnym. Potem wyszedł. Już po kilku krokach wpadł na mistrza, który stał pod chatą i mu się przyglądał.

– Mistrzu?

– Dorastałeś z tą dziewczyną?

Rime zawahał się.

– Przez kilka lat oboje mieszkaliśmy w Elveroi.

– Madra Ilume nie zwolniła cię z tej misji. – Svarteld spojrzał na niego, jakby spodziewał się od Rimego jakiegoś wyjaśnienia.

– To by było do niej niepodobne – odparł.

– Ja cię mogę zwolnić, jeśli sobie tego życzysz. Życzysz sobie?

– Nie.

Mistrz kiwnął głową. Rime, idąc w stronę wiszącego mostu, czuł na plecach jego spojrzenie. Inni już tam stali. Ciemne Cienie. Stu mężczyzn. Czarne sylwetki w mroku nocy. A dalej, w górach, położone były kolejne obozy, kolejni mężczyźni. Odziani w czerń. Niosący śmierć. Niepowstrzymani.

I teraz mieli tylko jedno zadanie. Jeden cel. Mieli *ją* znaleźć. Rime czuł zimno pełznące po karku i rozlewające się w piersi. Niespokojne. Bezlitosne. To była chłodna pewność. Hirka miała tylko jedną szansę.

Musiał znaleźć ją pierwszy.

## DOM VANFARINNÓW

W obitym skórą fotelu zmieściłyby się trzy takie osoby jak ona, mimo to Hirka skuliła się pod wełnianym kocem. Ogień trzaskał na kominku tak wielkim, że można by w nim stanąć. Był wykonany z czarnego kamienia pokrytego zielonymi żyłkami. Przypominały żyły, które wystąpiły na twarz gwałciciela na chwilę przed śmiercią. Naprzeciw niej siedział fadri Urd. Urd Vanfarinn. Syn Spurna Vanfarinna i dziedzic jego miejsca w Radzie. Jej wybawca. Wzdrygnęła się.

Oddał jej ubrania. Były już suche po ucieczce przez kanały odprowadzające wodę z łaźni. Wyszli z rynsztoków poza zabudowaniami, ale wciąż w granicach Eisvaldru. Urd przeprowadził ich lasem porastającym zbocze góry, który dawał im osłonę przez całą drogę aż do rezydencji Vanfarinnów – przypominającego zamek budynku z lśniącego zielonego kamienia.

Na ścianie za plecami Urda wisiały wielkie obrazy. Portrety licznych członków jego rodu. Ale Hirka nie widziała żadnych oznak życia w tym domu. Słyszała, jak Urd odprawia służbę, z wyjątkiem jednego gwardzisty, który służył rodzinie. Był jedynym, który ją widział.

Hirka nie siedziała już w lochu, ale bynajmniej nie czuła się wolna. Siedzący naprzeciw niej mężczyzna udawał zatroskanego. Drewniane lalki w sąsiednim lochu byłyby bardziej przekonujące, choć nie wątpiła, że ten członek Rady ma się czym martwić. Poruszał nerwowo stopą. W górę i w dół.

– Co się z tobą stanie? – spytała Hirka.

Wyraz łagodnej troski zniknął. Jego usta wykrzywiły się w uśmiechu, który zapewne miał ją uspokoić.

– Nic ci się nie stanie, emblingu.

– Nie mnie. Tobie. Co się stanie z *tobą* za to, że mi pomogłeś?

Uniósł wypielęgnowane brwi, jakby zaskoczyło go to pytanie. Zarost też miał idealny. Jak on to robił? Włosy Hirki sterczały na wszystkie strony jak rudy stóg siana. Jego włosy wyglądały tak, jakby przykleił je do głowy.

– Nikt nie wie, że ci pomogłem. Ale to ryzyko, które jestem gotów podjąć. Robię to dla dobra Ym. Dla wszystkich. – Rozłożył ręce, jakby chciał pokazać, jak bardzo się poświęca. Że jest gotów umrzeć za Widzącego.

– A jeśli się domyślą, że to ty? Sprzeciwiałeś im się chyba podczas obrad?

Zmrużył oczy. Lekko przekrzywił głowę i przyglądał jej się z zaciekawieniem. Odniosła wrażenie, jakby pomyślała o czymś, czego sam nie wziął pod uwagę.

– Wielu się sprzeciwiało. I nawet, gdyby ktoś się domyślił albo dowiedział, i tak nie będą w stanie nic zrobić. Biegają w kółko jak zbłąkane owce. Kuglarze, którzy nie widzą dalej niż czubek własnego nosa! Wydaje im się, że będą mogli spać spokojnie, jeśli tylko cię spalą albo odrąbią ci głowę!

Był drażliwy. Hirka to zauważyła. Zwróciła też uwagę na jego otwartą pogardę wobec Rady, do której sam należał.

– Życzą ci śmierci, dziecko Odyna.

Hirka nie przywykła, by tak się do niej zwracano, ale nic nie powiedziała.

– Śmierci. Rozumiesz?

– Cieszę się, że to dla mnie zrobiłeś.

Nie poprawił jej. Przed chwilą twierdził, że robi to dla Ym, dla wszystkich, a teraz nagle robił to dla niej? Jeśli zależało mu na jej losie, to ona była drewnianym stołkiem. Pochylił się i przesunął palcami po jej szyi.

– Co za szyja… Nietknięta. Czysta. Szkoda by było przeciąć ją mieczem. Albo spalić.

Hirka usiłowała nie okazać po sobie, że znów przeszył ją dreszcz. Może uda jej się uciec o wschodzie słońca? Zasiada przecież w Radzie. Pewnie będzie musiał wrócić do sali Widzącego? Nie może tutaj siedzieć i jej pilnować.

Rozległo się dwukrotne pukanie do drzwi i wszedł gwardzista. Był młody, ale miał worki pod oczami. Podał Hirce czarną miskę z gulaszem. Uświadomiła sobie, że mdli ją z głodu. Podziękowała i przyjęła jedzenie. Gwardzista skinął głową im obojgu i wyszedł. W komnacie unosił się cudowny zapach. Ale był wymieszany z czymś jeszcze. Czymś, co znała. Ostra, ziemista woń.

*Płaszcz snów.*

Nie miała co do tego najmniejszych wątpliwości. Oczywiście. To za sprawą Urda lalkarz spał, gdy na nią napadnięto. Skąd zwyczajni gwardziści mieliby wziąć płaszcz snów? To nie była roślina, którą można by kupić w pierwszym lepszym miejscu. Trzeba było znać odpowiednich handlarzy. I mieć pieniądze. A ten mężczyzna miał ich aż nadto. Wiedziała o tym dzięki Sylji. Ród Vanfarinnów posiadał śluzę na kanale biegnącym przez Skarrleid na Południu. Wszyscy, którzy tamtędy przepływali, musieli im płacić. Było tak od pokoleń.

– A ty nie jesz? – spytała Hirka.

– Jadłem już.

– Ach…

Dlaczego chciał jej podać płaszcz snów? Przed oczami Hirki znów pojawiły się zwłoki. Nabrzmiały członek w rozpiętych spodniach. Krew w kąciku ust. Nóż w plecach. Dwaj gwardziści, ciśnięci jeden na drugiego jak brudne ubrania. Gdyby Urd chciał ją zabić, już byłaby martwa. Musiałby jedynie poczekać na egzekucję. A więc chciał ją tylko uśpić. Hirce to wystarczało. Każdy nerw w jej ciele krzyczał, że nie powinna być bezbronna w pobliżu tego mężczyzny. Żuła gulasz, nie przełykając. Kiwnęła głową w stronę obrazów.

– Kto to jest?

Odwrócił się, a ona szybko nabrała gulaszu w garść i schowała pod koc. Wcisnęła go między poduszkę a oparcie. Był gorący i obrzydliwy i na pewno strasznie tutaj nabrudzi. Ale gdy on to odkryje, powinna być już daleko stąd.

– Mój ojciec – odparł z pełnym goryczy grymasem. – I moja matka, Meire. Mieszka w Skarrleid. To stamtąd wywodzi się nasz ród.

Hirka go nie słuchała. Wykorzystywała każdą chwilę. Przemycała gulasz pod koc i chowała go za poduszkę. Mężczyzna nie wydawał się już taki niespokojny. Mówił i czekał. Czekał, aż zaśnie.

Historia rodu Vanfarinnów była znana wśród tych, którzy lubili studiować takie rzeczy. Hirka słyszała ją już wcześniej. Pierwotnie ród zwał się Drafna, po jednym z pierwszych dwunastu, którzy weszli do Gniazda Ślepych. Podzieliły ich waśnie i najstarszy syn nazwał brata „villfaren” – zbłąkanym. Młodszy brat obrócił tę zniewagę w zaszczyt i uczynił to słowo nowym nazwiskiem swego rodu.

Gdy ród Drafnów wymarł, miejsce w Radzie przypadło Vanfarinnom. Złośliwi nazywali ich bękartami. Nigdy jednak nie słyszała tej historii w takiej postaci, w jakiej opowiadał ją Urd. Według niego na całe pokolenia ograbiono ich z miejsca w Radzie. Tę krzywdę naprawił czczony jak bohater przodek, który spoglądał na nią z wyblakłego malowidła na ścianie. Jego portret wisiał obok Spurna, niedawno zmarłego ojca Urda. I Gridda, jego dziada. I Malja, jego pradziada.

Hirka ziewnęła. Nie do końca udawała, bo przez ostatnie dni prawie w ogóle nie spała. Odstawiła miskę z niedojedzonym gulaszem i oparła głowę na poręczy fotela. Gdy wyglądała już na wystarczająco senną, postanowiła zaryzykować.

– Co ci się stało w szyję? – Starała się, by jej słowa brzmiały niewyraźnie.

– Nic – odparł.

– Wiesz, jak odesłać mnie… do domu?

– Oczywiście.

– Skąd to wiesz? Nikt inny nie wie, jak tu trafiłam.

– Po prostu wiem.

Nic jej nie zdradzi. Nie ma po co się fatygować. Hirka zamknęła oczy.

*Zasnęłam!*

Hirka spróbowała usiąść, ale miała skrępowane ręce i nogi. Ktoś zakneblował jej usta zgrzebnym płótnem. Były zaschnięte. Czuła kurz na języku. Nie była w stanie przełknąć. Prawie nie tknęła jedzenia, a mimo to zasnęła! To na pewno z wyczerpania. Albo w jedzeniu były ogromne ilości płaszcza snów. Gdzie jest?

Dostrzegła jaśniejsze smugi w ciemności. Leżała w jakimś

ciasnym miejscu. Nie mogła rozprostować nóg. Usłyszała rżenie konia. Była w powozie. Co ją obudziło? Czy leżała w jakiejś skrzyni? Głosy na zewnątrz. Stłumione odgłosy kłótni.

– Nie mogę jej tu trzymać, Urd. Gwardziści przeczesują miasto. Znajdą ją. Nie mogę...

– Nie masz jej tu trzymać. Masz ją zawieźć do kamiennego kręgu. Głuchy jesteś? – Głos Urda brzmiał jeszcze bardziej ochryple. – Dziś w nocy wywieź ją z miasta.

– Na Widzącego, Urd...

– Dziś w nocy, Slabba. Już.

– Zatrzymają nas na murach. Będą chcieli...

– Wydawało mi się, że znasz każdego strażnika bram w tym mieście.

Slabba zawahał się.

– A co, jeśli ona się obudzi?!

– Nie obudzi się, ty bezrozumna góro tłuszczu! I to jeszcze długo. Jutro muszę się stawić na zebraniu Rady, ale dołączę do ciebie. Zawieź tylko dziewczynę do kręgu.

– Przecież to zgnilizna! Nie mogę ciągnąć ze so...

– Slabba... – Urd zniżył głos.

Hirka nastawiła uszu. Prawie słyszała, jak ten Slabba się poci. Tak jak i ona.

– Slabba, nie mam czasu na dyskusje z tobą. Ślepi czekają, a Rada wpadła w histerię!

– Ślepi?! – Slabba kwiknął jak świnia.

– Uspokój się!

– Co... co z nią zrobisz?

– Dziewczyny nigdy nie miało tu być. Była ofiarą kamienia. Darem dla ślepych. I teraz jej szukają. Szukają bezogoniastej. Wiedzą, że tu jest. Kiedy już ją zabiorą, dostanę... dostaniemy to, czego nam trzeba.

– Do Slokny, Urd… To na pewno nie jest tego warte! Ślepi?! To nie należało do umowy. Nigdy nie…

Hirka usłyszała bulgoczący dźwięk. Urd złapał tego Slabbę za gardło.

– Możesz mi pomóc i wywieźć ją z miasta albo zająć jej miejsce jako dar dla martwo urodzonych. Co wolisz, Slabba?

Slabba nie odpowiadał, ale Hirka zakładała, że rozpaczliwie kiwa głową. Nie mogła oddychać. Nie wolno jej wpaść w panikę. Nie teraz. Nie tutaj. Usta ma pełne płótna. Musi oddychać spokojnie. Spokojnie.

Usłyszała, jak Slabba wydaje polecenia innym mężczyznom. Kroki. Wiele kroków. Wielu mężczyzn. Powóz ruszył z miejsca.

Gdzieś w pobliżu krzyknął kruk.

# NAPAD

Hirka leżała skulona w ciasnej skrzyni. Widziała plamy światła, które pojawiały się i znikały między deskami. Było zimno, a ona nie miała kurtki. Ani worka. Worka ze wszystkimi ziołami. Z herbatą. To było wszystko, co posiadała. Pewnie został gdzieś w lochach.

Powóz toczył się po bruku. Zaczęła przeklinać swój los. Była nieskończenie mała w porównaniu z tą wielką intrygą. Nie miała nic. Żadnej rodziny. Żadnego domu. *Hirka bezogoniasta. Córka bogowie wiedzą czyja.*

Z przyjemnością użyła słowa „bogowie" zamiast Widzący. On nie kiwnął nawet palcem, żeby jej pomóc, i na tę chwilę to był jedyny sposób, żeby mu się sprzeciwić. I może nigdy nie będzie miała kolejnej okazji, żeby to zrobić. Miała być darem dla ślepych. Ofiarą. Robakiem nadzianym na haczyk i wymienionym za Widzący raczy wiedzieć co.

*Bogowie. Bogowie raczą wiedzieć.*

Jednego wszakże się nauczyła od ostatniego nowiu. Dopóki trwa życie, dopóty jest nadzieja, a ona wciąż żyła. Uwięziona, zziębnięta i głodna, ale żyła. I dopóki tak było, mogło wydarzyć się wszystko. Nie wolno jej tylko tracić głowy. Musiała się rozglądać za okazją i się jej uchwycić. Gdyby tylko miała…

Nóż!

Podciągnęła kolana i wygięła plecy na tyle, na ile mogła w tej ciasnej skrzyni. Na całe szczęście ręce związano jej z przodu. Najwyraźniej Urd nie spodziewał się problemów z jej strony. Zakładał przecież, że jest odurzona płaszczem snów. Wyciągnęła palce w stronę butów i przypomniała sobie, że ten członek Rady za bardzo wierzy w swoje zdolności. Ledwie sięgała do brzegu cholewki. Jeszcze trochę. Tylko troszeczkę.

Jest! Skwapliwie chwyciła kawałek drewna, przysunęła go do ust i wzięła w zęby. Przepiłowanie więzów nie zajęło jej dużo czasu. Nadgarstki były rozpalone i wilgotne od potu, ale wolne. Spróbowała dosięgnąć sznura krępującego stopy, ale w ciasnej skrzyni trudno się było do nich dostać.

Przerwała na chwilę. Leżała, wczuwając się w ruch powozu. Kiedy nadejdzie właściwy moment, żeby się wymknąć? Gdy dotrą do murów miejskich? Nie. Gwardziści zaciągną ją z powrotem do lochów, jeśli nie zatłuką jej na miejscu. To musi być gdzieś za murami. Pytanie tylko jak?

Zaczęła szarpać więzy na stopach. Cała sztuka polegała na tym, żeby nie zacisnąć ich jeszcze bardziej. Urd spodziewał się, że będzie spać przez cały wieczór i noc. Hirka czuła nad sobą ciężar wieka. Nienawidziła być uwięziona! Gdy spróbowała podciągnąć kolana, uderzyła nimi w ścianę skrzyni. Nie miała miejsca, żeby się obrócić. Udało jej się unieść na boku na tyle, żeby pchnąć wieko głową, ale to nic nie dało. W każdym razie nie wydawało się zamknięte na klucz, tylko przygniecione czymś ciężkim.

Wwierciła kciuk w węzeł na kostce i znalazła słaby punkt. Pociągnęła i poczuła, że lina się luzuje. Szarpała, póki się nie oswobodziła. Potem uchyliła lekko wieko i wysunęła rękę. Koce.

Na wieku skrzyni leżała sterta koców. Pociągnęła je i usłyszała, jak z głuchym odgłosem uderzają o podłogę. Nic się nie stało. Powóz jechał dalej. A więc była w nim sama. To ułatwiało sprawę. Nareszcie coś układało się po jej myśli. Wydostała się jakoś ze skrzyni i zaczęła po omacku sprawdzać otoczenie. Było zupełnie ciemno. Noc. Już od dłuższego czasu nie widziała w szparach między deskami żadnych przebłysków światła. A więc byli za murami. Być może.

W powozie były jeszcze inne koce. Kilka lampek olejnych bez oleju. Skrzynie podobne do tej, w której była uwięziona. Powóz jakiegoś kupca. Ale nie było tu nic, czego mogłaby użyć, żeby się wydostać. Nic oprócz drewnianego noża. Przed jej oczami znów pojawił się obraz gwałciciela. Ciało w drgawkach na podłodze lochu. A najgorsze było to, że gdyby ją wziął, spotkałby go jeszcze gorszy los. Zgnilizna.

*To była jego wina. Nie twoja.*

Hirka przystawiła ucho do przedniej ściany powozu i nasłuchiwała. Co najmniej dwa konie z przodu i tyle samo z tyłu. Może więcej. Nie za dobrze. Usłyszała też wiatr w gałęziach drzew. Krakanie wron. Pachniało mchem i elfim pocałunkiem. Las. Tu miała przynajmniej szansę na ucieczkę. Może uda jej się wspiąć na dach, żeby...

Jej myśli przerwały dwa ciężkie uderzenia o ziemię. Rżenie koni. Powóz szarpnął i gwałtownie się zatrzymał. Runęła na ścianę, ale udało jej się utrzymać równowagę. Ktoś krzyczał. Co się dzieje? Musiała się dowiedzieć, co się dzieje! Przesuwała palcami po deskach, szukając jakiegoś otworu. Na zewnątrz ktoś krzyknął:

– CIEMNY CIEŃ!

Ten krzyk był histerycznym ostrzeżeniem. Jakby krzyczący nie do końca wierzył w to, co widzi. Wybuchła panika. Hirka poczuła, że robi jej się zimno. Są tu. W końcu ją znaleźli. Ciemne Cienie. Czuła mrowienie w dłoniach, stały się bardzo ciężkie. Po omacku szukała zasuwy i znalazła ją, ale palce odmawiały jej posłuszeństwa. Kopnęła w nią. Zasuwa ustąpiła i opuszczane drzwi wypadły na zewnątrz. Uderzyły o ziemię i stworzyły coś w rodzaju rampy.

Hirka zobaczyła jakąś postać. To jej nie powstrzymało. Zbiegła po rampie, która zakołysała się pod jej ciężarem. Uświadomiła sobie, że drzwi przygniotły drugiego jeźdźca. Zrobiło jej się niedobrze, ale się nie zatrzymała. Biegła. Jak najdalej od powozu. Jak najdalej od tych krzyków. Nikt już nie krzyczał. Słyszała tylko głos kogoś, kto bezlitośnie popędzał konia.

*Nie oglądaj się! Biegnij! Po prostu biegnij!*

A jednak nie zdołała nad tym zapanować. Odwróciła się. Czarna postać siedziała na dachu powozu i spoglądała to na nią, to na uciekającego jeźdźca.

*Nie mnie! Złap jego! On jest większy!*

– HIRKA!

Wszystko było stracone. To na nią polował. Biegła pod górę po zboczu. Nogi się ślizgały i chwytała się mchu, żeby wdrapać się wyżej. Słyszała, że ją goni. Czuła posmak krwi w ustach. Ktoś mocno chwycił ją za sweter, który wrzynał jej się w gardło. Upadła na plecy. Chciała krzyknąć, ale nie była w stanie.

*NIE! Nie…*

Leżała na mchu, przygnieciona ciałem czarnego potwora. Siedział na niej okrakiem i mocno przyciskał jej ręce do ziemi. To było tak, jakby znów znalazła się w lochu. Ale tym razem nie mogła się poruszyć. Zablokował jej biodra kolanami i mocno trzymał ją za nadgarstki. Jego białe oczy lśniły w ciemności jak lód.

Wilcze oczy.

*Rime?*

Cień zerwał z głowy czarny kaptur i patrzył na nią. Biały kucyk opadł jej na twarz.

– Rime? RIME! – Powiedziała to na głos? Tak, usłyszała własny głos. Jęknęła z ulgi. Rime. Puścił jej ręce. Uniosła je i dotknęła jego twarzy. Przesuwała po niej palcami, by się upewnić, że naprawdę go widzi. To był on. Przybył. Uratował ją. Przebrał się za Ciemnego Cienia i tak nastraszył pomocników Slabby, że pouciekali. Zaśmiała się, ale zabrzmiało to jak szloch. – Rime! Ale mi napędziłeś stracha! I im też! – Zerknęła w stronę nieruchomych postaci, które zostały przy powozie. Śmiech uwiązł jej w gardle. Było za ciemno, by stąd widzieć twarze, ale nie dawali żadnych oznak życia. Gdyby nie widziała, kim są, pomyślałaby, że to kamienie na drodze. Uniesienie w jednej chwili minęło. – Rime, coś ty narobił?

Cofnęła rękę od jego twarzy. Wpatrywał się w nią. Szukała w jego oczach smutku z powodu tego, co się właśnie stało, ale go nie znalazła.

– Zabiliby *ciebie*, gdyby musieli. – Jego głos brzmiał ochryple. Był zimny jak noc.

Hirka przełknęła ślinę. To była nieprawda. Nie było tak, jak mówił. To nie oni skrępowali ją jak prowadzone na rzeź zwierzę i wrzucili do drewnianej skrzyni. To na pewno byli zwyczajni mężczyźni. Dostali robotę do wykonania. A teraz byli martwi.

– Nie możemy tu zostać. Musimy iść dalej. – Rime wstał i postawił ją na nogi.

Hirka się zawahała. Chciała mu tak wiele powiedzieć. Rime ją uratował. Nie tylko teraz, ale zjawił się też podczas Rytuału. Widziała jego twarz, kiedy Powierniczka Kruka ogłosiła prawdę na jej temat. Prawdę, która rozprzestrzeniła się po sali jak pożar.

– Rime, nie mogłam powiedzieć…

– Oczywiście, że nie. Nie o wszystkim można powiedzieć. Tak jest dobrze.

Zabrzmiało to tak, jakby mówił szczerze. Jakby właściwie to go nie dotyczyło. Może tylko udawał? A może myślał o innych rzeczach? Przed chwilą zabijał.

Musiała sprawić, żeby przestał o tym myśleć. Zaczęła mu opowiadać. Z początku bez sensu, niepewnie, jak cielę. Próbowała sobie wszystko poukładać. Znaleźć jakiś sens w tym, co widziała i słyszała. Opowiedziała mu o Urdzie. O lalkarzu. I o ślepych. Mówiła coraz płynniej i znów zaczęła poznawać własny głos. Wyrzucała z siebie słowa. Zadawała pytania i sama próbowała na nie odpowiedzieć. Pytania o kamienne kręgi i o to, co Urd by z nią zrobił.

Rime nie odpowiadał. Pozwalał jej mówić, gdy poruszali się szybko w wysokim, iglastym lesie. Od czasu do czasu zerkała na jego plecy, żeby się upewnić, że wciąż ją słyszy. Nie odwrócił się do niej. Widziała tylko jego białe włosy. Ściągnięte w kucyk, który opadał na coś, co wyglądało jak płaski, czworokątny plecak. Był czarny jak jego strój, z paskami z szerokich rzemieni, które krzyżowały się na jego piersi.

Białe kwiaty elfiego pocałunku lśniły jak gwiazdy w poszyciu lasu. Były większe niż w domu w Elveroi. Hirka znów przystanęła.

– Dokąd idziemy? – Do tej chwili się nad tym nie zastanawiała.

– Na szczyt wzgórza. Nocą musimy mieć widok na całą okolicę.

– Nie! Rime, musimy wrócić! Rada musi się dowiedzieć o Urdzie! I o ślepych!

– Rada wie o ślepych, Hirko.

– A co z Urdem? Nie wiedzą, że to on…

– To nie ma dla nich żadnego znaczenia. I tak wybiorą wyjście, które będzie najkorzystniejsze dla nich.

– Ale... Nie rozumiesz?! Jeśli im wyjaśnimy, że...

Rime zatrzymał się i spojrzał na nią. Ona też przystanęła.

– Wychowałem się z nimi, Hirko. Widziałem, jak zabawiają się życiem innych i ich przyszłością. Rada ci nie pomoże. Rada skazała cię na śmierć. Dopóki osiągają to, na czym im zależy, prawda nie ma żadnego znaczenia. Gdyby było inaczej, niewielu z nich zasiadałoby wokół Widzącego.

Poszedł dalej. Miał rację. Oczywiście. Była naiwna, sądząc, że istnieje jakieś proste rozwiązanie. Czy sama nie próbowała tego wyjaśniać najpotężniejszym? Zapłaciła za to własną krwią. Jej słowa nie były nic warte.

Rime za to mógłby wyjaśnić! Był jednym z nich.

– Ciebie posłuchają!

Rime był kilkanaście kroków przed nią. Zniknął między dwoma ogromnymi głazami. Hirka przyspieszyła kroku, żeby go dogonić.

– Rime? – Gdzie on jest? Nawet blask księżyca nie docierał między skały. Były śliskie i omszałe. Wyciągnęła przed siebie ręce i poruszała się po omacku.

– Tutaj.

Podniosła głowę w stronę głosu. Rime wdrapywał się na jeden z głazów. Właściwie to była niewielka skała. Wyciągnął do niej rękę i pomógł wspiąć się na występ, by znalazła oparcie dla stopy. Potem zaczął wspinać się wyżej. Podskoczył do krawędzi i się podciągnął. Kiedy dotarł na górę, znów wyciągnął do niej rękę, ale Hirka wdrapała się bez jego pomocy. A potem nie usiadła. Nie chciała, żeby pomyślał, że jest zmęczona, chociaż prawie pociemniało jej przed oczami. Była głodna.

Stali na najwyższej skale w okolicy. Było ich tu wiele, chaotycznie porozrzucanych wokół. Jakby bogowie grali w kości i zapomnieli po sobie posprzątać. Kości wciąż tu leżały, zapomniane i porośnięte mchem. Nad lasem wisiał księżyc. Niebo miało siną barwę. W oddali zobaczyła sterczące szczyty Gniazda Ślepych. A więc nie byli tak daleko od Eisvaldru.

– Ciebie posłuchają – powtórzyła.

– Ty mnie posłuchaj, Hirko. Spróbuję ci wyjaśnić, na czym stoimy. Dla Rady nie ma najmniejszego znaczenia, czy złamałaś prawo czy nie. Byłaś w Kruczym Dworze i przeszkodziłaś im w zabiciu Eirika. A na pewno by im się udało, gdyby nie ty. Już samo to jest wystarczającym powodem, żeby cię zabić. Uciekłaś z niewoli i zabiłaś gwardzistów.

– Nikogo nie zabiłam. Urd ich zabił! On…

Zamknęła usta. Rime wpatrywał się w nią. Wiedział, że nikogo nie zabiła.

– Już rozumiem – szepnęła. – To nie ja ich zabiłam, ale to nie ma żadnego znaczenia.

– Uczysz się.

Rime wysunął miecz z pochwy i odciął kilka gałęzi z drzewa rosnącego między kamieniami. Zaczął je splatać w jedną dużą matę. Może robił schronienie na noc. Hirka nie wiedziała, co ze sobą począć, więc mu pomogła. Przez chwilę siedzieli w milczeniu i splatali gałęzie, nim odważyła się zapytać:

– Kim oni byli?

– Kto taki?

– Ci gwardziści, którzy zginęli w lochu.

– W Mannfallu jest kilka tysięcy gwardzistów. Nie znałem ich.

Hirka nie miała sił, by spytać o pozostałych. O tych, którzy leżeli przy powozie. Musiała w tym wszystkim znaleźć coś pozytywnego. Wciąż żyła. Rime odzywał się tylko wtedy, kiedy musiał, więc to jej zadaniem było jakoś poprawić nastrój.

– Wiesz, naprawdę napędziłeś im strachu! Co za pomysł! Przebrać się za Ciemnego Cienia i tak ich pogonić! – Zaśmiała się.

Rime się nie śmiał. Wstał i zeskoczył ze skały z matą z gałęzi w rękach. Hirka nie zdążyła mu przypomnieć, jak są wysoko. Wyjrzała zza krawędzi, ale on tylko przechadzał się tam na dole. Najwyraźniej nic mu się nie stało. Ukrył matę pod trawą i mchem, tuż przy skale. Przydepnął ją i gałęzie cicho zaskrzypiały. To coś miało ich ostrzegać.

Wspiął się z powrotem na górę, ale nie spytała, kogo się spodziewa.

*Ciemnych Cieni. Prawdziwych Ciemnych Cieni.*

– I jeszcze ten strój! Na Widzącego, skąd wytrzasnąłeś ten strój? – Znów się zaśmiała, ale dziwnie to zabrzmiało. Coś było nie tak. Poczuła się nieswojo.

– Za dużo gadasz – powiedział.

Odwrócił się do niej plecami i znów odciął kilka gałęzi. Hirka mu się przyglądała. Skończył i wsunął miecz do pochwy. Szybko. Nawet na niego nie spojrzał. Jakby robił to po sto razy dziennie przez całe życie. Hirka schowała dłonie w rękawy swetra, żeby trochę się ogrzać, ale to nic nie pomogło. Ten chłód, który ją przenikał, pochodził z niej samej. Lodowy wąż wił się w niej, budząc przeczucia, których sobie nie życzyła.

Rime zaczął splatać nową matę. Minęła wieczność, zanim się odezwał.

– To mój strój.

Hirka wstała i cofnęła się kilka kroków. Nie patrzył jej w oczy. To był jego strój. Jego własny. Nie musiał się przebierać. Nie musiał niczego załatwiać. Był Ciemnym Cieniem. Prawda uderzyła w nią jak cios w przeponę. Zachwiała się.

– Jesteś jednym z nich!

– Uspokój się! Chcesz, żeby pół świata się dowiedziało, gdzie jesteśmy?

– Zabiłeś. Zabijasz…

– Żyjesz, prawda? – powiedział to jak coś oczywistego. Zupełnie bez emocji.

Czy to był jakiś koszmar? Czy kiedyś się z niego obudzi?

– Żyję, bo tamtych trzech zginęło!

*I ojciec. I prawie Eirik. Ten więzień. Gwardziści. Żyję, bo inni umierają.*

– Wolałabyś być martwa? – syknął Rime.

Chwycił ją za ramię i posadził na skale. Hirka nie odpowiedziała. Zwinęła się w kłębek. Zagryzła rękaw.

Był jednym z nich.

Rime był Ciemnym Cieniem.

## BŁĄD SLABBY

Urd wzdrygnął się na łóżku. Usłyszał coś, był tego pewien. Dotknął szyi, ale wszystko było w porządku. Ten sam dotkliwy ból co zawsze, ale Głos się nie pojawił. Usiadł na przepoconej pościeli. Czy w ogóle spał? Kiedy ostatnio spał?

Sny nie są takie, jak kiedyś? Stały się mroczne i przerażające. Długo nie chciały odejść. Miał wilgotne dłonie. Są tutaj. Przyszli. To koniec.

Nie! To niemożliwe. Ma ochronę! Opuścił stopy na chłodną kamienną posadzkę. Przez otwór strzelniczy wpadała wąska smuga blasku księżyca. Urd omiótł wzrokiem podłogę. Zobaczył ciemniejsze matowe miejsca tworzące krąg wokół łóżka. Kamienne płyty odbijały światło księżyca, ale gdy jego poświata padała na krąg z kruczej krwi, znikała. Jakby coś ją wchłaniało. Pierścień ochronny był nietknięty. Żaden ślepy go tutaj nie sięgnie. Żaden.

O czym on, u Slokny, myślał?! Kim jest? Przerażoną dziewczynką? Jedną z roztrzęsionych dziewczyn Damayanti? Postradał zmysły? Czego może się bać mężczyzna taki jak on? Niczego!

Podskoczył, gdy rozległo się trzykrotne pukanie do drzwi. Stało się bardziej natarczywe i usłyszał znajomy głos:

– Ff… Fadri Urdzie?

Urd chwycił szatę przewieszoną przez fotel i narzucił ją na siebie. Związał ją w pasie, podchodząc do drzwi. Odsunął zasuwę i otworzył. Nienaoliwione zawiasy skrzypnęły przeciągle, tak jak powinny. Gdyby ktoś spróbował tu wejść nieproszony, Urd chciał go słyszeć.

– Lepiej niech to będzie sprawa życia i śmierci!

Stał przed nim Rendar. Miał podkrążone oczy. Spał na warcie. Rendara trzeba się pozbyć, do niczego się nie nadaje. Za młody, jak wielu gwardzistów. I zdecydowanie za mało ambitny.

– Pp…pod drzwiami stoi jakiś mężczyzna. – Rendar kurczowo przyciskał do piersi swój hełm.

– Jakiś mężczyzna? – Urd uniósł brew. Mniej konkretnie nie dało się tego chyba powiedzieć. Rodzice tego chłopaka musieli być rodzeństwem.

– Mm… mówi, że to pilne.

Urd westchnął. Kończyła mu się cierpliwość.

– Kto to? Zakładam, że ma jakąś twarz i imię?

– Ja… On nie chce powiedzieć, jak się nazywa. Jest… duży. – Rendar rozłożył ręce, by pokazać, że to dość korpulentny mężczyzna.

*Slabba. Na przeklęte Gniazdo Ślepych! Co on tutaj robi?*

Coś musiało pójść nie tak. O tej porze Slabba z dziewczyną powinien być w połowie drogi do Kruczego Dworu. Urd popędził korytarzami. Rendar człapał za nim. Ten młody gwardzista w ogóle nie ogarniał swoich obowiązków. A już zwłaszcza nie pojmował, czym jest dyskrecja. Urd przystanął i spojrzał na niego.

– Ja się tym zajmę!

Odczekał, aż Rendar pojmie aluzję i się wycofa, a potem ruszył do drzwi. Rygiel był odsunięty, a drzwi uchylone. Ten idiota wymamrotał pewnie „poczekaj tutaj" i poszedł go obudzić. Ryzykując jego życie! Już zadba o to, by mu o tym przypomnieć.

Przez szparę w drzwiach zobaczył zwaliste cielsko Slabby. Wciągnął go do środka, co było niemałym wyczynem. Zatrzasnął drzwi i zasunął rygiel.

– Mówiłem ci! Miałeś tu nigdy nie przychodzić!

Slabba trząsł się jak galareta. I dość kiepsko wyglądał. Blady, prawie zielonkawy. Bardziej spocony niż zwykle, a to przecież wiele mówiło.

– Wszystko Slokna wzięła! Jesteśmy skończeni.

– Uspokój się! – syknął Urd i pociągnął za sobą ten wrak mężczyzny.

Przeszli do komnaty z kominkiem. Puchary na wino wciąż stały na stole. Jego i Hirki. Slabba zwalił się na fotel, w którym wcześniej siedziała dziewczyna.

– Masz coś do picia?

– Co tutaj robisz, Slabba? Gdzie jest dziewczyna?

– Ciemny Cień ją zabrał!

– Pomieszało ci się w głowie?

– Ciemny Cień, Urd! Napadł na nas, zanim dotarliśmy do Czarnego Lasu.

– *Napadł…?*

Slabba wstał i zaczął się przechadzać po komnacie, pocierając ramiona, jakby chciał się ogrzać.

– Zabił dwóch moich pomocników. Mam szczęście, że jeszcze żyję! Co ja mam robić, Urd? Co my zrobimy?! Mają ją. Dowiedzą się, kto jest właścicielem powozu. Jestem już martwy! Obaj jesteśmy martwi!

– Ty idioto! Gdyby złapał ją Ciemny Cień, już bym o tym wiedział. Nikt nie sprowadził dziewczyny, Slabba. Nikt.

– Nie kłamię! Gdybym chciał skłamać, powiedziałbym ci, że

było ich pięciu, ale on był sam. Sam jeden, Urd! Jeden! Ubrany na czarno. Nagle po prostu tam był. Na dachu powozu! A pozostali leżeli na ziemi!

– I co wtedy zrobiłeś ze swoimi pomocnikami, Slabba? Zlaliście się w portki?

– On był Ciemnym Cieniem!

Urd nie odpowiedział. Chociaż raz Slabba miał trochę racji. Gdyby to naprawdę były Ciemne Cienie, to nawet *dziesięciu* pomocników Slabby nie zrobiłoby żadnej różnicy.

– Masz coś do picia? Muszę się czegoś napić.

Urd nie słuchał tego irytującego, zniewieściałego głosu. Musiał się zastanowić. Co się stało? Jeśli Ciemne Cienie znalazły dziewczynę, to dlaczego jeszcze nie odprowadzono jej do lochów? Dlaczego Rada o niczym nie wie? Ciemny Cień wróciłby do miasta czterokrotnie szybciej niż Slabba. Może nawet jeszcze szybciej. A więc dlaczego?

Slabba musiał się wygadać. Załamał się i do wszystkiego przyznał. Teraz przyszedł tutaj i kłamał, żeby wprowadzić go w błąd. To było jedyne wyjaśnienie.

– Skąd mogli wiedzieć, że dziewczyna jest w powozie, Slabba?

– Bo wybiegła! Uciekła jak królik w las na zboczu góry!

Urd wpatrywał się w niego badawczo. Szukał niepewności w jego spojrzeniu. Najmniejszych oznak kłamstwa. Musiały się tam kryć. Dziewczyna leżała skrępowana na dnie skrzyni i dostała tyle płaszcza snów, że wystarczyłoby, żeby powalić konia. Nie mogła nigdzie pobiec.

Slabba załkał i odwrócił się do Urda plecami, jakby próbował w ten sposób ukryć, jak bliski jest załamania. Z jego musztardowej szaty, która wyglądała, jakby zaraz miała mu pęknąć na tyłku, ściekało błoto. Urd zmarszczył nos. Co, do Slokny, jest nie tak z tym kupcem? Narobił pod siebie? Urd prześledził pozostawiony przez Slabbę ślad aż do fotela, na którym przed chwilą siedział kupiec. Tego samego, na którym siedziała Hirka. To nie było żadne błoto, tylko gulasz. Wypływał spod siedzenia. Przesiąknął przez koc, którym się owinęła.

Prawda ugodziła go jak włócznia. Oszukała go. JEGO! Ta przeklęta zgnilizna go oszukała! Urd wstał i zmiótł ręką wszystko, co stało na stole. Puchary zadzwoniły o podłogę i potoczyły się przed kominek. Wystraszony Slabba cofnął się pod ścianę.

– Chodź! – powiedział Urd, ruszając do drzwi.

– Gdzie? Dokąd idziemy?

– Znaleźć coś do picia.

Slabba ruszył za nim. Przeszli przez dom do ogrodu na tyłach. Nie dbano o niego od śmierci ojca Urda. Ale widok na rzekę i Gniazdo Ślepych nigdy się nie nudził.

– Nie martw się, Slabba. To niewielki problem. Wszystko się ułoży.

– Ułoży się?! Niby jak się ułoży? Zgubiłeś ją! Kiedy kazałeś mi ją zabrać, nawet nie wiedziałem, co to za jedna! Myślałem, że to jakaś twoja krewna. Myślałem, że ze mnie kpisz!

Urd odsłonił zęby, ale udało mu się unieść w uśmiechu kąciki ust. Slabba już zaczął myśleć o sobie. Był stracony. Nie mógł się na nic więcej przydać.

– Po kolei, Slabba. Przede wszystkim czy ktoś cię widział w drodze tutaj?

– Nie! Przysięgam! Nie przyszedłbym, gdyby istniało jakiekolwiek ryzyko.

– Dobrze. Jesteś na jutro z kimś umówiony?

– Nie. Wybieram się do tego przeklętego handlarza herbaty przy ulicy Daukatt. Daję słowo, chowa pod ladą wszystkie najlepsze towary i podaje mi słoną wodę! Co zamierzamy zrobić?

– Pokażę ci. Widzisz, co tam ukryłem?

Urd wychylił się nad krawędź i zapatrzył na rzekę daleko w dole. Slabba też się wychylił jak kukiełka. Urd obiema rękoma pchnął go w plecy. Potrzeba było na to zaskakująco mało siły. Ciężki tułów Slabby załatwił resztę. Nie zdążył nawet poszukać oparcia dla stóp, żeby zapobiec katastrofie. I nic nie powiedział. Wymachiwał tylko bezradnie rękoma. I spadł.

Po krótkiej chwili Urd usłyszał jego krzyk, zanim ciało roztrzaskało się o skały w dole. Zapadła cisza. Potem plusk. Urd zmarszczył nos. Slabba zawsze się ze wszystkim spóźniał. Nawet z wrzaskiem przed śmiercią. A jeśli chodzi o niego samego, to miał o jedno zmartwienie mniej. Podobnie jak żona Slabby. Była tak młoda, że mogłaby być jego córką. Gdyby tu była, pewnie rzuciłaby się z wdzięczności Urdowi do stóp. To jest jakaś myśl... Może powinien pozwolić sobie na odrobinę przyjemności i złożyć jej wizytę, kiedy ciało Slabby pokryje już szlam? Żeby złożyć kondolencje, oczywiście.

Tłusty kupiec popełnił swój ostatni błąd. Podobnie jak ta dziewczyna o czerwonych włosach. Jest Urdem Vanfarinnem. Jego ród miał armię złożoną z trzystu gwardzistów. Wierni żołnierze, którzy od pokoleń służyli rodzinie. Teraz przynajmniej się wszyscy na coś przydadzą.

Najpierw jednak musiał dokonać najważniejszego wyboru. Czy powinien powiedzieć Głosowi, że zgubił dziewczynę? Usłyszał skomlenie psów dobiegające od frontowej strony rezydencji.

Zaczęło padać.

# CIEŃ

Rime był Ciemnym Cieniem. Zabijał dla Widzącego. Był tym, czego się bała i przed czym uciekała. Przyczyną wszystkich nieprzespanych nocy. Powodem, dla którego sztywniała na każdy dźwięk dobiegający z lasu. To przez niego ojciec spał w Sloknie. Był gorączką Eirika. Żądzą krwi Teina. Był śmiercią.

Prawie rozpłakała się z ulgi, kiedy go zobaczyła. Z ulgi, że istnieje ktoś, kto chciał jej pomóc w tej walce. I to nie byle kto. Rime. A teraz tutaj stał. Ciemny Cień. Ponure potwierdzenie prawdy, przed którą nie było już ucieczki. Rada nigdy jej nie wysłucha. Ani nie daruje jej życia.

Za tą wolą zabijania nie kryła się nawet wściekłość ani zły postępek. Nie nienawidzili jej. Być może jej się bali. Była obca. Ale chcieli się jej pozbyć równie łatwo, jak przychodziło im oddychać, ponieważ to im najbardziej pasowało. Chcieli zachować istniejący stan rzeczy. Wyplenić chwasty. Oczyścić krainy ze zgnilizny.

Hirka wyprostowała się. Plecy piekły ją od ran zadanych mieczem Rady. Gdyby tylko miała swój worek, czymś by je posmarowała. Szybko mogło się w nie wdać zakażenie.

– A więc rzeczywiście wysłali za mną Ciemne Cienie?

– Tak.

– Żeby mnie zabić?

– Tak.

– Ale przecież świat tak nie działa. Nie można ot tak po prostu zabijać. – Mówiła jak dziecko, ale już nim nie była. Czy przypadkiem nie brała udziału w Rytuale? Uśmiechnęła się gorzko w ciemności.

– Widzący daje i Widzący zabiera – odparł Rime.

– Co daje? Co takiego daje, Rime?!

Hirka wstała. Za jego plecami wisiał księżyc. Oświetlał go wyraźnie. Jakby chciał ją ostrzec. Bądź ostrożna. On tutaj jest. Szerokie ramiona i silne uda, stworzone, żeby schwytać wszystko, co próbuje się wymknąć.

Rime odwrócił się w jej stronę.

– Daje odpowiedź na wszystkie pytania – powiedział mechanicznie.

– Przeklęte babskie gadanie! Daje odpowiedź, żebyś nigdy *nie zadawał* pytań! – Usłyszała własne słowa; były jak echo ojca ze Slokny. Rime się zawahał, ale nie wierzyła, żeby naprawdę się zastanawiał nad jej słowami. Już prędzej nad tym, co ma jej odpowiedzieć. Ale władza Widzącego nic już dla niej nie znaczyła. Ta władza zwiędła i umarła. I żadne słowa już nigdy tego nie zmienią. – Mogę ci pokazać, co mi dał, Rime. – Podciągnęła sweter i odwróciła się do niego plecami. Teraz płonęła. Płonęła, chciała mu pokazać, kim tak naprawdę jest Kruk. Jak niewiele jest gotów zrobić ten najświętszy ze świętych. – Oto, co mi dał! Myślisz, że jest mi przykro, że zostałam odsunięta od Jego łaski? Tak myślisz?

Opuściła sweter i znów na niego spojrzała, zaciskał zęby. Zmrużył oczy z wściekłości, jakby sama była sobie winna, że ma poranione plecy.

– Występki Rady nie są Jego występkami. Służymy Jemu, nie im.

– To co, u Slokny, tutaj robisz, Rime?! – Spróbowała mu wytknąć, jakie to nielogiczne. Że wplątał się w to wszystko, ale zachowuje się jak ślepy. – Jeśli Mu służysz, a On pragnie mojej śmierci, to dlaczego tutaj jesteśmy? Dlaczego wciąż żyję? Co?!

– NIE WIEM!

Jego krzyk odbił się echem między skałami. Na skraju lasu zerwały się spłoszone wrony. Rime wyglądał jak duch. Jak ślepy. Blady na tle czarnego nieba. Był cieniem. Wytworem jej własnej wyobraźni. Może oszalała? Może niedługo się obudzi. Może wciąż siedzi w ciasnym lochu w Eisvaldrze i śni jej się, że Rime ją uratował.

Zaczęła do niej docierać jeszcze bardziej ponura prawda. Nie uratował jej ot tak, po prostu. Zmagał się ze sobą z chwili na chwilę. Widzący kazał mu ją zabić i teraz stał tutaj. I czekał. Ale sam nie wiedział, na co czeka. Nie zabił jej. Ani nie zawlókł z powrotem przed Radę. I nie potrafił jej wyjaśnić dlaczego. Do tej pory robił wszystko to, co mu kazano. Złapał ją. Pytanie brzmiało: co zrobi teraz?

Hirka miała ochotę krzyczeć. Wykrzyczeć, że Rime jest idiotą, bo jest gotów zabijać, w imię Widzącego czy nie. Ale nie mogła krzyczeć. Targowała się o własne życie. Po prostu do tej pory nie zdawała sobie z tego sprawy.

Ten, który przed nią stał, nie myślał logicznie. Był jak zwierzę. Jak wilk. W tej chwili równie prawdopodobne było to, że ją zabije, jak i to, że tego nie zrobi. To zależało od tego, którą stroną moneta upadnie do góry. Była zdana na wynik jego walki. Na jego przekonanie. Jego wiarę. Przysięgła sobie, że już nigdy w nic ani w nikogo nie uwierzy.

Hirka przełknęła ślinę. Musiała staranniej dobierać słowa. Zbliżyła się do niego o krok.

– Widziałam Widzącego tylko raz – powiedziała. – I zrobił tylko tyle, że wrzucił mnie do lochów. Mógł zabić mnie na miejscu. Ale tego nie zrobił. Czy gdyby Widzący pragnął mojej śmierci, nie byłabym już martwa?

Rime zamknął oczy i zwiesił głowę. Zniknął ciężar przytłaczający jego barki. Kiwnął głową.

– Nigdy nikogo nie zabiłam – powiedziała, ośmielona tym, że dokonał właściwego wyboru. – Leczyłam chorych. Zszywałam rannych. Mówiłam do nich, kiedy ich bolało. Ty zabijałeś. Kto z nas lepiej służył Widzącemu, Rime?

– Prześpij się trochę. Musimy wstać przed świtem.

# OGON

Słońce wypełzało zza gór i świat odzyskał kolory. Niektórych barw Hirka w ogóle nie mogła poznać. Wpatrywała się w swoje odbicie w rzece. Jej włosy ociekały brązem. Miały kolor patyków. Mocniej ścisnęła nóż Rimego.

– Będę wyglądać jak chłopak…

– Już wyglądasz jak chłopak – odparł Rime.

Te słowa zraniły ją bardziej, niż powinny. Rime kucał nad brzegiem rzeki. Oparł łokcie na kolanach, ukryty za wysoką trzciną. Pochwy na miecze odchyliły się po obu stronach ciała. Przebrał się. Nie był już Ciemnym Cieniem, był Rimem An-Elderinem. Gwardzistą, który wyciągnął ją z Otchłani w tej samej jasnej koszuli z rozcięciami po bokach. Jego plecak leżał na ziemi. On również zmienił barwę. Teraz był brązowy jak jej włosy. Taka sztuczka. Sztuczka Ciemnych Cieni, żeby mogli zniknąć, kiedy trzeba. Plecak, który można wywrócić na drugą stronę, by zmienił kolor. Zaczynało jej świtać, skąd się wzięły te wszystkie mity o Ciemnych Cieniach. O wojownikach, których nie widać. Niewidoczni w nocy, niewidoczni w dzień.

Kuro znów się pojawił. Nie pierwszy raz myślała, że zniknął na dobre, ale przecież jeszcze nigdy jej nie zawiódł. Teraz siedział i przyglądał się z zaciekawieniem zawiniątku leżącemu obok plecaka Rimego. Hirka miała nadzieję, że jest tam coś do jedzenia.

Rime spojrzał na nią. Uniosła nóż i zaczęła całymi garściami obcinać włosy. Wyglądała jak zwierzę. Sweter był podarty na ramieniu. Już chciała powiedzieć, że nawet nie pamięta, kiedy ostatnio porządnie się wyspała, ale niechęć do okazywania słabości zwyciężyła. Gdyby tylko mogła zanurzyć się pod wodę, w pozbawiony dźwięków świat. Tak jak w łaźni w Kruczym Dworze. Pomyślała o Teinie. Co by powiedział, gdyby ją teraz zobaczył z Rimem An-Elderinem? Z Ciemnym Cieniem?

– Kończ już. Mamy mało czasu. – Rime wstał.

– Gdzie się wybieramy?

– Do Mannfalli.

Spojrzała na niego. Postradał rozum? Nic o tym nie świadczyło, prócz jego ostatnich słów. Jego oczy zdawały się spokojniejsze niż jeszcze kilka godzin temu. Nie przypominał już wygłodzonego, zdezorientowanego wilka, wiedział, co robi.

– Do Mannfalli? To naprawdę świetny pomysł, Rime. Chodźmy tam! Mam tam przecież mnóstwo przyjaciół. Urda, Radę… a nawet Widzącego! Przecież Jego miłość do mnie nie zna granic. – Skrzyżowała palce w znak Widzącego jak augur.

– Nie zapominaj o Ciemnych Cieniach – dodał, pozornie bez ironii. Zaczął zbierać z ziemi jej włosy. – Ciemne Cienie szukają cię od ponad doby. Do tej pory zajrzeli już pod każdy kamień w mieście. Teraz się rozproszą i wyruszą we wszystkie strony świata jak deszcz strzał. Tutaj jesteśmy łatwym łupem. Natomiast jeśli uda nam się przeżyć w Mannfalli do jutra, będziemy mieli szansę. Zyskamy na czasie.

– Ale oni mają gwardzistów przy wszystkich bramach! I teraz na pewno jest ich jeszcze więcej! Nawet gdybyśmy byli na tyle głupi, żeby spróbować, i tak nie weszlibyśmy do Mannfalli.

– Zapominasz o najważniejszym.

– O czym? Że jesteś Rimem An-Elderinem? Świętym idiotą? Dzieckiem szczęścia, które myśli małym palcem u nogi i chodzi wszędzie tam, gdzie zechce? – Przewróciła oczami.

Wstał i chwycił ją za ramiona. Niespodziewana, groźna bliskość. Poruszyła w jej sercu coś, co powinno być zostawione w spokoju.

– Używaj głowy. Spodziewają się, że wyjęci spod prawa będą chcieli *opuścić* miasto. Całkiem możliwe, że nie dałoby się z niego wydostać, ale wejść za mury owszem.

– Nie wiemy tego na pewno – mruknęła i upuściła na ziemię ostatnią garść włosów.

– Niczego nie wiemy na pewno. Mamy jednak dużą przewagę. – Puścił jej ramiona, ale ciepło jego dotyku w niej pozostało. – Na razie nikt nie wie, co zrobiłem ani że jesteśmy razem.

– Chyba Urd może o tym wiedzieć – odparła i pomyślała o tym trzecim jeźdźcu, który uciekał co koń wyskoczy, kiedy Rime siedział na dachu powozu i jej wypatrywał.

– Wie, że to był Ciemny Cień, ale nie wie kto. I nikomu o tym nie powie. Nawet święty idiota może się tego domyślić.

Hirka poczuła gorąco na policzkach. Naturalnie, powinna była o tym pomyśleć. Urd nie mógł nikomu powiedzieć o niej ani o tym, co zrobił. Ulżyło jej.

– Najgorsze, co może zrobić, to wysłać rodowych gwardzistów, żeby cię znaleźli – ciągnął Rime. – Ale to nie ma znaczenia. To tylko kilkuset żołnierzy. Ciemne Cienie i tak znajdą cię pierwsze.

Wpatrywała się w niego, nie znalazła jednak nic, co świadczyłoby, że próbował żartować. Otuliła się szczelniej płaszczem. To był jego płaszcz i prawie zamiatała nim ziemię.

– Mam jeszcze mokre włosy – powiedziała. – Zafarbują mi płaszcz.

Rime wyciągnął rękę i przeczesał je palcami.

– Wyschną w drodze – stwierdził.

Kiwnęła głową.

– Bramy miejskie są zaraz za tym wzgórzem. Gościniec jest kilkaset kroków stąd na wschód. Napotkamy mnóstwo podróżnych.

Hirka znów kiwnęła głową. Zdawała sobie z tego sprawę. Rime mówił dalej:

– Ten płaszcz ci pomoże. Ukryje ogon. – Na chwilę jego policzki się zarumieniły.

Hirka uśmiechnęła się.

– Chcesz powiedzieć, że ukryje, że jestem bezogoniasta?

– To też, ale to nie wystarczy.

– Musi wystarczyć.

– Szukają bezogoniastej dziewczyny o rudych włosach. Będą zwracać szczególną uwagę na ogony.

Hirka zagryzła wargę. Miał rację. Gdyby to ona pilnowała bram miasta, sama kazałaby przechodzącym pokazywać ogon. To był najprostszy sposób na rozwianie podejrzeń.

– W takim razie pójdziemy każde osobno – powiedziała. – Nie ma żadnego powodu, żeby złapali cię razem ze mną, Rime. I nie ma innego sposobu.

– Jest.

– Niby jaki?

Rime się odwrócił.

– Musisz mieć ogon.

Hirka wybuchnęła śmiechem.

– Myślisz, że sam mi wyrośnie? – Gdy tylko wypowiedziała te słowa, pojęła, do czego zmierza. Cofnęła się.

Rime podniósł zawiniątko leżące obok plecaka. Rozwinął je i rzucił na ziemię.

Leżał przed nią ogon. Na jej oczach rozwinął się jak wąż. Delikatne włoski były zbyt widoczne na tle bladej skóry. Zwężał się i kończył kępką brązowych włosów. Po drugiej stronie powinien być ætling, ale widziała tylko zakrwawioną ranę. Mięśnie były wysklepione, kość ogonowa tkwiła pośrodku jak rozbite jajko.

Hirka wyobraziła sobie jednego z mężczyzn, którzy eskortowali powóz. Tego, który leżał na ziemi, gdy rzuciła się do ucieczki. To był jego ogon. Część jego ciała bez… właściciela.

Odwróciła się i zamknęła oczy. Myślała, że w zawiniątku jest jedzenie. Żelazne racje. Skręcił jej się żołądek. Poczuła, że zaraz zwróci cieniogrzyby, które zjedli, gdy się obudzili. Jakim była dzieckiem. Czego się spodziewała? W nocy Rime po sobie posprzątał. Oczywiście. Nie mógł zostawić zwłok i powozu na gościńcu. To by tu ściągnęło połowę gwardzistów z Mannfalli. Równie dobrze mogliby im pokazać na mapie, gdzie się ukryli. Co on narobił? Prócz tego, że jednego z nich poćwiartował?

Uczucie obrzydzenia nie mijało. Słyszała głos Rimego, obojętny, jakby mówił o wędzonej szynce.

– Przez całą noc wisiał. Nie będzie więcej krwawić. Przeciągniemy go przez otwór na ogon w twoich spodniach, żeby go zobaczyli, jeśli będziesz musiała podnieść płaszcz. – Wahał się przez chwilę. – On go już nie potrzebuje – dodał.

Hirka otworzyła oczy i spojrzała na niego. Podchwycił jej spojrzenie, ale to było tak, jakby patrzył na nią z bardzo daleka. Jakby on stał tutaj, a ona była w Kruczym Dworze, o kilka dni drogi stąd. Jeśli cokolwiek czuł, nie okazywał tego.

– Tak, to powinno być proste – odparła Hirka wymuszonym głosem.

Rime kiwnął głową i odebrał od niej nóż. Odwróciła się do niego plecami. Spojrzała w niebo. Gdyby tylko słońce wstawało szybciej. Zatęskniła za jego ciepłem. Już je czuła. Nie. To były dłonie Rimego. Ciepły dotyk na jej biodrach. Klęczał za nią.

– Umocuję na końcu pasek – powiedział. – Musimy przewiązać cię nim w pasie, żeby podtrzymywał ogon.

Hirka kiwnęła głową. Kiwnęła jeszcze raz i jeszcze raz. Rime poluzował jej pasek i poczuła jego palce na plecach. Ogon martwego mężczyzny dotknął jej skóry i wysunął się przez otwór w spodniach. Otwór, którego nigdy dotąd nie używała. Ogon był zimny i ciężki. I stawał się coraz cięższy. Za ciężki, by go unieść. Po prostu za ciężki.

Hirka poczuła, że coś podchodzi jej do gardła. Nie potrafiła tego powstrzymać. Osunęła się na kolana w sitowiu i wstrząsnęły nią torsje. Choć całe ciało aż się skręcało, nic nie zwymiotowała. Z kącika ust spływała tylko kwaśna ślina. Załkała. Gdzieś w głębi serca wiedziała, co się teraz dzieje. Wszystko, co się wydarzyło, zaczynało ją doganiać.

Podźwignęła się na rękach i spróbowała odczołgać, ale nie była w stanie się poruszyć. Rime ją obejmował. Klęczał za nią i mocno trzymał. Jedną ręką zasłonił jej usta i odchylił jej głowę do tyłu. Wzdrygnęła się. Ten mężczyzna w lochu zrobił dokładnie to samo. Ale to nie był on. To był Rime. Czuła jego usta przy uchu. Jego oddech. Mówił do niej.

– Wszyscy umierają. To nie ma znaczenia. Wszystko umiera. Tak samo jak żyje. To nieważne, Hirko. Rozpadamy się i powstajemy na nowo w innej postaci. Jesteś niebem, jesteś ziemią, wodą i powietrzem. Żywa i martwa. Wszyscy jesteśmy martwi. Już martwi.

Hirka znów załkała. Rime był jak kolejny ciężar, który musiała utrzymać. Tak jak Vetle, gdy wisieli nad Otchłanią.

– Jestem nikim! – Nie poznawała własnego głosu. Słowa wyrwały jej się z gardła, zduszone dłonią Rimego. – Slokna zabiera wszystko, na czym mi zależy. Nie mam ojca, nie mam chaty, nie mam nawet moich włosów! Jestem… darem dla ślepych. Noszę ogon jakiegoś martwego mężczyzny, mężczyzny, który zginął, żebym ja… Ojciec…

Rime chwycił ją mocniej, niemal podnosząc ją z ziemi.

– Jesteśmy już martwi. Wszyscy razem. Nic nie może nam zaszkodzić. Rozumiesz, Hirko?

Poczuła, że jej ciało wiotczeje. Ciężar jego słów trafiał prosto w serce. Zrozumiała. Zawisła jak martwa w jego ramionach. Nie zaciskał już tak mocno jej ust. Po całym jej ciele rozlało się ciepło. Ciepło i siła, żeby podnieść głowę. Czerpał.

– Rozumiesz, Hirko?

Kiwnęła głową.

– Już jesteśmy martwi.

Zjednoczyła się z Evną. Stała się prochem. Rozpadła się i rozsypała po ziemi. Porwał ją wiar i uniósł nad lasem, nad ziemią, do Slokny i do gwiazd. Była pyłem i piachem niesionym przez wiatr i przeniknęła przez Rimego. A on ją pozbierał i znów uczynił całością. I znów znalazła się w miejscu, z którego wyruszyła. W całkowicie rzeczywistym świecie, otoczona wysokim sitowiem sięgającym do słońca, które dopiero co wzeszło.

Już martwi. Nic nie mogło zaszkodzić komuś, kto naprawdę wiedział, że wszystko się skończy. Nie pozostało nic, czego mogłaby się bać. Rime wstał za jej plecami i równocześnie podciągnął ją do góry. W objęciach Evny czuła się tak, jakby nic nie ważyła. Przepływała przez nią i znikała w ziemi. Czy teraz ta Evna zgnije, bo przez nią przeniknęła?

– Kim jesteś? – zapytał nagle, ale bez chłodu w głosie.

Pytanie miało ją obudzić, rozumiała to. Ale głos, który pytał, był zbyt bliski, by mogła odpowiedzieć. Zbyt drogi.

– Kim jesteś, Hirko? – zapytał jeszcze raz.

– Jestem zgnilizną – odparła z głuchym smutkiem. – Wszystko, czego dotknę, gnije i umiera…

Roześmiał się. Jak może się śmiać? To jest okrutne. Czy Ciemne Cienie już tak mają? Lubią rozdrapywać rany?

Odwrócił ją do siebie.

– To chyba zbyt dramatyczne, nawet jak na ciebie.

Jego słowa odmieniły rzeczywistość wokół. Pokazały kuglarza w niej samej, jak odbicie w lustrze. Ciężar zelżał. Uśmiechnęła się.

– Jestem Hirka. Hirka bezogoniasta.

– Żyjesz, Hirko?

– Tak. Żyję.

– To dobrze. – Pochylił się i przycisnął usta do jej ust. Tak nagle i niespodziewanie, że zanim zdążyła zareagować, było już po wszystkim. Uśmiechnął się krzywo. – Punkt dla ciebie, jeśli się pomyliłem i dzisiaj zgniję.

Poczuła, że gapi się na niego z otwartymi ustami, i spróbowała wziąć się w garść. Jej wargi płonęły. Pocałował ją. Rime An-Elderin ją pocałował. Szybko. Jakby to się nigdy nie stało. Ale stało się! Nie wyobraziła sobie tego! Dociągnął nowy pasek w jej talii i ją puścił. Zachwiała się lekko pod ciężarem ogona, ale dalej stała na nogach.

– Z tego, co słyszałem, do zgnicia potrzeba o wiele więcej, Hirko z ogonem.

Zszedł nad rzekę i rozrzucił jej włosy na wodzie. Odpłynęły jak rdzawoczerwona trawa i znikły.

Choć bardzo się starała, nie udało jej się nie pomyśleć o tym, co musi oznaczać „o wiele więcej".

## CIENIE W MANNFALLI

Gdy tylko obeszli wzgórze, ich oczom ukazały się mury. Nietrudno było zauważyć, że gwardziści mają więcej roboty niż zwykle. Biegali wzdłuż murów, przeszukiwali wozy i grupki opuszczających miasto, którzy wybierali się do pracy w herbacianych ogrodach albo wracali do domu po Rytuale. Wielu z nich jednak tego roku zostało w mieście. Nic nie było tak jak kiedyś.

Każda dziewczyna opuszczająca miasto musiała pokazać ogon. Rime miał rację. Hirka szczelniej otuliła się płaszczem. Martwy ogon napinał pasek, którym była obwiązana. Obrzydliwy ciężar.

Podeszli do bramy od północnej strony. Byli zgodni co do tego, by po prostu przez nią przejść, tak jak wszyscy. Wielu gwardzistów na pewno znało twarz Rimego, więc nie powinno być z tym większych problemów. Szli obok siebie i próbowali swobodnie rozmawiać o łowieniu ryb. O czerwonopłetwach, które płynęły w górę Ory.

Serce Hirki biło głośno. Wydaje jej się tylko, czy wszyscy się na nich gapią? Tych dwóch gwardzistów, którzy pochylili głowy i rozmawiają przy straganie? I ten, który stoi na murach i gapi się w dół?

Ku uldze Hirki nikt z wchodzących przed nimi nie został zatrzymany. Rime znowu miał rację. Nikt się nie przejmował przybywającymi do miasta. Zauważyła, że Rime się rozgląda. Odnalazł jakiegoś gwardzistę w średnim wieku i uniósł rękę na powitanie. Gwardzista odpowiedział na pozdrowienie i kontynuował przeszukiwanie wozu ze zwierzętami, który wyjeżdżał z miasta. Hirka rozluźniła się dopiero wtedy, gdy znaleźli się po drugiej stronie i brama znikła im z oczu.

Ruszyli ulicą Daukatt w stronę placu przed Eisvaldrem. Hirka przechodziła tędy wielokrotnie, ale od ostatniego razu coś się zmieniło. Ulicę zastawiało jeszcze więcej straganów. Musieli się przeciskać między sprzedawcami obiecującymi ochronę przed ślepymi i dziećmi Odyna. Talizmany i wizerunki kruków, ozdoby ze srebra, kości i macicy perłowej. Kadzidła i pachnące olejki rzekomo przesycone Evną.

Wychudzony mężczyzna trzymał pełne garście łańcuszków, które zostały pobłogosławione w Eisvaldrze, wiele z nich przez samego Widzącego, jak się zaklinał. Gwarantowana skuteczność! Dziecko Odyna musiałoby trzymać się z dala od tych ozdób.

– Wątpię – rzuciła Hirka i poszła dalej.

– Jesteś naznaczona! – zawołał za nią bezczelnie.

Kilka osób popatrzyło na nią i trochę się odsunęło. Hirka nie wierzyła własnym oczom. Co z nimi jest nie tak? W mieście wyczuwało się strach. I pazerność. Zorientowała się, że Rime już ją wyprzedził, i spróbowała przecisnąć się przez tłum, ale nagle utknęła. Nie mogła zrobić ani kroku dalej. Wpadła na plecy jakiegoś mężczyzny, który odwrócił się i zaczął ją uciszać. Co się tutaj dzieje?

Hirka wyciągnęła szyję. Nad tłumem stała starsza kobieta. Może wdrapała się na skrzynię, Hirka tego nie widziała. Miała długie włosy, które musiały posiwieć już kilkadziesiąt zim temu.

Kosmyki opadały jej na twarz. Mówiła zaskakująco donośnym i silnym głosem:

– I ona przyjdzie jako pierwsza! Ta, która otwiera drzwi! Ta, która przyszła wcześniej.

Kilka osób, które stały na samym przodzie, powtarzało ostatnie słowo w każdym zdaniu jak bezkrytyczne echo.

– Wcześniej! Wcześniej!

– Dziecko Odyna przyszło pierwsze! Pomnijcie me słowa! Ślepi to jej niewolnicy! I niesie ze sobą popiół Slokny!

– Slokny! Slokny! – powtórzyli bezmyślnie ci z przodu.

Hirka spróbowała się wycofać, ale nie mogła się przecisnąć w tłumie. To było niewiarygodne! Ta kobieta mówiła o niej. Jakby Hirka była wrogiem. Ślepą! Za plecami staruszki wisiało ogłoszenie z pieczęcią Rady. Rysunek. Z takiej odległości nie była w stanie odczytać tekstu, ale to nie było potrzebne. Domyśliła się, czego dotyczy.

Wpatrywała się w rysunek. Czarny tusz na papierze. Jedynym kolorowym elementem były włosy. Czerwone jak krew. To miała być ona. Bez najmniejszych wątpliwości. Hirka się rozejrzała, jakby oczekując, że tłum się na nią rzuci, ale wszyscy słuchali jak urzeczeni tej starej kobiety. Spijali każde słowo z jej ust, nie mając pojęcia, że ta, której tak się boją, stoi wśród nich.

To było tak, jak w jej snach. Dziś w nocy stała na szczycie góry, otoczona śniegiem, ale krew wrzała w jej żyłach, a wszędzie wokół roiło się od ślepych. Były ich miliony. Przychodzili za każdym razem, gdy zasypiała. Z każdą nocą jej sny stawały się coraz straszniejsze. Pragnienie coraz silniejsze. Pragnienie kogoś innego. A jednak nie widzieli jej. Zupełnie tak, jak teraz. Przez całe życie bała się tłumów, ale oto stała tu, bezpieczniejsza niż w jakimkolwiek innym miejscu, choć była tą, której szukali. To było nierzeczywiste.

Hirka poczuła, że ktoś ją ciągnie. Spróbowała wyszarpnąć rękę, ale trzymał ją mocno. To był Rime. Pociągnął ją za sobą przez tłum i dalej ulicą. Przeszli kawałek i zobaczyli następne ogłoszenie. Dwie dziewczyny stały przed nim i pokazywały sobie coś palcami.

– Chodź! – Rime wciągnął ją w boczną uliczkę. Wcisnęli się między sterty worków, które śmierdziały spleśniałymi warzywami.

– To ja… – Rime oparł rękę nad ramieniem Hirki. Ona przywarła plecami do ściany i pod jego ręką wyglądała na ulicę. – To ja! Mówią, że sprowadziłam tu ślepych! – Zaśmiała się. To było tak szalone, że po prostu nie potrafiła się bać.

Rime bał się bardziej od niej.

– Wiem! Daj mi pomyśleć! Nie możemy tutaj zostać.

Boczną uliczką szła kobieta z kubłem mokrych ubrań. Kiwnęła im głową i przecisnęła się obok. Hirka nie śmiała się odezwać, póki kobieta ich nie minęła i nie wyszła na główną ulicę.

– Szukają mnie, Rime…

– I tym samym przyznają, że im uciekłaś. To historyczna chwila. – Rime wykrzywił usta, jakby zjadł coś niesmacznego. – Musimy znaleźć jakąś kryjówkę. Miejsce, gdzie nikt nie będzie zadawał pytań. – Rozejrzał się niespokojnie.

Hirka uśmiechnęła się. Złapała Rimego za rękę i wyciągnęła z powrotem na ulicę.

– Chodź! Wiem, dokąd pójdziemy.

# DOM KRUKÓW

Najstarszy dom kruków w Mannfalli znajdował się na wzgórzu, po wschodniej stronie miasta. Był długi, przecięty pośrodku mniejszym skrzydłem. Ściany opierały się o zbocze. Zupełnie jakby dom spoglądał na miasto przez wąskie otwory strzelnicze, które nie pozwalały zobaczyć nic, co działo się w środku. Przypominał fortecę zbudowaną z kamienia, który zlewał się z szarym niebem.

Hirka usłyszała, że Rime zatrzymuje się na ścieżce za jej plecami. Odwróciła się do niego. Wyśmiał ją, gdy mu powiedziała, dokąd idą. Stwierdził, że jeśli zwrócą się do Ramoi, to będzie tak, jakby zapukali do sali pod czerwoną kopułą. Hirka niechętnie wyznała mu prawdę o nauczycielce kruków. To przecież nie mogło już nikomu zaszkodzić. Rime sam był teraz zdrajcą.

A więc powiedziała mu. O Ramoi w Kruczym Dworze i o naradzie, po której Eirika ugodzono nożem. Rime zadawał mnóstwo pytań i nie na wszystkie była w stanie odpowiedzieć. Czuła się niezręcznie, niszcząc obraz kobiety, z którą się wychował. Przyjaciółki rodu. Prawej ręki Ilume. Nic dziwnego, że się wahał. Hirka też nie czuła się z tym do końca dobrze. Gdy ostatnio widziała się z Ramoją, odgrywała rolę silnej czerpiącej, która ma uratować Kruczy Dwór. Teraz była uciekinierką, ślepym na ziemię dzieckiem Odyna.

Hirka uśmiechnęła się krzepiąco do Rimego i ruszyła dalej, bojąc się, że sama może zmienić zdanie. W miarę jak się zbliżali, słychać było coraz głośniejsze nawoływania kruków. Dziedziniec był pusty. Drzwi na ganek otwarte. Hirka zapukała do kolejnych drzwi.

– A co, jeśli pozostali…

Hirka go uciszyła. Do tej pory to Rime był ich przewodnikiem, ale teraz wszystko zależało od niej. Podchodził sceptycznie do historii, którą mu opowiedziała, ale przecież nie był w Kruczym Dworze. Hirka tam była. Wiedziała. Ramoja nie stanowiła dla nich żadnego zagrożenia. Nie wyda ich. Już bardziej powinni się obawiać tego, że to Ramoja się wystraszy, zobaczywszy Rimego. Dlatego wywinął płaszcz na drugą stronę, żeby nie było widać wyhaftowanego znaku kruka na sercu. Naciągnął kaptur na głowę, by osłonić twarz. Hirka rozpięła pod szyją własny płaszcz. Był za ciasny. Kupiony w pośpiechu na jakimś straganie z tanimi ubraniami.

– Hirka! Hirka! Mamo, to Hirka!

Cofnęła się o krok i zobaczyła dziurkę w drzwiach. Nie miała żadnych wątpliwości, do kogo należy ten głos. Uśmiechnęła się. Vetle otworzył drzwi i rzucił się jej na szyję. Również tym razem niemal ją przewrócił. Taki był właśnie problem, gdy jej rówieśnik myślał jak małe dziecko. Ramoja wyszła i zlitowała się nad nią. Odesłała Vetlego do kuchni. Napomniała go, by nie mówił nikomu, prócz Joara i Knutego, że przybył gość. To miała być tajemnica. Vetle z zapałem pokiwał głową.

Ramoja zerknęła na dziedziniec i na Rimego.

– Przyprowadziłam przyjaciela. Jesteśmy sami, Ramojo.

– Na Widzącego, Hirko... – Ramoja wpatrywała się w nią, jakby dziewczyna powróciła ze Slokny.

Hirka milczała. Zagryzła wargę i czekała na następny ruch Ramoi. Musiała się dowiedzieć, czego może się spodziewać po nauczycielce kruków. To do niej należała decyzja, jakie będą teraz ich relacje. Teraz, gdy Hirka była wyjęta spod prawa. Gdy była zgnilizną.

Ramoja przytuliła ją tak mocno, że aż zabrzęczały jej bransoletki.

– Jeszcze nie przesypała się klepsydra, odkąd trzech gwardzistów przeszukiwało dom! I nie tylko to! Zaglądają pod każdy kamień w mieście. Szukają cię wszędzie. Gdzie byłaś, dziecko?! – Odsunęła od siebie Hirkę, by przejrzeć się jej twarzy. Pogłaskała jej świeżo obcięte włosy. Miała rozbiegane spojrzenie, jakby to było dla niej zbyt wiele na raz. – Joar! – zawołała, nie odrywając oczu od Hirki. W sieni pojawił się młody mężczyzna. – Joar, odeślij kucharki i resztę służby. Daj im wolne. Wciąż są wzburzeni po przeszukaniu domu. I pozamykaj drzwi.

Joar skinął głową i zniknął. Vetle poczłapał za nim.

Hirka napawała się tym powitaniem, jakby to była sama Evna. Tą bezwarunkową serdecznością. Wolą, by działać, by ją chronić. Świadomością, że Ramoja martwi się o nią również po Rytuale. Po tym, jak się dowiedziała, kim naprawdę jest Hirka. I nie tylko to. Musiała się też domyślić, że Hirka nie potrafi czerpać i nigdy nie uratuje Kruczego Dworu.

– Ramojo, to długa historia. Najpierw musisz się o czymś dowiedzieć...

Hirka spojrzała na Rimego. Ściągnął kaptur, który opadł mu na ramiona. Migdałowe oczy Ramoi się rozszerzyły. Uniosła rękę i mocno uderzyła Rimego w twarz. Rime zacisnął zęby, ale się nie poruszył. Hirka rozdziawiła usta. Tego się nie spodziewała. Jeszcze nic nie zdążyła wyjaśnić, a już poszło nie tak.

– Wiem, kim jesteś, Rime An-Elderinie – wycedziła Ramoja przez zaciśnięte zęby. – Jesteś mordercą. Jednym z już martwych. Ciemnym Cieniem!

Hirka chwyciła Ramoję za rękę.

– On uratował mi życie!

Do sieni zbiegło się więcej osób. Stanęli pod ścianami.

– Oczywiście, że tak! Żeby wykorzystać cię jak lalkę. Wyciągnął z ciebie to, co wiesz, a ty przyprowadziłaś go tutaj.

– Nie! Nie rozumiesz! – Hirka pociągnęła ją za sweter.

Rime miał tego dość.

– Nic tu po mnie – rzucił i odwrócił się, żeby odejść.

Drogę do drzwi zastawiło mu sześciu mężczyzn i dwie kobiety. Ktoś zasunął rygiel. Inni wyciągnęli już miecze. Zupełnie inne niż miecz Rimego. Te były ze zwyczajnej stali. Nieporęczne miecze, takie jak ten, który ojciec trzymał w skrzyni. Byli nauczycielami kruków. Zwykłymi ætlingami. Rime pozabijałby ich wszystkich, gdyby musiał. Hirka nie mogła do tego dopuścić.

– Rime, stój

Zatrzymał się, ku wyraźnemu zdziwieniu pozostałych.

– Nie mogą pozwolić ci odejść, Rime. Zastanów się. Wiedzą, że przyprowadziłam cię tutaj ze względu na Ramoję. Nie mają pewności, że nie wrócisz tu ze wszystkimi gwardzistami, których znajdziesz w mieście. Nie mają pewności, Rime… Proszę cię. – Hirka wpatrywała się w jego plecy.

Pozostali wymieniali spojrzenia. Stali nieruchomo. Słychać było tylko nawoływania kruków.

Rime odwrócił się do Ramoi.

– Skąd wiesz, kim jestem, Ramojo? Skąd znasz tę tajemnicę? Służyłaś im za naszymi plecami, a teraz chcesz osądzać mnie i moje wybory? A kim ty jesteś, Ramojo? Przez całe życie stoisz u boku mojej babki, ale sercem jesteś na Kruczym Dworze?

Hirka nie śmiała oddychać. Ciemne policzki Ramoi płonęły. Nie istniała dobra odpowiedź na oskarżenia Rimego. Miał rację i jeszcze nie skończył.

– Podnosisz na mnie rękę, bo wiesz, kim jestem. Tak pełen pogardy może być tylko zdrajca. Jesteś wyjęta spod prawa, Ramojo. Zdradziłaś Mannfallę.

Oskarżenia zawisły w powietrzu. Tu nie było miejsca dla dwóch zwycięzców. Hirka zerkała zrozpaczona na rygiel blokujący drzwi. Co ona narobiła?

– Rime! – Vetle wpadł do sieni, minął matkę i rzucił się w ramiona Rimego.

Ramoja zamarła, wyciągając za nim ręce, z niemym krzykiem na ustach. Rime objął Vetlego. Ramoja wyglądała, jakby zaraz miała się rozpaść na kawałki. Straciła przewagę. Hirka popadała w coraz większą rozpacz. To było niesprawiedliwe! Nie tak powinno być. Nie było tutaj żadnych wrogów. Wszyscy tu obecni kogoś zdradzili, w ten czy inny sposób. Ale było już za późno, żeby ich pogodzić. Padło zbyt wiele słów.

– Rime… – Hirka odważyła się jedynie szepnąć. To była cicha modlitwa.

Spojrzał na nią. Potem na pozostałych. Odsunął od siebie Vetlego.

– Idź do matki.

Vetle rozejrzał się zagubiony. Nie był na tyle głupi, by nie wyczuć, że coś jest nie tak. Ramoja wyszła mu naprzeciw i pociągnęła ku sobie. Hirka wciągnęła powietrze. To była jej jedyna szansa. Ta jedna, krótka chwila.

– Jesteś zdrajczynią, Ramojo. Zdradziłaś Radę i Mannfallę. Ale on też to zrobił. – Hirka wskazała na Rimego. – Może wyjść tymi drzwiami, kiedy tylko zechce, i dobrze o tym wiesz. Wszyscy o tym wiecie.

Hirka rozejrzała się po spoconych twarzach. Niektóre były stare, inne młode. Wszyscy się jednak bali. Może razem udałoby im się powstrzymać Ciemnego Cienia, ale to wcale nie było takie pewne. I bez wątpienia niewielu z nich wyszłoby z tego cało, gdyby spróbowali. Mieli dużo do stracenia i łatwo było to wyczytać w ich oczach.

– Może wyjść w każdej chwili. Możecie mi wierzyć. Widziałam go. Może wyjść, ale wybrał, by tego nie robić. Bo siedzi w tym wszystkim tak samo jak wy. Dokonaliśmy tego samego wyboru. – Hirka wiedziała, że ryzykuje. Nie znała tych ætlingów. Zakładała po prostu, że musi istnieć jakiś powód, dla którego są gotowi bronić Ramoi. – Wybrał, by tego nie zrobić, bo wszyscy tutaj poszliśmy tą samą drogą. – Zdjęła płaszcz. Pozwoliła, by osunął się na podłogę. – I nie wiem, jak to jest ze zwykłymi ætlingami, ale mogę was zapewnić, że dzieci Odyna podczas ucieczki też bywają głodne i zmęczone. – Rozwiązała paski podtrzymujące ogon. – A poza tym nie zrobię już ani jednego kroku z ogonem martwego mężczyzny. Nie zniosę tego ani chwili dłużej!

Upuściła ogon na podłogę i założyła ręce na piersi. Zrobiła wszystko, co mogła. Pozostali wpatrywali się w ogon. Widziała reakcje na ich twarzach. Takie samo obrzydzenie, jakie i ona czuła. Ktoś wytrzeszczył oczy. Ktoś je zamknął. Kobiety zasłoniły usta rękoma. Hirka modliła się w duchu, by dotarło do nich, przez co przeszła. By ten martwy ogon leżący na podłodze uświadomił im, jak daleko posunęli się razem z Rimem.

Vetle wyciągnął rękę, żeby dotknąć ogona, ale Ramoja go powstrzymała. Kiwnęła głową do pozostałych. Hirka usłyszała dźwięk mieczy wsuwanych do pochew. Poczuła ulgę, zamknęła oczy i odetchnęła. Wydawało jej się, że po raz pierwszy, odkąd się tu znaleźli. Ramoja podeszła do Rimego.

– Jak kiedykolwiek będziemy mogli ci zaufać? – To nie było oskarżenie. Tylko szczere pytanie. Chciała usłyszeć odpowiedź.

Rime spojrzał w jej smutne oczy.

– Możesz mi zaufać, bo nie ufam Urdowi. – Zerkał na przemian to na Ramoję, to na Vetlego.

Hirka nie rozumiała, co Urd ma akurat do tego, ale podziałało.

Ramoja wpatrywała się w Rimego.

– Zawsze wiedziałem – odpowiedział na nieme pytanie w jej oczach.

Podniosła głowę.

– Zjedzmy coś – powiedziała i to były najpiękniejsze słowa, jakie Hirka słyszała od wielu dni.

## NA OSTRZU NOŻA

Rime jadł w milczeniu, podczas gdy Hirka opowiadała całą historię pozostałym. Była niezmordowana. Mówiła z pełnymi ustami, jakby nie mogła się zdecydować, co jest ważniejsze, jeść czy opowiadać. Jeszcze nigdy jej takiej nie widział.

Opisywała lawinę zdarzeń, która w ostatnim czasie na nią spadła, i przedstawiała wszystko tak, jakby brnęła w to tylko dlatego, że nie miała innego wyboru. To nie była prawda. Rime dostrzegał to, czego sama Hirka nie dostrzegała. Dostrzegał wybory, jakich dokonała. Nie dlatego, że musiała. Ani nie dlatego, że się wahała i w końcu była zmuszona do działania. Hirka dokonała wielu wyborów z tego prostego powodu, że były słuszne. Były to trudne decyzje. Niebezpieczne. Takie jak to, by udać się do Kruczego Dworu. Albo stamtąd wyjechać, by stanąć twarzą w twarz z Widzącym. I by ostrzec Eirika.

A co on sam zrobił? Dlaczego wybrał ścieżkę Ciemnego Cienia? Żeby służyć Widzącemu? Walczyć z potężnym wrogiem? Naprawdę? A może dokonał po prostu najłatwiejszego wyboru? Ogarnął go niepokój. To było jak ostrzeżenie. Te myśli prowadziły na ścieżkę, na którą nie miał ochoty się zapuszczać.

Hirka dowcipnie i z wyczuciem ubarwiała swoją opowieść. Dni spędzone w lochu, przesłuchanie przez Radę, upadek z dachu w Kruczym Dworze, noszenie ogona zabitego mężczyzny. Raz za razem siedzący przy stole wybuchali śmiechem. Gdyby nie widział bólu w jej oczach, pomyślałby, że to wszystko, co się wydarzyło, nie odcisnęło na niej żadnego piętna. Ale wiedział lepiej. Trzymał ją w ramionach, gdy nie mogła już tego znieść. Teraz mówiła tak, jakby nigdy nie miała dość.

Przypomniał sobie, jak na niego spojrzała, gdy domyśliła się, że jest Ciemnym Cieniem. Coś w jej oczach zgasło. Od tej pory prawie z nim nie rozmawiała, a jeśli już, to odzywała się do niego niechętnie i obojętnie. Jakby musiała się godzić na to, że ma u swego boku potwora.

Rime opróżnił miskę i wytarł resztki jedzenia kawałkiem chleba. Próbował nie zwracać uwagi na to, że się na niego gapią. Siedzący przy stole kiepsko skrywali to, że wciąż na niego zerkają. Nerwowo. Badawczo. Zerkali też na Hirkę, ale raczej z ciekawością. Odchylali się do tyłu, żeby porozmawiać z sąsiadem przy stole. Kiepski pretekst, by zajrzeć jej za plecy. Tej bezogoniastej. Zakładał, że do tego przywykła. Cieszyło go jednak, że nikt nie bronił się przed tym, by obok niej usiąść. Obok zgnilizny.

Vetle siedział tuż przy niej. Przy jego misce stała kamienna figurka z odłamanym ogonem.

– Nie wiem jak – odparła Hirka na pytanie Joara, najmłodszego z mężczyzn. – Nie mam pojęcia. Wiem tylko, że Urd sprowadził śle… – Zerknęła na Vetlego i wyraziła to w inny sposób. – Sprowadził tutaj *ich*. Pierwszych. Przysięgam!

Ślepi mieli wiele imion. Nábyrni. Martwo urodzeni. Bezimienni. Pierwsi. Słyszał też określenie niemi.

– On nie działa sam – powiedział Knute. – Rada o tym wie!

Robią to razem, żeby mieć pretekst do zaatakowania Kruczego Dworu.

Rime zdawał sobie sprawę, że nauczyciele kruków mają niewiele złudzeń co do władz Eisvaldru, ale Knute się mylił. Mimo to się nie odezwał.

– Oni w ogóle nic nie wiedzą – mówiła Hirka. – Mam rany na plecach, bo chcieli się dowiedzieć, jak *ja* ich tu sprowadziłam. Wiedzą aż tak niewiele! A on przyszedł do mnie sam. Sam wyprowadził mnie z lochów. Urd jest chory! I nie tylko na głowę. Myślę, że coś z nim jest poważnie nie tak.

Ramoja wstała od stołu.

– Odesłaliśmy pomocników do domu, więc na noc będziemy sami. Wieczorem dostaniemy partię listów z miasta. Zajmiesz się tym, Knute?

Knute skinął głową. Listy musiały być odbierane i wysyłane normalnie, zwłaszcza teraz, gdy było tu znacznie więcej kruków i nauczycieli. Rime rozumiał znaczenie tej małej grupki. To nie było stado niezadowolonych, zbytnio obłożonych podatkami kupców ani rodziny z dziećmi, które przyjeżdżały do Mannfalli na Rytuał, a potem wracały do domu. Rozmawiali o problemach tak otwarcie, że z pewnością musieli to robić od dawna. Wiedzieli, czego mogą się spodziewać po pozostałych. Znali się tak dobrze, że bardzo wiele potrafili sobie przekazać bez słów.

Hirka miała rację. Ramoja zdradziła Radę. Ale zrobiła też coś więcej. Była przywódczynią mężczyzn i kobiet, którzy pragnęli obalić władzę.

Rime poczuł budzący się w nim gniew. Gniew, którego nie miał prawa czuć. Wyjrzał przez jedno z wąskich okien w ścianie. Daleko w dole rozciągała się Mannfalla. Światło przebijało się przez chmury, sprawiając, że Mur lśnił. Mur zawsze jako pierwszy witał światło rano i żegnał je wieczorem. Reszta miasta musiała się zadowolić tym, co zechciał od siebie odbić. Ætlingowie poruszali się zawieszonymi wysoko krużgankami i wkraczali do Eisvaldru, jakby przechodzili z mroku w światło. Czerwona kopuła wydawała się blada, jakby spała. Rime uśmiechnął się krzywo, dostrzegając kryjącą się w tym ironię. Tak daleko, jak sięgano pamięcią, pod kopułą nigdy nie widziano równie gorączkowej aktywności jak teraz. Dwanaście rodów zasiadało tam i rządziło światem, ponieważ robili to od zawsze. I robili to dla własnej korzyści. Za kilka lat zostałby jednym z nich. Zająłby miejsce Ilume. Byłby najmłodszy w historii, powiedziała. Był An-Elderinem, który nie przyjął miejsca w Radzie, kierowany wyłącznie pogardą, a teraz czuł gniew na myśl o zdradzie Ramoi. Wrzała w nim krew, bo ktoś pragnął obalić dwunastu. Ale czy sam nie tego zawsze pragnął?

Różnica polegała na tym, iż Rime zawsze szanował fakt, że wewnętrzny krąg jest życzeniem Widzącego. Popełniali błędy, ale to On ich wybrał. Nie było innego wyboru.

– Vetle, idź na górę do naszego pokoju. Możesz się tam chwilę pobawić.

Vetle głośno wyraził swoje niezadowolenie, ale dał się przekonać obietnicami Hirki, że wieczorem pobawią się w gry słowne. Ramoja poprosiła pozostałych, by zebrali się w sali, w której odbierano i wysyłano listy. Zapewniła, że zaraz do nich dołączy. Zrobili to, o co ich poprosiła. Wzięli ze sobą Hirkę, a Rime ruszył za nimi. Gdy czekali na Ramoję, nikt się nie odzywał.

Zebrali się w sali położonej w centrum domu. Była w kształcie krzyża, z drzwiami wychodzącymi na cztery strony świata. Pod sufitem przecinały się potężne belki. Było tu jedno okno większe niż inne w budynku. Rozciągał się stąd widok na większą część Mannfalli niż z pozostałych, framuga była jednak krzywo osadzona, przez co wyglądało to tak, jakby ścianę pochylono na zewnątrz, a nie zrobiono tego z samym oknem. Wszystkie ściany pokrywały półki i szuflady, pełne listów oraz kościanych i metalowych pojemniczków. Leżały tam rękawice, rzemienie, olej i nożyce do piór. W ciągu dnia nieustannie przyjmowano tu listy, znakowano je, sortowano i rozsyłano. Albo odbierano je od kruków i roznoszono mieszkańcom miasta. Tym, których było stać na opłacenie tej usługi. Najbiedniejsi rzadko korzystali z kruków.

W tej chwili powinna tu wrzeć praca, ale Ramoja dała wszystkim wolny dzień. Nikt nie mógł zobaczyć dwojga gości. Jakakolwiek plotka o nieznajomej dziewczynie albo o bezogoniastej przyniosłaby im wszystkim zgubę.

Hirka dostrzegła belki i wspięła się na nie. Usiadła pod sufitem i opuściła nogi. Dwoje z pozostałych usiadło przy składanym stole połączonym zawiasami ze ścianą. Inni oparli się o belki i ściany i założyli ręce na piersi. Rime również stał. Ten, kto siedział, był łatwym celem. Gdyby coś się nagle zdarzyło, musiałby zmarnować cenny czas na to, by zerwać się na nogi.

Za zamkniętymi drzwiami, przy których stał, kruki się uspokoiły. Zaczęły hałasować, gdy usłyszały głosy. Być może wyczuły go, mimo dzielących ich drzwi. Istniała taka możliwość. Jego Evna stawała się silniejsza z każdym dniem. Domyślał się, że Ramoja wybrała tę salę właśnie ze względu na kruki, choć były tu tylko dwa miejsca siedzące. Gdy w pomieszczeniu obok znajdują się setki kruków, nikt nie jest w stanie podsłuchać rozmowy.

Rime zdawał sobie sprawę, że jest obserwowany. Było tu sześciu mężczyzn i dwie kobiety, nie licząc Ramoi. Joar stał przed nim, po prawej stronie. Był może jakieś cztery zimy starszy od niego. Barczysty chłopak o brązowych lokach. Knute przeżył dwukrotnie więcej zim i miał na ramionach najwyraźniejsze ślady po latach spędzonych z krukami.

Rime zwrócił uwagę na dialekty, którymi mówili. Pochodzili ze wszystkich zakątków Ym. Zamknięte grono obejmującej cały świat Kruczej Gildii. Najlepsi nauczyciele kruków w kraju. Elita tej profesji. Niewielu znało lepiej tajemnice Rady niż ci, którzy zajmowali się listami. Trudniej wszakże było stwierdzić, w jaki sposób się zorganizowali i co sprawiło, że tych dziewięcioro trzymało się razem.

Wróciła Ramoja. Poprosiła Leę, która stała najbliżej, by zamknęła okno haczykami. Zerwał się mocniejszy wiatr. Zwisająca z belki lampka olejna migotała w podmuchach.

– *On* ma tutaj być? – To pytanie zadał Torje, szczupły mężczyzna z Północy, z bardzo krótko ostrzyżonymi włosami. Nie trzeba było wyjaśniać, kogo miał na myśli.

– On posunął się już dalej niż ktokolwiek z nas – odparła Ramoja.

– Jeśli dziewczyna mówi prawdę – wtrąciła Lea.

– Nie kłamię – zapewniła Hirka z belki pod sufitem.

Rime był spięty. Nie mógł znaleźć sobie miejsca. Nie miał czasu do stracenia. Wydawało mu się, że zostawił świat za sobą, gdy wybrał ścieżkę Ciemnego Cienia. Teraz świat znów go dogonił. Jako wyjętego spod prawa. Ciemne Cienie wciąż szukały Hirki, ale wkrótce zauważą jego nieobecność. Przyjdzie czas, by złożyć raport, a on się nie zjawi. Z nikim się nie skontaktuje. Ile minie, nim Rada doda dwa do dwóch? Nie miał czasu na wykłócanie się z buntownikami z Kruczej Gildii.

– Dlaczego miałaby kłamać? Używajcie głowy! Jej portrety są porozwieszane w całym mieście. Jest skazana na śmierć i nie ma dokąd pójść. Jest dzieckiem Odyna. Emblingiem. – Rime zwrócił się do każdego z nich, kolejno patrzył na ich twarze. – Gdybyście obudzili się rano i dostalibyście taką wiadomość, dotyczącą was samych, co byście zrobili? Dokąd byście poszli?

Kilkoro z nich spojrzało na Hirkę.

– I dlaczego miałbym być dla was zagrożeniem? – ciągnął Rime. – Zostałem Ciemnym Cieniem, żeby *uniknąć* życia w Eisvaldrze. Żeby nie musieć się zadawać z dwunastoma rodami. Wydaje wam się, że wiecie, kim oni są, ale nie macie pojęcia… – Potrząsnął głową. – I tak wiemy o was dość, byście wszyscy spłonęli, gdybym sobie tego życzył. I mógłbym zabić wszystkich w tej sali i nikt nie pociągnąłby mnie za to do odpowiedzialności. Więc powiedzcie mi: dlaczego któreś z nas miałoby kłamać?

Przez chwilę nikt się nie odzywał. Tylko Torje rzucił mu wyzwanie:

– Dlatego, że jeszcze nie wiesz, kim jesteśmy. Nie wiesz, co zrobimy ani kiedy. Nie wiesz, czy jest nas *więcej*. – Nacisk na ostatnie słowo miał podkreślić, że oczywiście jest ich więcej.

To było kłamstwem. Strategicznie nieudolnym i rzuconym po to, by go zastraszyć, na wypadek gdyby Rime wciąż był lojalny wobec Rady.

– A jakie to ma znaczenie, czy to wiem? – Rime postąpił o krok w stronę Torjego. – Nic, co planuje zrobić Krucza Gildia, nie może poprawić ani pogorszyć naszej sytuacji.

– Możemy się was pozbyć! To by było chyba gorsze?

– Torje! – Głos Ramoi zabrzmiał jak smagnięcie biczem.

Torje warknął cicho i się wycofał. Uniósł rękę do biodra. Chociaż nikt z nich nie nosił już mieczy. Rime miał ten sam odruch, ale się powstrzymał.

*Możemy się was pozbyć.*

Ani dla Torjego, ani nikogo innego z tu obecnych nie miało znaczenia, dlaczego zrobił to, co zrobił. Wciąż był Rimem An-Elderinem. Symbolem. Wrogiem noszącym wrogie nazwisko.

– No to zrobiłbyś coś pożytecznego przed śmiercią – odparł. Wpatrywał się w Torjego, póki ten nie odwrócił wzroku.

– Do Slokny, ale wy jesteście głupi – dobiegło z góry. Hirka puknęła się w czoło. – Wszyscy jedziemy na tym samym wozie! Nie widzicie tego?

– Hirka ma rację – wtrąciła Ramoja. – Musimy zakładać, że mamy te same cele i że jeśli zawiedziemy, będzie nas to wszystkich kosztować życie. Rime, ty i ja dokonaliśmy wyboru. Ty służysz Radzie jako zabójca, jako ich broń. Gdyby przyszło co do czego, nie wiem, komu okazałbyś lojalność. Ale i tak jest za późno. Rada upadnie. – Pozostali mruknęli z aprobatą. Ramoja ciągnęła: – Jeśli chcesz oddać cześć swoim rodzicom, nie będziesz próbować nas powstrzymać.

To była oczywista przynęta, ale Rimego zbyt to zaciekawiło, by jej nie chwycić.

– Moi rodzice mieli taki sam stosunek do Rady, jak wszyscy inni.

– Wątpię w to, Rime. Ilume dobrze strzeże swoich sekretów. Nigdy nie miałam droższej przyjaciółki niż twoja matka. Oboje zginęli przy Urmunai, ponoć zabrał ich śnieg. – Rime nastawił uszu. – I całkiem możliwe, że tak było. Nigdy się tego nie dowiemy. Wiem natomiast, że nigdy nie wybierali się do Urmunai. Tej nocy, gdy mieli wyjechać, obudziła mnie Gesa. Spałeś w ramionach ojca. Jej oczy lśniły od łez. Nigdy wcześniej jej takiej nie widziałam. Spytałam, co jest nie tak, ale pominęła to pytanie. Powiedziała tylko, że wyjeżdżacie. Na zawsze.

– Dokąd? – Rime wpatrywał się badawczo w twarz Ramoi, szukając jakichś oznak świadczących o tym, że kłamie. Nie znalazł ich i ogarnął go jeszcze większy niepokój. Miał ochotę się poruszyć, ale dalej stał z wyprostowanymi plecami. Przeczuwał, jaka będzie odpowiedź.

– Do Kruczego Dworu.

Rime podniósł głowę. Ramoja mogła wiele zyskać na kłamstwie, mimo to uznał, że mówi prawdę.

– A jakie to ma znaczenie, gdzie umarli? – Jego słowa zabrzmiały ostrzej, niż zamierzał.

– Być może to *gdzie* nie ma żadnego znaczenia, ale *dlaczego* chyba już coś znaczy?

– Mówisz tak, jakby ktoś umyślnie sprowadził na nas śnieg. Pod gołym niebem nie istnieje żadne dlaczego.

– Daj spokój, Rime! Używaj głowy, sam to przecież mówiłeś. Zjawili się u mnie w środku nocy, żeby się pożegnać. Żeby uciec do jedynego wolnego miejsca w jedenastu krainach.

– Ilume nigdy by do tego nie dopuściła.

– Ilume nie wiedziała. Dotrzymałam słowa danego Gesie. Nigdy nie zdradziłam, że najpierw przyszli do mnie. Nie tylko ze względu na nią, ale żeby ratować własną skórę. Gdybym cokolwiek powiedziała, wyszłoby na jaw, że wiem, że ta podróż do Urmunai to tylko wymysł. Możesz mi wierzyć, nie bez powodu nigdy nikomu o tym nie wspomniałam.

– Dlaczego? Dlaczego mieliby pragnąć opuścić Eisvaldr?

– A dlaczego *ty* miałbyś tego pragnąć, Rime? – W oczach Ramoi znów pojawiło się ciepło. Wreszcie pojęła, dlaczego postanowił zostać Ciemnym Cieniem. Nie zrobił tego z żądzy krwi. Nie miał innego wyjścia.

Rime ledwie poznawał własny głos, gdy jej odpowiadał.

– Bo zostanie tutaj kosztowałoby mnie więcej.

Torje podszedł do Rimego i zabrał głos. Rime zdał sobie sprawę, że nagle stał się kolejnym ciężarkiem na szali nauczyciela kruków. Sprzymierzeńcem w walce. Torje aż trząsł się ze szczerego gniewu; najwyraźniej uważał, że to było morderstwo.

– Rada okłamała wszystkich po raz ostatni! Krew za krew!

– Poczekaj! – Rime złapał go za ramię. – Nie teraz. Nie możecie zrobić tego teraz, gdy trwa Rytuał. Pogłoski o ślepych to nie tylko plotki! Oni wrócili i wszyscy potrzebują takiej ochrony, jaką tylko mogą dostać.

Wyobraził sobie Mannfallę pokonaną przez ślepych. Zniszczenia. Bezsilność. Miejsce bez Evny, bez życia. Nie mógł pozwolić, by ktokolwiek opuścił Mannfallę bez ochrony. Nie teraz, gdy wiedział, że to prawda. Pozostali niepewnie spoglądali po sobie. Zerkali na Ramoję. W tym, co powiedział, było sporo racji.

Hirka zeskoczyła z belki pod sklepieniem. Przekrzywiła głowę. Jej oczy wyrażały zdumienie.

– A na czym właściwie polega ta ochrona? Podczas Rytuału wcale jej nie czułam. Ale czułam Evnę.

– Czujesz Evnę? – Oczy Lei się rozszerzyły.

Rime ukrył uśmiech. Naprawdę nic nie wiedzieli o Hirce. I gdyby zależało to od niego, tak by pozostało. Wtedy byłaby bezpieczniejsza.

– Ona czuje Evnę – potwierdził.

Torje nadal był najbardziej sceptyczny z nich wszystkich. Albo najbardziej skłonny głośno wyrażać swoje wątpliwości. Możliwe, że był zbyt pochopny w osądach, ale przynajmniej mówił, co myślał. W Rimem budziło to szacunek. To było coś, co widywał w swoim życiu zbyt rzadko.

– Nawet ci z błękitną krwią nie zawsze czują Evnę. Łżesz, dziewczyno!

– Nie czuję jej u takich tchórzy, jak ty! – prychnęła Hirka. – Ale czuję ją, kiedy jest silna. U Rimego. U Powierniczki Kruka. U Urda. – Wzdrygnęła się. – Kiedy Powierniczka Kruka dawała nam ochronę podczas Rytuału, jej Evna była zimna. Tak jak wtedy, gdy Urd zabił tego więźnia, który… Zabił go. Evną! Położył mu rękę na głowie i poczułam, że Evna wypełnia cały loch. Wypełniła mnie. Ale nie była taka, jak u Rimego. Była zła. Niszcząca.

Znajoma, lecz równocześnie obca. Trudno mi to wyjaśnić. Urd wyssał z niego wszystko. Ten mężczyzna się trząsł. Jego oczy… Przewrócił oczami. I upadł. Zaczął krwawić. Z ust. Leżał… – Hirka spojrzała na własną dłoń, jakby ona to zrobiła. – Urd oparł się o ścianę. Ciężko oddychał. Chciałam…

Rime usłyszał czyjś szloch za plecami. Ramoja objęła się ramionami i zaczęła osuwać na kolana. Złapał ją, zanim upadła. Spazmatycznie wciągała powietrze.

– Ve… Vetle… Na Widzącego… – Ukryła twarz w ramieniu Rimego.

Lea podeszła i demonstracyjnie ją odciągnęła, jakby sama jego bliskość mogła szkodzić. Rime ledwie ich zauważał. Wpatrywał się w Hirkę. Odczuwała Evnę w ten sam sposób, gdy dostawała ochronę, i gdy Urd zabijał. Przypomniał sobie słowa podsłuchane w sali pod kopułą.

*Może teraz, gdy zjawili się ślepi, w ogóle nie powinniśmy przeprowadzać Rytuału.*

Dlaczego nie? Dlaczego nie?!

Bo Rytuał nigdy nikogo nie chronił.

Rime poczuł, że robi mu się zimno. Przygniotła go lawina. Świadomość, która niepowstrzymanie nabierała kształtów. Paskudna. Odrażająca. Zimna jak lód.

– Nigdy nikogo nie chronili. Odbierali innym Evnę…

Po słowach Rimego zapadła cisza. Ci, którzy siedzieli, wstali. Potem rozległy się okrzyki. Rime ich nie słuchał. Musiał się zastanowić. Dokończyć myśl. Sprawić, by kawałki tej układanki znalazły się na swoich miejscach. To wszystko było zbyt wielkie, by był w stanie to ogarnąć. Zbyt wielkie.

– Od pokoleń nie urodził się żaden silny czerpiący, który nie należałby do jednego z dwunastu rodów. Oczywiście, że nie! Oni nikogo nie chronią. Nigdy nie chronili niczego innego, prócz własnej władzy. – Rime opadł na krzesło przy oknie i chwycił krawędź stołu. Wpatrywał się w blat. Ciemne drewno. Zrodzone z Evny. Starzejące się w Evnie. Moc w każdym słoju. W każdej dziurze po sęku. – Odebraliśmy wszystkim Evnę. Żeby być najsilniejsi. Żeby nigdy nie dopuścić innych rodów. – Podniósł głowę i spojrzał na pozostałych. Przyglądali mu się z troską, jakby był chory. Nawet Torje. Wydawało mu się teraz, że jest ich więcej. Zaczął widzieć podwójnie? – Wypaliliśmy Evnę w nich wszystkich. – Popatrzył na Hirkę. Na napuchnięte oczy Ramoi. Vetle nigdy nie był silnym czerpiącym, choć powinno być inaczej. Teraz Rime wiedział dlaczego. – Od jak dawna?

Nikt mu nie odpowiedział. Ramoja położyła rękę na jego ramieniu. Hirka spoglądała bezradnie to na niego, to na nią. Dla nich to również było zbyt wiele. Wyglądali, jakby zaraz mieli się poprzewracać. Nie mogła na to pozwolić.

*Wstawaj, Rime!*

Rime się rozejrzał, ale głos płynął z jego wnętrza. Złość mistrza Svartelda, gdy mięśnie znów zawiodły. W świecie mistrza nie było miejsca na choćby najmniejszą słabość. To nie ciało tobą rządzi, to ty panujesz nad ciałem.

*To twoje przeklęte ciało! Wstawaj!*

Rime wstał.

– Wiem, że Rada się kruszy. Jeśli ktoś życzy im upadku, teraz jest na to najlepszy moment. Taki, jaki nie nadarzył się od pokoleń. Ale musicie poczekać – dodał.

– Nawet nie próbuj, An-Elderin! – rzucił Torje. – Możliwe, że dla ciebie to taka sama nowość jak dla nas, ale to tylko jeszcze bardziej umacnia nas w przekonaniu do naszej sprawy.

– Torje, róbcie, co musicie, ale najpierw ja muszę usłyszeć odpowiedź.

– Nikt ci nie udzieli odpowiedzi, Rime. – Ramoja mówiła zduszonym głosem – Przez całe życie miałam nadzieję na odpowiedź. Przez całe życie Vetlego. Nikt nie może ci dać tego, czego pragniesz. Nikt nie poda ci dobrych wyjaśnień, dlaczego tak się stało.

Hirka wystąpiła o krok.

– On to może zrobić – powiedziała.

– Kto? – spytała Ramoja.

Hirka nie musiała odpowiadać. Rime uczynił to za nią.

– Widzący…

Hirka podeszła do niego. W jej oczach widział na przemian zdumienie i pewność. Uśmiechnął się ostrożnie. Zrozumiała. Widział to. Torje parsknął, pozostali wybuchnęli wymuszonym śmiechem. Rime nie odrywał oczu od Hirki, a ona od niego. Musiał to wyjaśnić pozostałym.

– Widzący zna odpowiedzi. On wie. Wie dlaczego.

Lea rozłożyła ręce.

– Nikt spoza Rady nigdy z nim nie rozmawiał. Najwyraźniej nawet *ty*. A jesteś przecież dzieckiem, które ocalił. Dzieckiem An-Elderinów.

Torje ją poparł.

– I nawet gdybyś miał okazję z Nim rozmawiać, skąd ta pewność, że ci odpowie? Rada to gniazdo zakłamania i pazerności! Pewnie są tacy na jego rozkaz?

Wiele osób uczyniło znak kruka na piersi. To zaskoczyło Rimego. Pogarda wobec Rady powinna dotyczyć również Widzącego. Jedynego. Przecież powinno tak być również w Jego przypadku, a nie było.

– Oboje mówicie prawdę. Ale *wiem*, że działają bez Niego.

– Co właściwie chcesz przez to powiedzieć? – Knute odstawił kufel z piwem na parapet. Wiejący na zewnątrz wiatr zmarszczył bursztynową powierzchnię.

– To, że Rada rządzi bez Niego. Nie wiem, od jak dawna to

robią, ale na pewno od śmierci Vanfarinna. Widzący nigdy nie przyjąłby Urda do wewnętrznego kręgu.

– Ale ja Go widziałam – odezwała się Hirka. – Patrzyłam Mu w oczy podczas Rytuału.

– W takim razie wiemy, że żyje. I uzyskam odpowiedzi.

Ramoja westchnęła.

– Rime, nie istnieje taka odpowiedź, która by cię zadowoliła. Nie ma takiej odpowiedzi, która mogłaby usprawiedliwić ucisk i korupcję ciągnące się od niepamiętnych czasów. Żadna odpowiedź nie wyjaśni, dlaczego odbierali wszystkim Evnę, jeśli to robili. Nie ma takiej odpowiedzi, Rime.

– Możliwe. Ale i tak ją usłyszę.

– Jest nas zbyt mało i nie mamy czasu, by czekać na odpowiedzi. Nawet tysiącowi mężczyzn nie udałoby się skłonić Go do mówienia – wtrącił Torje.

– Nie potrzebujecie tysiąca mężczyzn ani czasu. Zrobię to sam. – Rime poczuł moc swoich słów, jakby zaczerpnął Evny. Gdy tyko je wypowiedział, stały się prawdą. Miał rację. Dokładnie to musiał zrobić. Musiał Go zobaczyć. Widzącego, dla którego żył i zabijał. Początek i koniec. Tego, który znał wszystkie odpowiedzi. I jeśli On okaże się taki, jak reszta Rady, to będzie ostatnia rzecz, jaką Rime w życiu zrobi. To było jednak nieistotne. I tak poświęcił Mu już swoje życie.

Torje uderzył pięścią w ścianę. Na zewnątrz zakrakały kruki.

– On wszystko zniszczy! Nie możecie go słuchać!

– Nie macie nic do stracenia. Zrobię to sam, dziś w nocy. Jesteście tak żądni krwi, że nie możecie poczekać jednej nocy?

Nikt mu nie odpowiedział.

– Co właściwie zamierzasz zrobić? – spytała po chwili Lea.

Rime z wdzięcznością skinął jej głową. Dostał czas, o który prosił.

– Włamię się do wieży Widzącego.

Wyszedł z sali. Potrzebował odpoczynku. Spokoju. Słyszał głosy nauczycieli kruków, mówili jeden przez drugiego. Uważali, że postradał rozum. Że jest szalony. Albo chory. I może mieli rację. Problem polegał na tym, że jego plan był uzależniony od tego, czy Hirka jest równie szalona jak on. Jego Evna zmieniała się w niepohamowaną burzę, gdy przez nią przepływała. Bez niej nigdy nie będzie na tyle silny, by dotrzeć do Widzącego.

Hirka przeżyła w Eisvaldrze swoje najgorsze dni. Uwięziona. Poraniona. Napiętnowana. Za nic nie będzie chciała tam wrócić. Poza tym odwróciła się od Widzącego. Czy istnieje na świecie coś, co mógłby jej obiecać? Cokolwiek, co by ją skłoniło, by poszła z nim na spotkanie śmierci. Wątpił w to.

Ponad gwar wybił się głos Torjego:

– Czy on jest skończonym idiotą?

– Najgorszym, jakiego znam – odparła Hirka. – W każdym razie, jeśli mu się wydaje, że zrobi to sam!

Wtedy Rime zrozumiał, że jest w niebezpieczeństwie. Ponieważ nagle zgnilizna wydawała się niewielką ceną z to, by z nią być.

## OPOWIEŚĆ RAMOI

Był wczesny wieczór. Na zewnątrz wiatr szarpał krukami, jakby były kawałkami płótna, ale one i tak zawsze ponownie zrywały się do lotu. Ich lot stawał się spokojniejszy między wieżami Mannfalli.

Hirka nie mogła zasnąć. I nie chodziło tylko o to, że bała się snów. Myślała o tym, co zrobią dziś w nocy. To było tak głęboko sprzeczne z jakimkolwiek zdrowym rozsądkiem, że nikt na jej miejscu nie byłby w stanie zasnąć. Z wyjątkiem Rimego. On spał. Ulżyło jej, gdy to zobaczyła, bo zaczynała się już zastanawiać, czy Ciemne Cienie w ogóle potrzebują snu.

Udostępniono im ciasny pokój na strychu, były tam dwie prycze umocowane do ściany, jedna nad drugą, jak na statku. Rime zajął tę dolną. Hirka zwróciła uwagę, że jego oddech stał się cichszy, gdy wychodziła z pokoju. Nawet przez sen wyczuwał, że ktoś wchodzi albo wychodzi.

Zeszła ze strychu i ruszyła w stronę, skąd dobiegał głos Vetlego. Doprowadził ją do kuchni we wschodnim skrzydle. Zastała tam Ramoję, która podgrzała jej herbatę. Hirka spytała o rumianek albo coś innego na uspokojenie, ale niczego takiego nie mieli.

Usiadły przy końcu długiego stołu. Czarne włosy Ramoi lśniły w blasku rzucanym przez żar pod kociołkiem. Vetle siedział przy drugim końcu stołu i rysował coś węgielkiem na kartce. Hirka patrzyła na niego. Rysował kruka. Już wcześniej oglądała jego rysunki, ale za każdym razem zaskoczona stwierdzała, że rysuje lepiej niż ona. Tak łatwo było zapomnieć o tym, że są rówieśnikami.

– Co mu się stało?

Hirka wiedziała, że usłyszy odpowiedź. Nigdy nie pytała, bo zakładała, że po prostu Vetle zawsze taki był. Że już się taki urodził. Ale gdy zobaczyła dziś reakcję jego matki, zmieniła zdanie. Ramoja podsunęła Vetlemu okrągłą świecę z dwoma knotami, by miał lepsze światło do rysowania.

– Sama to widziałaś. Evna wyssała z niego życie. Miał wtedy dwa lata.

– Ale kto? Kto mógł chcieć skrzywdzić Vetlego?

– Jego ojciec.

Hirka nigdy nie zastanawiała się nad tym, że Vetle nie ma ojca. Po prostu było tak od zawsze. Niektórzy w Elveroi szeptali o tym. Sylja nazwała Vetlego nieślubnym dzieckiem, a Hirka jej odparła, że przecież tego nie wie. Może jego ojciec umarł. Teraz by o to spytała, ale nie musiała tego robić.

– Urd jest… jego ojcem – szepnęła Ramoja.

Oczy Hirki się rozszerzyły. To nie mogła być prawda! Chłopak beztrosko siedział przy palenisku i dalej rysował. Nie dostrzegała w nim żadnego podobieństwa do szczupłego, kanciastego Urda. Vetle był łagodnym, pełnym ciepła chłopakiem. Miał trochę spłaszczony nos, tak jak Ramoja. A nie ostry, jak u Urda. Jedyną rzeczą, jaką być może po nim odziedziczył, były jasne jak łan zboża, złote włosy.

Ramoja wypowiedziała te słowa, nie używając imienia syna.

Jakby bolało ją wspominanie o Vetlem i Urdzie w tym samym zdaniu. Hirka wyczuwała, że dopiero usłyszy to, co najgorsze. To, co sama rozumiała aż za dobrze. Położyła rękę na dłoni Ramoi.

– Wziął cię siłą…

Oczy Ramoi zalśniły, wbiła spojrzenie w stół.

– Dziś wiele rzeczy zrobiłabym inaczej. Nie uśmiechałabym się do niego, zanim on… Pragnął mnie, to było oczywiste. Schlebiało mi, że się mną interesuje. Często tak z nami bywa, gdy jesteśmy młode. – Spojrzała na Hirkę i uśmiechnęła się. Uświadomiła sobie, że rozmawia z dziewczyną, która nie przeżyła jeszcze swojej szesnastej zimy. – Kiedy jesteśmy młodzi, nie rozumiemy świata, Hirko. Nie dostrzegamy niebezpieczeństw. Być może dziś dostrzegłabym w jego oczach, że coś jest nie tak. W sposobie, w jaki na mnie patrzył. Może dziś bym wyczuła, do czego jest zdolny. Może dziś umiałabym…

– Powstrzymać to? Przeczuć, co się święci?

Ramoja uśmiechnęła się. Wydawała się wdzięczna, że Hirka czyta w jej myślach. To jednak nie umniejszało wściekłości, jaką Hirka czuła. Jej pierś wciąż była obolała po tym, jak brutalnie obeszły się z nią łapska gwałciciela.

– Tego się nie wie. Nigdy. Nie widać tego po nich, Ramojo!

Vetle na chwilę podniósł głowę, ale dokończenie rysunku było ważniejsze niż słuchanie nudnej rozmowy kobiet. Ramoja uśmiechnęła się łagodnie.

– Zupełnie jakbym słyszała matkę Rimego. Powiedziałam o tym tylko Gesie. To było w dniu zaślubin Jarladina. Gesa była naprawdę wściekła! Chciałam ją powstrzymać, ale wzburzona pobiegła powiedzieć Ilume o tym, co się stało. Pamiętam kolczyki z pereł w jej uszach. Zatańczyły, gdy odwróciła się na pięcie. Jej szarą, jedwabną spódnicę szeleszczącą w korytarzu. Zamierzała zadbać o to, by Urd zapłacił za swój czyn. To mogło kosztować

Vanfarinna miejsce w Radzie. Nie przetrwaliby takiego skandalu, ale dla Gesy to nie miało żadnego znaczenia.

Hirka poczuła ból w piersi na myśl o tym, co zaraz miała usłyszeć. Głos Ramoi stał się ochrypły.

– Gesa poszła do swojej matki. Ilume dowiedziała się. Dowiedziała się, co zrobił Urd. Była wzburzona. I oczywiście zszokowana. Ale…

– Ale nic się nie stało. – Hirka dobrze to wiedziała. Aż za dobrze.

Ramoja kiwnęła głową.

– Vanfarinn zasiadał w Radzie. Ilume sądziła, że nagłaśnianie tej sprawy byłoby karaniem ojca za występek syna. Vanfarinn był dobry. Dla Rady. Dla ludu. To by zachwiało stabilnością krain.

Hirka zrozumiała. Ilume pozwoliła, by to Ramoja zapłaciła cenę za to, by lud zachował wiarę w Eisvaldr, w Mannfallę. I w ostatecznym rozrachunku również w Widzącego. Dziś w nocy Hirka się z Nim spotka. Ona i Rime. Może Widzący ich zabije albo wygna, ale muszą sami się o tym przekonać. W oczach Hirki wszechmocny odpowiadał za coraz więcej krzywd.

– Tamtego wieczoru coś się stało, Hirko. Gesa przeżyła coś więcej niż tylko odmowę Ilume, musiało tak być. Chciała wyjechać. Opuścić rodzinę, Eisvaldr. Wszystko. Od prawie trzynastu lat się zastanawiam, czy zrobiła to tylko ze względu na mnie. Bo ona i Ilume się pokłóciły o to, jak potraktować występek Urda. Tamtej nocy powiedziała tylko, że ona i Allvard wezmą ze sobą Rimego i pojadą do Kruczego Dworu. Kilka dni później dowiedzieliśmy się, że Gesa i Allvard An-Elderin zginęli w lawinie niedaleko Urmunai. Przeżył tylko chłopiec. Rime miał wtedy sześć lat. Wyczekiwane dziecko. Wybraniec Widzącego. Mówili, że wilk wykopał go ze śniegu.

Hirkę przeszył dreszcz. *Wilcze oczy.*

– I Rime wiedział o tym wszystkim? Od zawsze?

– O nie. Nie wiedział o tym, że uciekli ani dokąd zmierzali. Dla niego to zawsze była tragedia, do której doszło z naturalnych przyczyn.

– A myślisz, że jak było?

Ramoja obróciła kubek w dłoniach. Nie odpowiedziała na pytanie Hirki. Dalej mówiła o Rimem.

– Myślałam, że tajemnica Vetlego pozostanie między mną a Ilume. Że nikt się nie dowie. Ale Rime zawsze cicho się poruszał korytarzami w Eisvaldrze. I w Elveroi. O wielu rzeczach się dowiedział. Prawdopodobnie wie również, co Urd zrobił z Vetlem. Może dotąd nie wiedział, ale dziś się tego domyślił. Kiedy opowiedziałaś nam, jak Urd zabił tego mężczyznę Evną.

– Urd chciał go zabić?!

– Nad tym również od dawna się zastanawiam. Ale nie sądzę. Nie miał się czego bać. Nikomu nie powiedziałam o tym, co mi zrobił. Minęły dwa lata i musiał wiedzieć, że będę milczeć. Pewnie chciał po prostu nie dopuścić, by to wyszło na jaw. Na przykład podczas Rytuału.

Hirka zrozumiała.

– Chłopak, który jest równie silnym czerpiącym, jak ci z dwunastu rodów. Wszyscy by się zastanawiali…

Ramoja kiwnęła głową.

– Nie miałam pojęcia, że można wypędzić z kogoś Evnę. Nigdy nie słyszałam o takiej zdolności. Z drugiej strony, sama Evna jest rzadkim darem. Myślałam, że ty ją posiadasz. Że jesteś silniejsza niż wszyscy. Przyleciał do ciebie kruk, z własnej woli! Zawsze trzymałaś się z Rimem, jakbyście mieli jakąś wspólną tajemnicę. Kruki mi powiedziały, że masz inną krew. I tamtego dnia widziałam cię na placu z Kolgrimem. Wtedy, gdy rozpadł się kamień. I pomyślałam…

Hirka jęknęła. Hlosnian. Ramoja widziała, jak Hirka miażdży kamień w ręce Kolgrima, ale to było dzieło Hlosniana. Nie jej. Nauczycielka kruków dodała dwa do dwóch. Dziewczyna o tak silnej Evnie, że potrafi zmiażdżyć kamień, i do tego chce uciec przed Rytuałem... Hirka poczuła się zbyt zmęczona, by próbować to wyjaśnić. Pozwoliła Ramoi mówić dalej.

– Czasem się zastanawiam, czy chciał go zabić. Najczęściej jednak myślę, że chciał tylko... pokazać, co *mógłby* zrobić. Że gdyby chciał, mógłby mi odebrać to, co dla mnie najdroższe. Gdyby go zabił...

– Wtedy wykrzyczałabyś całą prawdę przed wszystkimi. Zadbał o to, byś wciąż miała coś do stracenia. – Hirka poczuła dreszcz przebiegający jej po plecach. Zaniepokoiło ją, że jest w ogóle zdolna tak myśleć. Równocześnie bała się, że ma rację. Że ktoś może być aż tak podły. Jak ślepy! Bez żadnych zahamowań. Tak kompletnie pozbawiony... zasad.

Ramoja potwierdziła skinieniem głową.

– Nigdy o tym nie powiedziałam nikomu innemu. Ale rozmawiałam o tym z Ilume. Rime mógł to usłyszeć. Zawsze był bystry. Czujny.

– Mimo to go uderzyłaś?

Ramoja zasłoniła twarz rękoma.

– Byli dla mnie jak rodzina. On i Ilume. Gdy Rada chciała się zbliżyć do Kruczego Dworu, Ilume mnie poprosiła, żebym wyjechała razem z nią. Musieli mieć nauczyciela kruków i mogła wybrać kogokolwiek, ale wybrała mnie. Nie wiem dlaczego. Może obwiniała się o to, co się stało z Vetlem. Może potrafiłaby temu zapobiec, gdyby potraktowała sprawę poważnie wtedy, gdy przyszła do niej Gesa. A może po prostu przy mnie czuła, że jest bliżej córki, którą straciła.

*Albo po prostu nie chciała dopuścić do tego, żebyś coś powie-*

*działa pod jej nieobecność.* Hirce przypomniała się gra planszowa, w którą grywali goście w herbaciarni u Lindriego. Każdy zaczynał po swojej stronie planszy, z różnymi figurkami z drewna. Celem było ich strategiczne wykorzystanie, żeby przejąć stronę przeciwnika. Hirka z reguły przegrywała, bo wybierała najkrótszą drogę. To było jak obnoszenie się ze swoimi zamiarami. Dziś wiedziałaby lepiej.

– Ilume twierdziła, że wyjazd byłby najlepszy dla mnie i dla Vetlego, i trudno się było z tym nie zgodzić – ciągnęła Ramoja. – A więc zamieszkaliśmy razem w Elveroi. Widywałam się z nią codziennie. Zwłaszcza na początku, kiedy budowano dom kruków. Pierwszy w Elveroi. Rime był wtedy taki młody.

– Zanim został Ciemnym Cieniem – dodała Hirka.

Ramoja znów kiwnęła głową. Z żeliwnego dzbanka dolała im herbaty do kubków. Napój był już letni, ale żadna z nich się tym nie przejmowała.

– Dowiedziałam się o tym od Eirika, gdy przybyłam do Kruczego Dworu. Nie jestem naszym jedynym źródłem w Eisvaldrze. Wysłali list o tym, jakiego wyboru dokonał Rime.

– Zawiódł cię. – Hirka doskonale rozumiała, co czuje Ramoja. Przypomniała sobie ją i Eirika przy posągu bogini w Kruczym Dworze. To o Rimem wtedy rozmawiali.

*Wybrał swoją drogę. Teraz zabija dla tych, których według ciebie miał odmienić.*

– Tylko on mi został po Gesie. Byłam przy nim, odkąd się urodził. Ilume tak bardzo w niego wierzyła. Miał być najmłodszym i najsilniejszym, jaki kiedykolwiek zasiadał w wewnętrznym kręgu. To się wydawało oczywiste od chwili, gdy przyszedł na świat. Zaczęłam wierzyć Ilume. Uwierzyłam w niego. Był silny i zawsze myślał krytycznie. Ośmieliłam się ujrzeć to w jego oczach. Szansę na to, że ta gra się skończy i zwycięży sprawiedliwość. A co on zrobił? Chyba bardziej nie mógł przekreślić samego siebie. Ciemny Cień! Jeden z już martwych w służbie Widzącego. Zabójca. Na *ich* usługach!

Hirkę przechodziły ciarki, gdy słuchała opowieści Ramoi. Kawałki układanki nieubłaganie układały się w całość. Rime. Rada. Evna. Jeśli Rime miał rację, to nic dziwnego, że Mannfalla zareagowała, gdy Kruczy Dwór przestał wysyłać młodzież na Rytuał. Co by było, gdyby Evna rozkwitła u wroga? U tych, którzy nie czczą Widzącego? Świat podzieliłby się na dwie części. Wszystko byłoby inaczej.

Czy to będzie jej ostatnia noc? Gdyby Widzący tego zechciał, mógłby zabić ich oboje. Mogą jedynie uczepić się wiary w Jego bezgraniczną miłość. I tego, w co wierzy Rime.

– Wybaczyłaś mu? – spytała Hirka.

– Rimemu? Tak. Miałam nadzieję, że naprawi błędy Rady. Ale to nie daje mi prawa, by winić go, że wybrał swoją drogę. Rozpamiętywanie błędów to niebezpieczna zabawa. W końcu zbiera się ich zbyt wiele. Wiedziałaś, że Kruczy Dwór posiadał kiedyś jako jedyny nauczycieli kruków?

Hirka pokręciła przecząco głową.

– Eisvaldr wysłał Ciemne Cienie, żeby wykradli mężczyzn i kobiety, którzy mieli Evnę do kruków. To dlatego Mannfalla posiada dziś taką samą wiedzę.

– To niemożliwe!

– Też tak myślałam. Myślałam o tym wiele razy. Również wtedy, gdy przyszedł list z wiadomością, że Urd zajmie miejsce ojca w Radzie. Wtedy byłam już pewna. Rada nigdy nie służyła nikomu prócz siebie.

Kolejne kawałki układanki trafiły na swoje miejsce. Ten list, który przyszedł, gdy była u Ramoi, a nauczycielka kruków zasłabła. Czy to wtedy się dowiedziała?

– Dlatego muszę odejść – ciągnęła Ramoja chłodniejszym tonem. – Nawet jeśli zapłacimy za to naszą krwią.

Hirka położyła dłoń na jej ramieniu.

– To nie będzie konieczne. Dziś w nocy poznamy wszystkie odpowiedzi, Ramojo.

Ramoja uśmiechnęła się w taki sposób, jakby cieszyła się, że Hirka w to wierzy, ale jakby sama nie była do tego przekonana. Przez chwilę milczały. Słyszały tylko wiatr w gałęziach drzew na zewnątrz i szuranie węgielka Vetlego po papierze, gdy wypełniał czernią skrzydła.

– Zaryzykował dla ciebie wszystko, wiesz o tym, prawda? – odezwała się w końcu Ramoja.

– Kto?

Ramoja uniosła brwi, jakby pytanie Hirki było niepotrzebne. Miała rację.

– Widzę, że gardzisz wyborem, jakiego dokonał, równie mocno jak ja, Hirko. Ale rzucił dla ciebie wszystko.

– I tak już rzucił wszystko dla Ciemnych Cieni – odparła oschle Hirka.

– Nie swoje życie. Nie nazwisko. Bez względu na to, co zrobił, wciąż był Rimem An-Elderinem. Ale teraz już nie. Odwrócił się nawet od Ciemnych Cieni. Nikt tego nie robi. Przypieczętował swój los, Hirko. Czas, który mu pozostał, to czas z tobą. I najmniej potrzebna mu jest pogarda.

– Nie, nie gardzę nim! Wręcz przeciwnie! Ja… nim nie gardzę.

– Wykrzywiasz usta za każdym razem, kiedy widzisz miecze, które nosi. Odwracasz się do niego plecami za każdym razem, gdy rozmawiacie o życiu i śmierci.

– On zabija! I wy też chcecie zabijać! Śmierć jeszcze nigdy nie rozwiązała żadnego problemu. Śmierć to tylko śmierć. Nigdy nic nie poprawia, i zawsze tak będzie. Brak szacunku dla życia kłóci się ze wszystkim, co powiedział Widzący.

– A więc dziś w nocy Go o to zapytacie – odparła Ramoja.

Vetle skończył rysować. Wziął do ręki papier, przekrzywił głowę i z niezadowoleniem studiował własne dzieło. Wizerunek Stworzyciela.

## WIDZĄCY

Istotą Eisvaldru był kompromis. Miasto na końcu miasta było domem Widzącego, otwartym miejscem modlitwy i pracy. Miastem należącym do wszystkich. Równocześnie miało bronić dwunastu rodów oraz tajemnic, których strzegły. Miasto Rady. Nieprawdopodobne połączenie twierdzy i rynku. Tej nocy to dawało im przewagę.

Pierwsza część – sam Mur – nie stanowiła żadnej przeszkody. Ætlingowie swobodnie poruszali się krużgankami. Gwardziści patrolowali Mur z obu stron, spotykali się pośrodku, zamieniali kilka słów, po czym szli dalej. Nikogo nie zatrzymywali i nie pytali nocą przybyszów, jaka sprawa ich tu sprowadza.

Noc była porą najsmutniejszych dusz. Dla zdesperowanych i tych, którzy nie mogli zasnąć. Przychodzili tu z twarzami zakrytymi kapturem, sami albo wsparci na towarzyszu. Szli po lśniących kamiennych płytach aż do murów sali. Tam padali na kolana, unosili ręce ku kamieniom albo wieszali wstęgi z modlitwami na drewnianych tablicach, obok dziesiątków tysięcy innych. W mroku wszystkie były równie nieczytelne. Kolejne mury otaczały Salę Rytuału oraz resztę Eisvaldru, wraz z wszystkimi jego wieżami i mostami. Wznosiły się na wysokość kilku mężczyzn i były dobrze strzeżone. Ta droga dla Hirki i Rimego nie wchodziła w rachubę.

Hirka była jak cięciwa łuku. Napięta. Podekscytowana. Rime obejrzał się na nią, by sprawdzić, czy wciąż za nim idzie. Wspinali się mozolnie na wzgórze po wschodniej stronie miasta. O wiele wyżej niż tamtej nocy, gdy Urd wyciągnął ją z lochów. Było stromo. Hirka przytrzymywała się gałęzi i podciągała.

Według planu mieli pójść grzbietem wzgórza w stronę Gniazda Ślepych i dotrzeć do czerwonej kopuły od wewnętrznej strony muru. Szli w milczeniu. Ciemne Cienie wciąż jej szukały. Rime zatrzymał się kilka kroków przed nią. Z początku pomyślała, że czeka na nią, bo go spowalnia, ale zaraz z ulgą zdała sobie sprawę, że dotarli na szczyt. Zatrzymała się i po raz pierwszy zajrzała w głąb Gniazda Ślepych. Gór, w które nikt się nie zapuszczał. I nie tylko dlatego, że było to zakazane. To miejsce było jak brama do pradawnych czasów. Bez dróg. Bez mieszkańców. To wszakże nie dzikość wszystkich odstraszała. To właśnie stamtąd niegdyś przybyli ślepi. Przeklęte góry. Zakazane góry. Wyciągały się do księżyca. Były ich setki. Wielkie jak dawni bogowie. Tak wielkie, że gdyby zapuściła się w nie dalej, całe jej życie wydawałoby się niczym.

– Co tam jest? Ślepi?

– Nie – szepnął Rime. – Tylko góry. I Ciemne Cienie.

Hirka spojrzała na niego pytająco. Uśmiechnął się. Blask księżyca odbijał się w jego szarych oczach.

– To tam mieszkamy i trenujemy. Ciemne Cienie mieszkają w Gnieździe Ślepych.

Oczywiście. Jeśli chciało się mieć niewidzialną armię, nie istniało chyba lepsze miejsce niż takie, w które nikt się nie zapuszczał. Po niebie przetaczały się chmury. Dziś w nocy będzie burza.

Rime chwycił ją za rękę i pociągnął w drugą stronę. Znowu w dół. Dotarli do nagiego skalnego występu, który stromym urwiskiem opadał ku ogrodom Eisvaldru. Hirce zaparło dech. Przeszli. To miejsce wyglądało inaczej, niż oczekiwała, choć sama nie była do końca pewna, co spodziewała się tutaj ujrzeć. Między urzekającym Gniazdem Ślepych a mieszkańcami Mannfalli wznosił się tylko Eisvaldr. Dolina po tej stronie powinna być… opustoszała. Przerażająca. Powinny tu widnieć ślady świadczące o tym, że tysiąc lat temu stała się polem bitwy, podczas której Widzący pokonał ślepych. To jednak nie było pole bitwy. Za kompleksem sal, w głąb doliny, ciągnął się pofalowany dywan krzewów herbacianych i ogrodów ziołowych. W mroku nocy widać było zarysy ścieżek i schodów z białego kamienia.

Poniżej zobaczyła zarysy drzwi wykutych w zboczu wzgórza. Blask księżyca odbijał się od ćwieków i Hirkę przeszył dreszcz. Poznała je. Drzwi do lochów. To tam trzymano więźniów. Mały kompleks wież tuż obok musiał być miejscem, gdzie ją przesłuchiwano. Miejscem, gdzie dźgano ją w plecy. Rzucili ją na kolana, z opaską na oczach, bez żadnego innego powodu prócz tego, że się urodziła. Znów poczuła ból w plecach i opuściła ją odwaga. Władza, która tu się skupiała, nie ponosiła żadnej odpowiedzialności przed nikim, mogli potraktować ją, jak chcieli. I gdyby ją schwytano, nikt by się nie zawahał.

A jeśli Widzący już wie? Był przecież kiedyś jednym ze ślepych. Przyjął postać kruka i odwrócił się od swoich, by uratować Ym przed zagładą. A co, jeśli po tysiącu lat zmienił zdanie? Jeśli teraz pragnie, by ślepi wrócili? Inwazja… Hirka pospiesznie odsunęła tę myśl. Przyprawiała ją o zawrót głowy. Bo co można poradzić, jeśli bogowie mają złe zamiary?

Rime ruszył już dalej wzdłuż skalnej półki. Przyspieszyła i chwyciła go za ramię.

– Mój worek – szepnęła.

Spojrzał na nią pytająco i pochylił się ku niej, by lepiej słyszeć.

– Mój worek! Zabrali moje rzeczy. Wciąż leżą tam, w wartowni. W lochach.

Rime przyglądał jej się z niedowierzaniem. Dopiero po dłuższej chwili spytał:

– I co z tego?

– To moje rzeczy! Zioła. Herbaty. Jedyne, co mi zostało po ojcu.

Jego spojrzenie nie pozostawiło jej żadnych złudzeń. Jej rzeczy były stracone. Każda inna myśl była absurdalna i nie do przyjęcia. Hirka przygryzła wargę. Ten worek był wszystkim, co posiadała. Wszystkim, czym była. Odebrali go jej! Cisnęli w jakiś kąt. Ale teraz od worka dzielił ją tylko ospały, senny gwardzista.

– Wygląda jak zielona kiełbaska z paskami do noszenia. Przy sznurku u góry wiszą muszelki i… – spróbowała dokończyć.

– Zapomnij o tym.

– On jest tam na dole, tak blisko!

– Ach tak. W takim razie sama możesz po niego pójść – odparł.

– To nie ja jestem Ciemnym Cieniem – mruknęła. – To nie ja jestem tajemniczym wojownikiem, który posiada ogromne moce i…

– Poczekaj tutaj, ty zmoro.

Hirka patrzyła za nim, gdy znikał w mroku. Uklękła i wyjrzała za skraj urwiska, ale nie widziała go. Wiatr szarpał gałęziami drzew za jej plecami i niemal natychmiast zdała sobie sprawę, co zrobiła. Pozbawiła się jedynej ochrony przed innymi Ciemnymi Cieniami. Tymi, którzy wciąż na nią polowali.

Skuliła się między drzewami i spróbowała się stopić z poszyciem lasu. Jakby to jej mogło pomóc, gdyby się zjawili. A dlaczego mieliby się nie zjawić? Mieszkali przecież w tych górach. Trenowali tam. Siedziała tak i myślała o tym, aż stało się to nie do zniesienia. Była bliska tego, by zawołać Rimego, ale wtedy o ziemię obok niej uderzył worek. Hirka przycisnęła go do siebie. Odzyskała coś, co było jej częścią. Jedną z rzeczy, które jej odebrali. Było tego niewiele, ale te rzeczy należały do niej.

Zaczęła się męczyć ze sznurkiem, by sprawdzić, czy wszystko jest na swoim miejscu, ale cierpliwość Rimego najwyraźniej się wyczerpała. Podniósł ją na nogi i pociągnął z powrotem w stronę skalnego występu. Hirka zarzuciła worek na plecy. Rime wskazał na białą kopułę pod nimi. Potem na wieżę ze schodami po zewnętrznej stronie, a na koniec na czerwoną kopułę. Pierś Matki. Ich cel.

To był idiotyczny plan. Ubzdurał sobie, że będą skakać między wieżami i kopułami, jakby mieli skrzydła. Hirka zaśmiała się nerwowo. Na dół było daleko. Tak daleko, że zakręciło jej się w głowie. Nauczyciele kruków pożyczyli jej wełnianą kurtkę i teraz szczelniej się nią otuliła. Rime spojrzał na nią. Skinęła głową. Była mu to winna za worek. Ale biada mu, jeśli zbytnio ufa swojej Evnie. Hirka miała ochotę stłuc go na kwaśne jabłko. I mniejsza z tym, czy jest Ciemnym Cieniem.

Objął ją. Chwyciła go za szyję i przyjęła w siebie Evnę. Była silniejsza niż kiedykolwiek wcześniej. Evna pulsowała w jej ciele, sprawiając, że wszystko stało się większe. Urosła odległość między sercem a płucami. Mogła zaczerpnąć więcej powietrza, sięgać dalej, widzieć więcej, słyszeć wszystko. Z ciemności wyłoniły się szczegóły. Powietrze stało się kruche jak zeschnięte liście. Jakby się rozpadło i próbowało znów połączyć. Potem zgęstniało wokół nich. Pachniało spaloną ziemią. Ogniem i popiołem.

Skoczyli.

Evna nie była w stanie powstrzymać jej paniki. Dała jedynie Hirce czas i przestrzeń, by mogła się przyjrzeć, jak spada. Mogła rozłożyć swój strach na części, znów go poskładać i rozpoznać w nim panikę, ale już w inny sposób. Rime był częścią niej, a równocześnie kimś obcym. Równocześnie ciężarem i oparciem. Był ziemią i niebem, które wykorzystywały ją, by ugasić swoje pragnienie. Stał się bardziej zachłanny. Z początku to było cudowne, jakby nie istniała żadna odpowiedzialność. Ale potem stało się przerażające. Miała ochotę krzyknąć, żeby przestał, ale wtedy poczuła, że Evna napotyka na podłoże, i zaczęli spadać wolniej. Kilka razy obrócili się powoli wokół własnej osi. Biała kopuła stała się jak żywa istota, która odpychała ich od siebie, by mogli wylądować w kontrolowany sposób. Cali i zdrowi.

Evna opuściła ją. Hirka chwyciła się mocno, by nie spaść z dachu. Serce tłukło się w jej piersi, jakby biegła tu przez całą drogę aż od miejskich murów. Oddychała. Żyła. I to było wspaniałe!

Rime szykował się już do skoku na most łączący wieże. Jego oczy błyszczały. Dwa pierścienie światła wokół ciemnych czeluści źrenic. Dzikie. Spragnione Evny. Chwycił ją za rękę i rzucili się w dół. Rime czerpał przez nią Evnę. Powietrze poruszało się wokół nich, targało nimi. Badało ich podczas lotu, jakby nie było do końca pewne, czy są ptakami czy nie. Wylądowali na moście. Hirka się przewróciła i skaleczyła kolano o pękniętą płytkę, ale nie czuła bólu. Ogarnęło ją zbyt wielkie uniesienie, by mogła odczuwać ból. Chwyciła Rimego za rękę.

– Myślałam, że tak jest tylko w legendach! Że tylko bogowie mogą tak się czuć! – powiedziała na tyle głośno, na ile pozwalała jej odwaga.

– Może jesteśmy bogami. – Pociągnął ją za sobą przez most i usłyszała jego śmiech.

Ich palce były splecione. Był silny i wiedział, dokąd zmierzają. Puścił ją, dopiero gdy dotarli do wieży ze schodami po zewnętrznej stronie. Nie było w niej żadnych okien. To stąd co godzinę rozbrzmiewał gong. Wbiegli po schodach aż na samą górę. Hirka próbowała ukryć, że jest zdyszana, ale niepotrzebnie. Rime na nią nie patrzył. Stał na najwyższym stopniu schodów i spoglądał na czerwoną kopułę. Była teraz na tej samej wysokości co oni. I daleko. Bardzo daleko.

To się nie mogło udać. Utknęli. Może nie będą mogli też wrócić. Spojrzała pytająco na Rimego. Chciała usłyszeć potwierdzenie, że ma rację. Że powinni zawrócić. Przerwać to. Rime stał i przez chwilę mierzył wzrokiem tę otchłań. Jego szczęka się poruszała, jakby przeżuwał tę myśl. Potem odwrócił się, podskoczył i chwycił krawędzi dachu nad nimi. W najniższych dachówkach było zagłębienie odprowadzające deszczówkę. Tylko tyle potrzebował, żeby móc się podciągnąć. Kiedy się patrzyło z boku, wydawało się to dziwnie łatwe. Wyciągnął rękę do Hirki i spojrzała mu w oczy.

Domyśliła się, co robi. O czym myśli. Musiał znaleźć się wyżej, by dotrzeć do czerwonej kopuły. Rime nie zamierzał zawracać. Naprawdę zamierzał to zrobić. Był szalony... Mimo to Hirka chwyciła jego rękę. Wybiła się i pozwoliła, by wciągnął ją na dach. Leżała przed nią cała Mannfalla. Za nią Gniazdo Ślepych. Historyczne, mityczne miejsce. Nigdy nie pragnęła przybyć do Eisvaldru. Nie tak jak Sylja i wielu innych. Mimo to stała tutaj. By wedrzeć się do Widzącego, któremu już nie ufała. Dlaczego?

Jej życie nie będzie warte więcej, jeśli padnie na kolana przed Krukiem. A jednak zamierzała rzucić się z tego dachu, być może na spotkanie śmierci, razem z tym, którego przysłano, by ją zabił. Z Ciemnym Cieniem. Synem rodu zasiadającego w Radzie, która skazała ją na śmierć. Dlaczego?

Wiatr pochwycił jej ciało. Powietrze wydawało się rzadsze. Nagle poczuła się lekka jak piórko. Wiatr mógł w każdej chwili zdmuchnąć ją z tego dachu. Zakręciło jej się w głowie i zamknęła oczy, ale natychmiast je otworzyła, bo poczuła się jeszcze gorzej. Zimno rozlało się po całym ciele, aż po opuszki palców. Nie mogła się ruszyć, ani do góry, ani w dół. Stała jak sparaliżowana. Co ma począć? Co tutaj robi?

Wpatrywała się w Rimego. Wiedziała. Wiedziała z zabójczą pewnością, co tutaj robi. Od jak dawna go kocha? Błagała o pomoc, niezdolna wydusić z siebie nawet jednego słowa. Byli tak nieskończenie wysoko. Był tak nieskończenie potężniejszy od niej. Był Rimem An-Elderinem, a ona nie miała tu czego szukać.

– Usiądź – szepnął Rime i pomógł jej opuścić się na dach. Kucnął przed nią i poprosił ją, żeby oddychała brzuchem. Wolniej. Jeszcze wolniej. Jego głos stopił się z wiatrem, mimo to słyszała jego słowa. – Jesteśmy wysoko. To zupełnie normalna reakcja. Po prostu się rozluźnij. Jesteśmy bezpieczni. Wiem, co robię, Hirko. Damy radę. Nic ci się nie może stać.

Rozpaczliwie potrząsnęła głową. Nie rozumiał.

– Dlaczego nic ci się nie może stać, Hirko?

Udało jej się uśmiechnąć.

– Bo już jestem martwa?

Kilka razy głęboko wciągnęła powietrze. I jeszcze kilka razy. To był tylko napad lęku. Zaczęła myśleć o zupełnie innych rzeczach. O tym, o czym nigdy nie pozwalała sobie myśleć. Była zgnilizną. Rime nie był dla niej. Nigdy nie będą razem. Wstała. Czerwona kopuła przyciągała jej spojrzenie. To by było samobójstwo. Ale co szkodzi zaryzykować, skoro i tak nigdy nie dostanie tego, czego pragnie? Przesunęła ręką po twarzy.

– Przypominasz ojca, kiedy to robisz. – Rime uśmiechnął się.

Hirka zaśmiała się krótko. Można przypominać ojca, który nie jest twoim ojcem?

Rime ujął w dłonie jej twarz.

– Wiem, że dam radę, Hirko. Czuję to całym ciałem. Nie możemy się teraz poddać. Jeśli to zrobisz, zrobisz to dla prawdy. Dla sprawiedliwości.

*Nie. Zrobię to dla ciebie.*

Skinęła tylko głową w odpowiedzi. Rime poprosił, by przywarła do jego pleców i go objęła. Zamierzał nieść ją jak plecak. Wypełnił ją Evną, wziął niewielki rozbieg, na jaki pozwalał mały dach, i rzucili się za krawędź.

Przerażenie było podwójne. Mogła runąć na ziemię i się roztrzaskać. Albo mogła zostać tu z Rimem i pozwolić, by rozsadziło ją od środka. A jemu się wydawało, że wie, co robi...

Wszystko działo się szybko. Poczuła wiatr i włosy Rimego smagające ją po twarzy. Równocześnie czas płynął tak powoli, że gdyby chciała, mogłaby policzyć wszystkie światła w dole. Jego Evna szalała w jej ciele. Oczyszczała ją. Zdmuchiwała kurz ze wszystkich zakamarków. Trudno było się na to godzić. I Hirka miała takie miejsce w sercu, które pragnęła ukryć. Coraz trudniej było zachować tajemnicę przed Evną. Stała się silniejsza niż wiatr. Szumiała w jej żyłach jak wodospad. Hirka czuła każdą kroplę krwi w niepowstrzymanym strumieniu mocy, który przez nią przepływał.

Wezbrały w niej uczucia, które nie należały do niej. Wola i siła Rimego. Jego wątpliwości. Wątpliwości? W co wątpił? Jej głowę przeszył ból. Zbyt wiele. To było zbyt wiele! Mogła się otworzyć na jeszcze więcej Evny, ale to było zbyt niebezpieczne. Wtedy byłaby naga. Odsłoniłaby się całkowicie. Wszystko, co czuła. Zaraz runą w dół.

Rime z całych sił rzucił się do przodu, w stronę kopuły. Poczuła, że jego łopatki się rozsuwają. Szukał palcami krawędzi. Evna wstrzymała oddech, gdy uderzyli o podłoże. Hirka próbowała zaczerpnąć powietrza. Puściła go. Zsuwała się po jego ciele. Worek ciągnął ją w dół. Spadała. Szukała rękoma czegoś, czego mogłaby się chwycić. Rime złapał ją za przedramię. Szarpnęło i zawisła. Ręka aż paliła. I łokieć.

Wisiała nad Mannfallą. Z czerwonej kopuły. Półkuli wielkiej jak góra za plecami Rimego. Wydawał się przerażony. Zaczęła mu się wyślizgiwać i ścisnął mocniej jej nadgarstek.

– Punkt dla ciebie, jeśli mnie wyciągniesz. – Uśmiechnęła się, by ukryć strach w swoim głosie. Upłynęła chwila, a potem zobaczyła, że sobie przypomniał.

W jego oczach znów pojawiła się siła. Podciągnął ją. Spróbowała odbić się od ściany, by mu to ułatwić. W końcu przywarła brzuchem do wysklepionego dachu, wczepiona w Rimego. Stanęła pewniej i odważyła się spojrzeć w dół. Krawędź wokół kopuły była węższa od jej stopy. Rime uśmiechnął się do niej.

– Dalej ci się wydaje, że umiesz latać?

Tych samych słów użył nad Otchłanią. Zaczął się śmiać. Uśmiechnęła się i spróbowała go uciszyć, ale sama też się śmiała, więc niewiele to pomagało. Śmiech w takiej chwili był absurdalny, ale nie mogli się powstrzymać.

– Oczywiście, że umiem! I pamiętaj, że umiem też się wspinać – wydusiła z siebie.

– I równie często spadasz – odparł.

Otarła łzy i zapanowała nad sobą, by nie wybuchnąć płaczem. Żyła.

– Zanim przyszło lato, myślałam, że najgorsze, co mnie może spotkać, to że odeślą mnie do domu po Rytuale i każą mi wrócić za rok. Bo nie jestem dość silna. Jeszcze dwa miesiące temu byłam taka jak inni.

– Nigdy nie byłaś taka jak inni.

– W każdym razie byłam z Ym! Byłam ætlingiem!

– Ætlingowie są okropni. Możliwe, że masz lepiej, będąc człekiem.

Uśmiechnął się. To był szeroki uśmiech, który sięgał aż do oczu. Potem Rime zaczął się przesuwać wzdłuż kopuły. Pokrywały ją płytki wielkości paznokcia. Były tuż obok siebie, we wszystkich odcieniach czerwieni. Szkarłatne, miedziane, czerwone jak krew. W niektórych miejscach widniały jaśniejsze ślady, tam gdzie spływał deszcz. Hirka dostrzegła ciemną dziurę nad sobą. Pomacała palcami. Parapet.

– Rime…

Zatrzymał się. Hirka podciągnęła się do okna, Rime za nią. Wokół kopuły było wiele wysokich okien. Parapet był na tyle szeroki, że dało się na nim usiąść. Rime wydobył nóż z pochwy i zaczął dłubać wzdłuż krawędzi jednego z kawałków szkła. Były ich setki. Tworzyły przypadkowe wzory. Za witrażem było zupełnie ciemno.

– Nie możesz go stłuc? – szepnęła Hirka, choć byli nieskończenie daleko od murów i niczego nieświadomych patrolujących gwardzistów w dole.

– Mogą nas usłyszeć.

– Kto? Śpią jak dzieci! Poza tym, zanim ta noc się skończy, cała Mannfalla dowie się, że tu jesteśmy.

Rime dalej dłubał przy witrażu. Hirka poruszyła się niecierpliwie.

– Nie możesz użyć Evny?

Spojrzał na nią, jakby zaproponowała, żeby sprawił siłą woli, by okno znikło. Potem złapał ją za rękę. Evna pojawiła się niczym stary przyjaciel. Hirka czuła, jakby przewlekał Evnę przez nią, a potem wysyłał z opuszek swoich palców. Stała się jego ręką. Jego ręka stała się nożem. Nóż stał się kutym żelazem. Stali się jednym. W tej chwili, gdyby Hirka tego pragnęła, mogłaby zmieniać świat. Ciepło płynęło przez jej ciało, rozkładało żelazo na części i składało je na nowo. Rime uniósł je nożem. Żelazo zawisło na ostrzu jak ugotowany węgorz. Kilka żółtych kawałków szkła odskoczyło, uwolniło się z ramy. Rime przestał czerpać.

Hirka wyszczerzyła zęby, gdy wziął kawałek szkła i obrócił je w dłoni, jakby nigdy czegoś takiego nie widział.

– Nie wiedziałeś, że to możliwe, prawda?

– Przeczuwałem – skłamał.

Hirka miała drobniejsze dłonie, więc odsunęła haczyk po wewnętrznej stronie okna, żeby wreszcie mogli wejść do sali Rady. Zapomniała się bać, że ktoś może być w środku. Czuła tylko wdzięczność, że znów może postawić nogi na podłodze. Że otaczają ją ściany.

Komnata była imponująca. Wewnętrzna strona kopuły miała bogate zdobienia, ale nie sposób było dojrzeć motywów. Były zbyt wysoko ukryte w ciemności. Wzdłuż ściany biegł rząd kolumn. Pośrodku komnaty dostrzegła kontury stołu otoczonego dwunastoma krzesłami. Podeszła do niego. Nie potrafiła się oprzeć. Położyła rękę na oparciu jednego z krzeseł. Co by było, gdyby widział ją teraz ojciec? Albo Sylja? Ilu spoza Rady widziało tę komnatę? Poczuła gęsią skórkę na ramionach. Coś zalśniło i dostrzegła nazwiska wyryte w złocie. Przesunęła palcami po literach.

*An-Elderin.*

– Tu powinieneś zasiadać… – Hirka spojrzała na niego. Nagle wydawał jej się jeszcze wyższy. Jego twarz była ukryta w cieniu, więc nie widziała, czy kiwnął twierdząco głową. – Myślisz, że dopisaliby tutaj „Bezogoniasta" i dostawili dodatkowe krzesło?

Rime nie zaśmiał się z jej żartu.

– A według ciebie są gotowi na to, by przyjąć nową krew?

Spojrzała na nazwiska wyryte wokół stołu.

*Kobb, An-Elderin, An-Sarin, Taid, Saurpassarid, Kleiv, Vanfarinn, Darkdaggar, Jekense, Fell, Jakinnin, Gleymdheim.*

Były tu od niepamiętnych czasów. Te nazwiska znali wszyscy. Pojęła, co miał na myśli. Nie ryje się w kamieniu i nie złoci nazwisk, które nie mają tam pozostać. Wcześniej tak łatwo to było zrozumieć. To były stare rody. Rody, które potrafiły interpretować słowa Widzącego. Błękitna krew. Silni czerpiący. To było naturalne, że niewielu mogłoby im rzucić wyzwanie. Teraz nie była już tego taka pewna. Jeśli Rime miał rację, wielu mogłoby to zrobić, ale przeszkodzono im w tym już podczas Rytuału.

– Chodź.

Najwyraźniej Rime nabrał nowych sił. Ostrożnie otworzył jedyne drzwi w komnacie i wyszli na ciemny korytarz. Rime sprowadził ich w dół po schodach, do czegoś w rodzaju wewnętrznego ogrodu. Zatrzymał się za kępą drzew i przyciągnął ją do siebie. Uciszył ją, zanim zdążyła zapytać. Minęła krótka chwila, a potem usłyszeli ciężkie kroki gwardzisty w korytarzu. Doszedł do końca i zawrócił. Hirka cieszyła się, że Rime się tu wychował. Zakradli się dalej w szeroki korytarz. Kończył się drzwiami, które już znała. Szkarłatnymi. Lśniącymi. Była tu wcześniej. Ogarnął ją niepokój. Chciała zawrócić. To nie było dobre miejsce.

Wyciągnęła rękę, żeby zatrzymać Rimego, ale był zbyt daleko. Nie miała wyboru. Musiała przejść za nim przez te drzwi. Do Sali Rytuału. Stała na podwyższeniu nad krzyczącym tłumem, ale tym razem nikogo tu nie było. Te głosy to tylko echo. Sala była pusta, pozbawiona barw w ciemności. Dokładnie z miejsca, w którym teraz stała, odciągnięto ją jak prowadzone na rzeź zwierzę. Jak potwora. Zgniliznę. Musiała oddychać brzuchem. Tak jak nauczył ją Rime.

*Pamiętaj, że byłabyś już martwa.*

Odciągnęli ją stąd i od tego czasu pragnęli ją zabić. Ale oto stała tu znowu. W ich najświętszym miejscu. Hirka poczuła, że kąciki jej ust unoszą się w uśmiechu. Potraktowali ją jak potwora. Jak ślepą. Nie wiedzieli jednak, na co stać dzieci Odyna. Ona też tego nie wiedziała. Aż do teraz.

Odwróciła się do Rimego. Stał przy podwojach, którymi wkroczyła Rada podczas Rytuału. Nie miały klamki, ale położył na nich dłonie i ostrożnie nacisnął. Potem cofnął się o krok. Hirka usłyszała trzy mechaniczne kliknięcia w ścianie i drzwi same otworzyły się na zewnątrz.

Wpadł przez nie wiatr. Owiał ich. Zawył wzdłuż ścian za ich plecami. Przed nimi znajdował się wąski most z wysokimi iglicami po obu stronach. Most, który miał ich zaprowadzić do wieży Widzącego. Było dokładnie tak, jak zapamiętała. Unosząca się w powietrzu wieża, bez żadnej innej podpory, prócz tego delikatnego mostu. Wieża, która demonstrowała Jego niepojęte moce. Niektórzy powiadali, że utrzymuje ją w górze Evną. Inni twierdzili, że nie musi robić nawet tego. Evna wokół niego była tak silna, że kształtowała się sama. On *był* Evną.

Rime zawahał się w drzwiach. Wpatrywał się w unoszący się czarny kształt zdobiony złotymi kolumnami. Kolumnami, które nie sięgały ziemi. Wrażenie było takie, jakby góra spadała na ziemię, ale nigdy do niej nie dotarła. Po prostu postanowiła zawisnąć, aż uznano za słuszne ozdobić ją złotem i szkłem i uczynić z niej salę Widzącego. Żadna inna sala, jaką Hirka widziała, nie przypominała tej. Kolumny i żółte szkło pomiędzy nimi wyglądały jak lampa. Niewyobrażalnie ogromna lampa. Jak wiszące światło.

Rime położył rękę na jej ramieniu, ale nie sądziła, że po to, by ją pocieszyć. Raczej żeby się upewnić, że wciąż jest obok niego. To był przecież jego świat. Nie jej. Wychował się tutaj, ale nigdy nie przeszedł przez ten most. Nie przechodził przez niego nikt, prócz członków Rady. Może to dlatego został Ciemnym Cieniem? Bo spotkanie z Nim byłoby zbyt przerażające?

*Nie boję się.*

I naprawdę tak było.

Zrobiła pierwszy krok i przeszli przez most. Przez całą drogę oczekiwała, że coś się wydarzy. Że most zacznie się trząść i z niego spadną. Że wieża zacznie świecić. Przemówi do nich. Że wszechpotężny głos zapyta, co tutaj robią. Nic się nie stało. Byli coraz bliżej. Między kolumnami osadzono najwyższe okna, jakie kiedykolwiek widziała. Kawałki szkła o kształcie kropli i barwie ognia, połączone ze sobą w nieskończoność i pnące się na wysokość dwudziestu mężczyzn. Drzwi przedstawiały krajobraz w złocie. To musiało być miejsce, w którym rodzi się wszelkie bogactwo tego świata. Dom zbudowany dla słońca. Dla Niego.

Hirka oparła dłonie o drzwi i pchnęła je. Teraz również się spodziewała, że wydarzy się coś wspaniałego i wielkiego, ale drzwi się po prostu otworzyły. Jakby na nich czekał. Odwróciła się do Rimego, uśmiechnęła się i weszła do środka.

*Drzewo Hlosniana!*

Komnata, do której weszli, była tak ogromna, jak można się było spodziewać, ale nic nie przygotowało Hirki na widok drzewa. Drzewa Widzącego. I bynajmniej nie było to drzewo jak każde inne. Wyrastało pośrodku podłogi, pięło się i rozgałęziało na całą salę niczym rozlany atrament. Czarne jak noc. Gładkie i lśniące. Czy to kamień? Czy palone szkło? A może jedno i drugie? Zadarła głowę. Drzewo wydawało się zmieniać, gdy je obchodziła. Skamieniała w powietrzu burza. Chaotyczna, a jednak nie.

Przypomniała sobie gorycz w oczach kamieniarza. Rozpacz, że nigdy nie będzie w stanie stworzyć czegoś podobnego. Hirka go zrozumiała. Wpatrywała się w sklepienie. W poskręcany pień. Niesamowicie cienkie gałązki przy obrzeżach sali. Coraz wyżej i wyżej. Na Widzącego, każda pojedyncza gałązka była doskonała. I były ich tysiące. Nikt nie zdołałby wykuć tego w kamieniu. To było niemożliwe. Co takiego powiedział Hlosnian? Taka była kiedyś Evna. Pradawne siły. I co jeszcze powiedział?

*Nie powinno cię tu być.*

Hirka myślała, że nie powinna była przychodzić do niego do domu. Bo był zajęty pracą. Rzeźbami. Ale mógł mieć na myśli coś zupełnie innego. Czy Hlosnian dostrzegł, że przybyła tutaj przez kamień? Hirka podeszła do drzewa. Kątem oka zobaczyła, że Rime unosi rękę, jakby chciał ją powstrzymać, ale na próżno. Przesunęła dłońmi po pniu. Kamień był chłodny i kojący w dotyku. Szeptał do niej. Kusił ją. Przypomniała sobie drzewo przy domu. To, na którym siedziała i ze złością liczyła liście, póki nie przyszedł ojciec i go nie ściął. Zaczęła się wspinać.

– Hirka!

Odwróciła się i spojrzała w dół, na Rimego. Pojęła, że nigdy nie byłby zdolny do tego, co teraz robiła. Dotarł aż tutaj, ale się poddał. Widzący był dla niego zbyt silny. Zbyt święty, by się z nim skonfrontować. A więc to zadanie spadło na nią. Czy nie po to tu przyszli?

– A jak inaczej chcesz się z Nim spotkać? – powiedziała i znów zaczęła się wspinać. Czuła się tak, jakby dotykała zimnego szkła. Jeszcze raz zerknęła na Rimego. – A poza tym już jestem martwa. – A jednak teraz nie sądziła, że Widzący życzy jej śmierci. Dotarła do centrum drzewa. Do miejsca, gdzie pień rozgałęział się na wszystkie strony. Miejsca, w którym On powinien mieszkać. Podciągnęła się nad krawędź do dziupli pośrodku.

Była pusta.

Hirka uświadomiła sobie, że nie jest zaskoczona. Jakaś jej część nigdy nie sądziła, że Go zobaczy. Czy przebyli całą tę drogę na próżno? Czy Widzący opuścił wieżę? Opuścił własne drzewo? Rime mówił, że Rada spotykała się bez Niego. Odszedł? Był chory? Umarł? Przenieśli Go? A może…

Hirka wychyliła się i spojrzała na Rimego, który klęczał na dole i wpatrywał się w nią.

– Nie ma Go tutaj.

Rime wstał. Poczuła, że powinna to powtórzyć, więc rozłożyła ręce i powiedziała głośniej:

– Nie ma Go tutaj!

– To gdzie... gdzie jest?

To było idiotyczne pytanie, ale mu tego nie wytknęła. Wzruszyła ramionami.

– Oczywiście, że musi tutaj być – powiedział Rime i zaczął przeszukiwać komnatę, choć nie było w niej nic prócz drzewa. Tylko drugie drzwi, naprzeciw tych, którymi weszli.

Hirka zeszła na dół. Niepokój powrócił. Teraz był silniejszy. Musiała coś zrobić, ale nie zostało nic do zrobienia. Tego niepokoju nie dało się odsunąć. To nie był lęk. To była pewność. Tak jak wtedy, na dachu wieży z zewnętrznymi schodami. To uczucie, gdy ktoś zdaje sobie sprawę, że od początku powinien był wiedzieć. I wrażenie, jakby zobaczyło się coś tak potwornego, że można tylko żałować, że w ogóle się to kiedykolwiek widziało. Jak otwarta rana w nodze albo poronienie. Poczuła przemożną potrzebę, by cofnąć czas. By nie posuwać się dalej.

– Rime...

– On tu jest!

Rime chwycił laskę, która stała oparta o ścianę. Laskę Powierniczki Kruka. Obok stał czarny, lakierowany stół. Jedyny mebel w komnacie. Stało na nim kilka małych buteleczek i miska. Hirka wiedziała, co to, jeszcze zanim poczuła zapach. Pragnęła, żeby to było coś innego.

– Rime...

– On tu jest!

Rime odrzucił laskę i otworzył drzwi. Pomieszczenie za nimi przypominało grotę wykutą w skale. Było w nim mnóstwo kruków. Chyba z pół setki. Do tej pory spały, a gdy drzwi się otworzyły, zaczęły niespokojnie krakać. Siedziały na belkach przecinających pomieszczenie na różnych wysokościach. Pod ścianami stały znajome regały z papierem i pojemniczkami na listy. Dom kruków. Najzwyczajniejszy dom kruków.

– Gdzie On jest? Który z nich to On?

Spojrzał na nią, ale nie mogła mu na to odpowiedzieć. Nie chciała.

– Gdzie jesteś?! – krzyknął w głąb groty.

Kruki krakały coraz głośniej. Niektóre zaniepokojone przefruwały na inną belkę. Hirka poczuła zimny powiew. W ciemności nad nimi musiały być uchylone świetliki.

– GDZIE JESTEŚ?!

Rime krzyczał. Kruki krzyczały. Niektóre latały po grocie i przysiadały wyżej na belkach. Żaden z nich nie odpowiadał. Żaden nie przyszedł do Rimego. To były po prostu kruki. Nic ponadto. Hirka zacisnęła zęby. Bolało ją, że Rime nie potrafi zrozumieć. Wrócił do drzewa, cały czas mówiąc do siebie.

– Musi tu być. Jest tutaj. Co oni z Nim zrobili? – powtarzał w kółko.

Hirka poszła za nim.

– Rime… – Wzięła miskę ze stołu. – Rime, to jest płaszcz snów. – Popatrzył na nią zdezorientowany. – Płaszcz snów. Taka roślina. Po czymś takim jest się nieprzytomnym przez wiele godzin. Gdyby ktoś zranił cię mieczem w udo i trzeba by cię pozszywać, najpierw podaliby ci płaszcz snów. Nie w Elveroi, bo jest drogi, ale tutaj nic nie jest za drogie. Właśnie to próbował mi podać Urd, kiedy…

– Co to ma do rzeczy?

Rozpacz w jego głosie sprawiła, że ścisnął jej się żołądek. Gdy skoczyli na czerwoną kopułę, Rime bał się, że Hirka nie wytrzyma tej nocy. Ale to nie była jej noc. Ta noc należała do niego.

– W małych dawkach otępia. Sprawia, że stajesz się senny.

Możesz przez długi czas siedzieć biernie i bez ruchu. Albo kruki. – Ostrożnie zbliżyła się do niego o krok. – Zupełnie zwyczajne kruki, Rime.

Zrozumiał. Już wiedział. Mogła tylko patrzeć, jak grunt osuwa mu się spod nóg. Przez chwilę myślała, że Rime upadnie, ale tak się nie stało. Patrzył gdzieś poza nią. W głąb siebie. Jego spojrzenie stało się szkliste. Nieobecne. Nagle wyciągnął miecz.

*Nie radzi sobie z tym!*

Wtedy ona też to usłyszała. Kroki na moście. Ktoś się zatrzymał na widok otwartych drzwi, ale tylko na krótką chwilę. Kroki zdradzały, że to nie byli gwardziści. Tylko jedna samotna postać. Rime uniósł przed sobą miecz i pchnął Hirkę, by znalazła się za jego plecami. Wślizgnęła się do pomieszczenia dla kruków i ukryła za drzwiami. Przez szparę przy zawiasach widziała Rimego. Nawet nie spróbował się schować. A co będzie, jeśli to Urd? Chciała go zawołać, lecz było już za późno. Postać weszła do komnaty.

– Nie mogłeś po prostu pozwolić mi cię zachować? W żaden sposób?

Nawet głos Ilume nie był w stanie wypełnić tego pomieszczenia. Nie było w nim słychać zaskoczenia. Nie pytała, jak się tu dostał ani co tutaj robi. Wydawało się niemal, że się tego spodziewała. Może domyśliła się, gdy zobaczyła otwarte drzwi? A może wiedziała przez całe życie.

Jasna szata zwisała bezkształtnie na jej ciele. Jak na kamiennym słupie. Rime stał z rękoma rozłożonymi na boki. Miecz stanowił makabryczne przedłużenie jego ramienia. Zgarbił się i wykrzywił usta. Wilk i kamienny słup. Co może zrobić zwierzę wobec skały?

– Co tutaj robisz? – warknął.

Dopiero teraz Hirka nabrała pewności, że Rime pogodził się z prawdą. W rzeczywistości pytał, co Ilume robi w Eisvaldrze, w Radzie, skoro nie istnieje żaden powód, żeby tutaj być. Co tutaj robi, skoro nie ma żadnego Widzącego. Ilume uniosła do góry osłonkę na list.

– Wysyłam listy. To się właśnie robi w domu kruków. – Zapaliła pochodnie wiszące po obu stronach drzwi i ruszyła do pomieszczenia przypominającego grotę. Hirka przylgnęła do ściany. Ilume spokojnie wsunęła list do kościanej osłonki i przymocowała ją klamrą do nogi jednego z kruków. – I jeśli chce się coś zrobić i nie być przy tym widzianym, to najlepszą porą jest noc. Wydaje mi się, że już to wiesz – dodała.

Szepnęła coś w kruczej mowie. Czarny ptak rozpostarł skrzydła i zniknął w mroku pod sufitem. Ilume spoglądała za nim przez chwilę, westchnęła ciężko i opuściła pomieszczenie dla kruków.

Hirka widziała Rimego pod czarnym drzewem. W blasku pochodni gałęzie lśniły, jakby za jego plecami płonął ogień. Miał rozbiegane spojrzenie. Wyglądał, jakby na usta cisnęły mu się słowa, ale nie był w stanie wypowiedzieć żadnego z nich. Hirka go rozumiała. Oto był tutaj, w wieży Widzącego, przed Jego tronem, a Jego po prostu nie było. A Ilume wcale się tym nie przejmowała ani nie paliła się do żadnych wyjaśnień. Po prostu stała przed Rimem jak kamienny słup.

– A więc postanowiłaś zaszczycić mnie swoją obecnością? – syknął Rime.

Hirka tak bardzo chciała do niego podejść. Czuła jego ból. Miał tak wiele do powiedzenia babce i nie wiedział, od czego zacząć.

– A więc akceptujesz, że tu jestem? I zadałaś sobie nawet trud, żeby otworzyć usta? To chyba musi być historyczna chwila! I nie tylko to. Zobaczmy... Na przykład historia o moich rodzicach. To dopiero jest historia! – Rime zmienił się nie do poznania. Syczał. – Kłamstwa! Oni chcieli uciec, Ilume! I zginęli. Jak umarli, madro Ilume? Zaszczycisz mnie odpowiedzią, czy mogę założyć, że mam rację?

Ilume na chwilę zamknęła oczy.

– Przyjmiesz jakąkolwiek inną odpowiedź, prócz tej, w którą już wierzysz?

– Nie, babko. Nie znajduję żadnych powodów do wiary.

– Bardzo niewielu je znajduje. To dlatego potrzebujemy Widzącego.

– On nie istnieje!

– TO GO NIE CZYNI MNIEJ WAŻNYM!

Po raz pierwszy Hirka zobaczyła, że Ilume nie jest już kamiennym słupem. Była bliska rozsypania się na kawałki, tak jak jej wnuk.

– Jesteś niewiarygodna! Wszyscy jesteście niewiarygodni! – Rime złapał się za głowę i zaczął chodzić w kółko. – Popieracie jakiegoś Widzącego, który… który nigdy nie istniał. I zachowujesz się tak, jakbym to *ja* był bluźniercą, kiedy ci to wytykam! Kłamiecie! Okłamujecie świat. Mówicie, że istnieje zbawienie, kiedy jest tylko… to!

– Przynajmniej zrozumiałeś dlaczego.

– Dlaczego?! Żebyście się mogli kurczowo trzymać zgniłej władzy, tak jak zawsze. Jak padlinożercy! I żeby nie dopuścić innych, zabijacie w nich Evnę, zanim skończą szesnaście lat!

Choć Hirka była dość daleko od nich, widziała, jak bardzo Ilume zaskoczyło to, że Rime wie. Tej wiedzy nie można było zdobyć. Nikt by mu o tym nie powiedział, nie istniały też żadne zapiski. Rime przecież nie dowiedziałby się tego bez pomocy skazanego na śmierć dziecka Odyna. Bezogoniastej, która wyczuwała Evnę u innych.

– Zabijacie Evnę! Chociaż wiecie, że wrócili ślepi i Evna może się okazać jedyną ochroną dla wszystkich! Minęły już chyba całe pokolenia, odkąd ktokolwiek mógł jej do czegokolwiek użyć. Z czego to wynika, Ilume? Co? Czy sama nie narzekałaś, że od bardzo dawna nie urodził się nikt, kto by się zapowiadał na silnego czerpiącego? Wykorzeniliście Evnę i teraz się skarżycie, że zniknęła. Zabieracie... – Rime się zachwiał i przełożył miecz do drugiej ręki – ...zabieracie coś, co do was nie należy. Coś, czego nikt nie może posiadać tylko dla siebie. Bo jedynie to sprawia, że dwanaście rodów wciąż zasiada przy stole. Wokół... Niego! – Rime się zaśmiał – przerażający śmiech – i wskazał na centrum pustego drzewa. – To dlatego matka cię opuściła, prawda? Przyszła do ciebie po pomoc. Żeby domagać się sprawiedliwości, kiedy Ramoja została wzięta siłą! A ty jej odmówiłaś. Ale matka nie chciała tego tak zostawić. Nie tak było? Chciała porozmawiać z samym Widzącym. Tak jak ja. I też tutaj przyszła i przekonała się, że Go tu nie ma. Zdawała sobie sprawę, że ta wiedza będzie ją kosztować życie, więc uciekła.

Podczas gdy Rime mówił, Ilume całkiem się zmieniła. Teraz uśmiechała się smutno.

– Nic, co mogę powiedzieć, tego nie naprawi – rzekła. – Nic nie sprawi, że zrozumiesz. Bo nigdy nie widziałeś świata tak, jak ja go widzę. W twoich oczach jest zupełnie inny. Wiesz, że ślepi pragną Evny. Kontrola nad Evną chroni wszystkich na świecie. Danie ludowi Widzącego nie jest kłamstwem, tylko darem. Bo inaczej za czym mieliby podążać? Podążali za Nim od tysiąca lat. Czy mamy prawo Go im odebrać? Drogo zapłaciłam za to, żeby lud wciąż miał Widzącego. Kosztowało mnie to więcej, niż przypuszczasz.

Rime wpatrywał się w nią wielkimi oczami.

– Jesteś... jesteś z siebie dumna?

– Rime...

– JESTEŚ Z SIEBIE DUMNA?!

– Widzący uczy nas, że…

– WIDZĄCY DZIŚ UMRZE!

Hirka poczuła Evnę rozchodzącą się od Rimego jak kręgi na wodzie. Uderzyła w nią i za jej plecami rozległo się pełne zachwytu gruchanie kruków. Musiała powstrzymać Rimego. Uniósł miecz i z krzykiem rzucił się w stronę drzewa. Jak zraniony wilk.

– RIME!

Hirka podbiegła do nich, ale za późno, by powstrzymać miecz, który zaśpiewał, uderzając o kamień. Zapadła cisza. Klinga utkwiła w drzewie. Rime wyciągnął ją i chciał zadać kolejny cios. Wtedy pękł pień. Pęknięcia rozprzestrzeniały się z trzaskiem do wszystkich konarów, które zaczęły spadać i rozbijać się w pył o pokrytą wzorami posadzkę. Spadł na nich czarny deszcz ostrych jak noże odłamków. Hirka się skuliła i zasłoniła głowę rękoma.

– Rime!

Znów zapadła cisza. Tylko kruki krzyczały w pomieszczeniu obok. Hirka zadarła głowę i się rozejrzała. Drzewo zniknęło. Pozostał tylko popękany pieniek. Podłogę pokrywały czarne kamienie. Rime stał ze spuszczoną głową. Jego klatka piersiowa unosiła się przy każdym oddechu. Miecz wisiał bezwładnie w jego ręce. Ilume wpatrywała się w Hirkę. Jej oczy wydawały się większe niż zwykle. Na ustach pojawił się dziwny uśmiech.

*Coś jest nie tak.*

– Hirka? – Jej głos był ochrypły. Pytający. Z kącika ust spłynęła kropelka krwi. Była ranna!

Hirka postąpiła o krok w jej stronę, ale wtedy pod Ilume ugięły się kolana i osunęła się na bok. Za nią stał Urd.

Ilume zamarła w nienaturalnej pozycji, ze spojrzeniem utkwionym w Hirce. Z jej pleców sterczał nóż.

– Ciemne… Cienie – szepnęła. A potem zgasło światło w jej oczach.

Spojrzenie Urda było tak dzikie, że Hirka zamarła. Zerknęła na Rimego, ale wciąż nie podniósł głowy. Zgubił rzemyki trzymające kucyk. Białe włosy zasłoniły mu twarz. Hirka widziała, jak zaciska i rozsuwa palce na rękojeści miecza.

Urd ostrożnie zrobił krok w stronę drzwi. I kolejny. Jeszcze jeden. Zaczął się śmiać. Śmiech przeszedł w rzężenie. Rozkaszlał się i dotknął obręczy na szyi. Wpatrywał się w Rimego.

– A mówią, że nie istnieje żaden Widzący. Właśnie dokonałeś niemożliwego. Włamałeś się do najświętszego ze wszystkich miejsc. Pomogłeś mi się pozbyć jedynego oporu w Eisvaldrze. Przyprowadziłeś mi z powrotem bezogoniastą, jak na komendę. I odkryłeś jedyną tajemnicę, która sprawi, że za nic nie pozwolą ci żyć. Błękitna krew nie uratowała twoich rodziców i ciebie też nie uratuje. – Urd dotarł do drzwi. – To niemal zbyt proste. Syn zdrajców sam staje się zdrajcą. W zmowie z dzieckiem Odyna włamuje się do Widzącego, żeby spróbować Go zabić. Nie udaje mu się, ale zabija Ilume. Nie mógłbym prosić o więcej. Zaprawdę, jesteś widzącym, Rime An-Elderinie!

Rime podniósł głowę. Zmrużone oczy wyglądały jak wąskie szparki.

– Nie stać cię na to – wycedził przez zaciśnięte zęby. – Nie stać cię na to, żebyśmy powiedzieli, co o tobie wiemy, Urd. Nie stać cię na to, żeby nas schwytano. – Rime zbliżał się do niego nieskończenie powoli, jakby Urd był zwierzyną, której nie chciał spłoszyć.

– Ach, zupełnie jakbym widział siebie, An-Elderin. Widzę to w twoich oczach. Pomyślałem dokładnie o tym samym. Straciłeś wszelką nadzieję i wszystkie zahamowania, co? W tej chwili nie masz żadnego przywódcy ani zbawiciela. – Urd mówił tak, jakby go to bawiło. Chwycił za drzwi.

Rime rzucił się do niego biegiem.

– Walcz ze mną! Zabij mnie! Nie masz wyboru!

– Jesteś Ciemnym Cieniem. Masz mnie za idiotę?

Urd zniknął i zatrzasnął drzwi. Rime uderzył w nie ręką, ale nawet nie drgnęły. Zaczął gorączkowo szukać mechanizmu na ścianie.

– Rime, za późno na to! – Hirka słyszała, jak Urd po drugiej tronie drzwi wzywa gwardzistów. Z oddali dobiegły krzyki. Za chwilę będą otoczeni. – Rime, posłuchaj mnie! – Szarpnęła go.

Oczy Rimego płonęły białym żarem nienawiści. Oddychał ciężko i płytko. Patrzył na nią, ale jej nie widział.

– Już za późno! Biegną przez most. Musimy się stąd wydostać.

– Wydostać? Stąd się nie można wydostać, Hirko. Nie znajdziesz lepszych szermierzy i łuczników niż gwardziści z Eisvaldru. Już jesteśmy martwi.

– Jeszcze nie! – Ujęła w dłonie jego twarz i spojrzała na niego. – Rime, musisz się obudzić. Wciąż żyjemy!

Rime zamknął oczy. Gdy je otworzył, wyglądał jak półżywy. Wykończony. Ale przytomny. Jego spojrzenie spoczęło na nieruchomym ciele Ilume. Usłyszeli głosy wielu mężczyzn biegnących mostem. Metalowe buty uderzające o kamień. Hirka pociągnęła Rimego w stronę kruków.

– Skoszą nas strzałami, Hirko…

– Nie, jeśli nie będą nas widzieć. Chodź!

Hirka zaczęła się wspinać po belkach ku sklepieniu. Rime ruszył za nią. Gwardziści wbiegli do głównej komnaty, ich buty zachrzęściły na odłamkach kamieni. Ktoś się potknął i zaklął. Hirka usłyszała Urda, krzyczącego gdzieś, co się stało. Popełniono morderstwo. Wołał, że Widzący jest bezpieczny, ale banici muszą za to zapłacić.

Wspinała się coraz wyżej i wyżej, Rime za nią. Wokół nich krakały kruki. Czekała na właściwą chwilę. To zadziała. *Musi* zadziałać. Gwardziści wpadli do pomieszczenia dla kruków i wiedziała, że zaraz posypie się deszcz strzał. Nabrała powietrza do płuc i wrzasnęła na całe gardło:

– ARKA! ARKA! ARKA!

Krzyczała tak jak Kuro, gdy niedaleko Kruczego Dworu zaatakował ich olbrzymi orzeł. To proste słowo wywołało porażające efekty. Kruki kompletnie oszalały. Wrzeszczały jak opętane i zataczały kręgi, żeby przegnać nieistniejącego wroga.

Hirka zerknęła w dół. Gwardzistów ledwie było widać przez chmurę czarnych skrzydeł. Dwie strzały trafiły w ścianę pod nimi, ale kolejnych już nie wypuszczono. Przez krzyki kruków dobiegały do niej odgłosy kłótni. Ktoś nakazywał, żeby przestać strzelać. Karą za zabicie kruka była śmierć. Przynajmniej w Eisvaldrze. Ale to chyba musi być wyjątek? Próbowali przecież schwytać banitów.

Ten ich moralny dylemat dał Hirce i Rimemu dość czasu, by dotrzeć do świetlików. Chłodny powiew docierał z drugiej strony pomieszczenia. Najbliższe świetliki były zamknięte. Hirka w duchu podziękowała Widzącemu za to, że zawsze dobrze widziała w ciemnościach, ale zaraz sobie przypomniała, że przecież On nie istnieje. Odsunęła haczyk, ale świetlika od dawna nie otwierano. Musiała otworzyć go kopniakiem, nim udało jej się wygramolić na dach. Rime zrobił to samo.

Seria strzał wbiła się w sklepienie pod nimi. Najwyraźniej dylemat moralny został już rozwiązany. Jedna ze strzał wypadła ze świetlika i poleciała w niebo. Hirka poczuła ucisk na plecach. Przez chwilę myślała, że ją postrzelili, ale nie czuła bólu. Obejrzała się. Strzała sterczała z worka. Rime ją wyciągnął i przyglądał się jej.

– Jesteś gotów? – spytała.

Spojrzała na niego, czekając na Evnę. Rime potrząsnął głową jak mokry pies. Nie, żeby zaprzeczyć, ale po to, by dojść do siebie. Wsunął miecz do pochwy, objął Hirkę ramieniem i zaczerpnął Evny. A potem rzucili się z dachu w mrok.

## ZWYCIĘSTWO URDA

Urd miał niewiele czasu do namysłu, ale myślał intensywnie. Ta noc była niczym dar. Nigdy nie sądził, że coś takiego stanie się możliwe. To było niemal zbyt piękne, by mogło być prawdziwe. Musiał kuć żelazo, póki gorące. To, jak poradzi sobie z tymi wydarzeniami, zadecyduje o jego losie. To było aż takie proste. Czy Rada będzie z nim, czy przeciw niemu? Czy tej nocy wreszcie dostanie wolną rękę? Zostanie tym, kto poprowadzi ich dalej? Zwycięzca.

Urd rzucił martwe ciało Ilume na stół w sali Rady. Wciąż było ciepłe. Krew przesiąkła przez szatę i zabarwiła jej plecy. Teraz wokół niego siedziało dziesięć bladych postaci. Milczących. Sparaliżowanych.

Krzesło Ilume było puste. Obok siedziała Eir i płakała w ramię Jarladina. Fantastycznie. Po prostu fantastycznie. Była Powierniczką Kruka, a siedziała przed nimi wszystkimi i płakała jak dziecko. Tego dokładnie potrzebował, by tej nocy zwyciężyć. Nie było tu żadnego oporu. Żadnej woli.

Jarladin An-Sarin wpatrywał się w ciało Ilume. Jego spojrzenie nie było już niewzruszone, a bycze nozdrza, jeśli to możliwe, wydawały się jeszcze większe. Leivlugn Taid robił to, co zwykle: zamknął oczy i potrząsał głową. Najstarszy członek Rady był bezużytecznym pionkiem w tej grze. Noldhe Saurpassarid przynajmniej ten jeden raz nie miała na ustach swojego durnego uśmiechu. Płakała otwarcie i bez poczucia wstydu. Sigra Kleiv? Urd nigdy by nie przypuszczał, że może być jeszcze brzydsza niż zwykle, ale wyciągnięcie z łoża w środku nocy tak widocznie działało na tego babochłopa. Złożyła ręce i oparła na nich czoło. Pozostali wpatrywali się w zwłoki z mieszaniną niesmaku i smutku. Jedynie spojrzenie Garma Darkdaggara spoczywało na Urdzie. Bystre i zaciekawione.

Urd szukał emocji, jakie chciał w nich wzbudzić. Uchwycił się ich i powstał. Uderzył pięścią w stół. Wszyscy skupili na nim uwagę. Znów uniósł pięść, rozchylił palce i na stół posypał się deszcz czarnych odłamków szkła. Zacisnął rękę na ostatnich kawałkach, by skaleczyły mu wnętrze dłoni. Stał ze zwieszoną głową i zerkał spod półprzymkniętych powiek, póki nie zobaczył kropelek krwi spadających na stół. Dopiero wtedy wypuścił ostatnie odłamki.

– Zawiodłem was… Przegrałem – odezwał się drżącym głosem. Musiał tak zacząć. Żeby potem pokazać tym upośledzonym umysłowo ætlingom, jak się podnosi głowę. To było coś, czego nikt z nich nie opanował.

Usłyszał głos tej ofermy Miane Fell:

– Urd, mój drogi… to nie twoja wina.

Urd ukrył uśmiech. Nie mógłby prosić o lepsze kukiełki niż te. Podniósł wzrok i spojrzał na nią. Na nich wszystkich.

– To ja jestem temu wszystkiemu winien! Walczyłem o życie emblinga. O odroczenie egzekucji. Gdybym postąpił inaczej, być może Ilume… – Zamknął oczy, jakby cierpiał, i ciągnął: – …być może Ilume wciąż by żyła. Moje niedoświadczenie sprowadziło nas na te manowce. Zepchnęło nas w ciemność. Nie przespałem ani jednej nocy, odkąd dziecko Odyna zabiło trzech naszych i zniknęło. Snułem się tymi korytarzami i szukałem jakiegoś rozwiązania. Dziś w nocy, gdy zobaczyłem otwarte drzwi, zrozumiałem, że coś jest nie tak. A gdy usłyszałem, jak wali się drzewo… – Otworzył oczy i zobaczył, jak wsłuchują się w jego słowa. – I nic nie mogłem zrobić! Nic! Jestem nowy w tym kręgu. Zdałem się na Ilume. Na jej mądrość. Wszystkim wiadomo, że mi nie ufała, co rani moje serce, ale obiecałem sobie, że pewnego dnia dam jej powody do dumy. I zabili ją swoi! Wnuk, który wyparł się miejsca w Radzie i odwrócił się od nas wszystkich i od Ciemnych Cieni.

Wiedział, że nadeszła właściwa chwila. Wszystkich paraliżował ból. Ich bezradność była wręcz namacalna. Krew spływała strużką z pleców Ilume, ku jego nazwisku na blacie. Litery otoczyła czerwień.

Wyprostował się.

– Ale nie jestem mężczyzną, który ucieka jak pies z podkulonym ogonem, kiedy natrafia na opór. Jestem synem mego ojca! Jestem winien tej nieopisanej krzywdy, jaką nam wyrządzono. I przysięgam: naprawię to. Powiadomiłem Ciemne Cienie o tym, co się stało. Zamierzam również użyć środków mojego rodu. Ja i mój ród nie spoczniemy, póki nie znajdziemy morderców, zanim wyrządzą jeszcze więcej krzywd. Zanim przekażą komuś to, czego się dowiedzieli. Ta Rada przetrwa, nawet jeśli ma mnie to kosztować wszystko, co posiadam. Nawet jeśli to będzie ostatnia rzecz, jaką zrobię! – Urd poczuł satysfakcję rozlewającą się jak ciepło po całym ciele, gdy ujrzał łzy w oczach Jarladina. Miał Jarladina! A więc miał ich wszystkich. Musiał wyjść. Jak najszybciej, póki wciąż miał przewagę. I zanim ktoś zdąży pomyśleć albo rozpocząć dyskusję. Odwrócił się do nich plecami i ruszył do drzwi. Przystanął i jeszcze raz na nich spojrzał. – Proponuję, żebyście od jutra kontynuowali Rytuał. Wrócę, gdy odniesiemy zwycięstwo. – Położył rękę na drzwiach.

– Urd…

Głos Jarladina. Urd uśmiechnął się i odparł:

– Tak, fadri? – Użył honorowego tytułu, co było dość niezwykłe wśród równych sobie. Brzydził się tym, ale teraz to będzie działać na jego korzyść. Oznaka pokory. Szacunku.

– Myliłem się co do ciebie. Przepraszam.

Urd odczekał chwilę, a potem odparł, nie odwracając się:

– Nieskończenie drobna pomyłka w porównaniu z moimi.

Opuścił salę jako najpotężniejsza istota na świecie. Rada będzie zajęta Rytuałem. Jego nieobecność będzie usprawiedliwiona. Miał pełną kontrolę nad Ciemnymi Cieniami. I co najważniejsze, nad Rimem i tą bezogoniastą bestią.

## ZDANI TYLKO NA SIEBIE

Gniazdo Ślepych. Długo można by szukać lepszej nazwy. Brnęli w ciemności, dopóki Hirka nie powiedziała, że muszą się zatrzymać. Oświadczyła, że jest zmęczona. Że muszą znaleźć jakieś schronienie przed nadchodzącą burzą. To była prawda, ale w sumie stanowiła tylko pretekst, żeby Rime mógł się trochę uspokoić. To on szalał. To on musiał odnaleźć równowagę, zanim będą mogli pójść dalej.

Noc była przesycona Evną. Intensywna. Pełna wyczekiwania. Hirka czuła to całym ciałem. Mrowienie pod skórą. Krew szumiąca w żyłach. Usiedli na zboczu jednego z wielu palców bogów. Jak rozbitkowie, ale z nadzieją, że nikt ich nie zauważy. To była idiotyczna nadzieja, bo wybierali się daleko. Istniał tylko jeden cel, teraz, gdy Eisvaldr był gotów ich ścigać aż na koniec świata. Gdy już nic nie mogło być tak jak dotychczas. Musieli przedrzeć się przez Gniazdo Ślepych do Kruczego Dworu.

Hirka wiedziała, że nie ma innego wyjścia, ale niełatwo było przekonać o tym Rimego. Pięć dni wędrówki – może więcej – przez tereny Ciemnych Cieni? Tak, by nikt ich nie zauważył? Mogli tylko uczepić się nadziei, że nikt nie będzie ich tutaj szukał.

Hirka podciągnęła kolana pod brodę i objęła je rękoma, by nie tracić ciepła. Kuro siedział przed nią na gałęzi wystającej nad krawędź urwiska. Prześmiewczy wizerunek Widzącego, który już nie istniał. Kuro zawsze wiedział, kiedy była na granicy załamania. Wtedy dochodził do wniosku, że trzeba trzymać się blisko niej.

Nagle Evna przecięła niebo i Hirka się wzdrygnęła. Przestraszyła się błyskawicy bardziej niż Kuro. Kruk tylko się otrząsnął i przesunął trochę bliżej pnia. W mroku igły sosny wydawały się ostre. Uczepiła się tej myśli. Że są jak małe włócznie. Że nic nie przejdzie za to drzewo i nie dosięgnie jej i Rimego. Głupia myśl, ale pogodziła się już z tym, że głowa wymyśla głupie rzeczy, żeby przetrwać. Wierzy się w to, w co trzeba wierzyć w danych okolicznościach.

Znów zobaczyła gasnące oczy Ilume. Usłyszała jej słowa.

*Drogo zapłaciłam za to, żeby lud wciąż miał Widzącego.*

Skok z wieży Widzącego wiele Hirkę kosztował. Evna była dziksza niż kiedykolwiek wcześniej. Głód, który ją pożerał, gdy odważyła się otworzyć. Wciąż czuła w ciele ślady tej Evny. Pulsowały w jej żyłach. Zabarwione niepojętą wściekłością Rimego.

Siedział wciśnięty w wystającą nad nimi skałę. Kolejna błyskawica skąpała blaskiem jego twarz, ale zaraz zgasła i znów był pogrążony w mroku. Potem nadszedł głuchy pomruk grzmotu. Gniazdo Ślepych zadrżało. Niedługo będą przemoczeni do suchej nitki.

Widok jego twarzy w rozbłyskach światła sprawiał, że Hirce pękało serce. Smutek zgasił blask w jego oczach. Pozbawił je wszystkiego, prócz czerni. Rime opłakiwał Ilume. Widzącego. Opłakiwał to, że wszystko miało się w ten sposób dla nich obojga zakończyć. Bo gdy rozpęta się burza, nawet Kruczy Dwór nie oprze się Mannfalli. Teraz to była tylko kwestia czasu. Rada miała wszystkie powody, jakich potrzebowała. Urd wymaluje obraz zgnilizny i banity, który zjednoczy cały świat. Tych dwoje, którzy włamali się, by zabić Widzącego. Zabili Ilume. Na zlecenie Kruczego Dworu. Byli bez szans.

Rime chciał zostać. Walczyć w Eisvaldrze razem z Ramoją. Ale pojął, że to niemożliwe. Naraziłby tylko nauczycieli kruków na jeszcze większe niebezpieczeństwo. Nie znał ich planów. A Hirka nie była głupia; rozumiała, że musiał jej towarzyszyć ze względu na nią. Sama nigdy nie przedarłaby się przez Gniazdo Ślepych.

Stracił wszystko. Dla niej. Mogła spróbować to zagadać. Zagadać to duszące milczenie, które ich przytłaczało. Tak jak zawsze to robiła. Mogła być ciekawa. Być może zapytać o to, co nie dawało jej spokoju przez całą drogę.

– Jak wieża mogła się unosić bez Widzącego? To znaczy… to przecież chyba On kształtuje Evnę, która ją podtrzymuje?

– Nie unosi się. Nigdy się nie unosiła. – Głos Rimego był ponury.

– Co chcesz przez to powiedzieć? Przecież widziałam…

– Lustra. To one sprawiają, że wieża wygląda, jakby się unosiła. Zwłaszcza gdy patrzysz z Sali Rytuału, kiedy otwierają się drzwi. Genialne, prawda? Miałem dziewięć lat, kiedy się zorientowałem, jak to działa. Nic jednak nie powiedziałem.

Hirka wzruszyła ramionami.

– A to by miało jakieś znaczenie?

– Oczywiście! Gdyby wszyscy o tym wiedzieli, to może zrozumieliby…

– Co by zrozumieli? Że On nie istnieje? Ty tego nie zrozumiałeś.

W jego oczach znów pojawił się biały płomień. Zbliżała się do sedna. Na jej dłoń upadła kropla deszczu. Zaraz spadną kolejne.

– A *ty* byś zrozumiała? I co by było, gdybyś dostrzegała o wiele więcej, Hirko? Gdybyś widziała przez całe życie, jak Rada manipuluje ludem, żeby wydawać się mądrzejsza i potężniejsza? Tak, wiedziałem, że naginają prawa dla własnej korzyści. Wiedziałem, że to lustra sprawiają, że wieża się unosi. Wiedziałem, że kiedy dwanaścioro zasiada w Sali Rytuału, są skąpani w świetle kilku genialnie umieszczonych okien. Zawsze to wiedziałem. Ich kaptury obszyte są złotem, by twarze wyglądały, jakby były pełne blasku. Gdy wchodzą, po mosiężnej misie pod podwyższeniem przesuwa się pręt. Tego dźwięku nie słychać, ale czuje się go całym ciałem. Tak jakby świat wibrował, kiedy się ich widzi. Proste, ale skuteczne. – Poprawił strój przy szyi, jakby zaczął go uwierać. – Nigdy nie wierzyłem *w nich*. Jak mogłem wierzyć w *Niego*?

Hirka wiedziała jak. Zawsze to wiedziała. Przez całe życie oglądała to w oczach chorych. Tych, którzy krwawili. Cierpiących. Znała Rimego lepiej niż on sam siebie. Spojrzała na niego i spróbowała się uśmiechnąć.

– Bo nie istniało nic innego, w co mógłbyś wierzyć.

Deszcz rozpadał się na dobre. Niebo płakało nad rozmową, której nikt nie uznałby za możliwą. W żadnym miejscu ani w żadnym czasie. Oczy Rimego były rozbiegane. Zaczynał docierać do niego ogrom tego, o czym mówili. Hirka bała się, do czego to doprowadzi. Chciała mu powiedzieć, że dla niej to było jak wyzwolenie, gdy dowiedziała się, że ostateczna odpowiedź nie istnieje. To oznaczało, że nie ma kogoś takiego, kto miałby zawsze rację. Że nikt nie decyduje o jej losie. Los dziecka Odyna nie był ustalony z góry. Sama była własnym losem. Bez rodziców, bez domu i bez boga. Była wolna.

Ale to by mu teraz nie pomogło. Teraz, gdy wszystko, co przeżył, okazało się kłamstwem, musiała dać mu coś, na czym mógłby się oprzeć.

– Nikt mnie nigdy nie okłamał co do tej wieży, Rime. Wszyscy założyli, że się unosi, i mówili to od tysiąca lat. Tysiąc lat to sporo czasu. A im dłużej coś się powtarza, tym bardziej to się staje prawdą.

Zaśmiał się ponuro. Zacisnął pięści, rozchylił i zaczął się wpatrywać w swoją dłoń.

– Zabijałem dla Niego! Walczyłem za Jego słowa!

Hirka zagryzła wargę. Rime zawsze był silniejszy z nich dwojga. To on wyciągał ją z kłopotów. Teraz załamywał się na jej oczach. Nie mogła do tego dopuścić.

– Kim jesteś, Rime?

– Chyba sama to wiesz najlepiej? Powiedziałaś to. Jestem mordercą na usługach Rady. Zabójcą w imię fałszywego widzącego. Jestem tym, który jest już martwy.

Hirka przysunęła się do niego bliżej. Teraz siedziała tuż przed nim. Ujęła w dłonie jego twarz. Był taki boleśnie piękny. Nigdy nie widziała takich oczu. Jasnoszare, dzikie kręgi, w których widać było walkę duszy szukającej jakiegoś oparcia. Przesunęła pod nimi kciukami, w miejscu, gdzie skóra miała lekko niebieskawy odcień. Jego źrenice rozszerzały się i zwężały, jakby z biciem serca. Wilcze oczy. Zamrugał, jakby dotąd jej nie widział.

– Kim jesteś? – powtórzyła.

– Jestem Rime. Rime An-Elderin – wypluł rodowe nazwisko.

– Co jest ważne dla Rimego An-Elderina?

Roześmiał się, niemal drwiąco. Zacisnął pięści.

– Jego słowa. Słowa Widzącego były ważne. Najważniejsze.

– Jak brzmią słowa Widzącego, Rime?

Wyrecytował je obojętnie, jakby po raz pierwszy go nudziły:

– Siła. Miłość. Prawda. Sprawiedliwość.

– Czy te słowa wciąż są ważne? Bez Niego?

Przyglądał jej się, jakby nie wiedział, o co pyta.

– Nie istnieje żaden widzący, Hirko. One...

Puściła jego twarz.

– Chcesz powiedzieć, że walczyłeś za jakiegoś kruka. Za ptaka?! Czy walczyłeś za to, czym On dla ciebie był? To, czym dla ciebie był, wciąż istnieje, nawet jeśli Jego nie ma. Od tysiąca lat Widzący był odpowiedzią na wszystko, czego nie wiemy, i Ilume miała rację! To nieważne, czy On istnieje czy nie. Dlatego, że istnieje Rime An-Elderin. Czy siła jest dla niego ważna? – Rime wpatrywał się w nią. – Odpowiedz mi, Rime.

Kiwnął głową bez przekonania. Był teraz tak blisko, że czuła ból w piersi. Słyszała, jak ojciec szepcze ostrzeżenia ze Slokny, ale było już na to za późno. Jego głos nie mógł zagłuszyć tęsknoty. Słabości, która ogarnęła ciało. Rime znów kiwnął głową, kilka razy. Niebo się rozstąpiło i deszcz runął na skały z siłą kamiennej lawiny. W mgnieniu oka byli przemoczeni. Ziemia wokół zmieniła się w błoto.

– Jest ważna – odpowiedział ochryple.

Deszcz spływał po jego twarzy. Ściekał z jego bladych ust, które w ciemności wydawały się niemal niebieskie. Hirka walczyła z pragnieniem Evny, ale ciało nie chciało jej słuchać. Przygotowywało się. Krew rozsadzała żyły, jakby w nadziei, że Rime zacznie czerpać. Czuła, że coś się wydarzy. Widziała to w jego oczach. Wiedziała to, jeszcze zanim ją chwycił. Wsunął palce w jej włosy i przyciągnął do siebie. Jego usta zamknęły się na jej ustach. Mokre od deszczu. Porywcze. Hirka straciła czucie w rękach. Chciała mu je zarzucić na szyję, ale nie była w stanie ich podnieść. Obiema rękoma trzymał jej głowę i zdawało się, że tylko to utrzymuje ją w pionie. Pożerał ją jak wygłodniały, a ona mu odpowiadała. Nie miała pojęcia, skąd biorą się te instynkty. Nieustraszoność. Pewność. Tęsknota. Evna porwała ich oboje i Hirka czuła, że nie chodzi mu o to, by czerpać. Jej ciało się obudziło i upominało o swoje. Przylgnęła do niego i usłyszała własny szloch.

*Niebezpieczne! To jest niebezpieczne!*

Evna porwała ze sobą prawdę o tym, kim jest. To nowe boskie uniesienie nie było dla niej. Rime nie był dla niej. Była dzieckiem Odyna. Zgnilizną.

*On umrze! Wie o tym!*

Poczuła, że siła wraca do rąk. Rime całował ją, bo nie miał już nic do stracenia. Ryzykował, że zarazi się zgnilizną! Hirka wyrwała się i odsunęła od niego. Uśmiechnął się smutno. Wiedział, o czym myślała.

– Czy zgnilizna to jedyne, w co postanowiłaś wierzyć, Hirko?

Jej ciało krzyczało, żeby przyznać mu rację. Usłuchać go. Całował ją i nie zgnił. Trochę więcej by nie zaszkodziło… Krew szumiąca w jej żyłach wiedziała jednak, że to złudna nadzieja. Gdyby teraz napiła się więcej, nigdy nie mogłaby przestać. Nigdy nie miałaby dość. A wtedy byłoby już za późno. Objawiłaby się zgnilizna, jako kłamstwo lub jako prawda. Ryzyko było zbyt duże. Zawsze będzie za duże.

Jej czoło opadło na jego podbródek. Objął ją i przyciągnął do siebie.

– Jestem Rime An-Elderin – wymruczał w jej włosy. – Siła jest ważna. Miłość jest ważna. Zadbamy o prawdę i sprawiedliwość. Nie w Jego imieniu, ale w moim własnym.

Zamknęła oczy wtulona w jego pierś i słuchała uderzeń serca. To był najcudowniejszy dźwięk, jaki kiedykolwiek słyszała. Mimo to najgorszy. Posmakowała tego, czego nigdy nie mogła dostać. To by go zabiło. To było nie do zniesienia.

# KREW

W Gnieździe Ślepych trudniej było znaleźć drogę za dnia niż nocą. Góry rzucały cienie, które nakładały się na siebie, tworząc porośnięty lasem labirynt, do którego nikt nie powinien się zapuszczać. W dolinach zaczynały pojawiać się żółte i pomarańczowe połacie. W miarę jak szli na Północ i pięli się coraz wyżej, powietrze stawało się chłodniejsze. Oznaka tego, że zbliżają się do Kruczego Dworu, ale szło to nieskończenie powoli. Pół dnia żmudnej wędrówki po porośniętych mchem kamieniach wydawało im się całkowicie straconym czasem, gdy zobaczyli, jak niewielką pokonali odległość. Przypomniało to Hirce o tym wieczorze, kiedy ojciec powiedział jej prawdę. Pobiegła nad Otchłań, przewróciła się i marzyła o tym, żeby być owadem. Małym pajączkiem, który może zniknąć w dziurce w mchu. Teraz to marzenie się spełniało, czy tego chciała czy nie.

Najgorsze było to, że istniały łatwiejsze sposoby. Mogliby iść dolinami wzdłuż potoków, gdzie teren był łatwiejszy i skąpany w słońcu. Albo przejść prawie całą drogę siecią ścieżek i wiszących mostów Ciemnych Cieni. Tego wszakże nie mogli zrobić. Wtedy byliby łatwym łupem.

Rime parł do przodu, niepowstrzymany i zawsze przed nią. Silny i zręczny. Hirka kilka razy miała ochotę się poddać, tylko dlatego, że nie okazywał żadnych oznak zmęczenia. Od czasu do czasu się zatrzymywał i siadał, żeby napić się z ich jedynego bukłaka albo by zjeść garść złotych moroszek, ale wiedziała, że robi to ze względu na nią.

Mogłaby się poruszać szybciej, gdyby nie rośliny. Te góry były jak marzenie lekarza. Gdziekolwiek się obróciła, widziała mścikolec i łzy słońca. Kilka razy dostrzegła złoty dzwonek; było go tyle, że wystarczyłoby, aby zbić gorączkę wszystkim mieszkańcom Mannfalli. Opa rosła dziko na wyższych terenach, często na wschodnich zboczach gór. Gdyby Hirka nie wiedziała, do czego opa potrafi doprowadzić, żułaby ją przez całą drogę, żeby dodać sobie sił. Raz przechodzili obok krwotocznika. Trucizny, którą zażył ojciec. Wystarczyłoby, żeby posłać do Slokny dwudziestu mężczyzn. Za jedną kępkę na pewno mogłaby sobie kupić dom. Gdyby handel tą rośliną nie był zakazany. I oczywiście, gdyby nie była wyjęta spod prawa i skazana na śmierć…

Miała teraz worek pełen roślin i na więcej nie było w nim miejsca. Nie miała siły patrzeć na wszystko, co musi omijać, więc zamiast tego zaczęła patrzeć na ptaki. Sowy z błękitnymi plamkami na piórach, jastrzębie i kolorowe śpiewające ptaszki. Były tu również zwierzęta, od których należało trzymać się z daleka. Dwa razy widzieli niedźwiedzia, a ostatniej nocy wilki wyły do księżyca. Na szczęście było tu dość drobnej zwierzyny, by drapieżniki miały co jeść, więc Hirka i Rime mogli wędrować w spokoju.

Hirka widziała w tych miejscach działanie Evny. Ponadczasowość. To, jak wszystkie rzeczy są uzależnione od pozostałych. I jak nic nie może być inne, niż jest, ani w innym miejscu czy innym czasie. To było połączenie śmiertelnego zagrożenia i bezpieczeństwa, tak jak bycie blisko Rimego, kiedy czerpał.

Powiedziała, że Evna w różnych miejscach wydaje się różna. Znajoma, a jednak inna. Uśmiechnął się wtedy szeroko po raz pierwszy od kilku dni. Wyglądało na to, że rozmowa o Evnie dobrze mu robi. Evna była w nieustannym ruchu. Wędrowała przez ziemię, płynęła z wodą, pulsowała życiem. Była wszystkim, co istniało. Wszystkim, co było kiedyś. A nic nie było takie samo w dwóch miejscach na świecie. W Eisvaldrze żyli zaklinacze kamieni, którzy twierdzili, że Evna jest również wszystkim, co *będzie*, ale ta dyskusja była tak stara, jak sama siła życiowa. Nikt nie mógł tego udowodnić, mimo to wróżbitki, które odczytywały przyszłość z Evny, dobrze zarabiały.

Hirkę ogarnęły wyrzuty sumienia. Robiła dokładnie to samo, kiedy zszywała rannych albo dawała chorym herbaty i wyciągi. Nikt nie chciał przyjąć do wiadomości, że używa logicznego rozumowania, by dojść do tego, czego potrzebują. Woleliby, żeby wsłuchiwała się w ich Evnę. Żeby po prostu wiedziała. Sama z siebie. Co by mówili, gdyby zdali sobie sprawę, że nie potrafi nawet czerpać? Że jedyną znaną jej Evną jest ta, która płynie w silnych czerpiących, takich jak Rime? Znów zaczęła ją dręczyć świadomość, że nigdy nie znajdzie w tym świecie miejsca dla siebie.

*Nie powinno cię tu być.*

Echo słów Hlosniana. Zupełnie jakby kamieniarz był bliższy prawdy. Ale wcale tak nie było. To ona zbliżyła się do prawdy o tym, co powinna zrobić. Jeśli w szaleństwie Urda krył się choć cień racji, był to jedyny sposób, żeby powstrzymać ślepych. Musiała wrócić tą samą drogą, którą przybyła.

Nie potrafiła powiedzieć, od jak dawna to wie. Wyparła tę myśl. Nie wiedziała nawet, czy to możliwe. Ani czy to rozwiąże problemy. Nie wspominając już o tym, co czekało po drugiej stronie. Coś całkowicie nieznanego…

Nie! Istniały inne sposoby. Mogła zamieszkać w Kruczym Dworze.

*Dopóki wojska Mannfalli nie wyważą drewnianej bramy.*

Mogła uciec jeszcze dalej na północ! Do Ulvheim. Zamieszkać pod lodem. Słyszała, że tamtejsi mieszkańcy tak żyją.

*Dopóki nie domyślą się, gdzie jesteś, i nie zaszczują cię jak ślepej.*

Wszystko wydawało się lepsze niż odejście w nieznane, ale i tak decydujące znaczenie mieli ślepi. Dopóki była tutaj, po niewłaściwej stronie... Dopóki żyła, Urd mógł wykorzystać tę możliwość. Umieraliby ætlingowie. A Urd najwyraźniej stracił kontrolę. Co by się stało, gdyby popełnił błąd? Czy martwo urodzeni zalaliby jedenaście krain? Nowa wojna? Wojna, z którą mogłaby się równać tylko ta, o której mówiły legendy? I co by zrobili tym razem, bez Widzącego? Hirce zakręciło się w głowie. Spowodowała już tyle cierpienia. Tyle śmierci. Przez sam tylko fakt, że istniała. Miała tyle krwi na rękach. A wygłodniały pocałunek Rimego uświadomił jej aż nazbyt wyraźnie, że ma do stracenia jeszcze więcej.

Zmagała się z tymi myślami, gdy wydarzył się cud. Gorące źródło. Była zmęczona i przez cały dzień wszystko ją swędziało. Miała takie chwile, gdy własna śmierć wydawała jej się coraz bardziej kuszącym rozwiązaniem problemów tego świata. I wtedy je zobaczyli. Źródło. Z powierzchni uniosła się para. Dar od bogów w kształcie półksiężyca, u stóp skały, która opadała głęboko w wodę. Tak głęboko, że nie było widać dna. Woda była jasnozielona i przejrzysta. Szeptała do niej. Chodź. Wypocznij. Oczyść się.

Hirka przystanęła. Spojrzała na Rimego, który zmierzał dalej. Raz już minęli takie źródło i istniało więcej takich, które dobrze znał. Źródła, z których korzystały Ciemne Cienie.

– Rime...

Zatrzymał się i odwrócił. Szybko pojął, o co jej chodzi. Pokręcił głową.

– Te źródła to pierwsze miejsca, w których bym szukał.

– A wyglądam tak, jakbym się tym przejmowała? – Hirka nie pamiętała już, przed czym uciekają. Ani dlaczego powinni bać się Ciemnych Cieni. Rime był przecież jednym z nich! – Idziemy od pięciu dni, Rime. Jeśli dotychczas nas nie znaleźli, nie znajdą nas nigdy.

Rime spochmurniał. Hirka usiadła na ziemi i założyła ręce.

– Wiesz co? Albo zabiją nas Ciemne Cienie w Gnieździe Ślepych, albo zjedzą własne pchły. Wybieraj! Wiesz, zajmuję się takimi rzeczami i jestem przekonana, że w ten sposób umrzemy od gorączki. Nasz brud przyciągnie drobne robactwo i...

– Dobra. Zatrzymamy się tutaj, ale pospiesz się.

Rime zniknął za skałą, by obserwować otoczenie i dać jej trochę czasu. Hirka zrzuciła ubranie i cisnęła je na kępę wrzosu. Dostała gęsiej skórki. Nad życiodajną wodą rosły drobne, czarne kwiaty. Przypominały elfi pocałunek, tyle że miały zupełnie inny kolor. Słyszała kiedyś, że w krainie śmierci wszystko ma swoje przeciwieństwa. Może już umarła i od kilku dni wędruje przez Sloknę?

Właśnie miała rzucić się do wody, gdy usłyszała głos Rimego zza skały:

– Pewnie nie muszę ci tego mówić, ale zanim wskoczysz, nie zapomnij sprawdzić, jak gorąca jest woda.

Hirka zarumieniła się.

– Nie jestem głupia!

Zanurzyła duży palec u nogi i natychmiast go cofnęła. Woda była gorąca. Najlepiej to zrobić powoli. Zanurzyła się stopniowo i w końcu siedziała na pochyłej skale, z nogami opuszczonymi w głębinę. Wystawała tylko głowa. Jeszcze nigdy żadnemu ætlingowi nie było tak dobrze.

*Dziecku Odyna. Jeszcze nigdy żadnemu dziecku Odyna nie było tak dobrze.*

Zerwała garść wrzosu i szorowała się, póki cała jej skóra się nie zaczerwieniła. Wciąż miała ten kawałek mydła, który dostała, gdy przyjechały z Ramoją do miasta. Pękło na dwie części po tym, jak strzała wbiła się w jej worek. Wytłoczony znak Widzącego pękł na pół i prawie się już zatarł. Musiała się oczyścić. Z ciężkich myśli. Zmyła z siebie to – resztkę strachu. Nic z niego nie zostało. Jedynie ślad dziewczyny, która kiedyś bała się Widzącego.

Hirka się zanurzyła i wypłukała z włosów ostatnie patyki. Musiała pociągnąć za włosy, by zobaczyć kosmyki, ale czerwony kolor znów się pojawił, silniejszy, niż pamiętała. Pod stopami czuła, że woda ją kusi. Prąd w głębinie. Jak Evna. Pod nią ziemia żyła i oddychała. Skąd się brała ta woda? I dokąd płynęła? Gdy Hirka wypuściła trochę powietrza i zanurkowała głębiej, poczuła, że prąd staje się silniejszy. Niebezpiecznie silny. Gdyby tylko mu się poddała i pozwoliła, by ją z sobą pociągnął... Utopić się. Czy ziemia by ją przyjęła? Czy mogłaby się z nią na zawsze połączyć? Czy to by rozwiązało problemy? Czy może droga między światami będzie otwarta, dopóki tu jest – wszystko jedno, żywa czy martwa?

W oddali usłyszała krzyk Kuro. Echo sennego świata ponad nią. Wynurzyła się, wyszła z wody, usiadła na wrzosie, a gdy już trochę wyschła, ubrała się. Niechętnie, bo ubranie też przydałoby się wyprać. A nawet wygotować!

– Utopiłaś się? – Głos Rimego dobiegał zza skały. Wydawał się raczej rozdrażniony niż zatroskany.

– Tak.

Wyszedł jej na spotkanie.

– Pospieszę się – powiedział, zdejmując buty.

– Ja też się spieszyłam.

Hirka wzięła worek i poszła za skałę. Usiadła na skalnym występie i wyjęła zawartość. Wcześniej lał ulewny deszcz. Bała się, w jakim stanie będą jej rzeczy. To był dobry moment, żeby się przepakować. Powietrze stało się chłodniejsze, światło miało biały odcień. Nie będzie więcej padać. Zaczęła sortować zebrane zioła.

*Rime na pewno się uwinie. Jeden skok do wody, wyjdzie i już.*

Miała krwotocznik, mścikolec i złoty dzwonek.

*Rozbierze się z czarnego stroju. Stroju, przez który staje się kimś innym. Będzie po prostu Rimem. W gorącym źródle.*

Spiralny kamień od Hlosniana. Kilka małych woreczków z lnianego płótna z najcenniejszymi ziołami ojca.

*Nagi.*

Hirka zgarnęła swoje rzeczy i wepchnęła je z powrotem do worka. Dotknęła wilczego kła, który miała zawieszony na szyi. Czuła znaczki pod palcami. Osiem punktów po jednej stronie. Siedem po drugiej. To się już nie zgadzało. Dostał punkt za wyciągnięcie jej z Otchłani. Co prawda wtedy znalazła się w potrzebie i nie miała dużego wyboru. Ale pomógł jej podczas Rytuału. A poza tym uratował ją z rąk Urda. Ocalił jej życie. Kilka razy. Na pewno. To wszystko będzie się musiało zmieścić w jednym punkcie.

Hirka wyjęła kieszonkowy nożyk i starannie wyryła punkt po stronie Rimego. Był jaśniejszy od pozostałych. Pierwszy od ponad trzech lat. Najwyraźniej od tamtego czasu dojrzała, bo nie była już taka nadąsana, kiedy musiała oddać punkt. Uśmiechnęła się, zadowolona z siebie. Dorosła i dojrzała. Mądrzejsza. Pewnie powinien dostać dodatkowy punkt za to, że jeszcze nie zgnił, ale o to się z nim nigdy nie zakładała.

Gdyby Rime zobaczył, że wciąż nosi amulet z tymi punktami, wyśmiałby ją. Nazwałby dzieckiem.

*Nie wie o prądzie. Może się utopić!*

Byłoby chyba najlepiej, gdyby do niego zajrzała. Zarzuciła worek i podpełzła ostrożnie do szczytu skały. Była tam szczelina, przez którą mogła wyjrzeć. Oczywiście tylko po to, by się upewnić, że nic mu nie jest.

Rime wyszedł już z wody. Miał na sobie czarne spodnie i sznurował pas na miecze. Białe strąki mokrych włosów opadały na jego białe plecy. Były szerokie u góry, a szczupłe w pasie. Wzdłuż kręgosłupa widać było kręgi, aż do paska spodni. Ogon zwisał prosto w dół, tylko koniuszek unosił się lekko nad ziemią. Rime sięgnął po buty. Jakiś wisiorek odchylił się od piersi i kołysał na skórzanym rzemieniu. Była zbyt daleko, by zobaczyć, co to, ale domyśliła się, że jakiś amulet z krukiem, wizerunek Widzącego, którego jeszcze nie jest gotów się pozbyć.

Sznurował buty. Wydawał się taki silny. Ramiona miał szczuplejsze niż jej ojciec, mimo to wydawały się silniejsze. Wyraźniej dostrzegała grę mięśni. Czy to dzięki Evnie? Czy to ona pochłonęła wszystko, co zbędne? Rime miał surowe, czyste kształty, tak jak góry. Hirka uśmiechnęła się i zasłoniła usta.

*W porządku. Nie utopił się. Dobrze.*

Zmusiła się, by oderwać od niego wzrok, i rozejrzała się po okolicy. Byli już niedaleko Kruczego Dworu. Jeśli dopisze im szczęście, nie spędzą następnej nocy w Gnieździe Ślepych. Góry były tu bardziej nagie. Blade i szare. Na niektórych szczytach zalegał śnieg. Kątem oka dostrzegła jakiś cień i skuliła się, choć i tak leżała w kryjówce. Co to było? Co takiego widziała?

Dwie ubrane na czarno postacie czołgały się w dół po zboczu. Ten widok zmroził jej krew w żyłach.

*Ciemne Cienie!*

Byli niemal niewidoczni, nawet teraz, gdy już wiedziała, gdzie są. Przestała oddychać. Zaschło jej w ustach. Czuła mrowienie w rękach, które odmawiały jej posłuszeństwa.

*Na dół! Zejdź na dół!*

Dogonili ich. Wszystko na próżno. Zsunęła się po zboczu i podbiegła do Rimego. Spojrzał jej w oczy.

– Wiem – szepnął, ale dalej stał spokojnie.

– Jest ich dwóch.

– Trzech. – Mocniej zacisnął pas.

Przestępując z nogi na nogę, szukała wzrokiem trzeciego, ale nie mogła go znaleźć.

– Hirko, posłuchaj mnie teraz. To ważne. Rozumiesz?

Kiwnęła głową, czekając na sygnał, by rzucić się biegiem. Ale sygnał nie padł. Może i tak by pobiegła? Związał mokre włosy w kucyk i zacisnął węzeł. Wszystko robił boleśnie powoli. Poruszał się powoli. Mówił powoli. Można było od tego zwariować.

– Cały czas patrz, gdzie są, i zadbaj o to, żeby być jak najdalej od nich. Nie biegnij i nie podchodź do nas. Bądź tam, gdzie będę cię widział, ale poruszaj się tak, żebym zawsze znajdował się między nimi a tobą. Rozumiesz?

Nie rozumiała, lecz i tak pokiwała głową. Jej serce tłukło się jak szalone, a jedyną przytomną myślą było to, że nie ma pojęcia, co począć.

– Odwróć się i idź. Teraz!

Rime pchnął ją w pierś i cofnęła się. Doszła do skały, tam przystanęła i się odwróciła. Dalej zapinał pas, jakby miał cały czas tego świata, gdy za jego plecami pojawiły się trzy postacie. Jego tors wciąż był nagi. Niechroniony przed Cieniami odzianymi na czarno. Tylko ich oczy lśniły przez wąskie szpary w kapturach.

Wzdrygnęła się, gdy Rime błyskawicznie się odwrócił. Ledwie zdołała zarejestrować, co się stało, ale wyciągnął już miecze, pochylił się i rzucił naprzód. Lśniące ostrza niemal dotykały ziemi. Trafił najbliższą z czarnych postaci, zadając potworną ranę w nogę. Mężczyzna przewrócił się na plecy. Byli przekonani, że Rime ich nie widział. Zapłacili za to.

Ranny próbował się podnieść, ale na próżno. Pół nogi zwisało bezwładnie. Syknął tylko i zamachnął się mieczem. Rime przydepnął mu rękę przy łokciu. Chrupnęło. Przeciwnik rozcapierzył palce i wypuścił broń.

Hirka poczuła, jak skręca jej się żołądek. Przez całe życie oglądała cierpienie i choroby, ale zawsze jako lekarz. Ranni i ze zmiażdżonymi kośćmi przychodzili do niej, by im ulżyła. Miała ich poskładać. Nigdy dotąd nie widziała, by ktoś w ten sposób miażdżył. Ciął. Niszczył. Zabijał.

I tym kimś był Rime.

Stał z mieczami uniesionymi na boki. Jego obnażony tors zapraszał do ataku. Zaczął obchodzić po łuku dwóch pozostałych.

– Nikt tutaj nie ma dziś za co umierać. – Jego głos był spokojny. Spojrzenie utkwione pomiędzy dwoma Ciemnymi Cieniami, które uniosły już miecze. – Jesteście tutaj, bo uważacie mnie za zdrajcę, ale to my zostaliśmy zdradzeni. Wszyscy. Nic, co powiem, was nie powstrzyma, mimo to dam wam możliwość wyboru. Nikt tutaj nie ma dziś za co umierać. Widzący jest kłamstwem.

Hirka skuliła się zrozpaczona. Jego słowa nie miały sensu. Tej prawdy nie można było wyjaśnić komuś w walce. Nikt się nie zatrzyma i nie powie: „Co ty mówisz? Naprawdę? Aha!". To była zbyt wielka prawda, a Rime przedstawił ją tak, że dawała się odebrać tylko w jeden sposób.

– Bluźnierca! – krzyknął niższy z przeciwników. Uniósł miecz nad głowę i ciął nim na ukos.

Rimego już tam nie było. Był nad nim, za ich plecami. Tańczył. Hirka poczuła płynącą ku niej Evnę. Przy pierwszych próbach w Elveroi nie była taka jak teraz. Stała się silniejsza. Czysta jak ostrze noża. Wyważona. Celowa. Poczuła smak stali w ustach.

– Zawsze byłeś najbardziej oddany, Launhug. Jeśli postanowisz za Niego umrzeć, umrzesz za kłamstwa Rady.

– Tak jak przysięgaliśmy uczynić – odparł Launhug. Spróbował pchnąć Rimego mieczem.

Hirka wzdrygnęła się. Chciała pomóc. Musiała coś zrobić. Rime dobrze się bronił, ale ich było dwóch. Gdyby nie wyeliminował jednego z nich, zanim zaczęła się walka, już byłby martwy.

Hirka siedziała jak w transie i patrzyła na ich taniec. Makabryczne, zsynchronizowane ruchy, których nigdy nie potrafiłaby naśladować. Ale to nie był taniec. To się nie skończy, dopóki ktoś nie umrze.

Cień, który nie miał jeszcze imienia, rzucił się do przodu, tnąc w głowę Rimego. Ale Rime miał do obrony nie tylko miecze. Kopnął go i trafił w podbródek. Hirka usłyszała trzask łamanego karku. Ciało upadło na ziemię i znieruchomiało. Zostało ich tylko dwóch.

Launhug podszedł bliżej. Niepojęta odwaga, bo dwóch jego towarzyszy już leżało na ziemi. Rime obrócił miecze w dłoniach, poprawiając chwyt. Jego Evna była silniejsza. Wiedział, że zwycięży, ale to go dręczyło. Hirka to czuła. Ponure zwycięstwo. Szykował się, by zadać ostateczny cios.

– Miałeś przynosić szczęście! – zawołał Launhug. – Byłeś dzieckiem An-Elderinów! Wierzyłem w ciebie!

Rime przystanął. Opuścił miecze. Hirka poczuła, jak jego Evna ciemnieje z rozpaczy. Co się stało? Co on sobie myśli? Przecież zaraz umrze!

*Unieś miecz, Rime!*

Hirka działała szybko. Gdy Rime bez przekonania parował ataki Launhuga, podbiegła do nich. Launhug chciał zabić Rimego. Zabić ją. Za nic! Nie miał prawa. Żadnego prawa! Hirka wyciągnęła nóż, rzuciła się na Launhuga i wbiła mu go w ramię.

Krzyknęła. Trzymała nóż oburącz. Ciepła krew trysnęła jej na ręce. Launhug przewrócił się na bok i pociągnął ją za sobą. Wpatrywał się w nią rozszerzonymi oczami. Poznał ją. Dotarło do niej, że już ją wcześniej widział. Na dachu w Kruczym Dworze. Hirka puściła nóż i cofnęła się. Co się stało? To był jej nóż. Jej nóż sterczał z jego ramienia.

Spojrzała na Rimego i wycofała się. Musiała się odsunąć. Rime wpatrywał się w nią. Launhug leżał na brzuchu za jego plecami, ale Rime już się nim nie przejmował. Zbliżał się do niej. Wyglądał jak dzikie zwierzę. Krwawił z rany na ramieniu. Wyciągnął do niej rękę. Nie chciała jej przyjąć. Nie mogła. Co ona przez niego zrobiła? Odczołgała się jeszcze dalej.

Wpatrywała się w odzianego na czarno mężczyznę z nożem w ramieniu. Usiadł, namacał ręką miecz. Hirka wskazała ręką. Krzyknęła, ale z gardła nie wydobył się żaden dźwięk. Rime wyczuł, że coś jest nie tak, i odwrócił się dokładnie w chwili, gdy miecz ciął go w bok. Wrzasnął. Evna zamarła i pozostawiła w piersi Hirki lodowate zimno. Launhug się cofał, ale było już za późno. Rime podciął mu kopniakiem kolano. Zanim Cień zdążył upaść, Rime wyrwał nóż z jego ramienia i wbił mu w pierś. Launhug otworzył usta, ale nie wydobył z siebie żadnego dźwięku. Hirka się odwróciła i zamknęła oczy. Usłyszała cięcie, które dosięgło celu. Nie wiedziała gdzie. Nie chciała wiedzieć. Zapadła cisza. A potem usłyszała, jak Rime osuwa się na ziemię.

Zerwała się i pobiegła do niego. Klęczał z wyprostowanymi plecami. Zwiesił głowę. Hirka czuła, że coś jest bardzo nie tak. Potwornie nie tak. Bała się tylko na to spojrzeć. Ale musiała spojrzeć. Musiała pomóc. Pochyliła się nad nim.

Jego lewy bok był rozpłatany. Krew lała się jak rzeka i spływała za pasek jego spodni. Już były całe przesiąknięte. Zobaczyła białe żebra. Ugięły się pod nią nogi i osunęła się na kolana.

Rozejrzała się. Po jego ciele. Po ziemi. Trzech martwych. Ubranych w czerń. Launhug leżał na brzuchu, do połowy zanurzony w źródle. Woda zabarwiła się na czerwono. Woda, w której tak niedawno się kąpała. Głęboki prąd pochwycił krew i ciągnął ją w dół. Wyglądało to tak, jakby z własnej woli opuszczała martwe ciało i opadała w dół, ku nieznanemu.

Rime zaczął się przechylać do przodu i z Hirką coś się stało. To było tak, jakby wiatr zdmuchnął świecę. Zgasła. Nie była już Hirką. Była czymś innym. Była miejscem, gdzie mogła się na coś przydać. Miała rolę do odegrania. Była już martwa. Zaczęła mówić. Spokojnie.

– Rime, pozostali nie żyją. Nie mogę im pomóc. Ale pomogę tobie.

Nie odpowiedział. Chwyciła go za tors, położyła na boku, tak by rana była u góry. On sam jej nie widział.

– Nie odpowiadaj mi, Rime, oddychaj tylko spokojnie i słuchaj, co mówię. – Spróbowała się roześmiać i naśladować jego głos. – Posłuchaj mnie teraz. To ważne. Rozumiesz? – Wydawało jej się, że się uśmiechnął. Ściągnęła z pleców worek i wyjęła zioła. – To niewielka rana. Wydaje ci się gorsza, niż jest naprawdę.

Patrzył na nią pytająco. Zmusiła się do pokrzepiającego uśmiechu.

– Oczyszczę to i opatrzę, a potem zajmiemy się tym porządnie, gdy za kilka godzin dotrzemy do Kruczego Dworu.

Uśmiechnął się i zamknął oczy. Nie dał się zwieść. Był Ciemnym Cieniem. Rozumiał, jak poważna jest rana, widziała to.

– To nic takiego, Rime. Widziałam o wiele gorsze rzeczy. Leż spokojnie, założę ci kilka szwów. Tylko prowizorycznie.

Znalazła igłę i nić i przetarła je złotym dzwonkiem. Być może będzie trzeba założyć też szwy wewnątrz, ale nie mogła zrobić tego tutaj. Nie było na to czasu. Zlecą się kruki. Wskażą drogę kolejnym Ciemnym Cieniom. Musiała go tylko połatać na tyle, by mogli dotrzeć do Kruczego Dworu.

Nie było sensu do czysta wycierać rany. Za bardzo krwawiła. Nie zareagował, kiedy przebiła igłą jego skórę. Najpierw z jednej strony cięcia, potem z drugiej. Przyciągnęła brzegi do siebie. Rana stała się mniejsza. Założyła kolejny szew i stała się jeszcze mniejsza. Zmniejszała się z każdym szwem. Zaczęły ją szczypać oczy. Zamrugała, żeby powstrzymać łzy. Rime przekona się, że to nic takiego. To wcale nie jest groźne.

Dwanaście szwów to za mało. O wiele za mało. Ale na razie musiały wystarczyć. Założyła je w równych odstępach. Rime musiał znów stanąć na nogach. I to szybko. A ona musiała zrobić opatrunek z nogawki jednego z martwych Cieni. On już jej nie potrzebował.

– Rime, założyłam ci kilka szwów i zasmarowałam ranę złotym dzwonkiem. Teraz zakładam ci opatrunek.

Rime wciąż nie reagował. Podarła czarną tkaninę na pasma i owinęła go. Kilka razy. Powinno wytrzymać.

– Bardzo dobrze to wygląda, Rime. Znów zaczynasz przypominać Ciemnego Cienia. – Uśmiechnęła się do niego. – Usiądź ostrożnie, żebym mogła umocować końce.

Usiadł i wykrzywił twarz z bólu.

– Tylko ci się wydaje, że jest źle. Nie spiesz się. Spróbuj nie ruszać ręką. I pożuj to. – Podała mu pół garści jagód opy. Same liście by nie wystarczyły. To powinno go przez jakiś czas utrzymać na nogach.

Zrobił, co mu kazała. Jego usta były zimne w dotyku. Związała mu końce opatrunku na plecach. Jego wisiorek jej przeszkadzał, więc go odsunęła. Zawisł swobodnie i obrócił się kilka razy. Wpatrywała się w niego.

To była muszla. Wzięła ją do ręki. R i H. Osiem nacięć pod

każdą z liter. Coś wyrwało jej się z piersi. Wydawało jej się, że zaraz ją to udusi. Ścisnęło jej się gardło. Przełknęła kilka razy. Zaczęły jej drżeć palce. Rime dalej siedział z zamkniętymi oczami i czekał na polecenia, co ma dalej robić. Opatrunek był już mokry. Ciemna plama przesiąkła przez czarną tkaninę. Hirka podźwignęła się i zakręciło jej się w głowie.

*Za szybko wstałam. To tylko dlatego.*

Znalazła jego koszulę i pomogła mu ją włożyć.

– Chodź. Wieczorami szybko robi się zimno, a my powinniśmy być w Kruczym Dworze, zanim wzejdzie słońce.

Rime wstał. Ręka zwisała bezwładnie wzdłuż ciała. Szedł sztywno i powoli. Ale szedł. Hirka nie była dotąd pewna, czy zdoła.

*Mamy tak mało czasu.*

Powlekli się dalej. Nie dbali już o to, którędy idą. Szli dolinami, tam gdzie teren był najłatwiejszy. Hirka miała ochotę rzucić się biegiem. Chciała, żeby znalazł się w bezpiecznym miejscu. W ciepłym łóżku. Chciała, by miał miejsce do spania, gdzie sama będzie mogła spokojnie zająć się raną. Przez chwilę pomyślała, że Rinna albo jakiś inny uzdrowiciel z Kruczego Dworu będzie mógł coś na to zaradzić. Wiedziała jednak, że to złudne nadzieje. Teraz to ona znała się na tym najlepiej. Ojciec nie żył. Nawet Widzący nie żył. Nie było kogo zapytać.

Dopóki nie dotrą na miejsce, i tak nic nie mogła zrobić. Mogła tylko gadać. O wszystkim, co jej przyszło do głowy. O Kruczym Dworze. O tym, jaki tam jest klimat. O pięknych domach z kamienia i drewna, które wyglądają, jakby były częścią gór. O tym, jak przytulają się do siebie w wąskich uliczkach. O spadzistych strzechach. O Eiriku. O bramie miejskiej z bali. Mówiła o kamiennym kręgu i o tym, jak ojciec ją znalazł. I że Hlosnian wiedział, że nie pochodzi stąd.

Usłyszała gdzieś w pobliżu kruki. Było ich dużo. Kuro znalazł sobie towarzystwo. A więc mówiła o krukach i o Teinie. Jak patrzył na nią w łaźni. I mówiła o herbacie. O ziołach. O dobrych ziołach, którymi opatrzyła jego ranę. Zagoi się, zanim Rime się obejrzy.

Usłyszała, że stanął. Odwróciła się. Siedział i uśmiechał się jak staruszek, który znalazł najlepsze miejsce na świecie do siedzenia.

– Rime, nie możemy teraz odpoczywać. Już niedługo. – Podeszła do niego. Był jeszcze bledszy. – Rime, wiem, że jesteś zmęczony. Później będziesz mógł odpocząć!

Rime położył się, oparł głowę na kamieniu.

– Już... idę. Ty idź dalej. Dojdę... później. – Oddychał płytko.

Hirka wrzasnęła na niego:

– Wstawaj na nogi, Ciemny Cieniu!

Nie poruszył się. Poczuła zimny wiatr na twarzy. Jej policzki były mokre od łez.

*Jestem tylko zmęczona. Oboje jesteśmy tylko zmęczeni.*

– Pomogę ci. – Wsunęła ręce pod jego pachy i spróbowała go unieść. Nie reagował. Nawet bólem. Hirka wytarła nos w rękaw swetra i spróbowała podnieść go jeszcze raz. – No dalej!

Ciało Rimego osunęło się z powrotem na ziemię. Wstrząsnął nią szloch. Nie była w stanie dłużej udawać. Rime odchodził. Traciła go.

– Evna, Rime! Musisz się trzymać Evny – mówiła do jego ucha. Biła go pięściami w pierś. – Użyj Evny, ty idioto!

Ostatnie słowo przeszło w głuchy krzyk. Jak wycie wilka. Grupka kruków rozkrzyczała się, zataczając nad nimi szerokie kręgi. Żołądek ścisnął jej się boleśnie. Mdłości. To się nie dzieje naprawdę.

Poczuła ciepło i łaskotanie i pojęła, że próbuje czerpać. Desperacko się tego uchwyciła. Trzymała się Evny. Pozwalała, by przez nią płynęła. Siła życiowa. Potrzebował jej.

*Na Widzącego, Rime...*

Widzący przecież nie istniał. Oczy Rimego stały się szkliste i usłyszała, jak sama krzyczy, że mu nie wolno. Położyła się na nim. Oparła głowę o jego pierś i uczepiła się kurczowo Evny. Musiała dać mu wszystko, co mogła. Ale czuła się pusta. Co mogła mu dać? Ogarnęło ją przytłaczające uczucie zmęczenia. Wtuliła twarz w jego pierś. Coraz bardziej kręciło jej się w głowie. Evna wysysała z niej siły.

Była taka zmęczona.

Rime...

Ktoś przyszedł. Jakieś postacie we mgle poruszały się wśród skał. Ciemne Cienie. Kolejne. To koniec. Jego dłoń zsunęła się z jej ramienia i opadła na wrzos. Na jego twarz opadały białe płatki. Śnieg? Padał śnieg.

O wiele za wcześnie.

Osunęła się w Evnę. Uciekła w nią. Stała się jednym ze śniegiem. Była płatkiem śniegu. Zimnym i białym. Tańczyła w powietrzu. Opadała na twarz Rimego. Topniała i znikała.

# WÓDZ I ŚLEPY

*Gdzie jestem?*

Ciemne belki. Szczeblinowe okno. Ból? Nie. Tylko wspomnienie bólu. Rime natychmiast zdał sobie sprawę, że pożałuje tego, że się obudził. Nie potrafił tylko pojąć dlaczego. To było jedynie przeczucie.

Był tu już wcześniej. A może wcześniej tylko otworzył oczy? W Gnieździe Ślepych nie było szklanych okien. Nie trafił z powrotem do obozu. Do Ciemnych Cieni. Unosił się nad podłogą. Nie. Łóżko. Leżał w łóżku. Zdecydowanie nie trafił do Ciemnych Cieni.

Coś przy łóżku się poruszyło. Pies? Rude włosy. Hirka. To Hirka spała na dywanie. Poczuł ciepło rozlewające się w piersi. Co by dał, żeby znać prawdę o zgniliźnie? Drzewa na zewnątrz szumiały. Krzyknął kruk. Inny mu odpowiedział. Poza tym cisza.

*Widzący nie istnieje.*

Rzeczywistość wróciła do niego jak strony książki. Przewracał je kolejno i przypomniał sobie. Powinien być martwy. Podniósł rękę i spojrzał na miejsce, gdzie spodziewał się zobaczyć ziejącą ranę. Otwartą prawie do serca. Była opatrzona. Coś napinało się na piersi. Usiadł, ignorując zawroty głowy, i opuścił stopy na podłogę. Była chłodna. Kojąca. Miał wrażenie, jakby od dawna było mu gorąco. Od czasu, gdy spadł śnieg.

Padał śnieg. Naprawdę padał? To sen?

Wstał i musiał przez chwilę przytrzymać się szczytu łóżka. Do kogo należało? Było szerokie. Proste, drewniane łoże. Na ścianie nad nim, spod sklepienia, zwisała utkana chorągiew. Niebieska ze złotą koroną. Dawni królowie Północy.

Był w Kruczym Dworze. Uśmiechnął się pod nosem. Ci w Eisvaldrze powinni to widzieć. Korona była zakazanym symbolem. Symbolem złych czasów, przed Widzącym, jak mawiano. Sprowadzała ponoć nieszczęście.

*Sami sprowadzili na siebie nieszczęście.*

Czuł ucisk w brzuchu, smutek, który wył jak wilk. Wołanie do księżyca, którego nikt nie słyszał i nikt nie mógł na nie odpowiedzieć. Pustka, jakiej nigdy dotąd nie znał. Nie miał nic. Był nikim.

Ilume zginęła na jego oczach. Potwierdziła wszystko, czego się obawiał. Co jeszcze mogła zrobić, żeby mu zaszkodzić? Umrzeć. Tylko to. I to właśnie zrobiła. Za co umarła? Za kłamstwo. Za fałszywego boga i własne wyobrażenia o władzy. Doprowadził ją na krawędź przepaści, dokonując własnych wyborów. Ale to nie on ją zabił.

*Urd…*

Rime zacisnął pięści. Poczuł szarpiący ból w boku. A więc żyje. Walczył i przeżył. Pozostali nie przeżyli.

*Launhug. Na Widzą…*

Spadła na niego lawina konsekwencji. Fałszywy widzący. Co się teraz stanie ze wszystkimi powiedzeniami? Na Widzącego! Odejść z krukami? A co będzie ze wszystkimi świętami? Z salami Widzącego? Z augurami? Z księgami? A co z prawem? Na krótką chwilę zgodził się z Ilume. To o tym mówiła. Nagle pojął, dlaczego to trwające od tysiąca lat kłamstwo było dla niej ważne. Bo w przeciwnym razie co by robili? Zburzyliby kamienne kolumny i zbudowali nowe z piachu? Z niczego?

*Lepsze to niż kłamstwo!*

Rime minął na palcach śpiącą dziewczynę i rozejrzał się za swoimi mieczami. Zniknęły. Oczywiście. Ale jego ubrania leżały poskładane na drewnianym stołku pokrytym owczą skórą. Czarny strój i jasne ubranie gwardzisty. Wyjęli rzeczy z jego plecaka. Nie znalazł noży do rzucania ani zatrutych strzałek.

Ubrał się jak ten, kim był. Ciemny Cień. Rimego An-Elderina – gwardzisty i dziedzica miejsca w Radzie – już nie było.

Zerknął za okno. Na parapecie stał świecznik. Kikut łoju sterczał z niego jak kawałek kości. Na zewnątrz sosny pięły się po zboczu góry. Domy przytulały się do siebie na stromych stokach. Dziki krajobraz, który próbowano ujarzmić. Powróciło niejasne wspomnienie o kimś, kto opowiadał mu o tym miejscu.

*Hirka.*

Stłumione głosy i czyjeś cienie zdradzały, że dom jest strzeżony. Byłby zaskoczony, gdyby było inaczej. Rime nie naciągnął kaptura i ruszył do drzwi. Każdy krok wywoływał ból w boku. Potrzebował lustra. Musiał zobaczyć, co z niego zostało. Inne sprawy były wszakże pilniejsze.

Bezgłośnie otworzył drzwi, by nie obudzić Hirki. Leżała jak wyżęta ściereczka. Na boku, z podciągniętymi kolanami, ale głową odchyloną w drugą stronę. Zasłoniła ręką oczy. Drugą ściskała swój worek. Zamknął za sobą drzwi. Stał u szczytu schodów prowadzących na dziedziniec. Budynki otaczały ogromny świerk rosnący pośrodku.

Nie był sam. Domu pilnowało siedmiu mężczyzn. Jeden siedział na najniższym stopniu, oparty o ścianę. Miał zamknięte oczy. Hełm się przekrzywił i wyglądało to tak, jakby mężczyzna miał złamany nos. Obok niego podskakiwał wróbel i zbierał z ziemi okruchy jedzenia. Na kolanach mężczyzny leżał miecz.

Drugi strażnik stał oparty o ścianę i z roztargnieniem dłubał kieszonkowym nożem w zaprawie między kamieniami podmurówki. Dwóch siedziało na ziemi i grało w kamyki. Pozostali rozmawiali cicho o tym, że inni krzywo na nich patrzą, bo sterczą tu przez cały dzień. To Rimego nie zaskoczyło. Był na terenach wroga. Ale siedmiu mężczyzn, żeby pilnować jednego, ledwie żywego? Najwyraźniej w Kruczym Dworze też wierzono w przesądy. I najwyraźniej tego, kim był, nie skrywała żadna tajemnica. Był wszystkim tym, czym gardzili.

Odchrząknął

Mężczyźni zerwali się tak szybko, że jeden się potknął. Udało mu się ustać na nogach. Wyciągnęli miecze. Kiedy już stali, prezentowali się całkiem niezgorzej. Wszyscy mogliby się dobrze bronić. Nie wystarczająco dobrze, ale dobrze.

– Zaprowadźcie mnie do Eirika Viljarsóna, Eirika Olbrzyma. Do tego, którego zwiecie wodzem. – Rime mówił głośno, by nie załamał mu się głos. Nie wiedział, ile dni przeleżał w łóżku.

Jeden z wojowników kiwnął głową i ruszył z miejsca. Inny złapał biedaka i przytrzymał go jak psa, nie spuszczając oczu z Rimego.

– Czego od niego chcesz?

*No tak. Bez tych gierek się nie obejdzie.*

Nie wiedzą, skąd pochodzi? Rime wiedział o takich gierkach wszystko, co można wiedzieć. Tak wiele, że już dawno temu przestał się w nie bawić, choć ten stojący przed nim ciemnowłosy wojownik przeżył dwukrotnie więcej zim niż on sam. Rime nie odpowiedział. Zszedł po schodach i przystanął przed tym najodważniejszym. Ten patrzył rozbieganym wzrokiem to na Rimego, to na towarzyszy, jakby szukał u nich wsparcia. Nie doczekał się.

*Na Widzącego, jestem przecież nieuzbrojony...*

Nic nie powiedział. Czekał, aż wojownicy się zdecydują.

– Nie wiemy, czy w tej chwili jest!

W zwykły dzień Rime by się roześmiał. Inny mężczyzna zlitował się nad towarzyszem i zapobiegł kompromitującej sytuacji.

– Musimy sprawdzić. Chodź.

Poszli. Rime pośrodku, otoczony zdenerwowanymi mężczyznami. Ktoś narysował coś węglem na murze. Koło ze strzałkami wskazującymi do środka. Stary znak ochronny przeciw ślepym i nieumarłym.

*To na mnie.*

Siedziba wodza w Kruczym Dworze wyglądała, jakby dopiero co wszyscy się pobudzili. A więc był ranek. Do tej pory Rime nie miał pewności. Wszędzie, gdzie przechodzili, krzątanina zamierała. Dziewczyny i chłopcy w niebieskich strojach przystawali z koszykami albo pościelą w rękach. Inni zamierali z wyciągniętymi rękoma, w połowie karmienia kur albo wybierania jajek z kurnika, i śledzili wzrokiem Rimego i wojowników. Kamień szlifierski przestał się obracać. Wstrzymywano konie. Rime był trupem, który szedł o własnych siłach. Był Mannfallą. Wrogiem wśród nich.

– Poczekaj tutaj.

Najodważniejszy z mężczyzn wszedł do wielkiej sali, centralnie położonej drewnianej budowli, którą Rime znał z opisów Hirki. Mimo ponurej pewności, że już nic nie ma znaczenia, uświadomił sobie, że jest podekscytowany przed spotkaniem z Eirikiem. Według Hirki wódz był dobrodusznym niedźwiedziem, który boi się ziół. Według Eisvaldru – żądnym krwi bluźniercą.

Eirik wyszedł na dziedziniec. Wyglądał, jakby był po trochu jednym i drugim. Zmierzył Rimego od stóp do głów, nie próbując tego ukryć. Potarł ramię, które zwisało bardziej niż drugie, jakby to tam tkwiły problemy tego świata, wymagające jego uwagi. Nie wydawał się jednak przytłoczony ani niespokojny.

Kazał wojownikom się wycofać, by zostawili go sam na sam z „cieniem". Rime uśmiechnął się krzywo. Eirik nawet nie wiedział, jak bardzo ma rację. Chodziło mu o Ciemnego Cienia. Ale słowo, którego użył, było jedynym, jakie mogło w tej chwili opisać Rimego.

Jeden z mężczyzn zaprotestował. Eirik uniósł krzaczaste brwi i zapadła cisza. Odwrócił się i zaczął iść.

– Chodź. Jest coś, co musisz zobaczyć – powiedział głosem dudniącym jak młyn.

Rime ruszył za Eirikiem. Wojownicy długo za nimi patrzyli. Wódz wszedł na ścieżkę, która pięła się za domami, i dalej w góry. Rime przyglądał się spadzistym, krytym darnią dachom, o których opowiadała mu Hirka. Miasto pod nimi. Most nad jarem, w którym mieszkały kruki. Było tu pięknie. Surowo i ponadczasowo, jak w obozach w Gnieździe Ślepych. Miał ochotę to powiedzieć, powstrzymał się jednak.

– Moi wojownicy twierdzą, że postradałem rozum, pozwalając ci żyć. Przyjmując pod swój dach zabójcę z Mannfalli. Jeden z was prawie wysłał mnie do Slokny w najtchórzliwszy możliwy sposób. Nożem rzuconym w plecy. Z kryjówki, jak zwierzę. Jak ślepy. Gdyby to zależało od moich wojowników, już byłbyś żerem dla kruków. Postradałem rozum, Rime An-Elderinie?

Rime natychmiast zrozumiał, dlaczego Rada pragnęła śmierci tego mężczyzny. Eirik był przekonany do tego, co robi. Dokonywał wyborów i był gotów ponieść ich konsekwencje. Szedł przed nim ścieżką, odwrócony do niego plecami. Tymi samymi, w które towarzysz Rimego rzucił nożem. Mimo to wódz się nie oglądał. Wprawdzie Rime nie miał broni, ale Eirik miał nóż na biodrze i wyszarpnięcie go byłoby dziecinną igraszką. Eirik powiedział jednak przed chwilą, że postanowił go nie zabijać. Rime poczuł potrzebę, by zaznaczyć, że ta przysługa została już odwzajemniona.

– Powiedziałbym, że postradałeś rozum, jeśli uważasz, że twoi wojownicy mogliby mnie powstrzymać przed zabiciem ciebie.

Eirik przystanął i odwrócił się do niego.

– Nie stoją tam, żeby cię powstrzymać, Ciemny Cieniu. Są tam, żeby zachować cię przy życiu.

Rime wpatrywała się w jego brodatą twarz, szukając oznak kłamstwa albo ukrytych zamiarów. Żadnych nie znalazł. Eirik mówił to, co myślał. I oczekiwał wyłącznie szczerej odpowiedzi.

– Nikomu nie życzę śmierci, wodzu. Nikomu na północ od Mannfalli. Rozumiem, że w Kruczym Dworze chętnie by mnie widziano posiekanego na kawałki, ale rozumiem też, że istnieje powód, dla którego wciąż żyję.

Znów zaczęli się piąć ścieżką. Zrobiło się chłodniej.

– Myślałem, że ta dziewczyna jest naszą nadzieją – powiedział Eirik. – Błękitna krew z Ulvheim, ot co. Dawna krew. I do tego gardziła Radą. Na tyle silna czerpiąca, by otworzyć ziemię przed armią Mannfalli. Powiedziano mi, że rozsadziła kamień na kawałki, kiedy jakiś chłopak próbował jej roztrzaskać czaszkę. Że przeżyła rzeczy, które wyrwałyby Evnę z potężnego chłopa. Mówili, że przyleciał do niej kruk. Dziki i nieszkolony.

Rime potarł twarz dłonią i uśmiechnął się z rezygnacją. Ktoś zrobił z igły widły. Takie nieporozumienia mogły skłócić ze sobą krainy. Ale nie przerywał, żeby wyjaśnić. Eirik już dawno zdał sobie sprawę z tego, że Hirka nie jest tą, na którą liczył.

– Wiemy, kim ona jest. Dzieckiem Odyna. Jest ślepa na ziemię. Z pewnością jednak nie brakuje jej zdolności. Hirka obiecała nam pomóc i pomogła. Dała nam więcej, niż mogliśmy marzyć. Dziedzica miejsca w Radzie! Wnuka Ilume! Kruczy Dwór jest silny, Rime An-Elderinie, i wynik tej wojny nie jest przesądzony. A ty jesteś naszym zabezpieczeniem. Dlatego wciąż żyjesz.

Rime uśmiechnął się. To były szczere słowa. Niedyktowane strategią. Eirik powiedział to, co myśli. Rime postanowił uczynić to samo.

– Nie jestem żadnym zabezpieczeniem. Jestem gwarancją ataku. Urd Vanfarinn chce podbić Kruczy Dwór i nie potrzebuje innego powodu niż to, że ja i Hirka się tu znaleźliśmy. Jesteśmy wyjęci spod prawa.

– Myślisz, że jesteśmy ślepi i głusi? Wiemy, co zrobiliście. Wiemy, co zrobił Urd. Przykro mi, że straciłeś Ilume, chociaż nie zamierzamy jej opłakiwać. Kruczy Dwór będzie świętował śmierć każdego członka Rady. Wiem, że zdradziłeś swoich, ale to nie zmienia tego, kim jesteś.

Rime pojął, że Hirka niczego nie zataiła, kiedy on zmagał się ze Slokną. Powiedziała im o wszystkim. Od tamtej nocy w Eisvaldrze prawdopodobnie między Ramoją a Kruczym Dworem co dzień latały kruki. Czy Hirka powiedziała im o Widzącym? Czy Ramoja o tym wie? I nauczyciele kruków? Jak opowiada się coś takiego w liście? Że wieża jest pusta. Że nie istnieje żaden ratunek. Że są sami.

*Wszyscy są sami.*

Dotarli do przełęczy leżącej w cieniu dwóch ośnieżonych szczytów. To było tak, jakby znaleźli się w miejscu, gdzie trwa zima. Przed nimi, trochę dalej, wznosiła się ściana lodu.

– Wszystko w porządku? – spytał Eirik, nie odwracając się ani nie zatrzymując.

Rimemu przychodziło do głowy nieskończenie wiele rzeczy, które nie były w porządku, więc nie wiedział, co wódz ma na myśli.

– Z czym?

– Kilka dni temu rozpłatano ci cały bok.

– Czuję się lepiej, niż powinienem. Dziękuję.

Eirik zaśmiał się cicho.

– Kiedy ta dziewczyna zjawiła się tu pierwszy raz, myślałem, że ma nie po kolei w głowie. Worek pełen jakiegoś tam skrzypu, mścikolca i bogowie wiedzą czego jeszcze. Nie posmarowałbym się tym świństwem, nawet gdybym był dwa kroki od Slokny. Ale żyjesz, ot co! Ja też. Zakładam, że to dobrze o niej świadczy. Byłeś nieprzytomny przez kilka dni, więc właściwie nie powinieneś być na nogach. Gadają, że to Evna utrzymała cię przy życiu. Najwięksi histerycy twierdzą, że to dlatego, że Ciemne Cienie nie mogą umrzeć. Że pobłogosławił ich Widzący. Teraz chyba będą musieli wymyślić sobie coś innego.

*Oni wiedzą. Kruczy Dwór wie.*

Ton Eirika się nie zmienił. Mówił o tym, że Widzący nie istnieje, jakby rozmawiał o pogodzie.

– Nie zareagujecie? – spytał Rime.

– Na co?

– Na wszystko! Eisvaldr wyrządzał wam krzywdy od tysiąca lat! Byliście ciemiężeni i uciskani. Okłamywani! Po wojnie mieszkańców Północy odarto z korony, odebrano im królestwa. Mannfalla obciążyła ich długiem. Musieliście się podporządkować naszym wielkim rodom. Moim przodkom! A teraz oni zbierają siły pod pretekstem, że udzieliliście schronienia zdrajcom. Zdrajcom widzącego, który nie istnieje! Dlaczego nie reagujesz, Eiriku?! Mogłeś mnie zabić!

Eirik znów przystanął i się odwrócił.

– Popełniono wiele błędów. Niejeden stracił życie. Ætlingowie niepotrzebnie cierpieli i wiele stracili z powodu tych błędów.

Rime kiwnął głową. Czuł, że zaciska zęby. Po to właśnie tutaj przyszedł. Miał za to zapłacić. Eirik zbliżył się do niego, zasłaniając sobą wszystko.

– Większość z nich popełniono, zanim się urodziłeś, chłopcze.

Rime zamrugał, jakby przed chwilą się obudził, i spojrzał na wodza. Zakręciło mu się w głowie. Musiał coś odpowiedzieć, ale co? Wychował się w Eisvaldrze. Sam był częścią problemu. Nigdy się z tego nie rozliczył, po prostu się wycofał. Uciekł do Ciemnych Cieni i jeszcze bardziej pogorszył sprawę, stając się bronią systemu, którym gardził. Popełnił błąd. Wiele błędów.

Eirik mówił jednak dalej, jakby to wszystko nie miało żadnego znaczenia

– Pewna mądra kobieta, którą znam, powiedziała mi kiedyś, że rozpamiętywanie błędów popełnionych przez innych to niebezpieczna zabawa. Szybko zbiera się ich zbyt wiele. A jeśli uznasz je za własne, to tylko pogarsza sprawę.

– Sam popełniasz błąd, jeśli sądzisz, że jestem winny tylko tego, że urodziłem się w Eisvaldrze.

– Chodź – rzucił Eirik.

Poprowadził go ku lodowej ścianie między szczytami. Wznosiła się na wysokość wielu mężczyzn i rzucała na nich niebieskawe światło. Eirik wszedł w szczelinę w lodzie. Ledwie się w niej mieścił. Rime szedł za nim. To było tak, jakby poruszali się po dnie morza. Z wnętrza lodowca dobiegały stłumione trzaski. Byli teraz zdani na łaskę lodu. Gdyby się przesunął, zmiażdżyłby ich obu. Rime zobaczył swoje pofalowane odbicie w jego powierzchni. Wyglądał jak duch. Szczelina stała się szersza i przed nimi otworzyła się grota. Na podwyższeniu z lodu i śniegu leżała jakaś postać. Śpiąca. Martwa?

Rime podszedł bliżej. Coś było nie tak. Czuł to w trzewiach. Narastający niepokój. Wiedział, na co patrzy. Jeszcze nigdy ich nie widział, nie słyszał o nikim, kto by ich widział. Potrafił wszakże nazwać tę istotę z taką samą łatwością, jakby chodziło o psa.

To był ślepy.

Rime mimowolnie sięgnął do biodra, ale nie było tam miecza. Ślepy się nie poruszał. On – bo nie było najmniejszych wątpliwości, że to on – leżał na plecach, z rękoma wzdłuż ciała. Skóra była biała jak kość. Na brzuchu widniała ziejąca, fioletowa rana. Barwy wydawały się chorobliwe. Wypaczone światłem przenikającym przez lód. A może nie?

Rime jak w transie podchodził coraz bliżej. Ciało było zbudowane tak jak jego własne. Ramiona. Pierś. Te same mięśnie w tych samych miejscach i zapewne służące do tych samych celów. Nie wiedział, dlaczego spodziewał się czegoś innego. Ale to drobne różnice zmroziły mu krew w żyłach.

Palce kończyły się szponami, ale nie takimi, jakie znał u zwierząt. Nie wyrastały ze środka. Były częścią palców, jakby ktoś naostrzył je nożem. Stwardniała skóra zwężała się na końcu w zakrzywione szpony. Głowa była odrobinę węższa niż normalnie. Na lodzie spoczywały zwichrzone czarne włosy. Głowa była odchylona na bok. Twarz wykrzywiał grymas, który mógł być krzykiem. Oczy były zamknięte. Usta półotwarte. Dwa ostre kły, podwinięty siny język. Cechy drapieżnika.

Rime miał wrażenie, jakby stał na skraju przepaści. Spoglądał na coś, czego nigdy nie powinien był zobaczyć. Na coś, co nie pochodziło z tego świata. Był już przy samych zwłokach. Odchylił kciukiem powiekę.

Biel.

Tylko biel. Żadnej tęczówki, żadnej źrenicy. Nawet pionowej szpary jak u kotów. Nie wiedział, dlaczego również tego się spodziewał. A więc ślepi są ślepi. Przynajmniej w tym, co wmawiano ludowi, tkwiło jakieś ziarno prawdy. Nie przyniosło mu to ulgi. Odsunął rękę. Wciąż czuł zimno w palcu. To było inne zimno niż to, które sprawiało, że unosząca się z jego ust para zamarzała. Odwrócił się do Eirika.

Eirik stał z założonymi rękoma i czekał. Czekał, aż Rime przetrawi to, co zobaczył.

– Ja... nie wiedziałem... nie wierzyłem...

Czuł, że jego słowa są prawdą. W głębi serca nie wierzył. Ślepi wrócili. Słyszał o tym. Rada otwarcie o tym dyskutowała, ale nie można było w to uwierzyć, póki nie zobaczyło się tego na własne oczy. Co sobie właściwie wyobrażał? Na co liczył? Że to będzie coś innego? Dzikie zwierzęta? Albo że Rada miała rację i to były tylko wymysły Kruczego Dworu? Rada była zupełnie sparaliżowana... Ale co on sam zrobiłby z czymś takim? Rime wpatrywał się w ślepego.

Obudził się w nim strach. Zatruł go. Rime oddychał spokojnie, żeby zachować kontrolę nad sobą. Strach nie był niebezpieczny. Znał go. Czuł go jako dziecko. Dziecko, które się poddało. Nacisk śniegu. Uczucie, że się dusi.

*Nic nie może zaszkodzić temu, kto już jest martwy.*

Nic, co *znał*. Tego jednak nie znał. Kim oni są? Jak z nimi walczyć?

– Myślałeś, że to tylko plotki rozgłaszane z powodów strategicznych. – Głos Eirika przypomniał mu, że nie jest sam. – Myślałeś, że to kłamstwa z Północy. Pretekst, żeby się zbroić. Żeby oskarżać Mannfallę, że nikogo nie potrafi ochronić.

Rime poczuł, że robi mu się gorąco, choć wszędzie wokół był lód.

– Rada w to wierzy. Mannfalla w to wierzy. Osobiście nigdy nie rozumiałem, co moglibyście na tym zyskać. Ślepi sprawiliby, że cały świat przybywałby tłumnie na Rytuał, ten sam Rytuał, od którego pragniecie się wyzwolić. W najlepszym wypadku byłoby to niezbyt mądre z taktycznego punktu widzenia.

Eirik przyglądał mu się ze spuszczoną głową. Jego broda drgnęła lekko, jakby się uśmiechnął. Nie skomentował jednak przypuszczeń Rimego. Wskazał głową na ślepego.

– Było ich dwóch. Może więcej. Nikt nie ma pewności, ot co. Polowaliśmy na nich, kiedy was znaleźliśmy. Oni też was znaleźli. Pewnie wyczuli Evnę, kiedy ty wyczułeś swoich.

Rimemu ścisnęło się serce. Swoich. Którzy walczyli i oddali życie za kłamstwo. Mógłby ich uratować. Gdyby tylko znalazł inne słowa, zanim padł pierwszy cios…

– Zobaczyłbym ich. Nikogo tam nie było. Nikogo prócz nas.

– Nikt ich nie widzi, chłopcze. Nazwa do nich pasuje. Sprawiają, że inni stają się równie ślepi. Ale trzymali się na dystans dzięki krukom.

Nagle Rime przypomniał sobie niebo widziane przez mgłę bólu. Kruki. Było ich wiele. Czarne, krzyczące plamki między płatkami śniegu. Ciągnąca go Hirka.

– To dlatego nie zaatakowali Kruczego Dworu?

Eirik kiwnął głową.

– Dość już dokonali zniszczeń w okolicy. Możesz mi wierzyć, nie chciałbyś widzieć ætlinga wyssanego z Evny. Staje się podobny do nich. Do złudzenia podobny. Blady. Bezkrwisty. Z wywróconymi oczami. Wysysają z ciebie siłę życiową. Baby gadają, że pożerają duszę. I robią to bez względu na to, czy jesteś mężczyzną, kobietą, dzieckiem czy niedźwiedziem. Atakują życie. W każdej postaci. Jeśli chce się ich zabić, trzeba być gotowym posłać swoich na śmierć. Umierają jak wszyscy, ale…

– Ale to kosztuje? – dokończył Rime.

Eirik potarł twarz ogromnym łapskiem.

– Myślisz, że już ich masz, a wtedy oni się rozpuszczają. Stapiają się z górami.

Rimego przeszył dreszcz. Od czego zacząć? Jedynym sposobem na ich powstrzymanie, jaki znał, byłoby odesłanie Hirki do… Dokąd? Do domu? Gdzie jest dom dzieci Odyna? Nie tutaj. To nie jest jej świat.

– Bramy… Przechodzą przez kamienne kręgi.

– Tak, wiemy. Znamy tutaj te same opowieści. Chcieliśmy zburzyć krąg na Bromfjell, niedaleko miasta, ale wtedy zjawił się ten obłąkany rzeźbiarz.

Eirikowi pomieszało się w głowie?

– Kto?

– Kilka dni wcześniej, nim was znaleźliśmy, przybył tu z Elveroi szalony kamieniarz.

– Hlosnian!

Eirik uniósł krzaczaste brwi.

– Znacie się?

Rime pokręcił głową, ale nie w odpowiedzi na pytanie Eirika. Po prostu nie mógł w to uwierzyć. Hirka miała rację. Jeśli ktokolwiek wie, jak działają te stare kręgi, to właśnie Hlosnian.

– Wykuł wizerunek widzącego w Elveroi. Co powiedział?

– Obawiam się, że nie jest taki, jak go zapamiętałeś. Chyba że zawsze bredził jak szaleniec. Powiedział, że drzewa już nie ma. Staruszek szalał jak trzyletnie dziecko, kiedy chcieliśmy wyburzyć krąg na Bromfjell. Mówił, że jeśli to zrobimy, nigdy ich nie powstrzymamy. Zniszczonych drzwi nie można zamknąć, ot co. Tak brzmiały jego słowa. Zrobiliśmy głosowanie i większość chciała go posłuchać.

– Głosowanie? Co masz na myśli?

– Wszyscy z Kruczego Dworu. Głosowali przez podniesienie

ręki. Bądź co bądź to ważna sprawa. Może dziś będziemy musieli poświęcić naszych, żeby jutro móc uratować wszystkich.

Rime nie wierzył własnym uszom. Co zrobili? Zebrali wszystkich mieszkańców miasta i po prostu *spytali*?

Eirik nie zauważył jego zdumienia. Po prostu mówił dalej:

– Ten rzeźbiarz twierdzi, że istnieje tylko jeden sposób, by ich powstrzymać. Dziewczyna musi wrócić do domu. Tam, skąd przybyła.

– Nie! – Rime nie chciał tego słuchać. To było złe rozwiązanie. Tchórzliwe rozwiązanie. Krzywdzące niewinną osobę. – Istnieje inny sposób, Eiriku. Śmierć Urda Vanfarinna. To jego dzieło. To on tu sprowadził ślepych. Bez niego nie znajdą drogi.

– Jesteś pewien?

Rime zamknął oczy.

– Nie. Nie jestem pewien. Ale musimy działać tak, jakbym był. Nie możemy żądać od Hirki, żeby opuściła Ym. Nawet gdyby Hlosnian wiedział jak, to nie wchodzi w rachubę. Nikt nie wie, skąd przybyła ani dokąd by odeszła! To są zaświaty! W dosłownym sensie. Równie dobrze możecie spalić ją żywcem.

Eirik znów pomasował ramię.

– Ta decyzja nie należy do nas. Tylko do niej.

Rime spojrzał na ślepego. Wybryk natury. Nie dlatego, że tak bardzo się od niego różnił, ale właśnie przez to przerażające podobieństwo. Nikt nie wiedział, skąd przychodzą ani ilu ich jest.

– Jak zabijają?

– Nie wiemy.

– Jak często?

– Tego też nie wiemy. Sądzimy, że przychodzą grupami i znów znikają, gdy kilka razy przesypie się klepsydra. W dwóch miejscach nie znaleźliśmy nic prócz popiołów, ale to dlatego, że nasi spalili domy i zwłoki, gdy znaleźli zabitych. Nikt, kto widział tych zabitych, nie mógł mieć im tego za złe. Słyszeliśmy podobne historie z innych miejsc. A więc sądzimy, że tych dwóch zostało opuszczonych przez... stado.

– Zostali odrzuceni?

– Albo to, albo byli nadgorliwi. Wyrwali się przed szereg. – Eirik się zaśmiał, ale to był nerwowy śmiech. Gdy robił to tak potężny mężczyzna, można było poczuć się nieswojo. – Chodź, Rime. Nie jadłeś jeszcze śniadania, a przez kilka dni żywiłeś się tylko naparami ślepych, które podawała ci dziewczyna.

Rime usłyszał ciepło w jego głosie, choć Eirik kpił z wywarów, które utrzymały go przy życiu, bo nie miał dość rozumu, by oglądać się za siebie. I dopiero teraz zdał sobie sprawę, że to nękające uczucie w żołądku to głód, a nie echo snu ani choroby.

Wyszli z lodowca i ruszyli w dół, w stronę siedziby wodza. Pozostawienie tak ślepego wydawało się wbrew naturze. To było chore. I niebezpieczne.

– Po prostu go tu zostawisz? – spytał Rime.

– A co mamy z nim zrobić? Spalić ślepucha?

To słowo sprawiło, że Rime poczuł zimny dreszcz na plecach. Ślepuch... Zupełnie jakby Eirik mówił o jakiejś pospolitej pladze. O szczurach. Albo o robactwie. Rime przystanął.

– Mogą roznosić choroby. Albo co gorsza, ktoś z wioski może się tu zapuścić i go zobaczyć. Wybuchnie panika!

– Widać, że wychowałeś się w Mannfalli, Cieniu. Chcesz powiedzieć, że mielibyśmy go ukrywać przed naszymi?

– Można by pomyśleć...

Eirik odwrócił się do Rimego.

– Chyba nie ma w Kruczym Dworze takiego ætlinga, który by go jeszcze nie widział. Widzieli go wszyscy.

## DWÓCH PRZYWÓDCÓW W KRUCZYM DWORZE

Hirka uchyliła drzwi i wślizgnęła się do wielkiej sali. Rozejrzała się. Sala wydawała jej się mniejsza niż poprzednim razem. Pewnie przez Mannfallę i wszystko, co tam widziała. Ale i tak była imponująca. Dwa rzędy potężnych bali podtrzymywały sklepienie. Każdy z nich był tak wielki, że mogłaby się za nim schować. W kominkach przy krótszych ścianach mogłaby stanąć wyprostowana. Otwarte piętro powyżej, otaczające całą salę jak wewnętrzny balkon

Pojawiło się tu coś nowego. Cały kąt pod schodami wypełniały kamienne rzeźby i zaczęły się nawet rozprzestrzeniać na resztę pomieszczenia. Ktoś zlitował się nad najmniejszymi i ustawił je na długich stołach. Białe figurki, które tu nie pasowały. Hirka uśmiechnęła się na myśl o Unngonnie, która mimo wszystkich tych kluczy noszonych przy pasku nie potrafiła znaleźć miejsca dla efektów nieustannej pracy Hlosniana.

Gdzie on się podziewa?

Nagły odgłos uderzanego dłuta zdradził, że rzeźbiarz jest za jasnym blokiem kamienia. Nienarodzona rzeźba. Była tak wysoka, że Hlosnian stał w połowie schodów i pracował nad jej szczytem. Był odwrócony do niej plecami. Jego jasnoczerwony fartuch wyblakł jeszcze bardziej. Hirka zgadywała, że został przymusowo wyprany po tym, jak rzeźbiarz tutaj przybył. Podeszła bliżej, by zobaczyć, nad czym pracuje. Wyrył ślady na kamieniu aż do samej góry, jak na gigantycznej miarce. Uśmiechnęła się.

– Przestałeś rzeźbić drzewa, Hlosnianie?

Hlosnian zaśmiał się cicho, nie odwracając się do niej. Podeszła do niego. Wtedy się odwrócił i położył pomarszczoną dłoń na jej ramieniu, ale nie odpowiedział. Nic nie zrobił. Jego dłoń spoczywała tak przez chwilę, a potem wziął się w garść i poprosił ją, by usiadła. Hirka uprzątnęła ze schodów drewnianą miskę, kubek i pustą butelkę po winie, a potem usiadła trochę wyżej. Wskazał na jedno z kamiennych drzew na długim stole.

– To jest najpiękniejsze drzewo na świecie – oświadczył bez cienia dumy w głosie. Po prostu stwierdził fakt.

– Czyli wiedziałeś, kiedy drzewo w Eisvaldrze runęło?

– Czy wiedziałem? Nie, jestem już stary. Wiem tylko tyle, że wiem coraz mniej. Ale to nie było trudne. Pewnej nocy się obudziłem i nagle to było najpiękniejsze drzewo na świecie.

Hirka pokręciła głową. Wydawał się przytomniejszy. Oczy patrzyły bystro i mówił wyraźnie. Wciąż jednak trudno było zrozumieć, o co mu chodzi.

– Dlaczego tu przybyłeś? – spytała.

– Bo nie powinno...

– Wiem, nie powinno mnie tu być. Co możemy na to poradzić?

– Dopóki stoją kamienie, możemy zrobić wszystko. Słyszałaś, że te dzikusy chciały je wyburzyć?!

– Trudno im się dziwić, Hlosnianie. Boją się ślepych. Zabili jednego i obiecali, że będziemy mogli tam pójść i go zobaczyć, kiedy...

– Nie pojmuję, dlaczego tak trudno im to zrozumieć! Drzwi można zamknąć dopóty, dopóki istnieją! Powtarzam im to, odkąd tutaj przybyłem, ale gapią się tylko na mnie jak owce. Mówimy przecież tym samym językiem! – Hlosnian dalej rzeźbił w kamieniu. – Niewielu wie, gdzie są te kręgi, a jeszcze mniej jest takich, którzy wiedzą, jak ich używać. I jak brzmi rozwiązanie? Wyburzyć je! Gdzie byśmy byli, gdybyśmy pozwolili na to, by kierował nami wyłącznie strach? Hmm? Kiedyś zabijano i toczono wojny z powodu samych kamieni!

– Wydaje mi się, że dalej toczą się o nie wojny.

Hlosnian przerwał pracę i spojrzał na nią. Przymknął jedno oko.

– Staliśmy się bystrzejsi od ostatniego razu, co?

– Tak już mają wyjęci spod prawa. – Hirka uśmiechnęła się.

Hlosnian parsknął.

– Wyjęty spod prawa to nie żadna cecha. Żeby być wyjętym spod prawa, musi istnieć prawo, a stanowią je mężczyźni i kobiety takie jak ty i ja. Czujesz się wyjęta spod prawa, Hirko? Nie istnieją żadne prawa, które kierują twoim życiem?

– Mam ich wiele, ale to nic nie pomaga. Są tylko moje własne.

– No cóż. W takim razie rozumiesz.

Hirka coraz bardziej lubiła tego starego rzeźbiarza. To było tak, jakby składał zdania inaczej niż wszyscy. Miał własny język, którego trzeba się było nauczyć, ale gdy tylko się go opanowało, wszystko miało sens. Zamienienie z nim paru słów nic nie dawało. Wtedy miało się tylko mętlik w głowie. Po jakimś czasie jednak słowa płynęły między nimi jak mleko. Dobre i sycące.

Hlosnian wyjaśnił jej, że to nie jest takie proste, jak myślała. To nie tak, że dopóki tu przebywała, byli tu również ślepi. Kiedy jednak tu przebywała, można ich było tu sprowadzić. Nastraszył ją, mówiąc, że nikt nie ma pojęcia, jakie jeszcze inne istoty mogły tu przybyć. Ślepi i dzieci Odyna byli znani z mitów, ale kto mógł być pewny, że na tym koniec? A co z opowieściami z Północy o krainie lodu? Piesniami o elfach i smokach? Za mało wiedzą. Równie dobrze można by się zastanawiać, czy da się użyć kamiennych kręgów, by odwiedzić Sloknę.

Na krótką chwilę tęsknota za ojcem wzięła nad nią górę. Odwiedzić Sloknę. Pomyśleć tylko, że można by odwiedzić Sloknę... Nie musiała się jednak długo zastanawiać, by dojść do wniosku, że niektórych miejsc nie powinno się odwiedzać.

Staruszek elegancko pominął wszystkie jej pytania, na które nie znał odpowiedzi, jakby nigdy ich nie zadała. Na przykład, kto zbudował pierwsze kręgi i jak dawno temu? Jak wygląda świat, z którego przybyła. Czy to prawda, że może zarażać zgnilizną?

– A co tam u dziedzica miejsca w Radzie? – spytał nagle.

Zarumieniła się. Tytuł, którego użył, nie mógłby być bardziej niewłaściwy.

– Wyrzekł się miejsca w Radzie dawno temu, Hlosnianie. Został Ciemnym Cieniem. A teraz jest wyjęty spod prawa, więc nigdy nie odziedziczy żadnego miejsca, nawet gdyby tego pragnął. Wręcz przeciwnie, straci wszystko. Nie sądzi, żeby jego wuj był na tyle silny, by utrzymać ród i majątek. Reszta Rady wszystko skonfiskuje.

Hlosnian nie zwracał uwagi na to, co mówiła.

– A więc jest już na nogach?

– Tak. Poszedł na górę zobaczyć ślepego, a teraz siedzi z Eirikiem i...

Drzwi sali otworzyły się z impetem. Do środka wpadł Eirik. Inni ledwie byli w stanie pchnąć te drzwi. Za nim wpadły promienie słońca i otoczyły go światłem. W ślad za wodzem pojawił się oddział wojowników. Zostawili drzwi otwarte.

– Gdzie?! – ryknął.

Jeden z mężczyzn zdjął hełm i przeczesał ręką brązowe jak ziemia włosy. Hirka go poznała. Eskortował ją z gospody, w której pracowała Maja, gdy po raz pierwszy trafiła do Kruczego Dworu. Wtedy, gdy Villir oberwał nożem w udo. Wydawało jej się, że od tego czasu minęło sto lat. Teraz nie był taki straszny, jak go zapamiętała.

– Przy Dvergli. Tylko pół dnia od tego jeziora, gdzie Aljar parę dni temu widział ryby pływające do góry brzuchem.

Pozostali poruszyli się niespokojnie. Eirik potarł ramię.

– Leśnego Jeziora?! Nie są dobrze strzeżeni. Wysłaliśmy kruki z wiadomościami do każdej chaty w całym Foggardzie! Co oni tam robią na własną rękę?

– Mają ze sobą dzieci i wozy. Są spakowani. Uciekają tutaj, wodzu.

– Wiem, co oni robią, Ynge! Nie wiedzą, że stoimy na skraju wojny?! I że po lasach szwendają się ślepi? Równie dobrze mogliby użyć dzieci jako przynęty! – Eirik rozłożył ręce i wpatrywał się w swoich wojowników, jakby domagał się odpowiedzi. Westchnął. – Ilu ich jest?

– Pół setki.

– Wybierz ośmiu wojowników, Ynge. Wyjeżdżamy natychmiast. I zadbaj o to, żeby to nie byli tacy, którzy poszczają się w portki, jeśli usłyszą jakieś odgłosy z lasu!

Hirka ujrzała znajomą sylwetkę w drzwiach i zrobiło jej się zimno. Wstała. Wiedziała już, co to oznacza. Rime zrobił krok w głąb sali. Szczęknęły napierśniki, gdy mężczyźni się odsunęli, by być jak najdalej od niego.

– Potrzebujesz wojowników, Eiriku?

Upłynęła chwila, nim Eirik kiwnął potwierdzająco głową. Rime omiótł wzrokiem wszystkich mężczyzn w sali.

– Moje miecze?

– Wolałbym dać broń ślepuchowi! – Głos Teina.

Hirka do tej pory go nie zauważyła. Spoglądał po twarzach mężczyzn, szukając poparcia, i znalazł je. Wskazywali na Rimego i mruczeli gniewnie. Uzbrajanie wroga było szaleństwem. Dziedzica miejsca w Radzie. Ciemnego Cienia. Jeden z wojowników zapytał Eirika, czy jego rana zagoiła się tak szybko, że już zapomniał.

– Dość tego! – ryknął Eirik. – Dajcie mu miecze!

Zapadła cisza. Eirik wpatrywał się w Rimego, gdy jego wojownicy kolejno opuszczali salę. Jego oczy miotały nieme przekleństwa. To była obietnica Slokny, jeśli Rime zawiedzie jego zaufanie.

– W takim razie ja też jadę! Ktoś musi pilnować twoich pleców – syknął do ojca Tein.

– Ktoś musi pilnować Kruczego Dworu, jeśli natkniemy się na ślepych, chłopcze.

– Potrzebuję jeszcze czegoś, co może nam pomóc. – Rime spojrzał na Hirkę.

Zamknęła oczy.

– Pojadę z wami – odparła.

– No, to rozumiem – usłyszała mruknięcie Hlosniana, który znów zaczął kuć w kamieniu.

Jechali przez las w milczeniu. Jedynym dźwiękiem były stłumione odgłosy kopyt. Mężczyźni siedzieli na grzbietach koni wyprostowani, unikali zbędnych ruchów. Zrezygnowali z brzęczących kolczug i przywdziali skórzane zbroje. Hirka nie przywykła do jazdy wierzchem, wybłagała więc, by pozwolili jej biec przy konnych. Musiała się trzymać pośrodku oddziału, nie mogła wybiegać do przodu ani zostawać z tyłu. Eirik twierdził, że to by ją uczyniło łatwym łupem.

Czuła się naga. Mężczyźni byli porządnie ubrani i siedzieli wysoko na koniach. Zwisające z ich bioder miecze działały krzepiąco. Pozostawiali za sobą ciemny ślad w cienkiej warstwie białego puchu. Wysokie leśne drzewa wciąż nosiły jesienne barwy. Między nimi opadały pojedyncze płatki śniegu. Nim znów nastanie pełnia, spadnie go więcej. Hirka zerkała ukradkiem na Rimego. Czy naprawdę go odepchnęła, kiedy ją pocałował? Nie mieściło jej się to w głowie. Skąd wzięła tyle siły?

Otuliła się szczelniej kurtką. Pożyczyła ją od Ramoi tej nocy, gdy wdarli się do Eisvaldru. Może nigdy nie będzie miała okazji, by ją oddać nauczycielce kruków. Unngonna szorowała wełnę, aż ta się prawie rozpadła, ale na rękawach wciąż widniały rdzawe ślady krwi Rimego. Klucznica powiedziała, że powinno się wyrzucić tę kurtkę. Zakrwawiona kurtka przynosi nieszczęście. Hirka zauważyła, że mimo wszystko wciąż żyje.

Kuro leciał bliżej Hirki niż zwykle. Ciekawiły go kruki, które wieźli w przytroczonych do koni klatkach z gałązek. Nie mogli zabrać ich wiele. Gdzieś przebiegała granica między ochroną, jaką zapewniały, a zabraniem tak wielu, że zwracałyby niepotrzebnie uwagę. To samo dotyczyło mężczyzn. Przydałoby się ich więcej, ale wtedy mogliby być zachętą do ataku, zamiast odstraszać. Nikt nie wiedział, co jest lepszym rozwiązaniem. To było tak, jakby planować walkę z duchami. A więc wyruszyło ich jedenastu. I Hirka.

Modliła się po cichu, nie wiedząc do kogo. O to, żeby bezpiecznie wrócili do domu. Zwłaszcza Eirik. Gdyby coś mu się stało, byłby to koniec dla Kruczego Dworu. I dla nich wszystkich. Choć Tein się do tego palił, zupełnie nie był gotów, by zająć miejsce ojca.

Było już dość późno, gdy na kogoś się natknęli. Dźwięki dobiegające z północy sprawiły, że mężczyźni zesztywnieli na koniach i wstrzymali oddech. Kruki krakały niespokojnie. To były odgłosy ætlingów. Zwykłych ætlingów. Eirik zamknął oczy. Trudno powiedzieć, czy mu ulżyło, czy też zareagował tak na ich beztroskie, hałaśliwe zachowanie. Teraz Hirka słyszała ich wyraźniej. Płaczące niemowlę. Matka przywołująca bawiące się dzieci. Świnie?

Pojawili się między drzewami. Mieszana grupka na stoku góry, przedzierająca się z wozami i zwierzętami przez paprocie. Eirik krzyknął i ruszył w ich stronę. Machnął ręką Hirce i pozostałym, żeby do niego dołączyli.

Na spotkanie wyszedł im mężczyzna. Był szczupły, odziany w szary strój. Nosił rękawiczki bez kciuków. Eirik był trzy razy większy od niego.

– Jestem Eirik, wódz Kruczego Dworu. To są moi wojownicy.

– I Hirka – dodała Hirka.

– Nie słyszeliście, że ślepi grasują w okolicy?

Mężczyzna pochylił głowę przed Eirikiem i obejrzał się nerwowo na pozostałych.

– Tak! To dlatego nie jedziemy dro…

– Kim jesteś, chłopcze?

Hirka się uśmiechnęła, bo mężczyzna nawet nie zwrócił uwagi na to, że Eirik nazwał go chłopcem, chociaż przeżył dość zim, by być jej ojcem.

– Jestem Gilnar. Syn Elerta. Jedziemy aż z Vidlokki i…

– Gdzie jest Beila? Nie czytała listu przyniesionego przez kruki, czy jak? Nie możecie przenosić całej wsi, kiedy Mannfalla ma pod Kruczym Dworem siedemdziesiąt tysięcy wojska!

– Siedemdziesiąt tysięcy?!

Grupka z tyłu podchwyciła tę liczbę. Wieść szerzyła się jak

pożar. Rada przysłała siedemdziesiąt tysięcy żołnierzy. Wojna była zatem faktem.

– Zgadza się! – zawołała do nich Hirka. – Naprawdę nie przysłali więcej!

Gilnar spojrzał na nią, jakby pochodziła z innego świata. Nie miał pojęcia, jak bliski jest prawdy. Za jej plecami mężczyźni zaczęli się śmiać. Nowo napotkani też wybuchnęli śmiechem. Eirik zerknął na Hirkę i mrugnął.

– Gdzie jest Beila? – spytał jeszcze raz.

– Umarła. Widzący raczy wiedzieć, ile miała zim. Nie chciała wyjeżdżać. Kiedy umarła, ruszyliśmy w drogę.

– Miała rację. W domu byliście bezpieczniejsi. Kruczy Dwór pęka w szwach, więc odsyłamy wszystkich dalej, do Skimse. Nie przyleciał do was kruk?

– Tylko Beila odbierała kruki. Nie wiedzieliśmy…

Eirik westchnął.

– Będziemy was eskortować do Simse.

Ich ulga była wzruszająca. Pół setki mężczyzn, kobiet i dzieci poczuło się bezpieczniej dzięki jedenastu wojownikom – i Hirce – z Kruczego Dworu.

– Niech cię Widzą… – Gilnar zerknął na brodate oblicze Eirika i postanowił wyrazić wdzięczność w sposób, który mniej śmierdziałby Mannfallą. – Niech cię kruki błogosławią!

Eirik przeorganizował gromadkę tak, żeby wszyscy szli parami, długim rzędem, z dziećmi pośrodku. Potem ruszyli dalej w ślimaczym tempie. Pochód otwierali i zamykali wojownicy z Kruczego Dworu. Rime, Eirik, Ynge i starszy mężczyzna, którego imienia Hirka jeszcze nie znała, jechali z tyłu. Ona szła obok nich.

Wieśniacy prawie cały dzień byli w drodze i potrzebowali postoju. Eirik kazał im iść dalej, jak najdalej od Leśnego Jeziora. Uszli jeszcze kawałek wzdłuż rzeki. Potem błagania stały się zbyt przejmujące.

Eirik zatrzymał się przy Stellsfall, wodospadzie wysokim na czterech mężczyzn. Huk spadającej wody zaciekawił dzieciaki i płacz ustał. Zapomniały o tym, że są głodne i zmęczone. Hirka kucnęła na brzegu i umyła ręce w lodowatej zatoczce. Wodna mgiełka zwilżyła jej twarz. Ostatnio jakoś nigdy nie czuła się czysta. Najchętniej kąpałaby się kilka razy dziennie.

Obejrzała się przez ramię. Rime pomagał się przepakować jakiejś swojej rówieśniczce. Jej worek był przekrzywiony i uwierał ją w plecy. Dziewczyna się zarumieniła, kiedy Rime jej pomagał. Hirka poczuła w sercu coś mrocznego i nieznanego. Ta dziewczyna nie miała zgnilizny. Mogła robić, co chciała.

Rime podchwycił jej spojrzenie i Hirka się odwróciła. Czasem czuła się tak, jakby w jej życiu chodziło tylko o niego. Zwłaszcza od czasu, gdy szli przez Gniazdo Ślepych. Od tego pocałunku. Mieszkała przy jego łóżku. Jadła tam. Spała. Rime był pogrążony w tak głębokim śnie, że nic go nie budziło. Jakby go nie było. Tuż obok niej, a jednak gdzieś daleko. Zawsze tak się czuła. Tak jak wtedy, gdy wdrapała się do niego na Wilczą Skałę. Albo gdy zobaczyła jego dom w Mannfalli. I wtedy, gdy zrozumiała, że jest Ciemnym Cieniem.

Kim jest teraz, gdy już nie śpi? Kiedy nie pozostało nic, o co walczył? Kim jest, kiedy nie ma już Widzącego? Ani Ciemnych Cieni? Ani miejsca w Radzie?

Hirka dobrze wiedziała, kim jest. Możliwe, że on sam tego nie wiedział, ale ona tak. Widziała go każdego dnia. Wiedziała, co potrafi. Usłyszała czyjeś kroki i wytarła ręce o kurtkę.

– Zrobiłaś sobie krzywdę? – Dziewczynka miała może osiem lat. Na jej buzi i palcach widniały ślady jagód.

– Nie – odparła Hirka. – Urodziłam się taka. Bez ogona.

– Ale w rękę.

Hirka spojrzała na rdzawe ślady na rękawach. Dziewczynka mówiła o krwi. Brak ogona jej w ogóle nie interesował. Hirka uśmiechnęła się.

– To nie moja krew. Zabiłam olbrzyma! Buu!

Dziewczynka pisnęła z zachwytu i uciekła.

– Dlaczego o tym nie opowiesz? – Rime zdążył się do niej podkraść.

– A o czym tu opowiadać? – Hirka schowała palce w rękawy kurtki, żeby ogrzać sobie dłonie.

– Że to moja krew. Że mnie pozszywałaś.

Nie rozmawiała z nim, odkąd się obudził. Jego słowa sprawiły, że powróciły wszystkie obrazy. Rana w boku. Jego oczy, gdy osunął się na kolana. Kucnął obok niej i umył ręce, tak jak ona przed chwilą.

– Członkowie Rady myją ręce po każdym spotkaniu. Przy drzwiach stoją srebrne misy. Nieskazitelne. Niezniszczalne. Tak lśniące, że widzą w nich swoje odbicia. Wiedziałaś o tym? – spytał.

– Nie.

Hirka uświadomiła sobie, że coś słyszy. To był nie tyle dźwięk, co jego brak. Coś się zmieniło. Wodospad. Rime błyskawicznie wstał. Zrobiła to samo. Ustawiczny szum wodospadu zmienił się w coś innego. Woda zniknęła. Przed nimi płynął strumień piachu. Nieskończone ilości czarnego piachu, który spływał do zatoczki i opadał na dno. Hirka poczuła, że powietrze więźnie jej w gardle. Zaschło jej w ustach.

– Są tutaj – szepnęła.

– Są tutaj! – krzyknął Rime do pozostałych i wyciągnął miecz.

Pobiegł do Eirika, pociągając za sobą wystraszonych wieśniaków, którzy stłoczyli się w grupkę. Nikt nie rozumiał, co się dzieje. Zaczęło płakać jakieś dziecko. I jeszcze jedno. Wojownicy wołali coś do siebie. Hirka wpatrywała się w wyschnięty wodospad. Piach był rzadszy. Wiatr przesypywał kurz przez wygładzoną wodą i upływem czasu krawędź. Słyszała, że pozostali krzyczą coś do siebie. Domagali się odpowiedzi, której nikt nie mógł im dać. Co się dzieje? Czy to są ślepi? Czy wszyscy zginą? Cały ten strach. *Z mojego powodu.*

Krzyczał jakiś mężczyzna. Hirka się odwróciła, ale Rime i Eirik zasłaniali jej widok. Nie widziała, co się dzieje. Ośmioletnia dziewczynka, która wcześniej do niej przyszła, oderwała się od grupy. Prawie ją stratowano. Podbiegła do Hirki. Hirka wzięła ją za rękę i razem odsunęły się od wodospadu.

Mężczyźni, kobiety i dzieci stłoczyli się plecami do siebie. Każdy próbował się przedrzeć do środka grupki. Otoczyło ich jedenastu wojowników z Kruczego Dworu, z uniesionymi mieczami. Jedenastu wojowników i Hirka.

Przekazała dziewczynkę matce. Gdzie Rime? Rime i Eirik o coś się kłócili. Kogoś brakowało. Kogo? Kogo nie ma? Usłyszała, że ktoś wspomina o Gilnarze. O tym pierwszym, z którym rozmawiali. Jeszcze chwilę temu stał przy wozach, ale teraz nikt go nie widział. Rime chciał pobiec i go poszukać, ale Eirik nie pozwalał mu się oddalić od gromady. Co poniektórzy z grupy zaczęli płakać. Wyglądali jak wielogłowy smok. Ranny potwór. Lamentowały coraz to nowe osoby, aż w końcu ta żałosna pieśń objęła prawie wszystkich.

Hirka dostrzegła jakiś ruch na górze, przy wodospadzie. Podbiegła do Rimego i pokazała mu.

– Wiem. Chodź – powiedział.

Chwycił ją za rękę i pociągnął na wzgórze, z którego jeszcze przed chwilą spływał wodospad. Porastały je paprocie. Nie było widać, gdzie stawiać nogi, ale udało jej się nie przewrócić. Rime krzyknął przez ramię do Eirika. Wódz zaklął i ruszył za nim z dwoma wojownikami.

Wtedy pojawiła się Evna. Płynęła przez nią od Rimego. I Hirka znów mogła rozłożyć na części własny strach. Zerwać go jak jabłko. Przyjrzeć mu się, posmakować go i dokładnie poznać, z czego się składa. Strach. Silny i intensywny. Jak Rime.

Puścił jej rękę i obrócił się z wyciągniętym mieczem. Ciął i wykonywał pchnięcia. Jakby tańczył z kimś, kogo nie widziała. Mocniej zaczerpnął przez nią Evny i wtedy zobaczyła. Blada postać. Naga. Nieuzbrojona. Biały błysk spomiędzy wykrzywionych w grymasie warg. Istota poruszała się jak owad. Jak mucha. W jednej chwili była przed Rimem, w kolejnej dziesięć kroków od niego. Jej ruchy zdradzał tylko przemieszczający się cień. Widok był nierzeczywisty. Jak we śnie.

Hirka znajdowała się niebezpiecznie blisko Rimego, ale nie miała wyjścia. Potrzebował jej. Jeśli coś mu się stanie, to samo stanie się z nią. Cokolwiek innego byłoby nie do pomyślenia. Evna targała jej ciałem jak wiatr na dachach w Eisvaldrze tamtej nocy, gdy wszystko się rozpadło.

Są tu. Ślepi tu są. Nie wierzyła… Nie tak naprawdę. Wierzyła? Czy *ktokolwiek* wierzył?

Rime też był szybki. Za szybki. Zbliżył się za bardzo do napastnika i na jego ramieniu pojawiła się nagle czerwona szrama. Hirka wyczuwała jego strach przed tymi nieprawdopodobnymi ruchami. Przed tym, że nie wie, z czym walczy. Poczuła, jak wściekłość bierze nad nim górę. I czuła, gdy sobie postanowił, że to przeżyje.

Evna była jego przedłużeniem. Poruszała się przed nim i za nim. Miecz przed mieczem. Błyskawicznie okrążył ślepego i natarł z boku. Ale cięcie nie natrafiło na opór. Zamarło w powietrzu. Zamiar bez spełnienia.

Eirik i dwaj pozostali zbliżali się z drugiej strony i Hirka zobaczyła, że ślepy się waha. Odwrócił głowę w stronę nowych wrogów, którzy wbiegali na wzgórze. Może nasłuchiwał? Węszył?

Rime wykorzystał ten moment. Tanecznym ruchem okrążył go i ciął w plecy. Istota zawyła tak, jak zrobiłby to ætling. Runęła twarzą do ziemi, wśród paproci. Rime ciął jeszcze raz. Hirka nie widziała, gdzie trafił, i cieszyła się z tego.

Wtedy krzyknął Ynge. Kucał na zboczu. Dotykał ręką podbródka kogoś, kto leżał na ziemi i się nie ruszał. Gilnar. Ten, którego brakowało. Ynge wpatrywał się w jego trupio bladą twarz. Oczy były białe. Policzki zapadnięte. Nie tak. Wszystko było nie tak. To się nie powinno było wydarzyć. To po to przybyli. To się nie powinno było wydarzyć.

Rime ręką dał znak Yngemu, by odsunął się od zwłok, ale było już za późno. Pozostali je zobaczyli. Zobaczyli zabitego. Któryś ze starców krzyknął i rzucił się biegiem w ich stronę. Ten krzyk przeszył Hirkę. Przebiegł jej dreszczem po plecach. Po całym ciele. Jej wina. To jej wina. Ta świadomość w niej narastała, wypełniła ją całkowicie. Posiadła ją. To się stało przez nią. Przez nią tutaj byli. A ona ich wyczuwała. Czuła ich zapach. Nie tylko tej martwej istoty. Był jeszcze jeden. I był tutaj. Blisko niej.

Hirka powoli się odwróciła. Stał na progu wodospadu, na granicy wody i piachu. Tam, gdzie stał, woda zmieniała się na jej oczach. Stawała się czarna i ciężka wokół jego stóp, a potem wiatr zdmuchiwał ją za krawędź. Istota wpatrywała się w nią ślepymi oczami.

Hirka podeszła bliżej. Byłaby gotowa przysiąc, że ją widzi. Powinna coś powiedzieć? Że to ona stanowi problem? Że to przez nią tutaj są? Że teraz mogą już przestać i nikt więcej nie musi umierać.

Poczuła, że ma mokre nogi. Stała w wodzie. Sama tutaj weszła? Tyle wody… Mimo to czuła pragnienie. Szła dalej, powłócząc nogami, aż przystanęła przed ślepym. Odchylił ramię, jakby brał zamach. Ale nic nie zrobił. Dlaczego nic nie robi? Jest tu przecież.

Był od niej wyższy i całkowicie nagi. Zgarbił plecy, jakby chciał się zbliżyć. Zamiast oczu miał bezbarwną błonę, mimo to przyglądał się jej. Z zaciekawieniem. Wyciągnął do niej muskularną rękę. Powoli, tak że widziała jej ruch. Wiedziała, że skończy tak, jak Gilnar. Blada i bezkrwista wśród paproci. Przemożna potrzeba, by dotknąć tej istoty, była jednak silniejsza niż instynkt ucieczki. Hirka wyciągnęła rękę, by dotknąć jego dłoni.

Ktoś krzyknął jej imię, ale teraz nie mogła nikomu pomóc. Nie była w stanie oderwać oczu od ślepego. Jego wargi się uniosły, odsłaniając zęby. Przekrzywił głowę, tak jak to często robił Kuro. I zamrugał. Był zdziwiony. Jakby poczuł zapach, którego nie znał. Hirka uświadomiła sobie, że on nie rozumie. Nie wie, co za chwilę zabije. Zakrzywił szpony, żeby chwycić jej rękę. Powstrzymały go krzyki kilkunastu kruków.

Kruki. Ktoś sobie o nich przypomniał i je wypuścił. Nadleciały i zaczęły zataczać kręgi nad ślepym. Cofnął rękę i dotknął swojej szyi dwoma palcami. Patrzył na nią. To było przerażająco świadome działanie. Nic jej nie mówiło, ale miało coś mówić. Znak. Potem kruki były już za blisko i ślepy się skulił.

Nad głową Hirki przeleciał jakiś cień. W pierwszej chwili pomyślała, że to ślepy. Ale to był Rime. Rzucił mieczem i zniknął za progiem wodospadu. Ostrze wbiło się w plecy tej istoty. Jeszcze wibrowało. Ślepy osunął się jak worek. Część tułowia zawisła nad krawędzią wodospadu. Wtedy znów zaczęła płynąć woda. Z początku ostrożnie, jak deszcz. Spłukiwała czerwoną krew.

Hirka podźwignęła się na nogi, chwyciła rękojeść miecza i szarpnęła. Wysunął się ze zwłok z obrzydliwym westchnieniem. Coraz trudniej było poruszać nogami. Woda. Zaraz zacznie płynąć woda. Musiała uciekać! Woda sięgała jej już do ud i przybierała szybko. Hirka była przemoczona. Pochwycił ją potężny prąd. Walczyła, żeby utrzymać głowę nad powierzchnią, ale na próżno. Prąd niósł ją za krawędź. Spadała. Ogarnęła ją panika i na oślep próbowała się czegoś uchwycić. Nie było czego. Wokół niej huczał wodospad. Porwał ją. Znów stała się jednym z wodą.

*Płyń.*

To była jej jedyna myśl. Płyń. Teraz, natychmiast.

I płynęła. Ubranie stało się ciężkie. Ciągnęło ją w dół. Miecz nie pozwalał jej porządnie zagarniać wody, ale nie mogła go puścić. Wtedy utonie. Dopóki trzymała miecz Rimego, musiała przeżyć. Jeśli go wypuści, nie będzie miała czego szukać na powierzchni. Ten miecz był częścią niego. Wyciągnie ją.

Płuca paliły. Płynie w złą stronę? Gdzie jest góra? Światło powinno przecież być na górze? Przebiła się na powierzchnię, ale nie mogła zaczerpnąć powietrza. Ktoś ją chwycił. Ciągnął ją do brzegu. Wymiotowała wodą. Łapała dech. Cenne powietrze. Rime przewrócił ją na bok. Znów wykrztusiła wodę. Zawisł nad nią. Na jej twarz kapały krople z jego włosów.

– Jeśli… Jeśli sobie myślisz, że dostaniesz za to punkt, to się mylisz – wyszlochała.

Jego posągowa twarz złagodniała. Rime przewrócił się na plecy. Przez chwilę leżeli i oddychali. Potem wstał i postawił ją na nogi. Złapał ją i przechylił tak mocno, że oderwała się od ziemi i znalazła w jego ramionach. A potem ją rzucił. Wycie Hirki zagłuszyła fontanna wody, w której wylądowała. Zerwała się na nogi, gotowa się zemścić. Ale Rime był bezpieczny. Stał za murem histerycznie chichoczących dzieciaków. Obok niego stał niczym góra Eirik i patrzył na przemian to na Hirkę, to na Rimego. Pokręcił głową i sobie poszedł.

– Mannfallczycy – mruknął. A potem zawołał do pozostałych: – Załadujecie zwłoki. Musimy ruszać.

Kruki się nie uspokoiły, póki mieszkańcy Vidlokki nie zostali odeskortowani do Skimse razem ze zwłokami Gilnara. Przez całą drogę do Kruczego Dworu Kuro trzymał się bliżej Hirki niż zazwyczaj. Od czasu do czasu przelatywał nad nimi, jakby chciał im dać do zrozumienia, że wciąż tu jest, gdyby go potrzebowali. Dumny z siebie, tak jak potrafi być tylko kruk.

Świeży śnieg stopniał na ścieżkach. Było zimno, ale Hirka wiedziała, że mogłoby być o wiele gorzej. Mogła być już martwa. A teraz miała na sobie suche ubranie i w brzuchu gorący gulasz od mieszkańców Skimse.

Zerknęła na Rimego. Wciąż nosił strój Ciemnego Cienia. Zdążył trochę wyschnąć, ale Rime podczas jazdy musiał strasznie marznąć. Eirik kazał mu się nie pokazywać. Nie chciał robić zamieszania w Skimse i nie miał czasu na wyjaśnienia, co Ciemny Cień robi w Kruczym Dworze.

Hirka pomyślała, że to wiele mówi o tym, jak tutaj postrzegano Ciemne Cienie i Mannfallę. Można było przejechać przez miasto ze zwłokami dwóch ślepych przytroczonymi do koni, ale Ciemny Cień wzbudziłby zbyt wielki niepokój. Gdy jechali przez Kruczy Dwór, ætlingowie powychodzili z domów. Nikt się nie odzywał. Nikt nie pytał, co się stało. Ale Hirka wyczuwała w tej ciszy nadzieję. Ci byli ostatni. Musieli być ostatni. Teraz będziemy bezpieczni. Teraz musimy się tylko martwić siedemdziesięcioma tysiącami wojowników na równinach.

Eirik zatrzymał się dopiero pod wielką salą. Mieszkańcy zbiegli się, żeby popatrzeć. Rime zeskoczył z konia, wbiegł po schodach i zniknął w pokoju, który mu przydzielono. Hirka podejrzewała, że nie tylko po to, by się przebrać, ale też by nie zwracać na siebie uwagi.

Wokół nich zgromadziły się wszystkie dusze z miasta. Dzieciaki były najbardziej ciekawskie i odważyły się podejść najbliżej do ślepuchów, bo one też tak ich nazywały. Eirik musiał im kazać się odsunąć. Skinął na Teina, który stał kilka kroków dalej z założonymi rękoma, i polecił mu pomóc mężczyznom zawieźć ślepych do lodowej groty.

Tym samym przerwał milczenie i posypały się pytania. Co się stało? Było ich więcej? Kto ich zabił?

– Jemu możecie podziękować, ot co – powiedział Eirik, wskazując głową na Rimego.

Rime właśnie schodził po schodach. Zapinał akurat sprzączkę przy pasie i nie wiedział, o co chodzi. Zdążył się przebrać. Miał na sobie strój gwardzisty, który stapiał się z jego białymi włosami. Wyglądał tak jak wtedy, gdy Hirka zobaczyła go po raz pierwszy po jego powrocie do Elveroi. Nad Otchłanią. Wtedy po trzech latach wydał jej się obcy.

Teraz go poznawała. Wszedł jako Ciemny Cień, a wyszedł jako Rime An-Elderin. Podniósł wzrok i przystanął na schodach, jakby skamieniał. Wszyscy na niego patrzyli.

– Co?

Nie doczekał się odpowiedzi. Hirka zagryzła wargę, żeby ukryć uśmiech. I on chciał nie zwracać na siebie uwagi. Teraz poszedł dalej. Tłum rozstąpił się przed nim i przepuścił go na dziedziniec. Hirka rozejrzała się po otaczających ją twarzach. Malowała się na nich ulga, ale u większości również coś jeszcze. Tak wygląda ktoś, kto cieszy się z pomocy, ale kto nigdy o nią nie prosi. Rozpoznawała w tych twarzach samą siebie. Tak musiała wyglądać, gdy Rime wyciągnął ją z Otchłani. Cieszyła się, że żyje, ale jej duma została zraniona. Kruczy Dwór uzyskał pomoc od Ciemnego Cienia i wódz to właśnie przyznał.

– Twoje miecze. – Głos Teina. Donośny, ale drżący. Wyciągnął rękę, jakby się spodziewał, że coś dostanie. – Nie masz prawa nosić tu mieczy, An-Elderin.

Rime przystanął i odwrócił się w stronę Teina. Hirka wstrzymała oddech. Coś się stanie. Słyszała wiatr szeleszczący w gałęziach świerka za Rimem i Teinem. Stali zaledwie kilka kroków od siebie. Jeden jasnowłosy, drugi ciemny.

Ale jest na odwrót, pomyślała Hirka. To Kruczy Dwór był światłem w jej życiu, a Mannfalla ciemnością. A jednak to Tein miał ciemne włosy. Obszyta futrem kurtka, twarz. Oczy zmieniły się w wąskie szparki. Wykrzywione usta były blade. Tein nienawidził. Nienawidził każdym mięśniem swojego ciała.

Widziała, że Rime próbuje coś wyczytać z jego twarzy. Wyczuć, jak daleko jest gotów się posunąć. Upłynęła wieczność. Potem Rime powoli sięgnął rękoma do pasa, by go odpiąć. Tein uśmiechnął się krzywo i wyciągnął swój miecz. Oczy Hirki się rozszerzyły. Zrozumiała. Tein nie chciał odebrać Rimemu mieczy. Robił to celowo. Udawał, że myśli, że Rime chce po nie sięgnąć, zamiast je oddać. Tein pragnął go zabić.

Eirik postąpił o krok do przodu, ale Hirka chwyciła go za rękę.

– Im więcej Rime ma przeciwników, tym więcej ich ginie – powiedziała, nie poznając własnego głosu. – Daj mu szansę, a nikomu nic się nie stanie.

Eirik spojrzał na nią z powątpiewaniem. Nie ruszył się jednak z miejsca.

Rime zamknął oczy i wciągnął powietrze. Otworzył je i wyjął jeden miecz. Hirka chciała zaprotestować. To nie mogło się stać. Nie miało prawa. Trzymała rękę na rękojeści tego miecza. Wyszarpnęła go ze zwłok ślepego. I płynęła pod wodą z tą wąską klingą. Nie po to go ratowała.

Obejrzała się za siebie. Gapie stali jak zauroczeni, wszyscy, jak jeden mąż. Zbiegło się jeszcze kilku. Nikt nic nie zrobi. Czekali na to od pokoleń. To nie było dwóch młodych mężczyzn, którzy się pokłócili. To był Kruczy Dwór przeciwko Mannfalli. Rada przeciwko królom, którym odebrano korony.

– Nie zmuszaj mnie, żebym zrobił ci krzywdę. – Rime mówił cicho, tak by słyszał go tylko Tein, ale Hirka wychwytywała każde słowo. To nie była arogancja ani demonstracja siły. Znała Rimego. To była prośba. Ale Tein nie słuchał.

– Krzywdzicie nas od tysiąca lat, Ciemny Cieniu! – Głos Teina drżał z pogardy i ze strachu. – Tutaj jesteś nikim! Tutaj nie rządzi Rada. Tu jest Kruczy Dwór!

Rzucił się z mieczem na Rimego. Tłum westchnął. Rime bez wysiłku wykonał unik. Hirka zasłoniła usta dłonią. Syn wodza sam skazywał się na upokorzenie i był za młody, żeby to rozumieć.

Tein znów zaatakował. Tym razem z boku. Jego ruchy wydawały się nieskończenie powolne i ociężałe w porównaniu z ruchami Rimego. Jego szeroki miecz zaśpiewał o wąską klingę.

Zaśpiewał jeszcze raz, kiedy Tein cofnął ostrze. Oddychał szybko. Okrążali się. Hirka zobaczyła, że syn wodza zaczyna rozumieć, na co się porwał. Gdzieś w głębi serca Tein wiedział, że musi przegrać. Mimo to krzyknął do Rimego:

– Nie masz prawa! Nie wolno ci tutaj bawić się w króla!

– Kto z nas bawi się w króla? – odparł Rime. Kończyła mu się cierpliwość.

Tein wrzasnął i natarł na niego z wyciągniętym do przodu mieczem, jakby to był taran.

– POCHODZĘ Z KRÓLEWSKIEGO RODU!

Hirka widziała, że Rime ma dość. Zaraz będzie po wszystkim. Zatańczył wokół Teina, ciął go w ramię. Tein krzyknął i puścił miecz. Rime podciął mu kolano i syn wodza runął na ziemię. W mgnieniu oka Rime stał nad nim, trzymając sztych na jego gardle.

– No to powiedz mi, Teinie, synu Eirika, co byś zrobił, gdybyś był królem? Jak byś powstrzymał ślepych? Jak byś obalił zepsutą Radę, która rządzi dzięki kłamstwom? I jak byś wyjaśnił światu to, czego nie potrafisz wyjaśnić nawet sobie? Że masz być ich przywódcą?

Hirce chciało się płakać. To nie mogło potoczyć się inaczej, ale nie takiego wyniku potrzebowali ci ætlingowie.

– Rime... – To był tylko szept, ale usłyszał ją.

*Pamiętaj, kim jesteś.*

Rime spojrzał na nią. Na tłum, który wstrzymał oddech. Na Eirika, który rozchylał i zaciskał spocone pięści. Podszedł o krok bliżej do Teina. Hirka pojęła, co próbuje zrobić. Mogła tylko mieć nadzieję, że to zadziała.

Tein chwycił Rimego za nogę i szarpnął. Rime runął na ziemię i odrzucił miecz. Nie upuścił go, tylko odrzucił. Tein oparł stopę na jego piersi. Rime zaczął się śmiać.

– Niezły jesteś, Teinie, synu króla.

Jego śmiech był zaraźliwy. Gapie zaczęli się śmiać. Ktoś klaskał, inni przyłączyli się do niego. Tein się rozejrzał. Uśmiechnął się i pomógł Rimemu wstać. Przyjaciele Teina podchodzili i klepali go po plecach. Razem wzięli konie ze zwłokami ślepych i ruszyli pod górę, w stronę lodowca. Tłum wokół nich się przerzedził.

Zostali tylko Eirik i Rime. I Hirka, ale żaden z nich jej nie dostrzegał. Patrzyli na siebie.

Wódz skubał brodę. Jego błękitne oczy lśniły. Wiedział równie dobrze jak Hirka, że Rime oddał zwycięstwo Teinowi i nie dopuścił do rozlewu krwi. Dał Kruczemu Dworowi to, czego potrzebowali.

Wódz ciężkim krokiem podszedł do Rimego. Położył mu rękę na szyi i przyciągnął go do siebie. Zetknęli się czołami. I tak stali, wódz Kruczego Dworu i dziedzic miejsca w Radzie.

Eirik kilka razy pogłaskał Rimego po głowie.

– Gdybyś *ty* był Mannfallą, Rime An-Elderinie, poszedłbym za tobą. Poszedłbym. Słyszysz? – Głos Eirika się załamał.

Rime kiwnął głową.

– Wrócę, przysięgam. Masz na to moje słowo, Eiriku.

– Niczego więcej nie potrzebuję. – Eirik wypuścił go z objęć i odszedł.

# DROGI SIĘ ROZCHODZĄ

Ojciec powtarzał, że może żyć bez nóg, jeśli jego serce okaże się dość silne. I tak też się stało. Czasem było na tyle silne, że wystarczało dla nich obojga. Aż do czasu, gdy życie Hirki znalazło się w niebezpieczeństwie. Dopiero wtedy zabrakło mu sił. Dopiero wtedy ojciec się poddał, ze względu na nią. Jego serce znosiło głód, ból, złośliwe plotki i chorobę, ale nie było dość silne, by znieść Ciemne Cienie. Hirka przypuszczała, że jej serce też ich nie zniesie.

Siedziała w kruczym jarze i spoglądała na Gniazdo Ślepych. Kiedyś stała tu razem z Teinem i słuchała jego gniewnych słów o dawnych krzywdach. Teraz siedziała tu, ponieważ było to jedyne miejsce w Kruczym Dworze, w którym nie było słychać przygotowań. Nie było tu kolczug ani mieczy. Nie było tarcz ładowanych na wozy i wiezionych ku równinom. Zostało jej niewiele dni i nie chciała ich wypełniać odgłosami nadchodzącej śmierci. Chciała słyszeć pogawędki kruków. Wszystko inne świadczyłoby tylko o zwykłej głupocie.

Kruczy jar przecinał płaskowyż, na którym położona była siedziba wodza, i kończył się otwartą raną w zboczu góry ponad granicą lasu. Siedziała ukryta na dnie jaru, ale równocześnie wysoko nad światem. Gniazdo Ślepych wydawało się stąd zwodniczo przystępne, ale Hirka wiedziała lepiej. Doliny były głębokie i porośnięte gęstym lasem. Potrzeba było wielu godzin, by obejść każdy ze strzelistych, skalnych masywów. A z dna lasu wszystkie wydawały się takie same i zaczynało się wierzyć, że chodzi się w kółko albo traci rozum.

Hirka spojrzała na szczyt Bromfjell. Tam, na górze, był kruczy pierścień. Krąg kamieni. Droga, by opuścić ten świat. Wcześniej tego dnia usłyszała od Hlosniana wyrok. Siedem dni. Więcej nie miała. Potem musieli się udać tam na górę i zobaczyć, co da się zrobić. Może Hlosnian będzie w stanie jej pomóc wrócić do domu. Powiedział jej, że ziemia ma puls. Czasami Evna jest potężna, kiedy indziej słaba jak wspomnienia. Powiedział jej, że nie jest silnym czerpiącym. Jego darem była wrażliwość. To dlatego służył kiedyś Radzie jako zaklinacz kamieni. Potrafił wsłuchać się w ten puls. Wyczuwać, jak Evna wzbiera i opada wraz z porami roku i pogodą. Kamienie nosiły w sobie wspomnienie Evny. Kamienie pamiętały. Wszystko, co było, i wszystko, co jest. Hlosnian potrzebował, by Evna mocno wezbrała, wtedy będzie mógł jej pomóc wrócić do domu. A to miało nastąpić za siedem dni.

Wszystko w niej burzyło się na tę myśl, ale to było jak walka z wodospadem, gdy woda wyrzuciła ją za krawędź. To, co czuła, nie miało żadnego znaczenia. Jej droga została wybrana dawno temu. Kruczy Dwór nigdy nie mógł stać się jej domem, chociaż czuła się tutaj jak w domu. A Rime nigdy nie mógł do niej należeć. Bez względu na to, jak bardzo zawładnął jej sercem. To było tak niesprawiedliwe, że chciało jej się wyć. Musiała odejść. A wszystko, co kochała, musiało zostać tutaj.

Usłyszała czyjeś kroki za plecami. Nie musiała się nawet oglądać, by wiedzieć, że to Rime. Poruszał się jak nikt inny. Obudziło się w niej pragnienie Evny i to ją zirytowało. Czym jest? Kotem przy pustej misce, czekającym na śmietanę? Jeśli tak, to będzie musiała nauczyć się z tym żyć, bo już nigdy więcej go nie zobaczy.

Kucnął obok niej. Był gotów do drogi. Ubrany w czerń, zaopatrzony w plecak. Ciemny Cień. Hirka zwiesiła nogi za krawędź.

– Myślisz o wojnie? – spytał.

Pokręciła głową.

– Myślę o ratunku.

– Może byłaby szansa na ratunek, ale Widzącego nie ma. – Po raz pierwszy powiedział to bez bólu.

– Jest, jeśli Mu na to pozwolisz.

– Mówisz jak Ilume – odparł.

– Powinieneś był jej słuchać. Ona to wiedziała. Widzący istnieje. Jeśli pozwolisz Mu istnieć. To ty jesteś Widzącym, Rime.

Zaśmiał się krótko.

– Nie potrafię naginać czyjejś woli. Nie mam takiej władzy.

– To w takim razie czemu odchodzisz?

Nie odpowiedział od razu. To potwierdziło jej podejrzenia. Właśnie dokonywał wyboru. Niewłaściwego wyboru.

– Nie pasuję tutaj. Jestem Ciemnym Cieniem.

– Ciemnym Cieniem? – parsknęła Hirka. – Chcesz wrócić do Gniazda Ślepych, ale nie istnieje chyba gorsze miejsce, jeśli nie ma się żadnej władzy.

– To się okaże. Muszę odpowiedzieć za to, co zrobiłem.

Hirka zacisnęła zęby. Mówił jak idiota. Jakby nie rozumiał, jak działa świat. On, który kiedyś się z niej śmiał, bo to *ona* nie rozumiała. Bo *ona* była naiwna. Zamierzał wrócić do Ciemnych Cieni. Skulić się jak pies. Ofiarować własne życie w zamian za towarzyszy, których zabił. Co dobrego z tego przyjdzie? Co dobrego przyszło z tego ojcu?

– Kim jesteś, Rime? Dzieckiem? Jesteś Teinem? Tym właśnie jesteś? Nie możesz dłużej uciekać. Nie masz dokąd. Myślisz, że za to, co zrobiłeś, powinieneś dać się zabić Ciemnym Cieniom. Ale to nie jest odpowiedzialność. Śmierć też jest ucieczką, Rime! Wybierasz najłatwiejsze wyjście.

Widziała, że jest zaskoczony. A czego się spodziewał? Że powie mu: „Dziękuję za wszystko i powodzenia"? Że go zrozumie? To *on* nie rozumiał. Hirka wstała.

– Spytałeś mnie kiedyś, kim jestem. „Kim jesteś, Hirko?", powiedziałeś. Ale to ty nie wiesz, kim jesteś, Rime. Ja jestem Hirka. Bezogoniasta. Dziecko Odyna. To ja tutaj nie pasuję. Miałeś tylko Widzącego. Kim jesteś bez Niego? Tym, który jest już martwy? Imponujące osiągnięcie. – Jej serce biło mocniej z każdym słowem. Dostrzegła cień bólu przemykający po jego twarzy i poczuła słodycz i gorycz równocześnie. – Myślisz, że mam ochotę opuścić ten świat? Myślisz, że uciekam, Rime? Oczywiście, że tego nie chcę, ale i tak to zrobię. Bo muszę. I nikt nie może zrobić tego za mnie.

Nie odpowiedział. Śledził ją wzrokiem, gdy przechadzała się po skraju urwiska. Kruki poruszyły się niespokojnie w krzakach.

– Jesteś dziedzicem miejsca w Radzie! Miejsca, którego nigdy nie pragnąłeś i o które nigdy nie prosiłeś. Ale wiesz co, Rime? Możliwe, że tego nie chcesz, lecz nikt inny nie potrafi zrobić z tym miejscem nic sensownego. Nikt inny nie jest w stanie obalić Rady, której tak nienawidzisz. Nikt inny nie może zapobiec temu, żeby sto tysięcy mężczyzn starło się ze sobą na tych równinach! Nikt! – Wskazała nad lasy. – Za kilka dni niebo poczernieje od krzyczących kruków i one się nasycą! Bo oślepia cię nienawiść! Nie widzisz, że Rada jest jedynym miejscem, z którego można zmieniać świat? Jesteś aż tak ślepy?! – Nie wstał ani nie spojrzał na nią. Dokonał już wyboru. Zaśmiała się rozpaczliwie. – Ślepy, tak... Nikt inny nie jest też w stanie powstrzymać ślepych. Nikt inny nie potrafi powstrzymać Urda przed zniszczeniem świata w najbardziej chory sposób, jaki można sobie wyobrazić. Nikt inny nie sprawi, żeby zapłacił za śmierć Ilume. I nikt inny nie powstrzyma Ramoi. Naprawdę sądzisz, że grupka nauczycieli kruków może wykonać pracę, która należy do ciebie? Oni wszyscy zginą! Bezsensowna rzeź. A ty chcesz się schować w Gnieździe Ślepych!

Gdy tylko to wykrzyczała, zrozumiała, od jak dawna miała ochotę to zrobić. Myślała, że to pomoże, ale się myliła. Choć mówiła tak, jakby nim gardziła, nie zaczęła nim gardzić. Poczuła się tylko od tego źle.

Rime wstał.

– Jakie ma znaczenie, co zrobię? I tak odejdziesz. – Jego głos brzmiał bardziej ochryple niż zwykle.

Hirka się zgarbiła. Przytłoczył ją ciężar jego słów. Zmiażdżył wszystko, co wydawało jej się, że wiedziała. Rime jej potrzebował. Dotychczas myślała, że jest na odwrót. Że zawsze było na odwrót. Teraz zobaczyła wszystko to, przez co przeszli, w nowym świetle. Nie pomógł jej podczas Rytuału dlatego, że tego potrzebowała. To on chciał się sprzeciwić Radzie. Nie przeprowadził jej przez Gniazdo Ślepych ze względu na nią, tylko na siebie.

Kiedy się w końcu odezwał, nie patrzył na nią.

– Myślałem, że moja walka ma jakiś sens. Byłem Ciemnym Cieniem. Służyłem Widzącemu. Ale masz rację, bez Niego to nic niewarte. Nic nie ma sensu. To, kim byłem, przeciekło mi między palcami i odeszło. A ślepi wrócili, więc stąd odejdziesz, bez względu na to, co zrobię. Już przegrałem tę walkę.

– Nie! Nie, Rime. Nie słuchasz mnie? Uratowałeś mi życie, żebym mogła odejść. Już wygraliśmy tę walkę!

Podszedł bliżej.

– Wygramy, kiedy Ciemne Cienie usłyszą, co mam im do powiedzenia. Kiedy zrozumieją, że walczą dla wroga. Światem nie rządzi się z Eisvaldru, Hirko. Światem rządzą ci, którzy mają Ciemne Cienie. Kiedy mnie wysłuchają... I kiedy obalimy Urda Vanfarinna, będziesz mogła tutaj zostać. Wtedy wygramy.

Hirka usłyszała echo słów Ilume. Ciemne Cienie. To były jej ostatnie słowa przed śmiercią. Hirka spojrzała na Rimego i poczuła iskierkę nadziei. Oddałaby wszystko za to, by miał rację. Był Ciemnym Cieniem i mógł powstrzymać Urda. A wtedy mogłaby zostać. Mogłaby zamieszkać tutaj, w Kruczym Dworze. Tu nikt nie przejmował się zgnilizną.

Nadzieja zgasła jednak niemal w tej samej chwili. To było beznadziejne. Zawsze będzie beznadziejne. Nawet jeśli Rimemu uda się pokonać Urda, nawet jeśli zajmie miejsce w Radzie i powstrzyma wojnę, nawet jeśli ona będzie mogła tutaj zostać, i tak nigdy nie będzie częścią jego świata.

Chyba oszalała. Przepędzała go z powrotem w świat, w którym już nigdy go nie dosięgnie. Nigdy więcej go nie zobaczy. Spojrzała na niego. Usiłowała wyryć go sobie w pamięci, żeby go nigdy nie zapomnieć. Białe włosy i wilcze oczy.

– Daj mi kilka dni, Hirko.

Podszedł jeszcze bliżej. Tak blisko, że poczuła ciepło jego oddechu.

– Na co? – Przycisnęła ręce do ciała, by same się nie uniosły i go nie dotknęły.

– Osiem dni. Może dziewięć. Jeśli do tego czasu nie wrócę z wiadomością o śmierci Urda, możesz odejść. Ale nie wcześniej.

Roześmiała się. Nic innego nie mogła zrobić.

– Rime, nie mogę wybrać, kiedy odejdę. Hlosnian dał mi siedem dni. Za siedem dni wzbiera Evna i wtedy on pomoże mi wrócić do domu. A ty mnie prosisz o osiem.

Zamknął oczy. Siedem to za mało. Wiedziała o tym. Cztery dni drogi przez Gniazdo Ślepych do Mannfalli i cztery dni z powrotem. I byłoby to trudne, nawet dla Ciemnego Cienia, który nie musi wlec ze sobą dziecka Odyna. Rime otworzył oczy.

– Siedem dni. Wyślę kruka, kiedy zginie Urd. Obiecaj, że wcześniej nie odejdziesz. – Chwycił ją i przyciągnął do siebie. – Obiecaj mi to!

Poczuła chłodny dotyk jego ust na policzku. Jej ciało domagało się Evny, ale milczała. Byli w Kruczym Dworze. Evna była tutaj silna i nigdy nie zdołałaby się jej oprzeć. Rozebrałaby ją na części. Obnażyła. Rime poznałby wszystkie jej myśli. Lęk przed nieznanym. Zatruwające ją pragnienie, by poprosić go, aby z nią został. Rzucił w Sloknę własny świat i odszedł razem z nią do jej świata. I gdyby Rime zrozumiał, jak gorąco tego pragnęła, może tak by się właśnie stało. Może odszedłby razem z nią, pozwalając, by świat spłonął. To by było niemal równie okrutne, jak to, że już nigdy go nie zobaczy.

– Jestem zgnilizną, Rime. Bez względu na to, co zrobisz, nic nie zmieni tego, kim jestem.

Ujął jej twarz w dłonie i się uśmiechnął. Przyjrzał jej się, jakby sprawdzał, z czego jest zrobiona.

– Nie jesteś zgnilizną, Hirko. Nigdy nią nie byłaś i nigdy nie będziesz. Jesteś wszystkim, co dobre i prawdziwe na tym świecie. To *my* jesteśmy zgnilizną. Nie ty.

Słysząc te słowa, Hirka poczuła, że jej opór słabnie. Rozpuściła się w jego ramionach. Wspięła się na palce i ostrożnie go pocałowała. Delikatnie musnęła jego usta. Przez czarny strój czuła krawędzie jego wisiorka. Zabójca z dziecinnym wisiorkiem na szyi. Zaczął czerpać. Cofnęła się o kilka kroków, zanim Evna zdążyła jej dosięgnąć.

– Punkt dla ciebie, jeśli ci się uda w siedem dni – powiedziała.

Jego oczy płonęły bielą. Był żywą modlitwą, z zaciśniętymi pięściami. Naciągnął czarny kaptur i skoczył z urwiska.

## BROMFJELL

W Kruczym Dworze kończył się świat.

Hirka przeszła przez opustoszały dziedziniec i przez most. Wąskimi kamiennymi schodami zeszła na dno jaru i ruszyła między drzewami w stronę domu kruków. Trawę pokrywał biały szron. Nikt inny dzisiaj tędy nie przechodził. I nikt inny tędy nie przejdzie. Wszyscy mężczyźni, którzy ukończyli piętnaście zim, pociągnęli na równiny, by po raz ostatni rzucić wyzwanie Mannfalli. Nigdy nie dane jej będzie poznać wyniku tej wojny.

Wiele kobiet również wyjechało. Kobiety z Kruczego Dworu nie były takie, jak te z Mannfalli. Maja opuściła gospodę, by poprowadzić do boju setkę mężczyzn.

Hirka dotarła do domu kruków i przystanęła w drzwiach. W środku pachniało krwią. Dwóch staruszków szykowało dziczyznę dla kruków. Poza nimi nie było tu nikogo. Młodzi nauczyciele kruków dzielnie wyruszyli na równiny. Jeden ze starców ją zauważył. Pokręcił głową. Siódmego dnia Rime również nie przysłał wieści.

Przyleciał natomiast kruk od sojuszników z Mannfalli. Przyniósł wiadomość o święcie z okazji zakończenia Rytuału. O hucznych obchodach, jakie wiązały się z jego ostatnim dniem. Dziś było święto. Przybyły też kruki z równin. Małe oddziały starły się w lasach. Wojownicy z Mannfalli, z Kruczego Dworu i kilku z Ulvheim. Podjęto sporadyczne próby przedarcia się przez linię posterunków wokół Hrafnfjelli. Jakiejś niewielkiej grupie się to udało, ale zatrzymano ich, nim dotarli do siedziby wodza. A więc się zaczęło. Wojna stała się faktem. Tymczasem mieszkańcy Mannfalli będą tańczyć. Hirka nie spytała, ilu zginęło. Nie chciała wiedzieć. I tak nie mogła nic na to poradzić.

Wróciła do wielkiej sali. Tam czekał na nią Hlosnian. Rzeźbiarz stał z zamkniętymi oczami i dłońmi opartymi o kamienny blok, nad którym tak długo pracował. Nazywał go „plotkarzem". Czujnikiem. Skinął jej głową. Przyszła pora. O wiele za szybko.

Hirka się rozejrzała. Nie miała nic, prócz swojego worka. Czego jeszcze mogła potrzebować tam, gdzie się wybierała? Nikt tego nie wiedział. Nawet Hlosnian. Hirka zarzuciła worek na plecy i wyruszyli. Konie były nieosiągalne. Miały teraz ważniejsze zadania. A więc poszli pieszo, ścieżkami za miastem, w stronę Bromfjell. Wyżej mocniej wiało i zaczął padać śnieg.

Oboje milczeli. Niebo było szare, gdy pokonywali ostatni odcinek wspinaczki. Dotarli na szczyt położony trochę poniżej prawdziwego szczytu. Tam chwilę odpoczęli. Hlosnian wyjaśnił jej, że Bromfjell ma trzy szczyty. Trzy jaskinie, prowadzące do smoka, który ponoć kiedyś tu mieszkał. Hlosnian oddychał ciężko. Współczuła mu, że będzie musiał wracać tędy po ciemku. Sam. Bez niej.

Chociaż nie będzie zupełnie sam. Towarzyszyły im tańczące na wietrze stada kruków. Może wyczuwały, że coś się ma stać? Albo podążały za przypływami i odpływami Evny, tak jak oni.

Na ostatnim odcinku Kuro siedział jej na ramieniu. Od czasu do czasu zataczał nad nimi krąg, ścigał się z innymi krukami, ale za każdym razem wracał. Co się z nim stanie? Czy przejdzie z nią przez próg? Do nieznanego świata?

Dotarli na szczyt i Kuro odleciał. Hlosnian przystanął, żeby nabrać tchu. Hirka rozejrzała się. Świat wydawał się stąd nieskończenie ogromny. Nie widziała już Kruczego Dworu, ale widać było szczyty Gniazda Ślepych. I wyżyny, na których odbędzie się bitwa. Były jednak zbyt daleko, by mogła cokolwiek dostrzec. A przed nią wznosił się kamienny krąg, w kraterze na szczycie góry.

Był większy, niż się spodziewała. Naliczyła szesnaście kamieni w zewnętrznym pierścieniu i osiem mniejszych w wewnętrznym. Szli wzdłuż krawędzi, póki nie znaleźli odpowiedniego miejsca, by móc podejść bliżej. Dno krateru porastał jasnożółty mech. Nie było tu śniegu, chociaż padał. Wydawało się, że jest tu cieplej. Powietrze było gęstsze, niemal wibrowało. A może tylko ona tak się czuła? Między kamieniami fruwały chmury białych motyli. Jeszcze nigdy takich nie widziała.

– Zimowe motyle – wyjaśnił Hlosnian. – Ponoć żyją tylko tutaj.

To było tak, jakby weszła w żywy śnieg. W każdy inny dzień biegałaby radośnie wśród nich. Ale świadomość, że odchodzi na zawsze, była zbyt ciężka do zniesienia. I że Rime prawdopodobnie już nie żyje.

*Żyje.*

Kamienie milczały jak szare olbrzymy niezwracające uwagi na to, że ktoś tu jest. Zawsze tutaj stały i zawsze tu będą stać. Z tego punktu widzenia ætlingowie i dzieci Odyna nie mieli żadnego znaczenia.

– Poczekamy? – Hlosnian spojrzał na nią.

– Nie. Nie ma na co czekać. Zrób… no wiesz, to, co musisz.

Czuła się zupełnie bezradna. Jak ma przeżyć sama w tym nieznanym świecie, jeśli nawet nie wie, co Hlosnian zrobi, żeby ją tam wysłać? Który z kamieni jest tym właściwym? Dokąd ma pójść? Musiała zdać się na to, że Hlosnian wie. Albo że się tego dowie.

Ruszyli do środka kręgu i Hlosnian zaczerpnął Evny. Z początku odczuwała ją jak szept. Szmer strumyka. Była o wiele słabsza niż u Rimego. Stopniowo stawała się silniejsza, jakby odnajdywała moc w każdym kamieniu wokół nich, ale wciąż była jedynie cieniem tego, co czuła przy Rimem, i nagle tęsknota za nim wzięła górę. Miała opuścić go na zawsze. I nie miała pojęcia, dokąd odchodzi. Ogarnął ją lęk, który był zbyt silny dla tej Evny. Nie umiała go powstrzymać.

– Poczekaj! – Położyła rękę na ramieniu Hlosniana.

Spojrzał na nią ze smutno zmarszczonym czołem. Pomyślał, że zabrakło jej odwagi, ale to nie dlatego go powstrzymała. Hirka dostrzegła jakieś cienie na szczycie krateru. Zmrużyła oczy, by lepiej widzieć. Czy to ślepi? Hlosnian popełnił jakiś błąd? Nie. To konie. Mężczyźni na koniach.

Hirka pokazała na nich ręką. Tam ktoś jest! Poczuła, że strach znika. Rime! To musiał być Rime! Albo ktoś, kto przywiózł wieści od niego. Była ocalona! Wszyscy byli ocaleni. Hirka wybiegła im na spotkanie.

Wtedy go zobaczyła. Jej ciało zesztywniało. Kilkunastu mężczyzn rozproszyło się, by ich otoczyć. Urd zeskoczył z konia i zbliżał się do niej szybkim krokiem. Jego płaszcz powiewał na wietrze. Ze znakiem Rady na czole wyglądał, jakby miał troje oczu. Trzy wąskie szpary. Hirka zatoczyła się do tyłu. Urd. Wszystko na próżno. Powróciła fala wspomnień. Gwardziści w lochach. Gulasz, który ukryła w jego fotelu. Skrzynia, do której wrzucił ją związaną. Zaraz ją zabije.

Urd zdjął rękawiczkę i uniósł rękę na długo przed tym, nim złapał Hirkę. Odwróciła się, by uciekać, ale jego pięść trafiła ją w szczękę. Zdrętwiała jej twarz. Przewróciła się plecami na mech.

Hlosnian coś wołał. Patrzyła w niebo. Ciężkie chmury miały złote obrzeża. Nad nią pojawiła się twarz Urda. Odwróciła głowę, ale siłą wykręcił ją tak, by na niego spojrzała.

Hirka widziała swoje zdeformowane odbicie w złotej obręczy na jego szyi. Urd potrząsnął nią i się uśmiechnął.

– Uznamy, że jesteśmy kwita?

## ŚLEPI

Hirka leżała na zimnym kamieniu. Miała ręce związane za plecami. Za każdym razem, gdy próbowała przekręcić się na bok, jej ramię przeszywał ból. Złamali jej coś? Nie była pewna. Kostki nóg skrępowali jej skórzanym pasem. Próbowała zsunąć nogi na ziemię, ale kamień, na którym leżała, był za szeroki. Mogła tylko czołgać się na plecach. Prędzej czy później musiała wyczuć głową krawędź. Ta myśl pomagała jej znosić ból.

*Nie boję się.*

To było kłamstwo. Hirka bała się. Jak jeszcze nigdy. Nie o własne życie – o nie lękała się tak wiele razy, że teraz każda kolejna chwila wydawała jej się jak dar – bała się o coś zupełnie innego. Że nigdy nie pozna odpowiedzi. Że Kruczy Dwór upadnie. Że Rada ugnie się przed obłąkanym mężczyzną, który zniszczy wszystko, co znała. Wszystko, co ktokolwiek kiedykolwiek znał.

Uniosła biodra i zaparła się piętami, żeby znów przesunąć się o długość palca.

Najbardziej przerażała ją świadomość, że nikt nie był w stanie tego powstrzymać. Święci mężczyźni i kobiety z Rady zawsze byli prawdą. Prawem. Znali wszystkie odpowiedzi i pragnęli spoglądać w przyszłość. Ale nie byli święci. Nawet nie silni. Byli po prostu mężczyznami i kobietami. Żadne z nich nie mogło nic dla niej zrobić. Żadne z nich nie powstrzymało Urda. Bano się ślepych, ale kto był tak naprawdę najbardziej ślepy?

Rime miał rację. Świat jest zbyt wielki, żeby go zmienić. Sama to widziała podczas Rytuału. Jakim bezsensem jest próbować przemówić do rozsądku wielu ætlingom naraz. Tego się nie da zrobić. Rime o tym wiedział. Ale i tak poszedł na spotkanie śmierci. A ona mu na to pozwoliła. Próbowała powstrzymać płacz i udało się jej. To jej teraz w niczym nie pomoże.

Hirka wyczuła głową krawędź kamienia. Przesunęła się jeszcze kawałek i wychyliła się poza nią. W końcu widziała coś oprócz chmur. Minus był taki, że wszystko z tej pozycji wydawało się odwrócone do góry nogami. Kamienie wciąż stały. Wyglądały, jakby zwisały z nieba. Między nimi wisieli mężczyźni, jak nietoperze. Uśmiechnęła się i poczuła przeszywający ból w szczęce.

Może już znajduje się w innym świecie? Czy to tak czuje się ktoś przechodzący przez kamienie? Widzi się wtedy lustrzane odbicie rzeczywistości? Zniekształcone, ale wciąż rozpoznawalne? Do góry nogami?

Wypatrzyła Urda. Rozmawiał z mężczyzną, który poświęcił swój skórzany pasek, żeby skrępować jej nogi. Barczysty wojownik trącał z zaciekawieniem ostrze prostego miecza. Przy jego biodrze wisiał krótki miecz, więc ten, którym się bawił, został zapewne odebrany jakiemuś mieszkańcowi Kruczego Dworu. Jednemu z wielu, którzy byli teraz na równinach. Na pewno kogoś zabili, żeby nikt ich nie widział w drodze na Bromfjell. Może to był ktoś, kogo znała. Szarpnęła rękoma i więzy boleśnie otarły jej skórę. To nic nie da.

– Hirka?

Wzdrygnęła się, ale zaraz rozpoznała głos.

– Hlosnian? Gdzie jesteś? Jesteś cały? – Poderwała głowę, ale go nie widziała.

– Jestem tu. Na ziemi. Ze mną wszystko w porządku. A z tobą?

– Nigdy nie było lepiej.

– Hirko, masz moje słowo! Nigdy mu nie pomogę. Prędzej umrę, niż mu pomogę!

Mimo bólu w szczęce Hirka uśmiechnęła się bezradnie.

– On nie potrzebuje pomocy, Hlosnianie. Może sam otworzyć bramę.

Hlosnian parsknął.

– Urd Vanfarinn? Nigdy w życiu! Nie poznałby zaklinacza kamieni, nawet gdyby na nim usiadł! Nie wiedziałby, od czego zacząć.

Hirka nie miała siły protestować. Pozwoliła Hlosnianowi jeszcze przez chwilę zachować złudne poczucie bezpieczeństwa. W swoim czasie zrozumie, że wszystko jest stracone, bez względu na to, co zrobi albo czego nie zrobi.

Urd podszedł do niej. Przygotowała się na kolejne ciosy. Złapał ją za kurtkę i ściągnął z kamienia. Spadła na ziemię i siadła z kolanami podciągniętymi pod brodę, oparta plecami o skałę. Urd przykucnął przed nią. Przyjrzał się jej i strzepnął jakieś pyłki z jej kurtki. Gest, którego Hirka nie rozumiała ani nie przywiązywała do niego wagi.

Patrzyła na niego. Poruszanie ustami bolało, ale nie zamierzała mu tego okazać. Nie da mu tej satysfakcji.

– Nigdy ci nic nie zrobiłam, Urd.

– Fadri. Fadri Urdzie. Nie nauczyli cię manier? – Omiótł ją wzrokiem. – No pewnie. Przecież nie jesteś nawet ætlingiem, co?

Hirka przełknęła ślinę.

– Nigdy ci nic nie zrobiłam. Nie masz powodu, żeby mnie zabijać.

– O nie. *Ja* cię nie zabiję. Ta przyjemność przypadnie komuś innemu. Ale to mi nie przeszkadza się z tego cieszyć.

– Dlaczego? Dlaczego, u Slokny, cieszysz się z tego, że ktoś umiera? Nie rozumiesz, jakie to chore?! Co z tobą jest nie tak?!

Chwycił ją za gardło i przyciągnął do siebie. Jego źrenice wyglądały jak czarne szpilki na złotym tle.

– Nie doceniasz mnie, dziewczyno. To twój największy błąd. Myślisz, że kim jestem? Pijakiem zabijającym pod gospodą, bo wpadłem w złość? Pospolitym łotrem, który wbija komuś nóż w plecy dla paru nędznych monet? Wiesz w ogóle, gdzie jesteśmy? Jaka moc tu się kryje?

– Czyli zabijasz mnie dla władzy? Nie widzę różnicy.

Warknął jak zwierzę i mocniej zacisnął palce na jej szyi. Zbliżył twarz do jej twarzy.

– Chciałem utrzymać cię przy życiu dla władzy. Ale zabiję cię z powodu, który jest o wiele ważniejszy.

Jego oddech śmierdział trupem. Hirka wzdrygnęła się z obrzydzeniem. Wpatrywała się w jego złotą obręcz. Nagle pojęła, z czego bierze się szaleństwo Urda, i było to bardziej przerażające niż wszystko, co sobie wyobrażała. Pojęła, dlaczego jest taki zdesperowany. Dlaczego jest gotów podejmować tak ogromne ryzyko i nie liczy się z nikim ani z niczym.

– Ty umierasz – szepnęła.

Po jego twarzy przemknął cień bólu, jak uczucie, którego już nie doświadczał, ale zapamiętał je z dzieciństwa. Jeszcze mocniej zacisnął palce na szyi Hirki. Przesunął kciukiem po jej skórze.

– Już nie, dziewczyno. Blizna będzie dla mnie nauczką, żeby nigdy nie ufać zgniliźnie. Wolę zaufać ślepym niż twojemu ojcu.

– Mój ojciec nie żyje. Nigdy go nie spotkałeś i nigdy nic ci nie zrobił.

Urd zaśmiał się. Śmiech przeszedł w rzężący kaszel.

– A więc legendy mówią prawdę. Dzieci Odyna mają tyle mózgu co owca. – Z kącika jego ust ściekła kropelka krwi. Dotknął szyi. – Twój ojciec pozwolił mi zgnić od środka, gdy przestałem mu być potrzebny. Czyli coś mi jednak zrobił, nie sądzisz? Masz rację, że nigdy go nie spotkałem, ale słyszałem jego głos. I wiesz, wolałbym połknąć własny miecz, niż znów go usłyszeć.

Hirka poczuła, że strach znika i zmienia się w ciekawość. Urd miał rację. Ojciec nigdy nie był jej ojcem. Była dzieckiem Odyna. Miała ojca gdzieś w innym świecie. I nigdy go nie spotka. Ani niczego się o nim nie dowie. Chyba że to przeżyje. Chyba że Urd przeżyje. To nie mogło się tu skończyć. Nie teraz.

– Mogę ci pomóc – powiedziała. Z początku ostrożnie. Zaraz jednak poczuła się pewniej. – Mogę ci pomóc! Daj mi mój worek. Mam złoty dzwonek i mścikolec! Mam maść z łez słońca i…

– Maść? – Urd spojrzał na nią, jakby pomieszało jej się w głowie. – Masz maść? – Znów wybuchnął śmiechem. Krew z kącika ust spłynęła mu po wardze i zabarwiła zęby. Rozpiął obręcz i odsłonił szyję. Była jak jedna otwarta rana.

Smród sprawił, że Hirka szarpnęła na bok głowę. Chciała zamknąć oczy, ale nie była w stanie. Kruczy dziób. Lekko rozchylony. Wrośnięty w jego szyję, otoczony gnijącą tkanką. Przebarwiona skóra. Zgnilizna. Widok był porażający. Koszmar, z którym trudno się było pogodzić. Jej ojciec zaraził Urda zgnilizną. To nie był żaden mit. Wezbrał w niej smutek pomieszany z odrazą.

Urd zapiął obręcz. Smród zelżał.

– Jedynie ślepi mogą naprawić dzieło ślepych, emblingu. I zrobią to, gdy tylko dostaną bezogoniastą. To jest aż takie proste. – Wstał i spojrzał na nią. – Jesteś ofiarą kamienia. Powinni byli cię zabrać, kiedy się urodziłaś, dziewczyno. Zgubiłaś się tylko po drodze.

Na niebie za jego plecami kruki bawiły się w porywach wiatru.

Hlosnian siedział na ziemi i kołysał się jak dziecko. Spróbował odczołgać się od kamieni, ale dwóch pomocników Urda skopało go i zaciągnęło z powrotem. Hirka szeptała mu o Evnie, o tym, że Evna widzi wszystkich i wszystko. Że zostaną ukarani. Hlosnian jej nie słuchał. Pogrążył się we własnym świecie. Mamrotał o krwi i dziele ślepych.

Kompletnie pomieszało mu się w głowie, kiedy Urd zabił kruka. Przywieźli go przytroczonego do jednego z koni i związanego jak kurę. Urd poderżnął mu gardło i zebrał krew do miski. Ptak przez cały czas krzyczał. Martwy, ale nie do końca. Tak jak Hirka.

– On przymusi kamienie. Przymusi kamienie – powtarzał Hlosnian. Brzmiało to jak modlitwy szeptane przez najbardziej zrozpaczonych mieszkańców Mannfalli, gdy stali nocą, unosząc ręce ku murom Sali Rytuału.

– To nie ma znaczenia, Hlosnianie. Prędzej czy później wszyscy umierają. – Hirka nie czuła już lęku. Był zbyt intensywny, by go znosić, więc po prostu zniknął. Puste miejsce, jakie po nim pozostało, wypełniły smutek i wściekłość. Nic więcej nie czuła.

– Nie można przymuszać kamieni. Zburzonych drzwi nie da się zamknąć. Smok… On obudzi smoka. Drzewa już nie ma.

Hlosnian wzdrygnął się na odgłos grzmotu. Był kruchy jak szkło. Jedynym pocieszeniem było to, że nie on jeden. Pomocnicy Urda wycofali się z kamiennego kręgu. Szeptali coś do siebie w cieniach, gdy Urd chodził od kamienia do kamienia i naznaczał je kolejno kruczą krwią. Zostało ich teraz siedemnastu. Jeden już wcześniej wziął nogi za pas i prawdopodobnie nie miał być ostatni. Nietrudno było zrozumieć ich strach. Bez względu na to, jak przerażający musiał im się wydawać Urd, martwo urodzeni byli przecież jeszcze gorsi. Hirka domyślała się, że żaden z tych odzianych w skórzane zbroje mężczyzn nie wziąłby w tym udziału, gdyby wiedział, że mają się tu zjawić ślepi.

– On nie może zapłacić ceny za przymuszenie kamieni. Nikt nie może...

Hirka była na tyle blisko Hlosniana, by móc oprzeć głowę na jego ramieniu. Rzeźbiarz się wprawdzie nie uspokoił, ale ona poczuła się lepiej. Pocieszanie dawało jej jakiś sens w całym tym bezsensie.

Niebo pociemniało. Kamienie sterczały jak blade zęby martwego olbrzyma. Hirka miała nadzieję, że któryś z nich się przewróci i pogruchocze kości temu, który naznaczał je krwią. Gdyby nie była związana, sama obaliłaby jeden z nich! Spróbowała poruszyć palcami, ale nie miała już w nich czucia.

*Jesteśmy już martwi.*

Czy w Sloknie spotka się z Rimem? Z ojcem? Czy istnieje jedna Slokna dla wszystkich, bez względu na to, skąd pochodzą?

Trzech mężczyzn podeszło do Urda, żeby z nim porozmawiać. Nie słyszała, co mówili, ale zgadywała, o co chodzi. Byli świadkami zabicia kruka. Urd sprowadził na nich wszystkich nieszczęście. Może i to były zabobony, ale mężczyzn opanowało wzburzenie. Byli wszak tylko prostymi gwardzistami. Mężczyznami, którzy mają robotę do wykonania. Być może niektórzy z nich służyli rodowi Vanfarinnów od pokoleń. Ich rodziny miały jedzenie i dach nad głową, bo oni wyruszyli z tym szaleńcem do Kruczego Dworu. Co mogli o tym wszystkim wiedzieć? Jeden z nich zdjął hełm i wskazał na innych, którzy nie odważyli się zbliżyć. Urd podniósł głos i przygnębieni mężczyźni przywlekli się bliżej. Konie rżały cicho, ale nikt nie poszedł ich uspokoić.

Urd wrócił i stanął kilka kroków przed Hirką, odwrócony do niej plecami. Wyglądał, jakby już był martwy. Jego palce były czerwone od świętej krwi. Hirka znów poczuła jego smród. Dziwiło ją, że pozostali potrafią z nim rozmawiać, nie okazując wstrętu. Rozmawiali z trupem. Musieli to chyba wiedzieć? Tyle razy ratowała życie z różnym skutkiem, że potrafiła wyczuć różnicę nosem.

Wtedy napłynęła Evna. Nie była taka, jak u Rimego. Wtargnęła nieproszona do jej ciała. Jak natarczywe ciepło obcego mężczyzny, który chce wziąć ją siłą. Jak ten więzień, który zginął w lochu. Evna stała się silniejsza. Twardsza. Hirka walczyła zaciekle, by jej nie przyjąć. Zamknęła swoje ciało. Urd nie mógł się dowiedzieć, że jest narzędziem, dzięki któremu wzmocniłby swoją Evnę. Tę tajemnicę zamierzała zabrać ze sobą do Slokny.

Zimowe motyle zniknęły. Myślała, że je widzi, ale to był tylko śnieg padający poza kamiennym kręgiem. Śnieg jej nie sięgał. Może on też bał się ślepych? Ziemia pod nią zdawała się oddychać. Powietrze się przerzedziło i nabrało wstrętnego posmaku. Hirka poczuła nagle nieskończoną przestrzeń. Pustkę, w którą mogła się zapaść. Krajobraz między kamieniami drżał, jakby patrzyła na niego przez płomienie ogniska. Wrażenie było tak subtelne, że niemal wątpiła, czy to się dzieje naprawdę. Cienkie źdźbła trawy nie wiadomo czemu przylgnęły do ziemi. Pojawiły się blade cienie. Przyszli znikąd. Z mroku. Z miejsca, którego nikt nie widział. Byli coraz wyraźniejsi. Stali się rzeczywiści. Żywi. I ruszyli w ich stronę.

Hirka wcisnęła się w kamień. Nie wolno jej wpaść w panikę! Nie może płakać! Spotkała już wcześniej ślepych. Stała twarzą w twarz z jednym z nich. I przeżyła. Siedziała tu, na tyle żywa, by słyszeć bicie własnego serca. Na tyle żywa, by czuć ból.

Gdzieś pod nią przetoczył się głuchy pomruk. Jak grzmot w skale. Hirka zerknęła na Hlosniana. Wpatrywał się w ziemię. Przepocone strąki włosów zwisały mu na twarz. Rzeźbiarz nie był już w stanie nikomu pomóc.

Mężczyźni krzyknęli. A więc nie śniło jej się. Widzieli to samo co ona. Urd warknął na nich. Zagroził, że osobiście zajmie się tym, który pierwszy ucieknie, ale wielu z nich było gotowych na takie ryzyko. Rzucili się do koni i pognali przed siebie, jakby gonili ich ślepi. Kruki krzyczały. Zataczały kręgi nad zewnętrzną krawędzią krateru. Ścigały się. Pojawiały się między kamieniami i znikały za nimi jak czarne płomienie.

Co by teraz zrobił Rime?

Hirka wyprostowała plecy i podniosła głowę. Zbliżało się do nich trzech ślepych. Ich ciała wydawały się zupełnie pozbawione tłuszczu. Poruszali się dumnie, niewzruszeni tym, że są nadzy jak zwierzęta. Mogliby być ætlingami. Dobrze zbudowanymi ætlingami. Ale mieli białe oczy. I opuszki palców zakrzywiające się w szpony.

Urd cofnął się kilka kroków. Żałowała, że jej to nie cieszy. Że nie potrafi czuć radości, bo Urd przekonał się, że nie kontroluje wszystkiego. Czuła tylko smutek. Czarną rozpacz. Ten smutek zatruwał jego Evnę. Góra Bromfjell ryknęła i wzdrygnęła się z odrazy. Protestowała na widok bladych istot. Pierwszych. Nábyrnów. Martwo urodzonych. Urd stracił pewność siebie. Czy w ogóle ich kiedyś widział? Hirka poczuła, że Evna się zmienia. Wahał się. Zrozumiał. Te istoty go nie uratują. Nikt nie mógł go uratować. Evna zamarła w niemym krzyku. Potem znów stała się silniejsza. Cieplejsza. Lepsza. Znajoma.

Hirka podźwignęła się na kolana i rozejrzała dookoła.

*Rime?*

To musiał być Rime! Znała tę Evnę! Tylko on jej tak używał. Nie śniło jej się. Czuła jego ciepło, ogarniające jej ciało jak płomienie.

– Hlosnian! – Rzeźbiarz jej nie słyszał. Za głośno krzyczały kruki, a góra Bromfjell grzmiała groźnie. – Hlosnian! – Spróbowała podczołgać się do starca. Musiał się dowiedzieć, że Rime tu jest. Że przybył na ratunek.

Hirka widziała, że kolejni pomocnicy Urda rzucają się do ucieczki. Gdzie są pozostali? Usłyszała czyjś krzyk na zewnątrz krateru. Dźwięki stali uderzającej o stal. Odgłosy walki. Urd odsunął się na bok, by ślepi mogli do niej podejść. Nic już ich nie dzieliło. Nic. Tylko Evna. Zawahali się. Czy to dzięki krukom? Krążyły nad nimi jak żywa chmura. Powietrze było naładowane. Wisiała w nim burza. Pachniało spalenizną.

Przeleciał nad nią jakiś cień. Przez chwilę myślała, że to Kuro, ale nie tylko on miał w zwyczaju przeskakiwać innym nad głową. Usłyszała, że woła jego imię, i w tej samej chwili go zobaczyła. Żył. Był tutaj. Rime stał między nią a nábyrnami.

Zadrżała, gdy zimna stal dotknęła jej dłoni. Nagle miała wolne ręce. Ciemne Cienie przemykały między kamieniami. Poruszały się w ciemności. Kilku mężczyzn krzyczało. Hirka słyszała, jak umierają. Urd wołał do nich. Rozkazywał im się zatrzymać, ale nikt go nie słuchał. Nikt nie przybiegł mu na pomoc. Ani jej. Hirka walczyła rozpaczliwie ze skórzanym pasem krępującym jej nogi. Zrzuciła go i potrząsnęła Hlosnianem.

– Hlosnian! Rime tu jest! I Ciemne Cienie! – Szarpała jego więzy.

Hlosnian jej nie pomagał. Kołysał się tylko w przód i w tył.

– On przymusił kamień. Przymusił go krwią. Smok. Budzi się smok – powtarzał.

Hirka miała ochotę go uderzyć, ale przede wszystkim musiała go uwolnić. Udało jej się i postawiła go na nogi. Ziemia pod nimi falowała i trudno było utrzymać równowagę. Najodważniejsi gwardziści Urda na próżno wymachiwali mieczami w ciemności, jakby walczyli z urojonymi przeciwnikami.

*Ciemne Cienie.*

Byli niewidoczni. Coś błysnęło na ziemi. Kto upuścił miecz. Hirka rzuciła się po niego. Evna sprawiała, że to było przerażająco proste. Mogła sięgnąć dużo dalej, niż pozwalał jej na to wzrost. Ból targał jej ciałem, ale ta Evna pochodziła od Rimego, więc była gotowa to znosić. Rozłożyć ból na części i postanowić, że odsuwa go na bok. Evna była tak silna, tak potężna! I zwodziła ją, bo przez chwilę Hirka była pewna, że słyszy wołanie Teina. Czy od zbyt silnej Evny można oszaleć? Znów ogarnął ją lęk. Tego strumienia nic nie mogło powstrzymać. Evna ją rozsadzi, ciśnie nią w niebo. Zniszczy ją. Rozerwie ją na malutkie kawałki.

Urd cofał się w jej stronę. Ścisnęła kurczowo miecz, na wypadek gdyby podszedł bliżej. Kruki zaczęły się stawać agresywne. Krzyczały jak szalone wokół nich. Zataczały kręgi. Nurkowały.

– Bezogoniasta! Weźcie bezogoniastą! – Głos uwiązł Urdowi w gardle. Chwycił się za szyję i osunął na kolana.

Rime natarł na najśmielszego ze ślepych, ale byli zbyt szybcy. Znikali, zanim dosięgło ich ostrze. Zaczerpnął więcej Evny. Hirka chciała go poprosić, żeby przestał. Nie była w stanie przyjąć więcej. Nie miała miejsca.

Tein i Ynge wbiegli do krateru. Wydawali się tacy mali na tle ogromnych kamieni. Skąd tu się wzięli? Byli przecież na równinach, mieli walczyć z Mannfallą. A więc jednak ma omamy? Świat znów stanął na głowie. Umarła. Nic z tego nie działo się naprawdę.

Rime pił Evnę, tańczył wokół ślepych i rozpłatał jednego z nich cięciem po skosie. Istota runęła na mech, zanim zdążyła trysnąć krew. Dwie pozostałe cofnęły się w stronę kamieni. Obnażyły zęby. Białe zęby. Poruszały się jak duchy. A więc oni też bali się śmierci. Tak jak wszyscy. Jak ætlingowie. Jak dzieci Odyna.

Hirka ścisnęła miecz w ręce. Urd klęczał przed nią i szarpał złotą obręcz. W końcu ją rozpiął i z jego szyi polała się krew. W ciemności wydawała się czarna. Urd wymiotował. Dziób poruszał się w jego szyi. Wypełzł z otwartej rany, jakby próbował się od niego uwolnić. Powietrze przesycił smród gnijącego mięsa.

Hirka stała jak zauroczona i się przyglądała. Nie chciała, ale ten widok był tak niepojęty, że nie mogła oderwać od niego oczu. Dziób leżał nieruchomo na ziemi. Urd odwrócił się do niej.

– Weźcie ją! – krzyknął jak tonący, jakby już zachłystywał się wodą.

Hirka uniosła miecz i podeszła do niego. Odczołgał się od niej jak ranne zwierzę. Z dzikim spojrzeniem, na czworakach. Hirka usłyszała w głowie własny głos.

*Nie można tak po prostu zabijać!*

Podźwignął się na nogi, a Hirka cięła go mieczem. Jego ogon spadł na ziemię i zwinął się jak wąż. Urd wrzasnął z bólu.

– Zapomniałeś o czymś – wysyczała, a Evna poniosła jej głos nad otaczającym ich chaosem. – Przyszli tu po bezogoniastą. – Odsunęła się od zataczającego się mężczyzny. Podchwyciła zamglone spojrzenie jednego ze ślepych. Dotknęła szyi dwoma palcami, tak jak to zrobił jeden z nich nad wodospadem.

– Hirka? – Głos Rimego.

Nie mogła teraz na niego spojrzeć. Zapatrzona w oczy ślepego odrzuciła miecz na ziemię. Urd sięgnął pod niego, ale wtedy dopadli go ślepi. Wbili szpony w jego ramiona, pociągnęli go do tyłu, między kamienie, i zniknęli. Słyszała jego wrzaski jeszcze długo po tym, jak opuścili ten świat. Krzyki znikąd. Z miejsca, którego nie było.

Przez górę Bromfjell przetoczył się głuchy pomruk. Grzmot z głębi skały. I wtedy rozstąpiła się ziemia. Wystrzelił słup ognia. Hlosnian z wrzaskiem zerwał się na nogi.

– Biegiem! Biegiem, do krocset!

I pobiegli.

# PRZEBUDZENIE SMOKA

Evna niosła ją, jakby jej stopy nie dotykały ziemi. Czuła jednak, że się poruszają. Wokół niej góra ziała ogniem, wymiotowała krwią, tak jak Urd. Płomienną czerwienią. Jej syk wznosił się do nieba. Ziemia pękała w kolejnych miejscach.

*Na Widzącego, co myśmy zrobili?*

Hirka zatrzymała się. Ktoś ją ciągnął. Chyba sobie nie myślą, że nie będzie na to patrzeć? Gdzieś w głębi rozumiała, że nie może stać w miejscu. Nie tutaj, w kręgu. Pośrodku krateru. Ale to zrozumienie nie przebijało się na powierzchnię. Należało do innego miejsca. Do innego czasu. W tej chwili musiała patrzeć. Płomienie były jak wodospad płynący w niewłaściwą stronę. Jakaś niepojęta siła ciskała rozżarzony deszcz w ciemne niebo. A więc to tak wygląda koniec świata? I jego początek.

Evna płonęła w niej. Wypalała jej żyły. Płynęła przez mięśnie i kości. Ogień góry był jak ogień w niej. Może stanowili jedno. To był jej dom. Była górą. Była smokiem w Bromfjell. Widziała płomień, z którego wszyscy się urodzili i który ich wszystkich pochłonie.

Wokół niej rozlegały się krzyki. Przez mgłę Evny. Słyszała

tylko Rimego. Wołał bez słów. Nie było już między nimi takiej odległości, która wymagałaby słów. Evna wypaliła wszystkie przeszkody i Hirka czuła go, choć go nie widziała. Wiedziała, gdzie jest i czego chce.

Kamienie stały w czerwonej poświacie, minęła jesień, zima i wiosna. Nieruchomy krąg wokół płomieni. Niemi świadkowie niepojętego gniewu góry. Wokół nich krzyczały kruki. Ciemne Cienie zebrały się przy kamieniach – jedynej ochronie przed rozżarzonym deszczem. Jeden z nich podtrzymywał Hlosniana. Ślepi zniknęli. Urd zniknął.

– Tutaj! Tutaj! – zawołał Hlosnian, dysząc jak kowalski miech. – Między kamienie!

*On ma rację. To jedyne wyjście*, powiedział w niej głos Rimego.

Czerwony deszcz rozdzielał się wokół kamieni. Płynny żar wezbrał i zaczął spływać pomiędzy nimi jak rzeki. Ziemia tego nie zniesie. Cała góra eksploduje. Ktoś krzyczał. Rime złapał ją za rękę i spojrzała na niego. Nie miał już na głowie czarnego kaptura. Jego twarz lśniła od potu. Hirka uśmiechnęła się do niego. Spojrzał na nią, jakby postradała rozum.

Tak bardzo się im wszystkim spieszyło. Ale Hirce się nie spieszyło. Miała swój worek i się uśmiechała. Ostatnim razem, gdy się uparła, by zabrać worek, zatrzymał strzałę, która inaczej by ją przebiła. Chwyciła go i pobiegła szybko ku granicy krateru, tak jak pozostali. Wcale jednak nie czuła szybkości. Szło to tak powoli. Hlosnian wskazał na dwa z kamieni. Rime mocno trzymał ją za rękę. Nie miała wyboru, musiała podążać za nim. Tak jak wszyscy. Hlosnian, kruki, Ciemne Cienie. Teraz podążał za nim nawet Tein i dwóch innych mężczyzn z Kruczego Dworu. Obudził się smok i góra ich ścigała.

Rime jedną ręką trzymał Hirkę, w drugiej ściskał ogon Urda. Tylko to zostało z Urda Vanfarinna. Razem wbiegli między kamienie. Wszystko przestało istnieć. Zapadła cisza. Hirce zrobiło się niedobrze.

Biegła wraz z Rimem w całkowitej pustce. Przestrzeń wirowała wokół nich z zawrotną szybkością. Naga. Pozbawiona barw. Ciemna. Hirka z przerażeniem zdała sobie sprawę, że nie ma tu nawet Evny. To musiała być Slokna. Miejsce, gdzie wszystko spało. Nie. Nie było tu nikogo, kto mógłby spać. A jednak! Tam, przed nimi. Plamki światła. Pola wynurzające się z wiecznej nocy. Kamienie.

Hirka sięgnęła do nich, żeby nie zniknęły. Żeby nie pochłonęła ich wieczność. Kamienie ich przyciągały. Czuła w nozdrzach zapach ognia. Weszli między wysokie kamienie i nagle powróciły dźwięki.

Najpierw usłyszała krzyki. I znowu. Pękające kamienie. Coś się waliło. Żarłoczna Evna pojawiła się tam wcześniej, jeszcze zanim Hirka zdała sobie sprawę, gdzie się znajduje. Na długo przed tym, nim pojawiły się kontury Sali Rytuału, otaczające przerażonych, uciekających ætlingów. Rime wszedł do sali. Hirka podążała za nim tak przepełniona Evną, że jej stopy były nieskończenie wrażliwe. Jak nabrzmiałe poduszki dotykające ziemi. Całe ciało pulsowało. To dlatego uciekali? Wiedzieli, że za chwilę rozpadnie się na kawałki.

A jednak to nie ona się rozpadła. Tylko sala. Hirka obejrzała się za siebie na ziejącą dziurę, z której właśnie wyszli. Otwarta rana w ścianie. Co oni zrobili? Na Widzącego… Rime szedł wzdłuż owalnej ściany. Jego stopy nie dotykały posadzki. Płynął w powietrzu. Szedł po Evnie. W ścianie pojawiły się rysy. Pękała wszędzie tam, gdzie przechodził. Wokół niego szalała Evna. Drobne płytki z macicy perłowej odpryskiwały od muru i spadały na salę. Tłum wokół nich krzyczał. Ætlingowie kulili się i zasłaniali głowy rękoma.

Płytki i kamienie sypały się jak deszcz. Odrywały się od ścian wokół Rimego. Odpadały od sklepienia ponad nim i opadały w zwolnionym tempie, jakby poruszały się w gęstym oleju. Dopiero gdy przechodził dalej, mogły spadać normalnie. To było tak, jakby wokół niego i tylko niego czas się zatrzymał. Powietrze skwierczało. Sypał się deszcz bieli i złota.

Wizerunki na ścianach stały się nieczytelne. Rozpadały się. Odpadały fragmenty z prastarych postaci. Nikły barwy. Zostawały jedynie masywne bloki kamienia. Wyrastały tam, gdzie odpadała zaprawa i płytki, zdzierane potężną energią, której Hirka niemal nie była w stanie znieść.

Kamienie były ogromne. I liczne. Od tysiąca lat kryły się w tych ścianach. Odnaleźli kamienny krąg w Gnieździe Ślepych. Zaginioną bramę. Nigdy nie była ukryta w górach za Eisvaldrem. Była tutaj. W Sali Rytuału. Pod czerwoną kopułą.

Rime wchodził po schodach na podwyższenie w głębi sali. Zbliżał się do Rady. Hirka podążała za nim jak w transie. Nie była w stanie zrobić nic innego. Evna ją sparaliżowała. Członkowie Rady powstali. Ktoś wołał do gwardzistów próbujących wyprowadzić ætlingów tak, by nikt nikogo nie stratował. Hirka widziała każdą kroplę potu na ich czołach. Każde spojrzenie rzucane ku sklepieniu w niemej modlitwie, żeby na nich nie runęło.

Zobaczyła Ramoję. Vetlego. Pozostałych nauczycieli kruków. Evna czytała w nich jak w otwartej księdze. Ich zamiary dojrzały. Nie przyszli tu w tym samym celu co pozostali. Mieszkańcy Mannfalli zebrali się tutaj, by zakończyć Rytuał. Wziąć udział w uczcie. Przyszli, żeby tańczyć. Nauczyciele kruków przybyli tu, by zakończyć epokę. Ale jeszcze nie zaczęli. I już nigdy nie będą mieli szansy, żeby to zrobić. Stali rozsiani po sali, otoczeni twarzami, których Hirka nie znała. Ætlingowie włożyli najlepsze ubrania. Kobiety nosiły usztywniane spódnice i szale na ramionach.

Uśmiechnęła się ze zmęczeniem na myśl o tym, jak sama brała udział w Rytuale. Wtedy też tłum napierał we wszystkie strony. Niektórzy próbowali dotrzeć do wyjścia na północy, inni na wschodzie. Jeszcze inni zostali, żeby zobaczyć, co się stanie. Ktoś wzywał Widzącego!

Rime zbliżał się do Rady. Zostało ich tylko dziesięcioro. Ilume nie żyła. Urd nie żył. A Sala Rytuału właśnie rozpadała się na kawałki. Eir stała, zasłaniając usta dłonią, wpatrzona w kamienie, które piętrzyły się wokół nich. Najpotężniejsi tego świata nie mieli pojęcia, co kryje ta sala. I patrzyli na Rimego.

Rime stracił kontrolę. Hirka musiała do niego dotrzeć. Musiała go powstrzymać. Czuła, że ta Evna zaraz ją zniszczy. Dawał z siebie wszystko, co miał. Hirka czuła, że o niej zapomniał. Zapomniał o wszystkim. Prócz dziesięciorga członków Rady, którzy stali przed nim. Pod nim. Powietrze wokół niego było zbyt gęste, by mógł dotykać stopami posadzki.

Jego oczy płonęły bielą. Był wszystkim, co kiedyś żyło. Wszystkim, co żyje, i wszystkim, co kiedykolwiek będzie żyć. Był Evną. I przepływał przez Hirkę. Jej skóra pulsowała. W głowie wirowały ogniste iskierki. Rozsadzało jej żyły. Uczepiła się rzeczywistości.

Rime rzucił ogon Urda na posadzkę. Ogon zwinął się, z końca pociekło trochę krwi. Potem znieruchomiał. Eir i brodaty Jakinnin stali najbliżej. Oboje się cofnęli. Pozostali podeszli, by zobaczyć, co to. Gdy dotarło do nich, że to ogon, ich twarze wykrzywiły się ze wstrętem. Nikt się nie odezwał. Wpatrywali się w Rimego. Czekali na wyjaśnienia. Dlaczego zbezcześcił to miejsce?

*Powiedz im, kim jesteś!*

– Jestem Rime An-Elderin! – Głos Rimego niósł się nad salą. Wrażenie było takie, jakby wydobywał się z ogromnej czeluści. Jakby słowa odbijały się echem w nim samym.

Ætlingowie znieruchomieli. Niektórzy spoglądali trwożliwie

na pęknięcia w pozostałościach ścian, ale ciekawość zwyciężyła nad strachem.

– Jestem synem Gesy, córki Ilume z rodu An-Elderin. Przyszedłem zająć należne mi miejsce.

Eir postąpiła o krok w jego stronę.

– Coś ty zrobił, Rime... – Wydawało się, że mówiła szeptem. Jej słowa tonęły w jego niesionym Evną głosie. Ale spróbowała. Ostrożnie. Jakby stała przed szaleńcem. – Na Widzące...

– Dość tych kłamstw, Eir. Zawiedliście. Urd nie żyje. Pożarli go martwo urodzeni, których sam tu sprowadził. Przebywaliście z wrogiem na co dzień, ale tego nie wiedzieliście. Nie zrobiliście nic. Przybyłem zająć należne mi miejsce.

Hirka zacisnęła zęby. Evna wzbierała z każdym słowem, które wypowiadał. Każde „s" targało jej mięśnie. Każde „t" uderzało w kręgosłup i rezonowało w całym ciele. Zagłuszał wszystko. Nie miała przestrzeni na oddychanie. Widziała wszystko. Słyszała z natarczywą, wyrazistą intensywnością. Miała ochotę krzyczeć. Ale to Rime krzyczał.

– Dajcie mi moje miejsce albo pokażcie mi Widzącego!

Hirka słyszała setki głosów szepczących w sali. Tak jak wtedy, gdy sama przed nimi stała. Jako dziecko Odyna. Niektórzy z nich nosili tarcze z herbami. Tych dwóch, którzy stali na przedzie, widziała wcześniej w Kruczym Dworze. Spoglądali po sobie i próbowali ukryć uśmiechy. Jakby Rime przed chwilą nie znieważył Kruka i jakby Hirka nie umierała.

Ale umierała za Rimego. Było warto. Potrzebował jej teraz. Stracił kontakt ze światem. Stał się kimś innym. Członkowie Rady wydawali się wątłymi cieniami w porównaniu z nim unoszącym się w powietrzu jak wykuty z kamienia posąg. Ostrzejszy niż sama rzeczywistość. Teraz Hirka się go bała. Bała się tego, co robił. Do czego był zdolny.

Kiedyś marzyła, że Rada upadnie. Że jej członkowie za wszystko zapłacą. Za ojca. Za dni, które spędziła w lochu. Za kłamstwa i za rany na jej plecach. A teraz, gdy od upadku dzieliły ich tylko chwile, bała się konsekwencji.

– Gdzie jest Widzący? – zapytał Rime.

Tysiąc oczu wpatrywało się w Radę i w Widzącego, który milczał na lasce Powierniczki Kruka. Już nikt nie krzyczał. Głosy ucichły w wyczekiwaniu. Wyczekiwaniu, które w jednej chwili zmieniło się w strach. Strach, że Rada zawiedzie. Że nie da Rimemu An-Elderinowi Widzącego, przed którym będzie musiał się pokłonić. Któryś z członków Rady wołał gwardzistów. Rozkazywał im zakuć bluźniercę w łańcuchy. Żaden z gwardzistów nawet nie drgnął. Nikt go nie słuchał.

Sala czekała. Czekała, aż objawi się Widzący. Ukarze bluźniercę. Evna mówiła Hirce o tych, którzy już zrozumieli. Czuła, jak szukają jakiegoś oparcia, i gdyby mogła, płakałaby nad nimi. Ten ból był zbyt silny, nie mogła go znieść, płynął od zbyt wielu.

Zbliżyła się na krok do Rimego. Jej stopy stały się ciężkie. Jakby unosiła żelazo. Ręce zwisały, jakby były z ołowiu. Nie mogła do niego dotrzeć, choć unosił się w powietrzu zaledwie o krok przed nią.

Potem poczuła, jak wchodzą. Hlosnian i Tein. Ciemne Cienie. Ætlingowie zaczęli krzyczeć, stłoczyli się. Przesuwali się na środek sali, jak najdalej od kamieni. Ciemne Cienie pojawiły się wśród nich. Czarni jak noc, wychodzili z przestrzeni między światami. Wychodzili ze ścian, które już nie istniały. Hlosnian opierał się o jednego z nich. Tein i Ynge trzymali się razem. Gwardziści bezradnie spoglądali po sobie. Niektórzy wykonywali znak Widzącego, jakby próbując odegnać to dzieło ślepych.

Hirka chciała ich poprosić, żeby się przesunęli. Ale nie była w stanie zawołać. Nie była w stanie im powiedzieć, że nadlatują kruki. I zjawiły się. Tysiące. Rozkrzyczane wypadały z pustej przestrzeni między kamieniami i w mgnieniu oka wypełniły salę. Jeszcze nigdy nie widziała, by kruki tak się zachowywały. Jak burza skrzydeł i szponów, które miały tylko jeden cel.

Rimego. Rimego i otaczającą go Evnę.

Zataczały nad nim kręgi. Żywa, czarna kolumna. Ptak siedzący na lasce Powierniczki Kruka zerwał się i dołączył do stada. Rime unosił się pomiędzy nimi. Wilcze oczy w wirze ptaków. Evna wezbrała do tego stopnia, że zaczęła trzeszczeć posadzka. Sklepienie. Hirka usiłowała utrzymać się na nogach. Trzy okna roztrzaskały się i runęły na nich, ale zatrzymała je Evna. Odłamki szkła zawisły w powietrzu i połyskiwały jak kolorowy deszcz wokół kruków.

Hirka zobaczyła, że zbliża się do niej Tein. Patrzyła na niego. Prosiła go niemo przez Evnę, żeby coś zrobił.

*Oddał ci zwycięstwo w Kruczym Dworze. Teraz twoja kolej!*

Tein uśmiechnął się, jakby widział ją po raz pierwszy. Skinął jej głową, wszedł po schodach i ukląknął przed Rimem. Patrzyła na niego Rada, którą gardził przez całe swoje młode życie. Wpatrywali się w złotą koronę na jego piersi. Wojownik z Kruczego Dworu. Składał hołd Rimemu.

Wszyscy w sali padli na kolana. Najpierw ci, którzy stali najbliżej. Potem reszta. Jak fala. Padali na ziemię i dotykali czołem podłogi. Przypominali małe kopuły. Czarne kopuły pokazywały, kto jest Ciemnym Cieniem.

Hirka krzyczała do Rimego, nie mogła jednak wydobyć z siebie dźwięku. Krzyknęła jeszcze raz, ale dźwięk przebrzmiał gdzieś w niej. Wszystko w niej znikało. Była czeluścią dla Evny. Zaraz zapadnie się sama w siebie i zniknie.

Eir ugięła się jako pierwsza z Rady. Powierniczka Kruka uklękła przed Rimem, a pozostali uczynili to samo. Niektórzy bardziej niechętnie niż inni, ale nie mogli pozwolić, by Powierniczka Kruka była jedyna. Przez Hirkę przetoczyła się fala wstrętu, który czuł Rime. Gardził nimi, bez względu na to, czy stali czy klęczeli.

Ostatnim, co zobaczyła, był Hlosnian obmacujący ściany. Nawet nie dostrzegał Rady ani Rimego. Odbył podróż ścieżką w kamieniu. I odnalazł pierwszy i największy kruczy pierścień. Cała reszta była nieistotna. Odrywał palcami płytki, by odsłonić bramę, która tak długo była ukryta przed światem.

Wtedy ugięły się pod nią kolana. Upadła. A potem zapadła się w Rimego. Wszystko stało się światłem.

## ZNÓW W GNIEŹDZIE ŚLEPYCH

Hirka unosiła się nad ziemią. W tym śnie umarła. Albo dopiero co się urodziła. Wokół niej kołysały się gałęzie drzew i białe kwiaty elfich pocałunków. Już kiedyś jej się to śniło. Rime niósł ją przez las znad Otchłani. Uratował ją przed upadkiem.

Uśmiechnęła się. On nie rozumiał. Tym razem spadła o wiele głębiej niż na dno Otchłani. Stąd nie mógł jej wyciągnąć. Nikt nie mógł tego zrobić. Zapadła się do środka. Zobaczyła świat takim, jakim był. Zobaczyła siebie taką, jaką była.

Tęskniła za krukami. Gdzie jest? Przez chwilę sądziła, że utknęła w przestrzeni pomiędzy. W pustce między kamieniami. Potem poczuła wiatr na twarzy. Ciepłe ręce, które ją niosły. Czyjś oddech przy uchu. Ktoś tu był. Między kamieniami nic nie istniało, ale tutaj coś było. Może spała w Sloknie.

Miała już kiedyś ten sen. Już tu kiedyś była.

Ciało nie należało już do niej. Było puste. Krucha skorupa, którą mógł zmiażdżyć pierwszy podmuch wiatru. Dziwna pustka i wilcze oczy. Była strzeżona. Strzeżona przez coś wiecznego. Coś silnego.

Już kiedyś miała ten sen.

Cienie rozmawiały ze sobą. Nie słyszała ich ani nie widziała. Tylko je czuła. Zapadała się w zimno.

Znów była sama.

To znała lepiej. Samotność nie była snem, lecz rzeczywistością. Tak było od zawsze.

Plamki światła migotały na trawie. Otaczała ją zieleń. Zmieniła się w owada. Skurczyła się i ukryła w poszyciu lasu. I teraz, gdy to się w końcu stało, nie czuła z tego powodu radości. Smutku też nie. Po prostu było, jak było. Spokój.

Hirka zamrugała i otoczenie stało się wyraźniejsze. Nie zmieniła się w owada. Leżała na macie, na drewnianej podłodze i patrzyła na trawę. Była przykryta szarym, wełnianym kocem. Podłoga i trawa? Równocześnie była na zewnątrz i wewnątrz. Poczuła zapach Rimego. Gdzie jest? Co się stało? Jej kurtka leżała obok złożona w kostkę, ale resztę ubrania wciąż miała na sobie. Hirka uniosła się na łokciu. Całe jej ciało było obolałe jak jeden wielki siniak, ale nie widziała żadnych obrażeń. Żadnych śladów ani ran.

Pokój miał nagie ściany. Przesuwane drzwi były otwarte. Otwarte na zielone góry. Dwa kruki bawiły się w podmuchach wiatru. Nurkowały w głębinę przed Hirką i znikały. Musiała być gdzieś wysoko. Była w Gnieździe Ślepych.

– Teraz wszystko się zmieni.

Hirka podskoczyła i odwróciła się w stronę głosu. Pośrodku pokoju siedział mężczyzna. Jego skóra miała barwę prażonych migdałów. Był łysy i odziany w czerń. Ciemny Cień.

Pomiędzy nimi było zagłębienie w podłodze. Proste palenisko z żeliwnym dzbankiem, z którego unosiła się para. Pachniało wyjącym korzeniem. Mężczyzna przelał wywar do czarki i podał Hirce. Przyjęła ją i wypiła. Ten zapach sprawił, że coś się w niej otworzyło. Jej zmysły były niesamowicie wyostrzone. W herbacie poczuła smak stu różnych rzeczy i każdą z nich mogła prześledzić – od ognia do kamienia, przez ziemię i pory roku. Zamknęła oczy. Czarka była szorstka w dotyku. Wszystko było dokładnie tym, czym było.

– Wiesz, co mam na myśli – powiedział.

Hirka otworzyła oczy. Wiedziała, co ma na myśli. Nie miała jednak pojęcia, skąd on może to wiedzieć. Spoglądał na nią, ale nie patrzył jej prosto w oczy. Wpatrywał się w jakiś punkt za jej plecami. Jakby tylko sobie wyobrażał, że jest w tym pokoju. Mówił władczo. Słowa były zwyczajne i codzienne, ale przesycone przeznaczeniem. Hirka miała wrażenie, jakby czekała na niego przez całe życie. Otworzyła usta, żeby spytać o Rimego i co tu właściwie robi, ale przerwał jej, zanim zdążyła cokolwiek powiedzieć.

– Mam coś dla ciebie.

– Co?

– Dostaniesz to, kiedy już skończysz zadawać pytania.

Hirka zamknęła usta. Kusiło ją, żeby udać, że nie ma żadnych pytań. Ta pokusa nie była jednak wystarczająco silna. Wypiła herbatę z czarki i właśnie miała o coś spytać, lecz znów przerwał jej, zanim zaczęła. Hirka uśmiechnęła się. Był zupełnie jak Tein. Ale Tein czekał przynajmniej, aż zacznie coś mówić, i dopiero wtedy jej przerywał.

*Tein. Oddał hołd Rimemu.*

Przypomniała sobie.

– Jesteś na szczycie Aldaudi, w jednym z obozów szkoleniowych Ciemnych Cieni. Jesteś w Gnieździe Ślepych. – Wreszcie patrzył prosto na nią, jakby czekał na reakcję.

Oparła się pokusie, by powiedzieć, że była już w Gnieździe Ślepych i że to jej nie przeraża. Roześmiała się tylko.

– To cię bawi?

– Nie. Ale jest tu pięknie.

Miał uśmiech młodego chłopaka. Ile mógł mieć zim? Czterdzieści? Sto? Nie sposób było powiedzieć.

– Jestem Svarteld. Mistrz Ciemnych Cieni.

Uniósł dzbanek i Hirka podała mu czarkę, żeby dolał jej herbaty. Dotarło do niej, jaka nierzeczywista jest cała ta sytuacja. Jak by zareagowała, gdyby ktoś jej powiedział, że będzie siedzieć w Gnieździe Ślepych i pić herbatę z mistrzem Ciemnych Cieni? Kilka miesięcy temu nie tylko w to by nie uwierzyła. Co by było, gdyby się dowiedziała, że nim nadejdzie zima, Rada upadnie, a ją samą ktoś będzie próbował złożyć w ofierze ślepym? Może ta niewiedza była błogosławieństwem.

Znów dostała do rąk czarkę. Gorącą i pełną herbaty.

– Jestem Hirka. Bezogoniasta. Jestem człekiem. Dzieckiem Odyna. – Teraz to ona przyglądała mu się i czekała na reakcję.

– Tak powiadają – odparł z niewzruszonym spokojem.

Hirka ostrożnie usiadła. Rozprostowała nogi, podciągnęła kolana pod brodę i opuściła je na boki, naśladując jego sposób siedzenia. Zdjął wieczko dzbanka i dosypał świeżych liści łzy słońca.

– Potrzebowałaś odpoczynku – powiedział. – To dlatego tu jesteś. Evna doprowadziła cię do granic wytrzymałości. Coś takiego może kogoś wywrócić na drugą stronę, ale w dobrym sensie. Słyszy się wszystko, wszystko widzi i…

– Wszystko czuje.

Uśmiechał się przez chwilę.

– Świat stanął na głowie. Gdybyś była teraz w Eisvaldrze, postradałabyś rozum. Jeśli najpierw nie straciłabyś życia.

– Jeśli do teraz go nie straciłam, to raczej tak szybko go nie stracę.

– Nikt nie wie, skąd zawieje wiatr. Nie zapominaj, kim jesteś. Byłaś przy upadku Widzącego. Jesteś emblingiem, który zjawił się z martwo urodzonymi. Nie zrozum mnie źle, są tacy, którzy wierzą, że jesteś samym Widzącym, ale jest też wielu, którzy obwiniają cię o to, że doprowadziłaś do Jego upadku. Nie byłaś w Mannfalli bezpieczna Dlatego przeniósł cię tutaj.

Doskonale wiedziała, kogo ma na myśli.

– Gdzie on jest? Muszę się z nim zobaczyć.

– Rime jest bardzo zajęty w Eisvaldrze. Nie można postawić świata na głowie w jedną noc. – Svarteld spojrzał na nią. – Zazwyczaj – dodał.

A więc Rimemu się udało. Objął miejsce w Radzie po Ilume i teraz spróbuje odbudować jedenaście krain.

– To coś dobrego czy złego? – spytała.

– Postawić świat na głowie? To w bardzo dużym stopniu zależy od tego, kto…

– Nie, chodziło mi o to, co dla mnie masz.

– Nie wiem.

– Ucieszę się czy zasmucę, kiedy to dostanę?

– Tego też nie wiem. Skończyłaś już z pytaniami?

Hirka nie skończyła.

– A wojna? Co się stanie z Kruczym Dworem?

– Nikt nie jest tego pewny. Walki ustały, gdy Bromfjell wyrzuciła z siebie rozżarzone wnętrzności. Powiadają, że równiny pękły jak strup. Może to będzie kosztować więcej istnień niż walka, ale mamy kruche zawieszenie broni. Rime przez trzeci dzień z rzędu zmaga się z Radą. Trzymają się kurczowo swoich miejsc. Nikt się nie poczuwa do odpowiedzialności za Urda Vanfarinna. Niektórzy dalej chcą podbić Kruczy Dwór. Zawsze tak będzie.

Rimego czekają ciężkie czasy. Nie sposób powiedzieć, na co się zdecyduje. Może obali całą Radę. Może stworzy nową. Może rozwiąże Ciemne Cienie.

– A może po prostu każe wynieść srebrne misy z sal – powiedziała Hirka.

Uśmiechnęli się do siebie jak starzy znajomi.

– Może. Bez względu na to, co zrobi, będę go popierać.

Hirka przypomniała sobie, że powinna mu podziękować.

– Poszliście za nim! Przybyliście do Kruczego Dworu i pomogliście nam, kiedy… – Przypomniało jej się, co robiła w kamiennym kręgu. Zapatrzyła się na swoją rękę. Poczuła ciężar miecza, którym odcięła Urdowi ogon. Miecza, który uczynił z niego ofiarę dla ślepych. Złapali go za kark, wrzeszczącego, i powlekli ze sobą w nicość. – …kiedy przybyli ślepi. Poszliście za nim, chociaż zabił trzech swoich i chociaż był wyjęty spod prawa. Tak jak ja. To ty wydałeś ten rozkaz?

– Ciemne Cienie nie wydają rozkazów. Wypełniają je. Ja wypełniałem rozkazy Ilume.

Hirkę na chwilę zamurowało.

– Ilume umarła…

– Tak. Kto prócz Ilume potrafiłby wydawać rozkazy ze Slokny? – Zaśmiał się jak ktoś, kto prawie zapomniał, jak to się robi. – Tej nocy, gdy Ilume zginęła, kruk przyniósł od niej list – wyjaśnił.

Hirka sobie przypomniała. Stali pod drzewem, zanim runęło. Ilume weszła do sali. Wysłała kruka. Zanim zaczęła się kłótnia z Rimem.

– Kazała wam poprzeć Rimego? – Hirka słyszała powątpiewanie w swoim głosie.

– Ilume wiedziała, że dni Rady są policzone. Wiedziała, że ma powody obawiać się o własne życie. Napisała ten list tak, jakby już była martwa.

Wiatr wrzucił do pokoju szyszkę. Potoczyła się do paleniska. Svarteld wstał i wyrzucił ją na zewnątrz. Jego ruchy były dziwnie opanowane. Jakby wszystko, co robił, miało jakiś cel. Zamknął przesuwane drzwi i usiadł. Zapatrzył się w płomienie. Odbijały się w jego oczach, ale Hirka była pewna, że jest na odwrót. To on był ogniem. To płomienie próbowały odbijać jego.

– Prawie trzynaście lat temu otrzymałem rozkaz. Nie przyniósł go kruk. Poproszono mnie, żebym przybył do Eisvaldru, do rezydencji An-Elderinów. W Gnieździe Ślepych śnieg sięgał do kolan, więc kiedy tam dotarłem, zapadał zmierzch. Ilume siedziała na ławce w ogrodzie, jakby było lato. Była do mnie odwrócona plecami. Śnieg osiadł na jej szacie. – Svarteld mówił ochrypłym głosem i robił długie przerwy między zdaniami. Jakby sam nie znał tej historii. Jakby to się działo, kiedy o tym opowiadał. – Jej córka Gesa opuściła Mannfallę. Razem z mężem i sześcioletnim synem wyruszyła do Kruczego Dworu. Zabrała ze sobą wiedzę, której nie mogła nikomu przekazać. Ciemne Cienie dostały rozkaz, żeby ich powstrzymać.

Hirce zrobił się niedobrze.

– Kazała zabić własną rodzinę?

– Taka była z początku wola Rady. Ilume się z nimi targowała. Rime, syn Gesy, miał dopiero sześć lat. Nie wiedział tego, co matka, a poza tym był za młody, żeby to zrozumieć. Przeciwnicy An-Elderinów domagali się oczywiście, żeby zabić również chłopca. To by oznaczało koniec rodu. Rodu, który zasiadał w Radzie od samego początku. Ale tak się nie stało. An-Elderinowie mają w wewnętrznym kręgu więcej przyjaciół niż wrogów. Ilume musiała poświęcić córkę, ale zachowała wnuka.

Hirka wpatrywała się w ciemną postać przed sobą. Svarteld był jej obcy pod każdym względem.

– Jak mogłeś przyjąć taki rozkaz? Zabić niewinnych, bo wiedzieli, że to wszystko było kłamstwem?!

Uśmiechnął się krzywo. Dopił herbatę i odstawił czarkę na podłogę.

– Los tak chciał, że nie musieliśmy ich zabijać. Śnieg zrobił to za nas, ale z naszego powodu. Poruszyła go Evna. Evna, z której korzystaliśmy, by przemieszczać się szybko i niepostrzeżenie. Ale nawet gdybym użył miecza, to nie ja wydaję wyroki o winie i niewinności. To należy do Rady. My jesteśmy jej mieczem. Nie pytamy dlaczego. Widzący miałby dobre powody. Gdyby istniał. I może istnieje, w innej postaci. Rime dobrze wykorzystał ostatnie dni. Nie miał wyjścia. Władza nie może leżeć nietknięta. Gdyby postąpił inaczej, pustka, jaka powstała po Widzącym, mogłaby doprowadzić do wojny. Chaosu. Nikt prócz Rimego nie mógł wykorzystać tej szansy. Nikt inny nie mógłby zrobić tego co on. Zburzyć i zbudować na nowo w jeden dzień. Chce oddać miejsce Urda Kruczemu Dworowi. Wyobrażasz to sobie?

Hirkę ogarnął niepokój. Siedziała tu na ziemi niczyjej, kiedy Rime męczył się w Eisvaldrze. Otoczony wielkimi rodami i spragnionymi władzy gildiami. Svarteld zastanawiał się przez chwilę, a potem dodał:

– Bez względu na to, co wybierze, nasze zadanie się nie zmieni. Wykonujemy wolę jego i Rady. To jest cena, którą płacimy za porządek.

Hirka potrząsnęła głową.

– Co z wami jest nie tak, Ciemne Cienie? Mówicie o śmierci i zabijaniu, jakby to była najbardziej naturalna rzecz na świecie!

– A nie jest?

– Nikt nie ma prawa odbierać komuś życia!

– Mówisz prawdę. Nikt nie ma takiego prawa. Ale wszyscy jesteśmy już martwi.

Hirka przewróciła oczami.

– Tak, słyszałam już o tym.

Dlaczego Ilume nic nie powiedziała? Dlaczego nie wyjaśniła Rimemu, co myśli, co zamierza? Hirka przypomniała sobie zaciśnięte zęby Rimego. Jego wilcze oczy. Pewnie i tak by jej nie posłuchał, bez względu na to, co by mu powiedziała.

– Svarteldzie, mówiłeś Rimemu o Gesie?

– Rime wie. Dawno temu dodał dwa do dwóch. Ma głowę i serce we właściwym miejscu.

– Kochasz go. – Hirka nie pytała. Właśnie to odkryła.

– Odkopałem go ze śniegu. Odkopałem, żeby oddać go Ilume. Żeby wyrósł na jednego z nich. Na An-Elderina. Niosłem go na rękach przez Gniazdo Ślepych i przez całą drogę myślałem, że byłoby dla niego lepiej, gdyby umarł. Potem przyszedł czas Rytuału i Rime zszokował cały Eisvaldr, wybierając nas. Chciał zostać Ciemnym Cieniem. Bronią. Tym, który służy. Nie mogłem do tego dopuścić. Gdyby coś mu się stało, zapłacilibyśmy za to wszyscy. A więc byłem dla niego surowy. Próbowałem go odstraszyć. Uważałem go za rozpuszczonego szczeniaka, który ucieknie z podkulonym ogonem przy pierwszej poważniejszej próbie. Rime się jednak nie poddał. Przycisnąłem go mocniej. Może dlatego, że zacząłem w niego wierzyć. Jest silny. Szybki. Umie słuchać. Było warto. A więc tak, kocham go. Ja też.

Svarteld spojrzał jej w oczy. Zarumieniła się.

– Wiesz co, Hirko? Nic, przez co tutaj przeszedł, nie może się równać z tym, przez co przechodzi teraz. Polityka nie jest dla każdego.

– A on jej nienawidzi!

Wybuchnęli śmiechem. Hirka czuła ciepło i łączącą ich więź. Zawstydziła się prawie, bo ten mężczyzna był tym, kim był.

– No to co dla mnie masz?

– Skończyłaś już z pytaniami?

– Chwilowo tak.

Wyjął z kieszeni na piersi wisiorek, który natychmiast poznała. Wisiorek Rimego. Muszla z ich punktami na odwrocie. Rzucił go jej na kolana.

– Rime mówi, że się poddaje. Wygrałaś, dziewczyno.

Hirka poczuła, że kąciki jej ust unoszą się w uśmiechu. Nie potrafiła się powstrzymać. To prawie bolało. Roześmiała się i ukryła twarz w dłoniach. Łzy cisnęły się jej do oczu i musiała kilka razy zamrugać. Svarteld wstał.

– No dobrze. Damy ci coś do jedzenia, a potem, skoro już jesteś na nogach, pójdziemy trenować.

– Trenować?! Co znowu trenować?

– Walkę. Tym się tutaj zajmujemy. I dopóki tu jesteś, też to będziesz robić.

– Nawet jeszcze nie dałam rady wstać!

– W takim razie to dobrze, że tu trafiłaś.

Hirkę dręczyło podejrzenie, że mówi poważnie. To nie wróżyło dobrze. Natomiast jedzenie zabrzmiało bosko.

– Macie tu chleb na miodzie? – Spojrzała na niego z nadzieją.

Ciemnoskóry mężczyzna spojrzał na nią, jakby spytała o krwotocznik. Nie odpowiedział jej i wyszedł.

– Niech zgadnę – mruknęła pod nosem. – Tego tutaj nie jadamy…

# WYMIANA

– To miał być *wilczy zryw*? Bardziej przypominał *kurzy podskok*. – Svarteld nie zaśmiał się z własnego dowcipu. Spojrzał tylko w niebo, jakby chciał jej oszczędzić wstydu.

Hirka posłała mu gniewne spojrzenie. Bolało ją całe ciało i nie robiła z tego żadnej tajemnicy. Ciemnoskóry mężczyzna pokiwał głową. Dał jej znać, że zrozumiał, a mimo to poprosił ją, by spróbowała jeszcze raz. I jeszcze raz. I jeszcze. Jakby nie pojął ani jednego słowa. Hirka posłałaby go do Gniazda Ślepych, gdyby już tam nie byli.

– To nie był *wilczy zryw*. To był *kopniak idioty*.

– Ach! Już rozumiem – odparł. Dał jej chwilę wytchnienia, po czym powiedział: – To spróbuj wykonać *wilczy zryw*.

Hirka zrezygnowana potrząsnęła głową, ale spróbowała. Svarteldа się po prostu słuchało. Miał ogromne wymagania i ze zdziwieniem odkryła, że pragnie je spełnić. Mimo wszystko to było łatwiejsze, niż gdyby ktoś kazał jej czerpać. Teoretycznie to było możliwe. Byłaby w stanie poruszać się coraz szybciej i kopać coraz wyżej. Mogłaby dawać z siebie coraz więcej, aż pewnego dnia by się obudziła i byłaby taka, jak Svarteld sobie życzył.

To było cudowne złudzenie, które dawało jej poczucie, że zostanie tutaj na zawsze. Naturalnie było to myślenie życzeniowe. Wiedziała, co musi zrobić. Nie należała do tego świata.

Hirka dała dwa kroki do przodu, uniosła udo równolegle do ziemi, wykonała obrót i kopnęła. Tym razem odchyliła się, by trafić wyżej, i balansowała rękoma. Postawiła stopę z powrotem na ziemi. Nie przewróciła się. Popatrzyła na Svartelda z pełnym satysfakcji uśmiechem. Chyba nie zrobiła na nim wrażenia.

– Widzę, że musimy popracować nad równowagą, bo nie masz ogona – stwierdził.

Hirka była bliska tego, by rzucić w niego kamieniem. Uratował ją inny Ciemny Cień, który zbliżał się do nich ścieżką. Nowo przybyły się ukłonił, składając ręce na piersi w znak Widzącego. Hirka zdała sobie sprawę, ile rzeczy pozostanie po staremu, choć wszystko się zmieniło.

– Mistrzu Svarteldzie, zbliża się orszak z Eisvaldru. Trzy lektyki, osiemnastu tragarzy i ośmiu gwardzistów.

Svarteld uniósł brew.

– Rada? Tutaj?

– Tak sądzimy, mistrzu.

– Kiedy tu będą?

– Przed wieczorem. Wspinaczka zajmie im dużo czasu. Tragarze wyglądają na słabych, możliwe, że będą potrzebować pomocy.

Svarteld spojrzał na Hirkę.

– A więc to pewnie coś ważnego.

Hirka pozbierała kilka pożółkłych liści, które wiatr wrzucił do pokoju. Poza tym nie miała czego sprzątać. W obozie był inny budynek przeznaczony do spotkań. Równie piękny w swojej prostocie jak wszystko tutaj, ale wyposażony w ławy i poduszki dla tych, którzy nie przywykli do siedzenia na podłodze. Hirka nie zgodziła się z niego skorzystać. Jeśli Rada chciała z nią rozmawiać, to muszą przyjść do niej. Zamierzała ich przyjąć tam, gdzie mieszkała.

Jeszcze pół roku temu byłaby przerażona przed takim spotkaniem. Obgryzałaby paznokcie. Zrobiłoby jej się niedobrze. Teraz czuła tylko lekki niepokój. I nie wynikał on z tego, że bała się, co powiedzą, lecz raczej co sama im powie. Jak zareaguje? Znów miała się z nimi spotkać twarzą w twarz. Z tymi samymi ætlingami, którzy uczynili z niej banitkę, wtrącili ją do lochu i dźgali ją mieczem w plecy.

*Rozpamiętywanie krzywd jest niebezpiecznym zajęciem.*

Chciała się przebrać przed ich przybyciem, ale Svarteld powiedział jej, by spotkała się z nimi w stroju, w którym tutaj trenują. Miał zamiar pokazać Radzie, że zadbali o nią. Że tutaj jest jej miejsce. Hirka roześmiała się i spytała, po czyjej stronie właściwie stoi. Odparł, że po stronie Rimego.

Dźwięk jego imienia uderzył w nią jak kamień rzucony w wodę i po jej ciele rozeszły się fale tęsknoty. Tak bardzo chciała mu teraz pomóc. Porozmawiać z nim o wszystkim, co się stało. Zobaczyć go. Przekonać się, że wciąż jest taki sam. Tylko jeden, ostatni raz, zanim na zawsze odejdzie z tego świata. Ale Rimego nie było w zbliżającym się orszaku, wiedziała to. Dopóki miał nogi, nie pozwoliłby się nosić.

Usiadła na podłodze, przy żarzącym się palenisku. Opuściła kolana na boki i przyjęła pozycję, w której siedział Svarteld, kiedy się tutaj obudziła. Dobrze się z tym czuła. Pozostałości Evny mogły swobodnie krążyć w jej ciele. Rozdmuchała żar i postawiła nad paleniskiem dzbanek na herbatę. Drzwi były odsunięte. Zobaczyła szereg gwardzistów przy pobliskich sosnach. Każdy z nich zerkał nerwowo w przepaść. Hirka uśmiechnęła się pod nosem. Była tu dopiero od kilku dni, ale przyzwyczaiła się już do mieszkania na płaskim górskim szczycie. Nie chciałaby mieszkać w żadnym innym miejscu w obozie. Tu była dwa kroki od przepaści.

Gwardziści nie weszli do środka. Rozdzielili się i stanęli po obu stronach drzwi. Wyprostowani, zwróceni twarzami do siebie. Nawet tu, w Gnieździe Ślepych, Rada nie potrafiła się poruszać, nie dając wszystkim do zrozumienia, kim są. Mimo to przemierzyli dzikie tereny, żeby się z nią spotkać. To o czymś świadczyło.

Z pierwszej lektyki wysiadła Eir Kobb. Powierniczka Kruka. Hirka przełknęła. Sprawa była poważna. Następnie wysiadł Jarladin z rodu An-Sarin i szczupły mężczyzna, którego nie znała. Mógł być kimkolwiek. Żadne z nich nie przypominało jakoś szczególnie swojego wizerunku na amuletach i monetach. Członkowie Rady weszli, nie zdejmując butów. Rozejrzeli się zdumieni. Nie było tu ław ani krzeseł. Hirka wskazała im trzy owcze futra leżące na podłodze. Będą siedzieć bliżej, niż miała na to ochotę, ale przynajmniej oddzieleni paleniskiem. Żar wymuszał zachowanie dystansu, ale Hirka wiedziała, że już tego nie potrzebuje. Stała się jednym z Evną. Zawsze będą dzielić ich płomienie.

Uklękli na owczych futrach. Eir podparła się o podłogę, żeby usiąść. Podciągnęła kolana pod brodę. Jarladin usiadł tak jak Hirka. Było widać, że jest silnym mężczyzną. Wyprostowany jak struna, choć widział już sześćdziesiąt zim. Może więcej. Trzeci się zawahał, ale ponieważ pozostali usiedli, uczynił to samo.

Eir miała pomarszczoną, lecz dziecinną twarz. Pochodziła z Blossy na wschodzie. Miała wielkie, głęboko osadzone oczy. Mały, spłaszczony nos. Wydawała się delikatna, ale Hirka wiedziała, że to tylko złudzenie. Powierniczka Kruka poprawiła szatę, by lepiej układała się na podłodze. Wreszcie zwróciła się do Hirki:

– Wiesz, kim jesteśmy?

Zbędne pytanie, wszyscy to wiedzieli. Trójka siedząca przed Hirką nosiła identyczne szaty i takie same czarne znaki na czole. Hirka otworzyła drewnianą szkatułkę i wrzuciła do dzbanka szczyptę liści herbaty.

– Jesteście moimi oprawcami. Herbaty?

Zobaczyła, jak wymieniają spojrzenia. Jeśli sądzili, że tylko na to ją stać, to się mylili. Hirka uśmiechnęła się chłodno.

– Wasze pragnienie, by mnie zabić, nie jest odwzajemnione. Możecie bezpiecznie pić.

Czuła się silniejsza niż kiedykolwiek w życiu. Ta odwaga płynęła zapewne ze świadomości, że odejdzie stąd na zawsze. Nie istniał żaden powód, żeby nie mówić, jak jest. Już nikt nie mógł jej skrzywdzić. Była już martwa, jak by to ujął Rime.

Trzeci z nich, ten, który najdłużej się wahał, zaśmiał się sztucznie. Hirka podała mu czarkę z herbatą. Upił łyk. Musieli naprawdę bardzo jej do czegoś potrzebować. I żeby to osiągnąć, byli gotowi wiele zaryzykować.

– Nie znam cię – powiedziała Hirka.

Spojrzał na nią bystrymi oczami. Miał krótko ostrzyżone włosy, pod skórą było widać zarysy czaszki. Był chudy, wyraźne zmarszczki biegły od nosa aż do podbródka.

– Jestem fadri Garm. Zasiadam w Radzie w imieniu rodu Darkdaggarów.

Hirka skinęła głową.

– Garm. Ja jestem Hirka. Hirka bezogoniasta.

Dwoje pozostałych spojrzało po sobie. Nietrudno było dostrzec, że od wielu lat nie musieli się przedstawiać. Może nawet nigdy.

– Jestem fadri Jarladin. Zasiadam w Radzie w imieniu rodu An-Sarinów – oświadczył silny jak byk mężczyzna z lśniącą, białą brodą.

– Jestem madra Eir z rodu Kobbów. Powierniczka Kruka. – Ostatnie słowo zabrzmiało bardzo wymownie.

– Nadal? – spytała Hirka.

Garm niespodziewanie pochylił się nad paleniskiem.

– Gdzie ty się wychowałaś, dziewczyno? Z wilkami? Wiesz, do kogo się zwracasz?

Hirka ucieszyła się, że tak łatwo można wyprowadzić go z równowagi. Jarladin dał mu ledwie dostrzegalny znak ręką. Garm zacisnął zęby i odchylił się z powrotem. Hirka nalała do czarek herbatę dla pozostałych dwojga i podała je Jarladinowi i Eir. Pijąc, wymieniali spojrzenia. Hirka niemal słyszała śmiech Rimego. *Spójrz tylko na nich*, powiedziałby teraz. *Zobacz, jak planują swój następny ruch.*

Hirka odparłaby, że tym razem nie mogą wszystkiego zaplanować. Chcieli ją o coś prosić, ale po prostu nie wiedzieli, jak to się robi. Postanowiła im trochę pomóc.

– Co was tutaj sprowadza? Można by pomyśleć, że Eisvaldr jeszcze nigdy nie potrzebował Powierniczki Kruka tak bardzo jak teraz.

Eir spojrzała nad nią spod ciężkich powiek.

– Jutro będę nią po raz ostatni. Ustępuję na rzecz Rimego. Zasłużył sobie na to.

Hirka tego się obawiała i na to liczyła. Jutro zamienią się miejscami. Powiernik Kruka Rime… Ta myśl wydawała jej się nierzeczywista. Podane jednak przez Eir powody nie mogłyby być bardziej fałszywe.

– Chcesz powiedzieć, że nie macie wyjścia. Bo tego żąda lud.

Eir zmierzyła ją wzrokiem, odstawiła czarkę i spróbowała jeszcze raz.

– Żądania ludu są ulotne. Odnosimy się tylko do wymogów, które sami sobie stawiamy. Ale masz rację, Hirko. Ætlingowie widzieli go w Sali Rytuału. Widziała go Mannfalla. Mężczyźni, kobiety, gwardziści, Ciemne Cienie... Widzieli go i zjawił się jak w legendach. Niesiony Evną, otoczony krukami. I płynie w nim krew Ilume. Dziecko szczęścia. Kochane i budzące grozę. Ale odebrał im Wiążącego. Taką szkodę można naprawić, jedynie dając im nowego. A więc jutro, na schodach przed tym, co zostało z Sali Rytuału, przekażę laskę Rimemu.

Hirka wzruszyła ramionami.

– I tak by ją wziął, gdyby tego chciał. – Zerknęła na Garma. Drgnęła mu warga. Był naprawdę bliski tego, by odsłonić zęby.

Wtrącił się Jarladin. Dobrze znał swoich towarzyszy.

– Wyrządziliście wiele zła, Hirko. Zburzyliście miejsce, które stało tam, odkąd zaczęliśmy liczyć czas. Szkody są nieodwracalne. Ktoś, kto nie skończył jeszcze dwudziestu zim, nie rozumie, jakie to ma konsekwencje. Nikt z nas nie wątpi, że mieliście dobre zamiary. Zmusił was do tego Urd...

– Który był jednym z was – wtrąciła Hirka.

Kiwnął potwierdzająco głową.

– Był jednym z nas. Ale my, ta Rada, jesteśmy wszystkim, co trzyma ten świat w ryzach.

– Świat był tu przed wami i będzie tu jeszcze długo po tym, jak oddadzą was krukom. Jedyne zagrożenie dla tego świata pochodziło od was. Od jednego z was. Rime miał rację. Zawiedliście. – Hirka poczuła mrowienie na skórze. Znajome ciepło pełzło po podłodze i dosięgło jej ud. – Zostaw Evnę w spokoju, Eir. Tutaj wam nie pomoże. Nie sprawi, że będziecie się wydawać silniejsi czy mądrzejsi. Nie pozwoli wam łatwiej mnie nagiąć do waszej woli. Zbyt dobrze ją znam.

Mrowienie natychmiast ustało i cała trójka spojrzała po sobie, nie kryjąc zdumienia. W ich oczach widać było pytanie. Tylko gra czy naprawdę czuje Evnę? Hirka przez chwilę tego żałowała.

Najwyraźniej Rime nie zdradził im wszystkiego. To byłoby zbyt ryzykowne. Ale zostawiła za sobą strach. Strach był jak stary przyjaciel, którego znała zbyt dobrze, by się bać.

Na zewnątrz wiatr szarpał gałęzie drzew. Kilka rdzawoczerwonych liści zatańczyło na podłodze i znieruchomiało na skraju słomianej maty. Przypomnienie o jesieni. O tym, że wciąż ma coś do stracenia. Hirka mówiła dalej, zanim zdążyli zastanowić się nad jej słowami:

– Kiedy zaczyna się ceremonia?

Eir potarła nos kciukiem. Miała podkrążone oczy. Wszyscy byli zmęczeni. Garm był drażliwy, a Jarladin zaczął się lekko garbić. Hirkę zaskoczyło to, że im współczuje. Rada zabrała jej więcej, niż mogłaby to wyrazić słowami. Teraz jednak balansowali na ostrzu noża. Oni też wiele stracili. I jeśli Rime tego zechce, stracą wszystko.

– Sami sobie zbudowaliście pogrzebowe stosy. – Hirka chciała, żeby to zabrzmiało jak pocieszenie, ale od razu pojęła, że nie tak to wyszło.

– Masz rację – odparła Eir. – Zawiedliśmy w wielu sprawach. Jesteśmy na tyle wielcy, by móc przyznać, że Urd był pomyłką. Naszą pomyłką. Przeważył jeden głos. Ale koniec świata nie nadszedł. Wciąż tu jesteśmy i zaprowadzimy nowy porządek w tym chaosie. Z pomocą Rimego. I twoją.

Hirka miała ochotę wyśmiać jej puste słowa, lecz tego nie zrobiła. O nic nie zapytała. Czekała. To zmusiło Eir do mówienia.

– Rime jest poważany, zresztą słusznie, za to, że powstrzymał ślepych. Jest nową nadzieją. Ale dopóki tu jesteś, oni mogą wrócić.

Hirka poczuła smak rozczarowania, choć stwierdziła, że wcale nie jest wielkie. Spodziewała się czegoś takiego. Nie przyszli tutaj, by prosić o pomoc. Ani o wybaczenie. Nigdy nie uznają jej za ætlinga. Nie zaakceptują jej nawet jako obcej. Przyszli tu, by ją prosić, żeby opuściła Ym. Szkoda, że nie wiedzą, jak bardzo marnują czas. Hirka i tak nie zamierzała tu zostać.

– Jeśli ślepi wrócą, znów ich powstrzymamy. Wiemy jak.

– Nie jesteś tu bezpieczna – odezwał się Jarladin. – Jesteś dzieckiem Odyna. Zgnilizną. Lud zażąda twojej krwi!

– Wydawało mi się, że się nie odnosicie do ulotnych żądań ludu.

Jarladin wahał się tylko przez chwilę.

– Nie muszą tego zażądać. Mogą sami to zrobić. Życie w Mannfalli może cię wiele kosztować. Wielu chciałoby zobaczyć, jak płoniesz, Hirko.

– Słyszałam też, że wielu uważa mnie za Widzącego. – Hirka upiła łyk herbaty. Była letnia. Poczuła, że ma już dosyć tej gry. – Ujmijmy to tak. Rime sprawił, że macie teraz pełne ręce roboty. Boicie się tego, czego możemy razem dokonać, i czujecie się nieswojo na myśl o dziecku Odyna w Eisvaldrze.

– Nie mamy na myśli…

– Zwłaszcza że to dziecko Odyna ma związki z Kruczym Dworem. Embling, którego skazaliście na banicję i który stawia was w złym świetle przez sam fakt, że wciąż żyje.

Garm zerwał się nagle.

– To strata czasu! Ona nie chce nam pomóc!

Eir spróbowała go zatrzymać wzrokiem, ale opuścił pokój, powiewając szatą. Eir spojrzała na Jarladina.

– Zechcesz nam na chwilę wybaczyć? – zwróciła się do niego. Chciała porozmawiać z Hirką w cztery oczy.

Hirka wtrąciła się, zanim Jarladin zdążył wstać:

– Nie. Chcę rozmawiać z nim. – Wskazała głową na Jarladina.

Dwoje członków Rady znów wymieniło spojrzenia, a potem Eir wstała i wyszła.

Hirka postawiła dzbanek na palenisku i wzięła czarkę z rąk Jarladina.

– To tutejsza herbata? – spytał.

Hirka uśmiechnęła się. Tym razem uśmiechały się też jej oczy.

– Tak, rośnie dziko w tych górach. Wysokie herbaciane krzewy, które rosły tu, jeszcze zanim zbudowano czerwoną kopułę. Zanim pojawił się Eisvaldr.

– Gdyby tylko na całą resztę można było spojrzeć w tym samym świetle – odparł. Wyglądało na to, że mówił to szczerze.

Hirka podała mu czarkę z gorącym napojem.

– Posłuchaj, fadri Jarladinie... – Spróbował ukryć uśmiech, gdy użyła jego tytułu. Wyglądał z nim czarująco i o wiele młodziej. W wąskich oczach widać było jakąś siłę. Jego biała broda miała tę samą barwę co włosy Rimego. Może to dlatego Hirka go wybrała. On pił, a ona mówiła dalej: – Wiem, kim jestem. I wiem, co sobie myślicie. Nie mieliście złych zamiarów. Musimy zakładać, że cała dwunastka, no cóż, jedenastka, bo nie można liczyć Urda, działała dla dobra tej krainy. Działaliście pod wpływem strachu i niewiedzy, ale pragniecie to naprawić. Nie jestem częścią waszego planu. Jestem elementem niepokoju. Dopóki tu jestem, lud będzie w was wątpić. Wątpić w to, co sobą reprezentujecie. Być może niektórzy chcieliby mnie wynieść do roli prawej ręki Widzącego. Tej, która wspierała Rimego. Inni chcieliby mnie zabić. Może wciąż sądzicie, że uda wam się uratować wszystko. Że prawda o Widzącym się nie rozniosła albo że możecie rozgłosić inne kłamstwo, by uratować choć część tego, co mieliście. Cokolwiek jednak myślicie, ja nie jestem już dzieckiem. Rozumiem, że nie życzycie sobie mojej obecności.

– W twoich oczach musimy być potworami.

– Nie. Już nie. Chcecie się mnie pozbyć z tego świata i Hlosnian wie, jak to zrobić. Ale nie macie już takiej władzy, by mnie do tego zmusić. Widzisz… podoba mi się tutaj. Pokój został zapewniony. To dobre miejsce. Rośnie tu dzika herbata, a najpotężniejszy ætling na tym świecie jest moim przyjacielem. Nigdzie nie mogłabym się czuć bezpieczniej. Któż to może wiedzieć, co jest po drugiej stronie kamieni? – Hirka wierzyła w to, co mówi, więc kłamstwa przychodziły jej z łatwością.

Jarladin zamknął oczy. Upłynęła dłuższa chwila, nim jej odpowiedział.

– Musisz zrozumieć, że nigdy nie pozwolilibyśmy ci odejść z pustymi rękami. Odeszłabyś jako bogata, młoda kobieta. Być może z gwardzistami u swego boku. Byłabyś…

– Mam wszystko, czego potrzebuję, i potrafię o siebie zadbać. Pragnę bardzo niewielu rzeczy na tym świecie.

Jego oczy błysnęły.

– Ale czegoś jednak pragniesz? Powiedz tylko czego.

– Fadri Jarladinie, mogę wam to ułatwić. Opuszczę Ym. Znów będziecie mogli godnie się obnosić, tak jak Rada zawsze to robiła. Po Eisvaldrze nie będzie się włóczyć żadna banitka, która jest żywym dowodem błędów Rady. Niezrozumienia istoty bram, najsilniejszej broni, jaką ten świat widział. Nikt nie wie, jak Urd zdobył tę wiedzę, ale przynajmniej rozumiał jej wartość. Tak, mogłabym odejść i wszyscy by o mnie zapomnieli.

– Ale nie zamierzasz tego zrobić?

Spojrzała mu w oczy.

– A *ty* byś to zrobił?

Spuścił głowę. Przesuwał kciukiem po brodzie. Nie musiał odpowiadać. Ze wszystkich członków Rady to Jarladinowi najbardziej ufała. Ten przypominający byka mężczyzna dotrzyma danego słowa. Musiał tylko je dać. Przyszła na to pora.

– Mogłabym odejść. Gdyby było warto.

– Zapłacimy odpowiednią cenę, Hirko. Powiedz nam tylko ile.

– Nie chcę bogactwa. Chcę, żebyś dał mi słowo. Rime jest An-Elderinem i Ciemnym Cieniem. Jest silny i widziałam, jak zabija swoich. To jednak go nie czyni nieśmiertelnym. Wstrząśnie odwiecznym porządkiem, a takich rzeczy się nie robi, nie przysparzając sobie wrogów. Wielu z nich kryje się w Eisvaldrze, w jego własnym domu. Chcę, żebyś dał mi słowo, że będzie bezpiecznie zasiadał w Radzie. Przysięgnij, że będziesz go ochraniał. Że będziesz za niego walczył, tak jak kiedyś ponoć walczyłeś za Ilume. Niczego nie pragnęłaby bardziej, niż widzieć go takim, jakim jest teraz. Masz się rozprawić z tymi, którzy źle mu życzą. Bacznie śledzić Radę i być jego przyjacielem. Jeśli mi to przysięgniesz, odejdę.

Jarladin złożył ręce na piersi w znaku Widzącego.

– Przysięgam. Na Widzącego.

– Przysięgnij na własne imię.

– Na moje własne imię. Przysięgam.

Hirka odetchnęła. To było tak, jakby pozbyła się trucizny, która dręczyła ją od kilku dni.

– Dobrze. I jeszcze jedno. W lochach siedzi pewien mężczyzna. Lalkarz. Jest nieszkodliwy. Jego jedynym przestępstwem było to, że widział ślepych i wam o tym powiedział. A wy go za to uwięziliście. Chcę, żeby jutro był wolny.

– Jeśli jeszcze go nie wypuszczono, tak się stanie.

Hirka kiwnęła głową. Jarladin nie zastrzegł nawet, że musi to omówić z pozostałymi. Wszystko już przedyskutowali i najwyraźniej nie było takiej ceny, której nie byliby gotowi zapłacić za świat bez Hirki. Widziała jednak, że coś go dręczy. Jego usta poruszały się lekko, jakby przeżuwał jakąś myśl. Przeczuwała, o co może chodzić.

– W zamian za to oszczędzę was przed gniewem Rimego

i odejdę z własnej woli. Nikt się nie dowie, że mnie o to prosiliście. – Wstała.

Jarladin zrobił to samo.

– Jeśli tam po drugiej stronie mają jakiegoś widzącego, to niech cię błogosławi, emblingu.

Uśmiechnęła się krzywo. Jarladin opuścił pokój. Hirka spoglądała za orszakiem Rady, dopóki ostatni gwardzista nie zniknął wśród gór.

Hirka obudziła się, bo ktoś był w pokoju. W pierwszej chwili myślała, że to jakieś zwierzę. Ubrany w czerń Ciemny Cień nalewał z wiadra wody do dzbanka na herbatę. Nie nosił kaptura. Miał szeroką twarz i oczy w kształcie migdałów, jak Ramoja. Hirka usiadła.

– Svarteld już tu idzie – powiedział.

Spojrzał na nią, jakby się znali, ale Hirce wydawał się obcy. Wyciągnął rękę. Uścisnęła ją.

– Jestem Jeme. Byłem na Bromfjell. Razem z tobą. – Puścił jej dłoń. – Gdybym nie był Ciemnym Cieniem, mógłbym opowiadać o tym moim wnukom. – Zaczął rozdmuchiwać żar.

Hirka potarła zaspane oczy. Jej ciało było chłodne. Ból pozostawiony przez Evnę zniknął. Za sztywność mięśni, która pojawiła się w jego miejsce, odpowiadał tylko i wyłącznie Svarteld.

– Dziękuję, Jeme.

– Za co?

– Za Kruczy Dwór. Za to, że przyszliście.

Uśmiechnął się, ale w jego oczach widać było zdziwienie. Nie rozumiał, za co mu dziękuje. Jesienny chłód sprawił, że Hirka dostała gęsiej skórki na ramionach. Zasnęła w ciasnej koszuli bez rękawów, która nie była już taka biała, jak kiedyś w Elveroi. Naciągnęła sweter. W Kruczym Dworze Unngonna oddała go komuś do naprawy, więc Hirka wyglądała całkiem przyzwoicie.

– Zawsze wstajecie o tej porze?

– Nie, zazwyczaj wcześniej. – Uśmiechnął się do niej.

– Wcześniej? Przed chwilą słyszałam sowę!

– Coś jej się pomieszało. Wstawaj. – To nie był głos Jemego. Przyszedł Svarteld. Nagle, bez żadnego ostrzeżenia, zjawił się w pokoju. Jakiś cień postrzegany kątem oka i nagle już przed tobą stoi. – Musimy zaraz wyruszyć, jeśli mamy zdążyć na ceremonię. Jeme, możesz powiadomić pozostałych?

Jeme ukłonił się.

– Tak, mistrzu Svarteldzie. – Wyszedł.

Hirka pokręciła głową.

– Czy nikt ci się nigdy nie sprzeciwia, Svarteldzie?

– Co to znaczy?

– No wiesz, prosisz kogoś, żeby coś zrobił, a on mówi nie. Albo wyjaśnia, że ma lepszy pomysł.

– Ciekawa teoria. Opowiesz mi o tym innym razem. Teraz wyruszamy do Eisvaldru.

– Mogę ci od razu pokazać, jak to działa. Nie. Wcale nie muszę wstawać, bo nie wybieram się do Mannfalli. To kiepski pomysł.

– To nie pomysł. Po prostu jest, jak jest.

– Posłuchaj, Svarteldzie. Wystarczy, że zgnilizna była obecna na sali, gdy wydało się, że Widzący jest kłamstwem. Jeśli będę na ceremonii przekazania laski Rimemu, to tylko pogorszy sprawę. Wybierając się tam, mogę jedynie zasiać strach i panikę. I nawet gdybym była taka jak wszyscy, nie miałabym się w co ubrać. Proste, prawda? – Hirka uśmiechnęła się. Położyła się z powrotem i okryła kocem.

Na jej brzuchu wylądował czarny tobołek z ubraniami. Zerknęła na niego spod półprzymkniętych powiek. Svarteld podał jej miecz.

– Rozwiążemy dwa problemy na raz. Pójdziesz jako Ciemny Cień.

## DZIEDZIC MIEJSCA W RADZIE

Sala Rytuału już nie istniała. To stąd Rada wyciągała swoje macki do jedenastu krain, ale teraz niewiele pozostało z budowli, która tu kiedyś stała. Czerwona kopuła zniknęła. Jej fragmenty wyglądały za Murem jak pomalowane góry. Zostały tylko kamienie i części tych ścian, które skrywały je od tysiąca lat. Teraz sterczały ku szaremu niebu. Na wpół ruina, na wpół budowla.

Posadzka przetrwała. Czerwone liście tańczyły na jej wzorach i pokrywały miejsca, gdzie kiedyś stały ławy. Chrzęściły pod stopami Hirki. Miotły i kilofy uprzątnięto na czas ceremonii. Miała się za chwilę zacząć na schodach za plecami Hirki, by nie nadwerężać posadzki. Od pokoleń deptali po niej ætlingowie, nie rozumiejąc, jaka była ważna. Teraz uczeni twierdzili, że to pojęli i że starszyzna wiedziała o tym zawsze.

Hirka ruszyła na dół, w stronę schodów, i stanęła u boku Svartelda. Oczywiście miał rację. Jako Ciemny Cień mogła poruszać się swobodnie. Nikt nie patrzył jej w oczy. Tylko małe dzieci miały odwagę gapić się na Ciemne Cienie. Kiedyś uwielbiałaby to uczucie. Być niewidzialną. Być tylko cieniem. Dziś tego nie potrzebowała. Wiedziała, do czego jest zdolna. Dziś pragnęła stać przed

Rimem taka, jaka była. Ale nie mogła. Dobiła targu z Radą, żeby był bezpieczny. Rime już nigdy więcej jej nie zobaczy.

Stała wraz z innymi Ciemnymi Cieniami na szczycie schodów, kilka kroków za Rimem. Liczyła na to, że nie będzie cierpieć na jego widok. Będzie go przecież widzieć na odległość. Żadna odległość jednak i tak nic by tu nie zmieniła. Hirka oddałaby za niego życie. Wspomnienie jego Evny wciąż krążyło w jej ciele. Płonęła za każdym razem, gdy o nim myślała. Za każdym razem, gdy słyszała jego imię. Miała w piersi dziurę, którą mógł zapełnić tylko on.

Stał wyprostowany, tak jak zawsze. Białe włosy były związane z tyłu. Nosił pas i miecze. Chyba po raz pierwszy w historii jakiś członek Rady nosił broń. W każdym razie od czasu pierwszych dwunastu. Oni byli wojownikami.

Rada utworzyła przed nim półokrąg. Gwardziści stali na schodach niczym czarno-złote słupy. Pod nimi zebrała się cała Mannfalla. Kotłujące się morze głów, zajmujące cały plac aż do Muru. Krużgankami dochodzili kolejni. Najzuchwalsi wepchnęli się na najniższe stopnie schodów, tam gdzie stały rodziny członków Rady. Hirka nie była zaskoczona na widok Sylji i jej matki. Dostrzegła też Ramoję i Vetlego. Ucieszyło ją to. A więc nikt nie dowiedział się o nauczycielach kruków. Gdyby taka zdrada wyszła na jaw, nawet Rime nie byłby w stanie ocalić życia Ramoi.

Na dachach pobliskich budynków zaczęły grać bębny. Różne rytmy splatały się w urzekającą całość i wibrowały w ciele. Siedem tancerek wchodziło po schodach, kołysząc biodrami. Ich stroje były tak cienkie, że równie dobrze mogłyby tańczyć nago. Ta, która szła na czele, zwała się Damayanti i podobno była znana w całym Ym. Hirka nigdy o niej nie słyszała. Na skórze Damayanti lśniły szlachetne kamienie, które wiły się na jej piersiach i znikały pod połyskującą tkaniną. Z nadgarstków tancerek zwisały długie, przezroczyste chusty, które otaczały ich gibkie ciała, gdy tańczyły dla Rimego. Dla nowego Powiernika Kruka.

Nagle Hirka poczuła w sobie całkowitą pustkę. Miała odejść. Na zawsze. Opuścić te barwy, muzykę, przyrodę. Ramoję, Eirika, Vetlego i Teina. I Rimego. Miała opuścić Rimego. On nigdy się nie dowie, że w ogóle tutaj była. A za kilka dni o niej zapomni. Gdy spadnie śnieg, będą go ogrzewać piękne tancerki z całego świata. Ustawią się do niego w kolejce.

Zresztą i tak by to zrobiły, bez względu na to, czy Hirka by odeszła czy nie. Może udałoby jej się trzymać je na dystans, bo byłaby zgnilizną u jego boku. Dzieckiem Odyna. Wynaturzoną roznosicielką zarazy z Eisvaldru. Przepełniająca ją gorycz była nie do zniesienia. Nigdy się tak nie stanie. Nigdy nie będzie świadkiem życia i rządów Rimego.

Eir zamknęła Księgę Widzącego. Najwyraźniej z niej czytała, ale do Hirki nie dotarło ani jedno słowo. Stara Powierniczka Kruka wystąpiła naprzód i przekazała laskę swojemu następcy. Samą laskę. Bez tego, który był najważniejszy od pokoleń. Bez Kruka. Dla oka różnica nie była wielka. Prawdziwą różnicę widziało się tylko sercem. Eir nosiła na lasce Kruka. Kruk nosił ją. Jej miejsce było bezpieczne. Jej odpowiedzialność kończyła się na szczycie laski. Na czarnym ptaku, który niepodważalnie i w oczywisty sposób rządził światem. Natomiast Rime… on nosił pustą laskę. Nad nim nie było nikogo. Był sam. Wszystko spoczywało na jego barkach.

Czy utrata Widzącego paradoksalnie mogła wzmocnić Radę? W każdym razie dopóki zasiadał w niej Rime. Wprawdzie Rada pozostanie, ale on nigdy nie będzie mógł zaufać żadnemu z nich. Będzie musiał być przed nimi równie silny jak przed ludem. Hirka tak bardzo pragnęła do niego podejść. Ściągnąć z głowy czarny kaptur i zawołać, że to ona, że jest tutaj. Ale nie mogła. I nawet gdyby mogła, być może i tak by tego nie zrobiła.

Rime wzniósł laskę i mieszkańcy Mannfalli zaczęli wiwatować. Jednomyślny hołd dla jedynego, któremu mogli teraz oddawać cześć. Augurzy też wiwatowali, unosząc ręce ku tancerkom, które rozsypywały płatki kwiatów. Wznosili radosne okrzyki, jakby całe ich życie nie zostało zbudowane na kłamstwie. Patrząc na nich, Hirka zdała sobie sprawę, że Widzący nigdy nie umrze. Prawdziwy czy nie, zawsze będzie istniał w jakimś miejscu.

Rime się odwrócił i wszedł po schodach. Na jego czole wciąż nie było żadnego śladu i Hirka przełknęła grudę w gardle. Nie tylko jako pierwszy w Radzie nosił broń, ale też jako pierwszy nie nosił znaku.

Rada ruszyła za nim. Równo i posłusznie, jak kukiełki z teatrzyku. Hirka upewniła się, czy stoi w jednej linii z innymi Ciemnymi Cieniami. Nikt z wchodzących po schodach nie mógł zobaczyć, że nie ma ogona. Napięte bandaże spłaszczyły jej piersi. Rude włosy ukryła pod kapturem. W stroju, który nosiła, było widać tylko jej oczy. Strój zabójcy. Stapiała się w nim z otoczeniem.

Rime przechodził obok. Uśmiechał się do nich blado. Wydawał się tak piękny jak nigdy wcześniej. Hirka pochyliła głowę. Przez chwilę jego spojrzenie spoczywało na niej. Miała wrażenie, że ją poznał, ale poszedł dalej. Choć tłum już się rozchodził, wciąż jeszcze słychać było radosne okrzyki. Ætlingowie wracali grupkami do domów, na stragany, do pracy albo udawali się na ucztę. Hirce pozostała do zrobienia tylko jedna rzecz. Poprawiła paski plecaka. Czarny plecak Ciemnego Cienia skrywał jej własny.

– Interesujące – usłyszała zza pleców.

*Hlosnian!*

Hirka odwróciła się i objęła go.

– Jak mnie znalazłeś?

– Musiałaś gdzieś tu być. Wystarczyło poszukać.

– Takiej bez ogona?

– Takiej, która miałaby ślady Evny w oczach. Svarteld mówi, że mnie potrzebujesz. Dokąd się wybierasz, Hirko?

– Najpierw chcę się przebrać. Potem chciałabym się pożegnać z pewnym handlarzem herbaty na ulicy Daukatt. Później będę potrzebować twojej pomocy.

– Nie potrzebujesz jej. Ale i tak mogę być przy tobie. Czyli poprosili cię, żebyś odeszła, co?

Hirka wahała się przez chwilę.

– Można tak to ująć.

– Nie potrzebujesz mnie. Prawdopodobnie nigdy mnie nie potrzebowałaś.

– Babskie gadanie, Hlosnian – powiedziała Hirka i uśmiechnęła się na wspomnienie ojca.

– O nie! Nie mów o czymś, o czym nie masz pojęcia, emblingu. Nie kiwnąłem nawet palcem, kiedy wbiegłaś między kamienie na Bromfjell. Pozostali potrzebowali zaklinacza, ale ty tylko Evny. Nie urodziłaś się tutaj. Nie obowiązują cię takie same zasady i cieszmy się z tego, że nikt o tym nie wiedział. A zwłaszcza Urd Vanfarinn.

Hirka dostała gęsiej skórki. Odległość dzieląca światy nagle się skurczyła i wcale nie była pewna, czy jej się to podoba.

– Czyli żeby odejść, potrzebuję tylko Evny?

– Z Evną nie ma żadnego tylko. Rozmawiałaś o tym z Rimem? – Hlosnian prowadził ich w ślad za innymi do jednej z sal Eisvaldru, gdzie miała się odbyć uczta.

– Svarteld to zrobi. Później. Po tym jak... – Nie była w stanie dokończyć zdania.

Hlosnian nie odpowiedział i była mu za to wdzięczna. Położył jej rękę na plecach i wprowadził do sali. To była uczta dla najbliższego kręgu. Około trzystu. Cała sala zastawiona była długimi stołami, na których postawiono złote półmiski i szklane naczynia. Na ozdobnych misach wnoszono góry jedzenia. Ætlingowie siedzieli blisko siebie i swobodnie rozmawiali. Hirka poznała Sylję pochylającą się nad stołem, żeby zwrócić na siebie uwagę Rimego. Nagle poczuła się tak, jakby ktoś ścisnął ją za serce. Wyżęta jak ścierka.

*To cię nie dotyczy. Odejdź stąd!*

– Nie mogę tu zostać, Hlosnianie. Nie mogą mnie zobaczyć.

Spojrzenie Hlosniana omiotło suto zastawione stoły. Gdy wszyscy zajęci byli zajmowaniem miejsc, wypchał kieszenie czerwonego fartucha ciasteczkami i orzechami. Oblizał palce, po czym wyprowadził Hirkę z sali.

– No to chodźmy obejrzeć kamienie.

Ruszyli razem na nagie wzgórze. To była blizna w zabudowie miasta, dziura w miejscu, w którym kiedyś stała Sala Rytuału. Między kamieniami widać było szczyty Gniazda Ślepych. Hirka położyła ręce na szorstkiej powierzchni jednego z nich. Kamienie pamiętają. Czego się nauczyły przez te tysiąc lat? A może więcej? Nikt nie wiedział, od jak dawna tu stoją. Były imponujące.

– Gdybyś latem mi powiedziała, że przejdę przez kamień, nim nadejdzie zima, przepędziłbym cię za drzwi. – Hlosnian wpatrywał się z respektem w kamienne bloki.

– Że przejdziesz przez kamień? – Hirka się uśmiechnęła, słysząc ten dobór słów. Wyglądało na to, że codziennie uczy się czegoś nowego.

– Nazywa się je też ścieżką w kamieniu. Jeden z członków naszej gildii zwie je Bivrost, co oznacza drgający most. Most łączący światy. Kiedy byłem dzieckiem, słyszałem określenie „bramy w kamieniu". Ścieżki ślepych. Krucze pierścienie. Ten tutaj był pierwszy i największy ze wszystkich. Sądzono, że został zburzony albo zapomniany gdzieś w ostępach Gniazda Ślepych. Ludzie zbyt szybko zapominają. Może za długo żyjemy...

Hirka uśmiechnęła się. Tylko Hlosnian potrafił mówić w tak zagmatwany sposób.

– Dlaczego krucze pierścienie?

Hlosnian podskoczył, jakby dopiero teraz zdał sobie sprawę z jej obecności.

– Sądzono, że kruki mogą się nimi swobodnie przemieszczać. Nie potrzebują Evny. Evna jest w nich od niepamiętnych czasów.

*A więc Kuro może odejść ze mną.*

– Te kamienie bardziej mi się podobają niż sala – stwierdziła.

– Tak. Tacy jak my zawsze wolą to niż błyszczącą otoczkę – odparł Hlosnian.

Uśmiechnęła się na myśl, że jest częścią tego „my".

Posadzka była prawie nietknięta. Wydawała się tu nie na miejscu, jak płyta otoczona strzelistymi głazami. Miejsce, które bogowie pragnęli ukryć, ale teraz mogli je widzieć wszyscy. Motywy wyblakły. Zatarły się podczas tysiąca Rytuałów. W niektórych miejscach brakowało płytek. Może odpadły, gdy ona i Rime przeszli przez bramę w kamieniu. Kiedy runęły ściany.

Hirka przypomniała sobie, jak stała na podwyższeniu podczas Rytuału i spoglądała z góry na tę posadzkę. Wtedy zobaczyła całość, w którą łączyły się motywy. Wieloramienną gwiazdę. Teraz widziała, że każde jej ramię wskazuje na kamień. Przestrzenie między ramionami wypełniały najdziwniejsze rzeczy. W kilku miejscach motywy były tak zatarte, że nie sposób było powiedzieć, co przedstawiają. W innych miejscach przedstawiały bogactwo różnych istot i mitycznych zwierząt.

– Podłoga jest mapą, prawda? To się prawie nie mieści w głowie. Przecież ktoś chyba musiał wiedzieć?

– Większość rzeczy wydaje się oczywista, kiedy już je zobaczysz – odparł Hlosnian. Odrywał od kamienia resztki zaprawy. – Sądzimy, że przedstawia to, co spodziewano się znaleźć między kamieniami. Nikt nie wie, na ile jest to zgodne z prawdą. Ale wiemy, że kiedyś wyburzono wewnętrzny krąg. Tutaj widać ślady.

Wskazał na kilka miejsc, gdzie płytki zastąpiono płaskimi kamieniami. Wewnętrzny krąg mniejszych kamieni został usunięty.

*Insringin.*

Radę często nazywano Insringin, wewnętrznym kręgiem. Hirka zawsze sądziła, że chodzi o wewnętrzny krąg najbliższych sług Widzącego. I może tak było, ale ta nazwa mogła się też wywodzić od czegoś o wiele starszego niż Rada. Starszego niż idea Widzącego. Hlosnian potarł nos i pokręcił głową.

– Nie wiedzieli, co mają! Może to były drogi na skróty do każdej z jedenastu krain. I nie ma ich! – Rozłożył ręce. – Zostały zniszczone. Na zawsze.

Hirka spróbowała go pocieszyć.

– Zewnętrzny krąg wciąż stoi. To jest najważniejsze. Pomyśl, co by było, gdybyśmy go nigdy nie znaleźli.

Hlosnian pokiwał głową, ale nie wydawał się zbyt podbudowany. Nad ich głowami rozległo się znajome krakanie. Kuro usiadł na szczycie jednego z głazów i wpatrywał się w kieszenie Hlosniana. Ten kruk potrafił wyczuć ciastka z drugiego końca świata! Nagle dotarło do niej, co ma zrobić. Wezbrała w niej fala niepokoju.

– Hlosnianie, myślisz, że tam, skąd pochodzę, mają ciastka? Albo chleb na miodzie?

– Na pewno.

Hirka zasępiła się. Drobne rzeczy, z których nie zdawała sobie sprawy, nagle zaczęły urastać do coraz większych. Zmieniły się w dziurę, która mogła ją pochłonąć.

– Mają tam w ogóle jedzenie? Zwierzęta? Lasy? Pogodę? – Powietrze uwięzło jej w gardle i przylgnęła do kamienia.

Hlosnian chwycił ją za ramiona.

– Dziecko, mają tam wszystko, czego potrzebujesz!

– Skąd to możesz wiedzieć? Nikt tam nie był, nie spotkano nikogo, kto by stamtąd przybył. Nikt nie...

– Bo gdyby było inaczej, nie istniałabyś. Twoi przodkowie nie przetrwaliby, gdyby żyli w świecie, który nie dawałby im wszystkiego, czego potrzebowali, i nie pojawiłabyś się ty. To logiczne, dziecko. Logiczne.

W jego oczach malowała się wzruszająca czułość. Miał rację. Odetchnęła swobodniej. Miała przodków. Nie była jedyna. Według Urda miała też ojca, ale wiedziała już o nim więcej, niż sobie życzyła.

*Urd kłamał. Kłamał o wszystkim.*

– Chodź – powiedział Hlosnian i pociągnął ją kilka kroków dalej. – Tu jest miejsce, z którego pochodzisz.

Hirka wpatrywała się w motyw. Był prosty. Dwóch bladych mężczyzn, jeden z nich na koniu.

– Skąd wiesz, że to tutaj?

– Hmm... To wynika z wielu różnych rzeczy. Z pism. Wieku tego motywu. Odczuwania Evny, kiedy...

– Hlosnian...

– Żaden z nich nie ma ogona.

– Czyli chcesz mnie wysłać do zupełnie nieznanego świata, bo na mozaice nie widzisz ogonów u dwóch mężczyzn, którzy stoją przodem do nas?

Hlosnian się uśmiechnął i pokiwał głową. Trochę zbyt wiele razy. Mimo to udała, że dzięki temu nabrała otuchy. Pogodzenie się z tym, że musi zostawić to wszystko, było i tak dość trudne. Ale tego, że nikt nie był pewien, gdzie ją wysłać, było już zbyt wiele.

Przyglądała się szczegółom mozaiki. Mężczyźni nosili takie same ubrania. Kolczugi, a na nich białe szaty. Na piersi jednego z nich zauważyła pozostałości czerwonego krzyża, który zwężał się do środka. Może to był herb jakiegoś rodu.

*A więc tam również mają wojowników.*

Za ich plecami było drzewo. To ją uspokoiło. A więc to ma być jej nowy dom? I to są kamienie, między którymi powinna przejść. Podniosła głowę, ale widziała tylko góry. Powietrze nie drgało. Nic nie świadczyło o tym, że jeśli przejdzie między tymi kamieniami, używając Evny, przestanie istnieć.

To właśnie było najbardziej przerażające. Bez Evny nie dało się w ten sposób podróżować. Tutaj mogła poprosić o pomoc Hlosniana albo kogoś innego. Ale człeki są ślepe na ziemię. Są takie jak ona. Nie potrafią czerpać.

Mogła opuścić ten świat, lecz nigdy nie będzie mogła tu wrócić.

# BRAMA

Gong wybrzmiał dziewięć razy, gdy Hirka opuściła Eisvaldr i ruszyła w dół ulicą Daukatt. Było ciemno. Dzięki temu nie zwracała na siebie uwagi, choć wreszcie przebrała się we własne ubranie. Było podniszczone, ale cudownie znajome.

Uczta jeszcze się nie skończyła. Pod gospodami kobiety w cienkich sukniach kleiły się do napuszonych mężczyzn. Niektórzy świętowali zmianę Powiernika Kruka z umiarem i byli w stanie o własnych siłach wrócić do domu. Inni drzemali na łąkach i jutro obudzą się chorzy. Mogłaby im pomóc. Podać im zupę z czosnku i ziołową herbatkę, kiedy będą tego najbardziej potrzebować. Ale jutro już jej tu nie będzie.

Hirka owinęła się szczelniej wełnianym płaszczem. Był ciężki i zielony jak gałęzie świerku. Podarunek od Jarladina. Najpierw członek Rady obdarzył ją płaszczem godnym Powiernika Kruka. Lśniący jedwab przetykany srebrną nicią i obszyty niebieskimi kamieniami, które przykułyby uwagę nie tylko w tym świecie. Hirka nie chciała go przyjąć i w przebłysku zrozumienia Jarladin przyniósł jej ten prosty płaszcz. Wyzwalająco zwyczajny i niesłużący żadnemu innemu celowi, prócz tego, by ją ogrzewać i chronić. Właśnie tego potrzebowała. Nikt nie widział, że nie ma ogona, a rude włosy ukryła pod kapturem.

Na rogu, przy warsztacie tapicerskim, Hirka skręciła w boczną uliczkę. Uporządkowana sieć ulic zmieniła się w labirynt zaułków opadających ku brzegowi rzeki. Nie mieszkała tu długo, ale znała je jak własną kieszeń. Herbaciarnia w połowie unosiła się na rzece jak tratwa. Stojąca przed nią latarnia nie paliła się, w środku widać jednak było żar z paleniska. Przy niskich stolikach nikt nie siedział, ale jeszcze nie uprzątnięto czarek i półmisków. Lindri również miał dziś otwarte do późna. I pewnie to nic dziwnego. Zmiana Powiernika Kruka nie dokonywała się na co dzień. Zwłaszcza że nowy Powiernik nigdy wcześniej nawet nie zasiadał w Radzie.

Hirka otworzyła drzwi i dzwoneczki wydały z siebie przypadkowe, głuche tony, obwieszczając jej przybycie. Lindri zerknął znad puszek z herbatą, by powiedzieć, że już zamknięte, ale na jej widok zamarł. Milczał. Zmarszczki na twarzy sprawiały, że wyglądał, jakby się uśmiechał, chociaż wcale tak nie było.

Przeszła między stolikami i stanęła przed nim. Oparł się o stos skrzyń z herbatą, z jedną ręką na biodrze. Jeśli próbował zrobić surową minę, to mu się nie udało. Hirka zagryzła wargę, żeby stłumić wzbierający w niej smutek. Smutek, bo opuściła go bez słowa i musiała to zrobić ponownie. Kilka razy pokiwał głową, zupełnie bez sensu. Starzy ludzie wyrażali w ten sposób, że po prostu jest, jak jest. Potem przyciągnął ją do siebie drżącymi rękoma. Poklepał ją ostrożnie po plecach. Gdy wreszcie przemówił, jego głos brzmiał ochryple.

– Dlaczego nic nie powiedziałaś, Ruda?

Hirka milczała. Oparła podbródek na jego ramieniu i zamknęła oczy.

– Powinnaś była mi powiedzieć, Ruda. Powinnaś była powiedzieć. – Cofnął się o krok i spojrzał na nią.

Hirka uśmiechnęła się. Oboje wiedzieli, że nie mogła nic zdradzić. Postawił czajnik nad paleniskiem i rozdmuchał żar, a ona wyjęła z worka płócienny woreczek i podała mu go.

– Użyj tej. Rośnie dziko w Gnieździe Ślepych. Nie ma sobie równych.

Zważył w dłoni woreczek, ale nie odrywał od niej oczu.

– Powiadają, że jesteś dzieckiem Odyna. Że zabiłaś gwardzistów i uciekłaś do Kruczego Dworu. Niektórzy twierdzą, że rozpętałaś wojnę. Inni mówią, że ją powstrzymałaś. Obudziłaś smoka na Bromfjell i rozpłatałaś równiny na pół. Potem przybyłaś tutaj, zburzyłaś Salę Rytuału i obaliłaś Widzącego. Niektórzy mówią, że Go zabiłaś. Inni, że zrobił to Rime An-Elderin. Wielu uważa, że w ogóle nigdy Go tam nie było. Jeśli chciałaś nie rzucać się w oczy, to naprawdę ci się nie udało, Ruda.

– Wiele rzeczy mi się nie udało, Lindri.

Zaparzył dzbanek herbaty i zabrali go ze sobą do ogrodu na tyłach herbaciarni. Właściwie to nie był żaden ogród, tylko platforma na rzece porośnięta pnączami. Wody Ory wydawały się czarne w ciemności. Na kilku łodziach kołysały się latarnie. Gwiazdy odbijały się tak wyraźnie, że nie sposób było powiedzieć, gdzie się kończy rzeka, a zaczyna niebo. Czy tam, dokąd odchodzi, mają gwiazdy? Czy to są te same gwiazdy czy inne?

Hirka niczego nie przemilczała. Opowiedziała o wszystkim, co się stało, i wyznała, że musi znowu odejść. To, że mogła o tym powiedzieć, jednocześnie ją przerażało i przynosiło ulgę. Ona i Lindri nigdy nie mieli okazji, by przeprowadzić długą rozmowę, ale też nie było takiej potrzeby. Połączyła ich więź dzięki temu, co oboje potrafili najlepiej.

Lindri jej wysłuchał. Pocieszał ją pytaniami, których sama nigdy by nie zadała. Czy jest pewna, że wybiera się w jakieś inne miejsce? Może wszystkie miejsca są jednym i tym samym miejscem? I może nie będzie potrzebowała Evny, żeby wrócić, jeśli pewnego dnia tego zapragnie. Może tam, dokąd się wybiera, mają inne sposoby. Nigdy nie wiadomo. Jeśli tylko mają tam herbatę, to wszystko będzie dobrze. A Lindri był całkowicie przekonany, że mają tam herbatę.

Spędzili razem cały wieczór. Dopiero gdy rozległo się jedenaście uderzeń w gong, Hirka wstała. Musiała wrócić do kamiennego kręgu przed północą. Nie udało jej się nakłonić Hlosniana, by poczekał dłużej. Mruczał coś o pulsie Evny, ale Hirka przypuszczała, że w rzeczywistości chce wcześniej pójść do łóżka. Weszła z Lindrim z powrotem do herbaciarni.

Właśnie miała zarzucić na plecy worek, kiedy drzwi otworzyły się z impetem. Dzwoneczki się rozszalały. Żar w palenisku zajął się płomieniem w przeciągu i rzucał czerwony blask na twarz Rimego. Hirka czuła wibrujące wokół niego ciepło, jak niewidoczne języki ognia. Użył Evny, żeby tutaj przybyć.

Lindri odstawił czarki na ladę, wykonał znak Widzącego i się pokłonił.

– Fadri Rime, to zaszczyt dla mnie. Co mogę dla ciebie zrobić?

Rime nie odpowiedział. Nie dostrzegał go. Wpatrywał się w Hirkę. Podszedł do niej w trzech długich krokach.

– Chciałaś odejść. Chciałaś odejść i nie zamierzałaś mi o tym powiedzieć.

Jego oczy były jak skute lodem. Oskarżycielskie. Hirka zagryzła wargę i modliła się w duchu, by starczyło jej sił. To sprawi, że wszystko będzie o wiele trudniejsze. Spróbowała się uśmiechnąć.

– Nie eskortowali cię gwardziści? Nie sądziłam, że wypuszczą Powiernika Kruka bez…

– Chciałaś odejść. Dzisiaj w nocy. I nic mi nie powiedzieć.

Hirka położyła dłoń na ramieniu Lindriego. Wciąż stał zgięty w ukłonie i nie śmiał spojrzeć w oczy Powiernikowi Kruka. Akurat w tej chwili nie mogła mieć mu tego za złe.

– Wyprostuj się, Lindri. Przydałoby się nam coś do picia.

Z wdzięcznością zniknął za ladą, by zrobić to, co potrafił najlepiej. Hirka wskazała na jeden z niskich drewnianych stolików, przy których stały stołki pokryte owczymi skórami.

– Usiądź, Rime.

Opadł na stołek, jakby znikła siła, która go podtrzymywała. Zwiesił głowę. Włosy zasłoniły mu oczy. Musiała usiąść naprzeciw niego, by móc patrzeć mu w twarz. Oddychał już spokojniej. Słyszała każdy jego oddech. Jego pierś unosiła się rytmicznie pod niebieską koszulą, której Hirka nigdy dotąd nie widziała. Powinien cieplej się ubierać. Nadchodziła zima.

Siedział z zamkniętymi oczami. Jego miecze dotykały podłogi. Mocno ściskał blat stołu, jakby zmuszał się, by wytrzymać na miejscu.

Lindri podszedł do nich. Spojrzał pytająco na Hirkę, a ona wskazała głową na stolik. Postawił na nim tacę. Głęboki, spokojny oddech świadczył o tym, że jest skoncentrowany. Dostarczał towary do Eisvaldru, ale prawdopodobnie jeszcze nigdy nie przyrządzał nic dla Powiernika Kruka. Pomarszczonymi dłońmi opłukał dzbanek i filiżanki gorącą wodą, by je ogrzać. Przemył zimną wodą liście herbaty. Potem zalał je wrzątkiem i odstawił. Przez cały czas zerkał ukradkiem na Rimego, który siedział jak posąg wyciosany z kamienia.

Gdy Lindri uznał, że herbata się zaparzyła, nalał ją do filiżanek i postawił przed Hirką i Rimem. Wziął tacę i zostawił ich samych. Para unosząca się znad filiżanek osiadała na włosach Rimego. Podniósł głowę i spojrzał na nią. Wilcze oczy. Biel za mgłą. Tym razem zranione i żądne krwi. Waleczne. Zdradzone.

Nie musiał pytać. Całą postawą pokazywał, że czeka na wyjaśnienia. I wyrażał całym sobą, że żadne wyjaśnienie nie wystarczy. Hirka dotknęła jego twarzy i przesunęła palce po podbródku. Przez chwilę zbierała siły. Znów zobaczyła ból w jego oczach. Gdy wydawało jej się, że wie, co powiedzieć, otworzyła usta. Zamknęła je. Nie istniało nic, co mogłaby powiedzieć. Upiła łyk herbaty. Rime nie tknął swojej.

– Teraz odejdziesz. Dziś w nocy. Prawda? – W jego ochrypłym głosie słychać było jakąś dziwną satysfakcję, bo wiedział, że ma rację.

– Odejdę.

– I nie zamierzałaś mi o tym powiedzieć.

– Nie. Nie zamierzałam ci o tym powiedzieć.

Rime zerwał się tak gwałtownie, że stolik przechylił się na bok. Filiżanki spadły na podłogę. Wskazał na nią palcem. Jego oczy były obce, jakby Rime zniknął i jego miejsce zajął ktoś inny. Nie widzieli się od czasu, gdy runęła Sala Rytuału. Od czasu, gdy Evna rozdarła ją na kawałki. Może jego też? Może zmieniła go na tyle, że chciał ją zabić. To by był najlepszy sposób, żeby odejść. Wszystko było lepsze niż to.

– Co zrobisz, Hirko? Spalisz chatę i uciekniesz lasami do Kruczego Dworu? Po tym wszystkim, co zrobiliśmy? – Zaczął chodzić w tę i z powrotem jak szaleniec. – Prosiłaś mnie, żebym wstał! Nakłoniłaś mnie, żebym to zrobił! Postawiliśmy świat na głowie. I po tym wszystkim chcesz zniknąć. Co ja mam zrobić? – Zatrzymał się i znów na nią spojrzał. – Co ja mam zrobić?!

To proste pytanie przytłoczyło Hirkę. Nie chodziło o nią. Chodziło o ciężar świata. Rime dźwigał go na swoich barkach i nie wiedział, co z nim począć.

Wstała. Jego spojrzenie złagodniało. Stało się rozbiegane.

– Poprosili cię, żebyś odeszła. Zmusili cię do tego. Tak to wygląda. – W jego głosie brzmiała nadzieja.

Hirka potrząsnęła głową. Podeszła do niego. Ucieszyła się, kiedy się nie cofnął. Evna rozpoznała ją i przepływała przez nią spokojnymi falami. Smutno, ale kojąco. Obnażała niepokój i sprawiała, że łatwiej było sobie z nim poradzić.

– Co ja mam zrobić? – powtórzył. Tym razem jego słowa zabrzmiały pusto. Było w nich słychać zmęczenie. Za jego plecami płakały dzwoneczki poruszane Evną.

Hirka dotknęła jego policzka i wpatrywała się w niego. Próbowała wyryć go sobie w pamięci, żeby zabrać go ze sobą.

– Kim jesteś, Rime? – spytała.

Rozpaczliwie ujął jej głowę. Przycisnął nos do jej skroni.

– Jestem Rime. Rime An-Elderin. – Kiedy szeptał, jego usta kreśliły słowa na jej policzku. Mógłby mówić zupełnie bezgłośnie. I tak wyczułaby, co mówi.

*Mów. Powiedz cokolwiek.*

– Byłabyś tu bezpieczna, Hirko. Nikt i nic nie mogłoby ci zaszkodzić. Zniszczyłbym każdego, kto próbowałby zniszczyć ciebie. Miałabyś dobre życie w Eisvaldrze.

– Jak kuglarz? Odmieniec, za którego oglądanie płacą najbogatsi? Czy jako źródło lęku i chaosu? Nie należę do tego świata, Rime.

Przyciągnął ją mocniej.

– Jestem Powiernikiem Kruka. Mogę zabronić ci odejść.

– Ale nie zabronisz ætlingom omijania mnie szerokim łukiem ani kreślenia ochronnych znaków na mój widok. Będą mnie nienawidzić, bo dopóki tu jestem, mogą nadejść ślepi.

Tak bardzo pragnęła, by powiedział, że może to zrobić. Niewykonalna obietnica, ale gdyby tylko ją złożył, być może by została. Zdała sobie sprawę, że jej wola przy nim topnieje. Nie mogła do tego dopuścić. Musiała to zrobić, teraz albo nigdy. Odsunęła się i sięgnęła po worek. Coś w niej krzyczało: nie! Coś walczyło, by odłożyła ten worek i poprosiła go, by spełnił swoje obietnice. By dał jej tutaj dobre życie. A jednak wiedziała, że to nie byłoby w niczyjej mocy.

– Dużo możesz zrobić, Rime. Ale nie zakażesz ætlingom bycia ætlingami. Spójrz tylko na Widzącego. Możesz im mówić, że On nie istnieje, lecz wielu nigdy nie przestanie Go czcić. Tak samo, jak nigdy nie przestaną bać się zgnilizny.

– Nie istnieje zgnilizna, Hirko! Jak mocno mam cię całować, żebyś uwierzyła? Pozwolisz, żeby twoim losem rządziły stare przesądy? Akurat ty? Nie boję się jej! Zostań tutaj i daj mi szansę udowodnić ci, że to kłamstwo! – Znów do niej podszedł. Uniósł jej podbródek, jakby chciał ją pocałować.

Zwiesiła głowę.

– Widziałam ją, Rime…

– Co? Co widziałaś? – Zatrzymał się.

– Widziałam zgniliznę. U Urda. To były dopiero początki. Jego szyja gniła od wewnątrz. I powiedział, że ma to od mojego ojca.

Ręce Rimego opadły wzdłuż ciała. Zamknął oczy i przekrzywił głowę, jakby chciał odepchnąć jej słowa. Hirka poszła do Lindriego. Stał kiepsko ukryty za przesuwaną ścianką oddzielającą herbaciarnię od zaplecza. Przytulił ją do siebie. Potem się odsunął i pokręcił głową. Patrzył na nią, jakby była szalona. Pewnie wszyscy tak by na nią patrzyli. Wszyscy, którzy nie dorastali tak jak ona.

– Odprowadzisz mnie? – spytała Rimego

Poszedł z nią. Był już spokojniejszy. Pogrążył się w problemie, którego nigdy nie uda mu się rozwiązać. Wyszli z herbaciarni. Hirka nie oglądała się za siebie. Odgłosy dochodzące z ulicy Daukatt były teraz stłumione. Zbliżała się północ. W gospodach próbowano się pozbyć ostatnich gości. Łaciaty kot skradał się między domami z wysoko uniesionym ogonem. Zaczęło mocniej wiać. W milczeniu minęli Mur i przeszli przez plac. Żaden z gwardzistów nawet nie spojrzał w ich stronę. Na bladych stopniach schodów wciąż leżały płatki kwiatów rozsypane podczas ceremonii, jak krew na kości. Przed nimi w mroku rysowały się kontury kamiennego kręgu. Na szczycie jednego z kamieni dostrzegła sylwetkę nastroszonego kruka. Kuro ukrył głowę pod skrzydłem. Nie śmiała mieć nadziei, ale być może choć jego będzie mogła ze sobą zabrać.

Odstawiła worek na posadzkę i spojrzała na Rimego.

– Hlosnian zaraz tu będzie.

– Hlosnian nie przyjdzie. Powiedział mi, że odchodzisz. Zamknąłem go na klucz.

Cofnęła się o krok.

– Zamknąłeś go?!

– Nie mogłem mu pozwolić, żeby ci pomógł. Nie rób takiej zszokowanej miny, i tak by nie przyszedł. Tak się objadł ciastkami i opił winem, że zasnął, zanim zdążyłem przekręcić klucz.

Hirka wybuchnęła śmiechem, ale wydało jej się to tak bardzo nie na miejscu, że zaraz zgasł na jej ustach.

– Błagał mnie, żebym ci to dał. – Rime odczepił od pasa skórzany woreczek.

Otworzyła go. W ciemności trudno było powiedzieć, co zawiera, ale na pewno była tam jakaś książka. Mniejsza niż jej dłoń, ale gruba. Hirka kucnęła i spakowała ją do worka.

– Kto oprócz Hlosniana pomyślałby o lekturze na podróż? – Wstała i spojrzała na Rimego. – A więc to ty mi pomożesz?

Odwróciła się, żeby odejść, ale Rime objął ją ramieniem i przyciągnął do siebie. Odchyliła głowę na jego pierś i była wdzięczna, że jest odwrócona do niego plecami. Że akurat w tej chwili go nie widzi. I że on nie widzi jej. Wiatr zrzucał ostatnie liście z drzew. Kamienie milczały. Czekały. Olbrzymy, które miały ją stąd zabrać.

Wtedy pojawiła się Evna. Gwałtowna i pochłaniająca wszystko. Liście zaszurały na posadzce i znikły między kamieniami. Białe włosy Rimego smagały jej twarz, tak jak tamtej nocy, gdy lecieli nad Eisvaldrem. Przepływała przez nią wieczność. Ziemia. Kamień. Uśpiona moc. Miażdżyły jej ciało na kawałeczki. Rozpuszczała się i stapiała z tymi, które były Rimem.

Nad nimi wznosiła się kopuła. Kopuła znikła. Przemykały cienie. Cienie ætlingów, którzy kiedyś żyli. Potem oni również zniknęli. Przez nagi krajobraz przetaczały się zimy i lata.

Nie zmieniały się tylko kamienie. Hirka była wszystkim, co kiedyś żyło. Wszystkim, co żyje. Wszystkim, co kiedykolwiek będzie żyć. Evna wdzierała się do jej serca, wygłodniała, pragnąca poznać wszystkie jej tajemnice. Pozwoliła mu na to. Z jednym wyjątkiem, którego nigdy nie mogła mu pokazać: jak wielka część niej samej była częścią niego.

Chwycił wisiorek na jej piersi. Wisiorek, który zostawił jej w Gnieździe Ślepych. Jego dłoń płonęła jak w gorączce i Hirka poczuła, że jej ciało się budzi. Gwałtownie. Niebezpiecznie. Zamknęła się na Evnę, ciesząc się, że udało jej się to zrobić i nie krzyczeć. Rime przysunął usta do jej ucha. Jego głos był szorstki jak kamień.

– Urd znalazł sposób. Ja też znajdę sposób. Odnajdę cię. I przyniosę ze sobą prawdę o zgniliźnie.

Hirka czuła, że w to wierzy. Ona nie wierzyła. Ale pozwoliła, by te słowa ją ogrzały.

Zawołała do Kuro:

– Kuro! Hreidr! – To słowo przyszło jej tak naturalnie, jakby nigdy nie nazywała inaczej „domu”.

Kruk zatoczył nad nimi kilka kręgów. Potem wleciał między dwa kamienie i zniknął.

Hirka niechętnie oswobodziła się z objęć Rimego.

– Podążaj za krukami – powiedziała i wzruszyła ramionami.

Rime nie odpowiedział. Zarzuciła na plecy worek i weszła między kamienie.

Pochłonęła ją przestrzeń pomiędzy światami.

# PODZIĘKOWANIA

Mówi się: wszystko albo nic. A więc niniejszym popełniam gafę i wymieniam tylko *niektóre* z osób, którym pragnę podziękować za to, że „Krucze pierścienie" stały się rzeczywistością. Kima i mamę mogę gładko przeskoczyć, bo to przecież oczywiste, że bez nich nic bym nie zrobiła.

**Konsultanci**

Alexander K. Lykke: konsultant językowy, guru języka i mitologii staronordyckiej i pomysłowy entuzjasta fantasy.

Maja S. Megård: moja droga przyjaciółka, jedyna, która czytała i komentowała tę książkę w miarę jej powstawania.

Karen Forberg: błyskotliwa redaktor i pierwsza, która powiedziała, że to dobra książka.

Terje Røstum: kolega i naprawdę niesamowity programista i twórca stron internetowych w Kantega.

Emma Josefin Johansson i Stian Andreassen: projektanci we wspaniałym Gnist Design.

Knut Ellingsen: geolog, który naprawdę wie, co to kamień.

Tom Haller: prawdopodobnie jedyny zawodowy trener kruków w Norwegii.
Lars Myhren Holand: fotograf, dzięki któremu sprawiałam bystre wrażenie.
Øyvind Skogmo: bezwzględny redaktor, dokonujący poprawek w tekście nawet na ostatnim etapie.

Pisanie książki często trudno pogodzić z inną pracą. Chyba że jest się takim szczęściarzem, by mieć najlepsze miejsce pracy na świecie. Ja jestem taką szczęściarą. Dziękuję wszystkim moim kolegom z magicznej firmy Kantega. Zwłaszcza Marit Collin, najlepszej szefowej na świecie. Kiedy dorosnę, chcę być taka jak ona.

Gyldendal jest dokładnie takie, jak jego nazwa: pełne ciepła i piękna wydawnictwo, które przyjęło mnie z otwartymi ramionami. Serdecznie dziękuję wam wszystkim, a zwłaszcza moim znakomitym redaktorkom, Marianne Koch Knudsen i Bente Lothe Orheim. Sprawiłyście, że ja i książka stałyśmy się lepsze.

Dziękuję Fuglen, Supreme Roastworks i Java, najlepszym barom z kawą w Oslo, z naprawdę wspaniałymi pracownikami. I Outland, sklepowi, w którym odnalazłam siebie. Michaelowi Parchmentowi, który pokazał mi, na co mnie stać. Wspaniałym ludziom z Fabelprosaikerne i wszystkim, którzy tak bardzo cieszyli się z egzemplarzy okazowych. Jesteście najlepsi! Dziękuję wszystkim, którzy czytają, piszą, blogują i tweetują o książkach. Wszystkim, których śledzę, i wszystkim, którzy śledzą mnie. Koleżance po fachu, Tonje Tornes – we dwie zawsze łatwiej! Wszystkim przyjaciołom i znajomym, którzy dodawali mi otuchy. A zwłaszcza starym znajomym od komiksów i przyjaciołom od RPG (Widzisz, Endre! Hirka stała się rzeczywistością!)

I na koniec: pragnę szczególnie podziękować temu, który pierwszy otworzył przede mną bramę do innych światów i który pewnie nigdy nie zrozumie, ile to dla mnie znaczyło. Stokrotne dzięki, drogi Ketilu Holdenie.